악의 사냥

악의 사냥

HUNTING EVIL

크리스 카터 장편소설

서효령 옮김

북로드

* 일러두기

· 작중 등장하는 기관 및 조직의 명칭은 로스앤젤레스 경찰국 또는 LAPD, 특수강력범
죄수사대 또는 UVC, 연방수사국 또는 FBI, 행동분석팀 또는 BAU, 행동과학부 또는
BSU 등으로 원어 약칭과 혼용해 표기했다.

· 옮긴이 주는 괄호 안에 '옮긴이'를 별도로 표기했다.

1

  그날 아침, 고장 난 트럭이 58번 고속도로의 진출입로 차선 하나를 막은 탓에 조던 위버는 집에서 직장까지 14킬로미터를 운전해서 가는 데 정확히 28분 31초가 걸렸다. 평상시보다 약 12분이 더 걸린 것이다. 차를 주차하고 내려 직원용 출입구로 걸어가는 데 또 1분 22초가 소요됐다. 보안 검사를 하고, 출근 카드를 찍고, 로커에 가방을 던져 넣은 후 빠르게 화장실을 갔다 오는 동안 8분 49초가 더해졌다. 직원용 식당에서 커피 한 잔을 집어 들고 마침내, 근무지인 서쪽 동의 'L'자 모양 긴 복도를 따라 걸어가는 데 다시 1분 27초가 걸렸다. 다시 말해, 버지니아주의 고도 보안 시설인 리 연방교도소의 교도관으로서 의무실 컨트롤룸에 근무하는 조던 위버가 자기 집 현관으로부터 인생 최악의 날로 걸어 들어가기까지 정확히 49분 9초가 걸렸다는 뜻이다.

  복도 모퉁이를 돌아 바로 앞에 있는 네모난 컨트롤룸에 시선이 닿는 순간, 위버는 목이 조여오며 심장박동이 빨라지는 것을 느꼈다. 커다란 방탄유리로 둘러싸인 컨트롤룸은 이제껏 사람 없이 비워진 적이 단 한 번도 없었다. 그런데 지금 위버가 서 있는 곳에서는 안에 있는 누구도 보이지 않았다. 그 점이 가장 먼저 그의 우려를 샀는데, 두 번째로 걱정스러운 건 컨트롤룸의 침입 방지용 문이 활짝 열려 있다는 것이었다. 규정집에 따르면 절대 있어서는 안 될 일이었다. 하지만 진정으로 등줄기를 오싹하게 하는 것, 공포와 전율에 그만 손에서 커피 잔을 떨어뜨리게 하고 이게 그저 끔찍한 악몽이기를 신에게 기도하게 만든 것…… 그것은 창문 안쪽을 타고 흘러내리는 피였다.

"안 돼, 안 돼, 안 돼……."

걷고 있던 위버는 어느새 빠른 속도로 달리며 목소리를 점점 높였다. 발을 내디딜 때마다 벨트에 매달린 커다란 열쇠 꾸러미가 오른쪽 엉덩이에서 요란한 소리를 내며 달랑거렸다. 그는 4초 만에 컨트롤룸에 도착했고, 악몽은 현실이 되었다.

방탄유리로 둘러싸인 컨트롤룸의 바닥, 거대한 피 웅덩이 속에 교도관 바르가스와 베이츠의 시체가 널브러져 있었다. 둘 다 머리가 기묘하게 비틀려 꺾인 채로 목에 난 상처를 드러내고 있었다. 내경정맥과 온목동맥, 심지어 방패연골까지 목 거의 전체를 절단한 두껍고 거친 자상이었다.

"젠장!"

그 두 교도관이 있는 곳의 건너편 방에는, 최근 노퍽에 있는 올드 도미니언 대학교를 졸업하고 취업해 근무 중인 스물네 살의 동양계 미국인 간호사 프랭크 윌슨이 있었다. 윌슨의 몸은 회전의자에 기이한 모양으로 걸쳐져 있었다. 목은 아주 흉하게 난도질되어서 잘리지 않은 게 기적일 정도였다. 바르가스나 베이츠와는 다르게 활짝 뜬 두 눈은 공포로 가득했다. 고개가 떨어진 각도가 마치, 죽은 후에도 계속 도움을 청하듯 위버 바로 뒤쪽을 응시하는 것 같았다. 시신 세 구 모두 속옷만 남기고 발가벗겨진 채였다. 교도관들의 무기 역시 사라졌다.

"대체 무슨 일이 있었던 거야?"

위버는 충격을 받아 혼란스러워진 상태였지만, 중앙 제어장치와 경보 버튼이 있는 계기반으로 가기 위해서는 바르가스의 시신을 넘어가야만 했다. 그가 오른쪽 손바닥으로 경보 버튼을 세게 내리치자, 귀청을 찢는 듯한 사이렌 소리가 순식간에 온 건물을 휩쌌다.

이 시설의 서쪽 동 의무실에는 1인용 병실 여덟 개가 있는데, 일일 환자 명단에 따르면 단 한 명의 죄수만이 그곳에서 하룻밤을 머물렀다. 1호실에 있던 죄수였다. 위버의 시선은 즉시 중앙제어장치 바로 위쪽의 피 칠갑이 된 모니터로, 정확히는 맨 왼쪽, 즉 1호실의 모니터로 옮겨 갔다.

병실 문이 활짝 열려 있고 안은 비어 있었다.

"젠장! 젠장! 젠장!"

위버는 다리에서 힘이 빠지는 걸 느꼈다. 의무실의 교도관으로서리 연방교도소에서 9년을 일하는 동안 재소자가 탈출한 경우는 단한 번도 없었다.

"제길!" 위버가 소리쳤다. "도대체 어떻게……."

그는 한 번 더 통제실을 훑어보았다. 살면서 그렇게 많은 피는 본적이 없었고, 고도 보안 교도소의 교도관이라는 위험도 높은 직업에도 불구하고 그는 이제껏 동료를 잃어본 적 또한 없었다.

"제기랄!"

그때였다. 이제껏 그가 놓치고 있던 것이, 어찌 된 까닭인지 갑자기 뇌에 입력되었다. 돌연 위버는 동작을 멈췄다.

반쯤 열린 서랍 틈으로 희미하게 깜박이는 흰 불빛이 새어 나오고 있었다.

"저게 뭐지?"

한 번 더, 위버는 자신이 가고자 하는 곳으로 가기 위해 바르가스의 시신을 넘어가야 했다. 그러다 오른발을 내딛는 순간, 리놀륨 바닥을 덮은 피의 막에 발이 미끄러졌다. 위버는 두 손을 내밀어 필사적으로 잡을 것을 찾았다. 왼손은 실패했지만, 오른손으로는 깜박이는 불빛이 새어 나오는 반쯤 열린 서랍을 가까스로 잡을 수 있었다. 몸을 가누려다가 또다시 발이 미끄러졌다. 그 탓에 손아귀가 조여지면서 서랍을 완전히 잡아당기고 말았다.

시끄러운 사이렌의 비명 속에서도, 서랍이 열리면서 난 특이한 딸까닥 소리를 그는 똑똑히 들었다.

그것이, 위버의 머리가 피와 뼈 그리고 회백질의 곤죽으로 화하며 날아가기 직전에 들은 마지막 소리였다.

2

국립 강력범죄분석센터 NCAVCNational Center for Analysis of Violent Crimes는
연방수사국 FBIFederal Bureau of Investigation의 전문 부서로 1981년에 만들
어졌지만, 공식적으로는 1984년 6월에 설립되었다. 미국 영토 내에
서뿐만 아니라 비정상적인 범죄나 연쇄 폭력 범죄를 수사하는 전 세
계 사법기관에 지원을 제공하는 것이 주요 임무였다.

NCAVC의 책임자인 에이드리언 케네디는 버지니아주 콴티코에
있는 FBI 아카데미 본부에서, 또는 워싱턴 북서부에 있는 그 유명한
J. 에드거 후버 빌딩의 꼭대기 층에 자리한 넓은 사무실에서 대부분
의 수사를 지휘했다. 하지만 그날 아침, 가슴 주머니 안에서 휴대전화
가 울렸을 때 그는 공교롭게도 두 사무실 어디에도 없었다. 케네디는
FBI와 로스앤젤레스 경찰국 LAPDLos Angeles Police Department가 공조한 연
쇄살인 사건의 수사를 종결하기 위해 로스앤젤레스에 와 있었다.

"래리 윌리엄스 요원의 장례식이 이틀 후에 있을 거야." 케네디가
LAPD의 두 형사, 로버트 헌터와 카를로스 가르시아에게 말했다. 케
네디의 천성적으로 거친 목소리는 수십 년에 걸친 흡연으로 한층 거

칠어져서 꼭 영원한 피로에 찌든 목소리같이 들렸다. "워싱턴에서. 알고 싶어 할 것 같아서. 자네들이 참석할 수 있다면 말이야."

"일정을 조정해보겠습니다." 헌터가 대답했다. 그의 목소리 역시 피곤에 전 듯 들렸고, 눈 밑으로 심각하게 늘어진 다크서클은 스스로 지난 며칠간 얼마나 잠을 못 잤는지 폭로하는 것만 같았다.

가르시아는 고개를 끄덕여 동의했다. "꼭 참석할 겁니다. 윌리엄스는 훌륭한 요원이었어요."

"가장 우수한 요원 중 하나였지." 슬픔이 깃든 목소리로 케네디가 인정했다. "좋은 친구이기도 했고."

"그와 함께 일한 건 영광이었어요." 헌터가 덧붙였다.

케네디는 생각이 딴 데 가 있는 듯 초점 없는 시선으로 잠시 말을 멈추었다. 무언가를 회고하는 것 같은 모습이었다. 주머니 속에 든 업무용 휴대전화의 진동을 느낀 건 바로 그때였다. 그는 왼손 검지를 들어 두 형사에게 양해를 구하면서 전화기를 귀로 가져갔다.

"에이드리언 케네디입니다." NCAVC의 센터장이 전화기에 대고 말했다. 그런 뒤 잠깐 동안 듣기만 했다. 단 몇 초 만에 케네디의 표정이 혼란스러워졌다. 그리고 불과 2초 뒤에 불신의 표정으로 변했다. 그러다 또다시 2초가 지난 후에는 경악이 그 자리를 대신했다.

"무슨 소리야? 사라졌다니?"

그 말은 헌터와 가르시아로 하여금 케네디를 돌아보게 하기에 충분했다.

"언제 그랬나?" 케네디의 목소리에 한 줄기 공포가 서려 있었다.

"무슨 일입니까?" 가르시아가 눈살을 찌푸리며 센터장에게 물었다. 케네디는 두 형사에게 기다려달라는 신호를 보냈다.

"그게 가당키나 한 소린가?" 케네디의 어깨가 올라갔고, 목소리 속 공포는 빠르게 분노로 바뀌었다. "내가 잘못 알고 있다면 말해봐. 고도 보안 시설에 있지 않았나?"

정적.

"어떻게 고도로 보안이 유지되는 연방교도소에 수감된 재소자가, 경비가 삼엄한 건물을 당당히 빠져나와서 한 번도 제지당하지 않고, 외부 보안 문을 통과해서 곧장 자유의 몸이 될 수 있다는 말이야? 연방 시설을 관리하는 게 아마추어들이라는 말인가?"

다시 정적.

"잠깐, 어디로 옮겨졌다고?" 격노한 케네디와 걱정스러운 헌터의 시선이 찰나 동안 마주쳤다.

침묵.

"그래도 보안은 철저히 했어야……." 케네디는 문장을 끝맺지 못했다. "교도관을 몇이나 죽였다고?"

케네디는 전화기 너머에서 들려온 대답을 듣고 나서, 이마로 손을 뻗어 엄지와 검지로 관자놀이를 문지르기 시작했다.

"컨트롤룸에 부비트랩을?" 그의 두 눈이 휘둥그레졌다. "어떻게 컨트롤룸에 그럴 수 있었지? 대체 뭘로?"

또다시 침묵.

"도대체 어떻게 손에 넣은……." 그렇게 말하던 케네디는, 이 시점에서 '어떻게'는 아무런 의미가 없다는 걸 마침내 깨닫고 말을 멈췄다. "알았네. 즉시 전국에 지명수배를 내려." NCAVC 센터장이 지시했다. "지금 즉시 말이야, 알았나? 이 나라의 전 사법기관에. 아무리 작은 곳이라도 상관없어. 전부 동원해야 해…… 모조리 다. 그리고 이 건은 연방보안청과 연방수사국의 연합 수색이라고 사법부에 알리게. 알아들었나? 그들이 독자적으로 놈을 쫓는 게 아니야." 케네디는 성난 폐 속에 공기를 불어 넣었다. "그리고 교도소장 이름을 알아 내. 무능함의 대가는 치러야지, 반드시. 다른 게 더 있다고? 뭐가 더 있을 수 있지?"

그는 10초에서 15초 정도 다시 전화기 너머에서 들려오는 말을 들었다.

"잠깐, 잠깐." 그가 상대의 말을 끊었다. "다시 말해보게. 숨을 내쉬고, 진정해. 그리고 방금 한 말을 다시 해봐. 이번엔 좀 천천히."

케네디가 헌터를 힐끗 보았다. 곧 그의 표정이 바뀌었다. 고통스러운 표정이었다. "확실해?" 그가 상대에게 다시 한번 확인했다. "알았네." 반쯤 패배한 목소리였다. "사진을 나한테 보내. 지금 당장. 알아들었나?"

또 정적.

"그래, 지금 당장."

전화를 끊은 케네디는 휴대전화를 벽에 내던지지 않으려고 자제력을 발휘하는 듯했다. 그는 숨을 깊이 들이마시고 최대한 오랫동안 호흡을 참았다.

"무슨 일입니까?" 헌터가 근심 가득한 목소리로 물었다.

대답은 없었다.

"에이드리언." 헌터가 다시 물었다. "대체 무슨 일이죠?" 마침내 그를 돌아보는 케네디의 눈은 공허했고, 지금의 상황을 이해할 수 없다는 혼란의 감정을 띠고 있는 듯싶었다. 하지만 헌터는 NCAVC 센터장의 눈빛 속에 또 다른 무언가가 있음을 알아차렸다. 아직은 알 수 없는 무언가가.

"로버트, 그가 사라졌어." 마침내 케네디가 대답했다. "도망쳤어. 고도 보안 연방 시설에서, 지키는 사람이 아무도 없다는 양 유유히 걸어 나갔어. 그 과정에서 교도관 셋과 간호사 둘을 죽였고."

"누가 탈출했다고요?" 가르시아가 혼란스러운 얼굴로 물었다. "방금 우리가 잡은 살인범일 리는 없고." 그는 헌터를 향해 고개를 가로저었다. "아직 형도 받지 않았는데 고도 보안 교도소에 놈이 들어가 있을 리 없지. 결국은 그렇게 될 테지만."

"자네들이 방금 잡은 살인범은 아니네." 케네디가 확인해주었다.

"그럼 지금 누구 얘길 하는 거죠?" 가르시아가 고집스레 물었다.

케네디는 다시 헌터에게로 시선을 옮겼다. 케네디의 눈 속에는 몇 초 전 LAPD 형사가 정체를 판별하는 데 실패한 그 눈빛이 여전히 서려 있었다. 하지만 헌터가 이번에는 마치 펼쳐진 책을 보듯 그것을 읽어냈다. 그건 '미안하네'와 같은 사과의 뜻을 담은 눈빛이었다.

굳이 물어볼 필요도 없었다. 헌터는 배 속에 공허한 구덩이가 생기는 것 같은 느낌에 빠졌다. 이제 곧 케네디의 입에서 흘러나올 그 이름을 그는 이미 알고 있었다.

반면에 가르시아는 NCAVC 센터장이 누구 이야기를 하는 건지 도통 알 수 없었다. 하지만 그럼에도 케네디와 자신의 파트너 사이에 오가는 무언의 대화를 분명히 감지할 수 있었다.

"누가 탈출했습니까?" 그가 다시 센터장에게 대답을 강요했다.

"루시엔." 마침내 케네디가 밝혔다.

헌터는 두 눈을 감고 고통스럽게 숨을 내쉬었다.

"루시엔?" 가르시아는 헌터와 케네디를 번갈아 보면서 물었다. "루시엔이 누굽니까?"

헌터는 다시 눈을 떴지만, 대답은 하지 않았다. 입을 연 쪽은 케네디 센터장이었다.

"루시엔 폴터."

그 이름을 큰 소리로 입 밖에 내는 순간, 그의 얼굴은 괴로움으로 온통 납빛이 되고 말았다.

가르시아는 지금 파트너의 얼굴에 떠오른 표정을 전에는 단 한 번도 본 적이 없었다. 만약 그가 헌터를 잘 알지 못했다면, 분명 자신의 파트너가 겁에 질렸다고 확신했을 것이다.

"루시엔 폴터가 누구죠?"

3

로버트 헌터 형사는 로스앤젤레스 남부의 빈촌인 콤프턴에서 외동아이로, 노동자 계층의 부모 밑에서 자랐다. 어머니는 그가 고작 일곱 살이었을 때 암과의 싸움에서 패하고 말았다. 아버지는 재혼하지 않고 홀로 아이를 키우기 위해 두 가지 직업을 가져야 했다. 아이는 여타의 또래 아이들보다 두뇌가 현저히 빠른 속도로 작동하는 것처럼 보였다.

아주 어릴 때부터 헌터가 다르다는 것은 명백했다. 어린 로버트 헌터에게 학교는 도전할 만한 곳이 아닌, 지루하고 좌절감을 주는 곳이었다. 헌터는 6년 교과과정을 두 달도 안 돼 마쳤고 그저 뭐라도 하기 위해서, 7학년과 8학년은 물론 심지어 9학년 교과서까지 단숨에 떼었을 정도였다. 당연히 헌터의 재능은 학교장의 관심을 끌었고, 그는 헌터의 아버지와 상담을 한 후에 로스앤젤레스 북서부 멀홀랜드드라이브에 있는 영재학교 머먼스쿨에 연락을 취했다. 일련의 시험을 치른 헌터는 학업으로나 정서적으로나 8학년으로 수학하는 것이 합당하다는 인정을 받아 머먼스쿨의 입학을 허가받았다. 그때 그는 고작 열두 살이었다.

열네 살이 됐을 때 헌터는 머먼스쿨의 영어, 역사, 생물, 수학, 화학 교과과정을 순조롭게 마쳤다. 그는 고등학교 4년 과정을 2년 만에 수료하고 열다섯 살에 우등으로 학교를 졸업했다. 그리고 머먼스쿨에서 그를 가르쳤던 모든 교사의 추천을 받아 당시 심리학 분야에서 미국 최고의 대학이라 평가받던 스탠퍼드 대학교에 '특수 사정' 학생으로 입학했다.

헌터는 분명 매력적인 청년이었지만 너무 마른 체형과 어린 나이, 이상한 패션 감각으로 인해 여학생들에게 인기를 끌기는커녕 모두에게 괴롭힘을 당하기 일쑤였다. 그는 체구도, 성정도 운동과는 거리가 멀었다. 한가할 때면 도서관에서 시간을 보내며 엄청난 속도로 다양한 주제의 책을 탐독했다. 범죄학, 그리고 '악마'라는 호칭을 얻은 개인들의 사고 과정이라는 세계에 매료된 건 그때였다.

대학 생활 내내 평균 학점 4.0의 최고점을 유지하는 것은 식은 죽 먹기였다. 그러나 괴롭힘과 구타, 그리고 '이쑤시개 소년'이라는 멸칭으로 불리는 상황에 신물이 났다. 그래서 한 친구의 조언에 따라 체육관을 다니며 격투술을 배우기 시작했다. 격렬한 운동으로 몸은 항상 피곤했지만, 헌터는 전문 보디빌더와 같은 열정을 가지고 단련을 계속했다. 1년도 되지 않아 힘든 훈련의 효과가 나타났다. 체격은 인상적으로 커져 '이쑤시개 소년'은 이제 '탄탄한 소년'이 되어 있었고, 2년이 안 된 시점에 가라테 검은 띠를 땄다. 괴롭힘은 멈추었으며, 여학생들의 관심이 그에게 쏟아지기 시작했다.

열아홉 살에 헌터는 벌써 심리학 학위를 최우수 성적으로 취득했고, 스물세 살의 나이에 범죄행동분석과 생물심리학에서 박사 학위를 받았다. 그를 지도한 한 교수 덕분에 〈범죄 행위에 관한 고급 심리 연구〉라는 제목을 가진 헌터의 논문은 버지니아주 콴티코에 있는 FBI 아카데미의 필독서가 되었다.

하지만 박사 학위를 받은 지 불과 2주 만에 헌터의 세상은, 두 번째로 송두리째 바뀌고 말았다.

그의 아버지는 3년 반 동안 애벌론 대로大路에 있는 뱅크오브아메리카 지점에서 경비원으로 근무했다. 그런데 그곳에서 일어난 강도 사건이 안 좋은 방향으로 흘러간 끝에 그는 가슴에 총알을 맞았다. 응급수술이 몇 시간에 걸쳐 이루어졌지만, 헌터의 아버지는 결국 혼수상태에 빠지고 말았다. 기다리는 것 외에는 할 수 있는 일이 아무것도 없었다.

헌터 역시 기다려야 했다. 12주 후에 아버지가 세상을 떠날 때까지, 헌터는 그의 곁에 앉아 매일 조금씩 죽어가는 모습을 지켜보았다. 그 12주라는 시간이 헌터를 완전히 바꿔놓았다. 복수 외에는 달리 생각할 수 있는 것이 없었고, "용의자가 없다"는 말을 들었을 때는 아버지를 죽인 범인을 경찰이 끝끝내 잡지 못하리라는 것을 알았다. 헌터는 무력감에 빠졌고, 곧이어 분노가 그를 가득 채웠다. 범죄자의 정신을 공부하는 것만으로는 충분치 않다고 생각한 건, 장례식을 치른 직후였다. 절대 충분하지 않을 것이다. 그는 직접 그들을 추적해야만 했다.

경찰에 합류한 후 헌터는 초고속으로 진급하여, 순찰 경관에서 형사가 되었다. LAPD 역사상 최연소 승진이었다. 형사가 되자마자 그는 LAPD의 강력계 안에서도 대대적인 수사와 전문 지식을 필요로 하는 연쇄살인, 그리고 세간의 이목을 끄는 살인 사건을 전담하는 특수살인전담반 HSSHomiside Special Section에 배속되었다. 그러나 살인범에 관한 한, 로스앤젤레스와 같은 도시는 지구상에 둘도 없는 곳이었다. 무슨 이유에서인지 로스앤젤레스라는 도시는 매우 특별한 유

17

형의 사이코패스를 끌어들이는 것처럼, 아니 심지어 번식시키는 것처럼 보였다. 이는 시장과 LAPD로 하여금 HSS 안에 별도의 엘리트 독립 부서를 만들 필요성을 느끼게 만들었다. LAPD는 압도적인 가학성과 잔혹성을 수반하는 모든 유형의 살인을 '특수강력범죄'로 규정했고, 헌터는 특수강력범죄수사대 UVC_{Ultra Violent Crimes Unit}의 책임자가 되었다. 그는 특수강력범죄수사대의 리더로서, 경찰국 내의 그 어떤 사람이 목격한 그 어떤 끔찍한 현장보다도 훨씬 잔혹한 살인 범죄 현장을 지금껏 보아왔다. 헌터를 당황케 하거나, 두렵게 하거나, 충격을 주는 것은 더는 없을 터였다. 그렇기에 가르시아는 지금 눈앞에서 펼쳐지는 상황에 몹시 놀랄 수밖에 없었다.

"루시엔 폴터가 누굽니까?" 그가 다시 헌터와 케네디 센터장을 번갈아 보면서 물었다.

하지만 그들과 시선을 맞추는 데는 실패했다.

"로버트." 가르시아가 헌터의 이름을 불렀다. 부모가 말 안 듣는 아이를 꾸짖는 듯한 어조였다. "대체 루시엔 폴터가 누구야?"

"간단히 말해서……."

헌터가 마침내 파트너와 눈을 맞췄지만, 대답은 그가 아닌 케네디 센터장의 입에서 나왔다. 서서히 형체를 갖춰가는 그 말은, 조금 전보다 훨씬 더 불길하게 들렸다.

"루시엔 폴터는……." 가르시아는 케네디를 향해 고개를 돌렸다. "…… 인간의 형상을 한 악마지."

4

케네디 센터장이 루시엔 폴터의 탈옥 사실을 보고하는 전화를 받았을 무렵, 루시엔은 이미 버지니아주와 테네시주의 경계를 지나 녹스빌에 빠르게 접근하는 중이었다. 목적지는 그가 당분간 지낼 예정인, 루이지애나주 남부의 외딴 습지대에 자리한 작은 판잣집이었다. 하지만 그 시점에 계속해서 도망치는 것이 최악의 상황이라는 걸 그는 부정할 수 없었다. 그때쯤이면 리 교도소에서 경보를 발령해 FBI와 주써법무부 장관실에 보고되었을 테고, 연방보안관들은 그를 찾으려고 혈안이 돼 있을 것이다. 이른 아침 뉴스에 자기 얼굴이 나오지는 않을 거라고, 루시엔은 생각했다. 그러기에는 시간이 충분치 않았다. 하지만 그의 탈옥을 알리는 긴급 속보 자막은 황급히 전파를 탈 것이고, 점심때쯤이면 머그샷(피의자의 얼굴 사진—옮긴이)이 전국에 뿌려질 터였다. 한시라도 빨리 루시엔은 외모를 바꿔야 했다. 그것도 아주 극적으로. 그러기 위해서는 몇 가지 물품이 필요했다. 물론 녹스빌처럼 큰 도시라면 어렵지 않게 구할 수 있으리라. 하지만 그 전에 해야 할 더 중요한 일이 있었다. 녹스빌에 도착하기 전에, 루시엔은 자신이 모는 은색 쉐보레 콜로라도를 버려야 했다.

이 픽업트럭은 교도관인 마누엘 바르가스의 것이었다. 루시엔은 의무실 컨트롤룸에서 모두를 죽인 후에 그들의 옷과 총기, 지갑, 자동차 키를 챙겼다. 경보가 발령되면, 루시엔이 교도관의 차량 한 대를 가져갔다는 사실을 알아채는 데는 그리 오래 걸리지 않을 것이다. 지금쯤 이미 쉐보레 콜로라도가 전국에 수배되었을 거라고 루시엔은 확신했다. 이 나라의 온 경찰이 그 차를 찾고 있을 것이다. 그는 차를 버려야 했다. 최대한 신속하게.

루시엔이 자신에게 주어진 선택지를 따져보고 있을 때, 행운의 여신이 그에게 미소 지었다. 오른편에 휴게소가 나타난 것이다. 그는 200미터나 떨어진 거리에 있으면서도 그곳에 단 한 대의 차량만이 주차되어 있음을 한눈에 알 수 있었다. 주차된 차는 새카만 아우디 A6 최신 모델이었다.

"이런, 이런. 반가워." 루시엔은 혼잣말을 하고는 허리를 곧추세운 자세로 차의 속도를 늦추며 휴게소 쪽으로 방향을 획 틀었다. 주차된 차량 가까이로 다가가자 운전석에 앉아 휴대전화로 통화 중인 여성의 모습이 보였다. 조수석에는 아무도 없었다. 뒷좌석에 아이도 없었다.

"완벽해."

루시엔은 아우디 A6에서 네 칸 떨어진 자리에 차를 대고 재빨리 주변을 훑어보았다. 수풀 속에는 아무도 없었다. 혹여 차 안에 볼일이 급한 동승객이 있었을 경우도 염두에 두어야 했기에 유심히 살펴보았다. 마침내 그는 스스로에게 흐뭇한 미소를 지은 뒤 아우디의 운전자에게로 주의를 돌렸다. 끝까지 올려 닫은 차창 너머의 여자는 마흔 살쯤 돼 보였다. 루시엔이 앉아 있는 곳에서 본 그녀의 옆모습은, 쉽게 말해 아름다움을 비껴가 있었다. 턱은 너무 뾰족했고, 코는 지나치게 둥글었다. 까만 머리는 짧게 쳐 단정하게 잘랐는데, 몸에는 갈색의 얇은 가죽 재킷을 걸친 채였다.

루시엔은 의심을 사지 않으려고 차에서 내려 운전석 쪽 타이어를 확인하는 시늉을 했다. 그런 다음 20초 동안 멀리서 여자를 살폈다. 휴대전화를 켠 여자의 손이 입을 가린 탓에 입 모양을 읽을 수 없었다. 그러나 표정과 눈썹의 움직임, 간간이 나오는 몸짓의 모양새는 그녀가 누군가와 언쟁하는 중임을 나타냈다.

루시엔은 반대쪽 타이어를 점검하기 위해 트럭을 돌아가면서, 혹시 속도를 늦춰 휴게소로 진입하는 차량이 있는지 주시했다. 아무것도 없는 것을 확인하고 나서 그가 다시 아우디로 시선을 돌렸을 때, 전화를 끊은 여자가 몸을 앞으로 숙인 채 눈을 감고 핸들에 고개를 파묻고 있는 게 보였다. 다툼의 결말이 좋지 않았던 것이 분명했다.

그에게는 절호의 기회였다.

루시엔은 두 손의 먼지를 떨고 트럭 유리창에 비친 자기 모습을 확인한 뒤 머뭇거리며 그녀의 차로 다가갔다.

그는 여자가 자기 얼굴을 볼 수 있게 185센티미터의 높이에서 허리를 굽혔다.

"부인, 실례합니다."

루시엔은 흉내 내기의 달인이었다. 그는 상황에 적합하다고 생각되는 목소리, 악센트, 억양이라면 무엇이든 즉각 가장할 수 있었다. 말할 때의 목소리는 부드럽고 깊어서, 심지어 최면 효과가 있는 것처럼 느껴질 정도였다. 억양은 영락없는 테네시 사람의 것이었다.

여자는 여전히 핸들에 고개를 파묻고 있었다. 루시엔은 그녀의 손에서 결혼반지가 있어야 할 자리가 비어 있는 것을 보았다. 피부가 가볍게 패고 띠 모양으로 변색된 자국이, 반지가 있던 곳을 정확히 알려주고 있었다.

여자는 대답하지 않았다.

"부인?" 루시엔이 오른손 검지 마디로 창문을 두드리며 다시 그녀를 불렀다.

가벼운 노크였음에도 여자는 깜짝 놀랐다. 어깨가 솟구치며 숨이 목에 걸리는 듯싶더니 몸이 뒤로 젖혀졌다. 깜짝 놀란 그녀의 머리가 왼쪽으로 뒤틀리면서 눈물 맺힌 푸른 눈이 루시엔의 짙은 갈색 눈을 마주했다.

"괜찮으세요, 부인?" 그가 물었다. 목소리에 깃든 걱정이 눈빛에도 그대로 묻어났다.

"네?" 혼란스러워진 여자는 창문을 내리지 않고 물었다. 자신을 방해하는 이방인에 짜증이 난 모양이었다.

"정말 죄송합니다." 루시엔은 매력적이지만 미안해하는 어조로 말했다. "캐물을 생각은 아니지만, 핸들에 고개를 파묻고 있는 모습을 봤어요. 그리고 이제는 당신이 울고 있었다는 것도 알게 됐네요. 그냥 별일 없는지 해서요. 괜찮아요? 물 좀 드릴까요?"

다음 몇 초 동안 말없이, 여자는 자신의 차창 옆에 서 있는 이방인을 살폈다. 매력적인 남자라는 것에는 의심의 여지가 없었다. 큰 키에 근육질 몸, 높은 광대뼈에 도톰한 입술, 그리고 강인해 보이는 사각턱. 남자의 눈에는 친절함이 가득했고, 그녀가 살아오며 쌓은 지식과 경험은 그가 가졌을 타고난 통찰력의 자질을 알아보았다. 남자의 짙은 갈색 머리는 귀를 덮었으며, 턱수염은 무성했지만 잘 관리된 듯 보였다.

여자의 시선이 루시엔의 얼굴을 떠나 그의 옷에 초점을 맞췄다.

짙은 파란색의 군복 스타일 제복이었다. 오른쪽 소매 어깨 부분에 커다란 마크 같은 것이 꿰매어져 있었는데, 그것에 적힌 내용을 완전히 읽을 수가 없었다. 셔츠 주머니 바로 위에는 명찰이 바느질되어 있었다. 명찰에 적힌 이름은 'M. 바르가스'였다. 허리에는 두꺼운 검정색 가죽 벨트를 둘렀다.

"경찰이에요?" 여자의 눈에는 아직 혼란과 망설임이 옅게 배어 있었다.

루시엔은 바로 그것에서, 그녀가 차창을 내릴 가능성을 보았다. 그는 닫힌 창문과 고속도로에서 들려오는 소음이 그녀의 목소리를 가로막는다는 듯 자기 귀를 가리키며 고개를 살짝 흔들었다.

"죄송하지만, 뭐라고 하셨죠?" 그가 말했다.

효과가 있었다. 적어도 어느 정도는. 여자는 아까의 질문을 되풀이하기 전에 차창을 반쯤 내렸다.

루시엔은 수줍게 웃어주었다. "아뇨. 정확히 말하면 아닙니다, 부인." 그런 다음 그는 그녀가 자기 오른쪽 어깨에 붙어 있는 마크를 알아볼 수 있게 몸을 틀었다. "연방교도소에서 근무하는 교도관입니다. 리 교도소에서 일하죠. 실은 막 근무를 끝낸 참입니다." 그는 그녀에게 말할 틈을 주지 않았다. "왜 그러시죠, 부인? 경찰의 도움이 필요하신가요? 그래서 이 휴게소에 들어오신 거예요? 원하시면 제 트럭에서 경찰에 무전을 칠 수 있습니다. 그게 전화하는 것보다 더 빠를 거예요."

루시엔은 여자가 다만 경계를 풀게 할 정도의 관심만을 자신의 목소리와 표정에 교묘히 담았다.

"아뇨." 여자가 대답했다. "경찰은 됐어요. 고맙습니다." 그녀의 목소리에서 슬픔이 더 짙어졌다. "전화를 받으려고 왔어요." 그녀는 어깨를 으쓱했다. "좋은 내용은 아니었죠. 운전하고, 말하고…… 동시에 올 방법이 없어서요."

루시엔은 여자를 향해 은은한 미소를 다시 지어 보였다. 상처받은 게 분명한 가운데서도 여자가 유머 감각을 잃지 않은 것에 대한 보상이었다.

"정말 유감입니다, 부인. 제가 도울 수 있는 일이 있을까요? 물 좀 드시겠어요? 아니면, 초콜릿 바라도 드릴까요? 단 게 도움이 될 때가 있거든요. 아마 차에 있을 겁니다." 그가 엄지로 자신의 오른쪽 어깨 너머를 가리켰다.

여자는 차창을 끝까지 내리고 루시엔을 한 번 더 살폈다. 그리고 그때, 루시엔은 자신이 그녀를 충분히 무장 해제시킬 수 있으리라고 확신했다. 그녀는 더 이상 그를 '위험할지도 모를 존재'로 보지 않았다. 왜? 그는 잘생겼고, 정중했으며, 말을 잘했으므로. 그녀를 진심으로 걱정해주고 있었으므로. 또한 그는 교도관으로서 연방정부를 위해 일하는 데다가, 그녀가 바란다면 경찰에 무전을 쳐주겠다고 제안하기까지 했다.

여자의 눈썹이 활처럼 휘었다. "지금은 물보다 훨씬 강력한 게 필요할 것 같아요."

루시엔의 얼굴에 새로운 미소가 떠올랐다. "이해해요. 하지만 불행하게도 제가 지금 부인께 드릴 수 있는 건 물이나……." 그는 잠시 턱을 긁다가 말을 이었다. "담배가 전부군요."

루시엔은 더는 담배를 피우지 않지만, 픽업트럭의 글로브박스 안에 담배가 두어 갑 들어 있는 것을 미리 봐두었다.

"2년 전에 끊었어요." 여자가 고개를 갸웃하며 말했다. 그와 동시에 생각에 잠긴 표정이 얼굴에 떠올랐다. "그거 알아요?" 그녀가 말을 이었다. "젠장, 그냥 그 바람둥이 자식을 기쁘게 해주고 싶었거든요." 그리고 어깨를 으쓱했다. "음, 뒈져버리라죠." 그녀의 시선이 다시 루시엔에게로 돌아왔다. "네, 담배 피울래요."

"잠깐만요."

루시엔은 발끝으로 몸을 돌려 아우디에서 얼마 떨어지지 않은 쉐보레 콜로라도까지 걸어갔다. 그가 글로브박스로 손을 뻗는데, 뒤에서 아우디의 문이 열렸다가 닫히는 소리가 들렸다. 미소가 그의 입가에 미처 번지기도 전에 그쳐버렸다. 그가 몸을 돌렸을 때, 여자는 운전석 문에 기댄 채 고속도로에서 멀리 떨어진 곳을 바라보고 있었다. 그녀에게 다가간 루시엔은 담뱃갑을 뜯고 톡톡 두드려 담배 한 개비를 반쯤 뽑은 다음 여자에게 내밀었다.

"고마워요." 여자가 담배를 입술로 가져가며 인사했다. 루시엔도 하나를 물고 두 개비 모두에 불을 붙였다. 당연히 그녀가 문 것에 먼저였다.

여자는 두 눈을 감고 고개를 관능적으로 보이게 뒤로 젖히면서, 침울한 모습으로 첫 모금을 길게 빨아들였다. 긴장이 풀리면서 그녀가 마지못해 포기했던 즐거움 혹은 기쁨일 게 분명한 표정이 얼굴에 떠올랐다.

"세상에!" 그녀가 손가락 사이에 끼운 담배를 응시하며 말했다. "이 느낌, 지인짜 좋아요."

루시엔 역시 한 모금 빨아들였지만 아무런 대꾸도 하지 않았다. 그러는 대신 은밀한 시선으로 그녀를 살폈다.

여자는 약 168센티미터의 키에 육감적인 몸매를 가지고 있었다. 손톱의 매니큐어는 전문가의 솜씨로 칠해진 것 같았다. 옷과 구두는 디자이너 브랜드의 제품이 분명했고, 오른쪽 손목에서는 3,000달러짜리 오메가 컨스틸레이션 시계가 자기 존재를 과시했다.

루시엔은 고속도로를 슬쩍 보았다. 휴게소로 진입하기 위해 속도를 늦추는 차는 보이지 않았다. 하지만 행운의 여신에게 장난을 치는 것은 아주 위험하다는 걸 루시엔은 잘 알고 있었고, 사실 그럴 생각도 없었다.

"그래요." 그는 아우디의 앞쪽을 이리저리 걸어 다니며 말했다. "여러 번 포기했지만, 항상 결국 돌아가게 되더군요. 어차피 다들 결국 죽잖아요? 그러니까 차라리 즐기는 편이 나을지도 몰라요."

"그럼 난 담배를 피우겠어요." 여자는 담배를 한 모금 더 빨아들이며 루시엔과 함께 걸었다.

루시엔이 원하던 바였다. 이제 여자의 아우디가 고속도로로부터 그들을 가려주고 있었다.

그녀는 차 지붕에 기대섰다.

"그건 그렇고…… 저는 알리시아예요." 그녀가 손을 뻗으며 자기를 소개했다. "알리시아 캠벨."

"만나서 반가워요, 알리시아 캠벨." 루시엔이 그녀의 손을 잡으면서 대답했다. "내 이름은 루시엔이요, 루시엔 폴터."

알리시아는 눈살을 찌푸리며 자신의 앞에 서 있는 남자를 보았다.

"루시엔 폴터?" 그녀가 남자의 셔츠에 붙은 명찰을 고개로 가리키며 회의적으로 물었다. "그럼 'M. 바르가스'는 누구죠?"

루시엔은 잠시 눈을 감았다. 마치 내면에서 무언가를 찾는 것처럼. 그러다 다시 눈을 떴을 때, 그는 무언가가 달라져 있었다. 그리고 그가 다시 입을 열었을 때, 목소리는 종교학자의 그것처럼 고요했지만 방금 전까지 사용하던 테네시 지방의 억양은 완전히 사라진 채였다. 그의 눈이 다시 그녀의 눈에 초점을 맞추었다. 그 눈을 들여다본 여자의 안에 두려움이 가득 차올랐다.

"아하, 그 남자?" 루시엔이 말했다. "그 사람에 대해선 걱정할 것 없어요. 더 이상 이 제복이 필요치 않을 테니까, 절대." 그는 윙크하며 알리시아의 손을 잡았다. 너무 세게 잡아서 그녀는 꼼짝할 수가 없었다. "저 차가 더는 필요하지 않게 될 당신처럼 말이야, 알리시아. 절대로……."

5

"루시엔 폴터는…… 인간의 형상을 한 악마지."

케네디 센터장의 한마디에, 헌터와 가르시아의 사무실 공기가 삽시에 무거워지는 듯했다.

가르시아는 몹시 궁금하다는 표정으로 파트너를 보며 의견을 구했지만, 헌터는 생각이 완전히 다른 데 가 있는 것 같았다.

"'인간의 형상을 한 악마'라고요?" 가르시아가 케네디에게 물었다. 어조에 빈정거림이 묻어났다. "기분 나쁘게 듣지는 마세요. FBI의 NCAVC가 거물들을 상대한다는 건 압니다. 하지만 여기는 LAPD의 특수강력범죄수사대예요. '특수강력범죄'라는 명칭이 암시하듯 '인간의 형상을 한 악마'는 우리가 추적했던 모든 살인자들에게도 적용될 수 있습니다."

"기분 나쁘게 듣지는 말게." 케네디는 가르시아에게 똑같은 어조를 되돌려주었다. "'특수강력'이든 아니든, 내 말을 믿어. 자네는 루시엔 폴터 같은 놈은 경험하지 못했을 거야. 아니, 자네뿐만 아니라 그 누구도. 로버트를 제외하고는 말이야."

가르시아는 다시 헌터에게로 주의를 돌렸다. 그들은 지난 10년 동안 LAPD의 특수강력범죄수사대에서 파트너로 일했다.

"로버트, 저게 무슨 말이야? 이 자식을 언제 수사했었는데?"

헌터는 몇 초 동안 빠져 있던 무아지경의 상태에서 마침내 벗어난 듯했지만, 가르시아의 질문에 답하지 않고 케네디에게 말을 건넸다.

"에이드리언, 어느 교도소였습니까?" 그의 목소리는 차분했고 태도는 전과 같았다. "탈옥하면서 교도관 셋과 의무실 간호사 둘을 죽였다고 했죠. 어디에 수감돼 있었습니까?"

케네디가 대답하기를 주저하자, 헌터는 눈썹을 치켜세웠다.

"버지니아에 있는 **고도 보안** 리 연방교도소." 케네디가 대답했다.

"'고도 보안' 교도소요?" 케네디를 보는 헌터의 표정에 의구심이 가득했다. "고도 보안 교도소에는 무슨 일로요?"

대답은 돌아오지 않았다.

"루시엔이라면 '최고 등급 보안' 교도소에 있었어야죠." 헌터는 계속 말했다. "완전히 격리된 상태로요. 어쩌다 고도 보안 시설에 가게 된 겁니까?"

케네디는 숨을 들이마시며 불편한 듯 무게중심을 한쪽 발에서 반대편 발로 옮겼다.

"에이드리언." 헌터가 몰아붙였다. "대체 루시엔이 어떻게 최고 등급 보안 교도소가 아니라 고도 보안 교도소에 수감된 겁니까?"

케네디는 고개를 들어 헌터의 시선을 맞받았다. "가능한 한 그를 콴티코와 NCAVC 가까운 곳에 두고 싶었어, 로버트. 가장 가까운 최고 보안 등급 연방교도소는 콜로라도주에 있으니까."

사실 물어볼 필요도 없었다. 케네디가 루시엔 폴터를 콴티코 가까이에 두고 싶어 하는 이유를 헌터는 정확히 알고 있었기 때문이다.

"그는 철저하게 격리돼 있었네." 케네디가 단언했다. "체포된 날부터. 심지어 의무실로 옮길 때도 말이지." 그리고 화가 난 듯 고개를 저었다. "놈이 어떻게 탈옥할 수 있었는지 이해가 안 돼. 그래, 최고 보안 등급 교도소는 아니었지. 하지만 고도 보안 연방 시설이었어. 로버트, 그런 데서 그렇게 쉽게 탈옥할 수는 없어. 틀림없이 누군가의 도움을 받았을 거야. 아니면 누군가가 자기 경력에서 가장 중대한 실수를 저지른 거겠지. 나는 루시엔이 어떻게 탈옥했는지 정확히 밝혀내서 이 일에 책임이 있는 사람은 누구라도 대가를 치르게 할 생각이네. 루시엔은……."

"어떻게 탈옥했는지 따지는 게 무슨 의미가 있죠?" 헌터가 책상에 기대며 케네디의 말을 잘랐다. "그는 나왔어요. 사라졌다고요. 이젠 탈주범이 되었으니 법무부와 연방보안청 소관이겠지만, 고도 보안 시설에 있었을 때 루시엔은 매일 몇 명의 동일한 교도관들에게 노출됐을 겁니다. 맞죠? 음식을 가져다준 교도관이든 책을 가져다준 교도관이든 의무실로 데려간 교도관이든, 누구든요."

"그런데?" 케네디는 헌터의 머릿속 사고의 흐름을 따라가지 못하고 있는 듯이 보였다.

헌터의 눈이 휘둥그레졌다. 케네디의 순진함에 놀란 게 분명했다.

"에이드리언, 지금 우린 보통 연쇄살인범 이야기를 하는 게 아닙니다. 안 그래요? 루시엔 폴터에 대해 이야기하고 있는 거란 말입니다. 아마 지구상에서 심리학적으로 살인의 소질이 가장 농후한 자일 거예요. 심리학에서 그가 가장 뛰어난 능력을 발휘할 분야가 뭔지 짐작하시겠어요?" 그러고는 대답을 기다리지 않고 바로 말했다. "최면술."

케네디는 눈에 띌 정도로 고통이 서린 한숨을 내쉬었다.

"루시엔 같은 사람에게 매일 같은 교도관을 만날 기회를 준 겁니다." 헌터는 계속 말했다. "그에게 매일 같은 교도관과 이야기할 기회를 주느니 차라리 감방 열쇠와 장전된 총을 주는 편이 낫죠."

"고도 보안 시설로 이감된 건 겨우 일주일 전이야." 케네디가 항변했다.

헌터는 모르는 사람을 쳐다보듯 NCAVC 센터장을 돌아보았다. "에이드리언, 혹시 치매라도 온 거예요? 아니면 그냥 자리를 지키고 싶은 겁니까?"

케네디의 턱이 굳어졌다. 그에게 그런 말투로, 그런 말을 하는 사람은 아마도 이제껏 없었을 것이다.

"최면술 전문가가 누군가를 통제하기까지 시간이 얼마나 걸릴까요, 에이드리언?" 헌터가 물었다. "전에도 이런 케이스를 본 적이 있을 텐데요?"

케네디는 헌터가 옳다는 걸 알기 때문에 말없이 시선을 피했다.

"그런데 '부비트랩'은 무슨 말이죠?" 가르시아가 끼어들었다. "그렇게 말씀하신 것 같은데요. 어떤 겁니까?"

"100퍼센트 확신할 수는 없지만……." 케네디가 그를 돌아보며 말했다. "전화상으로 들은 바에 의하면 루시엔은 감방을 빠져나와 네 명을 죽인 후에 의무실 컨트롤룸 안에 부비트랩을 설치한 것 같더군. 그렇게 오늘 아침에 출근한 교도관 한 명을 더 죽인 거지. 루시엔이 탈옥하고 거의 30분이 지난 시점에 말일세. 경보를 울린 교도관이었어."

"어떤 종류의 부비트랩이었죠?" 가르시아가 재차 물었다. "뭘 사용한 겁니까?"

케네디의 시선이 헌터를 지나쳐 창문에 가닿았다. "창문을 열면,

여기서 담배를 피워도 되나?"

"아뇨." 헌터가 대답했다.

케네디는 초조하게 혀로 입술을 핥았다. "총신을 짧게 잘라낸 12게이지 산탄총을 사용한 것 같아." 마침내 질문에 대답할 결심이 섰다는 듯 그가 말했다. "그리고 손전등과 낚싯줄 같은 나일론 끈이 었지."

"낚싯줄이요?" 가르시아가 의문을 제기했다.

"묻지 말게." 케네디가 말했다. "여하튼 나일론 끈의 한쪽은 서랍 뒤편에, 다른 한쪽은 산탄총의 방아쇠에 연결돼 있었다고 들었네. 서랍이 열리면서 상자 뒤에 숨겨져 있던 산탄총이 발사돼 교도관 머리를 날려버렸다더군."

"제길!" 가르시아가 외쳤다.

"여전히……." 헌터가 다시 말을 받았다. "이런 건 중요하지 않아요, 에이드리언. 이미 벌어진 일을 어떻게 할 수는 없어요. 법무부와 연방보안청이 자기들 할 일을 하게 하는 수밖에요. 제가 말했듯이, 현재는 그들 소관이니까요."

"맞아." 케네디가 대답했다. "루시엔은 이제 법무부와 연방보안청 소관이지. 하지만 그들만 놈을 쫓지는 않을 거네."

헌터는 말이 없었다.

"직접 법무 장관과 이야기할 거야. 네이선과는 오랫동안 알고 지냈지. 이번 탈주자 수색은 법무부와 FBI가 협력하게 될 거야. 특별대책팀도 구성할 거네." 그의 오른쪽 검지가 헌터를 가리켰다. "자네가 팀을 맡게 될 거야, 로버트."

"설마요." 헌터는 재깍 양손을 들어 올리며 뒤로 물러났다. "잠깐만요, 무슨 뜻이죠? 제가 대책팀을 맡다니요? 에이드리언, 저는 FBI 요원이 아닙니다. LAPD 형사예요. 비록 지금 우리가 루시엔 폴터 이야기를 하고 있긴 하지만, 그는 제 소관이 아닙니다. 이제는 아니에요."

가르시아는 자기 파트너를 보며 얼굴을 찡그렸다.

"말씀드렸지만⋯⋯." 헌터가 계속 말했다. "그는 탈주범이고 그를 체포하는 건 법무부의 일이에요. 당신이 법무부와 공조를 하고 싶다면 그건 FBI와 법무부의 문제죠. 만약 당신이 특별대책팀을 이끌고 싶다면 그럴 수 있을 겁니다. 하지만 로스앤젤레스 경찰과는 아무 관련이 없어요."

"루시엔이 감옥에 없든 말든 자네는 상관없다는 건가?" 케네디가 반박했다.

"제 말은 그게 아니잖아요." 헌터가 맞받아쳤다. "저라면 지하 감옥에 가두고 열쇠를 버렸을 겁니다."

가르시아의 눈이 휘둥그레지면서 찌푸린 얼굴이 놀란 얼굴로 바뀌었다.

"거기가 그가 있어야 마땅한 곳이죠." 헌터가 계속했다. "하지만 당신은 루시엔을 콴티코 근처의 고도 보안 시설에 두기로 결정했어요. 단지⋯⋯ **더 연구하고 싶다는** 욕심에 말입니다, 맞죠? 그의 뇌를 조금씩 들춰보려고 했나요? 에이드리언, 그냥 놔둘 수가 없었던 거죠? 우리가 찾아낸⋯⋯ 일지, 그의 연구⋯⋯ 그것들로는 NCAVC와 BAU에, 아니 당신한테 충분하지가 않았던 거예요."

"그를 '연구'해?" 가르시아가 더는 참지 못하겠는지 불쑥 끼어들었다. "연구라니? 일지는 또 뭐고? 대체 이 새끼가 누군데? 잭 더 리퍼(19세기 영국 런던의 윤락가에서 최소 다섯 명의 매춘부를 잔혹하게 살해한 연쇄살인범. 정체에 대해서는 아직도 의견이 분분하다—옮긴이)라도 돼?"

33

"잭 더 리퍼라도 루시엔 폴터 옆에서는 행실 바른 유치원생에 불과하지." 그렇게 대답한 케네디가 다시 헌터를 향해 몸을 돌렸다. "그래. 놈을 더 연구하고 싶었어, 로버트. 다른 사람은 몰라도 자네라면 그 이유를 이해해줘야 해. 연쇄살인범의 정신이 어떻게 작용하는지에 대한 놈의 지식은 전례가 없는 것이지. 하지만 지금은 그런 건 중요하지 않아. 자네 말처럼 그는 지금 밖에 나와 있고, 당장 중요한 건 놈을 다시 데려와 세상과 격리하는 것뿐이야."

"동의합니다." 헌터가 말했다. "그런데 그건 법무부와 연방보안청 소관이지 LAPD의 일이 아닙니다. 저는 이 일과 관련이 없어요."

"불행하게도……." 케네디가 말했다. "자네 일이 맞아."

"누구 마음대로요?" 헌터가 반박했다.

케네디는 말하기 곤란해하는 것 같았다. "…… 루시엔."

헌터는 잠시 말을 멈추고 그의 표정을 살폈다. 케네디는 마치 게임 내내 비장의 카드를 손에 꼭 쥔 채 그것을 내놓을 최적의 순간만 기다리는 포커 선수처럼 보였다.

"무슨 말입니까?" 헌터가 물었다. "아직 저한테 말하지 않은 게 있죠? 그게 뭡니까?"

케네디는 몸을 곧추세웠다. "루시엔이 있던 방에서 메모가 발견됐네, 로버트." 그가 대답했다. "자네한테 남긴 거였어."

6

 루시엔이 녹스빌에 와본 것은 이번이 처음이었다. 그는 주차장을 찾기 위해 거리를 운전하면서, 그곳의 풍광에 어린 순수한 아름다움에 경탄하고 말았다. 테네시강 유역과 그레이트스모키산맥의 서편, 숨이 멎을 듯한 계곡에 자리한 이 도시는 참으로 매혹적이면서 사람의 마음을 부드럽게 만드는 마력을 가지고 있었다. 현대 건축물들 사이에 자연스럽게 자리 잡은 19세기의 건물들은 길모퉁이마다 스며 있는 역사를 보여주는 것만 같았다. 차를 운전해 도심을 나아가는 데 걸린 단 10분의 시간은, 루시엔으로 하여금 여유가 생기면 곧장 녹스빌로 돌아와 이곳을 조금 더 둘러보아야겠다고 스스로를 설득시키기에 충분했다.

 루시엔은 주차 대행 서비스를 제공하는 주차장 세 곳을 지나치고 나서야 스테이트가街의 모퉁이에서 운전자가 직접 주차할 수 있는 곳을 발견했다.

 "좋아, 가보자!" 아우디 A6의 방향을 틀어 건물 입구로 향하면서 그가 큰 소리로 말했다. 차단기 옆의 기계에서 주차권을 발급받은 루시엔은 차를 댈 자리와 함께 CCTV 카메라의 위치를 훑으면서 주차장을 천천히 돌았다.

첫 번째 층에는 남은 자리가 없었다. 두 번째 층에서는 두어 자리를 찾았지만 보안 카메라와 일직선상에 있는 곳이었다. 루시엔은 3층 맨 끝 벽 옆에서, 사각지대인 완벽한 장소를 발견했다. 재빨리 후진으로 그 자리에 들어갔다.

"좋았어. 당신이 내게 줄 수 있는 게 더 있나 볼까, 캠벨 부인." 그는 시동을 끄고 조수석에 놓여 있던 알리시아 캠벨의 핸드백으로 손을 뻗으며 혼잣말했다. 가장 먼저 찾은 것은 보테가베네타 브랜드의 가죽 지갑이었다.

"와, 엄청 비싼 건데." 루시엔은 킥킥대며 지갑의 지퍼를 열었다. "우리에게 있는 건…… 현금 127달러네. 나쁘지 않군." 그는 돈을 자기 주머니에 넣었다. "신용카드 다섯 장에 운전면허증, 동전 몇 개, 명함 한 다발…… 음, **알리시아 캠벨**." 그러고는 명함 하나를 꺼내 읽었다. "독립 모기지 상담사. 하, 전혀 예상치 못한 직업인데." 지갑 속 마지막 수납공간에는 사진이 끼워져 있었다. 루시엔은 잠시 사진을 살폈다. "이자가 당신 마음을 찢어놓은 녀석인가 보군." 그는 알리시아가 바로 옆에 앉아 있기라도 한 것처럼 말했다. "조만간 내가 찾아가서 혼 좀 내줘야겠어, 어때?"

루시엔은 알리시아의 운전면허증과 함께 신용카드를 아무거나 한 장 지갑에서 꺼내 자기 주머니에 넣었다. 그러고 나서 지갑을 한쪽에 치워두고 핸드백을 다시 살피기 시작했다. 나머지 내용물을 뒤적거리던 그는 자신도 가지고 있는 작은 화장품 파우치백―분장은 늘 쓸모가 있는 법이니까―하나와 집 열쇠 같은 것이 달린 열쇠고리 하나, 펜 두 자루, 그리고 쓸모없는 영수증 뭉치와 처방약 두 상자를 발견했다. 약은 상표를 확인하니 자낙스XR 3밀리그램, 발륨 10밀리그램이었다.

루시엔은 놀라서 두 눈이 휘둥그레졌다. 두 약물 다 매우 친숙했다. 자낙스는 이 나라에서 가장 잘 팔리는 알프라졸람이었다. 알프라졸람은 불안에 시달리는 사람들의 뇌 속에서 균형이 어긋났을지 모를 신경전달물질에 영향을 미치는 벤조디아제핀계 약물로, 불안장애와 공황장애, 만성 우울증의 치료에 사용되었다. 발륨은 이 나라에서 가장 잘 팔리는 디아제팜으로, 역시 벤조디아제핀계 약물이었다. 발륨 또한 불안장애의 치료에 사용되기는 했지만 본래는 항경련제였다. 즉, 알코올중독의 금단증상이나 근육경련의 치료나 발작증의 예방에 널리 사용된다는 것이었다. 두 약물 모두 기분 전환을 위한 약물로서 전 세계에서 숭배되었다. 간단히 말해, 벤조디아제핀은 뇌 속 화학물질에 영향을 미치는 약물이기에 자낙스든 발륨이든 반 알만 복용해도 대부분의 사람은 흥분하게 되어 있었다. 한 알을 복용하면 대개는 잠든다. 두 효과 모두 루시엔에게는 이득이었다. 그는 자신의 행운에 슬며시 미소 지었다.

핸드백 안에 다른 쓸 만한 건 없었다.

루시엔은 핸드백을 다시 조수석에 놓고 글로브박스를 열었다. 그 안에서 차량 매뉴얼과 휠볼트 키가 들어 있는 플라스틱 상자, 알리시아의 휴대전화를 찾았다. 버튼을 눌러 전화기의 화면을 깨운 그는 숲 사진과 시간, 그리고 '지문을 사용하거나 화면을 밀어 잠금을 해제하세요'라는 메시지를 마주했다.

화면을 밀자 비밀번호 입력창이 떠올랐다.

"그럼 지문이지." 루시엔은 혼잣말을 하며 트렁크 버튼을 눌렀다.

그는 좌석에서 몸을 낮추고 차를 주차한 층을 살폈다. 어디에서도 움직임은 없었다.

루시엔은 아우디 차량의 뒤쪽과 주차장 벽 사이에 한 사람 정도가 들어갈 만한 공간을 남겨두었었다. 차 주위를 돌며 주차장을 한 번 더 확인하고 트렁크 뚜껑을 열었다. 그 안에 알리시아 캠벨의 시신이 있었다. 목은 부러졌고, 얼굴은 여전히 짙은 공포로 물든 채였다. 루시엔은 두 손으로 그녀의 얼굴을 움켜쥐고 공포에 질린 두 눈을 똑바로 응시하며 단 한 차례의 격렬한 동작으로 머리를 180도 비틀었다. 두개골 근처의 경추가 부러지는 동시에 척수까지 끊어지던 바로 그 순간에, 알리시아에게는 세 가지 일이 일어났다. 하나. 척수는 뇌와 신체 사이의 통로이기에 그녀의 뇌는 부상 지점 아랫부분의 몸과 즉시 분리되었고, 그래서 호흡근을 비롯한 모든 것이 즉각 마비되었다. 둘. 그 결과 호흡이 그쳤다. 셋. 그녀의 몸은 심장을 통제하는 능력을 상실했다.

루시엔은 할리우드 영화나 중국 무술영화에서 흔히 그려지는 것과 달리, 목이 부러지고 척수가 절단되어도 바로 죽지 않는다는 것을 잘 알고 있었다. 피해자는 회복력과 체력에 따라 최장 3분 30초까지 극심한 고통을 느낀다. 알리시아 캠벨은 호흡부전으로 질식하기까지 1분 22초 동안 살았다.

루시엔은 시신을 고속도로 옆 휴게소에서 처리할까도 생각했지만, 너무 위험이 크다는 결론에 도달했다. 휴게소 주변의 수풀은 낮동안 시신을 제대로 가려줄 만큼 무성하지 않았다. 다음번에 휴게소에 차를 대는 사람에게 쉬이 발견되었을 것이다. 루시엔은 자신이 몰고 온 쉐보레 콜로라도에 그녀를 그대로 둘 수도 있었지만, 지금쯤이면 온 나라의 사법기관이 그 픽업트럭을 찾고 있을 터였다. 아직 발견되지 않았다면 앞으로 한 시간, 어쩌면 그보다 빨리 발견될 수 있으리라고 루시엔은 확신했다. 그들이 트럭을 발견한다면, 결국 그녀의 시신을 찾아낼 것이다. 그리고 그녀의 시신이 발견된다면, 신원 확인이 빠르게 이루어지고 추적의 대상도 콜로라도에서 아우디 A6로 옮겨질 것이다. 다시 말해, 얼마 안 가 루시엔은 다른 이동 수단을 찾아야 한다는 뜻이었다. 불필요한 번거로움이었다. 여전히 루이지애나주로 가야 하는 그는 편안하고 튼튼한 아우디가 제법 마음에 들었다.

루시엔은 여러 방안을 비교 분석한 후 알리시아의 시신을 그녀의 차 트렁크 속에 넣고 녹스빌을 떠날 때까지 그대로 두는 게 가장 좋은 수라는 결론을 내렸다. 그는 이 도시 주변에서 한 시간…… 최장 두 시간 이상 머무를 생각이 없었다. 그 정도면 필요한 물품을 어느 정도 구비하고 외모를 바꾸기에 충분했다. 도시를 떠나면 그녀의 시신을 처리하기에 이상적인 장소를 바로 찾을 거라고 생각했지만, 지금은 당장 휴대전화의 잠금부터 풀어야 했다.

루시엔은 알리시아의 오른손을 들어 올려 엄지손가락을 휴대전화에 갖다 댔다. 1초 후, 잠금이 해제되었다.

가장 먼저 루시엔은 전화기의 '설정'으로 들어갔다. 하지만 비밀번호를 입력하지 않고 화면을 영구적으로 풀 수 있게 바꿀 수 없다는 사실을 이내 알았기 때문에, 차선책으로 '자동 잠김' 시간을 5초에서 30분으로 바꾸었다. 이제 루시엔은 30분마다 화면을 만져 전화기 화면이 잠기지 않게 하면 되었다.

그다음에 루시엔은 휴대전화의 지도 애플리케이션을 실행하고 '녹스빌 도심에 있는 코스튬 상점'을 검색창에 입력했다. 그리고 세 개의 결과를 얻었다. 가장 가까운 장소가 현재 위치에서 800미터도 떨어지지 않은 곳에 있었다.

"여긴 어떨까?"

루시엔은 성대모사의 달인이었을 뿐만 아니라, 변장에 관해서는 가히 '마법사'라 할 정도였다. 적절한 분장 도구와 어느 코스튬 상점에서나 쉽게 구할 수 있는 간단한 소품 몇 가지로 몇 분 만에 외모를 극적으로 바꿔, 누구도 본래의 그를 전혀 알아볼 수 없게 만들 수 있었다.

화면에 뜬 지도를 통해 상점으로 가는 방향을 확인했다. 도보로 가는 것은 당연히 운전만큼이나 간단할 터였다. 루시엔은 코스튬 상점에서 구할 수 없는 몇 가지 물건들을 가는 길에, 되는대로 사야 했기 때문에 도보로 가기로 했다. 그는 차 문을 잠그고 휴대전화 화면에 표시된 주소지로 향했다.

7

헌터는 방금 케네디가 자신에게 한 말을 설명해주길 기대했지만, NCAVC 센터장은 아무 말도 하지 않았다.

"무슨 말입니까, 에이드리언?" 헌터가 여전히 침착한 목소리로 물었다. "무슨 메모요?"

"여기 있는 사람들한테 굳이 절차를 설명할 필요가 없다는 건 알지만……." 케네디가 대답했다. "자네들도 알다시피, 탈옥 사건이 일어나면 가장 먼저 면밀히 조사하는 곳이 수감자의 방이야. 연방보안관들은 탈출 계획과 관련이 있어 보이는 것들…… 메모나 그림, 외부 사람들과 주고받은 편지 등을 찾지. 어떤 종류의 단서든 말이야."

헌터는 대답 대신 고개를 한 번 끄덕였다.

"음." 케네디가 말을 이었다. "루시엔의 감방을 싹 헤집어봤지만 아무것도 찾지 못했네."

"찾지 못할 겁니다." 헌터는 어깨를 으쓱했다. "루시엔은 아무리 복잡한 계획이라도 오직 머릿속에서만 그려보고 검토했을 겁니다."

"그렇겠지." 케네디가 인정했다. "그런데 루시엔은 감방에서 탈출한 게 아니었어."

"네, 압니다." 헌터가 말했다. "탈옥하면서 간호사 둘을 죽였다고 했죠. 그 말은 의무실에서 탈출했다는 뜻이겠죠."

"맞네." 케네디가 동의했다. "어제 오후에 리 교도소의 의무실로 옮겨졌어. 격심한 복통을 일으키고 계속 토했다더군."

"그렇겠죠, 뭐." 가르시아의 말이었다.

"어쨌든……." 케네디가 말했다. "그가 있었던 병실 안에서 짧은 메모가 발견됐어. 루시엔이 베개 위에 남겼다고 들었네."

"베개요?" 가르시아가 물었다.

"그래." 케네디가 확인해주었다.

"그 메모가…… 저한테 남긴 거라고요?" 헌터가 물었다. 케네디는 다시 헌터를 돌아보며 고개를 끄덕였지만 그다지 설득력이 있어 보이지는 않았다.

"그래." 그가 대답했다. "일종의 위장된 방식으로."

그 말에 헌터는 표정으로 질문을 대신했다.

그 순간이었다. 케네디는 주머니 속에 든 휴대전화의 진동을 느꼈다. 하나 이번에는 단 두 번만 연달아 울렸을 뿐이었다. 문자메시지가 도착했음을 알리는 진동이었다.

"잠깐만 기다려주겠나?" 그가 전화기의 화면을 확인하면서 말했다. "그래." 몇 초 뒤 그가 고개를 끄덕였다. "메모는 자네에게 남긴 게 확실해. 의문의 여지가 없어." 그는 오른팔을 뻗어 헌터에게 휴대전화를 건넸다. "한번 보게."

헌터는 전화기를 들여다보지 않으면 끔찍한 악몽이 그대로 사라지기라도 한다는 것처럼 우두커니 서서, 어떻게 해야 할지 곰곰이 생각하는 것 같았다. 반면에 가르시아는 초코바를 눈앞에 둔 배고픈 아이같이 거침없이 앞으로 나섰다.

헌터는 케네디의 휴대전화 화면에 뭐가 비치든 간에 자신의 파트너에게 그것을 먼저 보게 한 뒤에야 마침내 사무실을 가로질러 그들이 있는 곳으로 갔다.

"나는 모르겠어." 가르시아는 가늘게 뜬 눈으로 케네디를 본 후 헌터 쪽으로 시선을 돌리며 말했다.

케네디는 30센티미터 정도 떨어진 곳에서 바지 주머니에 손을 찔러 넣고 서 있는 헌터를 향해 전화기를 들어 보였다. 그의 시선이 기어이 작은 화면에 이르렀다. 버석한 하얀 베갯잇에 놓인 네모난 흰 종이. 그 위에 피로 글씨가 적혀 있었다. 헌터는 찬찬히 읽었다.

"오랜 친구여, 너는 그 비행기 안에서 내가 기회를 줬을 때 날 죽였어야 했어. 기회는 완전히 사라졌지. 이젠 내 차례야. 준비하라고, 메뚜기. 우린 게임을 할 거야."

"내가 틀렸나?" 케네디가 물었다. "이 메모가 자네와 관련이 있다는 거 말이야."

헌터는 고개를 가로저었다. "아뇨, 틀리지 않았어요." 목소리는 그가 힘겨워하고 있음을 더는 숨기지 못하고 있었다.

"물어볼 게 한가득이야." 제2의 피부인 양 혼란이 가르시아의 얼굴을 뒤덮었다.

"로버트가 모든 질문에 대답해줄걸세. 내가 떠나고 나면." 케네디는 재빨리 시계를 확인하고 다시 말했다. "곧 그렇게 되겠지." 그리고 헌터에게 말을 걸었다. "로버트, 자네는 나보다 루시엔을 훨씬 잘 알지. 하지만 난 내 커리어 내내 사이코패스를 상대해왔어. 내가 보기에……." 그는 턱으로 휴대전화를 가리켰다. "…… 단순한 초대장처럼 보이지는 않아. 그리고 만약 초대장이라면, 그냥 거절할 수 있는 유형은 아니지. 루시엔은 자네가 그렇게 하게 놔두지 않을 거야."

헌터는 케네디가 옳다는 걸 알았기 때문에 아무 말도 하지 않았다. 그 메모는 초대장이 아니라, 도전으로 가득한 **최후통첩**이었다.

케네디는 시간을 한 번 더 확인했다. "난 워싱턴으로 돌아가야 해. 분명 저쪽은 벌써 바쁘게 움직이는 중일 거야. 오후에 내가 연락하지."

"FBI의 특별대책반은 맡지 않을 겁니다, 에이드리언." 헌터는 단호했다.

케네디는 문 옆에서 잠시 멈춰 두 형사를 바라보았다. 그는 알았다는 뜻으로 아주 살짝 고개를 끄덕이고 사무실을 떠났다. 그가 헌터나 가르시아에게 아무 말도 하지 않은 것은 헌터가 루시엔을 쫓든 쫓지 않든 상관없다고 생각했기 때문이었다. 케네디는 루시엔이 헌터를 찾아오리라고 확신했다.

8

케네디의 등 뒤로 문이 닫히자마자 가르시아가 헌터를 향해 몸을 돌렸다.

"너랑 나." 가르시아는 자신과 헌터 사이로 집게손가락을 격하게 움직이며 말했다. "얘기 좀 하지."

헌터는 고개를 끄덕이고 책상 뒤 의자에 앉았다.

가르시아는 서 있었다.

"좋아, 난 들을 준비가 됐어. 젠장, 루시엔 폴터가 대체 누구야?" 그는 오른손을 들었다. "그리고 제발 '인간의 형상을 한 악마'라느니 그딴 헛소리는 하지 마."

헌터는 의자에 등을 기대앉아 팔걸이에 팔꿈치를 걸치고 손은 턱 앞으로 깍지를 꼈다. 이 상황에서 쉽게 벗어날 방도가 없다는 걸 그는 알고 있었다. "긴 버전을 마음에 들어할 것 같은데."

"나 한가해." 가르시아가 대답했다.

헌터는 루시엔이 누구인지 설명하기 위한 적절한 어휘를 선택하려는 것처럼 잠시 뜸을 들였다. 이윽고 그는 어깨를 으쓱하면서 설명을 시작했다.

"루시엔 폴터는 내가 만나본 가장 지능적인 사람 중 하나야. 자기 관리가 철저하고 결단력을 가진 데다 집중력까지 뛰어나고, 책략이 있으면서 매우 숙련된 것은 물론, 심리 조작과 속임수에 있어서는 달인이라고 할 수 있지. 그리고 에이드리언의 말은 거짓이 아니야. 루시엔은 그야말로 순수한 악 그 자체야."

가르시아는 여전히 대수롭지 않다는 표정이었다. "만나본 적이 있어?" 그가 물었다. "언제?"

헌터는 순간 주저했다. "열여섯 살 때."

가르시아의 얼굴이 몹시 놀란 표정으로 바뀌었다. "뭐? 열여섯?"

헌터는 고개를 끄덕였다. "스탠퍼드에 입학한 첫날에. 우린 같은 기숙사 방을 썼어. 루시엔이 내 룸메이트였지."

가르시아의 턱이 벌어져 바닥에 닿을 듯했다. "앉아서 듣는 게 낫겠다는 생각이 드는군." 그는 책상에 기댔다.

"나처럼······." 헌터가 말을 이었다. "루시엔도 심리학을 전공했어."

헌터의 공허한 눈빛에서, 가르시아는 그가 대학 시절의 기억을 떠올리고 있다는 걸 알 수 있었다. 가르시아는 기다렸다.

"우린 금방 친해졌지." 헌터가 말했다. "내 예상과는 전혀 다른 결과였어."

"무슨 뜻이야?"

헌터는 다시 어깨를 으쓱했다. "그는 다정했어."

가르시아는 얼굴을 찡그렸다. "그래서 놀랐다고?"

"어느 정도는."

"어째서?"

"내가 말했듯이, 대학에 들어갔을 때 난 열여섯이었어. 다른 사람들보다 최소 두 살은 어렸다는 말이지. 어릴 적의 나는 결코 활동적인 타입이 아니었어. 스포츠나 운동 같은 것에는 관심이 없었지. 볼품없이 말랐었고, 당시 스탠퍼드 학생들과는 옷 입는 것도 아주 달랐어."

"어떻게 달랐다는 거지?"

"우리 집은 몹시 가난했어." 헌터가 변명하는 기색 없이 대답했다. "대부분 중고로 산 옷들이었지. 내 몸에 잘 맞지 않는 게 대부분이었지만, 우리 집 형편으로는 어쩔 수 없었거든." 그는 미소 지었다. "찢어진 청바지가 유행이 아니었을 때 나는 찢어진 청바지를 입었어. 그런지록(1990년대 시애틀을 중심으로 융성하여 미국 대중음악계를 장악했던, 록의 하위 장르—옮긴이)이 럼버잭 셔츠(빨간색과 검은색의 격자무늬가 있는 셔츠—옮긴이)를 유행시키기 전에 벌써 입었고." 그는 눈썹을 치켜올리고 말했다. "이해가 돼? 대부분의 사람들보다 어렸고, 우스꽝스럽게 마른 데다가, 괴짜 같았고, 주로 몸에 안 맞는 찢어진 옷을 입고 다녔다는 거야." 헌터는 파트너가 머릿속으로 이미지를 그려볼수 있게 시간을 주었다. "이제 그림이 그려지지? 난 따돌림을 받았어, 카를로스."

현재의 외모와 체격을 보면 헌터가 한때 깡마른 아이였다고는 상상하기 어려웠다. 지금의 그는 레슬링팀의 주장이나 대학 복싱 챔피언에 가까워 보였다.

"당시에……." 헌터는 계속 말했다. "루시엔은 열아홉이었는데, 스포츠를 정말 좋아해서 일주일에 적어도 다섯 번은 운동을 했어. 나같은 사람을 신나게 놀려댈 게 뻔한 운동광의 전형 같은 모습이었지." 기억을 되짚던 헌터가 갑자기 낄낄댔다. "책 한 상자와 내가 가진 옷 전부가 든 가방을 들고 기숙사 방에 들어가던 첫날이 기억나.

몇십 년 전에 말이야. 그때 루시엔은 바닥에서 팔굽혀펴기를 하고 있었어."

"안타깝군." 가르시아가 말했다.

"그를 보자마자, 나는 틀림없이 내게 닥칠 거라고 예상한 일에 대비해야 했지." 그러고 나서 그는 고개를 가로저었다. "하지만 그런 일은 일어나지 않았어. 루시엔은 내 몸이 얼마나 말랐는지, 내 옷이 얼마나 추레한지, 내가 얼마나 괴짜처럼 보이는지에 대해서는 한마디도 하지 않았어. 비아냥거리지도 비꼬지도 않았고, 농담도 하지 않았어. 아무것도……. 오히려 그는 날 도와주려고 했지."

"어릴 때 괴롭힘당했을 줄은 몰랐어." 가르시아가 말했다.

"네가 나였다면 아마 거기서 벗어나기 힘들었을걸." 헌터가 말했다. "솔직히 말하면, 괴롭힘당하는 것에 너무 익숙해져 있던 나는 루시엔이 '회심의 한방'을 위해 참고 있는 거라는 생각까지 했어. 무슨 말인지 알지? 처음엔 잘해주면서 내 신뢰를 얻다가…… 때가 되면…… 당하고 말 거라고 말이야. 일방적인 장난이나 농담, 육체적 폭력, 조롱…… 뭐든 말이야."

"그런데 그런 일은 없었군."

헌터는 다시 한번 고개를 가로저었다. "전혀. 도리어 루시엔은 다른 학생들이 집단으로 날 괴롭히려 하는 걸 두어 번 막아주기까지 했어. 내게 무술을 배우게 하고, 운동을 시키고, 몸을 불리는 방법을 알려준 게 바로 그였지. 말하자면, 대학 시절의 루시엔은 내 가장 친한 친구였어."

가르시아는 뭔가를 놓친 듯한 표정이었다. "좀 헷갈리는데, 로버트. 지금껏 루시엔이라는 인물이 **악의 화신**이라고 들었는데, 네가 묘사한 사람은 상당히 괜찮은 녀석 같거든."

"그의 속임수 중 하나일 뿐이야." 헌터가 다시 의자에 앉으며 말했다. "기만. 루시엔은 그 분야에서 최고야." 그는 다음에 이을 말들을 가늠하며 잠시 가만히 있다가 입을 열었다. "숫자는 확인되지 않았고 앞으로도 확인될지 알 수 없지만, 최소 100명은 살해했을 것으로 추정돼."

그제야 가르시아는 강한 인상을 받은 듯한 얼굴을 했다. "뭐라고?" 헌터가 그런 농담은 절대 하지 않는다는 것을 그는 알았다. "그게 사실이라면…… 놈은 미국 역사상 가장 많은 사람을 죽인 연쇄살인범 중 하나가 될 텐데."

"그래, 그렇겠지." 헌터가 동의했다.

"그런데 왜 나는 금시초문인 걸까?"

"아무도 몰랐으니까. 우리가 몇 년 전에 그를 붙잡기 전까지는 루시엔이 누구인지, 어떤 짓을 저질렀는지 아는 사람이 없었어."

"**우리**?" 혼란스러움이 다시금 가르시아의 얼굴을 가로질렀다. "우리 누구?"

"내가 FBI와 NCAVC를 도왔어."

"언제?"

헌터는 긴 숨을 내쉬고 대답했다. "3년 반 전쯤."

"3년 반 전에?" 가르시아의 혼란스러운 표정은 이제 심각한 수준이 되었다. "우린 10년 동안 파트너였는데, 내가 그걸 몰랐다고?"

헌터는 아무 말도 하지 않았다.

"3년 반 전에 언제? 그때 난 어디에 있었지?"

"휴가 중이었어."

"휴가……." 머릿속에서 당시의 기억이 불현듯 떠오르자, 가르시아는 잠시 말을 멈추고 허공을 바라보며 얼굴을 찌푸렸다. 3년 반

전, 아내인 애나와 그의 생명을 앗아 갈 뻔했던 연쇄살인 사건의 수사가 끝나자 상사는 그와 헌터에게 좀 쉬라고, 정확히는 2주간 휴가를 보내라고 지시했다. 헌터는 하와이에 가기로 되어 있었고, 가르시아는 애나를 뉴올리언스로 데려갔다. 자신과 아내가 루이지애나에서 돌아와 헌터를 다시 만난 그 아침의 기억이 가르시아의 머릿속에 떠올랐다. 바로 이 사무실에서였다. 가르시아는 그때 나눈 대화를 토씨 하나 빠뜨리지 않고 기억했다.

"하와이에서 막 돌아온 사람치곤 별로 안 탔네." 그는 파트너를 향해 물었다. "휴가, 다녀왔지?"

"뭐, 일종의 휴가였지." 헌터는 그렇게 대답했었다.

"무슨 말이야?"

"쉰 셈이야. 하와이에만 안 갔을 뿐."

가르시아는 헌터가 늘 하와이에 가고 싶어 했지만 그동안 갈 기회가 없었다는 걸 알고 있었기 때문에, 그때 무언가 이상하다고 생각했었다.

"그럼 어디 갔었는데?"

"특별한 데는 아니야. 그냥 친구를 보러 동부에 다녀왔어."

당시에 가르시아는 더 캐묻지 않았었다. 그런데 이제는 모든 게 이해되었다. '친구를 보러'는 에이드리언 케네디를 보러 갔다는 뜻이었고, '동부에' 갔다는 건 버지니아주 콴티코에 갔다는 말이었다.

"그럼 '일종의 휴가'가 그거였어?" 가르시아는 못 믿겠다는 듯이 물었다. "FBI를 도우러 콴티코에 갔었다고?"

"선택의 여지가 없었어, 카를로스." 헌터가 설명했다. "막 떠나려는 찰나에 반장님 전화를 받았거든."

"블레이크 반장님?"

"맞아." 헌터가 확인해주었다. "나한테 사무실에 들르라고 하더군. 정말 중요한 일이 생겼는데 지체할 수 없다고. 가봤더니 에이드리언 케네디가 거기에 있었어. 와이오밍에서 FBI가 이중 살인의 범인일 가능성이 있는 사람을 우연히 체포했는데, 그 일 때문에 여기로 날아온 거였지."

"우연히?"

헌터는 고개를 끄덕였다. "아주 우연한 사고의 결과로."

"이제 재밌어지는군." 가르시아가 책상 뒤 의자에 앉으며 말했다. "좋아, 처음부터 말해봐."

9

　그 후 한 시간 정도, 헌터가 3년 반 전에 자신이 마주했던 저 운명적인 2주 동안의 일 대부분을 말하는 동안 가르시아는 거의 침묵하는 채로 귀를 기울이고 있었다. 물론 헌터가 전부 이야기한 것은 아니었다. 개인적인 내용…… 헌터의 삶을 영원히 바꿔놓고 만 폭로들은 그의 정신 속 어딘가에 단단히 갇혀 있었다. 차갑고 어두우며 슬픔과 증오가 넘쳐흐르는 곳에. 그럼에도 헌터의 표정은 그 무엇도 드러내지 않았다.

　"그러니까 네 말은……." 헌터가 마침내 이야기를 끝맺자 가르시아가 입을 열었다. "이 루시엔이라는 인물이 평생 살인을 저질러왔다는 거지? 그, 뭐냐……." 그는 잠시 말을 멈추고 주위의 공기를 탐색하며 적절한 어휘를 찾았다. "그러니까, '살인 매뉴얼'을 만들고 싶어서?"

　"아니, 겨우 그런 것 따위가 아니야." 헌터가 바로잡았다. "루시엔은 자기가 할 수 있는 모든 것을 문서로 남겼어. 피해자의 이름과 주소, 그들을 죽이고 싶다는 욕구를 촉발한 특별한 요인들, 살인 계획,

직접 실험한 각기 다른 범행 수법의 세부 사항들과 시그너처(연쇄살인범이 범죄 현장에 남기는 고유의 패턴―옮긴이), 자기가 느낀 감정들까지 전부. 그 일지들은 살인 전과 행위 중 그리고 살인 후의 정신에 관한 연구, 즉 '정신 이상과 혼란에 대한 심리학적 자기진단'의 방대한 기록으로 평가됐지. 따라서 매뉴얼은 아니야. 그는 **백과사전**을 쓰고 있었어."

"찾아낸 공책이 몇 권이라고?"

"쉰세 권." 헌터가 대답했다. "각 일지가 약 300쪽 분량이었어."

가르시아는 루시엔의 '백과사전'에 대해 생각하는 듯했다. 그러다 고개를 가로저었다. "완전히 미친 짓이야."

"대부분의 사람에게는 그렇겠지." 헌터는 동의했다. "하지만 에이드리언 케네디에게 그 일지를 이해하는 것은 반드시 필요한 일이었어."

가르시아는 아랫입술을 꼬집으며 곰곰이 생각하다가 입을 열었다. "여전히 미친 소리처럼 들리지만…… FBI의 NCAVC와 BAU 책임자로서 그것들을 원했던 이유는 이해가 되는군."

"그래." 헌터가 말했다. "그 점에 대해 따질 생각은 전혀 없어. 난 단지……."

"잠깐." 가르시아가 헌터 말을 가로막으며 가늘게 뜬 눈으로 그를 보았다.

"뭐가 잘못됐어?" 헌터가 물었다.

"네가 말한 일지들 말이야." 가르시아가 대답했다. "먼젓번에 놈이 탈출했을 때 그 공책을 조사해서 놈의 소재를 알아냈다고 했잖아?"

"맞아." 헌터가 동의했다. "루시엔이 사용하던 가짜 이름들을 남자 피해자들의 이름과 대조해서……."

"그래, 알아." 가르시아가 손을 휘저으며 그의 말을 끊었다. "그건 이해했어. 그렇게 해서 놈을 잡았다는 거. 그런데 놈이 피해자들의 신분을 가로챈 경우도 있다는 걸 알아내기 전에, 일지 속 은신처의 위치를 꼼꼼히 살펴봤다고 했잖아. 그렇지?"

헌터는 생각에 잠겨 파트너를 돌아보았다. 그는 가르시아의 질문이 어디로 이어질지 알았다. 그 역시 같은 생각을 해봤기 때문이었다.

헌터는 방금, 루시엔이 사들이거나 가로챈 장소의 위치를 비롯하여 그가 적을 수 있는 모든 것을 '살인 백과사전'에 기록했다고 말했었다. 아무도 모르는 곳들…… 은신처. 전국적으로 분포해 있는 은신처는 대개 피해자들을 '실험'할 수 있는 고문실로 사용되었지만, 루시엔이 위협을 느끼는 상황에서는 손쉽게 피난처로 쓰일 수 있었다. 가르시아는 그 이야기를 하려는 것이었다.

남자든 여자든 누구든 간에 구속 상태에서 탈출한 경우 그들은 자기들이 숨을 수 있는 곳, 잠시만이라도 낮은 자세를 유지한 채 기회를 엿볼 수 있는 안전한 피난처를 찾는 것이 최우선이다. 헌터도 그것을 알고 있었다. 그렇기에 루시엔이 자기가 사용한 은신처의 위치를 일지에 전부 적어놓았다는 사실을 깨닫자마자, 케네디에게 연락을 취해 속독이 가능한 요원 열 명을 모아 팀을 꾸리게 한 것이었다. 헌터가 포함된 그 팀은 일지에 언급된 모든 장소를 찾아 몇 시간이나 루시엔의 공책을 살펴보았다. 그들이 300쪽 분량의 공책 쉰세 권이라는 긴 여정을 마침으로써, 총 열다섯 개 주에 산재한 은신처 열다섯 곳이 마침내 확인되었다. 그리고 몇 시간도 지나지 않아 FBI 특수기동대가 모든 은신처를 급습했다.

"작전이 실패했다고 말한 건 알겠어." 가르시아가 생각을 정리하며 말했다. "그 열다섯 곳의 은신처 어디에서도 루시엔은 발견되지 않았지. 하지만 이런 질문은 어때? 루시엔은…… 그 은신처들이 급습당했다는 사실을 아는 거야? 지금 그곳들이 은신처로서 위태롭다는 사실을 알까?"

"아마, 아닐 거야." 헌터가 대답했다. "그건 모를 거야. **적어도.**"

"그게 무슨 뜻이야?"

"FBI가 처음 취한 조치가 그 은신처들을 확인하는 것이었다는 사실은 듣지 못했을 거야."

가르시아는 헌터가 말하려는 바가 이제야 명확해졌다는 듯 그를 보며 인상을 찡그렸다.

"하지만 루시엔은 FBI가 자신의 '임시 백과사전' 쉰세 권을 압수했다는 사실은 알아." 헌터가 말을 이었다. "에이드리언과 NCAVC가 일지를 지금까지 철저히 분석했으리라는 것도 당연히 알겠지. 공책 한 장 한 장, 낱말 하나하나 전부." 그리고 잠시 말을 멈춘 헌터는 가르시아의 의견에 뒤늦게 수긍했다. "그래, 네 말이 맞아. 지금 당장 루시엔에게 가장 필요한 건 숨을 장소겠지. 그가 안전하다고 여길 만한 곳." 그는 가르시아를 향해 아주 살짝 고개를 저었다. "하지만 일지에 언급된 어떤 장소나 주소, 이름도 더는 안전하지 않아. 왜냐하면 FBI가 백과사전을 가지고 있으니까. 루시엔도 그걸 잘 알아. 그러니까 열다섯 군데 주소지 어디로도 가지 않을 거야. 그는 그것보다 훨씬 똑똑해. 아마 일지에 언급하지 않은 장소를 한 군데, 아니 어쩌면 그것보다 더 많이 가지고 있겠지. 자기만 알고 있고 아무에게도 언급하지 않은 곳, 어디에도 적어놓지 않은 곳 말이야."

"확실하지는 않잖아, 로버트." 가르시아가 반박했다. "루시엔은 지난 3년 반 동안 완전히 격리돼 있었어. 내가 들은 내용만 따져봐도, 그동안 그는 외부와 접촉한 적이 없어." 그는 헌터의 책상 옆에서 잠시 걸음을 멈췄다. "그가 얼마나 똑똑한지는 중요하지 않아. 지금 FBI와 연방보안청을 비롯한 전국의 모든 사법기관이 그를 찾고 있어. 그래, 분명히 네 말이 맞을 거야. 루시엔은 일지에 언급한 모든 장소와 주소, 이름이 위태롭다는 걸 누구보다 잘 알고 있겠지. 하지만 지금 상황에서 그는 덤으로 주어진 시간을 길게 끌고 있을 뿐인 절박한 탈주범에 불과해. 절박한 사람들은 그게 아무리 위험해 보인대도 결국은 절박한 수단에 기대고 만다는 걸 너도 잘 알잖아."

가르시아의 논리에는 흠잡을 데가 없었다. 사소하지만 가장 중요한 한 가지만 제외하면. **루시엔은 절박하지 않았다. 그리고 겁에 질리지도 않았다, 절대로.**

그럼에도 불구하고 헌터는 그 장소들을 감시할 가치가 있다는 점에 동의해야 했다.

"내 다음 질문은……." 가르시아가 말했다. "그 은신처들 말이야. 아직도 있나? 아니면 FBI가 폐쇄했어?"

헌터는 어깨를 으쓱했다. "모르지. 그런데 그게 진짜 중요한 건 아니잖아?"

가르시아는 헌터의 의중을 빠르게 파악했다.

"그래, 루시엔 역시 알 길이 없을 테니."

헌터는 고개를 끄덕이며 책상 위의 전화기로 손을 뻗었다.

10

루시엔의 추측이 옳았다. 오전에 그의 탈옥을 알리는 긴급 속보가 전파를 탔고, 오후 1시가 되자 그의 머그샷이 전국 주요 TV 방송국의 속보 헤드라인을 장식했다. 방송에 나온 사진은 거의 4년 전에 찍은 것으로, 사실 루시엔은 그때와 비교해 그다지 변하지 않았다. 나이를 먹은 것처럼 보이지도 않았지만, 설사 그렇다 해도 별 차이는 없었을 것이다. 새로 손에 넣은 아우디 A6를 스테이트가에 있는 24시간 주차장 건물 3층에 주차한 지 40분 만에, 루시엔은 다른 사람으로 변해 있었다.

길 건너편에서 잡화점을 발견한 루시엔은 그곳에서 가위, 면도 크림, 일회용 면도기, 작은 거울, 물 세 병, 초코바 여러 개, 육포 두 봉, 키친타월 한 장, 야구 모자와 선글라스를 구입했다. 그런 뒤 길 아래쪽에 있는 아담한 가게 두어 곳 중 하나가 옷가게라는 걸 우연히 알게 된 그는 그곳에서 청바지, 그리고 가슴팍에 'Straight out of Knoxville(녹스빌에서 튀어나온)'이라고 적혀 있는 짙은 색의 긴소매 셔츠를 샀다. 옷가게에서 나오니 20미터도 떨어지지 않은 곳에 커다란 맥도날드 매장이 있었다.

"저기면 괜찮을 거야."

루시엔은 화장실만 이용하면 그만이었지만, 매장 안에 들어서자마자 문에 붙어 있는 '화장실은 매장 고객만 이용 가능합니다'라고 쓰인 팻말이 눈에 들어왔다.

그는 그런 안내문 따위를 신경 쓰거나 누군가 임의로 정한 규칙을 따르는 사람은 아니었지만, 원치 않는 관심을 불러올 위험을 굳이 감수해야 할 이유가 없었다. 게다가 음식을 조금 먹어두는 게 좋을 거라는 판단도 있었다.

야구 모자와 선글라스를 쓴 그는 멀찍이 떨어진 곳에서 카운터의 젊은 점원 네 명을 관찰했고, 1분도 되지 않아 적당한 대상을 골랐다. 생강색 머리칼에 여드름투성이 피부를 가진 10대 소년. 아이는 자기 일과 부모님, 그리고 아마도 자신의 존재 자체를 포함하여 모든 것에 대한 복수심으로 증오를 불태우는 듯이 보였다. 아이는 주문을 받을 때 금전등록기에 파묻은 시선을 거의 들지 않았다.

루시엔은 아이가 한가해질 때까지 기다렸다가 치즈버거와 감자튀김, 초코 밀크셰이크 작은 것을 주문했다. 앞선 손님 때와 마찬가지로 아이는 루시엔의 주문을 받으면서 그와 시선을 최소한으로만 맞췄다.

루시엔은 쟁반을 들고 창문에서 상당히 떨어진 식당의 맨 구석 자리로 가 매장 안의 모두를 등진 상태로 벽을 보며 앉았다.

루시엔이 맥도날드를 정말로 좋아한 적은 이제껏 한 번도 없었다. 하지만 치즈버거에 감자튀김을 곁들여 먹은 지가 벌써 4년도 더 된 데다가, 특히 초코 밀크셰이크는 맥도날드에서건 다른 데서건 언제 마셨는지 기억조차 없었다. 그 순간에는 자기 앞에 놓인 모든 것이 흡사 신의 음식인 것같이 느껴졌다.

5분 안에 식사를 마친 그는 쇼핑백을 집어 들고 생강색 머리 아이에게로 다시 갔다.

"화장실 좀 쓸 수 있을까요?" 그가 소심한 목소리와 부드러운 어조로 물었다.

"그럼요." 아이가 어깨를 으쓱하며 대답했다. "마음껏 쓰세요. 문 열어드릴게요." 그리고 머리를 오른쪽으로 살짝 기울였다.

루시엔이 화장실 문으로 가자 아이는 계산대 뒤에 숨겨져 있는 버튼을 눌렀다. 문이 약하게 쉭 소리를 내며 열렸다.

하얀 타일이 깔린 널찍한 화장실에 들어간 루시엔은 지체하지 않고 네 개의 변기 칸 중 하나로 들어가 문을 잠갔다. 그런 다음 변기 뚜껑을 덮고 그 위에 쇼핑백을 내려놓았다.

지난 몇 달 동안 루시엔은 머리카락이 귀를 덮을 만큼 자라도록 내버려두었다. 지금 모습이 그는 꽤 마음에 들었지만 이제는 포기해야 할 때였다.

그는 막 구입한 가위와 거울을 쇼핑백에서 꺼내 머리카락을 최대한 짧게 다듬기 시작했다. 그러면서도 머리카락을 쇼핑백 안에다 모으기 위해 무척 조심했다. 그 작업을 마친 후에는 면도 크림, 일회용 면도기, 물병 하나, 키친타월을 꺼냈다. 그리고 머리에 남아 있는 털을 조심스럽게 밀기 시작했다.

턱수염 역시 꽤 텁수룩한 탓에 가렵고 까칠해서 성가셨다. 머리와는 반대로 루시엔은 이 수염을 몹시 싫어했지만 그럼에도 쓸모가 있었다. 루시엔의 얼굴에서 가장 눈에 띄는 특징이라면 왼쪽 뺨에 있는 2.5센티 길이의 대각선 흉터였는데, 12년 전에 피해자 중 하나가 팔을 휘두르다 운 좋게 그에게 선사하고 만 기념비적인 흔적이었다.

루시엔은 가까스로 몸을 비틀어 온 힘을 다한 일격을 피할 수 있었다. 그러나 그가 보지 못했던 것, 아니 미처 예상치 못했던 것은 그녀의 손가락에 끼워져 있던, 두툼한 보석이 박힌 반지였다. 비록 주먹은 루시엔을 완전히 빗나가 그에게 상해를 입히는 데 실패했지만, 반지는 왼쪽 뺨을 스치고 지나가 흔적을 남기는 데 성공했다. 그것이 흉터를 가리기 위한 턱수염을 기르라는 신호가 되었다.

루시엔은 FBI가 인터넷에 유포하고 전국의 모든 신문사와 TV 방송국에 보낼 사진이 3년 반 전쯤 찍은, 턱수염이 없던 때의 머그샷임을 알고 있었다. 그리고 그는 인간의 두뇌가 어떻게 작용하는지 익히 잘 알고 있었다.

실험을 통해 알려진 바에 의하면, 보통 사람들은 단 한 번의 시각적 경험에서 그것의 극히 일부분만을 정확하게 기억할 수 있다. 시각적 이미지를 제시했을 때 인간의 눈은 뇌가 특이하다고 인식하는 요소에 주로 집중하는 경향이 있기 때문이다. 특히나 인간의 얼굴과 같은 경우에는 다양한 각 특징에 집중하기 마련이다. 이를테면 예쁜 눈, 완벽한 모양의 입술, 애교점 등 피실험자의 뇌가 아름답다고 인식한 것이나 매부리코, 흉터, 이상한 모양의 눈썹 등 이상하다고 여긴 것 따위에. 루시엔의 머그샷이 언론을 타게 된다면 대부분의 사람들이 자동으로 기억하게 될 특징은 분명 왼쪽 볼에 있는 흉터일 터였다. 루시엔은 그걸 누구보다 잘 알고 있었고, 그렇기에 코스튬 전문점이 절실했다. 라텍스만 조금 있다면, 혹은 적당한 분장만으로도 루시엔은 쉽게 흉터를 사라지게 할 수 있었다. 하지만 아직은 가게에서 무얼 구할 수 있을지 알 수 없었기 때문에, 수염을 깎고 싶어 죽을 지경이라도 그 성가심을 쉬이 내던질 수가 없었다.

"이 정도면 되겠지." 루시엔은 갓 민 머리를 작은 거울로 확인하면서 속삭였다. 완벽을 꿈꾸는 것은 아니었다. 그에게 정말로 필요한 게 있다면, 가게에 갔다가 차로 돌아갈 때까지의 20분 동안 발각되지 않는 것이었다.

삭발을 마친 루시엔은 입고 있던 제복 같은 옷을 벗고 옷가게에서 산 셔츠와 바지를 입었다. 허물 벗듯 벗어버린 것들을 쇼핑백에 집어넣은 후 변기 칸에서 나와 화장실의 커다란 거울에 자신의 모습을 비춰 확인했다. 그 결과물이 루시엔의 입가에 미소를 가져왔다.

이로써 '변신 1단계'가 완료되었다.

11

에이드리언 케네디가 헌터의 전화를 받았을 때, 그는 FBI의 전용기인 호커 제트기에 막 탑승한 참이었다. 케네디는 루시엔의 탈옥 소식을 들은 후 분노에 사로잡힌 탓에 은신처에 대해서는 까맣게 잊고 있었다. 3년 반 전에 FBI 특수기동대 열다섯 개 팀이 전국에 흩어져 있는 장소를 동시에 급습했던, 그 자신이 '악의 심장 작전'이라 칭했으며 그것을 승인하기까지 했던 장본인이라는 사실을 잊고 있었던 것이다. 루시엔 폴터의 '살인 백과사전'에서 알아낸 장소들⋯⋯.

"가능성은 매우 희박해요, 에이드리언." 헌터가 설명했다. "루시엔은 자신의 모든 기록이 분석되었고 그것에 적혀 있는 이름과 장소가 전부 확인됐다는 걸 알아요. 그 열다섯 곳 중 어느 한 군데로 도망가는 것의 위험성을 루시엔 같은 인간이 감수하지는 않을 겁니다."

"알겠네." 케네디가 대답했다. "하지만 시도해볼 가치는 있겠지?"

"어쩌면요." 헌터가 인정했다.

"즉시 착수하지." 케네디가 말했다.

"계속 소식 알려주세요."

"물론이지."

헌터가 전화를 끊자 가르시아는 구석에 놓인 커피머신으로 걸어가 갓 내린 커피를 잔에 따랐다. 그리고 말했다. "형사로 일하는 동안 온갖 미친놈들을 봐왔지만, 이 루시엔 폴터 사건에서는 도저히 이해가 안 가는 부분이 있어."

"뭔데?" 헌터가 물었다.

"루시엔은 나일론 끈과 총신을 자른 산탄총을 사용해서 의무실 컨트롤룸에 부비트랩을 설치했어, 맞지?" 그렇게 말하고 고개를 가로저으면서 계속 질문을 읊조리던 가르시아가 어깨를 으쓱했다. "왜?"

그러자 헌터 역시 어깨를 으쓱했다. "루시엔이니까."

가르시아는 커피를 홀짝이며 말했다. "아, 그거참……. 좋아, 아주 완벽하기 그지없는 설명이군. 고마워."

헌터는 자리에서 일어나 창가로 갔다. 창밖에 펼쳐진 LA의 하늘은 파란색과 흰색이 어우러진 하나의 대리석 같았고, 늦은 아침의 햇살을 흐릿하게 가린 구름이 거리의 기온을 쾌적하게 유지시켜주었다.

"루시엔은 자신의 결의를 증명할 기회라면 절대 놓치지 않아, 카를로스." 헌터가 마침내, 방금 자기가 내놓았던 대답을 자세히 부연하기 시작했다. "이 나라의 어디서든, 어떤 수감자라도, 탈출할 기회를 잡으면 바로 도망칠 거야. 그렇지? 한시라도 빨리 교도소 담벼락에서 멀어지려 할 거고." 그는 가슴 앞으로 팔짱을 꼈다. "하지만 루시엔은 아니야. 컨트롤룸에서 일어난 일을 정확히는 알 수 없지만, 추측은 할 수 있어."

"글쎄, 난 상상이 안 돼." 가르시아가 말했다. "그러니 네 의견을 듣고 싶어. 거기서 어떤 일이 있었을 것 같아?"

헌터는 창문 오른쪽 벽에 기대섰다. "탈출할 기회가 생긴다면, 루시엔도 그걸 덥석 붙잡을 거야. 그 점에 대해선 의문의 여지가 없지. 그런데 이번 경우는 그런 게 아닌 것 같아."

"그럼 전부 계획된 거였다고?" 가르시아가 커피를 홀짝이며 말했다.

"틀림없어." 헌터가 고개를 끄덕였다. "전부 다. 부비트랩만 빼고. 그건 **나타난** 기회였을 거야."

가르시아의 얼굴에 몹시 흥미로워하면서도 차마 확신하지는 못하는 표정이 떠올라 있었다.

"루시엔은 두 번째로 구금된 순간부터 이미 탈출 계획을 세우고 있었을 거야. 루시엔은 그래. 뇌가 그렇게 돌아가거든. 그리고 절대 포기하는 법이 없어. 그에게 필요했던 건, 상대가 누구든…… FBI든 주州정부든 그들이 경계 태세를 늦추는 단 한순간이었어."

"그런데 버지니아주의 고도 보안 교도소로 이감되면서 그렇게 된 거군." 가르시아가 헌터의 사고 흐름을 포착하여 말했다.

"바로 그거야." 헌터가 인정했다. 그는 창문과 그 바깥의 세계로 주의를 돌렸다. "그리고 계획은 완벽하게 성공했지. 루시엔은 경보를 전혀 울리지 않게 하면서 의무실 컨트롤룸으로 갈 수 있었어. 그곳에 가자마자 모두를 죽였고. 왜냐고? 그 사람들을 왜 살려두겠어?"

커피를 다 마신 가르시아가 빈 잔을 책상에 내려놓았다. "부비트랩은 어떻게 생각해?"

"내 생각엔…… 루시엔의 계획이 예상보다 더 잘 풀렸던 것 같아. 어찌 된 일인지 탈출에 방해가 될 수 있는 사소한 문제를 모두 피해서 예상보다 훨씬 더 빨리 컨트롤룸에 도착한 거야."

"좋아." 가르시아는 그 의견을 받아들였다. "그래, 예정보다 앞서갔다는 거지? 굉장해! 그래도, 왜 그냥 가지 않은 걸까? 어째서 위협도 되지 않는 교도관을 한 명 더 죽이려고 굳이 함정을 설치한 걸까? 그 교도관은 심지어 그곳에 있지도 않았는데 말이야. 케네디 센터장의 말에 따르면 루시엔이 탈출하고 30분 후에 도착했다잖아."

"이미 말했듯이……." 헌터가 대답했다. "루시엔은 자기 결의를 실행에 옮길 기회를 절대 놓치지 않는 부류니까." 손을 들어 가르시아의 질문을 막은 그는 계속 말했다. "상상해봐, 가르시아. 루시엔은 예상보다 빨리 컨트롤룸에 도착했어. 다음 근무 교대가 몇 시인지 이미 알고 있었거나, 아니면 그곳에 도착해서 알게 됐지. 어쨌거나 더 이상 서두를 필요가 없다는 걸 안 거야. 다른 사람이었다면 유리한 위치에 서기 위해 그 추가 시간을 사용했을 테지만, 루시엔은 달라. 그는 바로 이동하는 대신 컨트롤룸을 찬찬히 둘러보았고, 거기서 나일론 끈과 총신을 자른 산탄총을 찾아냈어." 헌터는 엄지손가락과 집게손가락을 부딪쳐 딱 소리를 냈다. "바로 그 순간 새로운 생각이 떠올랐겠지. 그동안 다른 무장 교도관이나 간호사 같은 누군가가 그곳으로 걸어 들어올지도 모르는데, 그런 위험을 무릅쓰면서까지 그는 시간을 들여서 부비트랩을 고안하고 설치한 거야. 루시엔이 뭘 하려 했는지 알겠어? 그저 살인마 역할에 충실하게 시체 수나 늘리자고 함정을 설치한 게 아니야. 한 명을 더 죽이든 말든 그런 건 루시엔에게는 중요하지 않았을 거야."

"과시군." 가르시아가 파트너의 추론에 따라가며 말했다. "말하자면, 모두에게 가운뎃손가락을 들어 올려 보인 거야."

헌터는 고개를 끄덕였다. "그것도 그렇지만…… 자기가 얼마나 침착하고 계산적이면서 나르시시스트인지를 보여주려 했던 거겠지. 그리고 극도의 압박 속에서도 스스로를 통제할 수 있다는 걸 모두에게 증명해 보이려고 한 거야."

가르시아는 턱 밑을 긁으면서 말했다. "연쇄살인범을 한없이 더 위험하게 만들 자질들이지."

헌터는 그 말에 동의했다.

"이제 케네디 센터장이 어떻게, 루시엔이 남긴 은밀한 메모가 네게 남긴 메시지라고 확신했는지 이해가 되는군." 가르시아는 그렇게 말하면서 메모의 내용을 떠올렸다. "오랜 친구여, 너는 그 비행기 안에서 내가 기회를 줬을 때 날 죽였어야 했어. …… 이건 네가 놈을 잡았을 때의 이야기였어."

헌터는 고개를 끄덕였다. "그리고 그 쪽지의 수신인이 나라는 걸 확실히 하기 위해 루시엔은 매우 개인적인 내용으로 끝을 맺었어."

"'메뚜기' 말이야?" 가르시아가 질문하려던 게 그것이었다. 메모를 읽은 후부터 그는 '메뚜기'가 가리키는 게 무엇일지 궁금해했다.

헌터는 계속 설명했다. "당시에 우리 둘 다 〈쿵푸〉라는 TV 드라마에 아주 깊이 빠졌었어. 1970년대에 방영했던 것을 재방영한 거였지만, 여전히 멋진 드라마였지."

"난 몰라." 가르시아가 고개를 저으며 말했다. "그게 뭔데?"

"에피소드마다, 어린 제자가 눈먼 소림사의 노사부에게서 가르침을 받던 시절을 회상하는 장면이 적어도 두 번은 나와." 헌터는 말을 이었다. "그 장면에서 사부는 항상 제자를 '메뚜기'라고 불러. 이따금 루시엔이 반쯤 농담으로 나를 얕보면서 '메뚜기'라고 불렀어. 대개 무술 수업을 받을 때였는데, 꽤 괜찮은 억양의 중국어로 '인내심을 가져라, 메뚜기'라고 말하곤 했지."

가르시아는 잠시 생각했다.

"그렇다면 널 다시 메뚜기라고 부름으로써……." 그가 말했다. "심리학적으로 자기가 사부이고 네가 제자이던 대학 시절로 널 다시 데려가려 한다는 거군. 말하자면 말이야."

헌터가 고개를 끄덕였다.

"그런데 '우린 게임을 할 거야'라는 건 무슨 뜻인 거 같아? 무슨 게임을 말하는 거지?"

헌터는 파트너와 눈을 마주쳤다. 이윽고 그의 입에서 흘러나온 몇 마디 말에 담긴 확신에 가르시아는 등골이 오싹해졌다.

"확실히는 모르겠지만, 이것만은 말해줄 수 있어. 다른 사람들이 '지옥의 일곱 고리(단테의 《신곡—지옥 편》에 나오는 지옥—옮긴이)'라고 부르는 걸 루시엔은 '게임'이라고 해."

12

로스앤젤레스와는 다르게 녹스빌의 하늘에는 구름 한 점 없었고, 늦은 4월의 햇살이 자동차 지붕과 건물 창문에 반사되며 도시 전체가 온기로 감싸였다.

다시 거리로 나온 루시엔은 몇 분 걸리지 않아, 자신이 찾고 있던 코스튬 전문점에 도착했다. 가게는 좋은 의미로 놀라웠다. 기대했던 것보다 훨씬 더 큰 규모였으며, 다양한 상품 중에는 아이들만큼이나 어른들의 구미에도 맞는 것들이 많았다.

매장의 규모와 진열대 위에 놓인 수많은 물건에도 불구하고, 루시엔은 10분도 되지 않는 짧은 시간 동안 450그램짜리 액체 라텍스 한 병, 메이크업 키트 두 개, 가발 두 개, 네 가지 색상의 콘택트렌즈, 그리고 자기 피부 색조에 맞는 메이크업 크림 한 통을 골랐다.

"파티라도 해요?" 계산대 뒤의 흑인 중년 여성이 마지막 물건의 바코드를 찍으며 말했다. 그녀의 목소리에 담긴 행복한 억양은 진심이었다.

"아뇨, 그런 건 아니에요." 루시엔은 완벽한 테네시 남부 억양으로 대답했다. "그냥 사람들한테서 숨고 싶어서요."

계산원이 배 속 깊숙한 곳에서 뿜어져 나오는 듯한 활기찬 웃음을 터뜨렸다. 안경이 코끝으로 흘러내리자 그녀는 집게손가락으로 테를 밀어 올렸다. "무슨 말씀이신지 알아요. 전 거의 매일 그런데요."

루시엔은 그녀에게 돈을 건네면서 공감하는 미소를 지었다. "잔돈은 가져요."

"아, 고맙습니다." 이제 그녀의 얼굴에는 아까와는 차원이 다른 미소가 걸려 있었다. "그럼 **숨어서** 좋은 하루 보내세요. 아시겠죠? 그 사람들한테 잡히지 마세요."

"그럴 생각은 없습니다." 루시엔은 계산원에게 윙크를 날리고 가게를 나왔다.

8분도 되지 않아 루시엔은 조금 전에 들렀던 맥도날드를 지나고 있었다. 그는 화장실로 돌아가 성가신 턱수염을 밀고 방금 산 액체 라텍스를 이용한 약간의 분장으로 흉터를 가린 뒤 광대뼈를 조금 더 도드라지게 해볼까 곰곰이 생각했다. 그렇게 되면 확실히 **인식 가능한** 경계선을 훨씬 넘어설 것이다. 그러나 귀중한 시간을 낭비하는 짓이기도 하고, 가려운 턱수염을 없애는 것 외에 외모를 바꾸는 데는 의미가 없다고 보았다. 루시엔은 맥도날드 매장으로 돌아가는 것은 그만두기로 했다.

루이지애나로 가는 동안 사람들과의 상호 작용은 있다손 쳐도 최소한으로 유지할 것이다. 루시엔은 꼭 필요할 때만 화장실에 갈 것이고, 주유소의 화장실보다는 도로변이나 휴게소 근처의 수풀을 이용할 것이다. 주유소는 오로지 다시 주유할 때만 들르리라.

교도소 재소자의 탈옥이 있게 되면 그 후 첫 몇 시간 동안 고속도로 주유소는, 특히 탈옥 사건이 발생한 주와 현장 인근의 고속도로 주유소는 초경계 태세가 되기 쉬웠다. 실제로 루시엔의 '앞선 출발'을 감안하면, 그는 탈출 이후 어느 방향으로든 갈 수 있었다. 하지만 그렇다 해도 연방보안관들이 메이너드빌 고속도로 옆 휴게소에 남겨진 픽업트럭을 찾아내 그가 남서쪽으로 이동해 테네시로 향했음을 밝혀내는 건 시간문제였다. 루시엔이 지금 어떤 차를 몰고 있는지 그들이 반드시 안다고는 할 수 없었지만, 주州경찰과 지역 보안관서에 연락해 주요 지점에 바리케이드를 설치하라고 지시할 게 분명했다.

그것을 알기에 루시엔은 남은 여정 동안 최대한 고속도로를 피할 생각이었다. 체로키 국유림을 돌아 다시 버지니아로 간 뒤 남쪽으로 노스캐롤라이나, 사우스캐롤라이나, 조지아, 앨라배마, 미시시피, 그리고 마지막으로 루이지애나로 이동하는 것이 그의 계획이었다. 이 계획의 이면에는, 자신이 막 버지니아에서 남서쪽 테네시로 이동했기 때문에 바리케이드의 전부는 아니더라도 대다수가 같은 방향으로 설치될 것이라는 가설이 자리해 있었다. 그가 막 탈출한 버지니아주로 설마 다시 돌아가리라고 예상하는 사람은 없을 것이다.

루시엔의 계산에 따르면 이 책략으로 인해 도피 여정은 열 시간에서 열여섯 시간 정도 더 길어질 터였다. 루시엔의 세계에서는 '신중함'이 늘 '이상적인 것'을 이겨왔다. 멀리 돌아가는 것을 포함하여 평균 시속 70킬로미터에서 80킬로미터 사이로 운전하면 루이지애나주 남부에 있는 외딴 판잣집까지 가는 데 최대 32시간이 걸릴 거라고 그는 추정했다. 그리고 그러한 여행을 버티기에 충분하고도 남을 정도의 물이 그에게는 있었다. 배고픔은 녹스빌의 식료품점에서 샀던 초코바와 육포로 해결할 수 있었다.

루시엔이 모는 아우디의 디지털 계기반에는 현재 연료탱크에 든 기름으로 주행 가능한 거리가 표시되고 있었다. 차는 컸고, 연료탱크도 컸다. 기름이 가득 차 있다면 다음 번에 기름을 넣을 때까지 약 1,000킬로미터는 달릴 수 있을 것이다. 기름이 아직 반 정도 남아 있는 상황에서 루시엔은 최종 목적지에 이를 때까지 주유소에 두 번, 필요시 세 번만 들르면 되었다.

차로 돌아온 루시엔은 쇼핑백 두 개를 조수석에 놓은 다음 운전석에 뛰어올라 시동을 걸었다. 그리고 주차된 곳에서 차를 움직이기 시작하면서, 주차장을 빠져나가 어느 방향으로 꺾어야 하는지 확인하기 위해 계기반 화면의 위성 지도를 확인했다. 그 순간 주의가 흩어졌다. 막 코너를 돌아 속력을 내며 아우디 쪽으로 달려오는 은색 BMW 차를 미처 보지 못한 것이다. BMW는 주차된 다른 차를 간신히 피하고 왼쪽으로 방향을 크게 틀면서 경적을 시끄럽게 울려댔다. 루시엔은 다급하게 브레이크를 힘껏 밟아 차를 세웠다. 조수석에 올려져 있던 쇼핑백 두 개에서 내용물이 쏟아져 바닥에 떨어졌다.

"개자식!" 루시엔이 혼잣말했다. "정말 아슬아슬했어."

"야, 이 새끼야!" BMW의 운전자가 차 안에서 고함치는 소리가 들렸다.

그는 아우디에서 몇 미터 떨어진 빈 주차 칸에 차를 세웠다. 운전석 문이 열리더니 큰 키에 근육질 몸을 가진 남자가 내렸다.

"이 개새끼!" 남자가 다시 소리쳤다. 화를 주체하지 못하겠는지 삿대질을 하며 루시엔에게 다가오고 있었다.

루시엔은 안전벨트를 풀고 재빨리 차에서 뛰어내렸다.

"눈멀었어? 이 돼지 같은 새끼가."

루시엔은 '근육맨'이 다가오기 전에 차 문을 닫지도 못했다.

"어떤 거지 같은 새끼한테 운전을 처배웠냐고, 엉?" 남자의 손가락은 루시엔의 얼굴에서 겨우 2센티 정도 떨어진 곳에 있었다. "스티비 원더?"

군인 머리를 한 남자는 40대 초반으로 보였고, 적어도 두 번은 부러진 듯한 굽은 코는 그가 주먹다짐을 낯설어하는 사람이 아니라는 걸 말해주고 있었다. 몸에 걸친 눈에 띄게 작은 흰색 티셔츠는 안 그래도 큰 그의 이두박근과 삼두박근 그리고 흉근 탓에 뜯어지기 일보 직전까지 늘어나 있어서, 부푼 체격을 더 강조했다.

루시엔은 한 걸음 물러나며 평정심을 유지했다. 말다툼을 벌일 필요는 없었다.

"정말 죄송합니다, 선생님." 그는 수줍고 미안해하는 목소리로 말했다. "제 잘못입니다. 제가 앞을 보지 않아서 선생님이 오시는 걸 못 봤습니다."

"어떻게 못 볼 수가 있는데?" 남자가 물었다. 여전히 화는 최고조에 이르러 있는 듯했다. "내 차 크기를 봐, 새끼야. 눈깔도 없고 대가리도 없냐?"

루시엔은 남자의 분노에 숨을 들이쉬었다. "다시 한번 사과드리죠. 좀 더 주의했어야 하는데……." 그는 소심하게 웃어 보였다. "다행히도 충돌은 피했고, 우리 둘 다 피해는 없는 것 같군요."

"피해가 없다고?" 남자의 목소리는 여전히 높은 데시벨에 머물러 있었다. "너 때문에 바지에 커피 쏟았잖아, 개새끼야. 이거 좀 보라고."

그는 자신의 왼쪽 허벅지에 직경이 5센티미터도 되지 않는 젖은 자국을 가리켰다.

그걸 본 루시엔은 빈정거리지 않기 위해 혀를 깨물어야 했다.

"선생님, 그 부분에 대해서도 사과드립니다."

시간이 너무 지체되고 있었다. 루시엔은 이 헛된 논쟁을 끝내려고 남자에게 세탁비를 지불하겠다는 제안을 하려 했지만, 남자가 선수를 쳤다.

"개새끼, 미안하다면 다야?" 그는 루시엔의 눈을 똑바로 보며 말했고, 더욱 공격적인 태도로 변해갔다. "드라이클리닝을 해야 할 것 같아. 그럼 돈은 누가 내야 해?" 그는 검지로 루시엔의 가슴을 쿡 찔렀다. "맞아, 얼간이 자식. 너야, 네가 돈을 낼 거야."

루시엔의 눈에서 불길이 일었다. 가슴을 찌른 것은 실수였다. 아주 몹쓸 실수.

13

루시엔은 잠시 남자의 시선을 견뎠다. 전에도 이런 사람들은 많이 보았다. 사실 세상은 이런 작자들로, 자기 덩치만 믿고 재미로 타인에게 겁주기를 즐기는 무뢰한으로 가득했다. 그들은 논리와 대화로 주장을 펼치는 데는 전혀 관심이 없었다. 설사 그런 능력을 가진 이라고 해도 말이다. 타인을 공포에 빠뜨리는 것에서 즐거움을 얻는 부류인 까닭이었다. 그것이 그들 자아의 양분이었으며, 그들에게 소속감을 가져다주었다. 괴롭힘과 협박 등 타인에게 공포를 주는 행위를 통해 그들은 스스로가 우월하다고 느꼈지만, 실상은 자기들 삶의 결핍을 메우기 위한 졸렬한 자위에 불과했다. 그리고 그러한 결핍은, 그들의 삶을 거슬러 올라가보면 어린 시절에서 비롯된 것인 경우가 대부분이었다.

BMW 차량의 운전자가 정말로 세탁비를 원한 건 아닐 터다. 그가 입은 바지는 아마 세탁소 근처에도 가지 않을 것이다. 저런 불한당은 그저 다른 사람을 위협할 기회를 절대 놓치고 싶어 하지 않기 때문에 억지를 부리는 것일 따름이다.

그렇다. 루시엔은 저런 부류의 사람들을 무수히 보았다. 학교에서, 거리에서, 직장에서, 그리고 집에서……. 그는 그들 모두를 증오했다.

"지갑 내놔." 근육질의 남자가 명령했다. 루시엔은 한 걸음 더 물러나며 얼굴을 찡그렸다.

"네 지갑." 남자는 오른손 손바닥을 위로 하고 손가락을 까딱했다. "넘겨, 당장."

루시엔은 망설였다.

"당장 넘기는 편이 좋을 거야. 안 그러면 아주 비극적인 결과를 가져올 테니까."

루시엔은 왼쪽을 흘긋 보았다. 그들 쪽으로 오는 차는 없었다. 3층에 그들 말고는 아무도 없었다.

"지갑이 없어요." 그가 대답했다.

남자는 차가운 시선으로 루시엔을 바라보았다. "아우디 A6를 모는 놈이 지갑이 없다?" 그는 비웃으며 고개를 끄덕였다. "그래, 좋아." 그러고는 잠시 시선을 다른 데로 돌리는 척하다가, 순식간에 루시엔 쪽으로 오른손을 뻗어 셔츠의 가슴팍 부분을 움켜쥐었다. "야, 이 좆만 한 새끼야." 남자는 루시엔을 자기 얼굴에서 약 5센티밖에 떨어지지 않은 곳까지 당겼다. "지갑 안 넘기면 험한 꼴 당할 줄 알아. 내 말뜻 알겠어?" 루시엔의 가슴을 찌른 것이 몹쓸 실수였다면, 멱살을 잡은 것은 **치명적인** 실수였다. 하지만 그는 화내지 않았다. 아니, 오히려 남자의 '마초성 과시'를 즐기는 중이었다. 이 한심한 연극이 대부분의 사람에게는 통할 것이다. 매머드만 한 거구의 남자가 주차장의 인적 없는 곳에서 자기 멱살을 잡고 때리겠다고 위협한다면, 아마도 많은 사람들은 겁에 질리고 말 터였다.

루시엔은 침착함을 잃지 않았지만, 딱 알맞은 정도의 두려움을 목소리에 짐짓 불어넣어 자기가 겁먹었다는 인상을 주었다.

"선생님, 전 정말 지갑이 없습니다. 하지만 돈은 좀 있어요."

"그럼 그렇지!" 남자가 미소를 지었다. "이제 말이 좀 통하는군." 그는 루시엔의 셔츠를 놓았다. "전부 내놔."

루시엔은 겁에 질린 듯 오른손을 오른쪽 바지 주머니에 넣었다.

"죄송합니다." 그는 입술을 늘이며 미소를 지으려 했지만 실패하는 것처럼 연기했다. "이 주머니가 아니네." 이번엔 왼손을 왼쪽 바지 주머니에 넣어, 알리시아 캠벨의 지갑에서 챙겼던 현금 전부를 꺼냈다. "127달러가 전부예요."

"그 정도면 충분할 거야." 남자는 그렇게 말하며 돈으로 손을 내밀었다. 루시엔은 재빨리 손을 오므리고 아우디 차 뒤쪽으로 한 걸음 물러서서, 갑작스레 들이닥칠지 모를 차량이나 누군가의 시야에서 완전히 벗어난 곳으로 자연스럽게 자리를 옮겼다.

"잠깐만요." 그가 말했다.

남자의 눈빛이 차가워졌다. 이제 그 눈에는 더 많은 화가 담겨 있었다.

"이 새끼, 제정신이야? 어서 내놓는 게 좋을 거야. 대머리를 썩은 달걀같이 으깨기 전에."

"먼저 뭘 좀 보여드리죠." 루시엔은 두 팔을 최대한 벌리며 말했다. 마치 남자를 포용하려는 듯이, 혹은 십자가에 매달리려는 것처럼.

혼란으로 이마가 쭈글쭈글해진 남자가 멈칫했다. "무슨 수작이야?"

"제 말을 끝까지 들어보시죠, 네?" 루시엔은 쭉 뻗은 자신의 오른팔을 돌아보며 손바닥을 남자 쪽으로 돌렸다. "보시다시피, 오른손에는 아무것도 없습니다." 그러면서 손가락을 움직인 후 이번엔 자기 왼팔을 돌아보았다. "왼손에는 127달러가 있죠."

"그래, 내 127달러지." 남자가 대꾸했다.

"좋아요, 선생님의 127달러예요. 그런데 여기서 제안을 하나 하죠." 그는 한 번 더 왼쪽을 돌아보며 남자의 주의를 끌었다. "저 127달러와 차 키까지 드리면 어떨까요?" 그런 다음 고개를 한쪽으로 움직여 턱으로 아우디를 가리켰다. "맞는 쪽을 고르기만 하신다면요."

"뭐?"

루시엔은 양팔을 넓게 벌린 상태에서 왼손에 쥔 돈을 천천히 공 모양으로 구기다가 손가락을 확 오므렸다. 하지만 오른손은 그대로였다. 손바닥은 남자를 향한 채로, 손가락은 펼친 상태였다.

"질문은…… 자, 돈은 어디에 있을까요?" 루시엔이 물었다. "왼손? 아니면 오른손?"

남자는 미친놈을 보듯 루시엔을 보았다. "머리가 돈 거야, 그냥 멍청한 거야?"

"어서 고르세요." 루시엔이 다시 말했다. "돈은 어디에 있을까요? 맞는 쪽을 고르면 돈과 차는 당신 겁니다."

남자는 루시엔의 빈 오른손을 보고, 왼손을 보았다. 구겨진 돈 위로 손가락을 오므려 주먹을 쥔 손.

"아무래도 둘 다인 거 같은데. 넌 미친 데다 멍청하기까지 해. 안 그래?" 남자는 방금 전보다 화가 누그러든 어조로 말했다. "오른손이 비어 있는 게 똑똑히 보이는데. 심지어 주먹을 쥐지도 않았잖아."

"선택하세요."

"게다가 손을 등 뒤로 숨기거나 하지도 않았어. 돈이 거기 말고 있을 데가 없잖아. 떨어뜨리지 않았다면 말이야."

남자는 바닥을 내려다보았다. 아무것도 없었다.

루시엔은 왼손의 손가락 두 개를 펼쳐 구겨진 돈이 여전히 손바닥 안에 안전하게 들어 있는 것을 보여주었다. "떨어뜨리지 않았어요." 그는 다시 주먹을 쥐었다. "어느 손인지 고르세요." 루시엔이 고집했다.

"미친놈."

루시엔은 입구 쪽으로 재빨리 눈길을 던졌다. 오는 차도, 오는 사람도 없었다.

"돈은 어디에 있을까요?" 그가 마지막으로 물었다. "왼손? 오른손? 맞히면 차도 드려요." 루시엔의 빈 오른 손바닥은 여전히 남자를 향해 있었다.

"네가 졌어." 남자의 입가가 미소로 물들었다. "왼손, 왼손으로 하지."

루시엔은 마치 눈꺼풀 뒤에 숨겨진 무언가를 확인해야 한다는 양 두 눈을 감았다. 그러다 잠시 후 도로 눈을 뜨며 왼손을 펼쳐서, 그 안에 든 돈을 다시 남자에게 보여주었다.

"하! 거기 있네, 봤지?" 남자가 말했다. "넌 정말 멍청한 자식이야."

"마술의 첫 번째 법칙을 아십니까?" 루시엔이 여전히 두 팔을 활짝 벌린 채로 물었다.

"뭐?" 남자는 제대로 못 들었다는 듯 루시엔을 보며 얼굴을 찌푸렸다. "마술이 어쨌다고?"

"엉뚱한 방향." 루시엔의 설명이 남자의 혼란을 가중시켰다. "마술사는 관객들에게 한쪽을 보게 만들지. 속임수가 다른 곳에서 일어날 때 말이야. 예를 들어 지금처럼. 넌 내 왼손에 있는 돈에 관심이 온통 쏠려서 내 오른손은 완전히 무시했어."

남자가 루시엔의 오른손을 보기 위해 왼쪽으로 고개를 돌리기 시작했을 때는, 이미 너무 늦었다. 루시엔의 오른 주먹이 벌써 남자의 머리를 향해 움직이고 있었던 것이다. 손안에 단단히 움키고 두 손 가락 사이로 뾰족한 끝을 내민 것은 아우디 자동차 키였다. 루시엔의 주먹이 왼쪽 관자놀이를 정확히 가격하자, 남자는 움직일 수가 없었다. 그 순간 루시엔은 투박한 신발로 깨진 유리를 밟을 때 나는 소리와 비슷한 끼익, 하는 소름 끼치는 소리를 들었다.

열쇠가 피부를 찢고 남자의 두개골을 파열시키는 소리였다.

루시엔의 왼손 역시 움직였는데, 돈을 놓자마자 남자의 머리 쪽으로 향하긴 했지만 가격을 위한 것은 아니었다. 남자의 머리가 충격에 뒤로 움직이지 않도록 목덜미를 잡기 위함이었다.

"편히 쉬라고, 덩치." 루시엔은 그렇게 말하면서 남자와 시선이 마주칠 수 있게 그의 머리를 자기 쪽으로 살짝 기울였다. 공포가 넘쳐 흐르던 남자의 두 눈이 순간적으로 확 커졌다. 머리 안에서 폭발한 통증으로 다리의 힘이 빠지면서 남자의 온몸이 축 늘어졌지만, 루시엔은 목덜미를 움켜쥐고 그를 떠받쳤다. "이제 거의 다 됐어." 루시엔은 남자의 두 눈을 똑바로 응시하며 속삭였다.

남자의 입술이 벌어졌다. 그는 무언가 말하려는 것 같았다. 그러나 약해진 성대는 원초적인 끙, 하는 소리 외에는 알아들을 수 있는 '말'을 만들어낼 수 없었다.

"알겠지? 이게 문제라고." 루시엔이 말했다. "세상은 네 나쁜 자아와 꼭 같은 머저리들로 넘쳐나지. 너희들은 개미와 같아. 어디에나 있어. 학교에, 길거리에, 직장에……. 너흰 다른 사람들이 열등감을 느끼도록 최선을 다해 그들을 몰아붙이지. 자신이 거물이라는 망상으로 자아를 채우려고 말이야. 하지만 그 컵은 절대 채워지지 않아, 그렇지?"

남자는 다시 뭔가 말하려 했지만, 성대가 따라주지 않았다.

"아, 말은 못 할 거야." 루시엔이 계속 이야기했다. "내 주먹이 네 왼쪽 관자놀이를 정확하게 가격했거든. 덧붙이자면…… 나는 꽤 오랫동안 이 일을 해왔어. 어쨌든 여기서 중요한 건 좌우 관자놀이 바로 뒤쪽이 인간의 두개골에서 가장 얇은 부분이라는 거지. 뼈들의 접합부거든. 두개골을 이루는 뼈 네 개가 만나는 곳인데, 그래서 지금 네 두개골에 박혀 있는 그 차 키 같은 물건으로도 아주 쉽게 뚫을 수가 있는 거야."

CCTV 카메라가 없는 구역이었기 때문에 루시엔은 비교적 자유롭게 움직일 수 있었다. 그는 재빨리 남자의 목덜미를 놓고 왼팔을 남자의 오른팔 밑으로 넣어 그를 안은 다음 BMW까지 이동했다.

루시엔은 한 번 더 입구 쪽을 확인했다. 포착되는 움직임은 여전히 없었다. 남자는 크고 무거웠지만 끌고 가는 데 큰 어려움은 없었다. 그는 남자의 주머니에 손을 넣어 차 키를 꺼내고 버튼을 눌러 트렁크를 열었다.

"하지만 인간의 관자놀이와 관련해 가장 흥미로운 사실은 말이지……." 루시엔은 설명을 재개했다. "그 바로 뒤에 중경막동맥이라고 하는 대동맥이 있어. 뇌경막에 혈액을 공급하는 혈관이지."

남자의 눈꺼풀이 파르르 떨리며 곧 의식을 잃을 것임을 예고했다.

"아니, 아니, 안 돼." 루시엔이 차 키에 가하고 있던 압력을 조금 줄이면서 말했다. "조금만 더 버텨줘, 응?" 그는 자신의 실수를 인정했다. "미안, 의학적 설명으로 널 지루하게 한 것 같군. 그 무엇도 넌 알 필요가 없는데 말이야. 하지만 네가 알아야 할 게 딱 하나 있어. 뭐냐고? 관자놀이를 충분히 세게 가격하면 거기에 연결된 네 개의 뼈 중 하나가 안쪽으로 함몰돼서 그 동맥을 찢을 수 있다는 거. 그런 일이 일어나서 혈액이 뇌 주위에 모여 쌓이면 어떻게 될까? 뇌가 감당할 수 없을 정도의 압력을 받게 돼. 이게 무슨 말인지 알아? 즉시 조치를 하지 않으면 뇌 조직이 부풀어 올라서 상상도 할 수 없는 통증을 일으키지. 그리고 결과적으로…… 죽게 돼."

남자는 말을 할 수 없었지만, 루시엔은 그가 여전히 자신의 말을 듣고 이해할 수 있다는 걸 알았다.

"이봐, 친구. 넌 신속하게 치료받지 못할 거야. 아니, 실은 아무 조치도 받지 못하겠지." 그는 극적인 효과를 바라며 말을 잠깐 멈췄다가 이었다. "이제 내가 하는 행동이, 네 머릿속 중경막동맥을 절단낼 거야." 그는 남자에게 윙크했다. "아플 거야, 아주 많이."

단호한 단 한 차례의 동작으로, 루시엔은 남자의 두개골에 박힌 금속을 비틀었다. 금속과 뼈가 마찰하며 듣는 이의 영혼을 오싹하게 만드는 소리를 냈다. 흡사 바싹 마른 시리얼을 입안 가득 넣고 턱으로 으스러뜨리는 소리 같았다. 소리가 남과 동시에 남자의 뇌에서는 화려한 고통의 폭죽이 터졌고, 그는 감전된 듯 온몸에 경련을 일으켰다.

루시엔은 왼손으로 남자의 입을 틀어막았다. 새로이 폭발하는 고통으로 인해 비록 순간적이나마 남자의 성대가 힘을 되찾으리라는 것을 알고 있었기 때문이다.

예상대로 비명이 흘러나왔지만 이내 루시엔의 손바닥 안에서 힘없이 사그라지고 말았다.

뒤이어 남자의 몸이 축 늘어졌는데, 그럼에도 의식은 아직 반쯤 남아 있는 상태였다.

루시엔은 남자의 입에서 손을 떼고 그를 BMW 트렁크에 밀어 넣었다. 그리고 두개골에서 차 키를 천천히 빼내다 마지막으로 한 번

홱 비틀어서 뼈와 피부로부터 그것을 완전히 해방시켰다. 트렁크 안에서 남자의 머리가 피를 뿜어대기 시작했다. 루시엔은 잽싸게 트렁크 문을 닫았다.

부상에 굴복하여 죽음으로 인도될 때까지, 남자는 머리에서 상당한 양의 피를 쏟을 터였다. 하지만 트렁크 사이로 피가 새어 나오지는 않을 것이다. 남자가 누구인지에 따라, 그리고 이 '사건'이 일어나기 전의 그의 행적에 따라 시체가 발견되는 데는 몇 시간에서 며칠까지도 걸릴 수 있었다. 하나 설령 10분 뒤에 그가 발견된다 해도 루시엔에게는 별다를 게 없었다.

몇 초 뒤, 걱정 따위는 없는 사람처럼 루시엔은 아무렇지 않게 도로로 돌아왔다.

다음 기착지는 루이지애나였다.

14

특수요원 래리 윌리엄스의 장례식은 빗속에서 치러졌다. 폭우는 아니었지만, 비는 아침 일찍 내리기 시작해 저녁 늦게까지 줄기차게 내렸다.

헌터와 가르시아는 LA 국제공항에서 이른 비행기를 타고 워싱턴의 덜레스 국제공항에 내렸었다. 그들은 그곳에서 묵을 예정이 아니었기 때문에 착륙하자마자 공항에서 택시를 타고 조지타운 인근에 위치한, 9만 제곱미터 규모의 정원 묘지인 오크힐 묘지로 갔다.

땅속으로 움푹 팬 무덤 속에 붉은색의 관을 천천히 내리는 동안, 케네디 센터장은 오로지 시간만이 치유할 수 있는 고통스러운 상처를 입은 모습을 하고 있었다. 그는 슬픔의 가면을 쓴 듯한 얼어붙은 얼굴로 신부 옆에 우두커니 서 있었다. 관이 2미터 깊이의 구덩이 바닥에서 멈추자, 밝은 노란색 우의를 입고 삽을 든 일꾼 두 명이 흙으로 관을 덮기 시작했다.

윌리엄스 요원과 한 번이라도 함께 일한 적 있는 FBI 요원이 대부분인 조문객들이 천천히 흩어지기 시작했다. 헌터와 가르시아는 마지막 삽을 뜰 때까지 자리를 지켰다.

케네디 역시 고개를 숙이고 FBI의 필수품인 선글라스 뒤에 눈을 숨긴 채 자리를 뜨지 않았다.

기어이 무덤이 흙으로 채워지자 신부는 마지막 몇 마디를 한 다음 가슴에 성호를 그은 후 케네디와 악수를 나누고 떠났다. 케네디가 헌터와 가르시아 쪽으로 걸어왔다.

"와줘서 고맙네." 두 형사와 악수하며 그가 말했다.

"좋은 장례식이었습니다." 가르시아가 말했다.

케네디는 무덤을 돌아보았다. "간소하게 했어. 래리가 생전에 원했던 대로." 그는 두 형사를 보았다. "어디에 묵을 건가?"

"아뇨." 헌터는 자신의 시계를 확인하며 대답했다. "두 시간 좀 지나서 LA로 돌아가는 비행기를 탈 겁니다."

"정말인가?" 케네디가 얼굴을 찡그렸다. "언제 도착했는데?"

"한 시간 반쯤 전에요." 가르시아가 대답했다.

케네디가 두 LAPD 형사를 번갈아 보았다. "말도 안 돼. 오는 데 다섯 시간은 걸렸을 텐데."

"제 말이 그겁니다." 가르시아가 말했다. "세 시간 시차를 감안하면, 전 오늘 새벽 3시 이후로 깨어 있는 상태예요. 하지만 방법이 없습니다. 내일 아침에 LAPD로 돌아가야 하거든요."

케네디가 고개를 끄덕였다. "알았네, 공항까지 태워다주지. 가면서 얘기할 수 있을 거야."

지난번에 만나고 48시간도 채 지나지 않았는데, 그사이 케네디는 최소 2년은 더 늙은 것처럼 보였다.

"어느 공항으로 왔나?" 그들이 하얀 묘지 옆 모퉁이에 주차된 커다란 검은색 SUV의 뒷좌석에 앉자마자, 케네디가 두 사람에게 물었다.

"덜레스입니다." 헌터가 대답했다.

케네디는 운전사에게 목적지를 말하더니 선글라스를 벗고 넥타이를 헐겁게 풀었다. 그리고 휴지로 얼굴을 닦았다. 헌터와 가르시아도 마찬가지였다.

"건진 게 없어." 반은 지치고 반은 패배한 듯한 어조였다.

두 형사 모두 케네디가 '악의 심장 재림^{再臨} 작전'을 이야기하고 있다는 걸 알았다.

헌터의 전화를 받은 후 LA를 떠나 워싱턴에 내린 지 몇 시간 만에 케네디는 FBI 특수기동대를 소집해 급습할 채비를 했다. 지령은 간단했다. 루시엔의 은신처에 은밀히 접근해 광섬유로 내부를 들여다보고 루시엔이 있다는 게 확실할 때만 진입한다. 루시엔이 보이지 않으면 일단 후퇴한 뒤 혹시라도 그가 그곳에 나타날 수 있다는 희망을 가지고 감시한다.

"루시엔이 탈출한 지 48시간째야." 케네디가 말했다. "우리가 확보한 은신처 중 한 곳으로 그가 가고 있다면, 지금쯤 도착했어야 해."

"가능성은 적다고 말씀드렸잖아요." 헌터가 말했다.

"감시팀을 48시간 더 대기시킬 거네. 그 뒤에는 무의미해질 거야."

헌터와 가르시아는 케네디에게 동의했다.

케네디는 헌터를 향해 덧붙였다. "어쨌든 자네 말이 맞았어."

"무슨 말이요?" 헌터가 물었다.

"루시엔이 탈출할 수 있었던 방법 말이야." 케네디가 설명했다. "의무실 교도관에게 최면을 걸었더군. CCTV 영상을 확인했네. 그날 밤 교도관 중 한 명이 마지막 심야 순찰을 도는데 루시엔이 말을 거는 장면이 찍혔어. 일종의 명령어 같았지. 그러더니 갑자기……." 케네디는 손가락을 튕겼다. "교도관이 한순간 굳어버리더군. 또 다른 명령에 교도관은 감방 문을 열고 안으로 들어갔고, 루시엔이 변기가 있는 구석으로 그를 유인했어. 보안 카메라의 사각지대로. 문제는 말이야, 그 교도관의 키와 체격이 루시엔과 비슷했다는 거네. 루시엔은 그를 죽이고 옷을 벗겨서 자기가 입은 다음 컨트롤룸으로 갔어. 놈은 보안 문에서 카메라를 전혀 올려다보지 않았는데도 방 안에 있던 두 머저리 중 하나가 버저를 눌러서 통과시켰지. 그때부터는…… 그야말로 '살육'이었네. 컨트롤룸 안에는 보안 카메라가 없어서 그 뒤에 일어난 일의 순서는 정확히 알 수 없지만, 잘 알다시피놈은 컨트롤룸 안의 모든 사람을 죽인 뒤 교도관이든 간호사든 처음 그곳에 발을 들이는 사람을 추가로 죽이기 위해 부비트랩을 설치했어. 그 모든 걸 5분도 안 돼서 해치웠지."

"당연하지만, 걸어서 탈출하지는 않았겠죠?" 가르시아가 물었다.

"맞아." 케네디가 대답했다. "쉐보레 콜로라도 픽업트럭을 가져갔어. 컨트롤룸에서 죽인 교도관 중 한 명의 소유였지."

"트럭은 찾았습니까?" 헌터가 물었다.

"찾았네. 테네시주의 메이너드빌 고속도로 휴게소에 있었어. 차를 바꿔치기한 건 틀림없어 보이지만 어떤 차인지는 알 길이 없어. 메이너드빌 고속도로는 441번 도로로 이어지네. 루시엔이 방향을 바꿔 북쪽 켄터키주로 갔을 수도 있지만, 우린 놈이 계속 남쪽으로 이동해서 녹스빌로 갔을 가능성이 높다고 보고 있어."

헌터가 표정만으로 질문을 대신했다.

"어제 아침에……." 케네디가 설명했다. "BMW 트렁크 안에서 남성 시신 한 구가 발견됐어. 녹스빌 도심의 주차장 건물 3층에 주차된 차였지. 피해자인 로스 백스터는 43세로 녹스빌 출신인데, 왼쪽 관자놀이에 상처가 있었어." 그는 어깨를 으쓱했다. "흉기는 그렇게 날카롭지는 않은데 그렇다고 둔기도 아니야. 아주 길지 않고, 길어 봐야 7.5센티 정도일걸. 그래도 백스터의 두개골을 뚫고 중경막동 맥을 파열시킬 정도의 길이는 돼. 피살자는 출혈과 과도한 혈압으로 인한 뇌부종이 합쳐져서 사망에 이르렀지. 시신은 어제 발견됐지만 사망 시각은 그보다 18시간 내지 24시간 정도 더 빨랐을 것으로 추정돼. 루시엔이 녹스빌에 도착한 시간대와 일치할 거야. 한데 이게 루시엔의 짓이 맞는지 확신하기 어려운 이유는…… 듣자 하니 백스터가 근방에서 건달로 유명했다더군. 녹스빌 경찰서 형사들이 알아낸 바에 따르면, 그를 아는 사람 대부분이 그를 건달로 기억한다는 거야. 백스터를 싫어하는 사람의 명단을 추리면 최소 전화번호부 한 권은 나올 거라던데. 심한 괴롭힘을 당했던 누군가의 복수극일 수도 있지."

"차에 있는 지문은 확인됐습니까?" 가르시아가 물었다.

"루시엔의 지문은 발견되지 않았어."

"주차장에 보안 카메라는 없었어요?"

"몇 대 있었지만, 공교롭게도 백스터의 BMW는 사각지대에 주차돼 있었어. 무슨 일이 있었는지 찍힌 영상은 없어. 주차장 입구와 출구에 있는 카메라에 찍힌 것만 있을 뿐이지. FBI와 연방보안청이 백스터가 살해된 날에 주차장을 드나든 모든 차량의 소재를 확인했네."

"뭐라도 건졌습니까?" 헌터가 물었다.

"아직은 몰라." 케네디가 대답했다. "모든 차량을 확인했어. 두 대만 빼고." 그는 셔츠 주머니에서 수첩을 꺼냈다. "빨간색 포드 머스탱, 내슈빌 번호판. 새까만 아우디 A6, 찰스턴 번호판."

"찰스턴이요?" 가르시아가 의문을 제기했다.

"웨스트버지니아주야." 가르시아가 말을 잇기 전에 케네디가 확인해주었다. "머스탱은 프랭크 오브라이언 명의로 되어 있어. 아칸소주 리틀록 출신, 33세. 지난 7년 동안 내슈빌에서 살아온 뮤지션이지. 이따금 연락이 두절된다는 걸 간신히 알아냈어. 여행, 공연, 녹음 따위의 이유로."

"혼자 삽니까?" 가르시아가 물었다.

"그렇다네." 케네디가 확인했다. "이웃들은 그를 최소 이틀은 보지 못했다고 해. 우리가 이야기를 나눠본 사람 중에 그의 소재를 아는 사람은 전혀 없었네. 오브라이언은 전화도 받지 않더군."

"다른 차는 어떻습니까?" 헌터가 물었다.

"아우디는 찰스턴 출신의 41세 여성, 알리시아 캠벨 명의로 되어 있네. 독립 모기지 상담사야. 남편인 워런 캠벨은 변호사고. 루시엔이 탈출한 날 아침에 부부는 심한 말다툼을 벌였어. 부인은 차를 타고 떠났고 그 뒤로는 보이지 않았다네. 그녀 역시 전화를 받지 않고 있지. 두 차 모두 전국에 수배령을 내렸지만 아직 발견되지 않았어." 케네디는 수첩을 주머니에 다시 넣었다. "문제는 백스터가 사망하고 이틀이나 지났다는 거야. 두 차량이 목격된 지도 이틀째지. 설사 백스터의 살해가 루시엔의 짓이고 놈이 정말로 머스탱이나 아우디를 몰고 있었다고 하더라도 지금쯤이면 차를 버렸을 가능성이 커. 아마 다른 차로 벌써 바꿨겠지."

"목격자는요?" 가르시아가 물었다. "지금쯤 머그샷이 온 사방에 뿌려졌을 텐데요."

케네디는 기가 꺾인 듯한 숨을 내뱉었다. "지금까지 100통도 넘는 전화를 받았어. 그 신고들에 따르면 루시엔은 전국에 있다네. 웨스트버지니아, 켄터키, 테네시, 노스캐롤라이나, 사우스캐롤라이나, 오하이오, 인디애나, 앨라배마, 뉴욕…… 어디에나. 심지어 알래스카의

한 슈퍼마켓에서 루시엔을 목격했다는 전화도 받았네."

헌터는 놀라지 않았다. 탈주범의 사진이 전국의 뉴스를 탈 때마다 수백 건의 가짜 목격 신고가 들어오는데, 그중 대다수는 악의에 의한 것이 아니라 사람들이 사진 속의 사람을 실제로 봤다고 믿기 때문에 이루어진 것이었다. 아울러 제보에 대한 보상이 있을 수도 있다는 막연한 믿음이 당국에 지나치게 많은 수의 전화 신고가 들어오게 하는 데 기여했다.

케네디는 말을 이었다. "사실대로 말하면, 루시엔은 48시간 넘게 도주 중이고 그의 소재에 대한 단서는 없네. 이야기해볼 사람도 없어. 지난 3년 반 동안 놈은 갇혀 있었고 외부와 완전히 연락이 끊겼었지. 면회객도 전혀 없었고, 편지를 받거나 보낸 적도 일절 없어. 전화 한 통 한 적도 없고. 당연히 변호사도 없고 말이야. 놈은 자신의 권리를 포기했으니까. 체포된 후에 그와 이야기를 나눈 사람들은 BAU 심리학자들, 그리고 소수의 교도관들뿐인데 그 교도관 대부분이 그에게 살해됐지."

재킷 주머니에서 헌터의 휴대전화가 진동했다. 그는 전화기를 꺼내 화면을 확인했다. *발신 번호 표시 제한.*

"잠시만요." 그는 케네디에게 그렇게 말하고 전화를 받았다. "특수강력범죄수사대 로버트 헌터입니다."

"안녕, 메뚜기."

순간, 헌터의 심장이 멎었다.

"오랜만이야, 친구."

15

녹스빌을 떠난 후 루시엔은 한 시간 정도 차를 몰아, 프렌치브로드강 제방 남쪽의 딕시 고속도로를 따라 나무들이 길고 빽빽하게 늘어서 있는 곳에 이르렀다.

"그래, 바로 여기야." 모퉁이, 협로夾路, 오솔길…… 그를 숲속 깊이 데려다줄 수 있는 길이라면 어디든 찾아 서행하며 루시엔은 말했다.

몇 분 동안의 탐색 끝에 마침내 딕시 고속도로를 벗어나 숲속으로 사라지는 작은 흙길 하나를 찾아냈다. 일말의 주저 없이 루시엔은 방향을 틀어 더 이상 나아갈 수 없을 때까지 길을 따라갔다. 그곳에 아우디를 세우고 트렁크를 열어 알리시아 캠벨의 시신을 어깨에 들쳐멘 그는 매우 독특한 생김새의 나무들이 무리 지어 있는 곳에 도착할 때까지 정북향으로 10분 정도를 더 걸었다. 그 지역은 훼손되지 않은 듯 보였다. 주위를 둘러보았지만 누군가가 있었던 흔적은 없었다. 쓰레기, 캠핑의 흔적, 모닥불의 잔해, 담배꽁초…… 그 어느 것도. 찾아낸 것은 오직 늑대의 자취뿐이었다.

"여기가 우리가 작별 인사를 할 곳이야, 알리시아." 루시엔은 그녀의 시신을 나무 옆에 내려놓으며 말했다. "만나서 반가웠어."

루시엔은 알리시아의 시신 옆에 무릎을 꿇고 앉더니, 녹스빌에서 가져온 가위를 주머니에서 꺼내 단 한 번의 정확하고 힘 있는 동작으로 여자의 목을 왼쪽에서 오른쪽으로 길게 잘랐다.

그녀의 심장은 두 시간 넘게 박동을 멈춘 상태였기 때문에 정확히 말하면 상처에서 피가 **뿜어져** 나오지는 않았고, 힘없이 솟아올라 창백한 흰 피부를 타고 흘러내려서 시신 아래 나뭇잎과 땅으로 떨어졌다.

루시엔이 원한 그대로였다. 곧 그녀의 살과 피 냄새는 숲을 돌아다니는 늑대나 다른 짐승들에게 포착될 것이다. 아침이면 그녀의 시신은 시리얼 그릇도 채우지 못할 정도의 크기가 되어 있을 터다.

"저녁 차려놨다, 얘들아. 와서 먹으렴." 루시엔이 크게 외쳤다. 그는 차로 돌아가기 전에 알리시아의 핸드백을 땅에서 높이 떨어진 나뭇가지에 걸어놓아 늑대들이 물어 가지 못하게 했다.

루시엔은 주유소나 화장실에 들를 때만 빼고 그날 남은 시간 내내, 그리고 밤새 쉬지 않고 차를 몰았다. 버지니아주로 돌아간 후 테네시주 대신 노스캐롤라이나주를 관통해 다시 남쪽으로 이동하려는 계획은 당초 그의 예상보다 훨씬 더 성공적이었다. 루시엔이 휴게소에 버린 픽업트럭이 발견되자, 그를 체포하는 임무를 맡은 연방보안청은 즉시 조지아주와 앨라배마주, 미시시피주, 아칸소주의 경계를 포함하여 테네시주 남부에 산재한 주요 지점에 바리케이드를 설치했다. 루시엔은 북쪽 버지니아로 돌아갔다가 다시 노스캐롤라이나를 거쳐 남쪽으로 운전함으로써, 연방보안관들의 작전 지역을 우회해 자신을 대상으로 한 모든 봉쇄를 피할 수 있었다.

알리시아 캠벨의 시신을 늑대들에게 맡긴 지 거의 29시간 만에 루시엔은 나무 오두막이 서 있는 루이지애나 남부의 외딴 습지에 도착했다. 그는 그곳에 도착하기 직전에 근처 마을에서 마지막으로, 두 번 차를 세웠다. 처음 정차한 곳은 루시엔이 이동하면서 작성한 짧은 목록 속의 물건들을 구매한 철물점이었다. 두 번째는 식료품점이었다. 그는 집에서 직접 요리한 음식으로 식사를 하고 싶은 마음이 절실했다.

마침내 오두막에 도착했을 때 루시엔은 완전히 지쳐 있었지만, 스스로에게 휴식을 허락하기 전에 아직 해야 할 일이 있었다.

첫 번째는 '아우디 없애기'였다.

루시엔의 오두막은 충분히 외진 곳에 있을 뿐만 아니라 많은 초목으로 가려져 있어서, 누군가가 특별히 그 집을 찾는 게 아니라면 먼 곳에서 차가 눈에 띌까 걱정할 필요는 없었다. 그건 거의 불가능한 일이었다.

루시엔은 이 작은 오두막을 8년 전에 조 토팡가라는 사람에게서 샀다. 오두막은 원래 1980년대 초, 문제가 많고 외로운 사람이었던 조의 아버지 소유였다. 그는 개인적인 이유로 가능한 한 세상과 문명으로부터 멀리 떨어져 살기로 결심했다. 토팡가의 아버지는 자기 손으로 주춧돌부터 집을 지어 올렸고, 지금으로부터 9년 전에 세상을 떠날 때까지 그곳을 자신의 거처로 삼았다. 아버지의 사망으로 집은 조에게 넘어갔다. 위치는 물론 주변 환경, 판자 냄새, 밤에 들려오는 개구리 소리 등 그 집의 모든 것을 싫어한 그에게. 그러나 무엇보다 조가 싫어했던 것은 그곳에 얽힌 기억들이었다. 오두막집 근처에 갈 때마다 그는 얼마나 아팠던가.

루시엔이 조 토팡가와 만난 것은 조의 아버지가 세상을 떠나고 8개월 뒤, 뉴올리언스의 한 술집에서였다. 그들은 밤새 함께 술을 마셨다. 그때 조는 자기 아버지의 오두막이 얼마나 외진 곳에 있는지,

자기가 그곳을 얼마나 싫어하는지 이야기했고, 루시엔은 그 기회를 놓치지 않았다.

"얼마면 되겠어요?" 루시엔이 물었다.

"형씨, 진심이요?" 조가 말했다. "보면 절대 사고 싶지 않을 텐데. 망할 연쇄살인범의 은신처 같아요. 공포 영화에나 나올 법한 곳이지. 〈늪지의 오두막〉!" 그는 킥킥댔다. "너무 깊숙이 숨겨져 있어서, 설사 안내서 같은 게 있고 그걸 보고 온다 해도 찾으려면 꽤나 고생할 거요."

"완벽하게 들리는군." 루시엔이 말했다.

"세상으로부터 숨고 싶다면 완벽하지."

루시엔은 술잔을 비웠다. "언젠가 그렇게 될 거니까요."

남은 밤 동안 그들은 이야기를 나누었고, 덕분에 루시엔은 조를 조금은 더 알게 되었다. 아버지처럼 조 역시 혼자 있기를 좋아하는 사람이었다. 아내도, 아이도, 여자친구도 없었다. 형제자매도 없었으며, 그의 곁에 있는 사람이라곤 친구 몇 명이 전부였다. 어머니는 아버지보다 10년 일찍 돌아가셨는데, 루시엔은 아버지가 은둔자가 된 계기가 어머니의 죽음일 거라고 여겼다. 그날 밤, 루시엔은 그 자리에서 현금 1,000달러에 그 집을 샀다. 조가 정확한 위치를 알려주기 위해 그를 그 집까지 태워다주기로 하자 그는 거기에 500달러를 얹어 주었다. 그런데 이틀 후, 조 토팡가는 헤로인을 과다 복용하고 말았다. 전에는 그가 한 번도 사용해본 적이 없는 **물질**이었다. 정말이지 편리하게도.

오두막은 루시엔이 머릿속에 그려보았던 것과 완벽하게 들어맞았고, 그는 그곳이 절대적으로 안전한 장소가 되리라고 확신했다. 그가 말한 적 없고 기록한 적도 없는 장소. 심지어 '살인 백과사전'에도 나오지 않는 곳. 아무도 그 존재를 알지 못하는 장소였다.

몇 년에 걸쳐 루시엔은 루이지애나를 여러 차례 방문하며 이번과 같은 만일의 사태를 위해 오두막을 꾸몄다. 그가 영원히 사라져야 할 때를 위해서. 하지만 루시엔은 세상에서 완전히 사라지기 전에 풀어야만 하는 앙금이 있었다.

나무 오두막 뒤쪽에 여행 가방 두 개를 묻어놓았었다. 그 안에는 운전면허증 여러 개와 여권들, 고액의 현금, 고급자용 변장 소품들, 그리고 소규모의 무기 컬렉션이 있었다. 여행 가방 중 하나에는 아주 귀중한 어떤 소지품도 보관해두었는데, 몇 년 전에 손에 넣은 것으로 실제 사용해본 적은 없는 물건이었다. 그런데 이제 그것을 쓸 시간이 빠르게 다가오는 것 같았다.

아무도 자신을 찾아내지 못하리라는 걸 알았지만 이 아우디 차를 계속 모는 것은 여전히 위험 요인이었고, 루시엔은 이제껏 아무리 작은 요인이라 해도 위험한 것이라면 가능할 때마다 그것을 제거해왔다. 굴절식 덤프트럭 전체를 가라앉힐 수 있을 만큼 깊은 늪지로 둘러싸인 장소에서 자동차를 처리하는 일 따위는 애들 장난에 불과했다. 오두막에 도착한 지 30분도 되지 않아 루시엔은 아우디를 깊은 늪으로 몰고 갔다. 그런 다음 기어를 넣고 무거운 바위를 가속페달에 올려놓은 후 운전석을 빠져나와, 차가 탁한 물 아래로 천천히 사라지는 모습을 지켜보았다.

험하고 습한 지대를 넘어 오두막으로부터 가장 가까운 마을까지 걸어서 네 시간은 걸릴 터였다. 하지만 루시엔에게는 걱정거리가 될 수 없었다. 루이지애나주 남부에 숨어 하루, 아니 이틀 밤 이상을 보낼 생각도 없었거니와, 어쨌든 일주일은 거뜬히 버틸 보급품이 그에게는 있었으므로.

결국 홀로 고립된 루시엔은 마침내 스스로에게 휴식을 허락했다.

16

루시엔은 헌터와 이야기를 하고 있었기 때문에 목소리를 위장할 필요가 없었다.

"정말 실망했었다는 걸 인정하지, 메뚜기. 내가 안에 있는 동안 네가 날 보러 오지 않았다는 사실에 조금은 상처받았는지도 몰라."

헌터의 고통스러운 시선이 처음에는 가르시아에게, 그다음에는 케네디에게로 옮겨 갔다. 둘 다, 전화를 건 사람이 누구냐고 헌터에게 물어볼 필요도 없다는 걸 알았다.

"농담이겠지." 가르시아는 입 모양으로만 말하면서 얼굴에 불신의 빛을 띠었다.

헌터는 휴대전화를 자신과 가르시아 사이에 두고 모두에게 조용히 하라고 신호한 다음 통화 방식을 '스피커폰'으로 전환했다. 그 후 통화 녹음 애플리케이션을 실행하고 '녹음' 버튼을 눌렀다.

"메뚜기, 내가 이제 안에 있지 않다는 거 알지?"

루시엔의 음성에는 조금도 두려워하는 기색이 없었다. 아니, 오히려 지난 이틀 밤 동안 휴가를 즐기고 원기를 회복한 듯이 들렸다.

헌터는 대꾸하지 않았다.

"물론 알겠지." 루시엔이 말을 이었다. "장담컨대, '똥 덩어리' 에이드리언 케네디가 소식을 듣고 너한테 제일 먼저 연락했을 거야."

케네디는 그런 발언에 움찔하기에는 너무 닳아 있었다. 그는 흡사 루시엔의 눈을 똑바로 들여다보는 것처럼 헌터의 휴대전화 화면을 뚫어져라 보았다.

"너한테 남긴 메모도 봤겠지?"

여전히 헌터는 아무 말도 없었다.

"아, 이런! 로버트, 정말 나를 완전히 무시하려는 거야? 넌 이제 열여섯 살 꼬맹이가 아니야, 오랜 친구."

"전부 죽일 필요는 없었잖아, 루시엔." 헌터가 마침내 침묵을 깼다.

"안녕, 오랜 친구. 목소리 다시 들으니 좋네. 그래, 어떻게 지냈어?"

"전부 죽일 필요는 없었어."

"짐작건대, 내가 갇혔던 그 거지 소굴의 교도관들 얘기인 거 같은데. 물론 그럴 필요는 없었지만 그게 내 일이야, 메뚜기. 기억 안 나? 나는…… 음, 어떻게 말해야 할까?" 루시엔이 적당한 말을 찾는 동안 침묵이 흘렀다. "'살인 행위와 그것이 인간의 뇌에 미치는 심리적 영향을 조사하는 조사관'이지. 말하자면 나는 학자야. 혹자는 나를 끊임없이 진화하는 '방법 연구가'라고 할 거야." 무시하는 듯한 웃음소리가 들려왔다. "방법 연구가. 마음에 들어. 하지만 지금은 너한테 솔직할게, 메뚜기. 다시 죽이니까 **저어어엉말** 기분이 좋았어. 내가 그걸 그렇게 많이 그리워한 줄은 몰랐어. 행위와 행위 사이에 시간이 그렇게나 벌어진 적은 없었다는 거, 알았어?"

헌터는 루시엔이 '살인' 대신 '행위'라는 말을 사용하는 게 달갑지 않았다.

"3년하고도 반이야, 메뚜기." 루시엔이 계속 말했다. "3년 반을 철창 속에 갇혀 있었어. 3년 반 동안 우둔하기 짝이 없는 심리학자들과의 인터뷰를 견뎌냈지. '인터뷰'라……. 그렇게 부를 수나 있을지 모르겠지만 말이야. 그나저나 NCAVC와 BAU에서는 대체 어떤 사람을 뽑는 거야? 모두 아마추어들 같았어."

돌연 루시엔의 목소리에서 진지함이 뚜렷해졌다.

"빌어먹을 저 성냥갑 같은 곳에서 3년 반이라는 긴 세월을 보낸 것에 대해 이것만은 확실히 말할 수 있어. 저 안에 있는 동안은 한 가지만 생각하고 또 생각한다는 거. 그게 뭔지 알아?"

대답은 없었다.

"시간." 루시엔이 말했다. "매일, 매시간, 매분, 매초 생각하지. 시계는 심장만큼이나 중요해져. 그것들이 나란히 똑딱거리는 걸 느낄 수 있을 정도야."

이후로 길고 무거운 침묵이 있었다. 루시엔이 다시 이야기를 시작했을 때 그는 모든 단어를 일정하고 단조롭게, 천천히 발음하고 있었다.

"내 인생의 지난 3년 반은 온통 시간에 관한 거였어, 로버트. 생각할 시간, 나 자신에게 정직할 시간, 계획을 세울 시간, 미래를 그려볼 시간, 정밀하게 구성할 시간, 기다리는 시간……. 그리고 나서…… 그들은 날 '고도 보안' 교도소로 옮기더군." 빈정대는 웃음. "뭘 기대했을까? 나보고 안에서 더 시간을 보내라고?"

헌터는 천천히 케네디에게로 시선을 옮겼다. 케네디는 시선을 낮게 유지하며 그와 눈을 마주치지 않았다.

루시엔의 목소리에는 조금 즐거워하는 기색이 있었다. "이왕에 네가 컨트롤룸 일을 언급했으니 말인데, 그 조그만 부비트랩…… 정말

인상적이었지? 젠장, 아주 기발했어. 그 아이디어가 바로 내 머릿속에 떠오르더라고. 선반에서 나일론 끈을 보자마자 떠나기 전에 마지막 깜짝 선물을 남겨야겠다고 생각했지."

의무실 컨트롤룸에서 서랍에 부비트랩을 설치한 후 루시엔은 그것이 실제로 작동했는지, 또 다른 누군가의 목숨을 앗아 갔는지 알 방법이 없었다. 그러나 그는 그 결과에는 관심이 없었다. 그저 으스대고 있을 뿐이었다. 헌터는 그 점을 알았고, 그를 만족시키고 싶지 않았다.

"좋은 **함정**이었어." 헌터가 말했다. 목소리는 세심히 통제되었고, 호흡은 안정적이었다. "작동하지 않은 게 유감이야."

헌터의 말에 루시엔이 멈칫했다. 그가 기대했던 말이 아닌 게 틀림없었다.

헌터는 망설임의 침묵을 읽고 재빨리 부연했다.

"누가 더 다치기 전에 그걸 찾아냈지."

휴대전화의 조그만 스피커를 통해 인위적인 웃음소리가 흘러나왔다.

"아니." 루시엔이 말했다. "그건 완벽했어. 완벽하게 숨겼다고. 서랍을 열지 않고서는 절대 찾을 수 없었을 거야. 그리고 누군가 열자마자…… 게임 끝이지. 로버트, 넌 감을 잃고 있어. 예전엔 진심을 숨기는 데 아주 뛰어났었는데. 나이를 먹고 있구나, 내 친구."

"물론이야." 헌터는 루시엔의 자아를 공격할 완벽한 기회를 포착하고 그렇게 받아쳤지만, 그것이 그의 의도를 증명할 만한 방법은 당연히 될 수 없었다. 루시엔 같은 사람에게는 통하지 않을 것이다. 헌터가 바라는 속임수는, 루시엔을 그냥 궁금증에 싸인 상태로 내버려두는 것이었다. "아무렴, 루시엔. 네가 모든 일에 절대 실수하지 않는다고 계속 믿어봐. 우리 모두 감을 잃을 수 있어. 물론 너만 빼고 말이야. 활동이 전혀 없이 고립되었던 3년 반이라는 시간도 네게는 영향을 미치지 못했을 거야. 나일론 끈 조각을 다루며 범할 수 있는 간단한 실수 따위를 네가 저지를 리 없지. 네가 잊……." 헌터는 의도적으로 문장을 맺지 않았다. "그런데 알아? 그건 중요하지 않아."

이번에 침묵을 지킨 쪽은 루시엔이었다.

헌터는 그 순간 루시엔이 기억을 더듬으며 자신이 컨트롤룸에서 저질렀을 수도 있는 실수를 찾고 있다는 것을 알았다.

"그래." 헌터가 인정했다. "시간은 분명 네가 말한 그 모든 일을 하지만, 동시에 사물이 녹스는 걸 감지하지 못하게 만드는 자기만의 방법 또한 가지고 있지."

긴장된 침묵이 길게 이어졌다.

"내가 녹슬었다고 생각한다니 기뻐, 메뚜기." 루시엔이 기어이 그렇게 받아쳤다. "왜냐하면 이제 네가 틀렸다는 걸 증명할 수 있을 테니까. 그래, 맛보기를 좀 즐기게 해줄게. 준비됐어? 테네시주 녹스빌. 스테이트가에 주차빌딩이 있어."

헌터는 그곳이 은색 BMW의 트렁크에서 로스 백스터의 시신을 찾아낸 장소가 맞는다는 뜻으로 고개를 끄덕이는 케네디를 보았다.

"그래." 헌터가 말했다. "네 짓이라고 의심했어."

"그렇다는 건 BMW를 찾아냈다는 말이겠네, 알겠어."

헌터는 무언으로 긍정을 대신했다.

"여기서 흥미로운 점은, 그 죽음은 피할 수 있었다는 거야." 루시엔이 설명했다. "그 녀석이 그렇게 나쁜 놈이 아니었다면 말이야. 그런데 세상에, 나쁜 놈이었지? 어쨌든 그 죽음으로 내가 많은 사람에게 호의를 베풀었다고 확신해. 이제, 두 번째 맛보기."

헌터와 가르시아, 케네디가 걱정스러운 시선을 교환했다.

루시엔은 헌터에게 알리시아 캠벨의 시신을 유기한 장소의 좌표를 알려주었다.

"그녀를 **많이** 찾지는 못할 수도 있어. 그 숲에는 늑대들이 있거든, 알지? 그래도 신원 확인 용도로 그녀의 핸드백을 나무에 걸어놨어. 뭐랄까? 가끔 내가 그렇게 친절하다니까. 어쨌든 나는 움직여야 해, 메뚜기. 다시 내 일로 돌아가야 한다고. 내 연구로. 무슨 말인지 알지?" 루시엔은 헌터에게 대답할 시간을 주지 않았다. "물론 알 거야. 너와 FBI가 다 가져갔잖아, 기억나? 내 필생의 역작을 전부. 내 모든 연구를 말이야. 하지만 걱정 마, 오랜 친구. 난 화나지 않았어, 전혀. 그게 결국, 그 연구 전반의 의도였으니까. 결과가 공유되지 않고 타인에게 인정받지 못한다면, 연구가 무슨 소용이겠어? 문제는…… 아직 안 끝났다는 거야, 메뚜기. 아직 가보지 못한 길들이 있어. 시도해보지 못했던 방법들, 겪어보지 못했던 상황들, 경험해보지 못했던 감정들……. 빨리 재개하고 싶어. 이미 말했듯이 3년 반은 긴 시간이야. 제길, 정말 그리웠어."

뒤따른 정적은 길고 불편했다.

"전화기 손에 꼭 쥐고 있어, 로버트. 네 생각보다 훨씬 더 빨리 연락할 테니까." 루시엔은 또다시 웃었다. 이번에는 진짜로 즐거워서 터뜨리는 짧은 웃음이었다. "이제 게임을 시작해볼까, 메뚜기. 자, 해보자고."

전화가 끊겼다.

"아우디와 머스탱에 대한 수색은 중단하라고 FBI 요원들과 연방 보안청에 알려도 되겠네요." 헌터가 전화를 끊자, 가르시아가 케네디에게 낮게 소곤거렸다.

"곧 알게 되겠지." 케네디는 주머니에서 휴대전화를 꺼내 단축번호를 누르며 대답했다. 상대가 전화를 받자 케네디는 루시엔이 전화로 알려준 좌표와 그 장소에서 찾게 될 것에 관한 정보를 넘겼다. 그런 다음 테네시의 보안관서에 연락해 최대한 빨리 그 장소에 순찰차를 보내게 하라고 지시했다.

"또, 휴대전화로 걸려온 마지막 전화에 대한 위치 추적이 필요해." 케네디는 천천히 번호를 불러주는 헌터를 보며 고개를 끄덕였다. "당장 필요해. 내 말 알겠나? 뭐라도 알아내면 바로 전화하게."

"이 일에서 정말 거슬리는 게 뭔지 아십니까?" 케네디가 통화를 끝내자마자 가르시아가 말했다. "탈출한 지 고작 이틀이에요. 그런데 일곱 명을 죽였다고요?" 그는 케네디를 보았다. "교도관 셋, 의무실 간호사 둘, 그리고 이제 시민 둘?"

"숲의 시신이 확인된다면 총 일곱이지." 케네디가 인정하며 대답했다.

"그리고 방금 전화에 따르면……." 가르시아가 계속했다. "그의 표현을 따르면, '게임'은 아직 시작도 안 했어요. 피해자가 일곱인데 그게 '맛보기'라는 겁니까?"

바로 그 순간 케네디의 손에 들린 전화기가 울렸다. 두 번째 벨 소리가 울리기 전에 그는 전화를 받았다.

"알아냈나?"

케네디의 선천적으로 발그레한 뺨이 핏기 하나 없이 하얗게 되기까지는 불과 3초밖에 걸리지 않았다.

"확실해?" 그는 전화기 너머의 FBI 요원이 실수했을 리 없다는 것을 알면서도 굳이 그렇게 물었다. 그의 시선이 헌터에게 꽂혔다. "고맙네." 케네디는 그렇게 말하고 전화기를 내려놓았다.

헌터는 말없이 기다렸다.

그러나 가르시아에게 그 정도의 인내심은 없었다. "뭐라고 합니까?" 그가 물었다.

그때 그들을 태운 SUV가 덜레스 유료도로에서 맞닥뜨린 가벼운 교통체증에 속도를 늦췄다.

"로버트, 자네와 루시엔의 마지막 통화를 추적했네." 케네디가 대답했다. "루시엔은 선불 휴대전화를 사용했지만, 위치를 알아냈어. 어디였을지 짐작해보겠나?"

헌터는 심호흡을 하고 좌석에 등을 기댔다. "로스앤젤레스?"

케네디는 얼굴을 찡그렸다. "어떻게 알았나?"

"몰랐습니다." 헌터가 대답했다. "최소한 확신하진 못했죠. 하지만 루시엔이 **게임을** 하고 싶어 한다면, 상대가 올 때까지 기다리지는 않을 겁니다. 그가 가겠죠."

"잠깐." 가르시아가 손을 들며 말을 끊었다. "이 미친놈이 고도 보안 시설에서 탈출한 직후에 차를 훔쳐서 버지니아에서부터 로스앤젤레스까지 왔는데, 한 번도 걸리지 않았다고요? 아무한테도?"

"아니야." 케네디가 대답했다. "차가 아니었어. 비행기를 탔지."

"뭐……." 가르시아의 입이 떡 벌어졌다. "뭘 탔다고요?"

"전화 발신지." 케네디가 설명했다. "LA 국제공항으로 추적됐네. 그는 로스앤젤레스 공항에서 전화한 거야, 로버트."

18

　루시엔은 헌터와의 전화를 끊고 배낭을 오른쪽 어깨에 둘러멘 뒤 LA 국제공항의 터미널 건물을 나섰다. 밖으로 나오면서 방금 구입한 선불 휴대전화를 가장 가까운 쓰레기통 속에 떨어뜨렸다.

　루시엔은 헌터가 자신의 전화를 받자마자 전화 추적이 시작될 거라는 걸 알았다. 그건 그로서도 어찌할 도리가 없었다. 그저 전화가 LA 국제공항에서 걸려왔었다는 사실을 알게 됐을 때 헌터가 지을 표정을 직접 볼 수 없다는 사실이 안타까울 따름이었다.

　공항 밖으로 나온 루시엔은 터무니없이 많은 짐을 토요타 어벤시스 렌터카의 트렁크에 끼워 넣고자 분주한 네 명의 얼간이 옆에서 잠시 걸음을 멈췄다. 그는 그들의 억양이, 남부의 '끄는 말투'가 가장 심한 텍사스주의 것임을 빠르게 알아차렸다.

　머리 위 새파란 하늘에는 티끌 한 점 없었고, 그곳에 선 지 몇 초 만에 루시엔은 이마에 땀방울이 맺히는 것을 느꼈다. 그리 멀지 않은 광고판의 시계 위 디지털 화면에 표시된 온도는 LA의 전형적인 봄날 오후 기온인 섭씨 16도였다. 그렇지만 실제로는 구름 한 점 없고 바람이 전혀 불지 않아, 마치 로스앤젤레스의 여름 한가운데 착륙한 기분이었다.

날이 몹시 더웠지만, 루시엔은 눈을 감고 몇 초 동안 태양이 자신의 얼굴을 내리쬐도록 했다. 자유는 진실로 멋졌다.

텍사스 사람 넷은 트렁크에 짐 싣는 것을 포기하고 짐 가방들 중 일부를 뒷좌석에 쑤셔 넣어야 한다는 사실을 끝내 받아들여야 했다. 그리고 이제는, 누가 여행 가방들과 함께 뒷좌석에 앉느냐 하는 문제로 논쟁을 벌였다.

루시엔이 시내로 가기 위해 택시를 탈지 버스를 탈지 고민하고 있는데, 방금 자신이 나왔던 터미널 출구에서 경관 둘이 나오는 게 보였다. 그냥 놓치기에는 너무나 좋은 기회였다. 그는 선글라스를 벗고 어깨에 멘 배낭을 조정한 후 조금 긴 듯싶은 가짜 금발을 뒤로 쓸어 넘기며 두 경관에게 다가갔다.

"실례합니다, 경관님들." 그는 그들 바로 앞에 서서 말을 걸었다. 옆에서 짐짝들과 분투 중인 4인조가 쓰는 것과 똑같은 억양이었다. "LA 시내까지 얼마나 걸릴까요? 여기 와본 적이 없어서요."

"처음 오신 거라면, 경비를 얼마 정도로 생각하시는지 여쭤봐야겠는데요." 두 경관 중 젊은 쪽이 대답했다. 그의 턱에는 제대로 아물지 않은 길고 들쭉날쭉한 흉터가 있었다. 루시엔은 그 상처가 깨진 유리병으로 인한 것임을 한눈에 알 수 있었다. "음, 택시비는 대략……." 젊은 경관이 자기 말을 확인해주길 바라는 것처럼 자기 파트너를 흘긋 보면서 말했다. "80에서 150달러 사이가 될 겁니다. 어디서 내리느냐에 따라 다르겠죠."

두 번째 경관이 고개를 끄덕였다. "네, 맞을 겁니다."

"시간은 40분 이상 걸릴 수도 있어요." 젊은 경관이 계속 말했다.

"차가 밀리면 더 걸릴 수도 있고요. 이 도시에서는 알 수 없는 일이죠."

"아니면 플라이웨이 공항버스를 타고 유니언역까지 가서 거기서 택시를 타도 됩니다." 두 번째 경관이 넘겨받아 말했다. 그는 완벽하게 손질된 숱 많은 콧수염을 가지고 있었고 옆의 파트너보다 최소 열다섯 살은 많아 보였다. "플라이웨이 공항버스 요금은 7달러지만, 역까지 가는 데만 최소 한 시간은 소요될 겁니다."

"하나는 빠르고, 다른 하나는 싸죠." 젊은 경찰이 말했다. "선택은 선생님께서 하세요."

루시엔의 짙은 갈색 눈이, 즉 지금은 컬러 렌즈로 덮여 파랗게 변한 눈이 경관에게서 경관으로 천천히 옮겨 갔다. 그들 중 한 명이 자신을 알아보기를 기다리는 것처럼.

둘 다 그러지 않았다.

"감사합니다." 루시엔이 마침내 미소를 지으며 대답했다. "그럼 택시로 가야겠네요. 뭐, 돈은 별로 상관없어요."

젊은 경관이 루시엔 쪽으로 고개를 기울였다. "그런 이야기는 하지 않는 게 좋을 겁니다, 선생님. LA 같은 도시에서는요. 특히 택시에서는 절대로."

루시엔은 사과하듯 살짝 고개를 끄덕였다. "다시 한번 감사드립니다, 경관님들. 대단히 감사합니다."

"가장 가까운 택시 승차장은 저쪽이에요, 선생님." 나이 든 경관이 루시엔이 가려는 곳과 반대 방향을 가리키며 말했다.

"죄송합니다, 바보같이." 루시엔은 선글라스를 다시 끼고 빙 뒤돌면서 대답했다.

3년 반 동안 내가 감을 잃었다니……. 어때, 로버트? 그는 두 경찰

107

관 옆을 지나가며 생각했다. 네가 준비됐기를 바라, 오랜 친구. 내가 왔으니까……. 놀라움으로 가득한 선물 상자를 들고 찾아갈게.

19

"루시엔이 비행기를 타고 LA 국제공항으로 왔단 말입니까?" 가르시아는 NCAVC 센터장을 향해 눈을 가늘게 뜨고 물었다. "어떻게 눈에 안 띌 수가 있었죠?"

마침내 교통체증이 풀리자 그들이 탄 SUV가 덜레스 공항으로 다시 나아가기 시작했다.

"루시엔이 지난번에 체포됐을 때······." 입을 연 건 케네디가 아닌 헌터였다. "그가 모아둔 신분증과 운전면허증, 여권들이 은신처 한 곳에서 발견됐어. 모두 진짜였고······ 남성 피해자들의 것이었지. 루시엔이 피해자를 고를 때 외모는 그리 중요하게 여기지 않았던 것 같지만 키나 체격, 피부색, 나이 그리고 외모의 유사성을 따져 신중하게 선택한 것 같았어."

"그게 어떻게 가능하지?"

"그게 루시엔이야." 헌터가 설명했다. "루시엔은 변장술에 관해서는 천재야. 메이크업과 액체 라텍스를 사용하지. 적절한 도구와 재료만 있다면 어떤 모습으로든, 남들에게 자기가 원하는 대로 보이게 할 수 있다는 뜻이야. 여권이나 운전면허증 사진 속 얼굴을 흉내 내는 건 그에게 그렇게 어려운 일이 아니야."

"루시엔은 항상 앞서 계획하고 있었네." 케네디가 끼어들었다.

"그의 일지에서 찾아낸 바에 따르면 절대 12개월 이상 같은 신분을 유지하지 않았어. 그 이상 같은 장소에 머무른 적도 없고. 항상 다른 신분으로 계속해서 옮겨 다녔고, 가장假裝은 하면 할수록 더 능숙해졌지. 그가 거리에서 자네를 불러 세워 대화를 나눈다 해도 결코 그를 알아보지 못할 수준으로까지 말이야. 그러니 가르시아 형사, 자네 질문에 대답하지. 국내선 비행기의 탑승 데스크나 정리하며 따분함에 질려 있는 항공사 직원이 신분증에 있는 사진 확인하기를 게을리한다면, 루시엔한테는 아마 공원 산책이나 다름없었을 거네."

덜레스 공항에 가까워지자, 착륙을 위해 접근 중인 747기가 SUV 바로 위로 날며 차창을 덜컹거리게 만들었다.

"더는 지체할 수 없어, 로버트." 케네디가 다시 전화기로 손을 뻗으며 선언하듯 말했다. "법무 장관과 연방보안청에 의무실 병동 안에서 발견된 루시엔의 메모가 자네 앞으로 남겨진 것이라는 사실을 보고해야 해. 또, 자네가 방금 받았던 전화에 대해서도 알려야 하네. 루시엔이 지금 LA에 있다면, 이 수색 작전 전체를 재검토해야 할 거야."

헌터는 할 말이 없었고, 그래서 대답하지 않았다.

한 번 더, 케네디는 단축번호를 눌렀다. 이번에 전화를 받은 사람은 연방보안청과 공조하는 FBI 팀의 책임자인 피터 홀브룩 요원이었다. 대화는 간결하고 명료했다. 케네디는 새로운 피해자 알리시아 캠벨에 대해 이야기했고, 루시엔이 지금 로스앤젤레스에 있다는 확실한 정보를 가지고 있다고도 말했다.

케네디가 통화를 끝내자, 가르시아가 의아한 웃음을 터뜨렸다.

"센터장님도 로버트도, 루시엔이라는 인물에 몹시 경탄하고 있는 것처럼 말하네요. 그는 록 스타가 아니라 사이코패스예요. 그리고 지금까지 들은 바에 의하면 망상에 사로잡힌 친구인 것 같습니다. 좋아요. 영리하고, 변장에 능하고, 심리학을 잘 알고, 또 최면을 걸 줄도 알죠. 한데…… 그래서 뭐요? 어차피 변장술만 빼면, 그게 우리한테 필요한지도 잘 모르겠지만, 그가 할 수 있는 건 우리도 다 할 수 있습니다만." 그는 잠시 말을 멈추고 방금 자신이 한 말을 곰곰이 생각해보았다. "아니, 너는 할 수 있지." 그가 헌터를 보며 고개를 끄덕였다. "나는 최면 거는 법 따윈 모르니까. 여하튼……" 가르시아의 어조가 다시 진지해졌다. "이 자식이 이길 리가 없어, 로버트. 너에 대한 복수극처럼 보이는 걸 놈은 혼자서 하고 있잖아. 문제는 말이지, 놈이 원하는 이 '게임'에서 놈이 상대할 적이 하나가 아니라는 거야." 그는 손가락으로 허공에 물음표를 그렸다. "FBI, 연방보안청, 그리고 이제는 LAPD에 맞서는 거야. 제아무리 미친놈이라고 해도 나는 언제든 놈의 반대편이 이기는 데 돈을 걸겠어."

"자네 생각이 마음에 드는군." 케네디가 동의하는 듯한 표정으로 말했다.

"그리고 제가 보기에는, 루시엔은 방금 큰 실수를 처음으로 범했어요." 가르시아가 말했다.

"실수?" 케네디가 물었다. 동의하는 듯하던 얼굴이 금세 생각에 잠긴 표정을 띠었다.

"지금 그가 로스앤젤레스에 있다는 겁니다." 헌터가 대답했다. 그는 가르시아가 하는 말의 의미를 정확히 이해했지만 파트너처럼 흥분하지는 않았다.

"맞아." 가르시아가 인정했다. "그는 지금 로스앤젤레스에 있어요. 우리 홈그라운드죠. 우리는 이곳의 모든 거리와 동네를 압니다. 정보원도 도처에 있고요. 놈이 똑똑하든 똑똑하지 않든, 루시엔은 제 발로 호랑이 굴에 뛰어든 겁니다. 그것도 **우리 호랑이굴**로요."

"이제는 정말 자네 파트너의 논리에 동의하지 않을 수가 없군, 로버트." 케네디가 말했다.

"네, 물론입니다." 헌터가 말했다. "우리는 LA의 거리를 알아요. 동네도 알고, 정보원도 있고요. 하지만 당신이 잊고 있는 게 있어요, 에이드리언."

"그게 뭔가?" 케네디가 물었다.

"루시엔을 3년 반이나 가뒀잖습니까." 헌터가 대답했다. "3년 반 동안 그를 연구했죠. 이젠 그를 더 잘 알게 됐을 텐데요. 카를로스가 옳아요. 루시엔은 혼자죠. 하지만 그는 자기가 원해서 그러는 겁니다. 절대 누구에게도 의지하지 않을 거예요. 절대 누구를 믿지도 않을 거고요."

"무슨 말인지 모르겠군." 케네디가 말했다.

"제가 하려는 말은, 루시엔이 LA 거리를 돌아다니면서 공범이나 무기나 마약 따위를 찾지는 않을 거라는 겁니다. 필요한 게 뭐든 자기가 직접 구할 거예요. 루시엔이 무얼 계획하건, 그걸 실행하기 위해 다른 누군가에게 의존하지는 않을 거란 말입니다. 그는 절대 의심스러운 행동을 하지 않을 거고, 아무것도 남기지 않을 거예요."

"알았네." 케네디가 동의했다. "하지만 난 여전히 가르시아 형사의 말에 일리가 있다고 생각해. 루시엔이 간과했을지도 모르는 무언가가 있을 수 있어."

"아직도 이해를 못 하시는군요." 헌터가 고개를 저으며 NCAVC 센터장에게 말했다.

케네디는 헌터가 무슨 말을 하는지 여전히 알아차리지 못하는 것 같았다. "내가 뭘 놓치고 있나, 로버트?"

헌터는 말했다. "지금 당장 루시엔을 체포한다고 해도, 이미 무고한 사람 일곱이 목숨을 잃었어요. 당신의 이기적인 행동 때문에 말입니다. 이틀 동안 일곱 명이에요, 에이드리언." 화가 났음에도 헌터의 목소리는 차분했다. "루시엔의 능력을 알잖습니까. 그는 지금 LA를, 대도시를 활보하고 있어요." 헌터는 자신의 말이 케네디에게 충분히 인식될 수 있게끔 잠깐 말을 멈췄다가 다시 이었다. "그의 계획에 대한 단서가 없지 않습니까. 그를 잡기 전에 얼마나 많은 무고한 사람들이 끔찍하게 죽을지 모르겠군요. 우리가 잡을 수나 있다면 말이죠. 얼마나 많은 피해자가 생길지 우린 예측할 수 없어요. 그게 당신이 벌인 일이에요, 에이드리언. 당신은 루시엔이 하려는 이 '게임'…… 그러니까 지금부터 무슨 일이 일어나든…… 우리는 이미 졌다는 걸 전혀 이해하지 못하고 있어요."

20

로스앤젤레스 분지의 남쪽, 콤프턴과 사우스게이트 사이에 자리한 히스패닉계 거주 지역인 린우드 거리를 거의 한 시간 동안 걸은 루시엔은 마침내 자신이 찾고 있던 것을 발견했다. 시간 단위는 물론 일, 주, 월, 년…… 어떤 단위로도 방을 빌려주는 호텔. 방값을 현금으로 미리 치르기만 하면 되었다. 손님에게 어떤 질문도 하지 않고, 신분증도 필요 없었다. 전면의 푸른빛은 바래고 창문도 더럽기 짝이 없는 이 폐건물은, 이제는 목욕탕의 냉탕처럼 보일 정도로 움푹 팬 구덩이 외에는 별 특징 없는 길의 끝자락에 자리한 세탁소와 구두 수선점 사이에 끼어 있었다.

작고 어두침침한 로비에 들어서자마자 달콤한 향수 냄새에 싸구려 술과 오래된 담배 내가 섞인 듯한 냄새가 풍겨왔다. 현관을 통해 걸어오는 사람을 맞는 카펫은 칙칙한 색인 데다, 한쪽 끝이 찢어져 있었으며, 곳곳에 점점이 담배에 탄 자국이 있었다. 빈 접수 데스크 뒤에 놓인 휴대용 라디오에서 푸에르토리코의 레게톤 음악이 흘러나왔다.

루시엔은 데스크의 버저를 누르고 기다렸다.

아무도 나오지 않았다.

다시 눌렀다.

접수 데스크 뒤쪽에 있는 문 너머에서 인기척이 났지만, 여전히 아무도 나타나지 않았다.

루시엔은 대답을 들을 때까지 버저를 누른 채로 있었다.

"칼마테, 푸토(진정해, 재수 없는 놈아). 나가는 중이에요." 문 뒤에서 스페인어 억양이 강한 남자의 화난 말소리가 들렸다. "벨은 그만 눌러요, 에세(친구)."

루시엔은 버저에서 손을 뗐다.

몇 초 뒤, 고무줄 바지 아래로 갈색 로퍼를 신고 단추를 목까지 꼭 잠근 체크무늬 긴팔 셔츠 차림의 땅딸막하고 뚱뚱한 남자가 문밖으로 나왔다. 머리카락은 자를 수 있는 한 자른 듯 삭발에 가까운 모양이었다.

"쿠에 퀴에레스, 에세(뭘 원하쇼, 친구)?" 마침내 접수 데스크로 온 남자가 물었다.

루시엔은 말없이 그를 보았다. 남자의 입에서 볶은 콩과 양파 냄새가 풍겼다. 눈은 벌겋게 충혈돼 있었고 오른쪽 입가에는 소스 같은 갈색 덩어리가 작게 방울져 있었다.

"뭘 원하십니까, 에세?" 남자는 루시엔의 분석적인 시선을 맞받으며 다시 물었다.

"조금 놓쳤군요." 루시엔이 자신의 오른쪽 입가를 만지고 다시 남자의 입술을 가리키며 말했다.

"뭐라고요?" 남자는 루시엔을 보며 눈살을 찌푸렸다. 방해를 받은 것에 짜증이 나 있는 모양이었다.

"입술에 소스가 좀 묻어 있네요." 루시엔이 말했다. 그는 공항에서 듣고 흉내 낸 텍사스 억양을 유지했다.

남자는 오른손으로 입가를 훔친 후 손가락에 묻은 소스를 핥았다.

루시엔은 참을성 있게 기다렸다.

"좋아요. 자, 뭘 원하십니까? 카브론(성가신 놈)."

루시엔은 호텔 로비에 서 있는 자신을 보며 하는 그 질문이 얼마나 바보 같은지 남자가 깨닫기를 기다리며 다시금 그를 바라보았다. 그러나 남자는 알아채지 못했다.

"방." 결국 루시엔이 대답해야 했다.

"쿠안토 티엠포(시간은 얼마나)?" 남자가 숙박부를 내려다보며 물었다. "몇 시간이요?"

"일단 나흘로 합시다." 루시엔이 말했다. "어때요?"

남자는 이상하다는 표정으로 루시엔을 보다가 고개를 돌려 입구 쪽을 바라보았다. 그들 말고는 아무도 없었다.

"쿠아트로 디아스(나흘)?" 조금의 과장도 없이 남자의 목소리는 의심하는 투였다. "방 하나를 나흘 동안 빌린다고요? 에스타스 세구로(확실해)?"

루시엔은 호텔이 시간, 일, 주, 월 단위로 방을 빌려준다고 광고를 하고는 있지만 실상은 남자들이 매춘부를 데리고 와서 재미나 보고 몇 시간 후에 떠나는 종류의 숙박 시설이라는 것을 알았다. 나흘은 커녕 하룻밤 자고 가는 사람도 드물 터였지만, 루시엔은 바로 그런 이유로 이 호텔을 선택한 것이었다.

"맞습니다." 그가 대답했다. "나흘부터 시작하죠. 더 오래 있게 되면 적어도 하루 전에는 알려드리겠습니다. 괜찮을까요?"

남자는 루시엔을 잠시 바라보았다. "파간도 엔 차보스, 에세(돈으로

낼 거요, 친구)? 현금으로?" 그는 엄지와 검지를 몹시 속된 모양으로 비벼댔다.

"물론."

"그렇다면 좋아요, 에세(친구). 괜찮은 것 같군." 남자는 루시엔에게 얼룩덜룩한 이를 보이며 웃는 것으로 그의 제안을 받아들였다. "방 하나에 나흘이니까…… 180달러요."

루시엔은 흥정을 해봤자 소용없다고 생각했다. 그는 주머니에서 정확한 액수의 돈을 꺼내 남자에게 건넸다.

"보증금으로 30달러 추가요." 탐욕으로 반짝이는 시선을 들며 남자가 덧붙였다. "방의 뭔가를 파손할 때를 대비해서, 에세. 알죠? 나 갈 때 그 돈은 돌려받게 될 거요. 테 프로메토(약속드리지)."

루시엔은 얼음장 같은 시선으로, 남자가 불편해한다는 게 확실하게 전해져올 때까지 오래도록 쳐다보았다.

"물론이죠." 마침내 루시엔이 동의하고 남자에게 30달러를 더 건넸다.

남자는 돈을 센 뒤 셔츠 주머니에 넣었다.

"마음에 드는군, 에세." 숙박부에 뭔가를 적으며 그가 말했다. "당신이 마음에 드니 꼭대기 층 방을 내드리죠. 여기 방은 전부 같아요." 그가 설명했다. "그래도 꼭대기 층의 방이라 함은, 당신 위에 아무도 없다는 뜻이죠. 콤프렌데스(알겠어요)?" 그는 집게손가락으로 천장을 가리켰다. "그래도 옆방이나 아래층에서 쾅쾅대는 소리가 들릴 텐데, 그건 차차차를 추는 소리니 신경 쓰지 말아요." 그는 루시엔에게 '내 얘기가 뭔지 알죠'라고 말하는 듯한 미소를 지어 보였다. "또 찰싹대는 소리나 비명 소리, 욕설도 들릴 수 있어요." 남자는 고개를 내둘렀다. "노 테 프레오쿠페스 포르 나다(아무 걱정 마쇼). 걱정할 거 없어요, 콤프렌데스(알겠어요)? 에소 에스 노르말 아퀴(여기선 그게 정상이요)."

루시엔은 말없이 간단히 고개만 끄덕였다.

남자는 펼친 숙박부를 데스크 위에 올려놓고 새 손님 쪽으로 돌려 놓았다. "피르메 아퀴, 포르 파보르(여기 서명해주쇼)." 남자가 미소 지었다. "좋아하는 이름 아무거나 써요."

루시엔은 펜을 잡고 남자가 가리킨 선 위에 무언가를 흘려 썼다.

남자는 루시엔이 숙박부에 적은 것을 보고 웃음을 터뜨렸다. "당신 이름이 에세 푸토(성가신 친구)요?"

"왜 안 되겠어요?" 루시엔이 말했다. "당신이 이미 그렇게 불렀잖아요. 왜 고치겠어요?"

남자는 미소 지었다. "시, 포르 쿠에 노(그래, 왜 안 되겠어)? '에세 푸토'로 합시다." 그는 루시엔에게 열쇠를 건넸다. 열쇠고리에 적힌 숫자는 '215'였다. "알았죠? 꼭대기 층이에요. 엘리베이터에서 내려서 왼쪽으로 꺾어요."

"계단으로 갈 겁니다." 루시엔이 말했다.

"그래도 그렇게 해요." 남자가 말했다. "꼭대기 층에서 왼쪽으로. 오른쪽 마지막 방이요."

루시엔이 열쇠를 집으려고 손을 뻗자, 남자가 데스크 위로 몸을 낮추며 속삭였다. "파티를 찾는다면, 에세(친구)…… 언제든…… 나한테 오면 됩니다. 트란퀼로(조용히). 필요한 건 뭐든 가져다줄 수 있어요, 에세…… 뭐든지." 남자의 입가에 다시 얼룩덜룩한 미소가 떠올랐다. "무슨 말인지 알죠? 당신이 필요한 건 뭐든지. 나를 믿어요."

루시엔은 남자의 숨에 가득한 양파 냄새를 피하기 위해 뒤로 물러 났다.

"어쩌면, 당신이 도와줘야 할 게 있을지도 모르겠군요." 루시엔이 말했다.

탐욕이 남자의 눈에 돌아왔다.

"어떤…… 휴대전화 번호가 등록된 집 주소를 알아내는 데 도움이 될 만한 사람을 압니까?"

남자는 커다란 배를 긁으며 걱정스러운 얼굴로 루시엔을 바라보았다. 하나 당연하게도, 그런 의심스러운 요청을 낯설어하는 것은 아니었다. "두어 명." 그가 대답했다. "돈이 많이 들 거요, *에세*."

루시엔은 가만히 서 있었다. 꿰뚫어 보는 듯한 그의 시선이 다시 한번 남자를 불안하게 만들었다. "얼마면 될까요?"

남자는 몇 초 동안 생각했다. "100달러."

"주소를 가져오면 그 돈을 갖게 될 겁니다."

남자는 미소 지었다. "번호를 갖고 있어요?"

루시엔은 헌터의 휴대전화 번호를 종이에 적어 남자에게 건넸다.

"*다메 우나 호라*(한 시간만 주쇼). 한 시간이면 주소를 가져다드리리다."

루시엔은 간단히 고개를 끄덕여 감사를 표한 뒤 침착하게 계단을 올라 2층으로 갔다.

21

로스앤젤레스와 워싱턴 간의 세 시간 시차에도 불구하고, 헌터가 로스앤젤레스 남동쪽 헌팅턴파크에 있는 침실 하나짜리 작은 아파트로 돌아온 것은 밤 11시가 지나서였다. 그는 포트아스케이그(싱글 몰트위스키 브랜드—옮긴이) 셰리캐스크 15년산을 조금 따라 마신 후 불을 끄고 거실에 앉아 조용히, 창밖 저 멀리 절대 꺼지지 않는 도시의 불빛을 응시했다.

헌터는 몇 가지 생각을 정리해보려고 했다. 하지만 그의 머릿속은 루시엔의 탈출 소식을 들은 이후로, 3년 반 전은 물론 대학 시절까지 거칠게 질질 끌려가며 떠오른 장면과 기억, 감정 따위가 뒤섞인 기괴한 반죽 덩어리로 가득 차 있을 뿐이었다. 또렷이 생각하려고 하면 할수록 생각들은 더 흐려졌다.

헌터가 두 눈을 감고 위스키를 한 모금 더 입에 머금어 진한 황금색 액체가 미뢰를 감싸게 하자, 시트러스 향기와 아주 약한 제비꽃 향기가 달콤하고 스모키한 감각과 함께 혀를 완전히 뒤덮었다. 헌터는 그 위스키를 언제 손에 넣었는지, 누가 추천해주었는지 기억하지 못했다. 그럼에도 정말이지 멋진 술이라는 사실을 부정할 수 없었다.

싱글 몰트위스키는 헌터가 가장 큰 열정을 쏟는 취미였다. 비록 스스로 전문가라고 생각하지는 않았지만, 수년간 갖춰온 그의 작은 컬렉션은 의심의 여지 없이 훌륭했으며 전문가들 대부분의 미각마저 충분히 만족시킬 수 있을 정도였다.

그리 멀지 않은 곳에서 들려오는 구급차의 사이렌 소리가 헌터를 쾌락의 순간에서 끄집어냈다. 다시 눈을 떴을 때, 길 건너편의 아파트에서 40대 중반으로 보이는 금발 여자가 창문에 커튼을 치는 것이 보였다. 잠시 후 불이 꺼졌다.

헌터는 시간을 확인했다. 밤 11시 48분이었다. 대부분의 사람에게는 잠자리에 들기에 적당한 시간이겠지만 헌터는 대부분의 사람에 속하지 않았다. 잠에 관해서라면 더더욱.

미국인 다섯 명 중 한 명은 불면증에 시달린다. 이 질환은 대개 일이나 경제적 상황, 혹은 가족과 관련한 스트레스 등의 조합으로 야기되지만, 헌터의 경우는 이마저도 달랐다.

의학적으로 가장 공격적인 유형의 원발성 뇌암으로 알려진 다형성신경교아종과의 싸움에서 어머니가 패배한 직후, 헌터는 처음으로 불면증에 사로잡혔다. 그의 나이 고작 일곱 살 때였다. 당시에 그는 밤이면 자기 방에 혼자 앉아 간절히 엄마를 그리워했고, 무슨 일이 일어났는지 이해하려고 애쓰면서 눈물을 흘리지 않기 위해 무던히 노력했었다.

곧 헌터의 일상에서 슬픔은 초대하지 않은 동행이 되었고, 비애와 함께 충격적인 악몽이 찾아왔다. 악몽은 너무나 강력하고 생생해서, 그의 뇌는 자기보호본능에 따라 가능한 한 오랫동안 깨어 있으려고 전력을 다했다. 잠은 사치이자 고문이었다. 헌터는 끝없는 불면의 밤 동안 자신을 바쁘게 하고자 책을 읽기 시작했고, 매일 밤 그 행위에 맹렬히 빠져들었다. 그렇게 하면 책에서 마법에 가까운 힘을 얻을 수 있기라도 한 것처럼. 책은 그가 제어할 수 없거나 이해할 수 없는 슬픔에 대항하는 피난처이자 안전한 장소, 그리고 방패막이가 되어주었다.

해가 지나면서 헌터는 불면증과 싸우는 대신 그것과 함께 살아가는 법을 배웠다. 괜찮은 밤에는 네 시간, 어쩌면 다섯 시간까지도 쭉 잘 수 있을 테지만, 길 건너편 다른 집의 불빛이 꺼지고 또 다른 집의 커튼이 닫히는 것을 보면서 그는 오늘 밤도 '괜찮은 밤'이 되기는 글렀다는 것을 직감했다.

헌터가 막 위스키를 한 모금 더 마셨을 때, 거실 한가운데 있는 커피 탁자 위에서 휴대전화가 진동하며 그를 깜짝 놀라게 했다. 전화기 화면에서 '발신 번호 표시 제한'이라는 글자를 다시 보게 될 거라 예상한 그는 가슴이 두방망이질하는 걸 느끼며 액정 화면으로 시선을 옮겼다. 하지만 그가 틀렸다. 화면에 떠오른 이름은 '트레이시'였다. 헌터는 자기도 모르게 안도의 한숨을 내쉬면서 소심한 미소로 입가를 장식했다.

몇 달 전, 헌터는 웨스트우드의 UCLA에 있는 한 도서관에서 범죄 심리학 교수인 트레이스 애덤스를 처음 보았다. 첫눈에 서로 끌렸다는 사실은 부인할 수 없었지만, 헌터는 스스로 인정하고 싶은 정도보다 훨씬 더 그녀를 좋아했음에도 불구하고 자신만의 이유로 로맨스를 제대로 꽃피우지 못했다. 트레이시로서는 당연히 그것이 불만이었다.

"안녕." 헌터가 창밖 도시의 불빛 속으로 길게 시선을 던지며 전화를 받았다. "자고 있는 줄 알았어요."

"정말요?" 트레이시가 약간 기뻐하는 어조로 대답했다. "내가 새벽 1시 전에 잤던 적이 있던가요?"

우연의 일치로, 헌터만큼 심각하지는 않아도 트레이시 역시 불면증에 시달렸다.

"그렇죠." 헌터가 인정했다. "오늘 하루는 어땠어요?"

"지극히 평범했죠." 트레이시가 대답했다. "강의 중에 학생 둘이 손을 들고 황급히 화장실로 뛰어가야 했지만요. 오후 강의 내용에 포함된 몇몇 사진이 버거웠나 봐요."

"진짜요?" 헌터가 물었다. "누구 얘기였는데요?"

"에드 게인."

헌터는 웃음을 터뜨렸다. "맞춰보죠. 인피人皮로 만든 정장 사진."

에드워드 시어도어 게인은 미국의 연쇄살인범으로, 피해자 수는 미국 역사상 가장 악명 높은 살인자들에 비하면 많지 않았다. 공식적으로는 살인 두 건에 대해서만 유죄 판결을 받았을 뿐이었다. 그러나 그를 다른 연쇄살인범들과 차별화하는 것은 그가 가진 폭력과 광기의 수준이었다. 에드 게인은 망상증이 심했다. 그는 자기 어머니를 떠올리게 하는 여자들의 시체를 땅에서 파낸 뒤 피부를 벗겨내 양복과 마스크를 만든 다음 집에서 착용하곤 했다. 또한 시체의 일부를 사용해 벨트와 전등, 그릇, 재떨이 등 다양한 집기를 만들었다. 에드 게인은 노먼 베이츠, 제임 검브, 레더페이스(각각 영화 〈싸이코〉의 살인마, 영화 〈양들의 침묵〉 속에서 '버펄로 빌'이라는 별명으로 불린 연쇄살인범, 영화 〈텍사스 전기톱 학살〉의 연쇄살인마다—옮긴이)를 비롯해 지금까지 만들어진 가장 끔찍한 할리우드 연쇄살인범들의 모델이 되었다.

트레이시는 킥킥 웃었다. "네, 맞혔어요." 그녀가 말했다. "**피부 정장.** 매번 그 사진을 볼 때마다 그런 학생들이 나오죠. 그나저나, 비행은 어땠어요? 아니, 비행'들'이라고 해야겠네요."

"길고 피곤했죠."

"상상이 가요. 워싱턴에 마지막으로 다녀온 지는 꽤 됐지만, 하루 만에 갔다가 돌아온다는 건 정말 힘든 일이죠. 열두 시간이나 비행하고 뻗지 않은 게 놀랍네요."

"네, 불행히도 오늘 밤은 쉽게 잠이 올 것 같지 않네요. 전혀……."

트레이시는 헌터의 목소리에서 무언가 걱정거리가 있다는 걸 알아챘지만, 이런 경우에는 묻지 않는 편이 낫다는 것 또한 알고 있었다. 그래서 전혀 다른 질문을 했다.

"친구를 원해요? 나는 초저녁에 논문을 채점했는데 여전히 정신이 말똥말똥해요. 게다가 내일 아침 수업도 없고."

그 초대는 확실히 유혹적이었다.

"이런 야심한 시각에 당신이 오기에는 꽤 멀지 않아요?" 헌터가 물었다.

트레이시는 헌팅턴파크에서 25킬로미터 정도 떨어진 웨스트할리우드에 살았다.

"그렇죠." 트레이시가 인정했다. "하지만 부탁 하나 할까요? 창밖을 한번 내다볼래요?"

"뭐라고요?" 헌터가 얼굴을 찡그렸다. "지금 창밖을 보고 있어요."

"알아요." 트레이시가 대답했다. "아래를 봐요. 왼쪽으로, 가로등 옆에."

헌터는 그대로 했다.

긴 검정색 코트를 입은 트레이시가 손을 흔들었다. 전화기는 여전히 오른쪽 귀에 댄 채였다.

깜짝 놀란 헌터가 손을 흔들어 답했다. "왜 그냥 올라와서 노크하지 않았어요?"

"방해하고 싶지 않았어요." 그녀는 그에게 웃어 보였다. "그 말은 친구를 원한다는 뜻인가요?"

"그럼요." 헌터가 미소로 응답하며 끝내 항복하고 말았다. "친구가 있으면 정말 좋겠네요."

전화를 끊고 트레이시가 헌터의 아파트로 향할 때, 그녀와 헌터 모두 몇 미터 떨어진 나무 뒤에 숨어 있는 키 큰 인물의 존재를 알아 차리지 못했다.

루시엔은 한동안 그곳에 서 있었다. 온 지 얼마 되지 않아, 집으로 돌아오는 헌터를 보았다. 3층의 한 아파트에서 불이 켜졌다가 다시 꺼졌다. 새카만 음영으로만 보이는 헌터가 창가로 다가와 더는 피할 수 없는 일을 생각하고 있는 듯 먼 곳을 응시했다. 그리고…… 깜짝 선물. 루시엔은 빨간 머리의 대단한 미인이 반대편에서 이쪽으로 다 가오는 것을 보았다. 그녀는 뭔가를 찾는 것처럼 아파트 건물을 올려 다보았다. 루시엔은 멀리 떨어져 있었지만, 여자의 시선을 따라간 끝 에 그녀가 자신이 보았던 것과 같은 창문을 보고 있다고 확신했다.

"이런." 그는 스스로에게 속삭였다. "아주 흥미로운걸. 그대는 누굴 까, 귀염둥이?"

빨간 머리 여자가 핸드백에서 전화기를 꺼내 번호를 눌렀다. 그녀 의 두 눈은 계속해서 앞의 건물만 올려다보고 있었다. 통화 내용을 듣거나 입술을 읽을 수는 없었다. 하지만 오른쪽 귀에 전화기를 꼭 붙인 채 창가에 서 있는 헌터를 보자, 그는 온몸의 털이 곤두서는 것 을 느꼈다. 몇 초 후, 빨간 머리가 미소 짓더니 손을 흔들었다.

루시엔은 위를 올려다보았다.

헌터가 손을 흔들어 답하고 있었다.

대박.

"이런. 안녕, 예쁜이." 루시엔은 혈관에 직접 독이라도 주입한 양 흥분에 취해 다시 소곤댔다. 그러면서 빨간 머리가 휴대전화를 핸드백에 넣고 헌터의 아파트 건물로 걸어가는 것을 눈으로 좇았다.

루시엔은 자신의 행운에 미소 지었다.

"정말…… 당신을 알게 되어 기쁘군. 나의 아름다운 붉은 장미. 당신이 누구든 간에……."

22

헌터가 LA 시내에 있는 그 유명한 경찰 본청 건물의 강력계가 있는 층 제일 끝에 자리한 특수강력범죄수사대 사무실의 문을 열었을 때, 가르시아는 이미 책상에 앉아 있었다. 그 방은 창문 하나, 책상 두 개, 구식 서류 캐비닛 세 개, 프린터 한 대, 커피머신 한 대, 그리고 커다란 화이트보드가 있는, 밀실 공포증을 느끼게 할 법한 22제곱미터 넓이의 콘크리트 상자에 지나지 않는 공간이었다. 그러나 별도의 벽이 둘러쳐진 덕분에 강력계의 나머지 부분과 완전히 분리되어, 적어도 기웃대는 눈이나 끝없이 윙윙거리는 목소리들은 막아주고 있었다.

헌터가 등 뒤로 문을 닫자, 가르시아는 파트너를 한번 쳐다보더니 킥킥댔다.

그는 말했다. "잘 잤냐고 묻는 건 아주 무의미하겠지?"

"세 시간 정도 잤어." 헌터가 말했다.

가르시아는 고개를 갸웃하며 그 말을 받아들였다. 세 시간의 수면이라면 헌터에게 있어서는 꽤 잘 잔 편이라는 걸 그는 알았다.

헌터는 재킷을 벗고 컴퓨터를 켰지만 미처 자리에 앉기도 전에 사무실 문이 한 번 더 열렸다. 강력계 반장 바버라 블레이크였다.

몇 년 전, LAPD 역사상 훈장을 가장 많이 받은 반장 중 한 명이 15년 넘게 지키던 자리에서 마침내 물러나며 그녀를 후임으로 발탁했고, 그렇게 블레이크 반장은 지휘권을 넘겨받게 되었다. 세간의 이목을 끄는 자리에 여성을 임명한 것은 그 자리를 노리던 많은 경쟁자들을 화나게 만들었는데, 당연히 그 경쟁자들은 모두 남성이었다. 그러나 사람들을 화나게 하는 것은 바버라 블레이크의 경찰 생활에서 매우 익숙한 일이었다.

상당히 적대적인 환영 속에서 강력계 반장 직함을 얻었음에도, 그녀는 내면이 강하고 절대 허튼소리를 하지 않는 반장으로서 자신을 증명하면서 빠르게 명성을 얻었다. 바버라 블레이크는 쉽게 겁을 내는 사람이 아니었다. 또한 경찰국 상관들을 포함해 그 어떤 이들의 헛소리도 받아들이지 않았다. 만약 자신이 옳다고 믿고 추진해야 한다고 여기는 사안이라면, 그녀는 정부 관료나 권력 있는 정치인, 심지어 언론을 화나게 하는 것도 불사했다.

그녀가 강력계 반장 자리에 앉은 지 불과 몇 달도 되지 않아 처음에 부닥쳤던 수많은 반대는 사그라지기 시작했다. 그리고 천천히, 그러나 확실하게, 블레이크 반장은 휘하의 모든 형사들로부터 존경과 신뢰를 얻었다.

그런 블레이크 반장이 헌터와 가르시아 사무실의 열린 문을 잡고 서 있을 때, 두 형사는 그녀가 혼자가 아니라는 사실을 뒤늦게 깨달았다. 그녀 바로 뒤에 키가 큰 두 사람이 서 있었던 것이다.

"반장님." 헌터가 한 번 고개를 끄덕여 인사했다.

가르시아도 똑같이 따라 했지만, 뒤에 있던 두 방문객의 존재를 인지하자마자 얼굴을 찡그렸다.

"로버트, 카를로스." 블레이크 반장이 고개를 숙여 답하며 두 형사를 불렀다. 그녀는 길고 새까만 머리를 말총머리로 묶었고, 진줏빛 실크 블라우스를 세련된 디자인의 감색 펜슬스커트에 넣어 입었으며, 검은색 구두를 신었다. 그녀의 얼굴에 떠오른 표정은 분명히 이렇게 말하고 있었다. *우리가 예상했던 대로야.*

블레이크 반장은 두 손님이 사무실 안으로 들어서기를 기다렸다가 그들 뒤로 문을 닫았다.

"이쪽은 연방보안관 타일러 웨스트." 그녀는 자기 오른쪽에 서 있는, 키가 188센티미터는 돼 보이는 아프리카계 미국인 남성을 가리켰다.

웨스트는 40대 초반의 나이로 보였고, 별 특징 없어 보이는 사각형 얼굴에 짧은 군인 머리를 하고 있었다. 코는 주먹에 맞는 일을 전혀 두려워하지 않을 것 같은 모양을 하고 있었으며, 강렬한 눈빛은 집중력 있고 흔들림이 없어 보여 위협적으로 느껴지기까지 할 정도였다. 몸에 완벽하게 맞는 줄무늬 정장은 바로 그날 아침에 세탁소의 드라이클리닝 기계 속에서 튀어나온 것처럼 보였다.

"그리고 이쪽은 FBI 특수요원 피터 홀브룩." 반장은 호리호리한 사람이 서 있는 왼쪽으로 몸을 돌리며 말을 이었다. 그는 검은색 정장을 우아하게 입고 있었는데, 적당히 그은 피부에 풍성한 진갈색 머리칼을 뒤로 곧게 빗어 넘겼다. 한마디로 말해 '드라큘라' 스타일이었다.

모두가 악수를 나누고 나자 웨스트가 먼저 입을 열었다.

"지금 상황을 잘 알고 있으리라 생각합니다, 맞죠?" 그가 헌터에게 물었다. 목소리는 부드러웠지만, 상당히 심각하게 들렸다. "저는 루시엔 폴터에 대한 연합 수색 작전을 맡고 있는 연방보안관이고 여기 홀브룩 요원은 우릴 따라다니는 FBI의 책임자죠."

헌터는 곁눈질로 홀브룩의 표정이 굳어지는 것을 알아차렸고 그 이유도 알았다. "따라다니는"이라는 말은 '연합 작전'과는 전혀 격이 맞지 않는 표현이었다.

"어제 오후에 탈주범에게서 전화를 받았다고 알고 있습니다." 웨스트가 계속 말했다. "맞습니까?"

"네, 맞습니다." 헌터가 대답했다.

"그렇다면 왜 우리에게 즉각 연락하지 않았는지 질문해도 되겠습니까?" 웨스트의 목소리는 더 심각해졌고, 눈빛은 '집중'에서 '위협'으로 경계를 넘어서고 있었다.

헌터는 웨스트의 어조나 눈빛에 개의치 않았다. 어느 것에도 그는 당황스러워하지 않았다.

반면 전화에 대해 아는 바가 없었던 블레이크 반장은 당연히 기쁜 내색을 할 리 없었다. 그 소식에 그녀는 처음엔 눈을 휘둥그레 떴다가 곧장 웨스트에게로 시선을 날렸다.

"전화할 필요가 없었으니까요." 헌터가 마침내 자기 책상에 앉으며 차분히 대답했다.

"필요가 없었다고요?" 웨스트의 두 눈썹이 천장을 찌를 정도로 솟았다.

헌터는 설명했다. "그 전화를 받았을 때 NCAVC 센터장님이신 에이드리언 케네디가 옆에 계셨고 스피커폰으로 전환해 대화 전체를 같이 들었습니다. 루시엔이 전화를 끊고 나서 케네디 센터장님이 처음 한 일이, 홀브룩 요원에게 전화해 모든 세부 사항을 말씀하신 거였어요." 그는 가르시아의 책상 앞에 서 있는 요원을 향해 고개를 끄덕였다. "에이드리언은 홀브룩 요원이 연방보안청과 FBI의 연합 작전에서 FBI 팀을 이끌고 있다고 말했습니다."

그러자 홀브룩의 표정이 부드러워지더니 미소를 참으려는 듯 입술을 씰룩였다. 헌터는 방금 친구를 얻은 듯한 느낌이었다.

헌터는 계속 말했다. "통화가 끝나고 몇 초 만에 '수색작전본부'가 발신지를 포함한 통화 정보를 입수했다는 사실을 알았죠." 그는 어깨를 으쓱했다. "제가 당신한테 똑같은 내용의 전화를 하는 건 무의미했을 겁니다. 그렇게 생각하지 않으십니까?"

"잠깐." 블레이크 반장이 끼어들었다. "어제 그가 전화했다고?"

"윌리엄스 요원의 장례식이 끝난 직후였습니다." 가르시아가 대답했다.

블레이크 반장의 궁금해하는 표정은 조금도 풀어지지 않았다. "그리고 방금 전화 발신지 어쩌고 한 것 같은데." 그녀가 말했다. "그럼…… 전화를 추적한 거야?"

가르시아는 헌터를 보았고, 헌터는 고개를 끄덕였다.

"루시엔은 LA 국제공항에서 전화했습니다." 그가 대답했다.

"놈이 여기 있다고?" 블레이크 반장이 말했다. 놀라움이 8할을, 격노가 나머지 2할을 차지하고 있는 듯한 목소리였다. 그녀의 시선이 두 외부인에게로 향했다가, 자기 휘하의 형사들에게로 옮겨졌다.

"반장님, 이 수색 작전의 책임자 두 분이 왜 우리 사무실에 계시는 걸까요?" 가르시아가 물었다. "전화 때문은 아니겠네요."

블레이크 반장은 유리도 잘라버릴 것 같은 눈빛으로 웨스트와 홀브룩을 그 자리에 결박했다. "당신들, 내 사무실에 들이닥치면서도 루시엔 폴터가 로스앤젤레스에 있다는 걸 말하지 않았군요."

이번에는 웨스트가 어깨를 으쓱했다. "알고 계시다고 생각했죠.

당신네 형사들이 반장과 소통에 문제가 있다는 걸 우리가 어떻게 알겠습니까?"

그의 말투가 블레이크 반장의 마음에 격한 거부감을 일으켰다. 그 속에 든 가시는 말할 것도 없었다.

"우리 소통에는 문제가 없어요." 그녀가 대답했다. 그 목소리에 실린 특유의 어조는 헌터와 가르시아가 익히 잘 아는 것이었다. "우리가 썩 잘하지 못하는 건⋯⋯."

순간 가르시아는 마음이 편안해지는 걸 느꼈다. 그의 얼굴에서 미소가 짙어졌다. 이제부터 펼쳐질 쇼의 맨 앞줄 좌석에 앉아 있는 셈이었기 때문이다. 하지만 헌터는, 블레이크 반장과 연방보안관의 대치로 하루를 시작하는 것은 결코 좋지 않다는 걸 알고 있었다.

"원한다면 들으실 수 있습니다." 헌터가 끼어들어 반장의 말을 막았다.

모두의 시선이 그에게로 쏠렸다.

"녹음했습니까?" 웨스트가 물었다.

헌터는 자기 휴대전화를 책상 위에 올려놓았다. 가르시아를 제외한 모두가 모여들었다.

"PC 스피커에 연결할 수 있을까요?" 웨스트가 물었다.

헌터는 고개를 끄덕이고 휴대전화와 컴퓨터를 연결한 다음 전화기에서 통화 녹음 애플리케이션을 실행했다.

이후로 4분 30초 동안 방 안은 조용했다. 블레이크 반장과 웨스트 연방보안관, 그리고 홀브룩 요원은 루시엔의 말 한마디 한마디를 극도로 집중해서 들었다. 아무도 끼어들지 않았다. 녹음 파일 재생이 끝나고 나서야 웨스트는 비로소 활기를 되찾았다.

"그러니까⋯⋯." 그가 헌터에게 말했다. 이번에도 적대적인 목소리였다. "내가 맞게 이해했다면, 물론 그랬다고 아주 확신합니다만, 당신은 병실 안에서 발견된 메모가 루시엔이 자신한테 남긴 거라는 걸 알면서도 우리와 정보를 공유하지 않기로 했던 겁니까?"

"당신네가 안다고 생각했죠." 블레이크 반장이 끼어들었다.

웨스트가 곁눈질로 그녀를 보았다.

가르시아는 미소 지었다. "저래야 우리 반장님이지."

"정말로 이미 알 거라고 생각했습니다." 헌터가 다시 개입했다.

"왜 그렇게 추정했죠?" 웨스트가 물었다.

"케네디 센터장님이 알고 계셨으니까요." 헌터가 받아쳤다.

웨스트의 걱정스러운 시선이, 약간은 불안해 보이는 홀브룩을 향했다.

"그 메모를 누구에게 쓴 건지 케네디 센터장님이 알고 계셨다는 건 몰랐어요." 그가 방어적인 어조로 말했다. "들은 적이 없어요."

웨스트는 홀브룩의 대답을 믿지 않는 듯했다.

"저한테 쓴 메모라는 걸 알았든 몰랐든 차이가 있습니까?" 다시 헌터가 이어받으며 웨스트의 주의를 환기시켰다. "그걸 알았다 해도 당신들이 루시엔을 체포하는 데 결정적인 도움이 되거나 하지는 않았을 겁니다. 오늘 알든 어제 알았든 말이에요." 그러고 나서 그는 웨스트가 응수할 기회를 잡기 전에 손을 들어 막았다. "FBI와 소통하는 과정에서 오해가 있기는 했지만 고의적인 것은 아니었습니다, 연방보안관님. 우리 모두 루시엔이 가능한 한 빨리 감옥으로 돌아가길 바란다고 분명히 말씀드릴 수 있습니다. 이 중에 '게임'을 하고 있는 사람은 없어요."

"글쎄요, 그가 있잖아요?" 웨스트가 받아쳤다. "당신이 '우리 모두' 루시엔을 감옥에 돌려보내길 원한다고 말해줘서 기쁘군요. 왜냐하면, 그가 하려는 게임이 당신과 관련이 있는 것 같으니 말입니다. 그러니 헌터 형사, 원하든 원하지 않든 당신은 이제 이 수색 작전의 일원인 겁니다."

웨스트는 양손으로 책상을 짚고 몸을 숙여 헌터의 코앞까지 얼굴을 들이밀었다.

"그리고 우리는 대화를 나눠야겠군요. 내 말은…… 지금 당장."

23

그 주에만 벌써 두 번째로, 헌터는 자신이 루시엔과 얽히게 된 사연을 가능한 한 요약해 사람들에게 들려주어야 했다. 그러나 이번에는 조금 달랐다. 블레이크 반장과 타일러 웨스트 연방보안관 그리고 피터 홀브룩 요원이, 왜 루시엔이 일종의 '잡을 테면 잡아봐' 게임에 자신을 집착적으로 끌어들이려 하는지 이해할 수 있도록 설명해야 했기 때문이다.

가르시아와 마찬가지로 웨스트와 홀브룩, 블레이크 반장은 헌터의 이야기에 큰 충격을 받았다. 아무리 망상적인 성향의 누군가라 할지라도 성인이 된 이후의 인생을 송두리째, 궁극적으로 자신의 광기를 기록하기 위한 미친 실험의 일환으로 사람을 고문하고 죽이며 보냈다는 것을 세 사람 모두 믿기 어려워했다.

"내가 들은 것 중에 가장 이해 안 가는 정신 나간 이야기일 거요."
헌터가 이야기를 마친 뒤에 웨스트가 말했다.

블레이크 반장이나 홀브룩 역시 같은 의견인 듯싶었다.

이 이야기를 두 번째로 듣는 가르시아에게는, 그 모든 것들이 더 믿기 어려웠다.

"최첨단 안면 인식 소프트웨어를 갖춘 분석팀에 요청해 루시엔이 전화를 걸었을 무렵부터 LA 공항의 모든 CCTV 카메라에 찍힌 영상을 분석하게 했어요." 홀브룩이 말했다. "루시엔을 식별하고 변장 유형을 밝혀낼 수만 있다면, 버스 운전사나 택시 운전사 등 그를 기억할 만한 사람에게서 그를 내려준 장소도 알아낼 수 있을 겁니다."

"LA 같은 도시에서는 가능성이 희박한 얘깁니다." 가르시아가 끼어들었다.

"압니다." 홀브룩이 인정했다. "하지만 지금으로선 그 희박한 가능성이 우리가 가진 전부예요."

헌터는 침착한 얼굴을 하고 있었다. 하지만 그의 머릿속에 맴도는 생각은, 루시엔은 어떤 것도 운에 맡기지 않는다는 것이었다.

루시엔은 헌터에게 전화를 걸어 5분 가까이 통화했는데, 그 정도면 추적되고도 남을 시간이었다. 당연히 루시엔도 그것을 알고 있었다. 헌터는 그가 그걸 원했다고 확신했다. 그가 로스앤젤레스에 있다는 걸 헌터가 알기를 원했다고. 그건 루시엔이 하려는 '고양이와 쥐' 게임의 일부였다. 또한 상황 전반의 긴장감을 높였을 뿐만 아니라, 동시에 자신이 얼마나 자신만만한지를 증명하려는 의도이기도 했다.

전화가 LA 국제공항으로 추적될 것을 루시엔이 알고 있었다면, FBI와 연방보안청이 공항의 모든 CCTV 영상을 샅샅이 조사하리라는 것 또한 물론 예상했을 터다. 문제는, 홀브룩 요원이 말한 것과 동일한 최첨단 안면 인식 소프트웨어가 LA 국제공항을 비롯해 미국 내 국제공항 대부분에서 수년 동안 운용되었다는 점이다. 탈옥 사건이 발생하면 가장 먼저 경계 태세에 돌입하는 곳 중 하나가 공항이다. 탈주범의 사진을 포함한 정보를 공항 측은 가장 먼저 받아볼 테고, 이는 '최첨단 안면 인식 소프트웨어'에 즉각 입력될 것이다. 하지만 어제 루시엔은 공항의 보안 시스템에 단 한 번도 걸리지 않고 당당히 LA 국제공항을 빠져나갔다.

최첨단이건 아니건 안면 인식 프로그램이 군중 속에서 루시엔을 포착할 수 있는 유일한 방법은, **루시엔이 그러기를 원하는 것**뿐이다. 그리고 그가 그랬다면, 거기에는 분명 이유가 있을 것이다.

"뭐 좀 물어봐도 됩니까, 헌터 형사?" 그러나 웨스트는 헌터의 대답을 기다리지 않고 바로 질문했다. "당신의 오랜 대학 친구인 루시엔이라는 인물이 당신을 찾아올 가능성이 얼마나 된다고 봅니까? 당신이 들려준 이야기와 방금 우리가 들었던 통화 내용에 따르면 한 가지는 아주 확실하다는 생각이 들어서 말이죠. 그는 자기가 체포된 것에 대해, 그리고 자기를 막은 것에 대해 자신의…… 이렇게 불러도 되는 건지 모르겠지만 '연구'를 종료시킨 것에 대해 당신을 원망하고 있어요. 분명히 화가 나 있고, 그의 말을 빌리자면 지난 3년 반 동안 시간을 돈 세듯 세면서 복수를 계획했죠. 설상가상으로 그는 지금 여기에 있습니다. **당신의 도시**에요. 그가 당신을 찾아올 가능성이 있다고 봅니까?"

그 가능성을 이미 고려해봤던 헌터는 잠시 동안 웨스트의 완강한 시선을 마주했다.

"가능성은 있습니다." 그가 마침내 시인했다. "하지만 날 쫓아온다 해도 당장은 아닐 겁니다."

"이해가 안 되는데." 웨스트가 반박했다. "왜죠?"

"루시엔은 먼저, 자기가 하겠다고 말한 대로 반드시 할 테니까요." 헌터가 대답했다. "이 상황을 게임으로 전환할 거예요. 자기에겐 없지만 우리에게는 적용될 규칙이 아주 많은 게임으로, 그가 모든 걸 통제하는 게임이죠. 이미 무고한 일곱의 생명을 앗아 갔는데, 섬뜩한 것은 아직 게임을 시작조차 하지 않았다는 겁니다. 그에게 일곱 명의 목숨 따윈 그저 몸풀기에 불과해요."

웨스트는 불편한 기색을 내비치며 삐딱한 코를 긁었다.

"루시엔이 곧장 날 찾아오면 좋겠군요." 헌터가 덧붙였다.

웨스트는 의심의 눈초리로 그를 보았다.

"강한 척하려는 게 아닙니다, 연방보안관님." 헌터가 말했다. "루시엔이 지금 나를 찾아온다면, 이 상황이 여기서 끝날 가능성도 있기 때문이죠. 더 이상 무고한 생명을 희생시킬 수는 없어요. 내가 그를 죽이든, 그가 나를 죽이든 간에요. 아니면 둘 다 죽든지 말이죠. …… 하지만 그는 그러지 않을 겁니다. 왜 그런지 아십니까?"

"겁쟁이라서?" 웨스트가 쏘아붙였다.

"재미가 없으니까요." 헌터가 연방보안관의 말을 정정했다. "다들 통화 녹음 파일을 들으셨잖습니까. 루시엔은 자신의 '프로젝트'로, '연구'로 돌아가고 싶어 합니다. 그의 말처럼 아직 **끝내지 못했기** 때문이죠. 그런데 그 모든 것을 '잡을 테면 잡아봐' 게임과 **재미있게** 연결하면 어떨까요?"

"수적으로 그가 완전히 열세예요." 웨스트가 의견을 개진했다. "자기가 이길 수 없다는 걸 아는 게임일 텐데요."

"그게 문제예요." 헌터가 말했다. "만약 당신이 이 상황을 승리 또는 패배의 관점으로 보기를 원한다면, 이미 그가 이겼습니다. 그것도 일곱 번이나. 그가 앗아 간 모든 생명이 그에게는 승리고, 우리에게는 패배죠. 절대 돌이킬 수 없는 패배 말입니다."

당혹스러운 침묵이 숨을 막는 담요처럼 방 안 전체를 감쌌다.

침묵을 깬 건 웨스트였다.

"흠, 글쎄요. 혹시라도 당신이 틀려서 '오랜 친구'가 바로 찾아올지도 모르니 당신한테 24시간 감시팀을 붙여야 할 것 같군요." 그의 시선이 블레이크 반장에게로 옮겨 갔다.

"연방보안관 말에도 일리가 있어, 로버트." 그녀는 단호하게 고개를 끄덕였다. "군이 전문가가 아니라도 루시엔이라는 자가 건방진 자식이라는 건 바로 알 수 있지만, 어쨌든 놈이 자네한테 악감정을 가지고 있는 건 확실해. 예측할 수 없는 인물이기도 하고. 놈이 자네를 찾아올 가능성이 조금이라도 존재한다면……." 그녀는 문장을 끝마칠 필요가 없었다. "이 회의가 끝나자마자 SIS에 알려야겠어."

로스앤젤레스 경찰국 특수수사대 SIS Special Investigation Section는 다양한 인권 단체 및 정치 파벌의 끊임없는 폐쇄 요구에도 불구하고 40년 넘게 유지되고 운영되어온, 엘리트 전술 감시대였다. 그들이 그토록 SIS를 못마땅해하는 이유는, 이 특수수사대의 총기 사용 및 용의자 살상률이 심지어 특수기동대, 즉 경찰특공대는 물론이고 조직 폭력 및 마약 범죄 부서를 포함한 그 어떤 부서 산하의 현장팀보다도 높다는 이유에서였다.

SIS는 주로 극악무도한 범죄 용의자, 다시 말해 현장에서 잡히기 전까지는 결코 범행을 멈추지 않는 최상위 포식자들을 은밀히 감시하는 임무에 투입되었다. SIS 소속 경관들은 모두 명사수였고, 본질적으로 감시의 달인이었다. 그들의 주요 전술은 용의자가 범행을 시도하기를 기다리며 감시하다가 적절한 시기에 급습해 진압하고 체포하는 것이었다. 대개는 용의자를 현행범으로 잡을 때까지 기다렸기 때문에 치명적인 물리력이 자주 행사되었고, 그렇게 SIS는 논란을 부르는 LAPD의 전술 부서가 되었다.

"또, 당신 전화도 도청해야 할 겁니다." 웨스트가 덧붙였다. "루시엔은 통화 중에 당신이 생각하는 것보다 훨씬 더 빨리, 다시 연락을 주겠다고 했어요. 그가 전화하는 즉시 우리가 알아야 합니다."

헌터는 자신이 뭐라 하든 연방보안청은 어쨌든 전화를 도청하리라는 것을 알았다. 아니, 어쩌면 벌써 그렇게 하고 있을지도 몰랐다.

"SIS는 안 됩니다." 헌터가 말했다.

블레이크 반장이 눈살을 찌푸렸다. "왜?"

"이유는 두 가지예요. 첫째, 루시엔이 날 쫓는다면 집으로 오지는 않을 겁니다. 제 뒤로 몰래 다가와 뒤통수를 쏘지도 않을 거고요. 그에게 그건 너무 쉽고, 그가 원하는 만큼 충분히 극적이지도 않아요. 절 덮치러 온다면 좀 더 극적인 장면을 연출하려고 할 겁니다. 둘째, 제가 알기로 SIS는 감시와 잠복에 관해서는 최고 중의 최고예요. 하지만 루시엔은 마치 체스 선수 같습니다. 항상 여분의 계획을 세워두죠. 그게 그의 방식이에요. 감시팀이 제게 붙을 가능성도 고려하고 있을 겁니다. 루시엔은 조심할 것이고, 그들이 아무리 은밀하게 감시한다고 해도 발각될 가능성이 커요. 루시엔이 그들을 발견한다면…… 그는 겁먹고 도망가지도 않을뿐더러 그냥 포기하지도 않을 겁니다. 먼저 '제거'하려 들겠죠."

가르시아는 놀란 얼굴이었다. "루시엔에게 SIS 수사관을 제거할 능력이 과연 있을까?"

"훨씬 많은 걸 할 수 있어." 헌터가 대답했다.

"추적기는 어떻습니까?" 이번에는 홀브룩이 나섰다. "벨트나 지갑, 시계…… 뭐든 안에 숨길 수 있는 작은 것으로요. 구조 신호 버튼이 있어서 당신이 문제에 휘말리면 쉽게 작동시킬 수 있습니다."

"먼젓번에 에이드리언 케네디가 루시엔을 잡아넣었을 때 비슷한 시도를 했었죠." 헌터가 설명했다. "코트니 테일러 요원과 제가 루시엔을 따라 어느 은신처로 갔을 때였어요. 에이드리언은 도청기가 내장된 셔츠 단추를 우리에게 줬죠. 저는 에이드리언에게 루시엔이 그걸 찾아낼 거라고 경고했고, 실제로 그는 찾아냈어요. 루시엔은 그렇게 쉽게 속지 않습니다."

"LAPD, FBI, 연방보안청의 기술 부서 중에 '루시엔 방지' 추적 장치를 만들 수 있는 곳이 분명 있을 거요, 헌터 형사." 웨스트가 다시 이어받아 말했다. "하지만 그건 좀 더 나중의 일이겠죠. 지금은 당신이 생각해줘야 할 게 있어요. LA 주변에 루시엔이 연락을 취할 만한 사람이 있습니까?" 그는 어깨를 으쓱했다. "아니면…… 살해할 만한? 스탠퍼드 대학 시절의 누군가라도?"

헌터 역시 머릿속으로 그 가능성을 검토해본 뒤였다.

"없습니다." 그가 대답했다. "당시 우리와 어울렸던 사람은 수전 리처즈가 유일했어요. 그리고 말씀드렸듯이, 그가 처음으로 살해한 게 그녀였죠."

"그때부터 계속 연락해온 사람이 또 있을까요?" 웨스트가 고집스레 물었다. "옛 은사 중 하나라거나……."

"아니오." 헌터가 대답했다. "없습니다."

웨스트는 똑바로 일어서서 자기 목덜미를 두세 번 쓸어내리고 문질렀다. "기분 나쁘게 듣지 마세요, 헌터 형사. 그런데 당신, 생각도 안 해보고 대답을 툭툭 내뱉는 것처럼 보입니다."

헌터는 연방보안관이 느끼는 좌절감을 이해했다. "그렇지 않습니다." 차분한 어조로 그가 대꾸했다. "이미 생각을 끝냈기 때문입니다. 머릿속에서 같은 질문을 나 자신에게 되풀이해 던졌어요. 지난 사흘 동안요. 그런 사람은 없다는 게 제 결론입니다."

웨스트는 헌터의 표정을 읽으려다 몇 초 후 포기했다. 비록 그가 사람의 마음을 읽는 일을 업으로 하는 연방보안관이기는 했지만, LAPD의 형사보다 우위에 있을 수는 없었다.

"그래도 우리가 이야기하는 동안 명단을 준비하는 팀이 있습니다." 홀브룩 요원이었다. "당신과 루시엔이 학생이었을 때 스탠퍼드에 다닌 사람들 명단이요. 심리학과 졸업생들이죠. 명단이 준비되면 한번 봐주시면 감사하겠습니다, 헌터 형사. 생각나는 이름이 있는지 살펴봐주세요. 기억이 되살아날 수도 있을 겁니다. 어쩌면 루시엔이 원한을 품었음직한 사람이 있을 수도 있죠. 당신의 기억을 돕기 위해 이름마다 졸업 앨범의 사진이 포함될 겁니다."

"물론이죠." 헌터가 동의했다. "명단이 나오면 보내주세요. 살펴보겠습니다."

24

루시엔은 계획을 완성하는 데 나흘을 소모했다. 의심을 사지 않도록 네 개의 상점에서 필요한 물건들을 구하는 데 반나절, 완벽한 장소를 찾기 위해 동네를 배회하는 데 이틀하고 반나절, 그리고 모든 것을 통합하는 데 꼬박 하루가 더 걸렸다.

루시엔은 원래 자신이 필요하다고 여기는 동안은 조용하고 차분하게 작업할 수 있게끔 도시에서 멀리 떨어진 곳에 작업실을 마련하는 쪽을 선호했지만, 그런 곳을 찾으려면 시간이 걸릴 터였고 지금은 그럴 형편이 못 되었다. 게다가 한시라도 빨리 작업을 시작하고 싶었기에, 제대로 된 작업실 대신 우중충한 호텔 방을 임시로 사용하기로 했다. 분명 이상적인 환경은 아니었다. 하나 그 환경이 최종 결과물에 영향을 미치지는 않았다.

나흘 전 호텔에 도착한 루시엔이 가장 먼저 한 일은 루이지애나주에 있는 작은 택배 회사에 전화를 건 것이었다. 뒷마당에서 캐낸 두 개의 여행 가방 중 하나에서 꺼낸 상자가 그곳에 있었다. 루시엔은 그 상자에 대한 구체적인 지시 사항을 남겨놓았다. 택배 회사가 최종적으로 그것을 배송하려면 합법적인 배송 주소만 있으면 되었는데, 그것이 루시엔이 전화를 건 이유였다.

상자는 어제 오후에, 드디어 루시엔이 묵는 호텔에 도착했다.

루시엔은 대략 두 시간마다 짧은 휴식을 취하며 밤새워 일했다. 상당히 고되고 복잡한 작업이었다. 그는 가까스로 아침 식사 시간까지는 일을 끝마칠 수 있었다. 마침내 도구를 내려놓은 루시엔은 자리에서 일어나 두 팔을 185센티미터 신장의 우람한 뼈대 위로 높이 뻗었다. 몇 시간이나 계속해서 같은 자세로 일하느라 몸이 뻣뻣했지만, 뜨거운 물로 샤워하고 약간의 휴식만 취하면 해결될 것이었다.

그는 자신의 작업물을 보며 중얼거렸다. "그래……. 원했던 만큼 완벽하지는 않지만, 이 정도면 되겠어."

그 물건은 실로 조잡했다. 그러나 비록 기교가 조금 부족하긴 했어도, 최종 산물의 미관 같은 것은 그다지 중요하지 않았다. **작동한다**는 사실이 중요했다.

루시엔은 여섯 시간을 자고 일어나 뜨거운 물로 한참을 샤워하며 온몸의 욱신거리는 근육을 풀었다. 그 후에는 거울 앞에서 두 시간 정도를 보내며 새로운 인물을 완성했다. 지난주 내내 유지했던 것과는 완전히 다른 타입의 인물이었다. 이번에는 좀 더 세련된 스타일을 시도해보았다.

가발은 짧고 우아하게 다듬어진 까만 머리로, 한쪽으로 가르마를 탔다. 액체 라텍스의 도움으로 루시엔은 끝이 갈라진 사각턱과 전체적으로 길쭉하면서도 끝은 귀엽게 둥근 코, 그리고 약간 도드라진 광대뼈를 갖게 됐다. 흉터는 라텍스와 분장으로 완전히 감춰졌다. 또한 주름이 거의 없는 새로운 이마를 갖게 되었으며, 눈썹은 더 얇고 또렷해졌다. 루시엔의 두 눈은 이제 진갈색으로, 본래 그의 눈 색깔을 되찾은 셈이었다. 하지만 진짜 홍채를 감추기 위해 그는 콘택 트렌즈를 계속 사용하기로 했다. 그리고 도수가 없는 안경도 썼다. 안경은 그를 다소 학구적으로 보이게 만들었다. 새 치아는 살집이 있는 잇몸에 자리한 채 하얗게 반짝였는데, 보는 이로 하여금 자동 차 판매원의 미소를 연상케 했다.

루시엔은 새로운 외모와 어울리도록 '천사의 도시(로스엔젤레스)'에 서 나고 자란 사람다운 LA 억양을 사용하기로 마음먹었지만, 어조 와 태도는 남성적인 것보다는 훨씬 더 우아하게 보이고자 했다. 그 것이 자신이 선택한 장소에 더 잘 어울린다고 생각한 까닭이었다.

옷은 검정색 바지 위에 갈색 블레이저재킷을 걸치고 속에는 짙은 청색 셔츠를 입었다. 전날 마을 건너편에 있는 중고품 가게에서 구 입한 것들이었다.

욕실의 커다란 거울 앞에 서서, 루시엔은 자신의 새로운 창조물을 들여다보았다. **조지프**. 그에게 블레이저재킷을 판매한 점원에게서 빌 려온 이름이었다. 조지프의 자세는 자신의 외모와 곧은 등, 그리고 네 모난 어깨를 매우 자랑스러워하는 사람에게 어울리는 것이어야 했다. 눈빛은 거만하지 않고 당당했다. 목소리는 루시엔의 목소리보다 훨씬 부드러웠지만 순종적이지는 않았다. 인생에서 어느 정도 성공을 거뒀 으나 여전히 더 성공할 여지가 있는 이의 목소리였다.

조지프가 루시엔을 완전히 장악하는 데는 15분도 걸리지 않았다. 모사 연습을 마쳤을 때, 거울 속 남자에게서 루시엔의 흔적은 전혀 찾아볼 수 없었다.

방으로 돌아온 조지프는 루시엔이 만든 물건을 새 배낭에 넣고 시 계를 확인했다. 오후 5시 19분. 창밖의 하늘은 몹시 맑았다. 멀리로 솜털 같은 흰 구름 몇 점만 흩어져 있을 뿐이었다.

걷기 참 좋은 날이야. 조지프는 생각했다.

진짜 '쇼'를 시작하기 전에 해야 할 일이 딱 하나 더 있었다. 이번 주 초에 구입한 선불 휴대전화 다섯 대 중 하나로 헌터에게 전화를 하는 것이었다.

조지프는 그 방에 꼭 필요한 신선한 공기가 조금 들어오도록 침실 창문을 열고 배낭으로 손을 뻗었다.

그는 거울 앞에서 마지막으로 멈춰 선 뒤, 고개를 끄덕여 스스로 에게 최종 승인을 내렸다.

"쇼 타임."

25

헌터와 가르시아가 연방보안관 타일러 웨스트와 FBI 특수요원 피터 홀브룩을 사무실에서 처음 만난 뒤 사흘 하고도 반나절이 지났다. 모든 노력에도 불구하고 '수색작전본부'는 아직 중요한 단서를 얻지 못하고 있었다. LA 국제공항에서 입수한 CCTV 영상에서 유의미한 결과를 전혀 도출하지 못했고, 스탠퍼드 대학교 시절의 명단 역시 마찬가지였다. 헌터는 명단의 모든 이름과 사진을 살펴보았지만 루시엔을 그 누구와도 연결할 수 없었으며, 그와 연관 지을 만한 그 어떤 것도 기억해낼 수 없었다.

헌터처럼 루시엔은 외동이었고 부모님도 모두 돌아가셨다. 생존해 있는 친척은 두 명으로, 로드아일랜드주에 사는 숙부와 위스콘신주에 거주하는 고모였다. 연방보안관은 이미 그들 모두와 이야기를 나누었지만 둘 다 지난 25년간 루시엔과 연락한 적이 없었다는 게 사실로 드러났다. 그래도 연방보안청은 두 친척에게 미행을 붙이고 전화를 도청했다.

나흘 동안 진전이 없자, 작전 본부에는 좌절감이 빠르게 퍼졌다.

웨스트와 홀브룩은 이제, 루시엔이 아직 로스앤젤레스에 있는지 의심하기 시작했다. 당초의 예상과 달리 루시엔은 새로운 움직임을 보이지 않았고, 헌터에게도 연락을 취하지 않고 있었던 까닭이다. 본부의 수사관들은 지난 24시간 동안 사실상 벽만 응시하며 빈둥빈둥 시간을 보냈다.

헌터와 가르시아가 블레이크 반장과 회의를 마친 것은 오후 6시가 막 지났을 무렵이었다. 그들이 사무실로 돌아오자마자 헌터의 휴대전화가 울렸다.

육감, 경찰의 직감, 예감…… 사람들이 뭐라 부르든 간에 헌터는 그런 것을 믿지 않았지만, 휴대전화 벨 소리를 듣자마자 그는 루시엔이 건 전화라는 걸 알았다. 갑자기 심장이 얼어붙는 것 같았기 때문이다. 헌터의 시선이 가르시아에게서 전화기로 옮겨졌다. *발신 번호 표시 제한.*

막 커피 내릴 준비를 하고 있던 가르시아는 파트너의 눈빛을 보고 전화기 쪽으로 시선을 던졌다.

"젠장!" 그는 나지막이 그렇게 내뱉고 손에 들고 있던 컵을 내려놓은 뒤 즉각 파트너의 책상으로 다가갔다.

헌터는 전화벨이 한 번 더 울리기를 기다렸다가 통화 버튼을 눌렀다. 그리고 스피커폰으로 전환했다.

"안녕, 메뚜기." 이번에도 루시엔은 가짜 억양을 사용하지 않는 것은 물론 어조를 바꾸지도 않았으며, 기계로 목소리를 변조하지도 않았다. "내가 그리웠어?"

"널 쏴 죽일 때까지는." 헌터가 조심스럽게 대답하면서 전화기 화면에 뜬 '녹음' 버튼을 눌렀다.

"더 일찍 전화하려고 했었는데, 먼저 해결해야 할 일이 몇 가지 있었어. 너도 알겠지만…… 나는 LA와 다시 친해지고 싶었거든. 게다가 내 모든 것, 내 모든 연구가 기록된 공책을 네가 가져가버렸잖아. 3년 반이었어, 로버트. 어디서 중단했는지 좀 흐릿하더라고. 기억을 떠올리기 위해 일지를 참고할 수도 없어서, 어디서 다시 시작해야 할지 곰곰이 생각해봐야 했어."

헌터는 조용히 있었지만, 루시엔이 한 말의 속뜻을 읽을 수 있었다. 표적을 고르느라 시간이 걸렸다는 것일 테다.

"여하튼 우리 둘을 위해서 이걸 **재밌게** 해보기로 했어." 루시엔이 말을 이었다. "이게 무슨 말이냐면…… 나를 잡을 정말 좋은 기회를 너한테 줄 거라는 뜻이야, 메뚜기."

"그럼 여기로 오는 게 어때?" 헌터가 말했다. "본청이 어딘지 알잖아? 우린 정말 즐거운 대화를 나눌 수 있을 거야."

루시엔이 웃었다. "불행하게도 그 제안은 나한테 그다지 먹히지 않을 거야, 오랜 친구. 어쨌든 초대해줘서 고마워. 자, 재치를 요하는 작은 게임을 하나 해보면 어떨까? 넌 늘 그런 걸 좋아했잖아, 메뚜기. 이렇게 시간이 흘렀으니 틀림없이 훨씬 더 잘하게 됐겠지, 안 그래?"

헌터는 가르시아를 바라보았고, 가르시아는 어깨를 으쓱하는 동시에 눈썹을 치켜세웠다.

"자, 어떻게 진행될지 알려줄게. 문제를 하나 낼 거야, 메뚜기. 그 문제의 답을 알아내면 내가 준비해둔 아주 멋진 '작은 수수께끼'를 들을 권리가 생겨. 그리고 그 수수께끼를 풀면, 죽게 될 누군가를 살릴 기회를 얻는 거야. 어떻게 생각해?"

"첫 문제의 답을 맞히지 못하면?" 헌터가 묻자 가르시아는 고개를 끄덕였다. 그도 정확히 같은 생각을 하고 있었다.

"왜 그렇게 비관적이야? 이게 대체 무슨 일이야, 오랜 친구야? 어쩌다 자신감을 잃어버렸어?"

"규칙을 이해하고 싶을 뿐이야, 루시엔." 헌터가 반박했다.

"좋아, 인정하지." 루시엔이 대답했다. "그 문제의 답을 알아내지 못하면, 너는 내 멋진 '수수께끼'를 들을 권리를 얻지 못해. 그 수수께끼가 있어야만 네가 저 가련한 생명을 구할 기회를 잡을 텐데 말이야." 이후로 짧은 침묵이 있었다. "나머지도 말해줄까? 아니면 이제 감 잡은 거야, 메뚜기?"

가르시아는 입술을 앙다물고 고통스러운 얼굴을 한 채 눈을 가늘게 떴다.

루시엔은 계속 말했다. "이제부턴 시간이 절대적으로 중요해, 친구. 자, 그럼 문제를 내지. 준비됐어?"

"준비됐어."

루시엔은 또다시 짧게 침묵했다. 마치 지금의 캐릭터에 익숙해질 시간이 필요하다는 듯이. 그가 다시 입을 열었을 때 목소리에는 흥분도, 떨림도, 머뭇거림도 묻어나지 않았다.

"나는 수년 동안 연구를 해왔고, 사이코패스의 정신을 더 잘 이해하기 위해 무수한 사례를 철저히 조사했어. 그 결과 처음 예상했던 것보다 훨씬 많은 것을 배우고 깨닫긴 했지만, 내가 아직 탐험해보지 않은 보다 어두운 길이 있는가 하면 금기시되는 길도 여전히 있지. 그 미지의 세계를 모험할 시간이 드디어 온 것 같군."

또다시 침묵. 이번 것은 이전보다 약간 더 길었다.

"메뚜기, 너한테 원하는 건 이 길들 중 하나야."

가르시아는 창백한 얼굴로 헌터를 바라보며 소리 없이 입 모양으로만 말했다. "도대체 뭐라는 거야?"

"너한테 내 연구가 있잖아, 메뚜기." 루시엔이 계속 말했다. "네가 그것들을 꼼꼼히 읽었다고 나는 확신해. 자, 이제 생각해봐. 거기서 빠진 게 뭐지? 내가 아직 가보지 않은 어두운 길은 무엇일까? 실은 하나 이상이지만, 정답은 하나뿐이야. 네가 맞히면 약속한 수수께끼를 들려주지. 60분 줄게. 정확히 60분 후에 다시 전화할 거야."

헌터와 가르시아는 루시엔이 전화를 바로 끊을 거라고 예상했다. 그런데 루시엔은 모두를 깜짝 놀라게 할 말을 덧붙였다.

"힌트도 하나 줄게, 메뚜기. 네 능력을 익히 알기 때문에 힌트가 필요할 거라고 생각하진 않지만 말이야. 이건, 틀림없이 이 전화를 엿듣고 있을 개 떼에게 던져주는 먹이야. 연방보안관이든 FBI 요원이든 누구든 간에. 자, 힌트는 이거야. 정답으로 안내할 단서는 내 일지들 중 한 권의 133페이지에 있어. 지금 너희들이 가지고 있는 그 공책 말이야. **구하라 그러면 너희에게 주실 것이요**……(마태복음 7장 7절─옮긴이). 60분이야, 메뚜기. 똑딱똑딱."

전화가 끊겼다.

26

FBI 아카데미는 워싱턴에서 남쪽으로 64킬로미터 떨어진, 버지니아주의 한 해병대 기지에 있었다. 서로 연결되어 중추부를 형성하는 건물의 집합체는 도저히 정부 훈련 시설로는 보이지 않았다. 차라리 실리콘밸리의 어딘가에 있을 법한, 갑자기 지나치게 규모가 커져버린 어느 기업의 사옥에 가까운 모습이었다. 교차점마다 고성능 소총으로 무장한 해병대원들이 220만 제곱미터 부지의 단지 내에 있는 모든 건물을 지키고 있었다. 등에 커다란 황금색 글씨로 'FBI'라 적힌 짙은 파란색의 트레이닝복을 입은 신입 후보생들은, 대학 캠퍼스의 학생들처럼 어디서나 볼 수 있을 듯한 평범한 모습이었다.

케네디 센터장의 사무실은 단지 내에서 두 번째로 높은 건물의 꼭대기 층에 있었다. 넓지만 너무 으리으리하게 느껴지지는 않는 사무실이었다. 그곳엔 구식 마호가니 책상과 진갈색 체스터필드 안락의자 두 개, 너무 푹신해서 바로 누워 잠도 청할 수 있을 것 같은 카펫, 최소 100권은 되어 보이는 가죽 장정 서적들이 있었다. 벽은 대부분 졸업장과 상장들, 정치인과 정부 관료 옆에서 포즈를 취한 케네디의 사진들로 장식되어 있었다.

책상에서 휴대전화가 울렸을 때, 케네디는 사무실 창밖의 거리를 멍하니 내려다보고 있었다. 그의 의지와는 상관없이 전화기의 화면은 발신인이 누구인지를 알려주었다.

"로버트?" 그가 오른쪽 귓가로 전화기를 가져가며 말했다.

"에이드리언······." 헌터는 가벼운 잡담으로 시간을 지체할 마음이 없었다. "루시엔의 일지들, 어디에 있습니까?"

그 질문에 케네디는 깜짝 놀랐다. "뭐라고?"

"루시엔의 연구요." 헌터가 분명히 말했다. "뉴햄프셔주의 은신처에서 꺼내 온 공책들 말입니다. 어디에 있죠? 어디에 보관해뒀습니까?"

헌터의 질문을 케네디가 알아듣기까지 약 2초가 걸렸다. "······ 여기에 있네." 마침내 그가 대답했다. "NCAVC의 사설 도서관에 보관돼 있어. 왜 그러나?"

"지금 콴티코에 계십니까?" 헌터가 물었다.

"그래. 그건 또 왜?"

헌터는 루시엔의 전화에 대해 설명했다.

"133페이지?" 케네디의 음성에, 지금 그가 느끼는 혼란이 노골적으로 묻어났다.

"그렇게 말하더군요." 헌터가 대답했다.

"좋아, 그런데 몇 권에서?" 케네디가 물었다. "지금 우리한테 있는 게······."

"쉰세 권이죠." 헌터가 말했다. "압니다."

"맞아, 어느 공책을 봐야 하는 거지?"

"그건 말하지 않았어요."

153

"물론 그랬겠지." 케네디는 받아들였다. "우리 일을 쉽게 해줄 리가."

"이 일을 도울 수 있는 사람들을 최대한 모아야 할 겁니다. 우리에겐…… 57분이 남았어요."

"알았네. 133페이지에서 뭘 찾아야 하는 거지?"

"알 수 없죠. 하지만 그건 '생명을 구하는' 문제예요."

"그거 참 도움이 되겠군."

"루시엔은 그 연구에서 빠진 것들이 있다고 했어요. 아직 자신이 탐험해보지 않은 길들. 그 길은 하나 이상이지만 이 작은 게임의 정답은 하나라고도 했죠. 답을 맞히면 수수께끼를 얻게 돼요."

"그래, 로버트. 이미 다 말해준 거잖아." 케네디는 아까보다 더 거칠어진 쉰 목소리로 말했다. "아무리 다시 말해줘도 내게는 분명하지가 않아. 뭘 찾아야 할지 정말 모르겠네."

"아마 저희가 도울 수 있을 겁니다." 헌터가 제안했다.

"어떻게?"

"공책들의 해당 페이지를 사진으로 찍어서 이메일이나 문자로 보내주시면……."

"안 돼, 로버트." 케네디가 말을 끊었다. "너무 오래 걸릴 거야."

"왜죠?"

"보안정책통신규약." 케네디가 설명했다. "어떠한 모바일 기기도 NCAVC 도서관에 반입할 수 없네. 심지어 내 것도 안 돼. 입구에서 기기를 예치해야만 안으로 들어갈 수 있어. 그리고 도서관에서 자료를 대출하려면 NCAVC 처장인 마이클 올드릿지와 내 승인 서명이 필요해. 절대……."

"좋아요, 이해했습니다." 헌터가 케네디의 말을 끊었다.

"이쪽에서 해야 할 일이니, 뭘 찾아야 하는지 알면 도움이 될 거야."

"루시엔의 '연구' 전반은 사람을 죽이는 게 근간이에요, 맞죠?" 헌터는 곰곰이 생각하기 시작했다. "살인을 할 때마다 그는 뭔가를 조정하곤 했어요. 폭력의 수준이나 범행 방법, 고문의 정도 등등이요. 살인이 사이코패스의 정신에 어떤 심리적 영향을 미치는지 경험하고자 했기 때문이죠. 그런 점을 염두에 두고 살인 행위와 관련된 부분을 찾아봐야 할 것 같습니다. 루시엔이 시도하지 않았던 것. 범행 방법, 고문 방식…… 그런 것들 중에 아직 시도하지 않은 것이요."

"미친 백과사전이 쉰세 권이야." 케네디가 반박했다. "자넨 다 안 읽어봤지만, 난 전부 봤어. 놈이 아직 해보지 않은 건 없어. 교살, 둔기로 살해하기, 참수, 시신 절단, 혈액 뽑아내기, 찔러서 죽이기, 십자가에 매달아 죽이기, 살아 있는 동안 장기 제거하기, 독살, 아사시키기, 탈수 상태로 만들기, 두개골 천공술 등등……. 이 목록은 거의 끝이 없네, 로버트. 그는 가능한 모든 수단과 방법으로 피해자들을 고문했어. 강간도 있었지. 놈은 피해자들의 살도 먹어봤고, 할 수 있는 건 뭐든 다 했어. 만일 자네가 들어본 적 없는 무언가를 생각해낸다면, 그것도 루시엔은 분명 해봤을 거야."

"그의 말에 따르면, 그렇지가 않습니다." 헌터가 대답했다. "그러니 사람들에게 모든 일지의 133페이지를 훑어보게 하세요. 살인 사건과 관련이 있을 수 있는 건 모두 표시하게 하세요. 범행 방법, 시그너처, 피해자 유형, 특정 위치, 고문 방법…… 무엇이든요."

"여기서 문제는 말일세, 로버트." 케네디가 말했다. "어떤 종류의 것을 찾아야 하는지 전혀 모르기 때문에 이 조사가 자칫 쉰세 가지의 모두 다른 가능성으로 끝날 수 있다는 거야. 어쩌면 그것보다 더 많을 수도 있고."

"압니다." 헌터가 대답했다. "그래서 말씀드리는 겁니다. 루시엔의 다음 전화까지 이제 54분이 남았지만, 목록은 44분 안에 받았으면 합니다. 그래야 제가 그걸 살펴볼 10분을 확보할 수 있으니까요."

"좋아." 케네디가 자신 또한 시간을 더 허비하는 걸 바라지 않는다는 듯 동의했다. "해보겠네. 44분 뒤에 전화하지."

27

가르시아가 사무실로 걸려온 전화를 받았을 때, 헌터는 아직 케네디 센터장과 통화 중이었다.

"특수강력범죄수사대 카를로스 가르시아입니다." 그가 송화구에 대고 말했다.

"연방보안관 타일러 웨스트요." 그의 목소리는 다급했고 근심으로 가득했다. "헌터 형사에게 걸려온 루시엔의 전화에 관해 들었어요. 그 일지들은 어디 있는 거죠?"

가르시아는 그들이 헌터의 휴대전화를 도청한다는 사실을 잊고 있었다.

"지금 로버트가 케네디 센터장님과 통화 중입니다." 그가 대답했다. "그리고 바로 그걸 알아내는 중이고요."

"잘됐군요." 웨스트가 대답했다. "우린 가는 중이요."

'수색작전본부'는 캘리포니아 중심지구의 연방보안청 본부에 자리를 마련했는데, 연방보안청 본부는 이스트템플가에 있는 에드워드로이발 연방청사 안에 위치해 있었다. LAPD 본청은 그곳으로부터 겨우 한 블록 반 정도 떨어진 웨스트 1번가에 있었다. 웨스트와 홀브룩이 걸어서 본청까지 이동하는 데는 2분이 걸렸다. 그리고 입구의 보안 검색대를 통과해 강력계가 있는 층으로 올라오는 데 1분이 더 소요됐다. 그들이 헌터와 가르시아의 사무실에 다다를 즈음에는 둘 다 온몸이 땀에 흠뻑 젖어 있었다.

"공책들⋯⋯." 웨스트가 숨을 헐떡이며 물었다. "어디에 있죠?"

헌터는 케네디와의 전화를 막 끊은 참이었다. "NCAVC 사설 도서관에 보관하고 있답니다." 그가 대답했다. "FBI 아카데미요."

"우리가 한번 봐야겠어요." 웨스트가 말했다.

"글쎄요." 가르시아가 의자 깊숙이 등을 기대며 회의적으로 말했다. "우리는 LA에 있고, NCAVC 도서관은 버지니아주 콴티코에 있죠. 순간 이동 장치라도 쓰지 않는 한은 불가능하다고 말씀드려야겠는데요."

웨스트가 대답하기 전에 헌터가 끼어들었다.

"케네디 센터장님이 팀을 꾸려서 일지를 검수하고 있습니다." 그가 말했다. "상황의 심각성을 이해하고 계시니, 찾아낸 것을 목록화해 다시 연락하실 겁니다." 그는 시계를 확인했다. "42분 후에."

"42분?" 홀브룩이 손목을 들어 시간을 확인했다.

"루시엔이 제시한 제한 시간보다 10분 빠른 시간이죠." 헌터가 설명했다. "그래야 우리가 그 목록을 살펴보고 대답을 정할 수 있으니까요."

"케네디 센터장이나 그쪽 사람들은 뭘 찾아야 하는지 아는 겁니까?" 웨스트가 의문을 제기했다.

"그게 뭔지 아는 사람은 없습니다." 헌터가 대답했다. "하지만 살인행위와 관련돼 있다고 판단되는 것은 전부 표시할 생각이에요. 이를

테면 루시엔이 아직 시도하지 않은 범행 방법, 시그너처, 피해자 유형, 장소…….."

"그가 아직 해보지 않은 걸 발견했는지 검수팀은 어떻게 압니까?" 웨스트가 물었다.

"알지 못할 거예요." 헌터가 말했다. "그래서 133페이지에서 찾아낸 모든 것을 목록으로 만들 겁니다. 루시엔이 다시 전화하면, 그에게 할 대답을 정해야 할 쪽은 우리죠."

"말이 나와서 말인데……" 홀브룩이 끼어들었다. "플라워가와 윌셔 대로의 교차로 주변에서 전화한 것으로 추적됐어요."

"여기서 1.5킬로미터 거리군요." 가르시아가 말했다.

"우리도 압니다." 웨스트가 확인해주었다. "지도에서 확인했어요. 장소를 확인하자마자 현장으로 차를 보냈고요." 그는 시간을 확인했다. "지금쯤이면 도착했을 거요."

"그건 시간 낭비, 자원 낭비예요." 헌터가 말했다.

"왜죠, 헌터 형사?" 웨스트가 도전적인 어조로 물었다.

"지금 루시엔이 어떤 모습일지 모르니까요." 헌터는 대답했다. "만약 그가 아직 거기서 당신 부하들이 나타나기를 기다리고 있다고 해도, 그들은 그를 알아보지 못할 겁니다."

"그리고 지도를 확인하셨다니 아실 거라 믿지만……." 가르시아가 덧붙였다. "사우스플라워가와 윌셔 대로의 교차로는 LA에서 두 번째로 혼잡한 역인 메트로센터역에서 반 블록도 떨어지지 않은 곳입니다. 혹시 모르셨습니까? 유니언역을 제외하면, 로스앤젤레스에서 세 노선이 지나는 유일한 역이죠. 로버트와 통화하는 동안 놈이 걷고 있었다면 통화를 끝내기도 전에 역에 도착했을 겁니다. 윌셔 대로 교차로에서 탈 수 있는 버스 노선도 아주 많다는 건 말할 것도 없고요."

"그럼 어떻게 합니까?" 웨스트가 몹시 짜증을 내며 말했다. "손 놓고 있으란 말이에요?"

헌터는 커피머신 쪽으로 걸어가며 말했다. "불행하게도, 지금 당장은 에이드리언이 어떤 목록이든 만들어서 다시 전화해주기를 앉아서 기다리는 수밖에 없어요. 전에 말씀드렸듯이 이건 루시엔의 게임입니다. 우리가 지켜야 할 규칙을 그가 만들었고, 모든 게 미리 계획되어 있어요." 그는 잔에다 커피를 따랐다. "그가 거기서 전화를 건 것은 분명 의도된 행동이겠죠. 커피 드실 분?" 그가 그 방에 모인 사람들에게 제안했다.

"나는 괜찮아요. 고맙습니다." 홀브룩이 대답했다.

웨스트는 간단히 고개만 저었다.

"나도 괜찮아." 가르시아가 말했다.

헌터는 커다란 잔에 커피를 마저 따르고 말을 이었다. "루시엔이 이 게임을 양쪽으로 나눈 데는 이유가 있어요."

"그게 뭐요?" 웨스트가 물었다.

"정확히 이걸 노린 거죠." 헌터는 웨스트를 향해 고개를 끄덕이며 말했다. "좌절감. 루시엔은 백과사전이 LA에 없다는 걸 알고 있었어요. 어떻게 아느냐고요? LAPD가 아니라 FBI가 압수했으니까요." 그는 책상으로 돌아왔다. "'수수께끼', 혹은 뭐라 부르든 간에 그는 그걸 양쪽으로 쪼개서 LA에 있는 우리가 한 시간 동안 그저 앉아 기다리는 것 외에는 아무 일도 못하게 만든 겁니다. 답을 찾는 시간을 딱 60분만 줘서, 일지에 가장 가까이 있는 사람에게 문제를 전달할 수만 있을 뿐 우리가 직접 그걸 볼 수는 없게 한 거죠. 그래서 지금 우리는 손을 놓고 있을 뿐 아니라 다른 사람들에게 의존하고 있어요.

이 좌절감의 수준이 어떤가요?"

웨스트는 마치 가상의 수염을 쓰다듬듯 손으로 입가를 쓸었다.

헌터는 커피를 홀짝이고 말했다. "루시엔이 게임을 하고 싶어 한다면, 결국 심리 게임일 겁니다." 그러고 나서 그는 웨스트를 보았다. "당신이 지금 느끼고 있는 이 좌절감, 아무것도 할 수 없다는 무력함에 대한 자책…… 그게 루시엔이 원한 겁니다. 그리고 가장 최악은…… 이게 시작에 불과하다는 거예요. 더 나빠지고, 훨씬 더 나빠질 겁니다."

28

웨스트는 두 손 들고, 볼을 부풀리며 천천히 숨을 내쉬었다. 헌터가 옳았다. 그가 연방보안관으로 일하면서 이와 같은 좌절감을 느껴본 건 처음이었다.

그는 헌터와 얼굴을 마주 보며 말했다. "나는 루시엔의 일지를 본 적이 없지만, 당신은 봤죠?"

헌터는 고개를 끄덕였다.

웨스트의 시선이 가르시아에게 옮겨 갔고, 가르시아는 고개를 내저었다.

"공책에 관해서는 당신들처럼 저도 아는 게 없습니다." 그가 말했다.

웨스트는 홀브룩 역시 일지를 전혀 보지 못했다는 걸 알고 있었다. "좋아요." 그가 다시 헌터에게 말을 걸었다. "여기서 헌터 형사가 이 '살인 백과사전'에 대해 아는 유일한 사람 같군요. 루시엔이 언급한 '아직 탐험해보지 못한 길'이란 게 무슨 얘기 같습니까? 그의 연구에서 빠진 것? 아직 시도해보지 않은 것?"

헌터는 커피가 든 잔을 내려놓았다.

"일지를 다 본 건 아닙니다." 그가 말했다.

"그래도요." 웨스트가 고집을 부렸다. "우리 중에 당신만 그걸 봤잖습니까. 그러니 다시 묻죠, 헌터 형사. 그의 말이 무슨 뜻이라고 생각합니까? 놈의 계획이 뭐인 것 같아요?"

헌터는 말했다. "사실 지금 우리가 이야기하는 대상이 루시엔임을 고려하면…… 그건 '뭐든 다 될 수 있다'고 말해야 할 겁니다. 에이드리언에게도 이야기했지만요. 아직 시도해보지 못한 범행 방법을 말하는 것일 수도 있고, 아니면 아직 **죽여보지** 못한 피해자 유형일 수도 있죠."

"'아직 죽여보지 못한 피해자 유형'이요?" 홀브룩이 어깨를 으쓱하고 고개를 약하게 내저으며 헌터의 말을 가로막았다. "예를 든다면?"

헌터는 이제부터 말하려는 게 가장 참기 힘든 두통을 일으킬 거라는 양 손으로 콧등 윗부분을 꼬집었다.

"루시엔의 피해자 수는 필시 수백 명에 달할 겁니다." 그가 이야기를 시작했다. "그리고 루시엔은 살인을 할 때마다 매번 다른 시도를 했죠. 여느 사이코패스처럼 충동을 통제하지 못하고 욕구를 충족시키기 위해 살인을 한 게 아니었으니까요."

"네, 압니다." 웨스트가 끼어들었다. "놈은 '실험 중'이었죠."

"맞아요." 헌터가 동의했다. "실험의 목적은 자신의 내면에 어떤 감정을 불러일으키는 것이었습니다. 기쁨, 고통, 황홀경…… 그게 뭐든 다른 사이코패스 살인범들이 살인을 저지를 때 느끼는 감정을 자기도 경험하고 싶어 했죠."

"이 엉망진창인 세상에 기가 막힌 미친 생각이 있다면……." 웨스트가 말했다. "바로 그거일 거요."

헌터는 그의 발언을 묵살했다.

"하지만 우리 모두 알다시피, 공격적인 사이코패스의 유형은 크게 두 가지로 나뉩니다." 그가 계속 말했다. "폭력 중심의 사이코패스의 경우 피해자는 이차적이고, 피해자 중심의 사이코패스의 경우엔 피해자 자체가 그 상황의 가장 중요한 요소죠. 첫 번째 유형에서 가해자를 움직이고 작동시키는 것은 폭력 그 자체이기 때문에, 그들은 피해자들을 고문하는 겁니다. 피해자가 늙었건 젊었건, 남자건 여자건, 금발이건 흑갈색 머리건, 흑인이건 백인이건, 뚱뚱하건 마르건…… 그런 건 전혀 중요하지 않아요. 그들이 고통받게 할 수 있다면…… 그들을 아프게 할 수만 있다면요." 헌터는 숨을 고르기 위해 잠시 멈췄다. "반면에 피해자 중심의 가해자들은 특정 타입의 피해자에 대해 환상을 품습니다. 가해자가 선택하는 대상은 반드시 특정 프로필과 일치하기 마련인데 대개 본질은 신체 유형입니다. 피해자 중심의 사이코패스가 갖는 모든 환상은 피해자의 외모와 관련이 있죠. 그들을 자극하고 흥분시키는 건 피해자의 신체적 속성입니다. 다른 누군가를 연상하게 만드는 속성 말입니다. 그럴 경우 사이코패스의 안에서 두 대상은 감정적으로 강하게 연결되고, 그 환상은 십중팔구 성적 행위를 수반하게 됩니다. 살인 행위 전이나 도중에, 혹은 죽은 뒤에 유린당하는 피해자라면…… 거의 틀림없어요."

"그리고 아무도 모를 긴 시간 동안 루시엔은 실험을 해오고 있었지." 가르시아가 말했다. "아마 그는 둘 다겠지. 피해자 중심과 폭력 중심."

"맞아." 헌터가 동의했다.

"그가 아직 범행 대상으로 시도해보지 못한 피해자 유형이 있다고 봅니까?" 웨스트가 물었다.

헌터는 손으로 머리를 쓸어 넘겼다. "제 생각엔…… 그는 지금까지 유아나 아동, 노인, 장애인 그리고 임신부 살해는 피해왔다고 봅니다."

헌터의 말에 방 안이 오싹할 정도로 조용해졌다.

"루시엔이 '살인'이라는 영역을 넘어서는 모험을 했다고도 생각하지 않습니다." 헌터가 덧붙였다.

"무슨 뜻이야?" 이번 질문은 가르시아에게서 나온 것이었다.

"루시엔은 주로 연쇄살인범이 경험하는 감정을 심리학적으로 확인하고자 시도해왔어." 헌터가 대답했다. "연쇄살인범 대부분은 떨쳐낼 수 없는 충동에 시달려. 끝내 그들을 압도해서 다시 범죄를 저지르게 만드는 욕구 말이야. 그건 항상 '일대일'의 사건이지. 어쩌면 루시엔이 그 영역을 넘어서는 게, 그가 아직 **모험하지 않은** 길인지도 몰라."

"잠깐." 가르시아가 한 손을 들며 말했다. "지금 네 말은 그럼……."

헌터가 고개를 끄덕였다. "대량 살인. 루시엔은 대량 살인을 감행한 적이 없었어."

"대량 살인?" 눈이 휘둥그레진 웨스트가 의문을 제기했다. "이 루시엔이라는 작자가 그렇게 멍청할지 의심스럽군요." 그는 어깨를 으쓱했다. "아니, 정말 그럴지도 모르겠지만."

헌터는 웨스트가 왜 그런 의혹을 품는지 알았다. 통계적으로, 미국에서 일어난 '대량 살인'의 95퍼센트는 범인이 범행 도중 또는 그 직후에 죽었다. 나머지 5퍼센트는 체포되었다.

FBI에 따르면 살인 행위 사이에 항상 '냉각기간'이 존재하는 연쇄살인과는 다르게 '대량 살인'은 살해 행위 사이에 **냉각기간이 없었다.** 대량 살인은 단일 사건에서 네 명 이상의 사람이 살해될 때라고 정의된다. 또한, 일반적으로 학교나 쇼핑센터, 은행, 콘서트장 또는 그와 유사한 공공장소에서 발생한다. 루시엔이 정말로 대량 살인의 실험을 생각하고 있다면, 그것이 그의 마지막 행위가 될 가능성도 있었다.

헌터는 모든 시나리오를 고려하려 노력 중이었기에 '대량 살인'을 언급한 것이었다. 하지만 그는 루시엔이 염두에 둔 게 대량 살인이라고는 믿기 어려웠다. 루시엔이 그 영역으로 넘어가는 걸 볼 수 있다면, 그건 그가 대량 살인범이 맞게 될 결말에 관한 확률을 뒤집을 수 있게 되었을 때뿐이리라.

가르시아는 일어서서 재킷을 집어 들었다.

"어디 갑니까?" 웨스트가 물었다.

"밖에. 걸으려요." 가르시아가 대답했다. "여기 있어봤자 뭐 하나 나아지는 게 없잖아요. 온갖 추측이나 하면서 좌절감을 높이기만 하죠. 로버트의 말처럼, 아마 루시엔은 그렇게 이 게임이 시작되길 바랄 겁니다. 일지가 우리에게 없으니 직접 확인할 수도 없고, 케네디 센터장님이 뭐라도 찾아서 다시 전화하기를 기다리는 게 전부예요. 기다리는 일밖에 못 한다면 차라리 밖에서 기다리겠어요." 그는 창문을 가리켰다. "날씨가 좋아요. 카페 같은 데 가서 커피 한잔하렵니다." 그는 헌터를 보았다. "케네디 센터장님이 다시 전화하려면 얼마나 남았지?"

헌터가 시계를 확인했다. "35분."

"도넛에 커피 한 잔 마시기엔 충분하네." 가르시아는 그렇게 말하고 밖으로 나갔다.

파트너를 따라갈까 헌터가 고민하는데, 책상에 있던 휴대전화가 울렸다. 에이드리언 케네디였다.

"로버트." 헌터가 전화를 받자마자 케네디가 말했다. "벌써 문제가 생겼어."

29

NCAVC 사설 도서관은 케네디의 사무실이 있는 건물 지하 1층의 절반가량을 차지하고 있었다. 전화를 끊자마자 케네디는 휴대전화를 오른쪽 귀에 다시 갖다 대며 급히 사무실을 나섰다.

"대릴." 대릴 젠슨 요원이 전화를 받자마자 그가 다급히 불렀다.

젠슨은 NCAVC에서 9년 동안 근무 중이었다. 그는 법학 학위와 심리학 박사 학위를 가지고 있었고, 지난 3년 동안 루시엔의 백과사전에 접근할 수 있었던 몇 안 되는 사람 중 하나였다. 루시엔이 수감된 이후에 그와 인터뷰도 다섯 차례나 가졌었다.

"앞으로 5분 안에, 요원이나 후보생을 몇 명이나 모을 수 있나?" 케네디가 물었다. 음성에서 느껴지는 긴박감이 손에 잡힐 정도였다.

"무슨 일이시죠, 센터장님?" 젠슨이 대답했다. "내부 건입니까, 아니면 외부 건입니까?"

"내부. 그리고 긴급 상황이야. 자네와 요원들을 5분 뒤에 NCAVC 사설 도서관에서 만나야겠어. 빠르면 더 좋고. 지금, 시간이 절대적으로 중요해."

"내부 임무라면 센터장님이 원하시는 만큼 모을 수 있을 겁니다. 정확히 무슨 일이죠?"

"도서관에 도착하면 설명하지." 케네디는 대답하고, 서둘러 숫자를 계산하려고 애썼다. 루시엔의 백과사전은 쉰세 권이었다. 빨리 끝내야 했지만, 케네디는 너무 많은 사람이 그것에 접근하는 것은 원치 않았다. 모든 공책의 페이지가 손 글씨로 빽빽하게 쓰여 있었다. 대부분의 손 글씨는 육안으로 보고 이해하기 어려운 법이다.

"요원을 몇 명이나 모을까요?" 젠슨이 물었다.

루시엔의 일지를 두어 장 읽는다고 해서 백과사전 전체에 대해 우려스러운 수준으로 알게 되지는 않으리라고, 케네디는 생각했다. 그는 시계를 확인했다. 헌터에게 다시 전화하기까지 43분 남았다.

"자네 제외하고 스물네 명 모을 수 있겠나?" 그가 물었다.

스물네 명에 케네디와 젠슨을 더하면 눈은 스물여섯 쌍이 될 것이다. 각자 40분 동안 두 쪽씩만 책임지면 되었다. 아주 불가능한 작업은 아니었다.

"스물네 명이요, 센터장님." 젠슨이 대답했다. "도서관에서 3분, 늦어도 4분 후에 뵙겠습니다."

"대릴." 젠슨이 전화를 끊기 전에 케네디가 말했다. "후보생을 찾는다면…… 명령에 복종하고 아무것도 묻지 않을 어린 친구들로 하게."

"알겠습니다."

30

특수요원 대릴 젠슨은 통화를 마치고 4분도 되지 않아 신입 후보생 열여섯 명, 특수요원 여덟 명과 함께 NCAVC 사설 도서관에 나타났다. 케네디는 젠슨에게조차 많은 것을 알려주지 않으면서 모두에게 임무의 내용을 설득력 있게 설명하기 위해 최선을 다했다.

케네디는 말했다. "뭐든 의심스러우면 목록에 추가하게. 주저하지 말고, 오래 고민하지도 마. 우리에겐 시간이 없네. 목록에 들어가야 할 것을 발견했다고 생각하면 지체 없이 추가해. 공책에는 절대 밑줄을 치거나 표시하지 말고. 이건 고등학교 시험이 아니야. 어떤 경우에도, 어떤 공책에도 절대 표시하지 말게. 예외는 없어, 알겠나?"

모두 고개를 끄덕였다.

케네디는 시계를 확인했다. "이 일을 38분 안에는 끝내야 하네. 지금은 시간이 절대적으로 중요해. 자, 해보자고. 다들 두 권씩 들고 시작하지."

하지만 케네디는 이내, 당면한 일의 어려움을 자신이 과소평가했다는 걸 깨달았다. 그가 계산에 넣는 것을 깜박했던 첫 번째는, 공책에는 쪽 번호가 적혀 있지 않다는 점이었다. 이는 루시엔 자신이 쪽 번호의 필요성을 느끼지 못했기 때문인데, 이로써 모든 요원과 생도 는 133페이지까지 한 장 한 장 넘기며 쪽수를 세어야 했다. 그들은 실수를 하지 않으려고 두 번씩 세려고 했는데, 그러자 즉각 첫 번째 의문이 생겼다. 일반적인 책처럼 한 장을 앞면과 뒷면 두 개의 페이 지로 세어야 할까, 아니면 하나의 페이지로 세어야 할까?

젊은 여성 생도 하나가 공책 한 권을 고른 뒤 불과 몇 초 뒤에 이 런 질문을 던졌을 때, 케네디의 얼굴은 유령처럼 창백해졌다.

케네디 센터장은 책임을 지는 데 익숙한 사람이었지만, 이 문제에 관해서는 스스로 판단해 결정을 내릴 대비가 되어 있지 않았다.

"잠깐 기다리게." 그는 재빨리 도서관을 나갔다.

헌터는 케네디로부터 그렇게 빨리 연락이 올 거라고는 생각하지 않았다. 그가 NCAVC 센터장에게 전화를 걸어 루시엔의 문제를 전 달한 지 8분도 지나지 않았을 무렵이었는데, 케네디처럼 헌터도 루 시엔이 공책에 쪽 번호를 매긴 적이 없다는 사실을 까맣게 잊고 있 었던 것이다. 케네디가 그 문제를 이야기했을 때, 헌터는 루시엔이 되어보려고 노력했다.

루시엔은 교활한 개자식이었다. 그 점에는 의심의 여지가 없었다. 그런 이유로 헌터는 루시엔이 자신의 속임수에 처음부터 반전을 더 하고자 기꺼이 통념에서 벗어나 자신의 공책을, 일반 책과 같이 앞 뒤가 아니라 한 장을 한 페이지로 세게끔 했을 가능성도 고려했다. 그러나 그는 곧 루시엔에게 있어서 첫 번째 장애물을, 상대가 이미 겪고 있는 어려움을 가중하는 방식으로 설정하는 것은 의미가 없다 는 결론을 내렸다. 만약 루시엔이 정말로 그들을 골탕 먹이려 마음먹었다면, 이 단계에서 어려움을 중첩시키는 대신에 이후의 수수께끼에서 그랬을 것이다. 루시엔은 가능한 한 게임을 연장하고 싶어 할 것이기 때문이었다. 상대가 게임의 초반부에서 벌써 실패해버린다면 루시엔도 재미를 느끼지 못할 것이다. 그는 상대가 게임을 완주하기를 원하리라. 다시 말해, 헌터가 수수께끼에 도달하기를 원할 것이다. 루시엔이라면, 분명 거기서부터 진짜 재미를 느낄 것이기 때문이었다.

"두 페이지로 세게." 도서관으로 돌아온 케네디가 모두에게 말했다. "앞과 뒤로."

이들이 임무를 개시하고 31분이 지났을 때, 즉 케네디가 목록을 모아 헌터에게 다시 전화하기까지 7분밖에 남지 않은 시점이었다. 케네디는 두 번째 권의 마지막 페이지에 막 이른 참이었다. 현재까지 그의 목록에는 단 세 개의 항목만이 적혀 있었다. '심장'이라는 단어에 대해서는 의심이 들었지만, 루시엔이 누군가의 가슴에서 심장을 꺼내고 싶다는 뜻으로 적은 것일 수도 있었다. '치명적'과 '충격'이라는 단어는 함께 쓰이지는 않았지만 같은 문장에 있었는데, 실제로 무엇을 찾아야 하는지 알 수 없었기에 케네디는 자신의 목록에 '치명적 충격'을 추가하기로 했다. 그가 마지막으로 추가한 항목은 '피바다'라는 단어였다.

"센터장님." 한 요원이 케네디가 앉아 있는 탁자로 다가와 그를 방해했다. 요원의 두 손에는 루시엔의 공책 하나가 들려 있었다. 오른손 집게손가락을 책갈피 삼아 두 페이지 사이에 끼워 넣은 채였다. "방해해서 죄송합니다. 그런데 방금 소름 끼치는 항목을 발견해서요. 어쩌면 센터장님이 보고 싶어 하실지도 모른다는 생각이 들었습니다."

"뭔가?" 케네디가 펜을 내려놓으며 물었다.

"이겁니다." 요원은 가지고 있던 공책을 탁자에 내려놓고, 펼친 페이지의 밑에서 열한 번째 줄을 손으로 가리켰다. "바로 여깁니다."

케네디가 몸을 숙여 그 행을 읽는 순간, 배 속에서 바닥을 알 수 없는 구덩이가 입을 열었다.

"제기랄!"

31

루시엔은 헌터와 통화를 끝낸 뒤 전화기를 다시 주머니에 넣고 지금 서 있는 곳에서 고작 몇 미터 떨어진 7번가 메트로센터역을 향해 차분히 나아갔다. 40초 정도 걸어 역 입구에 도착했을 때 어디선가 사이렌 소리가 들렸는데, 이미 예상한 바였다.

아무리 GPS가 탑재되지 않은 선불 휴대전화로 전화를 건다 해도 삼각측량법으로 신호를 추적하는 것은 가능했다. 루시엔의 의도이 기는 했지만, 충분한 시간 동안 통화를 하고 난 지금쯤이면 분명 헌터의 휴대전화를 감시하고 있을 연방보안청에 의해 발신지가 추적되었을 것이다. 루시엔은 거기에 그대로 있으면서 LAPD 경관들과 FBI 요원들, 그리고 연방보안관들이 사우스플라워가와 윌셔 대로의 교차점 주변을 정처 없이 다니며 유령을 찾아 헤매는 것을 지켜보고 싶었다. 그건 기꺼이 표를 사서 볼 정도로 가치 있는 장면일 테지만, 루시엔은 가야만 했다. 그에게는 있어야 할 장소와 지켜야 할 일정이 있었다.

인파로 붐비는 메트로센터역의 승강장으로 내려간 루시엔이 다음 열차를 타기까지 기다려야 하는 시간은 채 30초도 되지 않았다. 그는 그 시간을 이용해 승객들이 가장 덜 붐비는 승강장 맨 끝까지 걸어갔다. 놀랍지 않게도, 도착한 열차는 승객으로 가득 차 있었다. 루시엔이 탄 차량에 남아 있는 빈 좌석은 두 개뿐이었다. 루시엔과 함께 열차에 탄 한 노인이 문에서 가장 가까운 빈 좌석을 차지했다. 루시엔이 앉은 좌석은 무릎에 네 살짜리 아이를 앉힌 여자, 그리고 무성한 턱수염에 머리는 교회 예배용 초도 만들 수 있을 것 같은 양의 왁스를 발라 올백으로 넘긴 이른바 '힙스터' 사이에 낀 자리였다.

루시엔은 배낭을 바닥에 놓고 다리 사이에 끼웠다. 문이 닫히고 열차가 다시 움직이기 시작하자 그는 도수 없는 안경을 코에 얹고 뒤로 기대앉아 승객들을 훑어보았다. 루시엔은 사람들 관찰하기를 좋아했다. 그들의 버릇, 표정, 움직임을 연구하는 것만으로도 많은 것을 알 수 있었다. 많이 지켜볼수록 더 많이 포착되었다.

루시엔 바로 오른쪽에 앉은 여자의 무릎 위에서 아이가 꼼지락거리자, 그의 시선이 아주 짧은 순간 아이에게 머물렀다가 재빨리 엄마의 얼굴로 옮겨 갔다. 그녀는 20대 초중반의 나이로 보였는데, 모두에게 매력적이지는 않을 독특한 얼굴을 갖고 있었다. 루시엔 자신도 그녀가 예쁜지 아닌지 입장을 정할 수가 없었다. 그녀는 미간이 너무 넓은 듯했지만, 녹색을 띤 눈동자는 그야말로 놀라웠다.

아이가 다시 꼼지락거리자 엄마는 한 손을 아이의 팔에 얹고 그대로 눌러 움직이지 못하게 하려 했다. 그녀의 손톱은 매니큐어가 거의 벗겨져서, 팬 손톱이 노골적으로 드러나 있었다. 줄무늬가 보이는 데다 손바닥도 너무 창백했다. 루시엔은 그녀가 철분 부족으로 인한 경계성 빈혈을 앓고 있음을 단박에 알아보았다. 눈 밑이 조금 부풀어 있는 것은 질병 탓이 아니라, 수면과 비타민D 부족 때문이리

라. 싱글 맘인 듯했다. 손가락에 결혼반지가 없었다. 분명 생계를 위해 최소 두 가지 일을 할 터였고, 그나마 번 돈의 대부분은 아이에게 쓰고 있을 것이다. 루시엔이 지금껏 본 중에 가장 싸구려 같고 금방이라도 굽이 떨어져 나갈 듯한 펌프스를 신은 그녀가 아이에게는 새 것으로 보이는 나이키 운동화를 신긴 것에서, 그것을 알 수 있었다.

루시엔의 관심은 어머니와 아이에게서 옮겨져 아까 자신과 열차에 함께 탄 노인에게로 향했다. 그는 60대 후반이나 70대 초반으로 보였고, 평화로운 얼굴을 하고 있었다. 이마와 눈 주변의 주름이 깊었는데, 햇볕을 너무 많이 쬐서 더 심해진 게 틀림없었다. 주름이 도드라진 손은 검버섯으로 덮여 있었다. 손가락은 작은 소시지처럼 보였다. 손바닥에서 가장 먼 손가락 관절은 불퉁했고 손톱은 금세 부서질 것 같았다. 루시엔은 굳이 대화를 나눠보지 않더라도 그가 인생의 대부분을 노동자로서 야외 현장에서 일했으며, 아마도 그렇기에 손에 건선과 골관절염이 생겼으리라는 걸 알 수 있었다. 두 질환 모두 손의 움직임을 제한하며 노인에게 상당한 고통을 주고 있을 것이다.

루시엔은 속으로 미소 지었다. 이런 놀라운 우연의 일치라니. 불과 한 량의 열차 안에서, 자기 연구에서 빠진 두 유형의 피해자들을 찾으리라고 누가 예상할 수 있었을까? 그가 대도시를 좋아하는 이유였다.

열차가 다음 역에 가까워지면서 속력을 늦추기 시작했다. 루시엔은 고개를 들어 바로 위 벽에 붙은 지하철 노선도를 보았다. 열차는 퍼싱스퀘어역에 접근하고 있었다. 루시엔은 꼿꼿이 앉아 그것을 주시했다.

열차가 마침내 완전히 정차하고 문이 양옆으로 열리자, 노인이 일어나 열차에서 내렸다. 그의 보폭은 짧고, 자세는 반쯤 굽어 있었다. 관절염은 손에만 발생하는 질병이 아니었다.

루시엔의 옆에 앉은 아이가 엄마의 무릎 위에서 다시 한번 꼼지락거렸다. 루시엔은 그들 역시 이 역에서 내릴 거라고 생각했지만, 엄마와 아이는 그대로 있었다.

결정하자, 결정하자. 그는 생각했다. *그대로 있을까? 아니면 내릴까?* 루시엔은 왼쪽을 보았다가 다시 오른쪽을 보았다. 그때 비로소 아이 엄마와 처음으로 눈이 마주쳤고, 그녀는 수줍지만 진실된 미소를 지어 보였다.

그렇게 결정은 내려졌다.

루시엔은 열차에 남았다.

32

가르시아는 사실, 사무실에서 나온 뒤 커피숍을 찾지 않았다. 그러는 대신 구내식당으로 내려간 그는 맨 구석의 테이블에 혼자 앉아 창밖을 응시하며 아무 생각도 하지 않으려고 애썼다. 그가 정말로 원하는 건, 악화되는 상황으로부터 벗어나는 것뿐이었다. 그는 헌터가 옳다고 확신했다. 루시엔은 마지막 하나까지 모조리 계획을 세워놓았다. 좌절감, 무력감, 기다림, 심리적 압박…… 그 모든 것을. 의자에 앉아 에이드리언 케네디의 검수팀이 제대로 해내기를 기다리는 것 말고는 할 수 있는 일이 전혀 없었다. 가정假定과 방법, 이유에 관한 모든 추측은 도움이 되지 않을 것이다. 도리어 그들을 더욱 좌절시킬 따름이고, 그 순간에는 없어도 되는 것들이었다.

순전히 우연의 일치로 가르시아가 사무실로 복귀하고 몇 초 뒤, 헌터의 휴대전화가 다시 울렸다.

웨스트와 홀브룩은 여전히 그곳에 있었다.

웨스트는 가르시아의 책상 뒤 의자에 앉아 있었고, 홀브룩은 창가에 서서 자신의 휴대전화로 맹렬히 문자메시지를 보내고 있었다.

가르시아의 눈길이 웨스트에게 머물렀다. "편하십니까?" 비꼬듯 고개를 까딱이며 그가 물었다.

"별로." 웨스트가 등을 반쯤 펴면서 대답했다. "더 좋은 의자가 필요하겠는데요, 친구. 그래도 접이식 의자보다는 낫군요."

가르시아가 미처 반격하기도 전에 헌터의 휴대전화가 책상 위에서 울렸다. 모두의 관심이 그쪽으로 쏠리며 방 전체가 깊은 침묵에 빠졌다.

웨스트는 용수철처럼 튀어 올랐다.

홀브룩은 문자메시지 입력을 그만두었다.

헌터는 전화기 화면을 확인했다. *발신 번호 표시 제한.* 화면 위쪽에 표시되는 시간을 보고는 그대로 얼어붙었다. 아직 루시엔이 제시한 제한 시간은 14분 30초가 남았다. 헌터는 집게손가락을 들어 방 안의 사람들에게 기다리라는 신호를 보낸 다음, 전화를 받아 즉시 스피커폰으로 전환했다.

"여보세요."

"로버트, 에이드리언이네."

방 안의 모두가 안도의 숨을 내쉬었다.

"에이드리언?" 헌터가 의자에서 몸을 약간 숙이며 물었다. "어디서 전화하시는 겁니까? 번호가 뜨지 않네요."

"그럴 거야." 케네디가 대답했다. "전화번호부에 올라 있는 번호가 아니거든. 도서관 전화기로 거는 거네."

"좋아요." 헌터는 그렇게 말했지만 얼굴에서 걱정스러운 표정은 지워지지 않았다. 케네디 역시 자신에게 주어진 제한 시간보다 4분 30초 앞서 있었다. "일찍 전화하셨네요. 목록은요?"

"목록은 잊어버려, 로버트." 휴대전화의 스피커는 작았지만, 케네디의 쉰 목소리가 강렬하게 방을 채웠다.

"목록을 잊으라고요?" 경솔하게도 웨스트가 헌터의 책상으로 다가갔다. "왜죠?"

그 방해로 인해 그는 홀브룩 요원을 비롯한 모두로부터 모진 시선을 받아야 했다.

"누구신지?" 케네디가 물었다. 역시 반가워하는 기색은 아니었다.

"연방보안관 타일러 웨스트입니다, 케네디 센터장님." 웨스트는 거리낌 없이 대답했다. "아시겠지만, 이 수색 작전의 책임자입니다. 그런데 목록에 대해 왜 잊어야 한다는 겁니까? 뭘 찾으셨습니까?"

"로버트." 케네디는 헌터를 분명하게 지명하고 말했다. "일반 책처럼 앞뒷면으로 페이지를 세라는 자네 말이 맞았어. 우리는 최선을 다해서 이 터무니없는 목록을 작성하기 위해 노력했네. 뭐든 관련이 있어 보인다 싶으면 다 넣었지. 1분 전까지만 해도 그랬어. 후보생 한 명이 133페이지 하단에서 특정 항목을 발견하기 전까지는 말이야." 케네디는 목을 가다듬기 위해 기침하는 것 같았다. "이게 틀림없어, 로버트."

"네." 웨스트가 선수 치기 전에 헌터가 바로 대답했다. "듣고 있습니다. 그게 뭐죠, 에이드리언?"

"내가 이 페이지 전체를 읽어주고 나면, 내 걱정을 이해할 수 있을 거야." 케네디가 말했다.

잠시 정적이 흘렀고, 케네디가 심호흡하는 소리가 들렸다.

"아주 많은 해가 지난 후에……." 케네디가 읽기 시작했다. "나는 지금까지의 연구로 사이코패스의 정신에 대해 많은 것을 배웠다고 확실히 말할 수 있게 되었다. 더 구체적으로는 '연쇄살인범'이라고 불리는 이들에 대해. 황홀경, 우울감, 냉담함, 욕망 등 그 목록은 무척 길고 복합적이지만, 그럼에도 불구하고 여전히 어떤…… 아직 넘지 못한 금기의 선들이 존재한다. 그리고 그중 하나는 단지 그 재료가 부족했기에 그 선을 넘는 것을 시도하지 못했을 뿐이다. 하지만 오늘, 마침내 오랫동안 찾아왔던 것을 손에 넣었다. 비로소 그 선을 넘어 완전히 새로운 영역을, 완전히 새로운 사고방식을 '모험'할 수 있게 해주는 것."

"이제 나오네, 로버트." 케네디는 마지막 부분을 읽기 전에 말했다. "군용 등급 C-4를 1킬로그램, 어쩌면 그보다 많이 손에 넣었다."

33

로스앤젤레스 도심의 북동쪽, 리틀도쿄와 차이나타운이 만나는 지역에 자리한 유니언역은 미국 서부 최대의 철도 여객 터미널로 매일 평균 11만 명의 승객을 수송한다. 역사驛舍는 웅장한 만큼이나 건축학적으로도 멋졌는데, 매표소 중앙 홀의 천장은 19미터 높이에 목재로 마감된 듯 보였지만 실은 강철로 만들어졌다. 대합실의 테라코타 바닥은, 가운데를 좁고 기다랗게 베니어 처리한 대리석과 트래버틴이 매력적이었다. 장엄한 대합실 양쪽에는 밀폐된 정원 테라스가 있었는데, 바닥에는 상감세공을 한 시멘트 타일이 나바호족의 전통 문양을 재현하고 있었다. 그러나 불행하게도, 대부분의 승객들은 서둘러 움직이느라 그곳의 아름다움을 온전히 감상할 여유를 갖지 못했다.

유니언역은 또한, 루시엔이 헌터와의 전화 통화를 끊자마자 처음 열차를 탑승한 역에서 정차역을 겨우 세 개 지난 곳이었다. 거기서부터 어디로 갈지는 사실상 선택지가 무한했다. 다른 노선의 지하철을 타고 샌페르난도밸리에서 패서디나로, 로스앤젤레스 동부에서 롱비치와 사우스베이 등 로스앤젤레스 어디로든 갈 수가 있었다. 그가 정말로 원한다면 미국 전역의 원하는 곳으로 갈 수 있는 암트랙 기차도 탈 수 있었지만, 루시엔은 당분간 LA를 떠날 생각이 없었다.

그는 유니언역 대합실의 정원 테라스 옆 벤치에 앉아 도시철도 발착 안내 전광판을 살폈다. 그리고 기다리면서, 사방에서 몰려와 서둘러 대합실을 통과하는 승객들을 관찰했다. 역은 겉으로는 무질서해 보여도 실제론 매혹적일 정도로 차분하다고, 루시엔은 생각했다.

그에게서 멀리 떨어진 두 개의 벤치에 한 노인이 손자 둘, 손녀 하나와 함께 앉아 있었다. 여자아이는 대략 열여섯 살 정도로 보였고, 할아버지의 이목구비를 일부 빼닮은 남자아이들은 쌍둥이였는데 여자아이보다 한두 살 어려 보였다. 노인은 70대로 보였다. 대머리에 눈썹이 무성했고 친절해 보이는 푸른 눈은 두꺼운 안경 뒤에 감춘 채였다. 그는 두 손을 무릎 위에 얹고 오른쪽 다리를 왼쪽 다리 위로 꼬고 있었다. 손주들은 맞은편 벤치에 앉았는데, 노인 옆에 자리가 없어서가 아니라 그저 아이들이 원치 않기 때문인 것 같았다.

세 손주 모두 휴대전화를 손에 꼭 쥐고 있었다. 손녀의 관심은 오로지 하나인 듯했다. 다양한 각도로 '셀카'를 찍은 다음 소셜 미디어 사이트에 올리는 것.

쌍둥이 중 하나는 전화기를 옆으로 뉘어 가로로 길게 들고 그게 핸들이라도 되는 양 이리저리 돌리는 걸로 보아 자동차 게임에 완전히 몰입해 있는 듯싶었다. 다른 소년은 사진을 보고 있었다. 적어도 루시엔에게는 그렇게 보였다. 아이는 1초나 2초 정도 전화기를 정면으로 응시하다가 고개를 끄덕이거나 못마땅한 표정을 짓고는 검지로 화면을 오른쪽이나 왼쪽으로 밀기를 거듭했다.

이따금 할아버지는 손주들과 대화를 시도하곤 했다. 하지만 그가 질문을 하면 대개는 그 답을 듣지 못하기 일쑤였고, 기껏해야 손주들에게서 고개를 끄덕이거나 가로젓는 반응만 겨우 얻어내는 정도였다. 때때로 아이 하나가 화면을 보고 미소를 지으면 노인은 다시 한번 따라서 미소를 지으며 젊은 세대와 유대감을 가져보려 노력했지만, 어떤 아이도 시선을 옮겨 그를 쳐다보지 않았다. 그러면 노인은 슬픈 눈으로 자기 손에 도로 초점을 맞추었고 1, 2분간 조용히 앉아 있다가 다시 같은 시도를 한 뒤에, 정확히 같은 방식으로 또다시 무시를 받았다. 만약 그가 손주들이 보고 있는 화면에 조금이라도 관심을 보일라치면, 그들은 재빨리 뒤로 물러나 할아버지가 보지 못하게 전화기를 돌려버리곤 했다.

아뇨, 할아버지, 할아버지가 볼 만한 건 없어요.

그 장면 전체가 매혹적인 동시에 끔찍하게 슬펐다.

인생은 한 번뿐이야. 루시엔은 생각했다. 머릿속으로 그는 세 아이에게 이야기하고 있었다. *그러니 너희가 하루에 열두 시간을 인터넷에 빠져 허우적대며 실제로 알지도 못하는 사람들에게서 정당성을 얻으려는 동안, 너희는 너희와 너희의 가엾은 존재에 대해 진심으로 걱정해주는 소수의 사람을 무시하고 있다는 사실을 부디 잊지 말려무나.*

루시엔은 노인과 손주들을 관찰하며 15분 정도를 보냈고, 그 활동으로 인해 자신이 너무나 잘 아는 충동, 즉 아이들에게 '생명의 소중함'…… 아니, 사실상 '생명의 결여'라는 귀중한 교훈을 가르쳐주고 싶다는 욕망으로 가득 찬 상태가 되고 말았다. 하지만 루시엔의 머릿속에서 그와 같은 생각이 구체화되기 시작했을 즈음, 안내 전광판이 얼핏 눈가에 들어왔다. 그는 어느 가족의 슬픈 단면을 지켜보는 데 몰두하여 전광판을 확인하는 것도 잊고 있었다. 그가 기다리던 열차의 출발 시간이 2분도 남지 않았고, 해당 열차의 승강장은 역 반대편 끝에 있었다.

루시엔은 황급히 배낭을 움켜쥐고 일어섰다. 공교롭게도 할아버지의 손자 한 명, 그러니까 전화기 화면을 좌우로 밀던 소년도 자리에서 일어났다. 소년은 여전히 휴대전화의 사진을 확인하며 공중화장실 방향으로 나아가기 시작했다. 루시엔의 눈이 몇 초 동안 아이의 뒤를 좇았다. 그 몇 초는, 눈에 보이지 않는 사악한 존재가 끌어안 듯 아주 익숙한 느낌이 그의 몸을 감싸기에 충분한 시간이었다. 사악한 존재는 돌연 그를 움켜잡고 귀에다 속삭였다. 순수한 독처럼 루시엔의 혈관을 타고 흐르며 안에 있는 모든 것을 타락시키고, 온통 암흑뿐인 마음속의 장소로 그를 데려가려는 속삭임.

루시엔은 다시 한번 전광판을 확인했다. 열차는 1분 20초 뒤면 떠날 것이다. 그는 화장실로 사라지는 아이를 지켜보았다.

그의 안에서 어떤 감정이 점점 강해졌다. 그리고 마음속 장소는 더욱 어두워졌다.

1분.

결정, 결정.

34

케네디 센터장이 전화로 헌터에게 읽어준 마지막 대사에, 흡사 미친 박쥐 떼가 마구 날아다니는 것같이 사무실 전체에 공포가 넘실댄 것은 놀랄 일이 아니었다.

'컴포지션4', 또는 세간에 널리 알려진 대로 'C-4'라는 이름으로 불리는 이것은 플라스틱 폭약의 일종으로 미국 군대가 애용하는 살상 무기였다. 이 화합물은 실제로 플라스틱 점결제와 폭발성 물질의 혼합체였기 때문에 '복합 화약'으로 불렸다. 그 이중적인 면이 이 폭약의 최대 장점이었다. 첫째, 플라스틱 점결제가 폭발성 물질을 감쌈으로써 충격과 열에 덜 민감하게 되었다. 결과적으로, 다루기가 훨씬 안전해졌다. 복합 화약은 떨어지거나, 발로 차거나, 내동댕이치거나, 던지거나, 주먹으로 치거나, 화기로 쏘거나, 심지어 전자파에 노출시켜도 점화되지 않았다. 폭발은 기폭장치의 충격파에 의해서만 일어날 수 있었다. 둘째, 플라스틱 점결제는 점토와 유사하게 폭발성 물질을 펴 늘일 수 있었기에 손쉽게 다른 모양으로 만들어서 폭발의 방향을 바꿀 수 있었다.

루시엔이 복합 화약을 가지고 있을 수 있다는 말을 듣고 타일러 웨스트 연방보안관은 눈이 거의 튀어나올 뻔했다. 그는 전직 해병이었고, C-4의 위력을 그 방의 누구보다 잘 알고 있었다.

"방금 'C-4'라고 하셨습니까?" 그가 헌터의 오른쪽 어깨 위로 몸을 숙이며 케네디에게 물었다. "플라스틱폭탄이요?"

"루시엔이 일지에 써놓은 그대로네." 케네디가 대답했다.

"대체 C-4를 어떻게 손에 넣은 거죠?" 웨스트가 의문을 제기했다. "그건 군용인데요."

"어떻게 손에 넣었는지가 무슨 상관입니까?" 가르시아가 말했다. "그가 이미 그걸 가지고 있는데요. 그걸로 끝 아닌가요? 여긴 미국입니다. 돈이면 다 되는 나라예요. 충분한 돈과 판매책의 연락처만 있으면 원하는 건 모두 살 수 있죠."

"이 땅에 신의 가호가 있기를." 홀브룩 요원이 말했다.

"로버트, 이게 맞겠지?" 케네디가 물었다. "놈이 '모험해보지 못한 길'이라는 게 이걸 의미한 거야. 대량 살인 이야기였어. 놈은 폭탄을 만들 거야."

헌터는 두 눈을 감고 턱이 거의 가슴에 닿을 정도로 머리를 낮게 숙였다. 그는 전화기 쪽으로 고개를 끄덕였다.

"네." 그가 대답했다. "맞을 겁니다. 우리가 찾아내기를 원했던 거죠."

"이 단락이 133페이지에 있는 게 확실합니까?" 웨스트가 물었다. 말소리가 마디마디 흔들렸다.

"확실해." 케네디가 확인해주었다. "내가 직접 체크했네."

"젠장!" 웨스트가 소리쳤다. 욕설 아래 묻혀 있던 동요가 사위로 퍼져 나갔다.

"계획이 뭔가, 로버트?" 케네디가 물었다.

"계획은 폭탄처리반을 준비시켜야 한다는 겁니다." 웨스트가 또다시 섣불리 나섰다.

헌터는 한 손을 들어 웨스트에게 시간을 허락해줄 것을 요청했다. "에이드리언, 계획은 아직 없어요. 루시엔이 뭘 할지 모르니까요. 지금 당장은 그가 전화를 걸어와 '수수께끼'를 말해주길 기다리는 수밖에 없습니다. 현재 상태로는 그게 무엇일지 우린 알 수 없어요."

"알았네." 케네디가 말했다. "계속 상황을 알려주게, 로버트. 만약 FBI에 필요한 게 있으면 지체 없이 요청해."

"루시엔이 다시 연락하면 바로 전화하겠습니다." 헌터가 시계를 들여다보며 말했다. "10분 뒤면 연락이 올 겁니다."

"기다리고 있지." 케네디는 그렇게 말하고 전화를 끊었다.

"동원 가능한 폭탄처리반에 전부 경보를 발령하고 즉각 대기시켜야 할 거요." 웨스트가 다시 입을 열었다. "나는 연방보안관이 되기 전에 군대에 있었어요. 헌터 형사, C-4 1킬로그램에 어떤 위력이 있는지 알기나 합니까?"

"무엇에 부착하느냐에 따라 달라지겠죠." 헌터가 대답했다.

웨스트가 얼굴을 찡그렸다. "뭐요? 그게 무슨 뜻입니까?"

가르시아는 입가에 떠오르려 하는 미소를 억지로 억눌렀다. 드디어 참교육이 시작되겠군. 그는 생각했다.

헌터는 심호흡했다. "C-4는 폭발하면서 에너지를 이중으로 방출합니다. 우선 초속 8,000미터가 넘는 속도로, 바깥쪽으로 폭발하죠. 9밀리 파라벨룸탄의 명목상 탄속보다 약 일곱 배 빠른 속도입니다. 두 번째 폭발은, 거의 같은 속도로 낙하점을 향해 안쪽으로 움직입니다. 하지만 매우 큰 폭발을 일으킨다는 사실에도 불구하고, C-4는 대량으로 사용되지 않는 한 단독으로는 그렇게 큰 파괴력을 보이지 않습니다. 예를 들어 C-4 450그램은 싸구려 금고의 문을 날려버리거나 콘크리트 벽에 농구공 크기의 구멍을 뚫을 수 있죠. 대략 그 정도예요. 하지만 450그램의 C-4에 깨진 유리나 못 또는 금속 조각 등을 조합하면, 폭발하는 순간 파편들을 초고속 탄환으로 변환시켜 멀리, 넓게, 그리고 모든 방향으로 날려 보낼 겁니다. 사람으로 꽉 찬 방처럼 폐쇄된 환경이라면 15미터 반경 안의 사람은 아무도 안전하지 못할 겁니다. 아니, 아마 아무도 살아남지 못하겠죠."

웨스트의 시선이 헌터에게 머물렀다. 찡그린 얼굴은 그대로였지만 이제 그 찡그림의 속성은 놀라움으로 바뀌어 있었다.

"같은 양의 C-4를 이를테면…… 가연성 연료 4리터 정도와 조합한다면……." 헌터가 계속했다. "C-4가 폭발 직후 빠르게 분해되면서 극도로 가연성이 높고 음속보다 빠르게 이동하는 질소와 탄소 산화물을 방출한다는 점을 감안하면, 폭발력은 두 배로 높아질 겁니다. 이제 불이 추가되었으니 폭발은 매우 강력한 다방향 화염방사기처럼 작동하겠죠. 15미터 반경에 있는 사람은 모조로 산 채로 구워질 겁니다." 그의 시선이 웨스트의 시선과 마주쳤다. "그러니 웨스트 연방보안관님, 제가 말했듯이 C-4가 일으킬 수 있는 파괴의 종류는 폭약이 무엇에 부착되느냐에 따라 다릅니다."

웨스트는 눈을 한 번 깜빡였다.

"책을 많이 읽습니다." 헌터가 연방보안관의 혼란스러운 표정을 읽고 설명했다.

웨스트가 다시 눈을 끔뻑였다.

"그리고 읽은 내용을 많이 기억하죠." 헌터가 덧붙였다.

"설마." 웨스트가 대답했다.

"하지만 폭탄처리반에 경보를 발령해야 한다는 당신 말이 옳아요." 헌터가 말했다. "루시엔이 정말 C-4로 뭔가를 꾸미고 있다면, 폭탄처리반이 즉시 움직일 수 있도록 준비시켜야 할 겁니다."

"내가 전화하죠." 웨스트가 무거운 숨을 내쉬고 휴대전화로 손을 뻗으며 말했다. "루시엔이 다시 전화할 때까지 얼마나 남았죠?"

"7분 정도."

35

루시엔은 문이 닫히기 몇 초 전에 부리나케 에스컬레이터를 내려가 열차로 달려갔다. 문이 닫힌 뒤, 그는 반쯤 숨이 찬 상태로 오른쪽 어깨에 배낭을 걸친 채 서서 천천히 멀어지는 승강장을 지켜보았다. 그는 계속 벤치의 노인과 손주들을 떠올리며, 화장실에 들어간 소년은 자기가 얼마나 운이 좋았는지 결코 알지 못할 거라는 생각을 하고 있었다.

네가 누리는 것에 감사하렴, 아이야. 그는 생각했다. *지하철 열차 시간표가 간신히 널 살렸으니까.*

처음에 루시엔은 대합실에서 본 장면이 자신에게 그토록 깊은 인상을 준 이유를 부인하려 했지만, 마음속 깊은 곳에서는 잘 알고 있었다. 그 노인은 루시엔 자신의 할아버지를 생각나게 했다. 가족 중 루시엔과 유일하게 잘 지냈던 사람.

루시엔은 부유한 집에서 태어났다. 아버지 찰스 폴터는 콜로라도주 덴버시에서 매우 번성한 로펌을 운영한 변호사였다. 어머니 메리 앤 폴터 또한 와이오밍주에서 가장 부유한 농부의 딸이었다. 하지만 호화로운 생활에도 불구하고 루시엔의 성장 환경은 행복과는 거리가 멀었다.

루시엔의 아버지는 주말을 포함해 거의 모든 시간을 직장에서 보내면서, 또는 스스로 그렇게 주장하면서 가정생활에는 전혀 신경을 쓰지 않았다. 아침이면 루시엔이 일어나기도 전에 일찍 집을 나섰고, 자주 있는 일은 아니었지만 그날 집에 돌아왔을 때도 루시엔이 잘 시간을 훌쩍 지난 늦은 시각이었다. 어릴 적 루시엔은 심지어 몇 주 동안 아버지를 보지 못한 적도 있었다. 한번은 아주 어린 루시엔이 어머니에게, 아버지가 왜 집에 있지 않는지 물었다.

"아가, 아버지는 엄청 중요한 일을 하는 아주 중요한 분이시란다." 어머니는 그렇게 대답했지만, 루시엔은 자기나 어머니가 아버지에게는 일만큼 중요한 존재가 아니라는 뜻으로 받아들였다. 루시엔은 자신이 쓸모없다는 감정으로 가득 찼던 그날을 결코 잊지 못했지만, 그래도 그에게는 어머니가 있었다. 적어도 얼마 동안은.

어머니에 관한 초기의 기억들은 가족을 위해 무엇이든 할 수 있는 매우 매력적이고 행복하고 자상한 여자에 대한 것이었지만, 그녀 역시 변하기 시작한 때가 왔다.

메리앤 폴터는 항상 자신의 삶을 사랑했고 스스로의 외모에 굉장한 자부심을 가졌으며, 집과 정원 가꾸기를 즐긴 데다 루시엔과 함께 시간 보내는 것을 아주 좋아했다. 하지만 루시엔이 10대 초반에 접어들 무렵 술에 빠지기 시작했다. 알코올은 그녀의 내면에서 전연 다른 사람을 깨운 듯했다. 홧김에 욱하고, 기어이 고함으로 끝나는 감정의 기복이 어느새부턴가 흔한 일상이 됐다. 자신이 사랑했던 모든 것에 대한 관심이 서서히 사라지면서 그녀는 점점 더 많은 시간을 침실에 갇혀 보내기 시작했고, 루시엔이 집에 있지 않다고 생각되는 시간 동안만 밖으로 나왔다. 과감히 침실에서 나온 그녀의 모습은 다크서클과 얼룩덜룩한 피부, 헝클어진 머리, 빨지 않은 옷으로 엉망이 되어 있었다. 술을 마시고, 의사의 처방약 복용이 그 뒤를 따르고, 그 약들로 인한 무감각과 무관심과 완전한 무기력이 이어지는 악순환이 계속됐다.

처음에는 무슨 일이 일어난 건지 루시엔은 이해하지 못했다. 예전에는 그렇게 생기 있고, 그렇게 아름답고, 가정에 몹시 헌신적이었던 사람이 갑자기 어떻게 이토록 어둡게 변할 수 있는 걸까?

이 수수께끼의 정답은 우습게도 13일의 금요일에, 밤늦은 시간에 나왔다. 루시엔이 열여섯 살일 때였다.

어쩌면 집의 기이한 상황 때문에 은둔형 외톨이가 됐을 수도 있고, 어쩌면 또래의 다른 아이들 대부분이 그의 지성을 따라가지 못한 탓에 모든 것에 지루함을 느낀 것일 수도 있었다. 어느 쪽이든, 당시의 루시엔에게는 친구가 많지 않았다. 사실 오랫동안 전혀 없었다. 그러나 그는 조금도 신경 쓰지 않았다. 그는 혼자 있는 걸 좋아했는데, 그렇게 하면 무엇보다 다른 사람들의 어리석음을 상대하지 않아도 되었다.

그날, 루시엔은 학교를 늦게 마치고 파크웨이 14번가에 있는 덴버 미술관에 갔었다. 덴버 미술관은 오직 하룻밤, 13일의 금요일에만 자정까지 문을 열었는데 그날은 7층에서 특별한 사진전을 하고 있었다. 〈(영화에서 볼 수 없는) 실제 생활의 공포〉라는 제목의 사진전은 FBI가 박물관에 임대한 700점 이상의 실제 범죄 현장 사진을 전시한 것이었다. 그날 밤의 기억은 세상의 무엇을 준대도 절대 바꿀 수 없을 것이다.

물론 그 전시회는 '18세 이상'으로 입장이 제한되어 있었지만, 루시엔은 미술관의 단골이었다. 일주일에 적어도 두 번은 하교 후에 몇 시간씩 그곳에서 보내곤 했다. 그는 경비원을 비롯한 미술관 직원 대부분을 알고 있었고, 작은 뇌물만 있으면 자신이 뒷문으로 몰래 들어가는 동안 그들의 시선을 다른 곳으로 돌리게 할 수 있었다.

그 전시는 고통스러웠다. 특히 열여섯 살짜리에게는 틀림없이 엄청나게 충격적으로 여겨질 수 있는 사진들이었다. 루시엔은 열세 살 생일을 맞기 몇 년 전부터 죽음에 끌리기 시작했다. 그가 아버지와 함께 시간을 보낸 매우 드문 경우지만, 아버지가 콜로라도산으로 사냥을 가면서 그를 데려간 적이 있었다. 처음에 루시엔은 자신이 사냥을 즐길 거라고는 생각하지 않았다. 순전히 쾌락과 허영심을 위해 무고한 동물의 목숨을 빼앗는 일을 당시의 그는 그다지 매력적으로 여기지 않았었다. 그러나 기다리고, 추적하고, 생명의 끝을 직감한 동물의 두 눈을 들여다보는 일에는 루시엔을 매료시키는 무언가가 있었다. '죽음'에 강렬한 느낌을 주는 무언가가 있다는 사실을 그때 그는 처음으로 깨달았다.

전시가 있던 날 밤, 루시엔은 폐관 시간 직전까지 미술관에 머물렀다. 전시된 모든 사진을 살폈다. 사진이 섬뜩할수록 더 흥분되었다. 미술관을 떠날 무렵 그는 매우 황홀한 상태가 되어서 도저히 집에 갈 기분이 들지 않았고, 그래서 산책을 하기로 했다.

목적지를 생각해둔 것은 아니었다. 정말로 그냥 걷고 싶었을 뿐이다. 그가 캘리포니아가와 15번가의 교차로에 다다랐을 때, 모퉁이를 돌면 바로 있는 작은 식당에서 나오는 아버지를 보았다. 아버지는 혼자가 아니었다. 키가 크고 젊은, 아주 매력적인 금발 여성이 그의 팔에 매달려 있었다.

총알이 심장을 관통한 것 같았다. 두 다리의 힘이 빠진 루시엔은 쓰러지지 않기 위해 벽을 짚어야만 했다.

아버지와 젊은 금발 여성은 식당 앞에 서 있던 택시에 올라타기 전에 키스했다. 열정적인 키스였다. 루시엔은 아버지가 그런 식으로 어머니에게 키스하는 것을 본 적이 없었다.

거리의 교차로에 남겨진 루시엔은 어머니가 무엇 때문에 그렇게 바뀌었는지 비로소 이해했다. 왜 술을 많이 마셨는지, 왜 약을 먹어야 했는지, 왜 우울증에 걸렸는지……. 그녀는 알고 있었던 것이다. 루시엔은 어머니가 이미 알고 있었지만 무슨 이유에서인지 차마 남편을 떠날 수 없었다고 확신했다.

루시엔은 단 한 번도 아버지에게 맞서지 않았다.

어머니는 루시엔이 스탠퍼드 대학교에 입학한 해에 간경화증으로 세상을 떠났다. 아버지는 1년 후, 자신이 세운 로펌 사옥 맨 위층에 있는 집무실에서 심장마비로 죽었다.

외할아버지는 루시엔이 어렸을 때 딸의 집을 자주 찾곤 했다. 그는 루시엔을 좋아했고, 루시엔은 그를 우상으로 여겼다. 불행히도 외할아버지 역시 당신의 딸이 죽고 몇 달 후에 세상을 떠났다.

두꺼운 안경 뒤에 있는 친절한 눈동자 때문인지, 아니면 손주들을 바라보는 시선 때문인지 몰라도 유니언역 대합실에서 본 노인은 루시엔으로 하여금 할아버지를 떠올리게 했다.

지하철이 다음 역인 '리틀도쿄·아트디스트릭트'에 접근하면서 속력을 늦추기 시작했다. 루시엔이 내릴 역이었다. 그는 유니언역에서 너무 멀리 이동하고 싶지 않았다. 모두 계획의 일부였다.

루시엔은 지하철에서 내려 혼잡한 승강장에 내려선 후 손목시계를 확인했다. 헌터에게 다시 전화할 시간까지 2분이 남았다.

이제 정말로 재미있어질 것이다.

36

헌터와 가르시아의 사무실에서는 지난 5분 동안 말 한마디 나오지 않았다. 사실 움직임도 거의 없었다. 팽팽한 긴장감에 숨쉬기도 힘들 지경이었다.

두 형사는 각자의 책상에 앉아 시선을 컴퓨터 모니터 화면에 고정하고 있었지만 마음은 완전히 다른 데 가 있었다.

타일러 웨스트는 창가에 서서 거리를 내려다보고 있었다. 담배를 피우고 싶어 죽을 지경이었지만, 시간이 흐를수록 루시엔의 전화가 올 때까지 사무실을 떠날 엄두가 나지 않았다.

피터 홀브룩은 커피머신 옆에 팔짱을 끼고 앉아 바닥으로 눈을 내리깐 채, 길을 잃은 영혼처럼 생각 사이를 정처 없이 헤맸다.

헌터는 책상 위 약간 왼쪽에 놓인 휴대전화에 시선을 던졌다. 시계는 루시엔이 정한 시간까지 2분도 남지 않았음을 알렸다. 그는 책상에 팔꿈치를 대고 깍지 낀 손에 턱을 괴었다. 기다림은 고통스러웠다.

창가의 웨스트 역시 시계를 확인했다.

블레이크 반장이 노크도 없이, 헌터와 가르시아가 쓰는 사무실 문을 벌컥 열고 들어왔다.

"전화는?" 그녀가 걱정스러운 목소리로 물었다.

"아뇨, 아직 안 왔습니다." 헌터가 대답했다. "하지만 올 겁니다. 이제……." 그는 재빨리 휴대전화를 보았다. "43초 후에."

블레이크 반장은 C-4에 대해서는 아직 알지 못했다.

"케네디 센터장한테서 목록은 받았어?" 그녀가 물었다. "루시엔이 말한 '새 길'이 무슨 얘긴지 알아? 다들 그 답에 동의한 거예요?"

웨스트는 싱긋 웃었다. "그럼요. 답을 가지고 있다고 확신합니다."

블레이크 반장은 몇 초 동안 기다렸지만 더 이상 아무 설명도 나오지 않았다.

"그게 뭔데?" 그녀가 재촉했다.

누군가 대답할 기회를 얻기도 전에 헌터의 휴대전화가 책상에서 울렸고, 몹시 불안한 네 개의 시선이 그리로 향했다.

발신 번호 표시 제한.

루시엔은 정각에 전화했다. 1초도 빠르거나 늦지 않았다.

모두에게 조용히 하라는 신호를 보낸 헌터는 전화를 받자마자 이번에도 통화 녹음 버튼을 누른 후 스피커폰으로 전환했다.

모두가 헌터의 책상을 둘러싸고 가까이 모여들었다.

"안녕, 메뚜기." 루시엔의 목소리가 작은 휴대전화 스피커를 통해 크고 선명하게 나왔다. "음, 너한테 준 60분이 다 지났어. 날 위해 답을 가져온 거야?" 헌터는 루시엔의 어조에 즐거워하는 기색이 깔려 있음을 포착했다. 그는 틀림없이 이 상황을 **최대한** 즐기고 있었다. "내 연구에서 빠진 게 뭐지, 로버트? 어떤 길을 아직 가보지 못했을까?"

"루시엔." 헌터가 말했다. "이러지 않아도 돼. 만약 나와 풀어야 할 원한이 있다면 나하고 해. 그럴……"

"뭘 이러지 않아도 된다는 거야, 메뚜기?" 루시엔이 헌터의 말허리를 잘랐다. "내 질문에 대답하지 않았잖아. 그러니 나는 네가 무슨 말을 하는지 전혀 모르겠는데. 뭘 이러지 않아도 된다는 거야? 네가 말해봐, 로버트."

헌터의 예측대로 루시엔이 하려는 건 심리 게임이었고, 그는 기회가 있을 때마다 자신이 헌터보다 우월하다는 것을 드러내고 싶어 할 것이다. 게임을 하는 것 외에는, 헌터에게 다른 선택지는 없었다.

"사람을 더 죽이는 거, 루시엔." 그가 대답했다. "어떤 식으로든." 목소리는 차분하게, 어조는 공격적으로 들리지 않게끔 유지했다. "그러지 않아도 돼. 나한테 복수하고 싶은 거잖아. 좋아, 하자. 너와 나. 다른 누구도 끌어들일 필요 없어. 장소와 시간을 알려주면 내가 갈게. 지원군 없이. 속임수도 없이. 약속할게."

그러면서 헌터는 웨스트 쪽으로 손을 들어 올려 그를 멈추게 했다. 연방보안청이 자신과 루시엔의 개인적 만남을 승인하거나 허용할 리 없다는 걸 알고 있었기 때문이다. 웨스트가 쳐다보자 헌터는 입 모양으로 말을 만들었다. "그가 계속 이야기하기를 원해요."

웨스트는 항복의 표시로 양손을 들어 올렸지만 그가 다시 동요하고 있음을 헌터는 알 수 있었다.

"하지만 난 해야 해, 메뚜기." 루시엔이 대답했다. "그게 내 삶의 기반이니까. 사이코패스의 정신에 관한 연구 말이야."

"거참 재밌군. 저런 놈한테서 저런 말을 듣다니." 웨스트가 작은 소리로 말하자, 헌터가 다시 그를 막았다.

"그 모든 생각이 내 정신 속에서 확고해지기 시작한 이후로 나는 오로지 그걸 위해서만 살았어. 불행하게도, 네가 잘 아는 대로 그 연구는 3년 반 전에 급작스럽게 중단됐지. 그러다 이제야 계속할 수 있게 됐고, 난 계속할 거야. 133페이지, 찾아봤어?" 루시엔은 그렇게 말하고 나서 곰곰이 생각해본 뒤 자기 말을 바로잡았다. "아, 네가 아니지. 내 '연구'가 네 사무실에 있지는 않을 테니. 무슨 말인지 알지? 얼간이 케네디와 그 자식한테 알랑거리는 놈들한테 찾게 했어?"

헌터를 제외한 모두의 시선이 홀브룩 요원에게로 향했다. 그는 루시엔의 발언에 기분이 상한 것 같지는 않았다.

"물론 그랬겠지, 메뚜기." 루시엔이 자답했다. "그럼 제발 이 지긋지긋한 지연 작전 따위 때려치우고 어서 정답을 줘. 내 연구에서 빠진 길을 하나라도 알려주면 좋겠어, 로버트. 또 한 번 시간을 끌면 전화를 끊을 거야. 그럼 수수께끼는 영원히 들을 수 없겠지. 무고한 **생명들**을 구할 기회가 사라지는 거야."

웨스트는 헌터를 향해 눈을 크게 뜨고, 단호하게 고개를 끄덕였다.

헌터는 눈치챈 사람이 더 있을지 확신하지 못했지만, 루시엔이 방금 전 '생명'이 아니라 '생명들'이라고 말한 것을 놓치지 않았다. 그는 루시엔이 실수로 그런 게 아님을 확신했다.

"메뚜기, 답이 뭐야? 난 답을 원해, 지금 당장."

"대량 살인." 헌터는 마침내 대답했지만, 그 외에 다른 말은 하지 않았다. 루시엔도 마찬가지였다. 몇 초 동안 양쪽 모두 침묵했다.

걱정스러운 표정이 사방으로 오가며 방 안을 사선으로 가득 채웠다. 그때 전화기 너머에서 박수 소리가 들려왔다.

"아주 잘했어, 메뚜기. 나를 실망시키지 않을 줄 알았지. 대량 살인은 내가 아직 가보지 못한 길이야. 정말 많이 생각해왔던 길……. 하지만 그건 너 혼자서도 충분히 알아낼 수 있었을 거야, 메뚜기. 답을 알아내기 위해 굳이 '미스터 얼간이'한테 전화를 걸어 일지를 확인해달라고 요청할 필요가 없었지. 하지만 이왕에 그렇게 했으니까, 이제 말해봐. 얼간이 주술사와 좀비 떼가 133페이지에서 뭘 찾았어? 난 궁금해. 알지? 왜냐하면 호기심은 정신을 굶주리게 하고 마음을 젊게 만들거든." 루시엔은 웃었다. "내 말 알아들었어, 메뚜기?"

헌터의 책상을 둘러싼 사람들의 얼굴은 하나같이 불확실성으로 덮여 있었다. 헌터 외에는 아무도 루시엔의 소소한 농담을 알아듣지 못한 것 같았다. *난 궁금해, 알지*see(C)? *왜냐하면*for(4) *호기심은 정신을 굶주리게 하고 마음을 젊게 만들거든*('see'와 'for'가 각각 'C', '4'와 발음이 비슷하게 들리는 것을 이용한 일종의 언어유희―옮긴이).

"자, 그럼 이렇게 물어보지. 나는 어떻게 **대량 살인의 세계**로 들어가려고 할까?"

헌터는 침묵을 지켰다. 방 안에 있던 사람들은 마치 파도타기라도 하듯, 안절부절못하는 모습을 차례로 보였다.

"어서, 메뚜기! 방금 기막힌 결정적 힌트로 네가 공격할 수 있게 문을 열어줬잖아. 이렇게 기다리게 할 거야?"

블레이크 반장은 몹시 불안해하는 듯 보였지만, 다른 사람들은 루시엔이 빈정거리고 있다는 걸 알아챘다.

"어떻게 대량 살인의 세계로 들어가려고 할까, 오랜 친구?" 루시엔이 다시 물었다.

헌터는 여전히 반응하지 않았다.

"혹시……." 루시엔은 5초가량 기대를 품는 것 같았다. "…… 쾅?" 그가 활기찬 웃음을 터뜨렸다.

블레이크 반장이 끔찍할 뿐만 아니라 전혀 말이 되지 않는 농담을 들었다는 듯한 표정을 지었다.

"뭐야?" 그녀의 입술이 움직였지만 소리는 나오지 않았다.

"사실이야, 메뚜기." 루시엔이 계속했다. "나한테 군용 C-4가 1킬로그램 있어. 어쩌면 좀 더 될 수도 있고."

블레이크 반장의 눈이 급격하게 커졌다. 그녀는 심장이 위장까지 내려앉는 느낌을 받았다.

"말도 안 돼!" 이번에는 그녀의 성대가 소리를 내는 데 성공했다.

헌터는 눈을 감고 손을 얼굴로 가져갔다.

"이런!" 루시엔이 재미있다는 듯 말했다. "청중들이 언제 그 비루한 존재를 드러낼지 궁금해하던 중이었어. 자, 그럼 이제 누구와 이야기하는 기쁨을 누릴 수 있을까?"

헌터는 반장을 향해 어깨를 으쓱해 보였다.

"LAPD 강력계 반장 바버라 블레이크다." 그녀는 단호하면서 위압적인 목소리로 자신의 신분을 밝혔다.

"드디어 알게 돼 기쁘군요, 블레이크 반장. 나는 루시엔 폴터라고 합니다. 혹시 자기소개를 하고 싶은 분이 더 계실까요?"

헌터는 다시 한번, 모두에게 조용히 있으라고 신호했다.

루시엔은 가만히 기다렸지만, 모두가 헌터의 말에 따랐다.

"연방보안관은?" 루시엔이 고집스레 물었다.

침묵.

"FBI 요원은?"

침묵.

"혹시 LASD Los Angeles County Sheriff's Department(LA 카운티 보안관서 ―옮긴이)에서도 나왔나?"

침묵.

"어이, 부끄러워하지 마."

침묵.

"정말 아무도 없다고? 좋아, 마음대로 해."

다시 잠깐 동안 정적이 흘렀다.

"메뚜기, 대량 살인 맞아. 즉, 넌 내가 오직 널 위해 만든 멋진 수수께끼를 들을 권리를 얻었다는 뜻이지. 그 답으로, 내가 작은 선물을 남긴 시설의 이름을 알려줄 거야. 작지만 '핵펀치'인 무언가가 들어 있는 선물."

"루시엔, 제발 내 말을 들어봐……." 헌터는 그렇게 설득을 시도하면서도, 루시엔은 전혀 상관하지 않으리라는 걸 알았다.

"딱 한 번만 말할 거야, 메뚜기." 루시엔이 헌터의 말을 끊었다. "나중에 녹음 파일을 실컷 들을 수 있을 테니 다시는 방해하지 마."

가르시아는 자기 책상에서 메모지와 펜을 재빨리 챙겼다. 웨스트와 홀브룩도 마찬가지였다.

"이번에도……." 루시엔이 말을 이었다. "60분 안에 답을 알아내야 해. 이걸 맞히면 '그들'을 위기에서 구해낼 수 있어, 메뚜기. 덤으로 영웅까지 되는 거라고, 알지?"

그리고 그는 잠시 침묵하다 말했다.

"틀리면…… 쾅."

루시엔의 목소리에 빈정거림은 없었다.

"준비됐어? 왜냐하면 바로 말할 거니까. …… *내가 있는 곳은, 사람들이 조용히 해야 하는 곳이지만 여기는 아닙니다. 시가 있어야 할 곳이지만 여기는 아닙니다. 학생들이 간절히 배우려고 오는 곳이지만 여기는 아닙니다. 말이 없는 사람들 대신 시끄러운 사람들을 찾게 되겠지만, 조용한 사람도 찾을 것입니다. 시인들의 웃음 대신 작가들의 눈물을 찾을 것입니다. 열성적인 학생들 대신 값싼 선생님*

들을 찾을 것입니다. *확실한 것이 아니라 특이한 것을 찾으세요. 그러면 독특한 것을 찾을 것입니다. 특별한 것을 찾을 것입니다.*"

가르시아와 웨스트, 홀브룩은 최선을 다해 그의 말을 받아썼다. 글을 써 내려갈수록 표정은 점점 일그러졌다.

이어지는 짧은 침묵은 수수께끼가 끝났음을 나타냈다.

"60분이야, 메뚜기. 시간이 흐르고 있어."

그 말을 끝으로 전화가 끊겼다.

37

블레이크 반장은 아직도 방금 들은 내용에 대해 감을 잡지 못한 채 골머리를 앓고 있었다.

"이 사이코패스가 C-4 1킬로그램을 가지고 있다고?" 통화가 끝나자마자 그녀가 물었다. "내 도시에서?"

헌터는 고개를 끄덕였다. "10분쯤 전에 알았습니다, 반장님."

"제기랄!"

"그 수수께끼는 뭔 소리죠?" 웨스트는 자신의 메모장과 방 안의 모든 얼굴에 시선을 갈아꽂으며 말했다. "누구 이걸 다 아는 사람 있습니까?"

"전부는 아닙니다." 가르시아가 대답했다. "너무 빨랐어요."

"나도 마찬가지예요." 홀브룩이 동의했다. "'시인들의 웃음' 뒤로는 많이 못 적었어요."

헌터는 이미 휴대전화의 녹음 애플리케이션을 켜는 중이었다.

"다시 틀어보죠." 그가 말했다.

정확한 위치를 찾는 데 몇 초 걸렸다. 이번엔 헌터를 포함한 모두가, 루시엔이 낸 수수께끼를 한 자 한 자 자세히 받아 적었다.

내가 있는 곳은, 사람들이 조용히 해야 하는 곳이지만 여기는 아닙니다. 시가 있어야 할 곳이지만 여기는 아닙니다. 학생들이 간절히 배우려고 오는 곳이지만 여기는 아닙니다. 말이 없는 사람들 대신 시끄러운 사람들을 찾게 되겠지만, 조용한 사람도 찾을 것입니다. 시인들의 웃음 대신 작가들의 눈물을 찾을 것입니다. 열성적인 학생들 대신 값싼 선생님들을 찾을 것입니다. 확실한 것이 아니라 특이한 것을 찾으세요. 그러면 독특한 것을 찾을 것입니다. 특별한 것을 찾을 것입니다.

"대체 무슨 말입니까?" 웨스트가 물었다. 그는 자신의 메모지를 뚫어져라 보고 있었는데, 얼굴에 드러난 표정은 혼돈 그 자체였다.

"수수께끼잖습니까?" 가르시아가 되물었다. "말이 안 되는 게 당연해요. 해독하기 쉽지 않겠죠."

헌터는 뒤로 기대앉아 팔걸이에 팔꿈치를 대고 가슴 앞으로 두 손을 깍지 낀 채, 눈으로 모든 줄을 반복해서 읽고 또 있었다.

한마디 말도 없이 4분이 흘렀다.

홀브룩이 먼저 의견을 내놓았다.

"제 생각에는, 현재 다른 용도로 사용되는 오래된 학교 건물인 것 같습니다." 그가 모두의 주의를 끌며 말했다. "난 항상 수수께끼를 잘 풀었죠." 그가 덧붙인 후 남쪽 벽에 기대 세워진 커다란 화이트보드를 가리켰다. "써도 됩니까?"

"그러시죠." 가르시아가 대답했다.

홀브룩은 화이트보드에 대문자로, 수수께끼 전문을 빠르게 썼다. 그러고 나서 두 군데에다 가로선을 그었다. 첫 세 문장 뒤에 하나를, 다음 세 문장 뒤에 또 하나를 그어 수수께끼를 세 부분으로 나누었다.

"알다시피……." 그가 설명하기 시작했다. "이 수수께끼의 답은 로스앤젤레스 어딘가에 있는 장소를 알려줄 겁니다, 그렇죠? 하지만 저는 루시엔이 이 수수께끼를 세 부분으로 나누었다고 생각합니다." 그가 화이트보드를 가리켰다. "첫 부분은 그 장소가 과거에 무엇이었는지 알려줍니다. 두 번째 부분은 그 장소가 무엇이 되었는지 알려주고, 세 번째는 전체를 해석하는 방법에 대한 일종의 단서입니다."

홀브룩은 모두의 얼굴이 어두워지는 것을, 그리고 모두가 혼란스러워하는 것을 볼 수 있었다. "설명해드리죠." 그가 화이트보드에 적힌 첫 세 문장을 가리키며 말했다. "여기가 '첫 부분'이라고 말씀드린 곳입니다. *내가 있는 곳은 사람들이 조용히 해야 하는 곳이지만, 여기는 아닙니다. 시가 있어야 할 곳이지만, 여기는 아닙니다. 학생들이 간절히 배우려고 오는 곳이지만, 여기는 아닙니다.* 이 세 문장에서 반복되는 뒷부분을 제거하면 다음과 같이 됩니다. *내가 있는 곳은, 사람들이 조용히 해야 하는 곳, 시가 있어야 할 곳, 학생들이 간절히 배우려고 오는 곳.*"

홀브룩은 모두를 향해 돌아섰다.

"이것이 의미하는 것은 언급된 장소가 예전에 어떤 곳이었는지에 대한 것이지만, 어떤 이유에서인지 **더 이상 아니라**는 겁니다."

그는 각 문장을 가리키며 보다 명확히 설명했다.

"*사람들이 조용히 해야 하는 곳*…… 하지만 더 이상 아니다. *시가 있어야 할 곳*…… 하지만 더 이상 아니다. *학생들이 간절히 배우려고 오는 곳*…… 하지만 더 이상 아니다."

그는 잠시 말을 멈추고 모두가 자기 생각을 따라올 수 있게 기다려주었다.

"저한테는 사람들이 조용히 해야 하는 곳, 시가 있어야 할 곳, 학생들이 간절히 배우려고 오는 곳…… 이라는 구절이 일종의 교육을 위한 환경을 말하는 것같이 들리는군요. 안 그런가요? 교실…… 학교…… 대학…… 그 선상에 있는 장소죠."

혼란의 외피가 서서히 벗겨지기 시작했다.

"수수께끼의 두 번째 부분." 홀브룩이 계속 말했다. "이게 정말 어려운 부분입니다. 루시엔의 진짜 의중, 다시 말해 '전에 교육을 위한 환경이었던 곳'이 무엇으로 바뀌었는지 알려주는 부분으로 보이니까요."

그는 화이트보드를 한 번 더 가리켰다.

말이 없는 사람들 대신 시끄러운 사람들을 찾게 되겠지만, 조용한 사람도 찾을 것입니다. 시인들의 웃음 대신 작가들의 눈물을 찾을 것입니다. 열성적인 학생들 대신 값싼 선생님들을 찾을 것입니다.

방 안의 사람들 모두가 오랫동안 침묵에 빠졌다.

"무슨 의견이라도?" 블레이크 반장이 물었다.

"하지만 수수께끼는 거기서 끝나지 않아요." 누군가가 말할 기회를 얻기 전에 가르시아가 말했다. "루시엔은 이렇게 끝냈습니다. 확실한 것이 아니라 특이한 것을 찾으세요. 그러면 독특한 것을 찾을 것입니다. 특별한 것을 찾을 것입니다."

"맞습니다." 홀브룩이 인정했다. "제가 '세 번째 부분'이라고 한 부분이죠. 전체를 해석하는 방법에 대한 일종의 단서입니다. 새로운 관점에서 생각해야 한다는 거죠. 확실한 것이 아니라 평범하지 않은 것, 즉 특이한 것을 찾으세요. 이것으로 다시 수수께끼의 가장 어려운 부분, 중간 부분으로 돌아가게 됩니다. 이 장소는 과연 어떻게 되었을까요?"

"확실한 것이 아닌 것을 찾아라?" 웨스트가 물었다. "이 헛소리에

'확실한' 게 있기나 해요? 그런 게 있다면, 나는 모르겠군요. 어떤 확실한 장소가 그렇답디까. *말이 없는 사람들 대신 시끄러운 사람들을 찾게 되겠지만, 조용한 사람도 찾을 것입니다. 시인들의 웃음 대신 작가들의 눈물을 찾을 것입니다. 열성적인 학생들 대신 값싼 선생님들을 찾을 것입니다?* 생각나는 거 있어요?"

헌터는 화이트보드에 주의를 기울였다. 홀브룩은 이 수수께끼가 어떻게 조합되었는지, 세 부분에 대한 아주 훌륭한 분석을 내놓았다. 또한 수수께끼의 첫 번째 부분을 매우 그럴듯하게 해석했다. 정말로 루시엔은 사람들이 조용히 해야 하고 시가 있어야 하고 학생들이 간절히 배우려고 오는 곳이지만 더 이상 그렇지 않은 곳…… 일종의 전前 교육 시설을 언급하며 수수께끼를 시작한 듯싶었다. 홀브룩의 해석은 훌륭했지만, 헌터는 루시엔이 사용한 단어에서 무언가 거슬리는 점을 발견했다. 정확히 알 수 없는 무언가…….

"누구 없어요?" 웨스트가 압박했다. "뭐라도?"

그 방에 있는 모두, 그런 상황에서는 너무 많이 생각하지 않는 게 최선임을 알고 있었다. 그런 수수께끼의 정답은 대개 사람들의 예상보다 더 단순했다. 지나친 생각은 단지 너무 단순하다는 이유로, 정답을 버리라고 정신을 속이며 창의적인 사고를 방해하는 경향이 있다. 하지만 지금은 단순한 것이든 아니든 누구도, 아무것도 제안할게 없는 듯했다. 심지어 아주 동떨어진 추측조차도.

웨스트는 걱정스러운 얼굴을 하며 자신의 군대식 머리를 손으로 쓸어내렸고, 그러다 헌터와 시선이 마주치자 거의 비꼬는 모양새로 고개를 끄덕였다.

"그래요, 우린 망했군."

38

태양이 지평선 뒤로 몸을 숨기자 로스앤젤레스의 하늘은 색상의 미로가 되었다. 주황빛에 가까운 붉은색은 낯선 자줏빛 색조에 자리를 내주었고, 곧 헤아릴 수 없이 많은 반짝이는 점들이 총총한 길고 까만 시트에 다시금 자리를 양보했다. 그러나 동쪽 하늘 끝에서 짙은 먹구름의 작은 군대가 세력을 부풀리며 그 모든 자연의 아름다움을 위협하고 있었다.

루시엔은 헌터와 통화를 마치고, 선불 휴대전화에서 심카드를 빼 가장 가까이 있는 쓰레기통에 버렸다. 밤이 빠르게 다가오고 있었다. 이동할 시간이었다. 그에게는 지켜야 할 일정이 있었다.

루시엔은 휴대전화를 주머니에 넣고 지하철역으로 다시 걷기 시작했다.

장소를 결정하는 데 며칠이 걸렸지만, 로스앤젤레스가 그리 친숙한 도시가 아니라는 점을 감안하면 꽤 잘 내린 결정이라고 그는 자평했다.

루시엔은 폭탄에 대한 경험이 없었다. 폭탄을 사용하거나 만들어

본 적은 없었지만, 그 이론과 물리학에 대해서는 잘 알았다. 폭탄에 관한 셀 수 없이 많은 글과 여러 권의 책을 읽었다. 폭발 속도, 화합물의 혼합 농도, 최대 발화열, 세제곱센티미터당 폭발 압력 등……모든 것을 숙지했다. 그는 자신이 선택한 장소 구석구석까지 폭발의 영향이 미칠 수 있도록 C-4의 최적 사용량을 정확히 계산했고, 가외의 것으로 폭약의 양을 조금 더 늘렸다. 그 장치를 시험해볼 방법은 없었지만, 헌터가 수수께끼의 해독에 실패할 경우 'X장소'에서 살아남을 사람은 아무도 없을 것이었다. 단 한 명도.

수수께끼 자체를 생각해내기까지 꽤 많은 시간이 걸렸는데, 그건 그와 관련된 모든 조사를 하고 싶기도 했거니와, 어렵지만 완전히 불가능하지는 않은 수수께끼를 만들고 싶었던 까닭이었다. 결국 자신이 이길 것을 아는 게임을 해봤자 무슨 재미가 있겠는가? 루시엔은 헌터와 누군지 모를 그의 동료들에게 수수께끼를 맞힐 수 있는 기회를 어느 정도는 주어야 했지만, 진심으로 그 답을 알아낼 사람이 과연 있을지 의구심이 들었다.

루시엔은 리틀도쿄역의 입구에 도착해 시계를 확인했다. X장소에 가서 그의 완성작을 설치할 시간은 충분했다. 어제 호텔 방으로 돌아와 장치 준비에 몰두하기 전에, 루시엔은 자신이 선택한 장소를 이틀 동안 두 번이나 방문해서 건물의 배치와 사람들의 움직임을 은밀하고도 자세하게 살폈었다. 그 결과 그는 폭탄을 숨겨야 할 장소를 정확히 알아냈다. **아무도 알아차리지 못할 장소.** 그것을 숨긴 후에는 기다리기만 하면 되었다. 헌터에게 준 60분이 다 지나고 그가 장치에 부착된 휴대전화에 간단히 전화 한 통만 걸면, 전화기가 C-4에 폭발을 일으킬 충격파를 보낼 것이다.

그런 일이 실제로 일어날 거라 생각하자, 루시엔은 생각보다 훨씬 더 강한 흥분에 휩싸였다. 그에게 살인이란 항상 개인적인 일이었고, 일대일의 교전이었다. 그의 영혼을 황홀감으로 가득 채우는 건, 피해자들의 생명이 빠져나갈 때 그들의 눈을 똑바로 들여다보는 행위였다. 그는 그들의 공포를 음미하는 것을 즐겼다. 그러니 그들이 죽을 때 자신과 멀리 떨어져 있다는 사실, 그리고 그들이 스스로의 삶이 끝나가고 있다는 걸 깨달았을 때 그들의 몸속 원자 하나하나를 장악하는 절망과 고통을 맛보지 못한다는 사실은 루시엔에게는 전혀 매력적이지가 않았다. 하지만 막상 '살인 장치'를 직접 만들어보니 준비하는 내내 이상하고 짜릿한 흥분감이 느껴졌고, 시간이 갈수록 그 짜릿함이 커진다는 사실 또한 이제는 인정해야 했다. 모든 것을 게임으로 바꾼 것, 특히 헌터를 상대로 게임을 벌이는 것은 그저 그에게 흥분을 더하는 역할을 할 따름이었다.

지하철 승강장으로 내려가는 에스컬레이터를 타기 전에 루시엔은 하늘을 올려다보았다. 한쪽 끝에서 세력을 모으던 회색 구름의 작은 군대는, 아름다운 별들이 가득한 밤을 뒤로하고 빠르게 흩어짐으로써 싸움을 포기한 듯 보였다.

그래. 루시엔은 생각했다. 불꽃놀이를 하기에 정말 좋은 밤이야.

39

웨스트 연방보안관의 휴대전화가 주머니 속에서 울렸다. 그는 거기에 목숨이 달려 있기라도 하다는 듯 몹시 비장한 모습으로 전화를 받았다. 약 10초간 상대방의 이야기를 들은 그는 두 눈을 감고 고통의 한숨을 내쉬었다.

"알겠네, 고맙군." 그가 말하고 전화를 끊었다. "루시엔이 전화를 걸었던 장소가 리틀도쿄역 바로 밖이었다는군요." 그가 방 안의 사람들에게 알렸다. "LA에서 가장 붐비는 지하철역인 유니언역에서 단 한 정거장 거리라는데, 맞습니까?"

가르시아와 블레이크 반장이 동시에 고개를 끄덕였다. 헌터는 화이트보드에 적힌 루시엔의 수수께끼를 계속 들여다보고 있었다. 루시엔이 수수께끼를 나눠놓은 방식에서도 무언가 거슬리기 시작한 탓이다.

"유니언역이 표적일 수도 있다고 봅니까?" 웨스트가 걱정이 넘쳐흐르는 말투로 물었다.

"지금으로선……." 가르시아가 대답했다. "이 도시 어디든 표적이 될 수 있습니다. 이 미친 수수께끼의 답을 알아낼 때까지는 단서가 없어요."

"유니언역 역사가 과거에 학교나 대학…… 일종의 교육 시설이었던 적이 있습니까?" 홀브룩이 물었다.

"아뇨." 헌터가 확신을 가지고 대답했다. "그 건물은 1930년대 후반에 처음 문을 열었을 때부터 줄곧 터미널이었어요."

"그 주변 지역은요?" 이번엔 웨스트였다. "유니언역 근처에, 이 수수께끼의 첫 부분과 들어맞는 장소가 있을까요? 원래 학생들이 가던 곳이었지만 다른 용도로 바뀐 곳 말입니다. 이를테면 어떤 가게가 될 수도 있고, 아니면 영화관이나 나이트클럽…… 뭐든요."

"수수께끼의 답을 그런 식으로 찾아다닐 수는 없습니다." 헌터가 말했다.

모두가 행동을 멈추고 그를 돌아보았다.

"'그런 식'이란 게 무슨 말이죠?" 웨스트가 물었다.

"학생들이 가던 장소, 일종의 '전 교육 시설'을 찾는 거요."

"왜 안 된다는 겁니까?" 홀브룩의 질문이었다. "저는 우리가 동의했다고……."

"왜냐하면, 그게 정확히 루시엔의 의도니까요." 헌터가 홀브룩의 말을 끊었다.

모두 헌터가 말을 잇기를 기다렸지만, 그는 입을 굳게 닫고 있었다.

"자네까지 수수께끼를 낼 필요는 없어. 그럴 시간도 없고, 로버트." 헌터의 사고가 작동하는 방식을 잘 아는 블레이크 반장이 끼어들었다. "그러니 무슨 말인지 명확히 설명해주겠나?" 그녀는 시계를 들여다보았다. "루시엔이 전화를 끊은 지 벌써 10분이 지났어. 이제 50분 남았어."

"루시엔이 수수께끼를 만든 방식에 대한 홀브룩 요원의 분석은 정확하다고 생각합니다." 헌터가 설명하기 시작했다. "수수께끼는 세 부분으로 나뉩니다. 첫 번째 부분은 루시엔의 '표적 장소'가 예전에 무엇이었는지 말하는 것으로 보이고, 두 번째는 그 장소가 무엇이 되었는지, 그리고 세 번째 부분은 전체를 어떻게 봐야 하는지에 대해 말하고 있습니다."

"그래요, 이미 그렇게 틀을 잡았잖습니다. 대단히 감사하군요." 웨스트는 인내심이 바닥 난 듯했다. "그래서 요점이 뭐요, 형사?"

"제 말은, 루시엔의 수수께끼를 세 부분으로 나눌 필요가 없다는 겁니다." 헌터가 대답했다. "이건 또 다른 심리적 속임수예요."

헌터의 마지막 말에 모두가 움직임을 그쳤다.

"심리적 속임수?" 블레이크 반장이 물었다. "어째서 그렇지, 로버트?"

"생각해보세요." 헌터가 설명했다. "루시엔은 표적 장소가 과거에 무엇이었는지 굳이 말해줄 필요가 없습니다, 그렇죠? 수수께끼의 두 번째 부분만 주면 되는 건데요. 그 장소가 현재 무엇인지 알려주는 부분 말입니다. 과거에 무엇이었는지가 아니라. 굳이 예전에 어떤 장소였는지 말해주는 이유가 뭘까요?" 그는 어깨를 으쓱했다. "우리를 돕기 위해서? 정답을 찾을 가능성을 높여주려고? 자기를 막을 기회를 주기 위해? 폭탄을 더 잘 찾을 수 있게?"

헌터는 사람들의 표정이 훨씬 더 걱정스럽게 바뀌고 수심으로 흐려지는 것을 보았다.

그는 계속 말했다. "그런데도 루시엔은, 이 장소에서 과거에는 있었지만 지금은 없는 세 가지 일을 이야기하며 수수께끼를 시작합니다." 그는 일어나 화이트보드로 다가갔다. "간단한 두 가지 이유로 우리가 이 부분을 먼저 알아내리라는 걸 루시엔은 알고 있습니다. 첫째······." 그는 **명백하다는** 표정을 지으며 말했다. "처음에 나오니까요. 그리고 둘째, 이 부분이 두 번째 부분보다 눈에 띄게 쉬우니까요. 아니, 적어도 그렇게 보이죠."

"그럼 놈이 거짓말을 하고 있다고 생각합니까?" 웨스트가 물었다. 몇 초 전보다 조금 덜 공격적인 목소리였다. "우릴 선로에서 벗어나게 하려고 수수께끼의 첫 부분을 가짜로 줬다고? 실은 전혀 아닌 곳을 예전에 학교나 뭐 그런 곳이었다고 믿게 말이요? 이력이 없는 장소일 수도 있는데?"

"글쎄요, 그런 경우라면······." 홀브룩이 끼어들었다. "수수께끼 전체를 거짓으로 만든다 해도 우리가 어떻게 막을 수 있겠습니까? 전부 다 헛소리일 수도 있어요. 특히, 그 장소가 어딘지 말해줘야 할 부분은 말입니다."

"헛소리는 아닙니다." 헌터가 고개를 저으며 말했다. "루시엔은 그렇게 할 이유가 없다고 생각하겠지만, 첫 부분은 확실히 우리를 선로에서 몰아내기 위한 것이에요. 다만 당신이 생각하는 대로는 아닙니다."

다시 방 안이 혼란에 장악당했다.

"루시엔은 하나부터 열까지 사이코패스예요." 헌터가 분명히 설명했다. "진심으로 자기가 우리 모두보다 우월하다고 믿습니다. 특히 지적으로요. 거짓말을 하거나 가짜 수수께끼를 만드는 것과 같은 값싼 속임수에 자기는 기댈 필요가 없다고 생각할 겁니다. 수수께끼는 진짜예요."

"하지만 방금, 첫 번째 부분에서 **우리를 선로에서 몰아내려는 거**라고 말했잖습니까." 웨스트가 주장했다.

"그렇습니다. 하지만 거짓이라는 말은 아니에요. 그 목적은, 엉뚱한 방향으로 몰아서 우리가 과하게 생각하도록 만들려는 겁니다."

헌터는 상황이 약간 복잡해지고 있다는 걸 알았기에 앞으로 나오게 될 질문을 차단하기 위해 손을 들어 올렸다. "제가 설명하죠."

"제발 그래줘요." 웨스트가 말했다.

"홀브룩 요원님, 수수께끼의 첫 부분에 대한 답을 생각해내는 데 얼마나 걸렸죠? 3분? 사실 그것보다 조금 덜 걸렸죠?"

홀브룩이 고개를 끄덕였다. "'피터'라고 불러요."

"그래서 루시엔은 첫 부분을 나머지보다 조금 쉽게 만든 겁니다." 헌터가 계속 말했다. "하지만 너무 쉬워서 뻔해 보여도 안 되겠죠. 제 말은, 피터가 첫 번째 부분에 대해서는 그런대로 괜찮은 답을 생각해낼 수 있었지만, 그게 구체적인 해답은 아니었다는 겁니다. 만약 첫 부분에 대한 답이 정말로 '전 교육 시설'이라면, 이 장소가 학교나 대학 등 뭐였든 간에 어디였는지를 확실히 알아낼 방법이 없어요. 수수께끼만으로 얻을 수 있는 가장 가까운 답은 '일종의 전 교육 시설'입니다."

헌터가 모두에게 1초를 주었다. 그리고 말했다. "여기까지 이해되십니까?"

생각에 잠긴 모두가 고개를 끄덕였다.

"루시엔은 우리에게 시간이라는 사슬을 채워서 압박감을 기하급수적으로 높였습니다. 여기서 제가 말씀드린 심리적 속임수의 효과가 나타납니다. 타이머가 맞춰져 있으니 우리는 자동으로 서두르게 될 테고, 수수께끼의 세 부분 중 어느 하나라도 그럴듯한 답이 나오면 즉시……."

헌터는 화이트보드의 위쪽, 수수께끼의 첫 부분을 가리켰다. "아마 '일종의 전 교육 시설', 이 답을 선택하겠죠. 다른 답은 찾아보지도 않고요. 그 이유는 두 가지일 겁니다. 첫째로 시간이 별로 없고, 둘째로 우리의 답이 꽤 괜찮아 보여서. …… 그래서 그 답을 고수할 겁니다. 그러면 두 번째 문제로 이어집니다. 이건 루시엔의 심리적 속임수에서 으뜸가는 패라고 생각되는 부분인데……."

이번에는 끄덕거림 대신 찡그린 얼굴과 치켜 올라간 눈썹들이 헌터를 맞았다.

"'잠재의식적 암시'라는 겁니다." 헌터가 재빨리 설명을 이었다. "첫 부분의 답이 맞는지 틀리는지도 모르면서, 두 번째 부분의 답을 구하려 하지도 않고 바로 끼워 맞추려고 하는 겁니다." 그는 웨스트와 홀브룩을 향해 고개를 끄덕였다. "조금 전 질문이 그거였잖아요. 안 그런가요? 과거에 유니언역 역사가 학교나 대학과 같은 교육 시설이었는지, 유니언역 근처에 수수께끼의 첫 부분에 해당될 만한 곳이 있는지요. 학생들이 다니던 곳이었지만 지금은 다른 곳으로 바뀐 곳……."

그 순간 헌터의 의도가 훨씬 분명해졌다.

"수수께끼를 나눠놓고, 첫 부분을 나머지 부분보다 눈에 띄게 쉽게 만든 겁니다." 헌터가 덧붙였다. "루시엔은 우리가 먼저 첫 부분의 답을 구하기를 바랐던 겁니다. 그리고 우린 실제로 그랬죠. 우리가 깨닫지 못하는 사이에, 우리의 잠재의식에 암시의 씨앗이 심어진 거예요."

헌터가 무슨 이야기를 하는지 이제야 감을 잡은 홀브룩이 이어받았다. "그러면 어느 순간부터, 수수께끼의 두 번째 부분에 대해 어떤 답을 생각해내든 그건 우리가 맞혔다고 믿는 첫 부분의 답을 참고해서 나온 결론이겠군요. 말하자면 '일종의 전 교육 시설'이요. 그리고 두 번째 답이 첫 번째 답과 어울리지 않으면 그냥 버릴 테고요."

"정확해요." 헌터가 동의했다. "수수께끼의 첫 부분이 잠재의식 속에서 두 번째 부분에 대해 무의식적으로 과도하게 생각하도록 만들죠. 지금 당장은 카를로스의 말처럼, 표적 장소는 이 도시의 거의 모든 곳이 될 수 있습니다. 학교나 그 비슷한 곳이 아니라요. 게다가 우리는 그 답이 올바른 길인지조차 알지 못해요. 합리적으로 들린다는 이유로 즉시 받아들였지만, 아직 대안은 하나도 찾지 못했어요."

"그렇다면 전체를 한꺼번에 보지 말고……." 가르시아가 헌터에게 제안했다. "수수께끼를 나눠서 살펴보면 어떨까? 웨스트 연방보안관님과 네가 첫 부분을 맡아. '전 교육 시설' 외의 다른 걸 생각해낼 수 있는지 확인해봐. 피터 요원님과 블레이크 반장님과 나는 두 번째 부분에서 답을 찾아볼게. 그런 다음 우리가 얻은 것들을 연결해 보고 특정 장소를 알아낼 수 있는지 확인해봐야겠어."

"좋은 생각이군요." 웨스트가 동의했다.

헌터와 블레이크 반장, 홀브룩도 고개를 끄덕였다.

"좋아." 가르시아가 시계를 확인하며 말했다. "이제 46분 남았어요. 이 망할 장소를 찾아보죠."

40

마침내 로스앤젤레스에 밤이 찾아오면서 반짝이는 별들의 긴 담요와 함께, 할리우드의 늑대인간 영화에 나올 법한 그 어떤 달보다도 더 인상적인 보름달을 데려왔다. 바깥 기온은 섭씨 17도에 조금 못 미쳤지만 이렇다 할 바람이 불지 않아 LA의 거리, 특히 시내의 콘크리트 정글 주변의 공기는 따뜻하고 퀴퀴하게 느껴졌다. 하지만 헌터와 가르시아의 사무실 안 온도와 공기에 비하면 LA 시내 거리는 에덴동산이라 할 수 있었다.

가면 안 될 부분에 시선과 마음이 가지 않도록, 두 팀은 각자 맡은 부분을 따로 종이에 적었다. 헌터와 웨스트는 헌터의 책상에, 블레이크 반장과 홀브룩은 가르시아와 함께 그가 일하는 공간을 에워싸고 있었다. 두 팀은 말없이, 홀브룩이 수수께끼를 적어놓았던 커다란 화이트보드를 등지고 작업에 열중했다.

압박을 받는 상황에서 시간을 인식하는 뇌의 작동 방식이란 꽤 흥미로웠다. 헌터의 팀과 가르시아의 팀 모두, 수수께끼의 각 부분을 푸는 7분이 그들에게는 단 몇 초처럼 느껴졌던 것이다.

그 시간 내내 웨스트는 헌터의 옆에 서서 죽은 듯이 있었을 뿐만 아니라―하지만 헌터는 전혀 개의치 않았다―전반적인 태도도 어렴풋이 변해 있었다. 그는 거의 수줍어하고 있었다.

"괜찮으십니까?" 헌터가 속삭임에 가깝게 물었다.

웨스트는 어색하게 고개만 끄덕이며 헌터의 책상에 놓인 종이에서 시선을 돌렸다.

"정말요?" 헌터는 재차 물었다. 압박감이 사람의 행동을 쉽게 바꿀 수 있다는 것은 알고 있었다. 하지만 비록 헌터가 웨스트를 잘 알지는 못해도, 이번처럼 폭탄과 관련된 위협이 있기 전에도 그가 연방 보안관으로서 항상 뼈를 으스러뜨리는 것 같은 압박을 받으며 일해 왔다는 사실을 잘 알고 있었다. 실상 그 또한 그들의 업무에 포함된 것이었으므로.

웨스트는 마침내 항복했다. 절레절레 고개를 내저으며 당황한 듯 입술을 꼭 다물었다. 그러다 헌터와 눈이 마주쳤다.

"거짓말하진 않을게요, 형사." 그가 말했다. "나는 이런 거에 젬병이요. 어렸을 때부터 항상 그랬어요. 당신이 원하는 어떤 방식으로든 나한테 승부를 걸고자 한다면, 장담컨대 내가 이길 겁니다. 그런데 수수께끼라면…… 내 정신이 셔터를 확 내려버려요. 왜 그런지는 모르겠지만 그냥 그렇게 됩니다."

"그쪽은 무슨 의견 있습니까?" 막 시간을 확인한 홀브룩이 물었다. "이제 38분 남았어요."

헌터와 웨스트는 다른 사람들 쪽으로 몸을 돌렸다.

"첫 부분의 장소 후보를 두 개 더 찾았습니다." 헌터가 말했다.

"정말? 또 뭐가 있지?" 블레이크 반장이 물었다. 헌터는 모든 사람의 관심을 화이트보드에 적힌 수수께끼로 끌어왔지만, 그는 단지 그중 첫 부분만을 가리킬 따름이었다.

내가 있는 곳은, 사람들이 조용히 해야 하는 곳이지만 여기는 아닙니다. 시가 있어야 할 곳이지만 여기는 아닙니다. 학생들이 간절히 배우려고 오는 곳이지만 여기는 아닙니다.

"교육 시설이 아니라면⋯⋯." 헌터가 말했다. "도서관일 수도 있다고 생각합니다."

방 전체가 조용해지면서 모두의 눈이 화이트보드에 적힌 첫 세 줄의 글을, 마치 처음 보는 것인 양 집어삼킬 듯이 노려보았다.

사람들이 조용히 해야 하는 곳—도서관.

시가 있어야 할 곳—도서관.

학생들이 간절히 배우려고 오는 곳—도서관.

근심 어렸던 표정들이 차례차례, 수긍하는 표정으로 금세 바뀌어갔다. 말이 되었다.

"두 번째 의견은 뭡니까?" 모두가 '도서관'을 수수께끼 첫 부분의 답으로 올려놓고 토론하려 하기 전에 홀브룩이 재빨리 물었다.

헌터가 웨스트를 바라보았고, 하마터면 그는 어깨를 으쓱할 뻔했다. "우리는 루시엔이 교회를 말하는 것일 수도 있다고 생각합니다." 헌터가 말했다.

이번에는 가르시아, 블레이크 반장, 홀브룩 모두 다시 화이트보드로 눈을 돌리지 않았다. 그러는 대신, 그들은 서로의 불안한 표정을 교환했다.

"뭐가 잘못됐습니까?" 헌터가 물었다.

"루시엔은 종교적인 사람은 아닌 것 같은데." 가르시아가 말했다.

"전혀 아니지." 헌터는 단언했다. "오히려 반대야. 항상 극렬하게 종교를 혐오했어."

헌터의 말은 가르시아 그룹을 훨씬 더 깊은 걱정 속에 빠뜨렸다.

"기독교를 말하는 겁니까?" 홀브룩이 물었다. "아니면 큰 범주의 종교?"

"종교 자체를 말하는 겁니다." 헌터가 대꾸했다. "왜죠? 뭐가 문제죠?"

"로버트." 가르시아가 말했다. "이쪽에서 머리를 쥐어 뜯어가면서, 어쩌면 **왜곡된 면에서** 수수께끼의 두 번째 부분에 들어맞는다고 생각해낸 유일한 장소가 있어. 예배드리는 장소⋯⋯ 기도하는 장소⋯⋯. 바로 교회야."

41

화이트보드에 적힌 수수께끼의 두 번째 부분으로 즉시 시선을 던진 것은 헌터와 웨스트였다.

말이 없는 사람들 대신 시끄러운 사람들을 찾게 되겠지만, 조용한 사람도 찾을 것입니다. 시인들의 웃음 대신 작가들의 눈물을 찾을 것입니다. 열성적인 학생들 대신 값싼 선생님들을 찾을 것입니다.

지체하지 않고 홀브룩이 설명하기 위해 앞으로 나섰다.

"두 번째 부분을 별개의 문장으로 나누겠습니다." 그가 말했다. "그리고 문장을 부분으로 나눠보죠. 그러면 이해하기 더 쉬워집니다." 그는 화이트보드를 가리켰다. "*말이 없는 사람들 대신 시끄러운 사람들을 찾게 된다.* 알다시피 교회는 옛날부터 크게 발전해왔죠. 현대 사회에 적응하기 위해 노력을 하는 곳도 많습니다. 마치 축제처럼 사람들이 춤추고 노래하거나, 거의 파티처럼 예배를 진행하는 교회도 있습니다."

웨스트는 안절부절못하며 턱 밑을 긁었다. 그는 교회에 전혀 가본 적이 없지만, 교회에 대해 알고 있었고 TV에서도 본 적이 있었다.

홀브룩은 다음으로 넘어갔다. "*조용한 사람도 찾을 것이다.*' '조용한 사람'은 신부나 목사를 말하는 것일 수 있고, 루시엔이 생각해둔 장소에서 예배를 관장하는 누구도 될 수 있어요. 어쩌면 미사나 예배를 집전하면서도 이런저런 이유로 본인은 파티 같은 분위기에 참여하지 않을 수도 있습니다. 그렇다면 그가 '조용한 사람'이겠죠."

홀브룩은 헌터와 웨스트가 그 모든 설명을 받아들일 수 있도록 잠시 멈춤으로써 배려했다.

"또, 루시엔은 가봤지만 우리는 가본 적이 없는 장소를 말하고 있다는 점을 기억해두세요." 그는 덧붙였다. "그 안에 다른 사람들보다 조용하거나 시끄러운 사람들이 있는지 그는 알지만 우리는 알지 못하죠. 지금 우리는 눈을 가린 채 게임을 하고 있는 겁니다."

"계속해요." 웨스트가 그에게 지시했다.

"좋습니다, 다음 문장. *시인들의 웃음 대신 작가들의 눈물을 찾을 것이다.* 두 분 중에 성경을 잘 아는 분 계십니까?"

"특정 구절을 외울 정도는 아닙니다." 헌터는 홀브룩이 곧 던질 질문을 예상하며 대답했다.

"조금은 읽었죠." 웨스트는 그 정도로 해두었다.

"가능성이 희박한 이야기일 수도 있습니다만……." 홀브룩이 말했다. "그도 그럴 것이 이 수수께끼와 관련된 모든 게 가능성이 희박하죠. 하지만 시편 56편 8절은 이렇습니다. *나의 유리함을 주께서 계수하셨사오니 나의 눈물을 주의 병에 담으소서. 이것이 주의 책에 기록되지 아니하였나이까.*"

헌터는 잠시 생각했다. 루시엔이 정말로 모든 종교를 경멸한다는 것을 알고 있었지만, 그중에서도 기독교는 종교를 주제로 자기감정을 표출할 때마다 늘 그가 가장 선호했던 표적이었다. 헌터는 또한 루시엔이 성경을 외울 정도로 알지는 못한다고 확신했다. 하지만 인터넷의 도움을 받으면 시편 56편 8절에 관한 참고 문헌을 찾는 데 몇 분도 걸리지 않았을 것이다.

"다른 식으로 볼 수도 있습니다." 가르시아가 끼어들었다. "제가 잘못 알고 있다면 정정해주세요. 하지만 제가 알기로는 성경…… 토라…… 코란 등 종교의 '경전' 대부분이 시와 비슷한 운문 형식으로 쓰여 있습니다."

헌터와 웨스트는 고개를 끄덕였다.

"그리고 비록 이 책들…… 그러니까 이 중 어떤 것을 믿더라도 말입니다. 이 책들은 '영혼을 고양한다', '우리에게 희망을 준다', '인생의 참뜻을 가르쳐준다'고 하지만……." 가르시아가 말을 이었다. "거기엔 고통, 슬픔, 상실과 죽음, 더 나은 세상을 위한 투쟁과 희생 등이 아주 많이 연결돼 있습니다. 그것들 모두가 눈물을 만들죠." 가르시아는 잠시 멈추고 화이트보드를 한 번 더 가리켰다.

시인들의 웃음 대신 작가들의 눈물을 찾을 것입니다.

웨스트는 가르시아를 향해 눈썹을 치켜세웠다.

"두 번째 부분의 마지막 줄." 홀브룩은 이 논의가 가능한 한 빠르게 진행되기를 바라며 화이트보드를 가리켰다. "열성적인 학생들 대신 값싼 선생님들을 찾을 것이다. 이 문장은 오늘날 어디에나 있는, 종교의 터무니없는 악용을 말하는 것일 수 있습니다. 신부, 목사, 사제, 구루, 영적 지도자…… 뭐가 됐든 사기꾼들이 거짓 성직자 행세를 하며 취약한 사람들을 속여 그들이 힘들게 번 돈을 갈취하죠. 보통 사람들…… 불쌍한 사람들…… 믿을 것이 절실한 사람들을 속여서요."

방 안이 잠시 조용해졌다.

"루시엔이 자네가 말한 대로 정말 종교를 혐오한다면……." 블레이크 반장이 헌터에게 말했다. "특히 기독교 말이야. 그럼 여기서 뭔가를 찾아낼 가능성이 있어. 확실히 예배 장소, 즉 교회가 표적일 수도 있으니까."

"그런데 시간이……." 홀브룩이 말했다.

헌터는 자신의 시계를 들여다보았다. "7시 47분."

"피터는 루시엔이 제시한 시간까지 얼마나 남았느냐고 묻는 겁니다." 웨스트가 끼어들었다.

"아뇨, 그렇지 않아요." 헌터가 반박했다.

"네, 그게 아니에요." 홀브룩이 확인해주었다.

웨스트는 다소 혼란스러운 얼굴로 두 사람을 번갈아 보았다.

"일요일이에요." 헌터가 말했다. 걱정이 실려 무거워진 음성이었다. "LA와 그레이터LA(LA 다운타운의 서쪽 지역―옮긴이) 주변에서 일요일 8시에 예배를 보는 교회는 헤아릴 수도 없이 많아요."

웨스트는 눈을 감고 고개를 뒤로 젖혔다. "젠장!"

"문제는……." 가르시아가 불쑥 끼어들었다. "이 모든 게 옳다면, 수수께끼에서 루시엔이 말하는 교회가 어디인지 대체 어떻게 알 수 있을까?"

"우리가 아는 것들을 연결해야지." 헌터가 대답했다. "그게 특정 장소로 우릴 이끌어주기를 바라면서."

"맞습니다." 홀브룩이 동의했다. "우리가 찾아야 할 장소는 교회나 예배 장소로, 과거에 학교와 같은 교육시설이나 도서관이었을 수 있고 어쩌면 전에도 교회였을 수 있습니다."

"잘됐네요." 가르시아가 책상 위의 전화기로 손을 뻗으며 빈정거리듯 말했다. "거참 식은 죽 먹기겠어요." 그는 재빨리 특수강력범죄

수사대 분석팀에 전화를 걸었다.

홀브룩은 시간을 확인했다. 남은 시간은 28분이었다. "FBI 인력도 투입하죠." 그 역시 휴대전화를 집어 들며 말했다.

컴퓨터 앞에 다시 앉은 헌터는 인터넷을 뒤지기 시작했다. 가르시아도 자신의 컴퓨터를 붙들고 최선을 다하는 중이다. 홀브룩은 가르시아가 거의 짜증을 낼 만큼 그의 어깨에 매달리다시피 했다.

블레이크 반장도 헌터의 책상 옆에 있었지만, 그녀는 홀브룩과 다르게 자신의 부하와 거리를 유지했다. 이런 일에 있어서는 헌터가 자기보다 훨씬 뛰어나다는 걸 그녀는 잘 알고 있었다.

웨스트는 LAPD 폭탄처리반의 책임자 데릭 태너와 다시 통화했다. 태너에게 대원들을 대기시키고 장비를 싣는 즉시 출동할 준비를 하라고 말했다.

헌터와 가르시아의 사무실 공기는 이제 최고 등급 비상 태세의 것으로 바뀌었다. 몇 분이 몇 초처럼 흘러갔고, '긴장감'이라는 말조차 이 분위기를 표현하는 데는 절제된 어휘에 지나지 않았다.

"이제 시간이 얼마나 남았습니까?" 가르시아가 이마에 맺힌 땀방울을 닦으며 홀브룩에게 물었다.

"24분."

"제길!" 가르시아는 의자에 등을 기대고 앉아 두 손으로 머리를 쓸어 넘겼다.

"내가 해봐도 되겠습니까?" 홀브룩이 가르시아의 컴퓨터를 고갯짓으로 가리키며 물었다.

"마음껏 하십쇼." 가르시아가 자리에서 일어나며 대답했다. 홀브룩은 그 자리에 앉아 즉시 검색창에 새 검색어를 쳐 넣기 시작했다. 그리고 엔터 키를 누르자 0.49초 뒤에 첫 번째 결과 페이지가 화면에 떠올랐다.

그가 그것을 막 훑어보기 시작했을 때, 블레이크 반장이 헌터의 심상치 않은 표정을 알아차렸다.

"뭐 나왔어?" 그녀가 헌터의 책상으로 한 걸음 다가서며 물었다.

그 질문에 모두의 시선이, 책상에 팔꿈치를 괴고 넋 나간 표정으로 모니터 화면에 시선을 고정한 헌터에게로 쏠렸다.

"뭡니까?" 웨스트가 재빨리 헌터의 의자 뒤쪽으로 자리를 옮기며 물었다.

"패서디나의 메모리얼파크 근처에서 영성 부흥회가 있어요." 헌터가 입을 열었다. "이 부흥회를 여기서 연 지는 10년밖에 안 됐지만, 건물은 30년 정도 됐군요."

"그 전에는 무슨 건물이었습니까?" 홀브룩이 물었다.

"루터파 교회." 헌터가 대답했다.

홀브룩이 벌떡 일어나 헌터의 책상으로 달려왔다.

가르시아가 뒤따랐다.

"하지만 그게 끝이 아니에요." 헌터가 말했다. "이것 좀 보세요." 그는 현재 웹페이지에 있는 링크를 클릭했고, 그러자 부흥회에 사용되는 건물 사진이 화면을 가득 채웠다. 그 건물의 건축 양식은 모든 면에서 매우 파격적이었다. 스테인드글라스 창과 금속 빔을 조합한 기묘한 모양의 건축물은 정면이 약 12미터 내지 15미터 높이였는데, 다소 사이키델릭한 느낌을 주었다. 다른 곳에서 보면 건물의 가파른 'A'자 모양 뼈대가, 마치 건축물의 나머지 부분은 지하에 은폐되고 지붕만 밖으로 비어져 나와 있는 듯한 인상을 주었다. 마지막으로, 로비 입구로 이어지는 계단은 빨간색, 흰색, 파란색 등 색색의 네온등으로 장식되어 각 단이 구분되어 있었다.

"*확실한 것이 아닌 특이한 것을 찾으세요.*" 홀브룩이 루시엔의 수수께끼 마지막 부분을 인용하며 말했다. "이게 특이한 외관의 건물이 아니라면, 뭐가 특이하단 말입니까? 특히 예배 장소의 경우라면 더더욱요."

"아직 더 있어요." 헌터가 덧붙였다. "부흥회 이름이 뭔지 눈치채셨습니까?"

비로소 그제야 모두 웹페이지의 상단으로 주의를 돌렸다. 부흥회 이름은 '그리스도의 **특별한** 사랑'이었다.

블레이크 반장조차 피부에 소름이 돋는 것을 느꼈다. "말도 안 돼."

확실한 것이 아닌 특이한 것을 찾으세요. 그러면 독특한 것을 찾을 것입니다. 특별한 것을 찾을 것입니다.

"이거예요." 홀브룩이 열띤 목소리로 방을 둘러보며 말했다.

"그래야 합니다." 웨스트가 동의했다. "이게 빌어먹을 우연의 일치일 리 없어요."

"오늘 밤에 예배가 있어?" 블레이크 반장이 물었다.

헌터는 '뒤로' 버튼을 클릭하여 첫 번째 웹페이지로 돌아갔다.

"네." 그가 오른쪽 상단 구석에 나와 있는 예배 시간 안내 문구를 읽으며 대답했다. "8시에 시작하는 예배가 있습니다." 그는 시계를 들여다보았다. "6분 후에요."

"시간이 얼마나 남았지?"

"21분입니다." 홀브룩이 대답했다. "예배 시작하고 15분 뒤에 터지게 되어 있어요."

"패서디나 어디에 있습니까?" 웨스트가 물었다. 그는 이미 휴대전화를 오른쪽 귀에 대고 있었다.

"홀리가와 마렝고애비뉴가 만나는 교차로입니다." 헌터가 대답했다. 웨스트가 폭탄처리반의 책임자와 이야기하는 동안, 블레이크 반장은 헌터의 책상에 있는 전화기로 내선 전화를 걸어 LAPD의 종합 상황실에 연결했다.

"강력계 바버라 블레이크다." 상대가 전화를 받자마자 그녀가 말했다. 어조는 다급했지만, 그녀의 발음은 분명했고 말의 속도 또한 일정했다. "'코드레드' 건이야. 패서디나 경찰서에 홀리가와 마렝고 애비뉴 교차로로 출동 가능한 인력을 전부 보내라고 해. 장소는 '그리스도의 특별한 사랑'이라는 영성 부흥회 건물. 즉시 건물 전체를 비워야 해. 알겠나? 건물 전체야. 모두 내보낸 다음 건물에서 최소 30미터 떨어진 안전 구역 안으로 몰아. 누구도 가까이 접근해선 안 돼…… 아무도. 이미 출동 중인 폭탄처리반은 제외하고."

잠시 정적이 이어졌다.

"그래, 폭탄처리반. 이제 집중해. 패서디나 경찰은……." 그녀는 헌터를 보았다.

"20분 남았어요." 그가 말했다.

"15분." 반장이 상황실 직원에게 말했다. "건물에서 전부 내보내고 30미터 통제선 밖으로 대피시켜야 해. 알아들었어? 15분이야. 바로 시작해, 당장!" 그녀는 전화기를 내려놓았다.

"갑시다." 웨스트는 벌써 문가에서 대기 중이었다.

"여기서 패서디나까지 얼마나 걸리죠?" 모두 사무실에서 뛰쳐나가는 중에 홀브룩이 물었다.

"일요일 저녁 이 시간대에 사이렌을 울리면……." 가르시아는 고개를 갸웃하며 대답했다. "아마 15분이면 갈 수 있을 겁니다."

웨스트는 고개를 끄덕였다. "시간을 줄이지 못하면 망하겠군."

42

루시엔은 기묘한 모양의 건물 앞에 잠시 멈춰 서서 자신의 성과를 돌아보며 미소 지었다. 헌터가 얼마나 영리한지 알았지만, 잘 선택했다.

수수께끼는 진실이었다. 구구절절. 그리고 헌터가 제시간 안에 다 풀지 못할 거라는 것도 알았다. 아무리 영리하다고 해도 60분 안에는 무리였다.

저녁 7시 56분. 남은 제한 시간은 앞으로 19분. '루시엔표 불꽃놀이'로 로스앤젤레스의 하늘을 밝히기까지 19분. 얼마나 멋진 불꽃일까. 물론 피해자들의 눈을 들여다볼 수는 없을 것이다. 공포에 질린 그들의 얼굴을 볼 수도, 그들의 몸에서 생명이 폭발할 때의 공포를 음미할 수도 없겠지만, 그럼에도 자신이 조립한 장치로 한꺼번에 많은 사람에게 죽음을 가져다줄 수 있다고 생각하자 말로 설명할 수 없는 기쁨이 그의 안을 가득 채웠다.

실내는 꽉 차지는 않았지만 계속해서 사람들이 들어가고 있었다.

루시엔은 1분이나 2분 정도 밖에서 기다리기로 했다. 비록 피해자들이 안에서 죽어갈 때 그들의 눈을 들여다볼 수는 없다 해도, 그들이 입구로 걸어 들어갈 때 희망과 생명으로 가득 찬, 일말의 의심이라고는 찾아보지 못할 행복한 얼굴의 일부분만은 아주 또렷이 볼 수 있었다. 20분 후에는 세상에 없을 얼굴들.

그중 둘은, 막 길을 건너 건물 안으로 들어간 젊은 연인의 얼굴이었다. 팔로 서로의 허리를 감싼 그들의 입술은 만족스러운 미소로 장식돼 있었다. 그들이 루시엔을 지나쳐 갈 때, 루시엔은 만약 자신이 오늘 밤 그들의 생명을 구하려 한다면 그들이 어떤 반응을 보일까 궁금해지기 시작했다. 루시엔이 그들에게 걸어가 오늘 밤 그곳에 들어가지 말라고 말해준다면, 그들은 뭐라고 할까? 그들에게 발걸음을 돌려 집으로 가서 행복한 시간을 보내라고 말한다면, 그들은 어떻게 할까? 완전히 낯선 사람의 조언을 받아들일까? 그의 요청은 두 젊은 연인을 멈추게 할 정도로 이상하게 들릴까, 아니면 그냥 무시되고 말까?

어쩌면 그저 잔돈을 구걸하는 미친 사람 취급을 할지도 몰랐다.

안으로 들어간 두 연인이 맨 오른편 자리에 앉는 것을 본 루시엔은 두서없는 생각들을 허공으로 날려 보냈다. 그는 몇 명이 더 건물 안으로 들어가는 것을 지켜본 후, 안경의 위치를 조정하고 발 옆 바닥에 놓인 배낭을 집어 들었다.

안으로 들어갈 시간이었다.

자기가 그들의 목숨을 구하려 했어도 어차피 두 젊은 연인은 그 말을 듣지 않았을 거라고 이미 마음속으로 결론지었기 때문인지, 아니면 닭살 돋을 정도로 달콤하게 서로를 바라보는 모습 때문이었는지 몰라도, 루시엔은 배낭을 가능한 한 그 연인 가까이에 두기로 결정했다. 그들이 제일 먼저 **갈** 것이다.

루시엔은 생각했다. 정말로, 천국이 기다리고 있어.

43

아무런 소속 표시도 되어 있지 않은 경찰차 두 대가 사이렌을 울리며 LA 경찰국 본청 주차장을 쏜살같이 빠져나갔다. 홀브룩과 웨스트가 앞 차에 탔다. 헌터와 가르시아, 블레이크 반장은 바로 그 뒤를 따랐다. 가르시아가 운전대를 잡았는데, 그건 그가 운전을 더 잘한다거나 안전하게 해서가 아니라 단지 헌터의 차보다 더 믿음직하고 빠른 자동차를 가지고 있었기 때문이었다.

"새타페이 고속도로 말고 노스힐가로 가." 가르시아가 웨스트 1번가로 좌회전했을 때, 뒷자리에서 블레이크 반장이 말했다. "며칠 전부터 고속도로에서 도로 공사가 시작됐어. 어느 시간대든 교통체증이 끔찍하지. 사이렌을 울리든 안 울리든 말이야."

"도로 공사를 하는지는 몰랐습니다." 가르시아가 대답했다. "하지만 어차피 노스힐로 가려고 했어요."

"저런, 저 친구들은 아니었나 본데." 반장은 고속도로 방향으로 질주하는 웨스트의 검은색 쉐보레 카마로를 가리키며 말했다.

가르시아는 스탠리모스크 법원 바로 앞에서 우회전하고, 신호등의 신호를 완전히 무시한 채 차이나타운 방향으로 고가도로를 탔다. 교통 상황은 문제될 게 없었고, 시속 90킬로미터 지역에서도 130킬로미터는 거뜬히 밟을 수 있었다.

"오늘 예배에 사람들이 얼마나 올 것 같아?" 반장이 물었다.

"잘 모르겠습니다, 반장님." 가르시아가 대답했다.

"아이들도 있겠지? 안 그래?" 그녀가 다그쳤다. "저녁 예배라도 아이들이 있을 거야."

헌터도 가르시아도 침묵으로 대답을 대신했다.

대시보드에 있는 경찰 무전기를 통해 패서디나 경찰의 상황 보고가 들려왔다. 표적 장소에서 가장 가까운 순찰차의 위치는 여전히 2분 거리였다.

"어떻게 아직도 2분 거리에 있을 수 있지?" 블레이크 반장이 물었다. "종합상황실에 코드레드로 지시한 게 대략 4분 전인데."

"이게 우리가 사는 도시죠, 반장님." 헌터가 말했다. "LA에서는 피자가 구급차나 경찰차보다 더 빨리 도착합니다. 그리고 집까지 배달되는 코카인이 그 피자보다 더 빠르고요."

"미쳤군."

"그럼요." 가르시아가 동의했다.

그들은 아로요세코파크웨이로 들어섰고 로스앤젤레스강을 가로지르는 다리를 스톡 카(일반 승용차를 개조한 경주용 차―옮긴이)처럼 내달렸다. 시커모어그로브파크에 가까워졌을 때, 마침내 패서디나 경찰이 '그리스도의 특별한 사랑'에 도착했다는 소식이 들렸다. 대시보드의 시계는 오후 8시 2분을 가리켰다.

"8분 동안 모든 사람을 통제선 밖으로 대피시켜야 해야 해." 반장이 말했다. "폭발 13분 전이야."

이윽고 폭탄처리반이 1분도 안 되는 거리에 있다는 소식이 들려왔다.

"8분이면, 할 수 있어요." 가르시아가 말했다. "건물은 구할 수 없을지 몰라도, 패서디나 경찰이 신속하게 한다면 제시간 안에 모두 대피시킬 겁니다. 문제없어요."

"그러길 바라야지." 블레이크 반장이 말했다.

아로요세코파크웨이의 끝에 가까워져갈 때, 헌터의 오른편으로 4미터 길이의 광고판이 얼핏 보였다. 하지만 헌터가 그것의 이미지를 제대로 인식하는 데는 꼬박 1초가 걸렸다. 그리고 두뇌 속 기어가 전속력으로 움직이기 시작하는 데 또다시 1초 반이 소요됐다.

돌연, 헌터가 이제는 뒤쪽으로 멀리 사라져버린 광고판을 다시 보려고 조수석에서 몸을 비틀었다. 이 느닷없고 예기치 못한 움직임에, 뒷자리에 앉은 블레이크 반장은 깜짝 놀라고 말았다.

"도대체 왜 그래, 로버트?"

그제야 비로소 그의 눈빛과 표정이 보였다. 뭔가 잘못되었다.

"로버트, 무슨 일이야?" 그녀가 물었다.

헌터는 대답하지 않았다. 그 대신 즉시 휴대전화를 들어 인터넷 검색창에 뭔가를 입력했다. 결과는 0.56초 후에 나왔다.

그의 얼굴에서 핏기가 사라졌다.

재빨리 새 검색어를 쳤다. 0.53초.

"세상에!" 그가 결과를 보고 탄식했다.

"로버트, 대체 왜 그래?" 이번엔 가르시아였다. "무슨 일인데?"

헌터는 한 번 더 검색했다. 그리고 확인을 위해 다시 한번.

"아니, 아니야, 아니…… 이럴 리가 없어……." 헌터가 눈을 한 번 깜박이기도 전에, 그의 뇌는 이미 두 번씩이나 어두운 수수께끼의

미로를 재차 탐색했다. 그러다 이번에는 막다른 벽이 아닌 출구를 찾았고, 그때 그의 심장은 거의 폭발할 뻔했다.

"차 세워." 그가 말했다.

"뭐?" 가르시아는 파트너를 향해 눈살을 찌푸렸다. "젠장, 로버트. 대체 무슨 일인데?"

"우리가 잘못 짚었어." 헌터가 가르시아를 보며 대답했다. "수수께 끼를 전부 잘못 풀었어. 어떻게 그걸 놓칠 수가 있었지?" 그는 스스로에게 몹시 화가 난 듯 보였다.

"놓치다니 뭘, 로버트?" 가르시아가 다시 말했다.

"루시엔의 수수께끼 속 모든 실마리." 그의 눈에서 공허한 빛이 사라지고, 걱정스러운 빛이 자리를 채웠다. "우리는 엉뚱한 장소로 가고 있어."

"뭐?" 블레이크 반장의 입이 떡 벌어졌다. "무슨 소리야, 엉뚱한 장소라니?"

"수수께끼가 뭘 가리키는지 알았어요." 헌터가 말했다. "부흥회가 아니에요. 우린 엉뚱한 장소로 가고 있어요."

44

루시엔은 건물 안으로 들어가, 밖에서 본 젊은 연인에게서 1.5미터도 떨어지지 않은 곳에 자리를 잡았다. 그는 바닥에 배낭을 내려놓고 의자 밑으로 밀어 넣은 다음 거치적거리지 않게 옆으로 살짝 비켜놨다. 중대한 일을 앞두고도, 루시엔은 일요일 오후에 현관 테라스에 앉아 있는 남자처럼 긴장한 기색 하나 없이 느긋해 보이기만 했다.

시간을 확인한 루시엔은 천천히 그 장소를 훑어보는 것을 스스로에게 허락했다. 그는 할 수 있는 한 많은 얼굴들을 기억하고 싶었다. 바로 그 순간의 모습을. 행복한 사람도 있고 심각한 사람도 있고 슬픈 사람도 있었지만, 그들 모두 10분 후에 자신에게 어떤 일이 닥칠지 전혀 알지 못하고 있었다.

그곳은 사람들로 가득 찼고, 수다 소리는 점점 더 커졌다. 루시엔은 문 옆에서 진행 중인 대화에 귀를 기울였다. 남자 넷이 어젯밤에 있었던 농구 경기에 대해 토론하고 있었다. 그들 중 누구도 행복해 보이지 않았다. 듣자 하니 LA 레이커스가 또 졌는데 이번에는 미네

소타 팀버울브스에 21점 차로 완패한 모양이었다.

1.5미터 앞에서 들려온 대화는 지루했다. 우연히 들은 바에 의하면, 결혼이 석 달도 남지 않은 두 젊은 연인은 청첩장 종이로 어떤 것을 써야 할지 의논하고 있었다. 예비 신랑은 저렴한 종이를 써야 한다고 주장하고 있었다. 작은 것에서 최대한 비용을 절감하고 더 괜찮은 신혼여행을 위해 그 돈을 써야 한다고 약혼녀를 설득하는 중이었다. 예비 신부는 가장 비싼 종이를 골랐다. 자기를 찾은 하객들이 부부가 인색하다고 생각하지 않았으면 한다고, 그녀는 말했다. 그 대화의 천박함에 루시엔은 두통을 느끼기 시작했다. 당면한 과제에 다시 집중할 때였다.

"실례합니다." 루시엔은 자리에서 앞으로 몸을 숙여 연인에게 말을 걸었다. "방해해서 죄송합니다만, 화장실에 갔다 오는 동안 잠시 제 가방을 봐주실 수 있으실까 해서요. 여기 자리가 별로 없어서…… 제 자리를 빼앗기고 싶지 않아서요. 오래 안 걸릴 겁니다."

"물론이죠." 남자가 루시엔에게 고개를 끄덕이며 대답했다. 여자는 루시엔과 눈을 마주치며 수줍지만 매우 매력적인 미소를 지어 보였다.

"정말 감사합니다." 루시엔은 자리를 맡았다는 표시로 배낭을 의자 위에 올리고, 의자를 연인 가까이로 밀었다. "금방 다녀오겠습니다."

루시엔이 떠나자 연인은 청첩장에 관한 대화로 다시 돌아갔다. 루시엔은 화장실이 있는 오른쪽이 아니라 왼쪽으로 방향을 틀어, 어젯밤의 농구 경기에 대해 이야기하고 있는 무리를 지나 출입문 밖으로 나갔다. 그들 누구도 알아채지 못했다.

밖에서 그는 다시 시계를 확인했다. 4분 전이었다.

45

"로버트, 대체 무슨 말이야?" 블레이크 반장이 물었다. 그녀의 어조는 다급했고, 목소리는 반은 공격적이고 반은 걱정스러웠다.

"카를로스, 차 세워." 헌터가 말했다. 이미 그의 손에는 전화기가 들려 있었다. "세워, 당장!"

"젠장! 뭐야, 로버트?" 가르시아가 급히 길가에 차를 대며 물었다. "그게 뭐든 지금 말하는 게 좋을 거야. 겨우 11분 남았다고."

하지만 헌터는 듣고 있지 않았다. 이미 UVC 분석팀에 완전히 새로운 지시를 내리고 있었다. 분석팀의 책임자에게 해야 할 일을 설명하는 데 30초쯤 걸렸다.

가르시아와 블레이크 반장은 헌터의 통화를 주의 깊게 들었지만 내용은 거의 알아듣지 못했다.

"대체 그게 다 무슨 말이야, 로버트?" 헌터가 전화를 끊자마자 블레이크 반장이 물었다.

"루시엔의 수수께끼." 그가 말했다. "교회 같은 예배 장소를 말하는 게 아니었어요. 로스앤젤레스 어딘가에 있는 '술집'이죠. 이전에 교회였거나, 도서관, 교육 시설이었던 곳을 가리키는 것도 아니에요. 이전에 무엇이었는가를 말하는 게 아니었어요."

"알아." 가르시아가 대답했다. "네가 분석팀에 얘기하는 걸 들었으니까. 단지 이해가 안 될 뿐이지. 왜 생각이 바뀐 거야? 어떻게 한순간에 깨달았지?" 그렇게 말하며 그는 손가락을 튕겼다.

"몇 초 전이었어." 헌터가 말했다. "아로요세코파크웨이 끝자락에 대형 광고판이 있었어. 그것 때문에 생각을 바꾼 거야. 그때 마침내 루시엔의 수수께끼가 빌어먹을 말장난이라는 걸 깨달았지. 그건 나를 겨냥한 거였어."

"너를 겨냥한 말장난이었다고?" 가르시아가 의문을 제기했다. "모르겠어."

"우리의 첫 번째 실수는……." 헌터가 말했다. "수수께끼의 첫 부분을 잘못 해석한 거야. 결과적으로 우리를 따돌렸어. 우리는 루시엔이 바란 그대로 놀아났지." 헌터는 즉시 손을 들어 자신도 더 부연해야 함을 알고 있다는 걸 알렸다. "우리는 루시엔이 수수께끼의 첫 부분에서 예전에는 지금과 다른 장소였던 어딘가를 언급한다고 생각했어. 기억해? 아마 일종의 교육 시설이거나 도서관, 혹은 교회일 수도 있다는 의견이었지."

"물론 기억하지." 블레이크 반장이 뒷좌석에서 말했다. "우리도 같이 있었으니까."

"문제는 이겁니다." 헌터가 계속 말했다. "루시엔은 '더 이상 아니다'라는 구절을 전혀 사용하지 않았어요. 그건 홀브룩 요원의 해석이었죠. 그 해석이 우리 모두에게 아주 그럴싸하게 들렸기 때문에 우린 금세 그걸 받아들이고 그렇게 여겼어요."

"뭐라고?" 가르시아가 마치 외계인이라도 보는 듯한 눈으로 헌터를 보았다.

수수께끼 전체를 기억하는 헌터는 다시 첫 부분을 읊었다.

"내가 있는 곳은, 사람들이 조용히 해야 하는 곳이지만 여기는 아닙니다. 시가 있어야 할 곳이지만 여기는 아닙니다. 학생들이 간절히 배우려고 오는 곳이지만 여기는 아닙니다. 루시엔은 '더 이상' 아니라고 말하지 않았어. '여기는' 아니라고 했지."

"차이가 있어?" 블레이크 반장이 물었다. 그녀 역시 이해하기 어렵다는 얼굴이었다.

"'더 이상 아니다'라는 건 이 장소에서 이전에는 일어났던 일이 더 이상은 일어나지 않는다는 뜻이죠." 헌터는 설명했다. "'여기는 아니다'라는 건 원래 어떤 일이 일어나야 하는 장소지만 그런 일이 일어나지 않는다는 의미고요. 시설의 명칭에 관한 말장난이에요. 틀림없어요."

가르시아와 블레이크 반장의 얼굴에서 혼란스러움은 조금도 덜어지지 않았다.

헌터는 더 쉽게 하나하나 설명하기 시작했다.

"LA 어딘가에 '교회'나 '대학', '도서관'이라는 이름의 술집이 있다면 어떨까?"

혼란스러운 표정들이 이내 생각에 잠긴 표정으로 바뀌었다.

"사람들은 교회에서 조용히 해야 하죠." 헌터는 설명을 계속했다. "하지만 여기는 아닙니다. 즉, '이' 교회에서는 아닌 거죠. 이 경우, '교회'는 이 장소의 이름일 뿐입니다. 우리가 믿었던 대로 사람들이 특정 건물에서 조용히 했지만 더 이상 조용하지 않다는 게 아니라요."

헌터의 새 이론을 듣고 가르시아와 블레이크 반장이 감을 잡는 데는 몇 초가 걸렸다.

"좋아." 가르시아는 아직도 반쯤 멍해 보였지만, 어쨌든 동의했다. "장소의 이름에 관한 말장난이라는 건 어느 정도 이해했어. 말이 되긴 하지만 루시엔의 표적 장소가 술집이라는 건 왜 그런 거야? 왜 술집이지?"

"이제 광고판 이야기를 할 차례야." 헌터가 대답했다. "어떤 위스키 광고였어. 그걸 보고 문득 어떤 생각이 들어 답을 찾으려고 인터넷에 검색해봤지."

"무슨 답인가?" 반장이 어깨를 으쓱했다.

헌터는 수수께끼의 두 번째 부분과 세 번째 부분을 암송했다. "말이 없는 사람들 대신 시끄러운 사람들을 찾게 되겠지만, 조용한 사람도 찾을 것입니다. 시인들의 웃음 대신 작가들의 눈물을 찾을 것입니다. 열성적인 학생들 대신 값싼 선생님들을 찾을 것입니다. 확실한 것이 아니라 특이한 것을 찾으세요. 그러면 독특한 것을 찾을 것입니다. 특별한 것을 찾을 것입니다." 헌터는 아직도 스스로에게 화가 난 듯한 얼굴이었다. "모두 위스키 이름이에요. 방금 확인했죠."

"뭐?" 가르시아와 블레이크 반장의 얼굴이 다시금 혼란스러워졌다. "뭐가 위스키 이름이야?"

여전히 휴대전화를 들고 있던 헌터는 불과 몇 초 전의 첫 검색 결과를 다시 화면에 불러와 큰 소리로 읽었다.

"'조용한 사람(콰이어트맨Quite Man)'은 싱글몰트 아이리시위스키." 헌터는 다음 페이지로 넘어갔다. "'작가의 눈물(라이터스티어스Writers Tears)'은 코퍼폿 아이리시위스키. '선생님들(티처스Teacher's)'은 블렌디드 스카치위스키(상표명인 티처스Teacher's는 회사의 설립자인 윌리엄 티처의 성에서 딴 것이지만 선생님들, 즉 'teachers'와 발음이 같다―옮긴이)로, 대부분의 블렌디드 스카치위스키에 비해 **값싼** 편입니다." 그는 세 번째 페이지로 넘어갔다. "'독특한 것(섬싱스페셜Something Special)' 역시 상당히 독특한 병 디자인을 자랑하는 블렌디드 스카치위스키입니다." 헌터는 사람들에게 전화기 화면의 사진을 보여주고, 마지막 페이지로 넘어갔다. "'특별한(익셉셔널Exceptional)'은 몰트, 블렌드, 그레인 세 종류로 나오는 블렌디드 스카치위스키……." 헌터는 전화기를 내려놓고 절망적인 숨을 내쉬었다. "전부 위스키 상표명입니다. 방금 본 광고판에 있던 게 티처스 위스키였죠. 그걸 보고 알아챈 겁니다."

가르시아는 좌석에 기대앉아 마른침을 삼켰다. 그의 뇌는 단 두 번의 작동으로 헌터가 제시한 단서들의 모든 점을 연결했다.

블레이크 반장은 그저 넋이 나간 듯 보였다.

"루시엔은 내가 얼마나 위스키를 좋아하는지 알아." 헌터가 계속했다. "이건 나를 겨냥한 수수께끼였어. 설사 내가 그 세 종의 위스키를 들어보지 못했다 하더라도, 내가 좋아하는 주제에 집중은 되어 있는 셈이지. 내가 잘 아는 주제라는 걸 루시엔은 알아. 자기가 고안한 방식대로 수수께끼를 풀어야 하는 사람은 다른 누구도 아닌 나라고 말하고 있는 거야." 그는 참고 있던 숨을 쉬기 위해 잠시 말을 멈췄다. "의무실 병동에서 발견된 루시엔의 메모 기억해?"

"뭐, 어느 정도는." 가르시아가 대답했다. "똑같이 외우지는 못하지만."

"오랜 친구여, 너는 그 비행기 안에서 내가 기회를 줬을 때 날 죽였어야 했어. 기회는 완전히 사라졌지. 이젠 내 차례야. 준비하라고, 메뚜기. 우린 게임을 할 거야……. 그의 게임 상대는 수색 본부가 아니야, 나지. 전화에서도 말했었어. 첫 문제의 정답을 맞히면 '오직 날 위해' 만든 멋진 수수께끼를 들을 권리를 얻게 된다고." 헌터는 화를 내며 고개를 저었다. "내가 왜 그렇게 멍청했지?"

"그래서 분석팀에 물어본 게······."

"LA에 있는 술집을 찾아달라고 했지." 헌터가 설명했다. "이름에 '교회'나 '도서관', '학교'가 들어가거나 같은 선상에 있는 곳들로. 하지만 위스키를 취급하는 술집이어야 해. 티처스를 제외하고 루시엔이 언급한 위스키들은 모두 끔찍이 찾기 어려운 것들이야. 정말 흔치 않은 술이라, LA에서 술을 진탕 마셔댈 때 찾는 허름한 술집이 아니라 전문적으로 주류를 취급하는 가게에만 있을 거라는 뜻이야."

"루시엔이 그냥 **일반적으로** 그 이름들을 가져다 쓴 거라면?" 반장이 물었다. "수수께끼를 만드는 데 도움이 되니까 인터넷에서 검색한 위스키 이름들을 써먹었을 수도 있잖아."

"루시엔은 아니에요." 헌터는 동의하지 않았다. "그는 술집에 직접 가서 선반에 있는 술병이나 메뉴판을 봤을 겁니다. 어쩌면 재미로 그것들을 마셔봤을 수도 있고요."

가르시아는 시간을 확인했다. "6분 남았어."

그때 헌터의 전화기가 다시 울렸다.

46

헌터는 무언가를 찾아낸 분석팀의 전화일 거라 기대하며, 화면에
뜬 번호를 확인하지도 않고 무릎에 놓여 있던 휴대전화를 집어 들었
다. 하지만 분석팀의 전화가 아니었다.

"당신들, 길을 잃기라도 한 거요?" 웨스트 연방보안관이 2할의 혼
란과 8할의 화로 이루어진 음성으로 물었다. "대체 어딥니까?"

헌터는 심호흡했다.

웨스트는 대답을 기다리지 않았다. "패서디나 경찰은 아주 잘해냈
어요. 건물에서 사람들을 모두 철수시켜 통제선 밖으로 안전하게 대
피시켰죠. 폭발까지 아직 5분 남았는데, 폭탄처리반이 지금 폭탄을
찾고 있습니다."

"미안하지만, 당신들 지금 엉뚱한 곳에 있어요." 헌터가 단호하고
엄한 어조로 말했다.

"뭐라고요?" 웨스트가 대답했다. "지금 뭐라고 했습니까?"

"수수께끼를 풀면서 실수가 있었어요." 헌터가 말했다. "루시엔의
표적은 '그리스도의 특별한 사랑'이 아닙니다. 당신들과 폭탄처리반

이 엉뚱한 장소에 가 있는 거예요."

"지금 장난해요? 재미없어요, 로버트."

"장난이 아닙니다." 헌터가 반박했다. "우리가 실수했어요." 그는 잠시 말을 골랐다. "내가 실수했어요. 수수께끼는 교회 비슷한 곳을 가리키고 있는 게 아닙니다. 술집을 말하는 거죠."

"어디라고요? 술집? 무슨 술집? 젠장 로버트, 지금 무슨 얘기를 하는 겁니까?"

"아직 어딘지는 모릅니다. 일단 전화를 끊어야겠어요. 시간이 별로 없습니다." 그렇게 말하면서 헌터는 이상한 표정으로 가르시아를 옭아맸다. "카를로스에게 전화하면 전부 설명해줄 겁니다."

그 말에 사레가 들린 듯 가르시아가 컥컥댔다. "뭐야?"

"끊겠습니다." 헌터는 전화를 끊었다.

3초 후 가르시아의 휴대전화가 울렸다. 전화기 화면에 뜬 번호는 웨스트 연방보안관의 것이었다.

"그거참 잘됐군." 그는 그렇게 말하고 전화를 받았다. 그로부터 5초 뒤에 헌터의 전화기가 다시 울렸다. 이번에는 분석팀에서 걸려 온 전화였다.

47

"제발 찾았다고 말해줘요." 헌터는 전화기를 귀에 가져다 대며 애원하듯 말했다.

"어쩌면요." 분석팀의 책임자 섀넌 해처가 대답했다. 회의적인 목소리였다. "확실하다고는 말할 수 없어요."

"말해주기만 해요." 헌터가 그녀에게 말했다.

"그게 문제예요." 해처가 대답했다. "LA에 '교회'나 '교회'를 변형한 유사 상호를 가진 위스키 전문 주점은 없어요. '도서관'과 '학교'도 마찬가지고요."

"젠장!" 헌터가 악다문 잇새로 나지막이 뱉었다.

"유사한 다른 것도 다 찾아달라고 요청했죠?" 해처가 계속했다.

"네, 물론이죠. 왜요?"

"할리우드의 후미진 구석에 '위스키애서니엄'이라는 이름이 술집이 있는데 아시다시피 '애서니엄athenaeum'에는 '도서관'이라는 뜻이 있어요."

헌터는 순간 심장이 박동을 멈춘 듯한 느낌에 빠졌다. 순식간에 핏기가 가시며 얼굴이 유령처럼 창백해졌다. 그와 동시에 수수께끼의 세 번째이자 마지막 부분이 다시 생각났다. 확실한 것이 아니라 특이한 것을 찾으세요.

"루시엔은 특이한 모양의 병을 말한 게 아니었어." 헌터는 혼잣말로 속삭였지만, 가르시아와 블레이크 반장은 그 말을 똑똑히 들었다. "특정 장소의 '이름'에 관한 거였어. 섀넌, 당신은 천재예요. 그거예요. 거기가 틀림없어요. 주소와 전화번호 있습니까?"

"물론이죠." 해처는 헌터에게 둘 다 받아 적게 했고, 헌터는 즉시 가르시아와 블레이크 반장에게도 같은 걸 받아 적게 했다.

아직 웨스트와 통화 중이던 가르시아는 주소를 그에게 전달하고 재빨리 차를 돌려 아로요세코파크웨이로 들어섰다.

블레이크 반장 역시 자기 전화기를 들었다. 그녀는 종합상황실에 전화해 이번에는 새 주소로, 헌터의 사무실에서 한 것과 똑같은 지시를 내렸다. 진짜 문제는 그다음이었다. 운이 좋으면 순찰차 한두 대 정도가 4분 안에 할리우드에 다다를 수 있을 것이다. 그런데 그들에게 남은 시간은 그게 다였고, 폭탄처리반이 제시간에 도착할 가능성은 전혀 없었다. 폭탄은 결국 터질 터였다.

"젠장!" 가르시아는 가속페달을 밟아 시속 160킬로미터로 혼다 시빅을 몰았다. "도로에 차가 없더라도 할리우드까지는 15분, 어쩌면 20분은 걸릴 거야."

"할 수 있는 데까진 해야 해." 블레이크 반장이 말했다.

헌터는 해처와 통화를 끊고 그녀가 알려준 위스키애서니엄으로 바로 전화를 걸었다.

"신호가 가요." 그가 모두에게 알렸다.

"제발. 어서. 받아." 헌터가 애걸했다.

이제 3분 30초가 남았다.

마침내 전화가 연결되며 남성의 목소리가 들렸다. "위스키애서니 엄입니다. 무엇을 도와드릴까요?"

시끄러운 음악 소리가 헌터의 전화기에서 흘러나왔다.

"좋아요." 헌터는 최선을 다해 침착하게 말했다. "지금부터 내 말 잘 들어요. 내 이름은 로버트 헌터입니다. LAPD 강력계 형사죠. 지금 당장 거기서 모두 나가게 해요. 건물 밖으로 나가서 길 건너편으로 가라고 해요. 내 말 이해했습니까?"

"아뇨, 잘……." 남자는 음악 소리를 이겨내려고 목소리를 점점 더 크게 냈다. "뭘 어떻게 하라고요?"

"사람들을 전부 건물 밖으로 내보내서 길 건너편……."

"하나도 안 들려요, 손님." 남자가 헌터의 말을 끊었다.

음악 소리가 너무 커서 그래. 헌터는 생각했다.

"연결 상태가 안 좋은 것 같네요." 남자가 말했다. "끊을 테니 다시 걸어주세요, 알겠죠?"

"안 돼, 끊지 말……." 헌터가 입을 열었지만, 남자는 이미 전화를 끊은 뒤였다. "말도 안 돼!" 헌터는 전화기의 '통화' 버튼을 다시 누르면서 말했다.

남은 시간은 2분 30초.

통화 연결음이 울렸다. 한 번…… 두 번…… 세 번.

"제발 받아."

가르시아 차의 대시보드에 있는 무전기로, 할리우드에서 가장 가까운 순찰차가 2분 거리에 있다는 보고가 들어왔다.

"제시간에 도착 못 할 거야." 가르시아가 벌써 패배의 한숨을 내쉬며 말했다.

마침내 상대가 전화를 받았다. 이번에는 여자 목소리였다.

남은 시간은 2분.

"위스키애서니엄입니다. 무엇을 도와…….."

"들어요." 헌터는 단호한 목소리로 그녀의 말을 끊었지만, 뭐라 더 말하기 전에 블레이크 반장이 그의 손에서 전화기를 낚아챘다.

"내가 하지." 그녀가 전화기를 귀에 가져가며 말했다. "잘 들어요. 난 LAPD 강력계 반장 바버라 블레이크입니다." 권위적인 목소리에 굉장한 긴박감이 실려 있었다. "지금은 돌려서 말하지 않겠어요. 미치광이가 당신네 건물에 폭탄을 설치했어요. 이 폭탄은 곧…….."

"폭탄이요?" 여자가 그렇게 되물었는데, 거의 소리를 지르다시피 했다. "물론 있죠. 예거밤, 글리터밤, 닥터페퍼밤, 아이리시 카밤(모두 '폭탄'이라는 뜻의 '밤bomb'이 이름에 들어가 있는 칵테일들이다—옮긴이)…… 뭐든요. 폭탄주란 폭탄주는 여기 다 있어요. 뭐 특별한 거라도 찾으세요?"

"아뇨." 블레이크 반장은 여자와 같은 데시벨로 쏘아붙였다. "내 말을 안 듣는군요." 보다 생생하게 설명해주어야 할 때가 왔음을 그녀는 직감했다. "약 1분 30초 후에 당신을 포함해 당신네 술집에 있는 모두가 죽을 겁니다. 당신이 일하는 어딘가에 폭탄이 설치돼 있어요. 진짜…… 제대로 작동하는…… 실제로 폭발할…… 90초 후에 터질 겁니다. 지금 거기 있는 사람을 전부 내보내야 해요. 지금 당장."

전화기 너머에서 짧은 침묵이 있었다. "장난이죠?"

"아뇨, 장난이 아니에요." 반장의 목소리가 차분함을 잃기 시작했다. "이건 실제 상황이고, 우린 지금 시간을 허비하고 있어요. 거기서 모두 나가게 해야 해요. 당…….."

"매니저님과 통화하셔야 할 것 같아요." 여자가 반장의 말을 끊었다. "잠깐만 기다리세요."

"안 돼요. 기다릴 시간이 없다고. 당신은 시간을……."

여자는 벌써 전화기를 내려놓고 떠난 뒤였다.

"맙소사…… 아아악!" 블레이크 반장이 격하게 좌절하며 그르렁거렸다. "대체 이 사람들은 뭐가 문제야?"

"전혀요, 반장님." 헌터가 말했다. "그저 '사람들'일 뿐이에요."

그사이 몇 초가 더 흘러갔다.

"여보세요, 무슨 일이시죠?" 새로운 남자 목소리가 전화기에서 들려왔다. 정황상 술집의 매니저임이 틀림없었다. "폭탄이라니, 무슨 말씀이시죠?"

남은 시간까지 35초.

"LAPD 강력계 반장입니다." 블레이크는 이제 거의 애원에 가깝게 말하고 있었다. "당장 가게에서 전부 내보내야 합니다. 농담도 아니고, 장난도 아니에요. 누군가가 거기 어딘가에 폭탄을 설치했어요. 1분도 안 돼 터질 거예요."

"폭탄이요?" 남자가 물었다. "진짜 폭탄 같은 폭탄이요?"

블레이크 반장의 눈이 뒤집혔다. "그래요, **진짜 폭탄 같은 폭탄**. 모든 걸 날려버리고 당신과 직원을 포함해 가게 안의 모든 사람을 죽일 수 있는 폭탄 같은 폭탄!"

"맙소사!" 매니저는 마침내 이해한 듯싶었다. "시간이 얼마나 있습니까?"

시계를 확인한 블레이크 반장은 피가 차갑게 식는 것을 느꼈다. "12초." 그녀는 모든 희망이 사라진 목소리로 대답했다.

"12…… 제길!"

블레이크 반장은 남자가 전화기를 떨어뜨리며 내는 요란한 소리를 들었다. 3초 뒤, 시끄러운 음악이 중단되었다.

남은 시간은 7초.

"제발 모두 잘 들으세요."

블레이크 반장은 전화기 너머에서 술집 매니저가 소리치는 것을 들었다.

"저기요오오."

남은 시간 3초.

"모두 밖으로 나가세요. 지……."

아주 큰 굉음이 들리고, 곧바로 전화가 끊어졌다.

갑자기 블레이크 반장의 손에 들린 헌터의 휴대전화가 삐삐 소리를 내며 새 문자메시지가 왔음을 알렸다.

헌터는 그녀의 손에서 전화기를 낚아채 화면을 확인했다.

발신 번호 표시 제한. 메시지를 열었다. 네모난 말풍선 안에는 단 한 개의 글자와 웃는 얼굴 이모지만 있을 뿐이었다.

쾅☺

48

위스키애서니엄 안의 젊은 연인은 격한 논쟁 끝에 마침내 청첩장을 어떤 종이로 할지 합의했다. 사실, '합의'라기보다는 예비 신랑 측의 '항복'에 가까웠다. 전에도 비슷한 상황이 있었고, 그는 아무리 이성적으로 말해도 자신이 이길 방법은 없다는 걸 알고 있었다. 약혼녀가 비싼 종이를 원한다면, 이야기는 거기서 이미 끝난 것이다.

"한 잔 더?" 남자가 탁자 위 메뉴로 손을 뻗으며 물었다.

"아직 얼마 안 됐는데 뭘." 여자가 시간을 확인하며 대답했다. 그리고 몸을 앞으로 숙여 약혼자에게 입을 맞췄다. "뭐 마실 거야?"

"난 계속 위스키 마실 거야." 그는 메뉴 책자를 위스키 항목으로 넘기며 대답했다. "좀 다른 거 마셔볼까? 이탄泥炭 향이 덜한 거. 아마도 아이리시위스키 중에 하나. 자기는?"

"음, 모르겠어." 그녀는 바 옆의 화이트보드에 적힌 특별 칵테일 목록을 향해 몸을 돌리며 대답했다. "타마린드 마르가리타나 마셔볼까? 어떻게 생각해?"

그는 어깨를 으쓱했다. "괜찮을 것 같은데? 그런데 그걸 마실 사람은 자기야."

"응." 그녀는 스스로를 설득했다. "그거 마셔볼래."

"타마린드 마르가리타 한 잔 대령하겠습니다." 남자는 의자를 뒤로 잡아 빼며 일어나려다가 별안간 무언가 생각난 듯 움직임을 멈췄다. "자기야." 그가 얼굴을 찡그리며 말했다. "여기 배낭 두고 간 친구 봤어?" 그러고는 재빨리 실내를 훑어보았다.

여자는 배낭 주인의 존재를 까맣게 잊고 있었다.

"아니, 못 봤는데." 그녀가 목을 늘려 주변을 돌아보며 대답했다.

"화장실에 간다고 했었는데." 예비 신랑이 말했다. "꽤 오래됐잖아. 아직 안에 있나?"

"몰라. 가서 확인해보고 싶어?"

"응? 화장실을? 알지도 못하는 사람인데 내가 그래야 하나?"

"그러게." 그녀의 시선이 테이블 옆 의자 위 배낭으로 옮겨졌다.

정확히 그 순간에, 배낭 안에 든 휴대전화가 깨어났다. 액정 화면에 불이 들어와 전화가 왔음을 알렸다. 1초도 지나지 않아, 위스키애서니엄은 더 이상 세상에 존재하지 않게 되었다.

49

0.2초. 인간이 눈을 깜박일 수 있는 시간보다 더 짧은 시간. 루시엔이 배낭에 넣어둔 휴대전화의 배터리에서 일어난 스파크가 가느다란 한 쌍의 전선을 따라 C-4 화합물 중심부의 작은 합금 껍데기까지 도달하는 데 걸리는 시간이었다. 화약을 가득 채워 넣은 합금 껍데기가 폭탄의 기폭장치였다.

본질적으로 기폭장치는 큰 폭탄 안에 놓인 작은 폭탄에 지나지 않았다. 기폭장치가 점화되면 강한 열을 발생시켰고, 이로 인해 C-4 화합물의 중심부 온도가 발화점 이상으로 높아져 끝내는 폭발하고 만다.

쾅!

그야말로 대폭발이었다.

서쪽으로는 벨에어, 동쪽으로는 글라셀파크에 이르기까지 폭음이 수 킬로미터에 걸쳐 요란하게 진동했다. 흥미로운 사실은, 위스키애서니엄 안에서는 아무도 그 소리를 듣지 못했다는 것이다.

루시엔은 폭탄을 가로세로 30센티미터 크기의 금속 상자에 넣었고, 상자의 나머지 부분에는 스테인리스강 볼베어링, 루즈니들 롤러, 끝이 다이아몬드 모양인 금속 못을 섞어 채웠다. 상자 옆면에는 1.5리터짜리 에탄올 두 병을 테이프로 붙여놓아, 화염으로 인해 다다를 수 있는 최고 온도를 섭씨 1,900도에 이르게 했다.

C-4 화합물이 폭발하면서, 고체에서 가연성 높은 기체로 상태가 바뀌었다. 불침투성 밀폐제로 밀봉된 금속 상자는 순식간에 크기가 제각각인 수백 개의 파편으로 산산조각이 났다. 결과적으로 파편들은 상자의 내용물과 함께 치명적인, 날아다니는 금속 구름을 만들었다. 하지만 그것은 루시엔의 폭탄이 지닌 치명적인 힘의 겨우 절반에 불과했다.

폭발은 상당한 양의 공기를 방출했고, 공기는 빠른 속력으로 이동하며 탈 듯이 뜨거워졌다. 그 뜨거운 공기가 에탄올 두 병과 접촉해 두 번째 치명적인 구름, 순수하게 화염으로만 이루어진 구름을 생성했다. 그리고 두 구름은 이윽고 하나로 합쳐지며 진원지에서 멀어질수록 팽창했는데, 약 15센티미터를 지날 때마다 부피가 두 배로 커졌다.

대부분의 사람이 알지 못하는 것은, 폭발로 인한 충격파가 토네이도와 비슷하게 작용한다는 점이다. 충격파는 도중에 맞닥뜨린 것을 모조리 파괴했을 뿐만 아니라 파괴로 생겨난 모든 파편, 이를테면 부서진 테이블과 의자 따위의 나무 파편이나 금속 파편, 병과 잔의 유리 파편, 벽과 기둥의 콘크리트 조각, 모든 피해자의 뼈와 한때 인체를 이루었던 물질의 조각들을 핵으로 빨아들여, 그렇지 않아도 치명적이고 번개처럼 빠른 구름에 세를 더했다.

당연하게도 두 젊은 연인이 루시엔의 배낭에서 가장 가까운 곳에 있었기 때문에 폭발의 최초 피해자가 되었다. 충격파가 대학생 셋이 차지하고 있는 옆 테이블에 이르렀을 때, 절멸의 공은 처음 크기의 열 배가 넘을 정도로 커져 있었다.

더 치명적인 파편들이 부글부글 끓고 있는 파편 구름 속으로 빨려 들어가면서, 학생들의 테이블로부터 1.5미터 정도 떨어진 곳에 앉아 있던 한 부부를 강타했다. 그들은 3년이라는 긴 투병 끝에 남편이 마침내 전립선암을 이겨낸 것을 축하하는 중이었다.

계속 팽창하며 나아가던 구름이 아직도 어젯밤의 농구 경기를 두고 토론 중이던 네 명의 무리에까지 뻗쳤을 때, 그것은 위스키애서 니엄을 벽에서 벽, 바닥에서 천장까지 덮칠 수 있을 정도로 확대되어 있었다. 그때까지 6미터 넘게 이동한 거리와, 도중에 맞닥뜨린 테이블과 의자와 사람의 신체를 비롯한 모든 큰 장애물들 때문에 '파괴 구름'의 역동적인 에너지는 더 이상 균일하지 않았다. 그래서 LA 레이커스의 팬 네 명은 각기 다른 치명적인 운동량을 온몸으로 맞아야만 했다.

바 뒤의 두 사람, 술집 매니저 그리고 블레이크 반장과 통화했던 여자 종업원은 파괴 구름에 휩싸여 이제는 피와 고기 조각에 불과한 것으로 화해 서로 뒤범벅되었다.

쾅 소리가 나고 1초도 되지 않아 폭발은 마침내 술집의 전면을 강타하여 모든 창문을 산산조각 냈고, 마지막으로 로스앤젤레스의 밤 공기 속에 에너지를 흩뿌렸다. 면적 대비 폭발 강도에 관한 루시엔의 수학적 계산은 흠 잡을 데가 없었다. 폭발이 그가 의도한 영역의 경계에 이르렀을 때, 그 안에 남아 있던 에너지는 딱 생일 케이크에 꽂힌 초 여섯 개를 끌 정도에 지나지 않았다. 산산이 조각 난 창문의 유리 파편들 또한 고작 몇십 센티미터 이상은 날아가지 않았다.

충격파는 사그라들었다.

임무는 완수되었다.

그 외에는 파괴하지 않았다.

그들 외에는 누구도 죽이지 않았다.

폭발의 진원지 바로 위 천장은 무너져 내렸다. 바의 카운터는 바닥에서 찢겨 있었다. 위스키애서니엄이었던 곳에는 이제 돌무더기와 파편, 그리고 죽음 외엔 아무것도 남지 않았다. 그곳을 장악한 화재는 충격파의 속력에 의해 가열된 공기와 루시엔이 폭탄에 부착한 에탄올 외에도, 표적 장소에 있던 내용물로부터 연료를 공급받았다. 이를테면, 바 뒤에 전시된 온갖 증류주 병에는 평균적으로 각 병당 40퍼센트 이상 술이 들어 있었다.

충격파의 파괴는 0.9초 만에 끝났지만, 화마의 유린은 이제 막 시작되었다.

폭발 당시 위스키애서니엄 안에는 서른두 명이 있었다. 0.9초 후에 그중 스물아홉 명이 죽었다.

여자 손님 둘과 남자 직원 하나, 이렇게 세 명은 순전히 운으로 첫 폭발에서 살아남았다. 비록 다음 순간 여자 손님 둘이 남자 직원보다 훨씬 더 운이 좋았던 것으로 밝혀지긴 했지만 말이다.

두 손님은 서로 아는 사이는 아니었지만, 그들은 그때 화장실에 있었다.

남성 생존자는 그날 밤에 근무 중이던 건장한 직원 세 명 가운데 하나로, 아이러니하게도 콰이어트맨 위스키가 다 떨어진 탓에 가게 뒤편의 저장실로 막 한 병을 가지러 간 참이었다. 두 여성 손님이 이 직원보다 운이 더 좋았던 이유는, 화장실에서 이어지는 복도 끝에 화재 대피용 비상구가 있었기 때문이다.

폭발 뒤 찰나의 순간, 상황을 인지하게 되는 순간이 그들 뇌리에 찾아들었다. 곧 완전한 공포가 뒤따랐다. 여성 손님 둘이 비명을 멈추기까지는 1분이 넘게 걸렸다. 그리고 그들의 뇌가 처음의 충격을 극복해내고 화재 대피용 비상구를 통해 건물을 나가야 한다는 사실을 깨닫기까지는 30초가 더 걸렸다.

저장실에 갔던 직원은 장기적으로는 운이 좋지 않았다. 사실 위스키애서니엄의 저장실은 술집 맨 구석에 있는 중간 크기의 창고에 지나지 않았고, 뒷벽에 난 문으로 들어가게 되어 있었다. 그를 저장실에 가둔 것은 실은 폭발이 아니라, 뒤이은 격렬한 화재였다. 그가 창고에서 살아 나와 화상을 입지 않은 채 돌무더기를 헤치고 술집 밖으로 나갈 수 있는 길을 찾을 방법은, 간단히 말해 없었다.

그는 입고 있던 셔츠로 코와 입을 막았지만 불과 5분 만에 연기를 흡입해 정신을 잃고 말았다. 그리고 4분 뒤에는 더 이상 심장이 뛰지 않았다.

그는 고작 스물한 살이었다.

50

블레이크 반장이 걱정했던 대로, '코드레드' 발령 이후 가장 먼저 출동한 이들은 제시간에 도착하지 못했다. 그들이 탄 차가 모퉁이를 돌았을 때 맞닥뜨린 것은, 눈앞의 장소가 폭발하여 화염에 휩싸이는 광경이었다.

"맙소사!" 조던 경관이 브레이크를 콱 밟고 왼쪽으로 방향을 급격히 틀며 소리쳤다.

"세상에!" 프레스콧 경관이 떨리는 손으로 자기 입을 틀어막기 전에 할 수 있었던 말은 단지 그것뿐이었다. 이날은 그녀가 경찰 서약을 한 지 겨우 두 달째 되는 날이었다.

조던 경관과 프레스콧 경관이 도착한 지 1분도 되지 않아 다섯 대의 순찰차가 더 도착했다. 경관들 모두 그 상황에 대처하고자 노력했다. 그러나 무질서하고 호기심 많은 구경꾼들을 통제선 밖으로 밀어내며 소방차가 도착하기를 기다리는 동안 불타는 장소를 지켜보는 것 외에는, 그들이 할 수 있는 일이란 거의 없었다. 게다가 소방차도 제시간에 오지 않았다.

첫 번째 소방차는 폭탄이 터지고 11분이 지난 저녁 8시 26분에 도착했다. 불과 몇 초 후 두 번째, 세 번째 소방차가 도착했다. 스물한 명의 소방관들이 정확히 9분하고 49초 동안 불길과 싸우고 나서야 마침내 마지막 불꽃이 진화되었다.

잿더미에서 섬뜩한 연기 기둥이 피어올라 로스앤젤레스의 밤공기 속으로 무시무시한 안개를 올려 보냈다. 그 뒤에는 당혹스러운 침묵의 순간이 이어졌다. 깨달음과 극도의 슬픔이 교차하는 순간. 사고가 아니었다는 사실을 돌연 이해하면서 찾아온 완전한 공포의 순간. 위스키애서니엄을 덮친 폭발은 가스 누출이나 사고로 인한 것이 아니었다. 명백히 사람이 저지른 악행이었다.

횃불처럼 타오른 음주의 소굴로부터 피어오른 안개는 곧 다른 것을 가져왔다. 그날 밤, 현장 주위에 모여 있던 모두가 목격하며 불쾌감을 느꼈던 것. 맹렬히 콧구멍으로 들어와 유리 파편이 박히듯 내벽을 긁어대며 비강을 지나 폐까지 도달하던 냄새. 그것은 아무리 노련한 소방관이라도 위가 뒤틀릴 정도로 강력했다.

불에 탄 인간의 살 냄새.

51

헌터는 한때 위스키애서니엄이었던 곳 건너편의 도로 연석에 앉아 있었다. 무릎을 구부리고 발은 땅바닥을 디뎠다. 화재는 30분 전쯤에 진압되었다. 그의 눈은 김이 모락모락 피어오르는 젖은 돌무더기를 똑바로 바라보고 있었지만, 실은 그 어떤 것에도 초점이 맞춰져 있지 않았다.

헌터와 가르시아, 블레이크 반장은 소방대가 아직 불길과 사투를 벌일 때 현장에 도착했다. 홀브룩 요원과 웨스트 연방보안관은 그들이 도착하고 6분 뒤에 도착했다.

헌터는 늘 포커페이스를 유지하는 것으로 알려져 있었다. 누구도 읽어낼 수 없는 얼굴. 아무것도 알려주지 않는 얼굴. 하지만 그날 밤은 1킬로미터 밖에서도 그의 표정을 읽어낼 수 있을 정도였다. 황망함, 비통함, 무력감을 날것 그대로 보여주는 얼굴. 가르시아도, 블레이크 반장도 헌터가 그렇게 좌절한 모습을 전에는 본 적이 없었다.

헌터는 소방관들이 있는 힘을 다해 화재와 싸우는 모습을 힘없이 지켜보았다. 국내외의 언론사들도 전력을 다해 할리우드 지역으로 몰려들었다. 사방에서 기자들이 들이닥쳐 그들은 물론이고 누구에 게서든 어떤 정보라도 얻어내려고 안간힘을 썼다. 활동을 중단했다 가 마침내 로스앤젤레스에서 깨어난 테러 조직이나 멕시코를 거쳐 미국으로 들어온 폭탄 테러범들에 관한 이야기, 심지어는 유나바머 (하버드 출신의 수학 천재로 버클리 대학 교수를 지내기도 한 우편물 폭탄 테러 범 시어도어 카진스키의 별명─옮긴이)의 정신적 계승자에 대한 언급까 지, 온갖 추측이 불어날 대로 불어났다.

헌터에게도 최소 세 개의 방송국과 세 명의 기자가 접근해왔지만, 그의 눈도 몸짓도 마치 그들이 존재하지 않는 것처럼 반응했다.

완전히 파괴된 건물을 배경으로 정신없이 터지는 카메라 플래시 가, 흡사 1980년대의 길거리 디스코 파티를 보는 듯한 착각을 불러 일으켰다. 통제선 밖의 구경꾼들은 각자 스마트폰을 손에 쥐고 그곳 의 모든 것을 영상과 사진으로 담느라 바빴다. 사실, 소방대가 도착 하기도 전에 이미 SNS에는 수많은 사람들에 의해 무슨 일이 일어나 고 있는지 생중계되고 있었다.

"물 좀 줄까?" 가르시아가 헌터에게 다가와 말했다.

헌터는 대답하지 않았다. 그의 두 눈은 지면에서 피어오르는 연기 를 지켜보았다. 건물 안에서 비명횡사한 모든 이의 영혼이 그 안에 깃들어, 바라건대 이 세계에서 더 나은 곳으로 옮겨 가는 것을 바라 본다는 듯이.

가르시아는 파트너 옆에 앉아 물 한 병을 헌터의 발 옆에 내려놓 았다.

"오늘 밤 여기에 있던 사람들을 돕고 싶었어." 헌터는 유령들의 연 기에서 시선을 떼지 않은 채 입을 열었다. "수수께끼를 훨씬 더 일찍 풀었어야 했어. 다 있었어…… 모든 단서…… 모든 힌트가……. 어떻게 내가 그렇게…… 눈이 멀 수 있었을까?"

"이곳에서 일어난 일은 네 잘못이 아니야, 로버트." 가르시아가 말했다. 헌터가 들여다보고 있는 어두운 구멍을 보는 것은 그리 어려운 일이 아니었다. "아무도…… 누구도 그 수수께끼를 풀지 못했을 거야. 너도 알잖아. 그걸 풀 수 있는 사람은 너밖에 없다는 걸. 그리고 그렇게 했고. 시간상 운이 안 좋았을 뿐이야. 이봐, 로버트. 그 모든 헛소리를 60분 안에 알아낸다고? 콰이어트맨, 라이터스티어스, 섬싱스페셜? 다른 것들도 그래. 사람들이 조용히 해야 하는 곳이지만 여기는 아닙니다? 확실한 것이 아니라 특이한 것을 찾으세요? 이게 말이 돼? 거의 불가능한 임무였어. 루시엔은 무슨 일이 있어도 이 폭탄이 터지게 해놓은 거야."

헌터의 시선을 좇던 가르시아는 불현듯 화가 나서 불만스러운 한숨을 길게 내쉬었다. "그 술집의 직원들이 그렇게 고집스럽지만 않았어도 우린 이 사람들을 구할 수 있었을 거야. 2분이야, 로버트. 네가 그들에게 전화했을 때 아직 2분이 남아 있었어. 장소가 그렇게 넓지도 않았어. 주방도 없고, 그저 바 하나뿐인 가게였어. 만약 바텐더가 너와 블레이크 반장님의 말을 들었더라면, 사람들을 제시간에 대피시킬 수 있었을 거야." 그렇게 말한 그는 자신의 파트너를 바라보았다. "이 상황이 얼마나 절망적으로 느껴질지 알아. 하지만 네 잘못은 조금도 없어, 로버트."

"나는 이 장소를 알아, 카를로스." 슬픔에 잠긴 헌터의 목소리는 무거웠다. "전에 한 번 왔었어. 3년쯤 전에. 만약 네가 아이리시위스키를 마셔보고 싶다고 했다면 난 아마 널 여기로 데려왔을 거야. 그런데…… 나는 생각해냈어야 해. 루시엔이 술집을 언급하고 있다는 걸 알았을 때 이 장소를 떠올렸어야 해. 왜 그러지 못했을까?"

"인간이니까, 로버트." 가르시아가 쏘아붙였다. "빌어먹을 기계가 아니라."

"대체 여기를 어떻게 알아낸 거요?" 웨스트 연방보안관이 두 형사의 뒤쪽에서 불쑥 나오며 물었다. 그 전까지 그와 홀브룩 요원은 소방대의 진화 책임자와 이야기를 하고 있었다. "그 염병할 수수께끼 속에서 어떻게 여기를 알아낸 겁니까?" 웨스트의 어조는 공격적인 것과는 거리가 멀었다. 사실 그는 진실로 궁금해했다.

"'어떻게'는 중요하지 않아요." 헌터는 그를 보지 않고 대답했다. "알아내지 못했을 때의 결과와 같으니까요." 그는 완전히 파괴된 건물 쪽으로 턱을 움직였다. "제시간에 도착하지 못했어요. 아무도 살려내지 못했죠."

"엉망진창이군." 블레이크 반장이 합류하며 말했다. 그녀 역시 소방대의 진화 책임자와 이야기를 나누고 온 참이었다. "완전히 엉망이야."

"공식적인 피해자 수가 나오려면 며칠 걸릴 겁니다." 홀브룩이 말했다. "정확한 숫자를 구할 수 있다면 말입니다. 현장 조사에 대한 허가는 내일 아침까지는 나지 않을 테니 그때부터 시신을 찾기 시작하겠죠. 하지만 이곳은 폭발 현장이라서, 진원지 가까이에 얼마나 많은 사람이 있었는지나 폭발이 얼마나 강력했는지에 따라 일부 시신은 형체가 없을 수도 있습니다."

헌터가 일어나려고 하는데, 휴대전화가 다시 울렸다.

발신 번호 표시 제한.

헌터는 발신자가 누구인지 말할 필요가 없었다. 그의 표정에서, 그곳에 있는 모두가 그것을 알 수 있었으므로.

52

"와! 꽤 큰 폭발이었어, 안 그래?" 그곳의 모두가 루시엔의 말을 들었다. 헌터가 전화를 받자마자 스피커폰으로 전환했기 때문이다. 그들은 재빨리, 폭발 현장을 무질서하게 누비고 다니는 소방관이나 경찰관들과 거리를 두었다.

"아, 미안." 루시엔이 빈정거리는 목소리로 계속 말했다. "네가 제때 가지 못해서 못 봤다는 걸 깜박했어, 메뚜기. 그래도 지금은 거기지? 그 건물을 보고…… 음, 그러니까 내 말은…… **거기 남아 있는 걸** 보고 얼마나 장엄한 '대폭발'이었을지 머릿속으로 잘 그려볼 수 있을 거라 생각했지."

루시엔의 어조에 회한이라고는 단 한 톨도 존재하지 않았다. 슬픔 역시 없었다. 그는 폭발을 자신이 주도하고 실행한 실제 잔학 행위가 아닌, 마치 영화 속 사소한 장면이나 책의 중요하지 않은 한 장^章에 대해 이야기하듯 말했다.

"이 개자식!" 웨스트가 기어이 폭발해 눈에서 불을 뿜으며 소리쳤다. 헌터는 미처 그 소리를 차단할 수 없었다. "잡히기만 해봐."

헌터는 웨스트를 향해 고개를 저었다. 그리고 입 모양으로만 말했다. "그만해요."

"이런, 안녕하십니까!" 루시엔이 인사했다. 재미있어하는 말투였다. "메뚜기, 우리 파티에 새 손님이 오셨나 봐. 화가 많이 난 것 같은데. 자, 지금 흥분해서 정신을 잃으신 분이 누군지 여쭤봐도 되겠습니까?" 그러나 그는 대답할 시간을 주지 않았다. "아니, 아니. 대답하지 말아봐요. 제발 제게 맞힐 기회를 적어도 한 번은 줘보라고요. 으…… 으음…… 누굴까? 모르겠네. 음, 내 생각엔…… 혹시 연방보안관?"

"맞아, 이 미친 새끼야." 초 단위로 커지는 화를 드러내며 웨스트가 말했다.

헌터는 그를 향해 다시 고개를 저었다.

웨스트는 신경 쓰지 않았다.

"연방보안관 타일러 웨스트다, 이 쓰레기 같은 자식아. 알아들었어? 타-일-러 웨스트." 그는 자신의 이름을 아주 천천히 반복했다. "이름을 기억해두는 게 좋을 거야. 네 손목에 수갑을 채울 사람이니까."

"그래?"

"두말하면 잔소리지."

루시엔이 신나게 웃었다.

"진심으로 그 순간을 고대하지, 연방보안관 타-일-러 웨스트 나리. 내가 맞게 알아들었나?"

웨스트가 대답하기 전에 헌터는 전화기를 음소거 상태로 돌렸다.

"다 했어요?" 그가 웨스트에게 물었다. "이러는 건 도움이 되지 않아요. 당신은 무슨 말을 해도 그를 당황하게 하지 못할 겁니다. 하지만 그때 벌써 그는 당신 머릿속을 완전히 파고든 뒤겠죠. 그걸 모르겠어요? 그쯤 해둬요, 타일러."

웨스트는 항복의 표시로 두 손을 들었다.

"당신 문제는 말이지, 연방보안관." 루시엔이 말했다. 그는 아직 용건이 끝나지 않은 게 분명했다. "이건 당신 같은 사람과 나 같은 사람, 그리고 로버트 같은 사람까지도 구별 짓게 해주는 주요한 요인 중 하난데 말이야." 그는 잠시 침묵했다. 긴장감을 높이려는 의도된 행동이었다. "감정." 루시엔이 마침내 입을 열었다. "당신은 감정을 확실히 다스리지 못하는 게 분명해. 감정이 당신을 장악하고, 판단에 영향을 미치고, 말을 인도해. 그리고 추측건대, 때때로 행동까지도 인도할 거야. 당신과 같은 위치에 있는 사람한테 그건 아주 큰 결점이야. 만약 그걸 바로잡지 않는다면 언젠가 그것 때문에 당신은 몰락하고 말 거야, 필연적으로."

웨스트가 믿을 수 없다는 얼굴로 헌터를 보았다. "이 개 같은 자식이 내 커리어를 두고 훈수를 두는 거요?" 그가 속삭였다.

"나 같은 사람은 왜 사람을 죽이고도 그렇게 쉽게, 죄책감이나 후회나 슬픔을 느끼지 않고 그냥 떠나버릴 수 있는지 알고 싶어?"

헌터는 전화기를 조작해 음소거 상태를 풀었다.

"아니, 전혀 알고 싶지 않아." 웨스트가 화를 내며 대답했다.

루시엔은 킥킥거렸다. "봤지?" 그가 말했다. "또 시작이잖아, 연방보안관 타일러 웨스트 나리. 당신 감정이 당신의 생각을 덮고, 당신의 뇌를 차지하고, 그렇게 당신을 대변하게 놔두잖아. 누굴 속이려고 해? 우리 모두 그 질문에 대한 답을 아는데. **당연히 당신은 알고 싶을 거라는 것.** 당신은 법 집행관이고, 내가 지금 제공하는 정보는 특정인들만 접근할 수 있는 정보야. 언젠가 당신 같은 사람이 나 같은 사람을 잡는 데 도움이 될 수도 있는 정보지. 책이든 연구든 다른 어디서도 찾을 수 없는 종류의 지식을 내가 제공하겠다는 거야. 사이코패스들만이 자기 뇌 속 깊숙이 가둬둔 채 간직하고 있는 지식이지. 대부분이 자기 머릿속의 그걸 인지하지 못한다는 건 인정해. 하지만 나는 차원이 다른 사이코패스거든."

웨스트가 루시엔의 말을 끊으려 하자 헌터와 가르시아, 블레이크 반장 그리고 홀브룩이 손짓으로 그에게 조용히 있으라며 제지했다.

"나는 학자야." 루시엔이 계속 말했다. "말하자면, 정신 연구가이자 과학자지. 사이코패스를 연구하는 사이코패스야. 그들의 수법, 속임수, 사고방식, 행동…… 모든 걸 연구해. 그래서 지금 당신한테 알려주려고 하는 주는 그런 지식을 가지고 있는 거지. 언젠가 로버트가 말했듯이, 나는 천성이 아닌 선택에 의한 사이코패스고 그렇기 때문에 가장 위험한 부류의 사이코패스가 될 수 있어. 나는 죽이고 **싶어서** 죽이는 것이기 때문에 통제 불가한 내적 충동에 이끌리는 법이 없어. 즉, 내 행동의 모든 게 계획적이라는 뜻이지."

로스앤젤레스의 밤공기가 아주 차가워진 것 같았다.

"그러니 다시 해볼까, 연방보안관 나리? 당신한테 주는 마지막 기회야. 나 같은 사람은 왜 사람을 죽이고도 그렇게 쉽게 죄책감이나 후회나 슬픔을 느끼지 않고 그냥 떠나버릴 수 있는지 알고 싶지 않아?"

마치 등에 칼이라도 맞은 듯 괴로움에 이를 악문 웨스트를 향해 모두가 고개를 끄덕였다. 그가 다음 몇 마디를 입 밖으로 소리 내어 말하는 것이 그의 패배가 될 터였다.

"그래, 알고 싶어."

"드디어 알아들었군." 루시엔이 말했다. "그게 바로 내가 찾는 정신 자세야. 타일러 웨스트 연방보안관이 정중하게 부탁을 해오셨으니 이번 한 번만 봐드리지. 사이코패스들이 사람을 죽인 후 모든 감정이 결여된 상태로 그렇게 쉽게 그곳을 떠날 수 있는 이유는 말이지, 그 순간이 완료된 시점에 이미 자신에게 그 살인을 다른 이야기로 바꿔서 들려주고 있어서야."

웨스트는 '대체 무슨 얘기를 하는 거야' 하는 표정을 지었다.

루시엔은 마치 그를 보고 있는 것처럼 대답했다. "타일러 웨스트 연방보안관. 그게 무슨 뜻이냐면, 살인 행위가 더는 '우리'의 살인 행위가 아니게 된다는 거야. 허구의 존재…… 우리의 상상력이 만들어낸 인물…… 우리가 통제할 수 없는 괴물의 살인이 되는 거지."

그는 그 말들이 전화기 너머에 있을 청중들에게 완전히 흡수될 때까지 잠시 침묵했다.

"통제할 수 없는 것에 어떻게 죄책감을 느낄 수 있겠어? 사이코패스의 정신 속에서 현실은 허구가 되고 조작돼. 살인 행위는 그저 우리가 하는 게임, 어렸을 때 하던 '카우보이와 인디언' 놀이처럼 하나의 시나리오에 불과하게 되는 거지. 그 놀이, 해본 적 있어? 그건 현실이 아니야. 놀이가 끝나면 사라져. 더 이상 우린 인디언이나 카우보이, 아니 살인자가 아니야. 그건 전부 놀이터에 남겨지는 거지."

"빌어먹을. 이 자식, 진심이야?" 가르시아는 헌터의 휴대전화에 소리가 흘러 들어가지 않게 손바닥을 입 앞에 가져다 대고 속삭였다.

루시엔은 계속 말했다. "이 기술은 놀랍게도 사이코패스에게만 국한되는 건 아니야. 실은 전혀 아니지. 특히 전시戰時에 정부와 군대에 의해 전 세계에서 널리 사용되었고, 지금도 여전히 사용되고 있어. 체첸, 시리아, 이라크, 아우슈비츠, 콩고, 미국…… 어디든. 전 세계의 전범들이 전장과 강제수용소에서 남녀노소를 막론하고 수천 명이나 되는 사람들을 죽이고도 어떻게 그렇게, 술에 취해 곯아떨어진 남자 같이 숙면할 수 있다고 생각해?"

아무도 대답할 엄두를 내지 못했다.

"타일러 웨스트 연방보안관. 원한다면 로버트가 나중에 자세히 설명해줄 수 있으리라 확신하지만, 그건 '해리解離'라고 하는 거야. 들어봤을지나 모르겠군." 빈정거림이 루시엔의 어조에 돌아와 있었다. "그들과 우리, 그러니까 사이코패스 말이야. 그 살인자들이 한 생명을…… 또는 많은 생명을 앗아 간 후에 자기 자신과 화해하는 방법이지. 우리는 살인 행위를 현실에서 그다지 현실로 느껴지지 않는 것으로, 이를테면 이야기나 신문 기사 속 사건에 지나지 않은 것으로 바꿔. 당신도 이미 알고 있겠지만, 인간의 기억은 매우 변덕스럽고 속이기 쉬워. 실제로 어떤 일이 있었는지에 상관없이 '우리'가 기억하고 싶은 대로 기억해. 이런 일을 충분히 되풀이하다 보면, 우리가 믿고 싶은 것을 믿기 때문에 결국에는 선과 악이 모든 의미를 잃어버리는 지경에 이르게 되지. 자, 어떠신가. 연방보안관 나리, 내 설명이 충분했나? 그게 오늘의 이 세상이야."

웨스트의 얼굴은 역겨움과 고뇌 사이 어딘가에 위치해 있을 것 같은 표정을 짓고 있었다.

"하지만 내 경우엔 속임수가 더 있어." 루시엔이 덧붙였다. "이건 행위 이전에 일어나지. 누군가를 죽이기 전에 눈을 아주 잠깐 감기만 하면 돼. 왜 그렇게 하는지 알고 싶나, 타일러 웨스트 연방보안관?"

모두가 다시, 웨스트를 향해 고개를 끄덕였다.

"그래." 그가 대답했다.

"잘 못 들었는데. 다시 한번 말해주시겠습니까?"

웨스트는 분노로 곧 폭발할 것 같았다.

"당신이 왜 그렇게 하는지 알고 싶어."

루시엔이 또다시 웃었다. 그러나 이번에는 불손하고 상대를 배려하지 않는 웃음이었다. "물론 그럴 거야." 웃음이 계속 이어졌다. "그 답은 사실 꽤 간단해. 내 안에는 사방이 온통 암흑인 곳이 있어. 죽음뿐인 곳……. 그곳에 가기 위해서는 눈만 감았다 뜨면 되지."

웨스트는 마침내 루시엔을 이해했다는 듯 헌터를 보았다. "정상이 아니군." 그가 속삭였다.

"어쩌면 당신은 FBI에 내 연구 자료를 읽게 해달라고 요청해야 할 거야, 타일러 웨스트 연방보안관. 허영심은 차치하고 말하면, 꽤 좋은 읽을거리니까. 여하튼 수업은 끝이야. 이제 중요한 얘기로 돌아가야겠지. 그래야 나를 잡을 것 아니야, 메뚜기. 너한테 또 아주 실망했어. 제시간에 수수께끼를 풀 줄 알았는데."

또 다른 침묵이 공기 중에 끼어들었다.

"사실 난 네가 그걸 제대로 풀었는지조차 모르겠어. 풀긴 한 거야? 아니면 너와 타일러 웨스트 연방보안관이 지금 폭발 현장에 있는 게, 폭탄이 터지고 나서야 장소를 알게 됐기 때문이야?"

헌터는 침묵을 유지했다.

"위스키 말이야. 그걸 끝까지 모른 거야?"

웨스트와 홀브룩은 어찌 된 영문이냐는 눈빛으로 헌터를 보았다. 그들은 아직 그가 수수께끼를 푼 방법을 몰랐다.

"아니면 속임수에 넘어갔어?" 루시엔이 물었다.

이제 그곳의 모두가 정말로 그를 잡을 수 있을지 의심스러워하고 있었다.

"부흥회 말이야, 메뚜기." 루시엔이 설명했다. 그는 정적이 뒤따른 이유가, 자기가 무슨 말을 하는지 아무도 모르기 때문이라고 추측했다. "패서디나에 있는 '그리스도의 특별한 사랑', 거기에 폭탄이 있다고 생각했어?"

이번에는 블레이크 반장까지도 이를 악문 채 욕설을 삼키며 눈을 감았다.

"그랬구나? 속임수에 넘어갔던 거야."

헌터의 배 속에 거대한 분화구 같은 것이 생기는 듯했다.

또 다른 웃음. 하지만 이번 것은 진실되게 들렸다.

"로버트. 믿거나 말거나, 계획된 건 아니었어. 적어도 처음에는 말이야. 마지막 순간에 전부 다 떠올랐지. 수수께끼를 만들기 시작할 무렵에 첫 부분이 교회나 그 비슷한 것을 아주 쉽게 연상시킬 수 있다는 걸 깨달았어. 거기서 아이디어를 얻은 거야."

헌터는 웨스트가 동요하는 것을 보고 그가 또다시 경솔한 행동을 할까 봐 만약을 위해 그에게 손을 들어 보였다.

웨스트는 화를 삼켰다.

"로스앤젤레스에 종교 의식과 관련된 장소가 3,500개 가까이 있다는 거 알았어?" 루시엔이 밝혔다. "어마어마한 숫자라고 생각하지 않아? 선택지가 엄청나게 많았어. 그중에 내가 쓸 수 있는 걸 찾기만 하면 되었지. 시간이 좀 걸렸고, 답을 끼워 맞추기 위해 수수께끼를 몇 번이나 다시 만들어야 했어. 그래서 결국 잘해냈다고 생각해? 어때?" 루시엔은 몇 초 정도 기다리다가 말했다. "타일러 웨스트 연방 보안관 생각은 어때? 내가 잘해냈나? 너희 모두 패서디나의 '그리스도의 특별한 사랑'에 갔던 거야? 진짜 폭탄은 위스키애서니엄의 바에서 꽤 가까운 테이블에 앉은, 불같은 사랑에 빠진 듯 보이는 젊은 연인 바로 뒤편에 있었는데 말이야."

"이 개자식." 웨스트가 그렇게 내뱉었지만, 헌터가 이미 전화기를 조작해 음소거를 한 뒤였다. 그는 웨스트가 곧 폭발할 거라고 예상하고 있었다.

루시엔은 신경 쓰지 않고 넘어갔다. "어쨌든 오늘은 이 정도면 충분하지 않아? 너희 모두 당장 수중에 일이 많을 거야. 작성해야 할 서류작업이라든가, 수거해야 할 시체 부위 등등……. 창피한 줄 알아, 메뚜기. 네가 풀었어야 해. 그 사람들을 구했어야지. 이번 참극은 전적으로 네 책임이야, 친구."

헌터는 누구와도 눈을 마주할 수 없어 땅만 내려다보았다.

"넌 감을 잃고 있어, 메뚜기."

전화는 거기서 끊겼다.

"맨 마지막 말은 완전 개소리야." 헌터 바로 앞에 서 있던 블레이크 반장이 말했다. "알지? 자네 잘못이 아니야."

헌터가 전화기를 주머니에 넣었을 때, 그곳에 모인 모두의 눈에 경찰이 쳐놓은 통제선을 통과하는 세 남자의 모습이 들어왔다. 날렵한 머리 모양을 하고 옷을 잘 차려입은 신사들이었다. 그중 한 명이 통제선을 지키던 경관에게 뭐라 질문하자, 경관이 헌터 일행을 손으로 가리켰다.

"'설명'의 시간이 온 것 같군요." 헌터가 말했다.

"환장하겠군." 웨스트가 말했다.

"저 사람들 누군데?" 가르시아가 물었다.

"NSANational Security Agency(국가안전보장국 — 옮긴이), ATFThe Bureau of Alcohol, Tobacco, Firearms and Explosives(화기폭발물단속국 — 옮긴이), 그리고 어쩌면 국토안보부." 헌터가 대답했다. "대테러반 소속일 거야. 공공장소에서의 폭탄 폭발은 자동으로 테러 행위로 간주되니깐." 그가 설명했다.

"그리고 모든 테러 행위는 본질적으로 국가의 안보를 위협하고."

"멋지군." 가르시아가 말했다. "루시엔이라는 놈은 LAPD와 FBI, 연방보안청을 끌어내더니 그거로도 모자라서 이젠 NSA와 ATF, 국토안보부까지 자신을 뒤쫓게 만들었어. 이제 DEADrug Enforcement Administration(마약단속국—옮긴이)만 화나게 하면 풀하우스야."

"NSA와 국토안보부가 탈주범 수색에 관여하지는 않을 거요." 웨스트가 말했다. "그건 우리 일이니까. 하지만 ATF는 한판 붙어보고 싶어 할 수도 있어요. 로버트 형사 말이 맞아요. 해야 할 설명이 많을 거요. 그리고 지금부터……." 웨스트의 머리가 세 명의 방문객 쪽으로 기울어졌다. "'빅브라더'는 우리가 어떻게 하고 있는지 주시할 겁니다."

"우리가 이 일을 설명해야 할 대상이 저 셋만은 아니겠지." 블레이크 반장은 그렇게 덧붙이고 방금 통제선 밖에서 멈춰 선 검은색 링컨 네비게이터를 가리켰다. "시장님이 오셨고, 장담컨대 경찰국장님과 주지사님이 바로 뒤따라오시겠지." 그녀는 헌터를 향해 고개를 가로저었다. "즐거운 일은 아닐 거야."

53

그날의 나머지 시간과 다음 날 대부분의 시간은 서류작업을 하고, 고위 관료 및 정치인과 정부 요인들에게 왜 로스앤젤레스에서 그런 말도 안 되는 방식으로 유사 테러 행위가 자행되어 아직도 몇 명인지 정확히 추산되지 않는 막대한 수의 희생자를 내게 된 것인지 설명하는 데 쓰였다. 헌터, 가르시아, 블레이크 반장, 홀브룩 요원, 웨스트 연방보안관은 즉각적인 답변을 요구하는 긴박한 회의에서 또 다른 긴박한 회의로 바쁘게 옮겨 다니며 적절한 답변을 내놓느라 애를 먹었다.

그들의 설명을 돕고 '수색작전본부'의 부담을 덜기 위해 에이드리언 케네디는 대통령은 물론, 산하에 국가안전보장국을 운용하는 국방부의 장관에게도 직접 연락했다. 국토안보부 장관과도 회의를 잡아야 했다.

이 사건이 폭탄 테러이긴 하지만 그 범인은 매우 위험하고 정신적으로 장애가 있는 탈주범이라고, 그들 셋 모두를 이해시키는 데는 그리 오랜 시간이 걸리지 않았다. LA에서 일어난 일은 미국이라는 국가에 대한 테러 행위가 아닌, 외떨어진 사건이었다. 루시엔 폴터에게는 여타 테러리스트들이 갖고 있는 정치적인 의제가 없었다. 그렇다고 해서 그가 유나바머인 것도 아니었다. 시민들 사이에 공포를 퍼뜨리기 위해 무차별적인 폭력을 사용하려는 의도로 그런 게 아니었다.

"그럼 그 의도가 뭐죠?" 대통령이 물었다. 케네디는 루시엔의 과거와 살인 백과사전에 관해 이야기했다. 대통령은 당연히 불신의 표정을 지었지만, 케네디는 똑똑했고 그 상황의 심각성을 몇 단계 아래의 것으로 축소할 수 있었다. '백과사전'은 그저 루시엔이 좋아서 사용한 단어일 뿐, 실제로는 두서없는 메모 몇 장에 지나지 않는다고 보고했다.

"다 해서 열두 쪽 정돕니다." 그는 거짓말했다.

예상했던 대로 언론은 폭발이 일어난 지 불과 몇 분 만에 이 사건을 보도하기 시작했고, 늘 그렇듯 그들은 자신들이 가진 최대의 장기를 효과적으로 발휘했다. 폭발 이면의 이유를 추측하고 가능한 한 선정적으로 다루었다. 헤드라인이 극적일수록 신문은 더 많이 팔릴 것이고 더 많은 독자를 끌어모을 것이다.

그런 헤드라인이 만들어낸 근거 없는 믿음, 일례로 이 폭발이 뉴욕에서의 9.11 테러 이후 로스앤젤레스에 잠복해 있다 활동을 재개한 테러 조직의 소행이라는 류의 가장 터무니없는 루머를 명확히 해명하기 위해 연방보안청과 FBI, LAPD는 폭발 다음 날 아침 공동 기자회견을 열어야 했다. 헌터, 블레이크 반장, 홀브룩, 웨스트는 카메라 앞에 어색하게 서서 세 개의 수사기관 책임자가 사실상 검토하고 합의한 내용의 성명서를 낭독했다. 거짓말은 하지 않았다. 그들은 언론과의 대화에서 그들이 가진 최고급 기술을 사용했다. 즉, 정보를 선별적으로 사용하는 것이었다. 지금 대중에게 필요한 것만 공개하고 그 외에는 일절 공개하지 않는다. 그것을 염두에 두고 루시엔의 수수께끼, 그리고 시간과의 싸움에 대해서는 한마디도 언급하지 않았다.

"깜박할 뻔했군." 또 다른 관료 회의를 마치고 나오던 중에 웨스트가 헌터에게 말했다. 그러고 나서 그는 주머니에서 작은 정사각형 상자를 꺼냈다. "이것 좀 봐요." 그가 뚜껑을 당겨 열자, 25센트 동전보다 크지 않은 둥근 금속 물체가 보였다.

"네." 헌터가 말했다. "멋지네요. 뭔데요?"

"추적 장치요. 우리가 얘기했던 거 기억합니까?"

헌터는 곁눈질로 웨스트를 보았다.

"괜찮은 걸 찾아낼 수 있을 거라고 말했잖아요." 웨스트는 왼 손바닥에 둥근 물체를 올려놓고 헌터에게 보여주었다. "뒤에 붙은 작은 금속 클립이 보일 거요. 당신과 FBI 요원이 루시엔을 따라 뉴햄프셔의 은신처로 가야 했을 때, 당신의 셔츠 단추가 마이크 장치라는 걸 그가 알아냈을 뿐만 아니라 당신 벨트, 시계, 동전, 열쇠, 지갑 등 모든 걸 버리고 가게 했다고 말했었죠?"

헌터는 고개를 끄덕였다.

"그래서 이게 우리한테 온 겁니다." 웨스트가 헌터에게 눈을 찡긋하며 말했다. "당신이 원하는 어디에도 붙여 고정할 수 있지만, 나라면 주머니에 부착할 거요. 바지 안쪽에다가. 내가 보여드리지." 바로 그곳, 강력계 형사들의 사무실이 있는 층의 바깥 층계참에서 웨스트는 헌터를 앞에 세워둔 채 벨트를 풀었다.

헌터는 혹시라도 누가 볼까 싶어 어색하게 주위를 둘러보았다.

웨스트는 바지 안으로 손을 넣어 주머니를 꺼내 보였다. "바로 여기에 클립으로 고정해요, 보이죠? 주머니 맨 끝, 안쪽 면에다가. 이렇게 하는 이유는 간단해요." 그는 바지 지퍼를 올리고 벨트를 다시 채운 뒤 추적 장치에 대해 말했다. "장치를 작동시키려면 가운데 부분을 꽉 누르기만 해요." 웨스트는 장치를 한 번 눌렀다. "손가락 밑에서 딸칵하고 눌러지는 느낌이 난 뒤 약 1초 정도 미세한 떨림이 느껴질 겁니다. 하지만 실제로 딸칵 소리나 진동하는 소리가 나지는 않고, 불 같은 것도 켜지지 않을 거요. 알겠어요? 추적 장치가 자신을 드러내지 않을 거라는 의미죠. 하지만 기억해야 할 점은, 이렇게 켜야만 장치가 작동한다는 겁니다. 장치를 끌 수는 없으니 실수로 켜지 않도록 하고."

헌터의 눈썹이 웨스트를 향해 활처럼 휘었다. "그런데 방금 켰네요?"

"아니, 아직 작동하지 않아요." 웨스트가 설명했다. "작전팀에 전부 배포하고 나서 오늘 늦게 활성화할 겁니다." 그는 헌터를 향해 고개를 끄덕였다. "그래요, 우리 모두 하나씩 가질 거요. 우리 얼굴이 모두 TV에 나왔으니, 더 이상 모험은 하지 않을 겁니다. 여하튼⋯⋯." 웨스트가 추적 장치를 건네며 말했다. "'주머니 안쪽'은 그냥 내 제안일 뿐이에요."

"나라면 좀 더 은밀한 곳에 하겠어요." 헌터가 작은 상자를 바지 주머니에 넣으며 말했다.

"세탁하기 전에 바지에서 떼어내야 한다는 걸 기억해요, 알겠죠?"

"최선을 다하죠." 헌터가 말했다.

"뭐 좀 물어봐도 됩니까?" 그들이 다시 걷기 시작했을 때 웨스트가 물었다.

"그럼요." 헌터가 대답했다.

"폭발 직후 루시엔과 한 마지막 통화에서 그는 당신이 제시간에 수수께끼를 실제로 풀었는지 의심했잖습니까? 당신이 감을 잃고 있다며 헛소리를 했죠. 하지만 당신은 시간 안에 수수께끼를 풀었어요."

헌터는 고개를 한 번 끄덕였다.

"왜 풀었다고 말하지 않은 겁니까?" 웨스트가 의문을 제기했다. "아무리 작은 승리라 해도 왜 굳이 놈한테 승리를 더 얹어 준 겁니까? 나라면 말했을 겁니다. 수수께끼가 네 생각만큼 어렵지는 않았다고요. 놈한테 자신이 생각보다 영리하지 않다는 사실을 일깨워주려고 말입니다."

"무슨 말씀이신지는 압니다." 헌터가 말했다. "하지만 그런다고 얻는 건 없을 겁니다."

"아뇨, 있어요." 웨스트가 반박했다. "루시엔이 스스로를 '미치광이 왕'으로 생각하는 걸 중단시킬 수 있었겠죠. 분명 그가 입가에 짓고 있었을 억지 미소가 그 순간 바로 얼굴에서 떨어져 나갔을 겁니다."

"다르게 말하면, 그를 더 화나게 만들었겠죠." 헌터가 응수했다.

웨스트는 잠시 말을 멈추고 불안한 눈으로 헌터를 응시했다.

"우리는 루시엔의 다음 행보가 뭔지 모릅니다." 헌터가 설명하기 시작했다. "수수께끼 게임을 또 하고 싶을 정도로 그는 즐겼는지도 모르죠. 다시 말해, 다음 범행에 대한 수수께끼를 완전히 새로 만들어낼지도 모른다는 겁니다. 놈이 다시 살인을 하리라는 건 자명한 사실이니까요. 그가 대량 살인을 자기 범죄의 새로운 경향으로 고수할지는 모르겠지만, 어쨌든 우리가 잡지 못하면 그가 다시 살인을 할 거라는 건 알아요."

"그래요." 웨스트가 동의했다.

"루시엔이 수수께끼 카드를 한 번 더 쓰기로 결심했는데 첫 번째 수수께끼가 우리에게 그리 어렵지 않았다고 믿게 하면, 그가 어떻게 할 것 같습니까?"

웨스트는 말없이 체중을 한 발에서 다른 발로 옮겨 실었다.

헌터는 계속 말했다. "반대로 수수께끼가 너무 정교하고 지능적이어서 우리가 풀지 못했다고 믿게 함으로써 그의 자부심을 충족시키는 방법도 있겠죠. 그가 우리 모두보다 우월하다는 걸 인정하는 방식으로, 그를 화나게 하는 게 아니라 기쁘게 하는 겁니다."

"그렇다면 당신 생각은 이 미친놈을 우쭐하게 만들어서……." 웨스트가 말했다. "놈이 다음 살인에 수수께끼를 또 사용하겠다고 결심할 경우 우리를 좀 봐주게 해서, 결과적으로 상황을 더 쉽게 만들 수도 있다는 겁니까?" 웨스트는 그다지 확신이 없는 듯 보였다.

"그럴지도 모르죠." 헌터는 대답했다. "하지만 제가 생각하는 건 그게 아닙니다. 루시엔이 **더 이상** 화나지 않게 하려는 거죠. 그가 화나면 '내가 할 수 있는 모든 걸 보여줄게'라고 마음먹을 게 거의 확실하니까요. 화가 나서 매일 살인하기 시작할 수도 있고, 아니면 그보다 끔찍한 짓을 저지를 수도 있어요. 하지만 그를 치켜세워준다면, 적어도 며칠 정도는 그가 살인하는 대신 잠시 몸을 낮추고 자기 승리를 음미하게 만들 수도 있을 겁니다."

웨스트는 자신은 한 번도 그런 식으로 생각해보지 못했다는 걸 인정해야 했다.

54

공식적인 '추정' 피해자 수는 폭발이 있은 후 48시간 만에 발표되었다. FBI와 LAPD의 현장감식반이 몇 시간 동안 현장을 샅샅이 뒤졌지만 그들이 실제로 찾을 수 있었던 건 '두개골들'뿐이었다.

신체가 분할되거나, 찢겼으나 분쇄되지는 않았을 가능성이 큰 폭발 현장에서는 **가능한 한 정확하게** 피해자 수를 추산하기 위한 공식적인 방법으로 '두개골의 수'를 집계하는 것이 일반적이다.

48시간이 거의 다 됐을 무렵 FBI의 법의학연구소는 위스키애서니엄에서 폭발로 목숨을 잃은 사람들의 수가 서른 명에 이른다고 발표했다.

LAPD와 FBI, 연방보안청은 언론과 로스앤젤레스 시장, 그리고 캘리포니아 주지사로부터 엄한 조사를 받았다. 그중 연방보안청이 특히 엄격한 조사의 대상이 되었는데, 법적으로 탈주범을 체포하는 일은 전적으로 연방보안청의 책임이기 때문이었다.

"아무나 설명해봐요. 도대체 어떻게 이런 일이 가능한지." 성난 질문이 로스앤젤레스의 시장, 에릭 롬바디에게서 나왔다.

그는 블레이크 반장의 집무실 창가에 서 있었다. 시장과 블레이크 반장 외에 헌터와 가르시아, FBI 특수요원 피터 홀브룩, 연방보안관 타일러 웨스트, 로스앤젤레스 경찰국장 로저 데이비드슨 역시 회의에 참석했다.

"내 도시에서 이 미친놈이 공공시설을 폭파해 서른 명이나 죽인 지 벌써 8일이 지났습니다." 시장의 선천적으로 깊은 목소리는 화났을 때 특히 위협적으로 들렸다. "빌어먹을! 여드레나 지났단 말입니다. 그런데 당신네들 중 놈을 잡을 단서를 가진 사람이 아무도 없다는 거요?" 그는 기다렸지만 입을 여는 사람은 없었다. "내가 잘못 알고 있으면 말해봐요. 이 루시엔 폴터라는 인물은 테러리스트가 아니라면서요? 감옥에서 탈출한 탈주범이라더군요. 얼마나 된 겁니까?" 그의 시선이 웨스트에게로 옮겨졌다.

"14일 전입니다." 연방보안관이 말했다.

"바로 그 말이요. 이 기괴한 쇼가 14일이나 계속되고 있어요." 시장의 가열된 시선이 그 방을 순회했다. "14일……. 연방보안청만 놈을 추적하는 게 아니지. 이 자식은 빌어먹을 FBI에 망할 LAPD까지 끌어들였어요."

이번에 그의 따가운 시선을 받은 사람은 로저 데이비드슨 경찰국장이었다.

"하지만 그게 다가 아니잖아요." 시장은 계속했다. "연방보안청이 추적하는 대부분의 도망자와 다르게 이 작자의 행방은 이미 알려져 있는 게 아닙니까? 며칠 전부터 알고 있었잖아요? 그자는 여기 있어요. 바로 여기!" 그는 양손의 검지로 바닥을 가리켰다. "로스앤젤레스에 쭉 있었어요. 그리고 우리가 그 사실을 아는 이유는 놈이 제 입으로 그걸 말했기 때문이지. 술집을 날려버리기 무려 나흘 전에!"

웨스트가 정수리를 긁적였다. 그는 뭔가 말하려 했지만, 시장의 말이 끝나지 않고 이어졌다.

"자, 여기 사실이 하나 있어요." 그는 계속 말했다. "우리는 루시엔 폴터가 어떻게 생겼는지 알고, 어디에 있는지도 알아요. 내 말은, 어느 도시에 숨어 있는지 안다는 거요. 또 놈한테는 알려진 공범이 없고 혼자 일하는 경향이 있다는 것도 알아요. 게다가 이 자식은 감옥에 있었어요." 시장의 오른손이 위로 올라갔다. "잠깐, 다시 고쳐 말하죠. 놈은 바깥 세계와 그 어떤 접촉도 없이 3년 반을 독방에 갇혀 있었어요. 면회객도 없었고, 전화 통화도 없었고, 편지도 없었다더군. 아무것도……. 그런데도 탈옥하는 과정에서 일곱 명이나 죽였고, 몇 개 주를 마음껏 돌아다녔고, 민간 항공기를 탔고, 거기에다 군용 C-4까지 손에 넣었고, 당국에 전화를 걸어 염병할 게임 판을 요란하게 벌였고, 기어이 술집을 폭파했는데…… 아무도 그를 찾을 수 없다? 그리고 이게 그냥 '아무'가 아니잖아요? 이 '아무'에는 연방보안청, FBI, LAPD가 포함되어 있지 않습니까. 지금 유령을 쫓는 게 아니잖아요. 우리는 사람을 쫓고 있어요. 단 한 사람. 딱 한 명. 놈의 사진이 있고, 놈이 누구인지 알고, 놈이 이 도시에 있다는 걸 알고 있으면서도 우린 놈을 잡지 않고 있는 겁니다. 그러니 다시 한번 묻죠. 이 사무실에 있는 누군가가 설명할 수 있다면 해봐요. **도대체 어떻게 이런 일이 가능한 거요?**"

"루시엔은 인생 대부분을 그렇게 살아왔습니다." 몇 초간 정적이 흐른 뒤에 유일하게 대답한 사람은 헌터였다.

"뭐라고요?" 시장이 그를 향해 몸을 돌렸다.

헌터는 말했다. "3년 반 전 체포되기 전에, 루시엔 폴터는 루시엔 폴터가 아니었습니다."

시장이 눈살을 찌푸렸다. "말을 말처럼 할 때까지 얼마나 기다려야 되는 거요, 형사? 내가 온종일 말장난이나 듣고 있을 만큼 시간이 많은 게 아니라서 말입니다."

헌터는 다시 말했다. "대학 시절 이후로, 루시엔은 루시엔이 아니었습니다."

"그래요?" 시장이 의문을 제기했다. "그러면 누구였단 말이죠?"

"그가 되고 싶어 한 누군가요. 누구든지요." 헌터는 그렇게 대답하고 즉시 설명으로 넘어갔다. "루시엔은 바보가 아닙니다. 오히려 매우 지능적이죠. 대학 시절로 거슬러 갑니다만, 그는 살인을 시작하면서 그 일이 자신에게 극도로 위험하다는 걸 알았습니다."

헌터는 루시엔이 살인을 하는 진짜 이유나 백과사전에 대해서는 일절 언급할 필요가 없다고 생각했다. 그것을 밝혀봤자 새로운 질문 공세에 시달리게 될 뿐이었다.

"루시엔은 실수 하나……." 헌터가 계속했다. "사소한 실수 하나면 경찰에 쫓기게 된다는 걸 알았습니다. 그래서 일찍부터 계획을 세웠죠. 절대 자신의 신원을 사용하지 않는다는 계획을요. 그 계획을 실행한 방법은, 나중에 그렇게 해야 할 상황이 되었을 때 신원을 넘겨받을 수 있는 피해자를 찾는 것이었고요."

"미안하지만, 다시 한번 설명해줄래요?" 롬바디 시장이 헌터의 말을 막았다. "그렇게 해야 할 경우 그들의 신분을 넘겨받는다? 어떻게 말이오?"

"루시엔은 자신과 용모가 비슷한 남성을 찾기 시작했습니다." 헌터가 설명했다. "확연히 닮을 필요도 없었죠. 키와 체격만 비슷하면 됐어요. 너무 마르지도 않고, 너무 뚱뚱하지도 않고. 그 외에는 그가 맞출 수 있었습니다. 나이를 포함해서요."

롬바디와 데이비드슨은 다소 혼란스러운 듯 보였다.

"그 세월 동안, 루시엔은 자신의 용모를 바꾸는 방법에 있어서 전문가가 되었습니다." 헌터는 자신의 주장을 명확히 했다. "분장, 보형물, 액체 라텍스, 가발……. 그 밖에도 알아야 할 건 다 알고 있죠. 그는 자신을 어떤 모습으로도 위장할 수 있습니다. 뿐만 아니라 목소리, 말씨, 억양, 자세, 걸음걸이, 버릇 등 전부 다 바꿀 수 있어요. 루시엔의 계획은 키와 체형이 자신과 비슷한 남성을 찾는 것으로 시작됩니다. 일단 찾아내면, 먼저 그들과 친구가 되고 그들에게서 뽑아낼 수 있는 정보를 모조리 빼낸 다음에 결국 그들을 **취하죠**."

"'그들을 취한다'는 말은……." 롬바디 시장이 말했다. "그들을 죽인다는 뜻이겠군."

"맞습니다." 헌터가 확인해주었다. "그들이 죽으면 루시엔은 그들의 여권, 신분증, 운전면허증 따위를 모두 찾아내 손에 넣습니다. 그리고 그 사람의 이름은, 루시엔이 필요할 경우 사용할 수 있는 신원 목록에 올라갑니다. 그러다 때가 오면 루시엔은 자신의 외모를 그 사람의 서류상 사진과 똑같이 만드는 거죠."

"그 사람의 이름이 목록에 올라간다고 했어요?" 시장이 물었다.

헌터는 고개를 끄덕였다. "루시엔이 3년 반 전에 마침내 체포되었을 때, 은신처 한 곳에서 신원 정보 관련 서류가 든 상자를 발견했습니다. 모두 남성이었고, 루시엔과 키나 체형 따위가 유사했습니다." 그는 시장이 이해할 시간을 주기 위해 잠시 말을 멈추었다.

"그에게 신원을 선택할 수 있는 명단이 있었다는 건가?" 롬바디 시장이 물었다.

헌터는 다시 고개를 끄덕였다. "루시엔은 그런 사람입니다. 그는 누구와도, 어디에도 전혀 얽매이지 않은 현대 도시의 생존주의자입니다. 그는 아침에 일어나자마자 자기가 되고 싶은 사람은 누구라도 될 수 있죠. 그 능력에 있어서 유별나게 뛰어나고요." 헌터는 블레이크 반장의 책상에 놓인 루시엔의 사진을 가리켰다. "탈출한 지 몇 시간 만에 루시엔은 이미 저 모습을 탈피했을 겁니다. 탈출한 지 2주가 지난 지금은……." 헌터는 어깨를 으쓱했다. "노령연금 수급자나 흑인, 심지어 여자가 되어 이 도시를 활보하고 있을 수도 있습니다."

이번에는 롬바디 시장이 신경질적으로 뒤통수를 긁을 차례였다.

"조금 전에 여기서 유령을 쫓는 게 아니라고 말씀하셨죠, 시장님." 헌터는 지친 목소리로 말했다. "맞습니다. 루시엔은 유령이 아니에요. 그는 원할 때마다 자신이 원하는 어떤 신원이라도 취할 수 있는 돌연변이에 더 가깝습니다. 언젠가는 그가 곧 나타날 것이라거나 연락해올 것이라는 희망으로 우리가 감시할 만한 집이나 친구, 가족이 그에게는 없습니다. 그가 인생의 대부분을 유령처럼 살아왔다는 사실에 그 점까지 더하면, 우린 유령보다 훨씬 더 무서운 사람을 쫓는 셈이죠." 헌터는 시장의 시선을 맞받았다. "왜 아무도 그를 찾을 수 없는지, 이제 그림이 그려지십니까?"

55

"힘들었어." 가르시아가 롬바디 시장, 데이비드슨 경찰국장과의
긴 회의를 마치고 걸어 나오면서 말했다.

헌터는 말없이 동의했다.

폭탄이 터진 지 8일이나 지났는데도 수색 작업이 진전될 기미가 보
이지 않자, 수색작전본부에 만연했던 절망의 기운은 한층 짙어졌다.

하지만 모두를 정말 두렵게 한 것은, 루시엔이 다시 전화를 걸어
올 시간이 하루하루 다가온다는 점이었다. 그리고 그 전화가 그저
안부를 묻기 위한 게 아니라는 것을 모두가 알았다.

"괜찮아?" 가르시아가 물었다. 그는 자신의 파트너가 극심한 피로
에 시달리고 있다는 걸 한눈에 알아보았다.

"응, 괜찮아." 헌터의 대답은 그다지 설득력이 없었다.

"잠 좀 자고 있느냐고 물어볼 수도 있는데." 가르시아가 말했다.
"어리석은 질문이겠지?"

이번에는 헌터에게서 대답이 없었다.

"오늘 밤 애나가 바칼료아다를 만들 거야." 가르시아는 접근법을

바꿨다. "와서 같이 저녁 먹는 게 어때?"

바칼료아다는 소금 간을 해서 말린 대구와 채소를 조리해 만드는 포르투갈 요리였다. 브라질에서도 매우 인기가 있었는데, 가르시아가 제일 좋아하는 음식 중 하나였다. 그는 몇 년 전 헌터에게 이 음식을 맛보여주었고, 헌터는 첫입에 바칼료아다와 사랑에 빠졌다.

"스카치는 너만큼 많지는 않아." 가르시아가 덧붙였다. "그래도 좋은 것들뿐이야."

헌터는 시계를 확인했다. 저녁 6시 30분이 다 되어가고 있었다.

"정말 가고 싶기는 해." 헌터는 대답했다. "그런데 오늘 밤 트레이시와 보기로 했어."

헌터의 대답에 가르시아는 깜짝 놀라는 동시에 기뻐했다. "아, 잘됐네. 그녀는 어때?"

"잘 지내는 것 같아. 전화 통화는 하고 있지만, 그 일 이후로는 못 봤어."

업무량을 감안했을 때, 놀라운 일은 아니었다.

"언제든 데려와도 되는 거 알지?" 그가 말했다. "애나와 나는 정말 그녀가 마음에 들어. 재밌는 사람이야."

"고마워. 정말 고맙지만, 트레이시가 알람브라에 있는 유명 식당 예약에 성공했거든. 《이상한 나라의 앨리스》 콘셉트의 테마 식당이라던데."

"아, 거기 알아. 차를 타고 몇 번 지나갔었지."

"맞아, 이름이 '토끼굴'이야." 헌터가 말했다. "솔직히 말하면 취소할까도 생각했는데, 그러면 8일 동안 저녁 약속을 취소하는 게 세 번째가 되거든."

"그래. 아냐. 그러지 마, 로버트." 가르시아는 그를 설득하려 했다.

"그러지 말아야 할 두 가지 이유가 있어. 우선 넌 이 모든 일에서 벗어나 쉴 필요가 있어."

가르시아를 향한 헌터의 얼굴이 구겨졌다.

"어려운 거 알아." 가르시아가 인정했다. "너는 공적인 일을 개인적인 의무로 받아들이는 경향이 있어. 이 사건에 대해서는 더더욱. 하지만 둘을 분리해야 한다는 거, 나만큼이나 너도 잘 알잖아. 로버트, 단 몇 시간만이라도 너를 위해 써. 그러다 큰일 날지도 몰라."

찡그린 표정은 사라졌다.

가르시아는 계속 말했다. "그리고 내가 아는 바로는, 그 둘을 분리시킬 수 있는 유일한 사람이 있다면…… 그건 트레이시일 거야."

헌터는 그 말을 부정하지 않았다.

"두 번째는 뭐야?" 그가 물었다.

"뭐?"

"두 가지가 있다며." 헌터가 상기시켰다. "분리하는 게 첫 번째고, 두 번째는 뭐야?"

"두 번째는, 여자와의 약속은 취소하지 말라는 거야."

헌터는 웃었다.

"어이." 가르시아의 어조에 장난기라곤 없었다. "농담이 아니야. 이건 진지한 문제라고. 이유가 뭐가 됐든 여자와의 약속을 취소하는 건 매우 안 좋은 행동이야. 약속 당일에 저녁 데이트를 취소하는 거 말이야. 특히 예약을 여자가 했을 때는 절대 **안 돼**. 날 믿어, 로버트. 그런 일은 여자들을 끝없이 화나게 만든다고. 그 친구들이 뭐라고 하든 말이야. 그래, 여자들은 이렇게 말할 수도 있어. 이를테면……." 그는 최대한 여성스러운 목소리로 말했다. "*괜찮아요. 전혀 문제 없어요. 물론 이해하죠. 당연히 난 상관없어요. 다른 날로 다시 잡으*

면 돼요." 가르시아는 자기 말이 진리라는 듯 격렬하게 고개를 흔들었다. "그런 헛소리에 넘어가지 마. 여자들은 모든 게 괜찮다고 말할 수도 있고, 심지어 정말로 괜찮아 보여. 하지만 그녀의 속에서는 지옥의 문이 열리는 거야."

헌터는 다시 웃었다.

"이 주제에 관해서는 날 믿어, 로버트. 난 유부남이야. 아마 내가 너보다 유일하게 더 경험이 많은 분야일 거야. 저녁 데이트를 취소하지 마, 절대."

"그럴 거야." 헌터가 말했다. "취소할까 생각했다는 거지. 취소하지 않으려고."

"현명한 선택이야." 가르시아는 파트너에게 미소 지었다. "그럼, 이제 공식적으로 사귀는 거야?"

"그렇게 말할 수는 없어." 헌터는 대답했다. "가끔 만나는 게 다야. 우리한테는 그 정도면 괜찮아."

헌터는 자진해서 늘 혼자 살았다. 아내도, 여자친구도, 아이도 없었다. 결혼한 적은 없었고, 지극히 드물게 찾아온 관계는 끽해야 몇 달간 유지될 뿐이었다. 훨씬 더 짧을 때도 있었다. 그가 함께하기 어려운 사람이어서가 아니었다. 적어도 그는 스스로에 대해 그렇게 생각하지 않았다. 그 이유는, LAPD의 특수강력범죄수사대의 책임자로서 느끼는 압박감과 헌신이었다. 직업상 요구되는 늦은 퇴근과 이른 출근, 끊이지 않는 위험 상황, 그리고 마지막 순간에 약속을 취소하는 일 따위에 적절히 대응하거나 정말로 그것들을 이해해줄 수 있는 사람은 거의 없었다. 그러나 가장 최악인 건 그의 정신이 영원한 어둠 속에 놓여 있다는 점이었다. 매일같이 악마를 상대하는 일은 누구나 할 수 있는 일이 아니었다. 그러나 트레이시 애덤스는 다르다는 것을 헌터는 인정해야 했다. 그녀는 헌터의 직업이 요구하는 압박감과 헌신을, 이제껏 그가 만났던 누구보다도 잘 이해했다. 어쩌면 그녀 역시 범죄심리학자여서, 혹은 단지 그녀의 타고난 성격과 기질 때문일 수도 있었다. 하지만 헌터가 볼 때는 그중 무언가가 그녀에게 영향을 미친 까닭은 아닌 것 같았다.

"어이, 이봐." 가르시아는 헌터에게서 약간의 머뭇거림을 감지하며 말했다. "네가 그녀를 정말 좋아하고, 그녀도 그만큼 너를 좋아한다는 건 누가 봐도 분명해. 그리고 그녀를 만난 뒤로 네가 다른 사람은 만나지 않았다는 걸 난 알아. 이제 **제대로** 데이트하는 거라고 그냥 인정하지 그래."

"그래. 하지만…… 우린 아니야."

"고집불통이라니까. 너도 알지?"

헌터는 계단 쪽으로 걷기 시작했다.

"고집불통이 가신다!" 가르시아가 외쳤다. "이제 여자친구가 있는 고집불통."

헌터는 뒤도 돌아보지 않고 잘 가라는 손짓을 했다.

"그래, 이제 너한텐 여자친구가 있어."

56

트레이시 애덤스는 오리건주 올버니시의 소박한 중산층이었던 조지 애덤스와 패멀라 애덤스 부부의 외동딸로 태어났다. 조지는 학교에서 영어와 역사를 가르치는 교사였고, 패멀라는 올버니 시내 북쪽에 위치한 독특하고 역사적인 동네 아버힐에서 작은 옷가게를 운영했다.

트레이시는 7월생으로 게자리였는데, 점성술을 신봉했던 어머니에 따르면 트레이시가 항상 차분하고 직관력이 뛰어나면서 예측하기가 쉽지 않은 아이였던 주된 이유는 바로 게자리 태생이기 때문이었다. 사실 트레이시 자신은 그것을 전혀 믿지 않았다. 하지만 아마도 그녀가 살면서 본 가장 친절한 영혼인 어머니를 기쁘게 하려고 매일 등교 직전, 아침 식사 시간에 그녀와 함께 신문의 별자리 칼럼을 읽곤 했다.

트레이시의 '가장 친절한 영혼' 순위표에서 아주 근소한 차이로 2등이 된 아버지 역시, 아내가 적어도 하루에 한 번은 반드시 알려주는 어리석은 별자리 예언을 전혀 신경 쓰지 않았다. 하지만 딸과 마찬가지로, 단지 그녀를 행복하게 해주고 싶은 생각에 모두 받아주곤 했다.

트레이시의 눈에 조지 애덤스와 패밀라 애덤스는 친절한 영혼일뿐만 아니라 모든 아이들이 바라 마지않을 이해심 많은 부모였다.

트레이시가 떠올릴 수 있는 가장 오랜 기억 속에서, 자신은 여느 소녀들과 같지 않았다. 어렸을 때 인형을 갖고 놀거나 또래의 아이들과 소꿉놀이를 하는 대신 그녀는 책에 관심을 두었다. 《주홍글씨》, 《위대한 개츠비》, 《앵무새 죽이기》, 《작은 아씨들》, 《앨저넌에게 꽃을》 등 오래된 미국 소설을 특히 좋아했지만, 에드거 앨런 포의 소설과 시만큼 그녀를 매료시킨 것은 없었다. 에드거 앨런 포는 우연히도 헌터가 가장 좋아하는 미국 시인이기도 했다.

언제나 아주 어두워 보이면서 동시에 지혜롭고, 때로는 희망까지도 느껴지는 포의 언어 표현 방식을 트레이시는 좋아했다. 그러나 모호함에 대한 트레이시의 강한 이끌림은 자기가 선호하는 문학에만 국한되지 않았다. 그것의 영역을 훨씬 뛰어넘어 그녀가 자라는 동안 삶의 대부분에 관여했다. 트레이시는 더 어두운 빛깔의 옷, 더 우울한 음색의 노래, 더 무서운 분위기의 영화를 선호했다. 열두 살에 시작한 화장과 함께 피부에 스며든 더 어둡고 고딕적인 모습은 어느덧 그녀에게 당연한 것이 되어 있었다. 하지만 미국과 전 세계의 아주 많은 10대들과 마찬가지로 그녀의 스타일을 정의하는 진정한 요소는 음악이었다. 더 정확히 말하면, 특정 음악 장르. 트레이시가 '나인 인치 네일스'의 데뷔 앨범 〈프리티 헤이트 머신〉을 처음 접한 건 열네 살 때였다. 그것이 순식간에 불멸의 열정을 불러왔다. 파격적인 리듬과 강력한 가사, 그리고 어두운 음악 스타일은 에드거 앨런 포의 시와 거의 같은 강도로 그녀에게 말을 건네왔다. 그녀는 그 앨범과 그 그룹, 나아가 '인더스트리얼 록'이라는 장르와 사랑에 빠졌다. 이어서 '미니스트리', '스키니 퍼피' 등 같은 스타일의 밴드를 더 발견했고, 나아가 '고딕 록' 장르와 함께 '바우하우스', '시스터스 오브 머시', '필드 오프 더 네필름', '킬링 조크'와 같은 훨씬 더 오래된 그룹들도 발견했다.

놀랍지 않게도, 트레이시가 최근에 발견한 음악 스타일과 그러한 장르를 규정하는 그룹들을 향한 새로운 사랑은 그녀를 이루는 모든 방식에 큰 영향을 미치기 시작했다. 옷을 입고, 머리를 하고, 손톱을 칠하고, 화장을 하는 것과 같은. 그녀는 일찍이 자신이 다른 아이들과 다르다는 걸 알았지만 음악은 그것을 더 가열시켰고, 주류 사회의 다소 보수적인 학교에 다니는 열네 살 소녀에게 이는 의심의 여지 없이 문제가 되었다.

그녀의 겉모습이 달라지자마자 괴롭힘이 시작되었다. 트레이시는 다른 모든 아이들에게 버림받았다. 밤부터 낮까지, 욕과 조롱 등 모든 끔찍한 것들로 괴롭힘을 당했다. 심지어 가장 친한 친구라고 믿었던 아이들조차 더 이상 그녀와 함께하고 싶어 하지 않았다.

어느 봄날 오후, 급성 장염으로 하루 일을 쉰 패멀라는 현관문을 박차고 들어온 딸이 평소와는 다르게 인사도 없이 곧장 위층 방으로 올라가는 것을 보았다. 패멀라는 아픈 와중에도 몇 초 뒤에 벌써 딸의 방문을 두드리고 있었다.

"트레이시, 무슨 일 있니?" 패멀라가 방문 바로 밖에서 물었다.

"아무 일도 아녜요, 엄마." 트레이시가 문을 열지 않은 채 대답했다. "다 괜찮아요."

패멀라는 트레이시의 음성에서 화와, 상처받은 기색을 감지했다.

"그래, 근데 너무 뻔한 대사잖니."

"진짜예요, 엄마. 괜찮아질 거예요."

파멜라는 굳이 물어보긴 했지만 자기 딸이 무엇 때문에 그렇게 화가 났는지 잘 알 것 같았다. 그녀는 아이들뿐만 아니라 사람들 대다수가 변화를 받아들이기 매우 어려워한다는 걸 알고 있었다. 특히 그들이 이해하지 못하는 변화일 때는 더.

'좋아, 네가 그렇게 말한다면 나도 방법이 있어.' 패멀라는 자기 딸을 누구보다 잘 알았기 때문에 다른 접근법을 시도했다. "아, 맞다. 아가, 괜찮다면 부탁 하나 하고 싶은데. 지금 할 필요는 없어. 네가 시간이 있을 때, 알았니?"

트레이시는 아무 대답도 하지 않았다. 패멀라는 계속 말했다.

"오늘 아침에 네 머리하고 화장이 정말 좋던데. 어떻게 했는지 가르쳐줄 수 있니? 주말 전에 알았으면 좋겠어. 토요일에 아빠와 단둘이 저녁을 먹으러 나갈 거야. 나도 비슷한 걸 해보고 싶구나."

패멀라는 침묵 속에서 가만히 기다렸다.

몇 초 후, 트레이시가 방문을 열었다.

어머니를 바라보는 그녀의 눈빛에는 질문이 들어차 있었다.

패멀라는 트레이시에게서 운 흔적은 발견하지 못했다. 그건 좋은 일이었지만, 확실히 아이는 화가 난 듯 보였다.

"정말이야." 패멀라가 말했다. "아이섀도를 칠한 거나 색 조합이나 정말 멋지네. 그런 건 어디서 배웠어?"

트레이시는 잠시 어머니와 시선을 마주쳤다.

"엄마는 내 엄마라서 그렇게 말하는 거예요."

"아니, 그렇지 않아." 패멀라는 약간 상처를 받았다. "트레이시, 그보다는 날 더 잘 알아야 하잖니. 나는 정말 그게 마음에 들어. 그리고 주말에 비슷하게 해보고 싶구나. 조언 좀 해줄 수 있니?"

"음, 그렇다면…… 엄마가 그걸 좋아하는 유일한 사람이네요. 다른 사람들은 나를 창녀라고 생각해요."

그거였다.

"그렇구나." 걱정하는 어조로 패멀라가 말했다.

"심지어 데비와 웬디도 그렇게 생각해요." 트레이시가 말했다. 데비와 웬디는 그녀의 가장 친한 친구들이었다.

"걔네가 그렇게 말했어?" 패멀라는 진심으로 놀라 물었다.

"앞에서는 안 해요. 하지만 걔네가 날 쳐다보는 눈빛에서 알 수 있어요. 걔네는 이제 '안녕' 하고 인사조차 하지 않는걸요. 제가 다가가려 하면 걔들은 떠나버려요. 교실에서 자리도 옮겨버려서 내 옆에 앉지도 않고요. 꼭 제가 걔들을 난처하게 만드는 것처럼요."

"뭐 하나만 물어볼까?" 패멀라가 이해심 많은 목소리로 말했다. "넌 그게 좋아? 네 화장, 네 머리, 네 옷, 네 새로운 스타일 모두? 정말 좋아해? 아니면, 그냥 네가 좋아하는 밴드처럼 보이고 싶어서 그러는 거니?"

답을 생각해볼 필요도 없는 질문이었다.

"좋아요, 엄마. 정말 좋아요. 저한테 어울리는 것 같아요. 제 성격에 잘 어울려요. 내 내면의 모습을 반영하는 것 같거든요. 물론 제가 가장 좋아하는 밴드에서 영감을 받긴 한 건데, 어쨌든 저한테 잘 어울린다고 생각해요."

"그러면 계속할 생각이니?" 어머니가 물었다. "아니면 전의 모습으로 돌아갈 거야? 다른 사람들이 네 스타일을 인정하지 않는다는 이유만으로?"

"말도 안 돼요. 계속할 거예요." 트레이시는 확신하는 듯했다. "미안하지만, 사람들이 마음에 안 든다고 하면 엿이나 먹으라고 할래요. 이건 내 모습이에요, 다른 사람들의 것이 아니라."

"그럼 이미 정답을 가지고 있구나, 내 딸." 패멀라는 딸을 향해 자랑스럽다는 미소를 지어 보였다. "네가 좋아하고 편안하면 됐어. 그게 중요한 거니까. 엄마는 이것보다 더 자랑스러울 수가 없구나. 왜냐하면 네가 지금 하고 있는 게, 사람들이 밖에서 하기 가장 어려운 일 중 하나니까. 특히 네 또래한테는 더."

"그게 뭔데요, 엄마?"

"네가 네가 되는 것."

트레이시는 엄마를 보며 얼굴을 찌푸렸다.

"자, 앉으렴." 패멀라는 트레이시의 침실로 들어가 침대를 가리키며 말했다.

"트레이시." 침대에 앉은 패멀라는 딸의 손을 잡으며 말했다. "네가 지금은 알지 못할 수도 있는 게 한 가지 있어. 물론 시간이 지나면 알게 되겠지만 말이야. 신이 주신 이 지구에서 자기가 정말로 되고 싶거나 정말로 하고 싶은 걸 하며 사는 사람은 극소수야. 진실은 이래. 우리 자신이 되려면…… 진짜 우리 자신이 되려면 용기는 물론이고 자신감과 함께 많은 개성이 필요해. 바깥의 아주 많은 사람이, 그러니까 내 말은…… 정말 많은 사람이 자기가 진짜 입고 싶은 대로 입지 않거나, 진짜 하고 싶은 모양으로 머리를 하지 않는다는 거야. 화장이든 뭐든 다 그래. 사람들 대부분은 진정으로 자기가 원하는 걸 하는 게 아니라, 자기한테 기대하는 것을 한단다."

"자기한테 **기대하는?**" 트레이시가 물었다.

어머니가 고개를 끄덕였다.

"누가 기대를 하는데요?"

"다른 사람들이." 패멀라가 대답했다. "부모님, 친구, 선생님, 상사

그리고 사회……." 그녀는 어깨를 으쓱하고 트레이시에게 미소를 지어 보였다. "엄마는 이런 격려의 말을 훨씬 나중에나 해주게 될 거라고 생각했어. 아마도 졸업식 날에? 어쨌거나 때가 됐네. 그러니 이렇게 하는 게 어떻겠니?"

그녀는 좀 더 편안하게 자세를 고쳐 앉았다.

"개성 있는 사람이 되기란 말처럼 쉽지 않아." 패멀라가 설명했다. "우리는 자라면서 인생의 다양한 단계를 거쳐 가거든. 때로는 새로운 움직임이 만들어지기도 해. 새로운 음악 장르, 새로운 스타일, 새로운 믿음……. 그 일부가 되고 싶을 정도로, 아주 다른 방식으로 우리한테 말을 걸지. 그렇지만 모든 사람이 그걸 이해하는 건 아니야. 엄마는 젊었을 때 히피였고, 아빠도 그랬단다."

"말도 안 돼!"

"사실이야." 패멀라는 만족해하는 미소를 지었다. "나중에 그때 사진을 찾아서 보여줄게. 하지만 엄마가 히피가 되니까, 소위 친구라고 하던 아이들 대부분이 내 외모나 옷 입는 스타일을 대놓고 싫어했어. 자기들이 알던 내가 죽었다고 생각하고 날 떠난 거야. 너희 할머니, 할아버지도 마찬가지였어. 어느 정도였느냐면, 엄마한테 그러셨어. 네가 히피처럼 보이길 원한다면 집에서 나가 그렇게 살라고 말이야."

트레이시의 두 눈이 커졌다. 그녀는 이런 사실을 전혀 몰랐다.

"정말이에요?" 그녀가 물었다. "할머니, 할아버지가 엄마한테 떠나라고 하셨어요?"

"으흠."

"그래서 어떻게 하셨어요?"

"떠났지. 짐 몇 가지를 챙겨서 길을 떠났어. 당시에 난 그 모습이

편했기 때문에 그렇게 한 것뿐이었어. 옷 입는 방식이 맘에 들었거든. 물론 그런 내 모습도 마찬가지였고. 그때 내가 옹호했던 것을 나는 좋아했고 그 음악들도 사랑했어. 모든 것이 정말…… 말 그대로 해방이었어. 엄마는 내가 되고 있었어. 나 자신이 되고 있었지. 기분 좋은 일이었단다."

"하지만 지금은 히피가 아니잖아요." 트레이시가 말했다. "그러면 후회하시는 거예요? 제 말은, 할아버지와 할머니 집을 떠나고 친구들을 모두 잃었던 거요."

"단 1초도 후회한 적 없어." 패멀라가 대답했다. "왜냐하면 엄마는 엄마 자신에게 진실했으니까. 하고 싶었던 것을 하고 있었어. 자기 자신을 위한 인생을 살고 있었지. 부모님을 위한 인생도, 친구를 위한 인생도 아닌 나 자신을 위한 인생을 살고 있었어. 하지만 겉모습과는 별개로 실제로는 전혀 변하지 않았다고 생각했어. 엄마는 여전히 같은 사람이었으니까. 머리 스타일과 화장법, 옷 입는 스타일은 달랐지만 여전히 똑같은 사람이었어. 단지 그런 이유로 가장 친한 친구라고 생각했던 아이들이 나를 떠나기로 결정했다면, 실은 깊은 우정이 아니었던 거라고 생각했어." 그녀는 딸에게 미소를 지어주었다. "그리고 엄마가 집을 떠났기 때문에 아빠를 만난 거란다. 계속 집에 있었다면 아빠 같은 사람을 절대 만나지 못했을 거야." 패멀라는 잠시 말을 멈추고 손으로 딸의 머리칼을 쓸어내렸다. "엄마가 하려는 말은…… 너 자신이 되는 게 네가 할 수 있는 최고의 일이라는 거야. 언제나 말이야."

트레이시가 그 말을 들은 것은 그때가 마지막이 아니었다. '내가 되기'가 불과 2주 뒤에 그녀의 생명을 구하리라는 것을 그때는 알지 못했다.

57

그날 아침, 트레이시는 평일처럼 학교까지 걸어갔다. 다른 아이들로부터 욕을 듣지 않기 위해, 첫 수업 종이 울리기 몇 초 전에 학교에 딱 맞게 도착하게끔 속도를 조절하며 걸었다. 그럼에도 불구하고 괴롭힘을 완전히 피하는 것은 불가능했다.

"괴짜가 온다!" 여자애들 무리 옆을 지나칠 때 누군가가 외쳤다.

"관은 깜박했니, 모티시아(《아담스 패밀리》에 등장하는 캐릭터―옮긴이)?" 누군가가 소리치자 모두가 웃음을 터뜨렸다.

트레이시는 그 어떤 것도 성가셔하지 않았다. 하지만 그날 아침에, 학교 정문을 통과했을 때였다. 늘 교실 뒤에 앉아 혼자 점심을 먹고, 아무와도 말을 섞지 않을 정도로 수줍음 많고 조용한 아이였던 트레버 다넬이 그녀를 멈춰 세웠다.

"어이." 트레이시가 막 학교 건물로 들어가려 할 때였다. 그 전까지 두 사람은 제대로 대화를 나눠본 적도 없었다.

"어." 트레이시도 트레버를 향해 살짝 고개를 끄덕였다.

트레버 다넬은 겨우 열다섯 살이었지만 키가 이미 183센티미터나

됐다. 당시 163센티였던 트레이시 옆에 서니 꼭 거인 같았다.

"네 그 스타일이 마음에 들어." 트레버가 낮은 어조로 말했다. "네 머리도, 화장도 마음에 들어. 아주 멋져."

칭찬도 칭찬이지만, 지금 자신이 트레버와 이야기를 나누고 있다는 사실에 트레이시는 진심으로 놀랐다.

"고마워." 그녀가 말했다. "참 친절하네. 정말 고마워."

"널 쭉 봐왔어." 트레버가 말했다. "예전에는 이런 옷을 입지 않았잖아."

트레이시는 어떻게 대답해야 할지 몰랐다.

"너한테 잘 어울려. 머리, 화장, 옷, 진짜 전부 다. 하지만 제일 맘에 드는 건, 네가 너 자신이 되어가고 있다는 거야."

트레이시는 그 말에 눈살을 찌푸렸다. 불과 2주 전 어머니가 해준 말 그대로였기 때문이다.

"나는 그게 좋아." 트레버가 덧붙였다. "아주 좋아해. 여기 있는 사람들 중 자기 자신이 될 배짱이 있는 사람은 극소수야. 진짜 자기 자신이 될 배짱 말이야. 나한테도 너처럼 행동할 용기가 있었으면 좋겠어. 우리 부모님은 절대 허락하지 않으실 거야." 그는 잠시 다른 곳으로 시선을 돌렸다가 트레이시와 한 번 더 눈을 마주쳤다. "네가 모습을 바꾼 뒤로 네 친구들이 널 따돌린다는 것도 알아."

트레이시는 불편해지기 시작했다.

"걱정 마." 트레버가 말했다. "자기들 손해지. 정말이야." 그때껏 트레이시가 들으리라고 예상하지 못했던, 진심이 담긴 어조였다. 그러나 거기엔 트레이시를 떨리게 만드는 묘한 섬뜩함 또한 있었다.

바로 그 순간, 천만다행으로 첫 수업의 시작을 알리는 종 소리가 울렸다.

"우리, 가야겠다." 트레이시가 말했다. "늦었어."

그녀가 트레버를 지나쳐 안으로 들어가려 하자, 그가 옆으로 옮겨 서며 막아섰다.

"그러지 마." 그가 말했다.

트레이시는 혼란스러운 얼굴로 그를 다시 쳐다보았다.

"뭘 그러지 말라는 거야?"

"수업 들어가지 말라고." 트레버가 대답했다. "오늘은 아니야. 넌 오늘 수업에 들어가고 싶지 않은 거야. 날 믿어봐."

그때 트레버의 눈 속에서 본 게 무엇인지 트레이시는 알 수 없었지만, 전에는 본 적 없는 것이라는 사실만은 확실히 알았다.

"집에 가." 트레버가 사실상 애원에 가깝게 말했다. "오늘 넌 학교에 있기에는 진짜 너무 멋져."

트레이시는 어떻게 해야 할지 몰랐다. 다리는 마비된 듯했다.

"그리고 제발 변하지 마." 트레버가 말했다. "너 자신이 되기를 절대 멈추지 마. 다른 사람이 뭐라 하든, 다른 사람이 뭘 원하든…… 네가 돼. 항상 네가 돼."

그러고는 왼쪽 어깨에 무거운 배낭을 들쳐 메고 몸을 돌려 학교 건물로 들어갔다.

트레이시는 머릿속에서 수많은 미친 생각들이 폭발하는 동안 가만히 서 있었다. 그 생각들은 이내 한 가지 생각으로 수렴됐다.

트레이시는 두 손이 오그라들고, 심장박동이 세 배로 빨라지고, 가슴과 목 사이 어딘가가 옥죄는 것을 느꼈다. 주변 공기의 농도가 숨쉬기 어려울 정도로 짙어졌다.

갑자기, 어떻게 그런 힘이 생겼는지 알지 못한 채 트레이시는 달렸다. 바람처럼 내달렸지만 집으로 향한 것은 아니었다. 그녀는 학교 건물로 들어가 미친 사람처럼, 날 듯이 복도를 질주했다. 목적지는 선배들이 1교시 수업을 받고 있는 미국사 교실이었다. 그녀의 아버지가 가르치는 수업.

트레이시가 흡사 허리케인이라도 불어닥친 양 교실 문을 확 열어젖혀 모두를 놀라게 한 건, 아버지 조지 애덤스가 출석부의 이름 4분의 3 정도를 불렀을 때였다.

"트레이시?" 그는 고개를 약간 앞으로 숙여 독서용 안경 위로 딸을 보면서 말했다. "왜 교실에 있지 않고 신……." 그때 그는 딸의 표정을 볼 수 있었다.

순수한 공포의 표정.

"트레이시, 무슨 일이니?"

트레이시는 숨을 들이마셨다. 그리고 그녀의 말이 입술 사이로 빠져나오기 전에, 첫 번째 총성이 복도를 따라 울려 퍼졌다.

58

루시엔은 8일간 헌터에게 연락하지 않았지만, 그렇다고 해서 그가 게으름을 피운 것은 아니었다. 폭발이 있은 다음 날 아침, 루시엔은 이미 다음 수를 준비하느라 바빴다. 이번에는 아주 다른 것을 해볼 작정이었다.

루시엔은 폭발 후의 감상이 마음에 들지 않았다. 그건 나름의 방식으로 헌터와 FBI, 연방보안청에 제대로 '엿'을 선사하려는 잔혹한 행위였지만 여전히 살인의 범주에 들어갔고, 따라서 살인이 공격자의 정신에 미치는 감정과 심리적 영향을 이해하기 위한 그의 연구영역에 해당하는 것이었다.

루시엔은 늘, 이제까지 수행해왔던 '연구' 방식에 계속 충실하기로 했다. 그는 일단 살인 행위가 완료되면 가능한 한 빨리, 가급적 머릿속에 아직 이미지가 생생해서 그것들이 그에게 의미가 있는 동안에 감정을 목록화하곤 했다. 그날 저녁, 폭발이 있은 후 헌터와 전화 통화를 끝낸 루시엔은 호텔 방으로 돌아왔다. 도착하자마자 그 사건과 관련하여 기억해낼 수 있는 생각, 감정, 기억 따위를 모조리 기록했다. 그리고 마침내 알게 된 사실에 그는 깜짝 놀랐다. 헌터 그리고 당국에 개인적으로 거둔 승리의 황홀감을 차치할 경우, 폭발 후 루시엔의 감정 상태는 그가 전혀 예상 못 했던 수준의 불쾌감이었다.

루시엔은 사전 준비 작업 내내 자신이 흥분해 있었다는 사실은 부인하지 않았다. 하지만 곰곰이 생각해보니, 그 흥분의 정체는 폭탄을 조립한 후에 느낀 성취감이었다. C-4로 맨 처음 단계부터 폭탄을 만드는 일은 그가 이전에는 해보지 못했던 일이고, 처음 하는 사람 치고 그것을 탁월하게 해냈음을 그는 알았다. 계산은 수학자만큼이나 정확했고, '배달'도 완벽하게 성공적이었다.

하지만 과정이 아닌 행위 그 자체, 그리고 그가 폭탄에 심은 휴대전화로 전화를 걸며 위스키애서니엄 건너편에 서서 지켜보았던 모든 것을 생각하면 자부심도, 흥분도, 마음을 달래주는 만족감도 들지 않았다.

그는 폭발하기 불과 몇 분 전까지 표적 장소 안에 있었고 그곳에서 가능한 한 많은 얼굴을 기억했음에도 이전과 같은, 살인을 하는 동안이나 직후에 주로 경험했던 의기양양한 느낌은 전혀 떠오르지 않았다. 모든 것이 인간미가 없고, 너무 무심하고, 너무나 초현실적으로 느껴졌다. 그날 밤, 루시엔은 이렇게 적었다.

불길에 휩싸이기 전의 폭발을 지켜보는 일은 내 생각이나 예상과는 전혀 달랐다. 물론 전에 했던 것들과 같지는 않을 거라는 것은 알고 있었다. 이번 건은 분명 내게는 이전과 전혀 다른 개념과 접근법이었다. 멀리서 죽이는 것. 기존의 행위와 같은 느낌을 받지는 못하겠지만 그래도 어떤 기쁨, 아마도 '약한 버전의 신'이 되는 느낌을 얻게 되리라 기대했으나 그런 것은 전혀 없었다.

나는 길 건너편에서, 폭발의 충격으로 시체들이 산산조각 나 미사일처럼 날아가고 사람들의 피로 온통 적셔지는 술집의 광경을 머릿속에 그려보았다. 그들의 살이 불에 타고, 또한 빠르게 이동하는 공기에 휩쓸려 뼈에서 찢겨 나가는 모습을 내가 목격한다면 얼마나 만족스러웠을지 상상했다. 어렵지 않았다.

머릿속에서 그들의 얼굴을, 그들 모두를 기억할 수 있었기에 확실한 이미지를 그려낼 수 있었지만…… 전혀 만족스럽지 않았다. 결국, 속았다는 느낌이 들었다. 모든 준비 작업과 조사는 내가 했지만, 살인 자체는 다른 사람이 행한 것이라는 느낌.

살인은 매우 개인적인 행위라는 것을 이해하라. 아마도 인간의 모든 상호 작용 중 가장 개인적일 것이다. 살인자의 혈관 속 피를 끓게 하는 것, 살인자의 심장을 더 빠르게 뛰게 하는 것은 피해자와의 직접적인 접촉과 그것이 만들어내는 '신神'의 감각이다. 신과 일체화되는 것. 피해자의 눈을 들여다보며 그들의 공포를 감지하고, 냄새를 맡으면서 음미하고, 그리고 소유하는 것……. 그것에 비할 것은 없다. 그 느낌은 당신을 변화시킬 정도로 강력하다. 당신의 인식은 물론 뇌를, 궁극적으로 존재를 변화시킨다.

오늘 밤 나는 어느 때보다도 많은 사람을 한꺼번에 죽였는데도 그런 감정을 전혀 경험하지 못했다. 척추를 오르내리는 전율, 빨라지는 심장박동, 모공과 홍채의 확장, 전율 중 그 무엇도.

연구의 관점에서는 타당한 경험이었을지 몰라도, 내게는 비겁하고 부끄러운 행위였다. 다시는 하지 않을 행위.

실망스럽기는 했지만, 루시엔은 이미 저지른 살인을 몇 시간 이상 곱씹는 사람이 아니었다. 일지를 덮을 때쯤 폭발 사건은 이미 외계인의 소행처럼 아득한 것으로 느껴졌다. 다음 날 아침에는 그저 신문에 난 슬픈 헤드라인 중 하나에 지나지 않게 되었다.

59

　루시엔은 보통 살인과 살인 사이에, 또는 그가 '살인'이라는 말 대신 부르기를 원하는 '연구 주제'들 사이에 휴식을 취했다. 과거에는 30일에서 1년 사이로 다양한 기간의 휴식을 취하면서 다음 '주제'를 무엇으로 할지, 어떤 주나 도시, 마을에서 연구를 수행할지 결정했었다. 그러다 일단 결정이 나면 피해자를 골랐다. 신중하게 고를 때도 있고 아닐 때도 있었다. 그리고 피해자에 관해 할 수 있는 한 많은 정보를 수집했다. 하지만 이번에는 살인과 살인 사이에 긴 휴식은 없을 것이었다. 그럴 필요가 없었으므로.

　루시엔은 지난 3년 반 동안 하루하루 일분일초를, 밖에 나가게 되면 무엇을 할지에 대해 생각하며 복수를 계획하는 데 썼다. 이미 모든 계획은 세워졌고, 빈칸으로 남겨진 사소한 세부 사항 몇 가지만 채우면 다시 공격할 준비는 끝날 터였다. 그리고 그는 모든 준비를 마쳤다.

　폭발이 있은 다음 날 아침, 루시엔은 린우드의 낡아 빠진 호텔에서 나왔다. 목적지는 며칠 전 찾아낸 새 은신처였다.

루시엔은 원래 자기가 지낸 방은 생물학적 재해 실험실 취급 기준을 준수해 지문 하나, 머리카락 한 가닥 남기지 않고 청소하지만, 이번에는 그럴 필요가 없었다. 신원을 감출 필요가 없었다. 당국에 아무것도 알려진 것이 없었고, 어떤 살인 사건의 수사에서도 용의자가 아니었던 이전과 달리 지금 그는 탈주범이었다. 그의 신원은 더는 비밀이 아니었다. 경찰과 FBI, 연방보안청은 자신들이 누구를 찾는지 정확히 알고 있었고, 단지 찾을 수 없을 뿐이었다.

루시엔의 새 은신처는 앨터디너 교외에 버려진 황폐한 건물이었다. 패서디나와 앤젤레스 국유림 사이, LA 시내에서 북쪽으로 23킬로미터 떨어진 작은 동네에 있었다.

며칠 전, 루시엔은 그의 기준에 부합하는 장소를 찾기 위해 몇 시간 동안 구글 지도를 탐색했다. 당장이라도 새 은신처를 찾아야 했다. 혼자 있을 수 있고 방해받지 않으면서 일할 수 있는 곳, 오고 가는 그를 목격할 이웃이 없는 곳, 원한다면 피해자를 포로로 잡아둘 수 있는 곳. 사진들로 볼 때, 그가 찾아낸 구조물은 조용한 비거주지역의 도로 맨 끝에 감춰져 있어 완벽해 보였다.

사용되지 않는 저장고인 건물의 한쪽에는 빈 땅이 있고, 다른 한쪽에는 울창한 초목이 앤젤레스 국유림까지 이어져 있었다. 건물을 에워싼 두꺼운 철망 울타리는 여전히 자리를 지키고 있었지만, 두어 군데 뚫린 구멍이 있어 큰 어려움 없이 안으로 들어갈 수 있었다. 울타리 안쪽에는 콘크리트 지면의 갈라진 틈과 울퉁불퉁 뒤틀린 석판의 이음새를 따라 잡초와 수풀이 우거져 있었다.

과거에 창고 시설이었기 때문에 창문의 수는 매우 적었다. 그나마도 모두 작은 크기고, 유리도 남아 있지 않았으며, 아무도 닿을 수 없을 정도로 땅에서 아주 높은 곳에 있었다. 파손된 정도로 판단하건

대 아마도 아이들이 돌멩이 던지기의 표적으로 사용했을 거라고, 루시엔은 추측했다.

한때 하얀색이었을 외벽은 LA의 악명 높은 폭우와 함께 캘리포니아의 강한 햇볕 때문에 페인트가 대부분 갈라지고 벗겨진 지 오래였다. 그건 대단하지 않았다. 건물 외벽 대부분은 그래피티로 새롭게 뒤덮여 있었는데, 재미있게도 그것 역시 낡고 바래 보였다.

루시엔은 주소를 적어두고, 폭발이 있기 며칠 전 아주 이른 시각에 건물을 직접 확인하러 갔다.

가로 32미터, 세로 23미터의 건물은 금속 맞배지붕과 함께 정면에 거대한 미닫이문이 있는 비행기 격납고처럼 보였다. 미닫이문은 녹슬고 육중했지만 아직 레일 위에 있는 까닭에 비록 요란한 소리를 내긴 했어도 **일반적인 경우보다 조금 더 세게** 밀면 제대로 움직였고, 루시엔이 그것을 통과해 건물 안으로 들어가는 데는 문제가 없었다.

밖에서는 태양이 밤하늘을 막 가르기 시작했다. 꼭대기에 있는 깨진 유리창 사이로 빛줄기가 천천히 쏟아져 들어오며, 거의 살아 있는 듯 끊임없이 움직이는 먼지 입자들로 채워진 광선의 십자가를 만들어냈다.

그 장소에서는, 눈앞에 보이는 광경과 같은 냄새가 났다. 낡고 버려진 곳에서 나는 악취에 독한 곰팡이와 먼지, 오줌, 퀴퀴한 땀 냄새가 더해졌다. 대부분의 사람은 즉각 구토를 일으키고 말 냄새였지만, 루시엔은 그곳에서 또 다른 냄새를 포착해냈다. 그렇게 거슬리지 않으면서 좀 더 친숙한, 정확히 식별할 수 없는 냄새.

루시엔은 잠시 문 옆에 서서 후각이 냄새에 적응하길 기다렸고, 눈으로는 천천히 그곳의 환경을 받아들였다. 기대했던 대로 오래된 격납고의 내부는 개방된 넓은 구조로 이루어져 있어 최소 단엽기 세

대 정도는 쉽게 격납할 수 있을 것 같았지만, 구조물 뒤편 왼쪽에는 주 사무실로 쓰인 듯 보이는 꽤 큰 구역이 별도로 나뉘어 있었다. 사무실은 복층으로 되어 있었는데, 오른쪽에 있는 나선형의 외부 계단을 통해 2층에 접근할 수가 있었다.

"아주 유용하겠군." 루시엔은 혼잣말을 했다.

안에는 그가 예상했던 대로 쓰레기와 잔해가 있었다. 아니, 예상은 했지만 생각만큼 많지는 않았다. 루시엔은 맨 위 창문에서 깨져 쏟아진 유리 조각 외에도 몇 장의 판지, 때 묻은 걸레, 사용한 콘돔, 버려진 주사기 등을 찾았다. 그리고 부서진 것도 있고 아닌 것도 있는 엄청난 수의, 크기가 제각각인 원목 판자를 발견했다. 그때 분명해졌다. 그가 식별하지 못했던 친숙한 냄새는 톱밥과 나무에서 나는 것이었다. 격납고 모양의 건물은 목재 창고였다. 루시엔은 바닥의 자국을 통해 한때 선반과 테이블톱이 있었던 자리를 쉽게 확인할 수 있었다.

격납고 뒤편의 오래된 사무실로 들어가는 데는 문제가 없었다. 실내는 바깥의 구역질 나는 냄새에다 시큼한 속성이 새로 더해지며 기어를 몇 단이나 올린 것같이 참을 수 없는 악취를 풍겼다. 루시엔은 셔츠 깃을 끌어 올려 코와 입을 가렸다. 그게 약간 도움이 되기는 했지만 쏟아지는 눈물을 막지는 못했다.

"이 냄새는 뭔가 조치를 취해야겠어." 그는 자신에게 말했다. "여기서 완전히 숙성된 거 같은데."

예전 사무실은 쾌적하리만치 널찍했다. 커다란 네모 모양 창문들은 개방된 공간의 층을 향해 나 있었는데, 유리가 없었다. 주인은 책상 두 개, 의자 여섯 개, 크기가 다른 서류 캐비닛 세 개, 벽을 상당히 많이 차지하는 커다란 금속 선반 등 사무실 가구를 많이 남겨두었

다. 책상 하나와 의자 세 개는 파손되어 다리 개수가 충분하지 않았
다. 서류 캐비닛 하나는 서랍 몇 개가 빠져 있었지만, 그 외에는 전부
괜찮아 보였다.

위층은 분리식 복합 칸막이를 써서 아래층 사무실과 동일한 면적
의 공간을 네 개의 다른 작업 공간으로 나누어놓았다. 일반 전화기
두 대, 커다란 코르크 게시판, 고장 난 커피머신, 낡은 레밍턴 타자기
두 대, 그리고 가구 몇 점도 남겨져 있었다. 마루판은 약간 삐걱거렸
지만 여전히 견고했다.

주 창고가 있는 층으로 다시 내려온 루시엔은 잠시 멈춰 섰다. 이
렇게 완벽한 장소를 찾아냈다는 사실이, 그리고 창고를 두고 누구와
도 싸울 필요가 없다는 사실이 믿기지가 않았다.

로스앤젤레스 같은 대도시에서 버려진 구조물, 특히 사용되지 않
는 창고 같은 건물들은 상당한 비율로 떠돌이 일꾼과 노숙자를 끌어
들이는 경향이 있다. 그러나 사용된 콘돔과 버려진 주사기를 제외하
면 부랑자들이 그곳을 지속해서 사용하고 있음을 나타내는 징후는
찾아볼 수 없었다.

"완벽해." 그는 커다란 건물에서 걸어 나와 문을 닫으며 말했다.

루시엔은 몇 주 동안, 어쩌면 그보다 짧게, 그의 계획…… 즉 복수
를 완성할 때까지만 그 장소가 필요할 뿐이었다. 그 후 그는 사라질
것이고, 아무도 다시는 그의 소식을 듣지 못할 것이다.

60

오래된 창고 건물은 루시엔이 염두에 둔 장소에 실로 완벽하게 들어맞았다. 유일한 문제는 대중교통을 이용하거나 도보로 오가기가 어렵다는 점이었다. 루시엔에게는 약간의 재료와 몇 가지 기계를 운반할 수 있는 크기의 차량이 필요했다. 지나치게 무거운 것은 없었다. 보통 크기의 밴으로 옮기지 못할 것은 없었지만, 그는 당장 차가 필요했고 현금으로 값을 치러야 했으며 판매자로부터 아무런 질문도 받지 않아야 했다. '잃어버린 천사의 도시'에서 그런 물건을 찾기란 그리 어렵지 않았다.

폭발이 있은 다음 날 아침에 루시엔은 린우드의 인터넷 카페에 앉아 자신의 필요에 맞는 차량을 찾기 위해 한 시간 정도 인터넷을 검색했다. 생각했던 것에 근접한 차를 몇 대 찾은 후 그중 세 대의 판매자들과 각각 약속을 잡았다. 결국 두 번째로 본 흰색 1998년식 닷지 램밴을 구입했는데, 다른 두 대보다 상태가 좋아서가 아니었다. 패러마운트에 사는 차량의 주인인, 아주 다정한 성격의 76세 히스패닉계 여성 때문이었다. 그녀는 루시엔에게 신분증을 보자고 하지 않왔고, 그가 차를 가져가겠다고 하면 세차까지 해주겠다고 제안했다. 루시엔은 크게 웃음을 터뜨리며 끝내 설득되었다.

"괜찮습니다." 그가 말했다. "그냥 그대로 가져가죠. 더러운 게 좋아요."

"나도 그래요." 그녀의 대답에 루시엔의 웃음소리는 더 커졌다.

루시엔은 여자에게 돈을 지불하고, 어떠한 서명도 하지 않은 채 차 키를 받아 든 뒤 행복한 남자가 되어 차를 몰고 떠났다.

그는 새 은신처로 가는 길에 상점 몇 군데에 들러 복수 계획의 마지막 단계를 진행하기 위해 필요한 재료들을 구입했다. 한 상점에서 전부 다 구할 수도 있었지만, 폭탄이 터진 다음 날 아침에 굳이 사람들을 놀라게 할 위험을 감수할 필요는 없었다. 다섯 곳의 상점에서 분산 구매하는 것이 가장 합리적이고 안전해 보였다.

버려진 창고에 도착한 루시엔은 뒤편의 사각지대를 찾아 밴을 주차했다.

작업 목록 1순위는 '빌어먹을 냄새를 제거하라'였다. 그 작업을 위해 루시엔은 7.5리터짜리 강력 항균 바닥 세제, 튼튼한 산업용 빗자루 하나와 대걸레 한 자루, 고무장화 한 켤레, 일회용 입 마스크와 코 마스크 몇 개, 그리고 두꺼운 고무장갑을 샀다.

이전 사무실의 모든 가구를 주 창고 구역으로 옮긴 후에, 루시엔은 바닥을 문질러 닦기 시작했다. 그는 진한 표백제 대신 향이 나는 일반 농도의 세제를 사용했는데, 무엇보다 메스껍고 시큼한 냄새를 없애는 것이 최우선적 목표였기 때문이다. 진한 표백제는 두통을 유발하는 독한 냄새로 기존의 악취를 대체할 뿐이었다.

루시엔은 사무실 두 층을 모두 닦는 데 거의 세 시간을 소모했고, 그 결과 불과 며칠 전까지만 해도 눈물을 자아낼 정도였던 코를 찌르는 냄새를 없애는 데 성공했다. 이제는 은은하고 꽤 기분 좋은 라임 향이 공기 중에 남아 있었다.

루시엔의 목록에서 다음 순위는 전체 사무실 공간을 개조하는 것이었다. 낡은 창고에 많이 남아 있는 원목 판자와 위층에 있는 칸막이를 사용했다. 루시엔이 상점에서 구입한 각기 다른 크기의 기계톱 몇 개와 휴대용 고출력 발전기 세 대 덕분에 판자를 크기에 맞게 자르는 일은 쉬웠다. 몇 시간 뒤 유리 없는 창문들에 판자가 대어졌고, 문은 강화되었으며, 사무실은 두 층 모두 작은 공간들로 다시 나뉘었다.

루시엔의 작업 목록에서 세 번째 항목은 전 작업 중 단연코 가장 복잡하고 힘든 것이었다. 루시엔은 부족한 일손을 보완하기 위해—최소 남자 두 명이 할 일이었다—즉흥적으로 일을 처리하고 조정해야 했다. 그 일을 끝내는 데는 거의 이틀이 걸렸지만, 결국에는 원하는 결과를 얻었다.

드디어 은신처 작업 목록에 있는 모든 항목의 실행을 완료함에 따라, 대부분의 범죄심리학자들은 '살인 단계'라 부르고 루시엔 자신은 '황홀경 단계'라 부르는 과정을 언제든 시작할 수 있게 되었다.

유죄판결을 받은 잔혹한 살인범을 대상으로 장기 연구를 수행한 범죄심리학자 조엘 노리스가 1988년에 발표한 연구 결과에 따르면, 연쇄살인범들이 정신 속에서 거치게 되는 일곱 단계가 있다. 전조 단계, 낚시질 단계(피해자와 장소 선정 단계), 구애 단계, 포획 단계, 살인 단계, 토템 단계, 침체 단계가 그것이다.

루시엔의 '연구'는, 실제 살인자의 정신 속에서는 일부 단계가 노리스의 설명과 매우 상이한 형태로 작용하거나 심지어는 완전히 다르다고 주장하며 기존 학설을 반박했다. 루시엔의 경우 살인 단계는 항상 자기 자신을 흥분으로 가득 채웠고, 심장을 더 빨리 뛰게 했으며, 혈관을 아드레날린으로 가득 메우는 데다, 뇌를 엔도르핀과 도파민과 세로토닌으로 물들였다. 그것은 흡사 어떤 마법의 약이 세차게 몰려와 신경을 타고 내달리는 것 같은 기분이었다. 살인범의 관점에서 이루어진 루시엔의 '연구'는 그 특정 단계에 '황홀경 단계'라는 이름을 붙였다. 그리고 이번 계획에 대해 루시엔은, 황홀경 단계에서 그 어느 때보다 큰 기쁨이 자기 안을 가득 채우리라 기대하고 있었다.

공공장소를 폭파해 서른 명의 무고한 사람을 죽인 행위를 두고 헌터가 자신을 괴물 같다고 여겼다면, 이제부터 루시엔이 그를 위해 준비해놓고 기다리는 것을 경험한 뒤에는 아마 '사탄이 현신했다'고 느끼게 될 것이었다.

61

조엘 노리스는 연쇄살인범에 관한 연구에서 그들이 살인에 이르기까지 일곱 단계가 존재한다고 했지만, 루시엔은 자신의 연구를 통해 많은 실제 사례에서 추가적인 단계를 발견했다. '스토킹 단계'가 그것이다. 스토킹 단계는 단독으로 나타나 전체 단계를 일곱 단계가 아닌 여덟 단계로 만들 수도 있고, 아니면 노리스의 일곱 단계 중 세 번째, 즉 구애 단계와 호환될 수도 있었다.

노리스에 따르면 다수의 연쇄살인범들은 피해자를 선택하는 단계인 낚시질 단계에서, 그들을 함정으로 유인하기 전 신뢰를 얻으려 노력하는 구애 단계로 넘어간다. 노리스는 모든 연쇄살인범이 구애 단계에 진입하지는 않으며 보다 체계적이고 자신만만한 살인범들만이 이 단계를 밟는 범주에 해당한다고 덧붙였는데, 이는 루시엔의 스토킹 단계에도 마찬가지로 적용되는 것이었다. 어떤 연쇄살인범들, 루시엔을 비롯하여 체계적인 살인범들은 피해자를 선택한 직후 일정 기간 표적을 관찰하는 경향이 있다. 그 이점은 두 가지였다. 첫째, 살인범이 스토킹 단계에서 구애 단계로 넘어가는 경우, 피해자들을 함정으로 유인하기 전에 그들의 신뢰를 얻는 방법에 대해 더 나은 아이디어를 얻을 수 있다. 둘째, 살인범이 구애 단계를 스토킹 단계로 대체한 경우, 하루 동안 피해자의 움직임과 습관을 더 잘 알 수 있게 되어 결과적으로 피해자를 붙잡는 포획 단계로 넘어가는 최적의 시기를 결정하는 데 도움이 될 수 있다. 피해자는 혼자 사는가? 아니라면, 피해자는 낮이나 밤에 집에 혼자 있는 시간이 있는가? 피해자에게 달리기를 하거나 자전거를 타러 밖에 나가는 습관이 있는가? 예를 들어 낮이나 밤의 특정한 시간에……. 그렇게 살인범은 다음 단계로 넘어갈 때 목격의 위험을 줄일 수 있는 것이라면 무엇이든 고려한다. 루시엔은 가능할 때마다, 피해자를 포획하기 전에 스토킹 단계에 들어가곤 했다.

이번에도 다르지 않을 것이다. 다음 피해자는 이미 결정했다. 이제 폭발 건은 끝났고, 적당한 은신처를 찾아놓았으니 마침내 스토킹 단계로 넘어갈 수 있었다.

루시엔은 이후 닷새 동안, 하루에 적어도 열여덟 시간을 피해자를 미행하는 데 썼다. 수십 장의 사진을 촬영하고, 피해자의 일상을 세세히 기록했다. 사흘째 되는 날, 루시엔은 이미 몇 가지 패턴을 확인했다. 닷새째 되는 날, 그는 포획 단계로 어떻게 넘어갈지 정확히 알고 있었다.

62

닷새 동안 피해자를 스토킹한 후, 루시엔은 행동하기에 가장 좋은 시간이 평일 오후 1시에서 6시 사이라고 판단했다. 그 시간대에 피해자가 주로 집에 혼자 있는 데다 이웃집들도 사실상 비어 있기에 자신이 목격될 위험이 크게 줄어들 거라는 결론을 내린 것이다.

접근 계획은 더없이 간단했다. 그녀의 집 문을 두드릴 것이다. 피해자의 집은 로스앤젤레스 시내에서 남동쪽으로 20킬로미터 떨어져 있는, 아폴로 우주 계획의 발상지로 알려진 다우니의 짧고 다소 외진 거리 중간쯤에 있었다. 집 자체는 거리의 다른 건물들과 비교해 수수했다. 단층집에 진입로는 있지만, 차고는 없고 수영장도 없었으며 뒷마당은 작았다. 그리고 무엇보다 담장이나 경보 장치가 없었다. 피해자에게는 낮 동안, 심지어 때때로 밤에도 침실 창문을 잠그지 않는 습관까지 있었다. 루시엔이 방문객으로 접근하는 방법 대신 피해자의 집에 바로 침입해도 전혀 문제가 없을 테지만, 같은 거리의 세 집에 걸려 있는 '판매' 표지판을 보았을 때 그의 머릿속에서 하나의 계획이 빠르게 형태를 갖추었다.

접근 계획을 세우고 나자, 이제 루시엔에게 남은 일은 실행하기 가장 좋은 날을 고르는 것뿐이었다. 폭탄이 터지고 여드레 후인 월요일을 선택했다.

그날 아침, 루시엔은 완전히 새로운 인물을 만드느라 약간의 시간을 보냈다. 다우니와 같은 동네가 끌어들일 수 있는 특정 주민 계층과 일치하는 사람이 되기 위해서였다. 옷을 잘 입고, 말을 잘하며, 중상류층인 데다가, 사회적으로 어느 정도 성공했고, 여전히 출세 지향적인 사람. 루시엔은 변호사 행세를 하기로 했다. 제임스 미첼이라는 이름은 스탠퍼드 대학교 시절의 한 노교수에게서 빌려 왔다. 제임스 미첼의 배경은 복잡하지 않았다. 뉴욕 맨해튼에서 태어난 그는 고등학교 졸업 후 컬럼비아 대학교에 진학했고, 학과에서 상위 5퍼센트의 성적으로 졸업했다. 그리고 지난 15년 동안 뉴욕에 있는 한 법률 회사에서 일했다. '레이섬 앤드 왓킨스'. 이혼 후 그에게 '빅 애플(뉴욕의 별칭―옮긴이)'은 쉬어버린 사과가 되었고, 그는 다른 곳에서 일자리를 찾기로 했다. 이 나라 최고의 로펌 중 하나인 '깁슨, 던 앤드 크러처'로부터 매우 거절하기 힘든 제안이 왔다. 본사는 LA 시내의 그 유명한 웰스파고센터에 있었다.

루시엔은 피해자와 그렇게 자세한 이야기를 할 일은 없을 거라고 확신했지만, 그가 **되어야** 하는 역할의 인물을 시각화하는 데는 구체적인 설정이 분명 도움이 되었다. 또한 포획 단계에 전반적으로 흥분을 더한다는 이점도 있었다.

루시엔은 전에 수없이 했던 것처럼 거울 앞에 서서 외모, 자세, 버릇 등을 다양하게 꾸며보며 완벽한 인물을 찾아낼 때까지 그것들을 하나씩 조합해나갔다. 이번에는 구상한 인물을 완성하는 데 한 시간이 조금 넘게 걸렸다.

억양은 감정을 자제하는 전형적인 뉴요커였지만 컬럼비아 법대를 우등으로 졸업한 사람답게 달변이었다. 어조는 차분하고 부드러웠으나 동시에 자신감이 넘쳤다. 용모는 루시엔이 생각하는 '평균적인 변호사'의 모습으로 결정했다. 짙은 갈색의 짧은 머리에 연갈색 눈, 최신 유행의 콧수염, 매부리코, 뾰족한 턱, 그리고 약간 지적인 느낌을 주는 얇은 테 안경. 눈은 이번에도 콘택트렌즈를 사용했고, 코와 턱은 보형물로 모양을 바꿨다. 콧수염은 루시엔이 처음에 생각했던 이미지에는 그다지 들어맞지 않았지만, 스탠퍼드 대학교 인지신경과학 교수인 제임스 미첼에 대한 기억에서 영감을 얻은 것이었다.

마침내 작업을 마친 루시엔은 거울 속의 자기 모습을 찬찬히 확인했다. 왼쪽 얼굴, 오른쪽 얼굴, 앞모습…… 고개를 들었다 내렸다 해보고, 입도 크게 벌려보고……. 분장에는 전혀 흠이 없었다. 지금 상태에서 빠진 것은 적절한 복장뿐이었고, 그것만 있다면 이 새로운 인물은 완성될 터였다. 그리고 루시엔은 거기에 딱 맞는 옷과 신발을 가지고 있었다.

피해자를 따라 시내를 돌아다니는 동안 중고품 가게의 쇼윈도에서, 조만간 도움이 될 것이 확실한 옷들을 몇 가지 봐두었었다. 옷들은 그의 몸에 완벽하다고 할 정도로 잘 맞았다. 그중 하나는 검정색 나비넥타이가 달린 연파란색의 더블 브레스티드 정장이었다. 그는 흰색 셔츠에 검은색 구두를 매치한 후, 거울을 통해 자기 모습을 확인했다.

루시엔은 사라졌다. 그를 응시하고 있는 것은 '깁슨, 던 앤드 크러처'의 변호사 제임스 미첼이었다.

63

늦은 아침, 단발적인 하얀 띠구름들이 로스앤젤레스의 하늘을 가로지르며 깨끗하고 파란 하늘을 더 돋보이게 만들고 있었다. 오전 11시에 기온은 섭씨 18도를 기록했지만, 시간이 흐르면서 점점 따뜻해져 3시경에는 23도까지 올라간다는 예보가 있었다.

루시엔, 즉 제임스 미첼은 오후 12시 47분에 앤젤레스 국유림 옆에 있는 은신처를 떠났다. 월요일 오후 시간에 앨터디너에서 다우니까지 쉬지 않고 운전하면 40분에서 45분 정도 걸릴 테지만, 그는 최종 목적지에 이르기 전에 잠깐 차를 세워야 했다.

가족이 운영하는 이 작은 빵집은 패서디나 남쪽 알람브라에 있는 근린 센터의 중식점 옆에 있었다. 제임스 미첼은 밖에 차를 세우고 가게 안으로 들어가 장인이 만든 수제 컵케이크를 세 개들이 한 상자로 샀다. 38분 후, 그는 표적의 집에서 몇 블록 떨어진 다우니의 한 교회 앞에 밴을 대고 기다렸다. 그러다 차에서 내려 문을 잠그고 잠시 동안, 앞에 있는 예배당을 가만히 바라보았다. 넓은 출입문 위로 높이 솟은 벽돌벽에, 하얀색과 금색의 십자가에 못 박힌 그리스도상이 있었다. 미첼은 조각상을 올려다보며 미소 지었다.

"그 위에서 잘 지내십니까?" 그가 말했다. "편안하세요?"

그리고 진심으로 대답을 바라는 양 잠시 기다렸다.

"자……." 그는 일방적인 대화를 이어갔다. "당신이 진짜라면 지금 나를 막을 테죠, 안 그렇습니까? 당장 번개를 쳐 나를 죽이든가 할 겁니다. 당신은 전부 안다니, 이 또한 잘 알겠죠. 내가 뭘 하려는지……. 아주 지저분할 겁니다. 약속할 수 있어요." 미첼은 태연하게 어깨를 으쓱했다. "하지만 그래도 당신은 아무것도 하지 않겠죠? 하늘에서 번개가 쳐 나를 죽이거나 하는 일은 없을 겁니다, 그렇죠?"

다시 미첼은 잠시 기다렸지만, 이번에 그의 시선은 무언가를 찾듯 푸른 하늘로 옮겨 갔다.

"역시, 번개는 치지 않네요." 그는 킥킥거렸다. "당신이 거짓이어서, 존재하지 않아서일까요? 아니면 나와 같기 때문일까요? 내가 하는 일을 지켜보고 싶어 하는 가학적인 개자식이라서? 고통받는 그들을 보는 걸 좋아하니까? 그게 거래인가? 내가 그들을 해치는 걸 보고 싶어서, 그들이 고통받는 모습을 지켜보고 싶어서 나와 같은 사람들이 존재하도록 허락하는 것인가?"

그는 잠시 또 기다렸다.

"글쎄, 그게 거래라면…… 아무렴, 계속 지켜보기만 해. 다음에 일어날 일이 마음에 쏙 들 테니까."

교회 건물 뒤편에서 히스패닉계로 보이는 남자가 잔디를 가득 실은 손수레를 밀고 나타났다. 그는 문에 이르자 모자를 벗고 이마의 땀을 닦았다. 미첼과 시선이 마주친 그는 고개를 끄덕여 방문자를 환영했다. 미첼은 같이 고개를 끄덕이고 나비넥타이를 조정한 뒤 그리스도상을 향해 윙크한 다음 침착하게 표적의 집을 향해 걷기 시작했다.

64

제임스 미첼이 두 블럭 떨어진 곳에 있는 파란 단층집 앞에 마침내 멈춰 선 것은 오후 2시가 다 되었을 무렵이었다. 오전 동안 하늘을 장식했던 하얀 띠구름은 모두 물러가 로스앤젤레스 위로 높이, 깨끗하고 흐트러지지 않은 밝은 푸른색의 시트를 남겨놓았다.

"죽기 좋은 날이야." 미첼이 안경의 위치를 조정하고 거리를 위아래로 훑어보며 말했다. 사방이 고요했다. 노는 아이들은 어디에도 보이지 않았고, 지나가는 차도 없었다. 창밖을 내다보는 사람도, 집 앞 정원을 손보는 사람도, 행인도 없었다.

미첼은 컵케이크 상자를 손에 들고 현관으로 이어지는 자갈길을 걸어갔다. 현관에 도착하자 심호흡을 하고, 왼손으로 양복 재킷의 먼지를 떤 뒤 초인종을 눌렀다. 몇 초 후, 머뭇거리며 문으로 다가오는 발소리가 들렸다.

미첼은 자세를 바로 했다.

문의 작은 구멍이 잠시 어두워지더니, 체인이 걸리며 문이 열리는 소리가 났다. 그런 다음 문은 체인 길이만큼 뒤로 당겨졌고 그 틈으로 여성의 얼굴이 반쯤 나타났다. 여자는 미첼보다 키가 15센티미터 정도 작았다. 하트형의 얼굴에 완벽하게 어울리는 검은 테 안경 뒤에 자리한 녹색 눈이 빠르게, 문밖에 서 있는 남자를 살폈다.

"안녕하세요, 무슨 일이시죠?" 그녀의 목소리는 부드럽고 편안했다. 다큐멘터리의 내레이터를 하면 어울릴 법한 목소리였다.

미첼은 열린 틈으로 새어 나오는, 갓 내린 커피와 백합과 바닐라 냄새가 은은하게 섞인 향을 맡았다.

"실례합니다, 부인." 미첼이 말했다. 차분하고 친절한 어조였다. "오후 시간을 방해해서 죄송합니다. 그냥 '인사'나 드리고 싶어서요. 새로 이사 왔거든요. 미첼입니다, 제임스 미첼." 그는 눈썹을 치켜올리며 말을 멈췄다. "세 집 건너서요. 15번지예요."

"어머! 정말이요?" 여자는 진심으로 놀라며 말했다. 본능적으로 그녀의 시선은 15번지가 있는 왼쪽으로 쏠렸다. "아주 빨리 팔렸네요. 조애너와 앨버트가 이사 간 게 한 달밖에 안 됐을 텐데."

"아, 그래요?" 미첼은 말투에 놀라움을 딱 설득력을 발휘할 만큼만 담아 대답했다. "그건 몰랐지만…… 네, 맞습니다. 정말 신속하게 진행했죠. 전 저 집을 보자마자 마음에 쏙 들었는데, 솔직히 다른 집들을 둘러볼 시간도 없었거든요. 그래서 바로 가격을 제시했고 당일에 계약하게 된 겁니다." 미첼은 여자에게 미소를 지어 보였다. "전 변호사입니다. 그래 보이나요? 직업 특성상 무슨 서류작업이든 평상시보다 훨씬 빨리 끝마칠 수 있죠. 이틀 전에 마침내 계약이 성사됐습니다."

"와, 정말 빨랐네요." 여자가 동의했다. "조애너가 분명히 기뻐했겠어요. 구매자를 찾는 데 시간이 걸릴 거라고 꽤 걱정했거든요. 듣자하니 부동산 시장 상황이 예전만큼 좋지 않나 봐요."

상황은 미첼이 예상했던 것보다 훨씬 더 좋게 흘러가고 있었다.

여자는 자유의지로 대화를 하고 있었다. 미첼은 그녀에게 동조하는 척할 뿐이었다.

"솔직히 제 마음에 드는 장소를 찾는 데 시간이 좀 걸릴까 봐 걱정했었죠. 저는 뉴욕에서 왔는데, 여기 올 때마다 이틀에서 사흘 정도 여유 있게 둘러볼 만한 시간을 통 낼 수가 없어서요. 당분간은 원하지 않는 집으로 만족해야 할지도 모른다고 생각했습니다. 그런데 운이 좋았어요. 저 집은 정말 아름다워요. 제가 찾던 집이에요." 미첼은 들고 있는 컵케이크 상자를 내려다보았다. 이제 2단계로 넘어갈 시간이었다. "그건 그렇고, 이거 받으세요." 미소를 지으며 그는 여자에게 상자를 건넸다.

"아!" 놀라움이 두 번째로 그녀의 얼굴을 점점이 물들였다. "잠시만요."

그녀는 재빨리 체인을 풀고 문을 활짝 열었다.

섬세한 이목구비에 젊어 보이는 통통한 볼을 가진 매력적인 여자였다. 어깨 길이의 빨간 머리는 굽슬굽슬했고, 가슴 가운데서부터 배꼽까지 섶이 달린 연청색 드레스를 입고 있었다. 하트 모양 은색 펜던트는 그것에 꼭 어울리는 모양의 체인에 매달린 채 목에 걸려 있었다.

"작지만, 선물을 준비했습니다." 미첼이 덧붙였다.

미소로 화답하며 여자는 상자를 받아 들고 남자의 얼굴로 시선을 돌렸다. "참 친절하시네요. 감사합니다. 정말 감사해요."

바로 그 순간 미첼은 자신이 '신뢰' 싸움에서 승리했음을 알았다. 그녀가 처음 문을 열었을 때 그녀를 둘러쌌던 처음의 불안감은 거의 사라졌다. 이제 그녀가 자신을 안으로 초대하기를 기다리기만 하면 되었고, 곧 그렇게 되리라고 그는 의심치 않았다.

"별말씀을요." 그가 대답했다. "하지만 보시다시피 직접 구운 건 아닙니다." 그는 다시 수줍은 미소를 지어 보였다. "새 이웃들이 저를 미워하지 않고 좋아하게 하려고 애쓰는 중인데, 요리 실력이 형편없어서요." 그가 시인했다. "전자레인지로 팝콘 만드는 것도 제대로 못해요."

여자는 웃었다. "그럴 리가요."

"정말인데요. 절 믿으세요. 주방에서 전 구제 불능입니다."

"결혼은 안 하셨어요?"

미첼의 얼굴이 살짝 일그러졌다. "옛날에요. 실은 그게 대륙을 횡단하게 된 이유 중 하나죠."

"아, 정말 죄송해요. 오지랖 부리려는 건 아니었는데……."

"아뇨, 미안해하지 않으셔도 됩니다." 미첼이 밝아 보이려고 애쓰며 말했다. "그게 최선이었거든요. 물론 이사한 이유가 그것만은 아닙니다. '깁슨, 던 앤드 크루처' 본사에서 입사 제안을 받아서요."

그녀는 세 번째로 놀랐다. "굉장하네요! 대형 로펌 아닌가요?"

미첼이 생기발랄한 미소를 만면에 띠며 고개를 끄덕였다.

"가장 큰 로펌 중 하나죠."

"그럼 이제 축하한다고 말할 차례겠네요."

미첼은 가볍게 고개를 숙여 인사했다. "감사합니다."

여자의 시선이 그녀가 받은 컵케이크 상자로 옮겨지더니, 그녀는 얼른 고개를 저으며 겸연쩍은 얼굴을 했다. "이런…… 정말 죄송해요. 제 정신 좀 봐요. 안으로 들어오시겠어요? 방금 커피를 끓였는데 이거랑 잘 어울릴 것 같아요." 그녀는 컵케이크 쪽으로 고개를 끄덕였다.

숏. 골인.

미첼은 잠시 머뭇거렸다. "제가 폐를 끼치는 것 같은데……."

"그럴 리가요!" 여자가 자신 있게 대답했다. "들어오세요. 제가 원해서 그러는 거예요."

"그렇다면, 기쁘게 받아들이죠."

미첼은 여자를 따라 집 안으로 들어갔다. 등 뒤로 문을 닫은 여자는 그의 입가에 떠오른 비열한 미소를 전혀 알아차리지 못했다.

65

여자는 미첼을 넓은 거실로 안내했다. 창문에 드리워진 커튼이 오후의 햇살을 어둑한 빛으로 희석해주고 있었다. 그곳은 빛나는 견목 바닥과 고가구들로 아름답게 꾸며진 공간이었다. 빅토리아 시대의 호화로운 붉은 가죽 가구 세트의 구성품으로 보이는 안락의자 두 개와 3인용 소파, 에드워드 시대의 책장, 엘렌버러 커피 테이블, 그리고 6인용 식탁이 그곳을 채우고 있었다.

사방의 벽은 다양한 크기의 목가적인 정물 유화로 장식되어 있었지만, 이 방의 주요 특징은 의심할 여지 없이 북쪽 벽에 우뚝 솟은 검은 화강암 벽난로였다.

"와." 미첼이 여자를 따라 식탁을 지나고 체스터필드 소파 세트가 있는 곳으로 가며 말했다. "아름다운 방이네요."

"고맙습니다." 그녀가 안락의자 하나를 가리키며 말했다. "정말 친절하세요."

미첼이 앉는 동안 여자는 서 있었다.

"아녜요, 진심입니다." 그는 최대한 진심인 척 대답했다. "예의상

하는 말이 아니에요. 아름답네요. 아주 쾌적하고, 저 벽난로는 정말
이지 멋져요."

여자는 미소 지었다. "그게 이 집을 선택한 이유거든요."

"확실한 이유네요."

여자는 컵케이크 상자를 미첼 앞에 있는 커피 테이블에 놓았다.

"커피는 어떻게 드세요?" 그녀가 물었다.

"블랙으로 주세요."

"간단하네요." 그녀는 미소 지었다. "곧 돌아올게요."

미첼은 여자가 방을 나가 주방으로 사라지는 모습을 지켜보았다.
그녀가 사라지자 그의 시선은 책장의 첫 번째 선반에 놓인 액자로
옮겨 갔다. 액자들에는 전부, 가족과 함께 찍은 그녀의 사진이 끼워
져 있었다. 아니면 적어도 그렇게 보이는 사진들이었다. 사진 속의
그녀는 모두 행복해 보였다. 그녀가 상대를 무장 해제시키는 매력적
인 미소를 가졌다는 걸 그는 부인할 수 없었다.

1분도 되지 않아 여자는 커피 주전자 하나와 머그잔 두 개, 앞접시
두 개, 디저트 포크 두 개, 그리고 작은 나이프가 놓인 나무 쟁반을
들고 거실로 왔다.

"도와드릴까요?" 미첼이 일어서며 물었다.

"아뇨, 괜찮아요. 고마워요."

여자는 쟁반을 커피 테이블 위 컵케이크 상자 옆에 내려놓았다.

미첼이 다시 자리에 앉자 여자는 머그잔 두 개에 커피를 따르고
한 잔을 그에게 건넸다.

"저도 블랙으로 마셔요." 그녀가 말했다.

"진정한 커피의 맛을 음미할 수 있죠." 미첼이 커피에 대한 자신의
견해를 밝혔다. "아니, 그렇다고들 하더군요. 사실 저는 커피 맛은 잘

모르겠더라고요."

그는 커피를 아주 조금만 입에 머금은 채, 입천장을 태우는 듯한 뜨거운 액체를 느꼈다. 재미있게도 미첼은 그 고통을 환영했다. "맛을 모른다고 하긴 했지만……." 그가 덧붙였다. "이거 아주 좋은데요."

"콜롬비아 커피예요." 여자가 설명했다. "듣기로는 일종의 '스페셜 브루'래요. 어쩌면 그냥 마케팅일 수도 있지만, 하여간 슈퍼마켓에서 파는 것보다는 좋아요."

미첼은 고개를 끄덕이고 한 모금 더 마셨다.

"이걸 먹어볼까요?" 여자가 컵케이크 상자를 열며 물었다. "어떤 게 좋으세요?"

"아닙니다. 저는 괜찮아요. 고맙습니다."

"어서요." 여자가 고집을 부렸다. "그래도 하나는 같이 먹어야죠. 제발요."

"좋습니다." 미첼이 굴복했다. "그럼 하나를 나눠 먹을까요?"

"네! 어떤 걸 먹어볼까요?"

미첼은 여자를 향해 살짝 어깨를 으쓱해 보였다. "파란 거?"

"좋아요." 여자는 상자에서 컵케이크를 꺼내 앞접시에 놓고 반으로 잘랐다. 반쪽을 다른 접시에 옮긴 후 그걸 미첼에게 건넸다.

미첼은 머그잔을 내려놓고 접시를 받아 들었다. 그들 둘 다 한입 먹었다.

여자는 만족스러운 듯 고개를 끄덕이며 말했다. "아주 맛있어요. 다시 한번 고마워요."

미첼은 인정해야 했다. 그가 먹어본 컵케이크들 중 손에 꼽을 만큼 맛있었다.

그는 커피를 한 모금 더 마셔 입안을 씻어낸 후 여자 바로 뒤에 있는 책장으로 시선을 옮겼다.

"책을 꽤 많이 가지고 있으시네요."

"독서가 제일 열심인 취미랍니다." 그녀가 시인했다.

"저도 그래요. 좀 봐도 될까요?"

"물론이죠. 얼마든지요."

미첼은 접시를 내려놓고 일어나 양손을 바지 주머니에 넣고 책장으로 걸어갔다. 선반은 미국과 외국의 고전뿐 아니라 방대한 수의 심리학책, 그리고 기이하게도 범죄심리학책들로 빼곡해서 미첼의 입가에 미소를 불러왔다. 그는 다음 책들을 보기 위해 옆으로 몸을 돌리면서도 오른쪽 시야 끝에 여자를 걸쳐놓고 그녀의 행동을 지켜보았다.

그녀의 시선은 그를 따라 책장으로 향했지만, 몇 초 지나지 않아 다시 그녀의 접시와 마지막 컵케이크로 돌아갔다.

책장 옆에 서 있던 남자는 자기 내면에 있는 어둠을 찾아 잠시 눈을 감았다. 그것이 잠들어 있는 곳을 찾는 데는 단 1초도 걸리지 않았다.

돌연 변호사 제임스 미첼은 방에서 사라졌다. 그에게는 이제부터 하게 될 일을 할 배짱도, 지식도 없었다. 하지만 루시엔에게는 있었다. 그리고 루시엔은 돌아왔다. 그는 왼쪽 주머니에서 튼튼한 투명 비닐봉지를 꺼냈다. 오른쪽 주머니에서는 고리 두 개짜리 케이블 타이를 꺼냈다.

여자가 포크를 다시 입에 가져가려고 손을 들어 올렸을 때였다. 앞으로 걸어 나온 루시엔은 번개같이 빠른 동작으로 여자의 머리에 비닐봉지를 뒤집어씌우고 뒤로 최대한 세게 잡아당겼다. 그렇게 그녀의 산소 흡입을 중단시켰다.

완전한 공포가 그녀를 장악했다. 바닥에 떨어진 접시가 나무 바닥과 접촉하자마자 여러 조각으로 깨지고 말았다. 포크는 그녀의 발에 부딪히고 소파 밑으로 사라졌다. 원초적인 공포에 자동으로 그녀의 두 손이 얼굴을 향해 움직였는데, 인간이 보일 수 있는 모든 반응 중에서 가장 동물적인 반응이 그녀의 온 마음을 장악한 까닭이었다. 즉, 그것은 생존을 위한 싸움이었다. 충동이 생각을 대체했다. 살기 위해 필요한 모든 것을 향하는……. 하지만 루시엔은 이미, 정확히 그 반응을 기다리고 있었다.

비닐봉지 사용은 이번이 처음이 아니었다. 비닐봉지를 쓸 경우 모든 피해자는 공황 상태에 빠진다. 반응은 항상 같았다. 공기를 차단하는 물질에 손을 뻗어 그것을 없애려고 안간힘을 쓴다.

그 사실을 알았기에 루시엔은 비닐봉지를 왼손으로만 단단히, 카우보이가 말의 고삐를 뒤로 당기듯 잡았다.

여자가 봉지를 잡으려고 시도했지만 루시엔의 오른손이 도중에 그녀의 손을 맞았다. 그는 아주 능숙한 솜씨로 손목을 잡아 케이블 타이의 고리 하나에 넣고 팔 전체를 회전시켜 자기 쪽으로 잡아당겼다. 결과적으로 그녀는 자신이 앉아 있던 안락의자 뒤쪽으로 잡아당겨지게 되었다.

루시엔이 그녀의 오른팔을 비틀자 순간적으로 왼쪽 팔이 혼란에 빠진 듯 비닐봉지로 손을 뻗는 대신에, 오른쪽 어깨에서 별안간 폭발한 통증을 따라갔다.

그러다 공포가 심해지면서 완전히 겁에 질린 그녀는 다리로 무언가를 거푸 걷어차려 했다. 그녀의 발은 단단히 바닥을 딛고 몸을 일으키려 했지만, 안락의자 뒤로 두른 루시엔의 팔이 그녀가 일어서는 것을 극도로 불편하고 고통스럽게 만들었다. 그녀는 다시 자리에 털썩 주저앉았다.

여자는 비닐봉지 안을 거품 가득한 침으로 채웠다. 뿌옇게 흐려진 봉지 속에서 그녀는 필사적으로 기침을 해댔다. 콧물이 흐르기 시작했고, 여자는 눈을 긴박하게 깜박거리며 머리를 좌우로 흔들어 몸을 자유롭게 하려고 시도했다. 그녀의 왼손이 마침내 그 싸움에 다시 참여하기로 결심한 듯했다. 오른쪽 어깨를 놓고 다시 한번 비닐봉지로 손을 뻗었다. 하지만 이번에도 루시엔은 기다리고 있었다. 그는 왼손으로 비닐봉지를 놓으며 그녀의 왼쪽 손목을 잡아, 오른팔에 했던 것처럼 안락의자 뒤쪽으로 확 잡아당겼다. 두 팔이 의자 등받이 뒤에서 만나자, 루시엔은 케이블 타이의 두 번째 고리에 여자의 왼손을 넣고 단단히 잡아당겼다.

게임 끝.

　루시엔은 인간의 뇌와 뇌의 생리는 물론, 모든 공포 중에 으뜸가는 공포인 죽음의 공포에 직면했을 때 뇌가 어떻게 반응하는지 깊이 이해하고 있었다. 그리고 생명이, 자신이 곧 소멸되리라는 걸 뇌가 깨달았을 때 어떤 호르몬을 생산하고 어떤 종류의 신경 자극을 나머지 신체 부분으로 보내는지도 알고 있었다.

　대부분의 경우, 다시 말해 그러한 유형의 상황에 대해 특별한 훈련을 받은 사람들을 제외하면, 모든 논리적 사고가 멈추고 단순한 전기 자극으로 대체된다. 그런 이유로 인간의 반응은 본능적인 것이 되고 쉬이 예측 가능해진다. 이를테면 루시엔은, 여자의 뇌가 임박한 죽음의 위협을 감지하고 그 죽음의 매개체를 '산소부족'으로 인식했기 때문에 즉각 뇌줄기(호흡이나 각성상태의 유지와 같은 기본적인 기능을 제어하는, 목 뒤쪽에 위치한 두뇌의 일부—옮긴이)로 하여금 두 가지 기본 스트레스 호르몬, 노르에피네프린과 코르티솔을 분비하게 할 것임을 알고 있었다. 또한 신체의 호흡기로 기본적인 '극심한 공포' 전기 자극을 보냄으로써 가능한 방법을 모두 동원하여 더 많은 산소를 확보하라고 명령할 것이다. '극심한 공포' 자극에 유도되고 스트레스 호르몬에 의해 부채질된 신체의 첫 번째 본능은 더 많은 산소를 얻기 위해 더 깊이 호흡을 시도하는 것일 테지만, 물론 이는 비닐봉지의 방해로 인해 실패하리라.

생존 수학에서 '산소가 적다'는 것은 '극심한 공포의 증가'와 같다. 그리하여 여자의 뇌는 스트레스 호르몬의 분비를 증가시키고, 훨씬 긴급한 전기신호를 보내 심장을 더 빨리 뛰게 하고, 횡격막을 더욱 빨리 수축하게 할 것이다. 숨을 깊게 들이마시려고 하면 할수록 호흡은 오히려 짧아지고 한없이 절박해지겠지만, 장애물이 존재하기 때문에 결과는 전혀 나아지지 못할 터다. 바로 그 공포가 그녀의 눈을 멀게 하는 것이다.

그 의미는 산소에 굶주린 그녀의 뇌가 극심한 공포 자극과도 접촉을 끊으리라는 것이었고, 그래서 루시엔은 안락의자 뒤로 여자의 두 팔을 고정하는 동안 잠시 비닐봉지를 놓고도 그녀에 대한 지배력을 잃지 않을 수 있었다. 비록 장애물이 완전히 제거된 것은 아니지만 코와 입에 가해지던 압박이 크게 완화되어 폐가 산소를 더 많이 흡입할 수 있게 되었다는 사실을, 그녀의 뇌와 신체가 마침내 깨닫기까지는 몇 초가 걸릴 것이다.

그녀의 두 팔을 단단히 고정한 채 루시엔은 안락의자를 자기 쪽으로 돌려 여자와 마주했다.

그녀의 머리는 여전히 좌우로 흔들리며 봉지를 더 느슨하게 만들고 있었다. 공기는 폐로 가는 길을 다시 빠르게 찾았지만, 그렇다고 해서 공포가 완화되지는 않았다.

"숨 쉬어." 루시엔이 단호한 목소리로 그녀에게 명령했다. 두려움과 걷잡을 수 없는 공포, 그리고 비닐봉지라는 장애물로 인해 그녀는 그의 말을 듣지 못했다.

루시엔은 비닐봉지를 여자의 머리에서 벗겨냈다.

"숨 쉬어." 그가 다시 명령했다.

그녀의 뇌가 드디어 장애물이 사라졌음을 인지했다.

"숨 쉬어."

그녀의 짧고 필사적인 호흡이 기어이 깊어지면서 안정을 찾았다.

"바로 그거야. 아주 천천히······ 코를 통해서······."

루시엔은 손동작으로 심호흡하는 시범을 보였다.

"······ 그리고 입으로 뱉어. 어떻게 하는지 알잖아."

여자는 지시에 따랐다. 혼란스럽고 공포에 질려 휘둥그레진 눈이 그를 올려다보았다. 그녀의 뇌가 아무리 노력해도, 무슨 일이 일어나고 있는지 이해할 수 없었다.

"지금 당장 설명을 듣고 싶겠지, 안 그래?" 루시엔이 물었다.

여자는 극도로 겁에 질린 탓에 대답할 수가 없었다. 고개를 끄덕이지도 못했다. 그 순간 그녀가 할 수 있는 일이라고는 아주 부자연스러운 박자로 빠르게 가슴을 오르락내리락하며 숨을 쉬는 것뿐이었다.

"물론 그럴 거야." 루시엔은 자신의 질문에 스스로 대답하고 잠시 말을 멈췄다가 설명을 시작했다. "지금 네게 일어나고 있는 일은 아주 간단해. 내가 너의 산소흡입을 막자마자······." 그는 오른손을 들어 그녀에게 비닐봉지를 보여주었다. "너의 뇌는 위험을 감지했어. 그것도 최악의 종류의 위험을. 바로 '생명에 대한 위협'. **그리하여** 네 뇌줄기에서 뉴런 집합체가 즉시 두 종류의 공포 호르몬, 노르에피네프린과 코르티솔을 생산하기 시작했지. 그 두 호르몬은 '아드레날린'이라고 일반적으로 알려져 있는 거야. 내가 말하는 이 뉴런들엔

축삭돌기라는 긴 섬유가 달려 있는데, 이 촉수를 뇌 전체로 뻗어서 어디든 동시에 아드레날린을 방출하지."

여자의 눈 속에서, 훨씬 큰 혼란이 두려움을 뒤덮었다.

이 사이코 자식이 뭐라는 거야? 지금 생물학 수업을 하는 거야?

루시엔은 그녀의 눈 속에 깃든 의구심을 알아챘지만 개의치 않고 계속 이어나갔다. 그는 피해자에게 자기가 하려는 짓을, 또는 신체적으로나 심리적으로 일어날 일을 설명해주는 것을 좋아했다. 그것은 필연적으로 그들의 두려움을 증가시켰고, 증가된 두려움은 곧 그가 느끼는 만족감의 고조로 이어졌다.

"아드레날린이 정말로 하는 일은 말이지…… '시냅스'라 불리는 하나의 뉴런과 다음 뉴런 사이의 공간에 들어가서 다음 뉴런을 잡고 도움을 요청해. 그 뉴런은 그다음 뉴런에 도움을 요청할 거고, 그렇게 차례대로 다음 뉴런에 도움을 요청하는 식이지.

그래서 기본적으로 아드레날린은 현재의 긴박한 위험을 경고하는 화학적 메신저야. 그러고 나면 뇌는 신체의 나머지 부분에 신경 신호를 보내는데, 이 신호는 순식간에 심장벽 안의 심근 세포에 도달해서 펌프질을 더 빠르게 하도록 만들고 신체로 하여금 **행동할** 준비를 시키지. 그때 콩팥 위에 있는 부신 역시 아드레날린을 방출하는데, 이번에는 훨씬 더 많은 양이 혈류로 직접 전달돼. 아드레날린이 폐에 도달하면 세포 수용체에 부착돼 기도를 확장하고 더 많은 산소를 공급해서 근육과 뇌에 동력을 공급해. 그러면 너는 싸우거나 도망칠 수 있게 되지. 그런데 바로 거기에 큰 문제가 있었던 거야."

여자의 호흡은 이제 거의 정상으로 돌아왔다.

"네 기도가 확장되었는데도, 산소를 더 들이마실 수가 없었어." 루시엔이 말했다. "그건 사실이야. 내가 산소 지나가는 길을 막았었거든. 그래서 네 뇌는 혼란스러워졌지. 왜냐하면 뇌는 산소량이 늘어날 거라고 예상했는데 오히려 더 적어졌으니까. 그때 네 뇌는 목숨을 건 싸움에서 지고 있다는 것을 깨달았지."

그 문장은 '공포'라는 새로운 비수를 여자의 가슴에 꽂았다.

루시엔은 여자를 주시했다. "내가 이런 쓸데없는 설명을 해가면서 뭐 하는 건지 이상하지? 너는 이미 다 알고 있는데, 그렇지?"

여자는 여전히 대답할 수 없었다. 그녀의 겁에 질린 뇌는 자신이 처한 터무니없는 상황을 이해하려고 무던히 애를 쓰고 있었다.

"책장에 있는 많은 심리학책을 고려할 때 적어도 당신은 그래야 해. 하여간 이건 네가 찾고 있는 설명은 아니지? 네가 정말 알고 싶은 건 내가 왜 여기에 있는지, 내가 왜 너한테 이러는가야. 맞지?"

그녀는 두려움을 뚫고 마침내 고개를 끄덕일 수 있었다. 망설이면서 딱 한 번만 끄덕였을 뿐이지만.

루시엔은 앞으로 몸을 숙여 그녀의 귀에 대고 속삭였다. "한 가지 이유 때문이야. 단 하나의 이유. 그 무엇보다도 달콤한…… 복수."

그녀는 이맛살을 찌푸렸다.

"그래, 알아." 루시엔이 말했다. "네 탓은 아니야. 혼란스러울 만해. 진실은 말이지. 내 복수는 사실 너와는 관계가 없으니까. 단지 불운한 부산물에 지나지 않을 뿐이지. 그렇지만…… 살인자라면 응당 살인자가 해야 할 일을 해야만 해, 안 그래?"

여자의 눈에 눈물이 차올랐다. 하나 공포에 다시 몸을 내주기도 전에 그녀는 루시엔에게 뺨을 세게 얻어맞았고, 뒤로 젖혀진 머리가 안락의자 등받이에 세게 부딪히며 방향을 잃고 허공에 뒹굴었다. 그녀의 윗입술에서 뿜어진 피가 안개같이 흩날렸다. 그중 몇 방울은 루시엔의 이마와 오른쪽 뺨에 내려앉았다. 고통과 공포로 그녀가 비명을 지르는 동안 루시엔은 왼손 집게손가락으로 천천히 얼굴의 피를 모아 입술로 가져갔다. 뱀의 혀처럼 꿈틀거리며 나온 혀끝이 손가락을 깨끗하게 핥았다.

"피가 아주 달콤하군." 그는 선언하듯 말하고 그녀의 두 발을 케이블 타이로 한데 묶었다. 그런 다음 고개를 돌려 주방 쪽을 보았다.

"저기 엄청난 칼들이 있겠지? 고기를 토막 내는 데 쓰는 큰 칼도? 내가 가장 좋아하는 건데."

여자가 다시 루시엔을 보았다. 여자의 동공에서 두려움이 더 커지는 것을 그는 확인할 수 있었다. 루시엔은 안주머니에서 작게 접어 놓은 투명 비닐 작업복을 꺼냈다.

"이게 내가 가진 유일한 정장이라서 말이지." 그는 기다란 비닐 작업복 속으로 미끄러져 들어가며 설명했다. "더러워지는 걸 원치 않아. 무슨 말인지 알겠어?"

여자의 입술이 벌어지면서 지난 1분 동안 목구멍에 걸려 있던 비명이 마침내 터져 나오기 시작했다. 하지만 루시엔은 기다리고 있었다. 성대가 어떤 의미 있는 소리를 만들어내기도 전에 루시엔의 오른 주먹이 여자의 윗배를 강하게 가격했고, 숨이 콱 막히는 고통이 그녀를 강타했다. 비명 대신 그녀의 입에서 토사물이 흘러나왔다. 방금 먹었던 컵케이크가 액체 형태로 그녀의 옷과 안락의자, 바닥에 튀었다. 루시엔에게도 토사물이 일부 튀었지만, '비닐 작업복 정장'이 더러워지는 것을 막아주었다.

"소리 지르는 걸 권하고 싶지는 않아." 루시엔은 그녀에게 말했다. "그러면 몹시 고통스러울 수 있거든."

심한 통증에 몸이 뒤틀린 여자가 할 수 있는 일이라곤 기침하는 것이 전부였다.

"이제 칼을 좀 보러 가볼까." 그는 미소 지었다. "어디 가지 말고 기다려. 금방 돌아올게."

67

로스앤젤레스가 세계에서 가장 흥미진진한 밤을 보낼 수 있는 곳 중 하나라는 사실은 딱히 비밀이 아니었다. A급 유명인사들이 자주 찾는 고급스럽고 트렌디한 나이트클럽부터, 잘 알려지지 않은 지저분한 지하 클럽까지도(우습게도, 몇몇 A급 유명인들은 변장을 하면서까지 그곳을 즐겨 찾는다). 밤부터 낮까지 불쑥 나타나다가 몇 달 후엔 흔적도 없이 사라지는 이벤트성 '음주방'은 말할 것도 없고, 테마 술집과 라운지가 도시 전체에 산재해 있었다. LA에서는 TV 드라마 〈브레이킹 배드〉에 나오는 크리스털 메스 이동식 조리실에서 코로 흡입하는 파란 설탕과 함께 비커에 제공되는 칵테일을 한잔할 수도 있고, 피부에 꽉 끼는 라텍스 유니폼을 입은 웨이트리스들이 뛰어다니는 병원 병동에서 칵테일을 한잔할 수도 있었다. 고객들을 끌어들이기 위해서라면 어떤 주제든 기꺼이 사용되었다. 기괴할수록, 상징적일수록 더 좋았다. 알람브라의 '토끼굴' 라운지 레스토랑도 그런 곳 중 하나였다.

헌터는 운전 중에 그 술집 겸 식당을 두어 번 지나친 적이 있지만 실제로 안에 들어가본 적은 없었다. 유별난 장소들이 필연적으로 끌어들이고 마는 최신 유행을 좇는 집단들에 대한 거부감 탓에, 헌터에게는 마치 역병을 피하듯 그런 곳을 의식적으로 멀리하는 경향이 있었다. 하지만《이상한 나라의 앨리스》는 트레이시가 가장 좋아하는 소설이었기에 그녀가 토끼굴을 알게 된 이상 그도 그곳에 갈 수밖에 없었다. 그녀가 헌터에게 같이 가달라고 부탁했기 때문이다.

헌터는 24번지의 맞은편 웨스트메인가에 차를 주차하고 시계를 확인했다. 8시 30분이었다. 트레이시 애덤스는 8시 30분에 2인용 테이블을 예약해놓았다.

헌터는 차에서 내리자마자 웃음이 나오는 걸 멈출 수 없었다. '테마 칵테일바' 바깥 인도에 있는, 만화풍으로 장식된 기둥에 못으로 고정된 매우 다채로운 나무 간판 네 개 때문이었다. 각 간판이 가리키는 방향은 모두 달랐다.

맨 위부터 다음과 같이 적혀 있었다. '토끼굴', '모르도르', '호그와트', '나니아'. 헌터는 그 유머 감각이 마음에 들었다(각각 소설《이상한 나라의 앨리스》, '반지의 제왕' 시리즈, '해리 포터' 시리즈, '나니아 연대기' 시리즈에 나오는 장소다—옮긴이).

놀랍지 않게도, 문을 연 지 한 시간도 되지 않았는데 토끼굴 라운지는 이미 만원이었다. 8시부터 9시 30분까지는 칵테일 가격을 정상가의 절반으로 할인하는 '해피아워'가 적용되는 시간이기도 했다.

헌터가 입구를 통과하자, 바닥에서 천장까지 형광 페인트로 그린 두 개의 벽화에 네온 조명이 끊임없이 생명을 불어넣고 있는 인상적인 복도가 그를 맞았다. 벽화에는 녹아내리는 시계를 가지고 다니는 흰 토끼, 트위들디와 트위들덤, 그리고 당연히 앨리스를 비롯해《이상한 나라의 앨리스》에 등장하는 여러 인물이 묘사돼 있었다.

복도를 통과한 헌터는 이제 어스레한 자줏빛과 초록빛 조명만으로 꾸며진 메인 라운지에 있었다. 바는 왼쪽이었는데, 안쪽 벽의 거울로 된 선반에는 인상적인 모양의 병들이 진열되어 있었다. 거울벽과 병 안의 액체를 통과한 색색의 빛은 루이스 캐럴이 가히 자랑스러워할 만한, 보는 이의 마음을 홀리는 사이키델릭한 효과를 만들어내고 있었다.

천장에는 집 정원이 거꾸로 매달려 있는 것 같았다. 인조 잔디를 깔고 모든 것을 거꾸로 매달았다. 꽃, 흰 토끼, 램프, 공원의 나무 벤치 두 개, 심지어 작은 연못까지.

바 맞은편의 거친 벽돌벽에는 수평이 맞지 않는 그림 액자들이 역시 거꾸로 걸려 있었다.

전략적으로 배치한 듯한 천장 스피커에서 요란한 댄스 음악이 끊임없이 흘러나왔지만, 혼잡한 공간을 진정으로 채운 소음은 사람들의 목소리였다.

헌터는 바를 그대로 지나쳐 다음 공간인 식당 홀로 갔다. 몹시 매력적인 안내원이 '하트의 여왕' 차림을 하고 데스크 뒤에 서 있었다. 자리로 안내되기를 기다리는 사람들이 짧은 줄을 이루었다.

헌터는 두 명의 금발 여성과 함께 있는, 매우 진지하게 힙스터의 길을 고려 중인 듯한 남자의 뒤에 섰다. 남자의 머리는 전형적인 언더 컷 스타일로, 헤어 젤을 반 통은 발랐는지 뒤로 완전히 넘겨져 있었다. 텁수룩한 턱수염은 셔츠 깃 아래로 내려왔고, 긴 콧수염은 완전한 고리 모양으로 끝이 말려 올라갔다. 흑백 체크 셔츠에 빨간 멜빵을 하고 검은색 나비넥타이를 맨 차림이었다. 청바지는 발목 바로 아래로 단을 접어서, 양말 없이 신은 심하게 닳은 갈색 처커부츠를 드러내고 있었다. 그는 금발 여인 둘 다 별로 관심을 보이지 않는 이야기를 끊임없이 떠들어대고 있었는데, 헌터에게 흥미로운 장면은 아니었다. 아주 뻔한, 샌님의 카리스마를 지닌 힙스터였다.

두 금발 여인 중 한 명이 헌터에게 미소 지었다.

헌터도 미소로 답하며 정중히 말했다. "사람이 아주 많네요."

"늘 그래요." 그렇게 대답하는 여자의 미소가 더 밝아졌다. "처음이에요?"

헌터는 고개를 끄덕였다.

"여기 좋아요." 그녀가 말했다. "음식도 나쁘지 않고요."

힙스터의 제왕이 헌터를 위아래로 훑어보았다. 방해받은 게 달갑지 않은 모양이었다. 왼쪽 눈썹이 살짝 씰룩거리는 것도, 형사 특유의 옷차림을 용납하지 않는 것일 거라고 헌터는 짐작했다.

오래가지 않아 헌터 차례가 되었다.

"안녕하세요." 안내원이 유쾌하게 인사했다. "뭘 도와드릴까요?"

"저녁 식사를 하려고요." 안내원의 차림새를 보고 입가에 떠오르는 미소를 억제하지 못하며 헌터가 대답했다.

"예약하셨나요?" 그녀가 물었다.

"네, 8시 30분으로 예약했습니다. '애덤스'로요. 트레이시 애덤스."

안내원은 모니터 화면을 확인했다.

"네, 그렇네요." 그녀가 몇 초 지난 뒤에 말했다. "두 명 맞으시죠?"

헌터는 고개를 끄덕였다.

"먼저 도착하셨네요." 그녀가 헌터에게 알려주었다. "지금 테이블로 안내해드릴 수도 있고, 원하시면 바에서 일행분을 기다리시면서 한잔하셔도 돼요."

"확실합니까?" 헌터는 시계를 확인한 후 살짝 얼굴을 찡그린 채 하트의 여왕에게 물었다. 오후 8시 37분이었다.

트레이시는 이제껏 그가 만난 여자 중에 시간을 가장 잘 지키는 사람이었다. 그녀는 항상 제시간에 왔다. 그들이 만나기 시작한 이후로 그녀는 어떤 일에도, 단 한 번도 늦은 적이 없었다.

안내원은 다시 화면을 확인한 후 한 걸음 뒤로 물러나 홀 안을 들여다보았다.

"네, 확실해요." 그녀가 대답했다. "일행분보다 먼저 도착하셨습니다."

"알겠습니다." 헌터는 몸을 돌려 사람들로 붐비는 바를 보았다. "괜찮다면 지금 테이블로 가겠습니다."

"그러세요." 안내원이 메뉴판 두 개를 집어 들며 대답했다. "이쪽으로 오시겠어요?"

그녀는 남쪽 벽 옆 테이블로 헌터를 안내했다. 그리고 메뉴판을 내려놓으며 말했다. "기다리시는 동안 음료라도 드릴까요? 칵테일이 준비돼 있습니다."

"지금은 물이면 됩니다." 헌터가 자리에 앉으며 말했다. "감사합니다."

"바로 가져다드리겠습니다."

안내원이 사라지자 헌터는 시계를 다시 확인했다. 8시 39분. 휴대전화를 확인했다. 읽지 않은 문자메시지도 없었고, 부재중 전화도 없었다.

안내원이 얼음물 한 병과 유리잔 두 개를 가지고 다가왔다.

"더 필요한 거 있으세요?" 그녀가 물었다.

"아뇨, 감사합니다. 지금은 괜찮습니다."

"필요한 게 있으시면 불러주세요. 제 이름은 줄리예요. 오늘 밤 손님 테이블의 담당입니다."

줄리가 떠나자 헌터는 물을 한 모금 마시며 분주한 식당가를 둘러보았다. 테이블이 모두 차 있었다. 그는 메뉴판을 보며 시간을 보냈다. 흥미로운 칵테일과 요리들이 그득했다.

헌터는 물을 한 모금 더 마시고 시간을 재차 확인했다. 8시 47분. 아직 트레이시는 오지 않았다.

휴대전화를 다시 보았다. 여전히 아무것도 없었다. 고개를 들어 식당 입구를 확인했다.

하트의 여왕이 어느 불운한 연인에게 현재 남은 자리가 없다고 안내하는 중이었다.

트레이시는 보이지 않았다.

돌연, 헌터는 끔찍한 느낌에 빠졌다. 배 속 깊숙이 시작되어 몸속의 모든 원자를 통해 빠르게 퍼져나가는 무언가. 그것이 무엇인지 그는 알지 못했지만, 그 감각이 그에게 무언가 잘못되었다는 것을 말해주고 있었다.

트레이시는 절대 늦는 법이 없었다. 지금쯤이면 왔어야 했다. 일이 있어 지체됐다면 그녀는 전화로 사정을 알렸을 것이다.

헌터가 전화기를 손에 움켜쥐고 그녀의 번호를 누른 뒤 막 '통화' 버튼을 누르려던 찰나, 한 무리의 사람들을 헤치고 나와 안내원에게 다가가는 트레이시의 모습이 보였다.

헌터의 입가에 안도의 미소가 떠올랐다. 순간 자신이 바보가 된 것 같은 기분이었다.

넌 너무 걱정이 많아. 전화기를 주머니에 넣고 일어서며 그는 스스로에게 말했다.

그도 트레이시도 눈치채지 못한 것은, 얼마 지나지 않아 토끼굴 라운지로 걸어 들어온 잘 차려입은 신사의 존재였다.

68

트레이시가 웨스트우드에 있는 UCLA 캠퍼스의 교직원 주차장을 떠날 때부터, 루시엔은 그녀를 따라왔다. 두 사람은 제10호선 주간 고속도로를 경유하며 한 시간가량 운전했다. 루시엔은 범죄심리학 교수가 자신이 미행당하고 있다고 의심할 이유는 전혀 없다고 확신했다. 그럼에도 그는 만일을 위해 그녀와 자기 사이에 항상 대여섯 대의 차량을 둔 채 거리를 유지했다.

사실 루시엔은, 이미 두어 번 그랬듯이 트레이시를 따라 웨스트할리우드에 있는 그녀의 아파트로 가고 있다고 생각했다. 그러다 트레이시 애덤스가 선셋 대로에서 좌회전 대신 우회전을 하자 루시엔은 그녀가 집으로 향하고 있지 않다는 것을 알아챘다.

그가 느낀 놀라움은 자신의 밴을 주차하던 중에 'X요인'에 의해 증폭되었는데, 알람브라에 있는 토끼굴이라는 이름의 칵테일 바 건너편에 주차된 헌터의 낡은 뷰익 르세이버를 알아보면서였다.

"내 예상보다 훨씬 더 멋진 하루가 되겠어." 그는 트레이시가 차 문을 잠그고 길을 건너 바 안으로 들어가는 모습을 지켜보며 큰 소리로 말했다.

루시엔은 아직 자신이 제임스 미첼의 차림을 하고 있다는 사실이 무척 기뻤다.

그는 헌터의 차가 있는 곳에서 몇 미터 떨어진 곳에 밴을 주차하고 백미러로 자신의 얼굴을 확인했다. 가발과 안경을 다시 매만진 후 차에서 내려 토끼굴로 갔다.

안으로 들어간 루시엔은 천장에 거꾸로 뒤집힌 정원을 보자 미소를 흘렸다.

"좋은 센스야." 그가 메인 라운지로 통하는 복도 끝에 멈춰 서서 입을 열었다. 그리고 사람들로 가득한 바를 확인했다. 바텐더 세 명이 가능한 한 빠르게 음료를 섞고 그 혼합물을 손님들의 잔에다 따르고 있었다. 루시엔은 사람들을 훑어보았지만 트레이시나 헌터의 흔적은 보이지 않았다. 그러다 라운지의 반대편 끝에 식당 구역으로 통하는 입구가 있다는 걸 알아차렸다.

"당연하지." 그는 자신에게 말했다. "여자친구와 저녁 식사겠지. 또 뭐가 있겠어?"

루시엔은 음료 메뉴판을 들고 반대편으로 가 하트의 여왕으로부터 몇십 센티미터밖에 떨어지지 않은 곳에 멈춰 섰다. 그는 메뉴를 읽는 척하면서 홀 안의 테이블을 탐색했다. 벽 옆쪽 테이블에 앉아 있는 그들을 발견하는 데는 불과 3초밖에 걸리지 않았다. 트레이시의 길고 밝은 붉은색의 머리가 꼭 봉화처럼 눈에 띄었다.

"거기 있었구나."

루시엔은 표적을 더 잘 관찰하려고 메뉴판을 살짝 내렸다. 트레이시는 입구를 등지고 있었지만 그는 비스듬히 서 있었기 때문에 헌터를 보는 데는 방해가 되지 않았다. 루시엔은 헌터의 미소와 표정에서, 그리고 트레이시와 키스할 때 오랜 친구의 눈 속에서, 자신이 도저히 부정할 수 없는 빛을 보았다.

루시엔은 짜릿한 흥분이 스스로를 휘어잡는 걸 느꼈다. 이전에도 똑같은 표정을, 헌터의 눈 속에서 똑같은 빛을 본 적이 있었다……. 그리고 그는 그것의 의미를 정확히 알았다.

"로버트……. 이 마음 약한 바보야. 너는 상황을 너무 쉽게 만들어 주고 있어."

"뭐라고 하셨어요?" 하트의 여왕 안내원이 물었다.

루시엔은 너무 흥분한 나머지, 혼잣말이 의도보다 더 큰 소리로 나왔다는 사실을 눈치채지 못했다.

"아, 아닙니다. 아무것도." 루시엔이 말했다. "죄송합니다. 그냥 혼잣말이었는데 목소리가 컸나 보군요."

안내원은 그에게 미소 짓고 다시 모니터 화면으로 눈을 돌렸다.

루시엔은 메뉴판을 내려놓고 바를 나갔다. 밖으로 나온 그는 밴으로 돌아와 전화기를 집었다.

"놀이를 시작해보자, 메뚜기." 그는 외워둔 전화번호를 눌렀다. "자, 놀아볼까."

69

"정말, 정말 미안해요." 트레이시가 테이블로 오자마자 헌터에게 사과했다. "학교에서 막 나오려다가 학생한테 붙잡혔어요." 그녀는 그렇게 설명하고 몸을 숙여 그의 입술에 입을 맞췄다. "왜 웃어요?"

헌터는 자신이 안도의 미소를 계속 짓고 있었다는 걸 인식하지 못했다.

"그냥 당신을 보니 기뻐서요. 그게 다예요." 그는 대답했다.

트레이시는 미소로 답했다. 그리고 그에게 다시 키스했다. "듣기 좋은 말이네요." 그녀는 자신의 운을 시험해보기로 했다. "나…… 보고 싶었어요?"

"네, 그랬어요." 트레이시로서는 놀랍게도, 헌터가 마음을 드러내 보였다.

그녀의 미소가 환해졌다. "훨씬 듣기 좋네요. 늦어서 정말 미안해요. 전화했어야 하는데……. 정말 제시간에 올 수 있을 줄 알았어요. 완전히 망했지만요."

"괜찮아요, 정말." 헌터가 그녀를 안심시켰다. "걱정하지 말아요."

그는 테이블 맞은편으로 가서 트레이시를 위해 의자를 빼주었다.

"늘 신사라니까." 그녀가 자리에 앉으며 말했다.

"그래, UCLA는 어때요?" 헌터가 자기 자리로 돌아오며 물었다.

"알다시피…… 항상 똑같죠, 뭐. 하지만 시험이 몇 주 뒤로 다가오니 일부 학생들이 공황에 빠지기 시작했어요. 그 말은, 이제 나한테 몰려들기 시작했다는 뜻이죠."

"네, 상상이 가요." 헌터는 그렇게 대답하며 트레이시에게 음료 메뉴판을 건넸다.

그녀는 메뉴판을 받아 들면서 동시에 실눈을 뜨고 헌터의 잔을 보았다.

"물이에요?"

"그냥…… 당신 없이 시작하고 싶지 않았어요." 헌터가 대답했다.

트레이시의 얼굴에 새로운 미소가 떠올랐다. "그래요, 신사 양반. 자, 오늘 밤 뭘 마셔볼 거죠?" 그녀는 빠르게 메뉴판의 첫 두 장을 훑었다. "여기 궁금한 칵테일이 있어요. '그들의 목을 쳐라'가 정말 괜찮을 것 같은데요. '앨리스의 웃음소리'도 그렇고."

"나는 칵테일 대신에 오늘도 스카치나 마실까 봐요." 헌터가 말했다. "지나치게 단 걸 마실 기분은 정말 아니라서요."

"실패하지 않는 선택이죠." 트레이시가 동의했다.

그녀 역시 스카치위스키의 열렬한 팬이었는데, 그 어떤 애호가와도 견줄 만한 수준의 지식을 가지고 있었다. 그녀는 메뉴판을 넘기다가 토끼굴에서 파는 위스키 목록에 이르렀다.

"선택의 폭이 넓지는 않네요." 그녀가 설명했다. "하지만 좋은 게 있어요. 오늘 얼마나 힘들었어요?"

트레이시가 이런 이상한 질문을 던진 것은, 헌터와 데이트를 몇 번 하고 나서 알게 된 사실이 있기 때문이었다. 헌터는 그날을 얼마나 힘들게 보냈느냐에 따라 매번 다른 종류의 스카치를 선택했고, 힘든 날일수록 스모키함이 강한 풍미의 위스키를 선호했다.

헌터는 대답 대신 간단히 눈썹을 치켜올렸다.

"그렇게 나빴어요?" 그녀의 시선은 다시 메뉴판으로 돌아가 있었다. "음, 쿨일라가 있는데…… 빙고. 쿨일라모흐가 있어요."

헌터는 좋은 쪽으로 놀랐다. "그렇다면 문제가 해결됐군요."

"네, 나도 인정해야겠네요."

쿨일라는 아일레이섬에 있는 스카치위스키 양조장이었다. 아일레이 위스키는 이탄 맛이 강하고 색이 진한 것으로 알려져 있지만, 쿨일라는 아마도 그 섬에서 나오는 가장 가벼운 느낌의 위스키일 것이다. 대부분의 다른 위스키들보다 색은 옅지만 스모키함은 덜하지 않고 후추 맛이 환상적이면서 끝 맛은 다소 달콤했다.

안내원 줄리가 다시 와 음료 주문을 받았다. 그녀가 떠나자마자 헌터의 주머니 속 휴대전화가 울려 그의 간담을 서늘하게 했다.

그는 트레이시에게 용서를 구하는 눈빛을 보냈다.

그녀는 그에 대한 대답으로 졌다는 듯이 킥킥 웃을 수밖에 없었고, 뒤이어 고개를 푹 숙여 헌터의 눈을 피했다. 그녀는 또다시 이런 일이 일어나고 있다는 사실을 믿기 힘들었다.

그들의 데이트는 예상치 못한 전화 때문에 중단되는 경우가 많았다. 그리고 이것은 높은 확률로 헌터가 몇 초 뒤 식당에서 뛰쳐나갈 것이라는 뜻이기도 했다. 굉장히 짜증 나는 일이었지만, 트레이시는 그것이 그의 직업이기에 그녀나 그가 어찌할 수 있는 게 아님을 이해했다.

한편 헌터의 휴대전화 화면은 그의 의혹을 확인시켜주었는데, 바로 '발신 번호 표시 제한'이라는 글자가 떠 있었던 것이다.

그는 전화기를 귀로 가져갔다.

"안녕, 로버트!" 루시엔이 밝은 목소리로 말했다. "연락하는 데 너무 오래 걸려서 미안해. 처리해야 할 일이 몇 가지 있었어."

헌터는 루시엔의 뻔한 수작을 신경 쓰지 않았을뿐더러, 어떻게 대답해야 할지도 몰랐다. 그는 침묵을 지켰다.

"어쨌든 말이지." 루시엔이 계속 말했다. "우리의 '간단한 게임'으로 곧 돌아갈 시간이야. 그렇게 생각하지 않아?" 의도된 긴 침묵이 이어졌다. "너한테 새 질문이 있어, 메뚜기."

헌터가 눈을 들어 보니, 트레이시가 자신을 지켜보고 있었다.

"누군가를 실제로 죽이지 않으면서 어떻게 죽일 수 있을까?" 루시엔이 물었다.

그러나 헌터로서는 놀랍게도, 루시엔은 그에게 대답할 기회를 주지 않았다.

"그건 쉬워, 메뚜기. 그들의 영혼을 비운 다음, 오로지 고통으로만 그 빈 곳을 다시 채우는 거야……. 그들이 가장 사랑하는 것을 빼앗는 거지."

헌터는 루시엔의 말에 얼굴을 찡그렸다.

"무슨 말인지 잘 모르겠어도 걱정하지 마, 메뚜기. 곧 알게 될 테니까." 또 다른 침묵이 끼어들었다. "…… 그러니까, 15초면 돼."

전화가 끊어졌다.

헌터는 극심한 혼란에 빠진 채로 전화기의 화면을 보았다. 무의식적으로 머릿속에서 카운트다운을 시작했다.

15…… 14…….

트레이시는 헌터가 자리에서 일어나 밖으로 나갈 거라고 예상하며 계속 주시했지만, 그는 움직이지 않았고 전화기만 끈질기게 들여다보고 있었다.

"로버트, 괜찮아요?" 그녀가 물었다.

헌터에게서 대답은 없었다.

12…… 11…….

"로버트?"

10…… 9…….

"로버트, 무슨 일이에요?"

헌터가 마침내 트레이시를 돌아보았다.

"모르겠어요."

6…… 5…….

"무슨 소리예요?" 트레이시가 물었다. "본부에서 전화 왔었어요?"

"아뇨."

3…… 2…….

"그럼 누구였어요?"

1…… 0.

트레이시의 핸드백 안에서 휴대전화가 울렸다.

70

헌터는 오랜 경험으로 인하여 우연의 일치를 믿지 않았다. 특히 초 단위까지 정확한 이번과 같은 경우에는. 헌터의 시선이 전화기에서 트레이시에게로 급격히 옮겨졌고, 그와 동시에 배 속에서 무언가가 태동하기 시작했다. 그가 전혀 좋아하지 않는 무언가가.

트레이시는 핸드백에서 나는 벨 소리를 신경 쓰지 않는 것 같았다.

"그럼 누구였어요?" 그녀가 물었다.

헌터는 그녀의 질문을 무시했다. "당신, 전화 와요." 그가 말했다.

"알아요. 아마 시험 전 공황 상태에 빠진 또 다른 학생이겠죠."

"학생들이 당신 개인 번호를 알아요?"

"일부는요."

헌터는 고개를 끄덕였다. "받지 않을 거예요? 중요한 전화일 수도 있는데."

트레이시는 몇 초 동안 헌터를 자세히 살폈다. 그가 전화를 받고 나서 이상하게 행동하기 시작했다는 걸 그녀도 느끼고 있었다.

"그러죠." 그녀는 핸드백을 열고 전화기를 꺼냈다.

"번호가 안 뜨네요. 보여요?" 그녀는 휴대전화 화면을 헌터에게 보여주며 말했다. "학생이 건 게 확실해요."

종업원이 음료를 가지고 와서 테이블에 내려놓았다. "카울일라모크 두 잔입니다." 그녀가 완전히 틀린 발음으로 알려주었다.

그녀가 떠나자 트레이시는 마침내 전화를 받았다.

"애덤스입니다." 그녀는 그렇게 말한 후 약 5초 동안 묵묵히 전화기에서 들려오는 소리를 들었다. "죄송하지만…… 누구세요?"

헌터의 구겨진 얼굴에서 주름이 깊어졌다.

트레이시는 몇 초 더 상대방의 이야기를 들었다.

"뭐라고요?" 그녀도 얼굴을 찡그리며 전화기 너머 누군가에게 물었다. 그녀의 시선이 헌터에게로 옮겨졌다. "무슨 소리 하는 거예요?"

"무슨 일이에요?" 헌터가 소리 내지 않고 입 모양으로만 물었다.

"누구세요?" 트레이시가 다시 물었다. "이런 걸 농담이라고 생각한다면, 당신은 매우 아픈 사람이에요. 도움을 받아야 해요."

헌터는 트레이시가 가능한 한 침착한 목소리를 유지하려고 노력하고 있다는 걸 알 수 있었다. 비록 분노가 그녀의 태도를 지배하고 있음은 확실했지만 말이다.

"만약 내 학생 중 하나라면……." 그녀가 계속했다. "누군지 반드시 찾아낼 겁니다. 당신은 내 수업을 듣지 못하게 될 거고, UCLA의 이사회에도 보고될 거예요. 알겠어요?"

헌터는 트레이시의 표정이 분노에서 다시금 혼란으로 바뀌는 것을 보았다. 그때 두려움이 그를 엄습했다.

"뭐라고요? 누구요?"

그리고 침묵.

돌연 그녀의 표정에 완전히 새로운 투지가 더해지는 게 보였다.

"역겨워…… 당신은……." 트레이시는 헌터와 맞추던 시선을 거둬 자신의 휴대전화를 내려다보았다.

전화가 끊긴 게 분명했다.

"무슨 일이에요?" 헌터가 물었다.

"역겨운 장난이에요." 눈에 띄게 화가 난 트레이시가 대답했다. "내 학생인 게 틀림없어요. 아니면 예전 학생이거나." 그녀는 고개를 가로저었다. "제정신인 사람이 이런 걸 재밌는 농담이라고 생각할 수 있다니 믿을 수가 없네요."

"'이런 게' 뭔데요? 그 사람이 뭐라고 했죠?" 몸을 숙여 테이블에 팔꿈치를 괸 헌터는 목소리를 낮고 흔들림 없이 유지하기 위해 무척 조심했다.

"그냥 어리석은 거예요. 조금도 재미없는. 한마디라도 다시는 섞고 싶지 않아요."

"트레이시……." 헌터의 목소리는 애원하고 있었다. "그 사람이 한 말을 정확히 들려줘요."

트레이시는 헌터를 보았다. 그가 자신을 그토록 걱정해주고 있다는 사실에 그녀는 감동했다. 그녀는 숨을 깊이 들이마시고 자기 잔의 위스키 절반을 단숨에 들이켰다.

헌터는 기다렸다.

"그가 말하길 자기가 막……." 그녀는 다시 심호흡을 위해 멈췄다가 말했다. "…… 우리 부모님을 살해했대요."

71

트레이시의 말에 헌터의 배 속에서 생성된 블랙홀이 그의 얼굴에서
는 피를, 입에서는 말을 빨아들였다. 이후 몇 초 동안, 그는 트레이시
가 한 번도 본 적 없는 시선으로 그녀를 빤히 바라볼 수밖에 없었다.

"완전 역겹고 바보 같은 농담이에요." 트레이시가 계속 말했다.
"내가 왜 그렇게 화가 났는지 모르겠어요. 아마 목소리 때문이었을
거예요. 차갑고, 감정이 전혀……."

"트레이시." 헌터가 그녀의 말을 막았다. "제발, 그 사람이 말한 그대
로 정확히 기억해봐요. 가능하면 토씨 하나 빠뜨리지 않고 전부 다."

헌터의 목소리에 실린 새로운 어조가 트레이시를 더 걱정스럽게
만들었다.

"왜요? 장난이에요, 로버트. 아주 불쾌한 종류의 장난이요. 내가
보여줄게요." 그녀가 다시 전화기로 손을 뻗었다. "엄마한테 전화해
보면 알게 될 거예요."

"트레이시, 제발요. 그 사람이 한 말을 정확히 말해줘요."

트레이시는 헌터를 쏘아봤다. 하지만 1, 2초 후에 그녀는 포기했

다. 남은 스카치를 다 마시는 데는 단 한 모금이면 충분했다.

"좋아요." 그녀가 이야기를 시작했다. "오늘 오후에 자기가 우리 부모님 집에 방문해서 그들을 죽였다고 말했어요."

헌터의 배 속 블랙홀이 그의 영혼을 집어삼키기 시작했다.

"굉장히 지저분한 일이었고, 피가 엄청나게 많았대요." 트레이시는 잠시 말을 멈추고 눈물과 싸웠다. "심지어 부모님 집 주소도 알고 있었어요. 믿어져요? 내가 역겨운 농담이라고 했더니, 집 주소를 읊었어요. 자기 어리석은 장난을 입증하겠다는 듯이 말이에요."

"부모님이 어디 사시죠?"

"다우니요."

"그 사람이 불러준 주소가 맞아요?"

"네." 트레이시는 헌터에게 주소를 불러주었다. "어떤 역겨운 자식이 그런 짓을 하는 거죠, 로버트?" 그녀는 다시 화를 내기 시작했다. "내가 장담해요. 이 사람이 누군지 꼭 알아낼 거예요. 누군지 몰라도 큰 곤경에 처하게 되겠죠. 오늘 일을 영원히 후회하게 될 거예요."

"그리고 또 무슨 말을 했어요?" 헌터가 물었다.

트레이시는 아까와는 또 다른 심각한 표정을 지었다.

"트레이시, 제발……."

그녀는 의자 등받이에 기대앉았다. "전화에 대해 '메뚜기'에게 잊지 말고 말해주라고 했어요."

헌터는 두 눈을 감았다.

트레이시는 어깨를 으쓱했다. "대체 무슨 뜻인지 모르겠어요. 그러고는 가짜 이름을 알려주고 전화를 끊었어요."

헌터는 이미 그 답을 알았지만, 물어야 했다. "이름이 뭐라던가요?"

"가짜 이름일 게 분명하니까 그건 중요하지 않아요, 로버트. 이 자식이 아픈 만큼 멍청한 게 아니라면요."

"트레이시, 그가 알려준 이름이 뭐였죠?"

트레이시는 분노를 분출했다. "루시엔이라고 했어요."

72

헌터는 전화기를 옮겨 잡으며 일어섰다.

"뭐 하는 거예요?" 트레이시가 물었다.

"보고해야 해요." 그가 대답했다.

트레이시 애덤스는 경찰 시스템에 아주 문외한은 아니었다. 그녀는 관료주의의 톱니바퀴가 어떻게 돌아가는지 알았고, 무엇으로 돌아가는지도 알았다. 그녀는 방금 LAPD의 특수강력범죄수사대 책임자에게 이중 살인을 자백하는 전화를 받았다고 말했다. 거짓말이든 아니든 한 수사기관의 수사관으로서 헌터는 절차를 따라야 할 것이다. 전화의 진실성을 입증하거나 반증하기 위해서라도, 그녀의 부모 집 주소로 경찰차를 출동시킬 수 있도록 보고해야 할 터였다.

"그럴 필요 없어요, 로버트." 그녀 역시 전화기를 집으려고 손을 뻗었지만, 헌터는 상황실의 경관에게 트레이시의 부모님 집 주소를 이미 반쯤 말한 뒤였다. 그러다 그는 잠시, 트레이시에게 무언가를 묻기 위해 손을 들었다.

그녀는 알려주지 않았다.

"로버트, 절차를 이해해요. 하지만 제발 경찰이 시간을 허비하게 하기 전에 내가 먼저 부모님께 전화하게 해줘요. 그러면 이따위 역겨운 장난을 보고할 필요도 없다는 걸 알게 될 거예요. 그냥 누군가가 바보짓을 벌인 거죠."

그녀의 관심은 전화기 화면으로 넘어갔고, 손가락은 부모님의 집 전화번호를 누르기 시작했다.

헌터는 상황실 경관에게, 가르시아 형사와 FBI 특수요원 피터 홀브룩에게 즉시 알릴 것을 요청했다. 그는 전화기를 다시 주머니에 넣고 트레이시의 팔을 잡았다.

"하지 말아요." 그는 그녀를 중단시켰다.

"뭐라고요?"

혼란과 불안이 충돌하는 눈동자가 헌터를 보았다.

"해야 해요, 로버트." 그녀는 조금 전보다 더 떨리는 목소리로 말했다. "그래야 이 상황을 끝낼 수 있어요. 나도 정말 속상하고, 이젠 경찰까지 끌어들이고 있잖아요. 그냥 엄마하고 얘기해야겠어요, 알죠? 엄마 목소리를 들어야겠어요."

트레이시의 팔을 잡은 헌터의 손아귀에 힘이 살짝 들어갔고, 이번에는 그가 그녀의 시선을 피할 차례였다. 헌터는 시선을 돌렸다. 배속 블랙홀은 폭발할 것 같았고, 목이 조여왔다. 순간, 그냥 전화를 걸게 놔둘까 생각했다. 아마 트레이시가 포기할 때까지 전화는 계속 울릴 것이고, 그러면 그녀의 긴장감은 더 높아질 터였다. 그 뒤에 그녀는 부모님의 휴대전화로 전화를 걸 게 분명했는데, 그것이 헌터가 정말로 걱정하는 부분이었다. 루시엔은 실로 인간의 형상을 한 악마였다. 그는 트레이시의 첫 번째 행동이, 부모님에게 전화를 걸어 확인하는 것이리라 예상했을 테다. 루시엔이 그들의 휴대전화를 가져갔다면 어떻게 될까? 트레이시의 전화를 그가 받는다면? 그들의 비명을 녹음했다가 그녀에게 틀어준다면?

"로버트, 무슨 일 있어요?" 트레이시가 물었다. 헌터의 얼굴에서 불안을 감지했을 뿐만 아니라 자신의 팔을 잡은 그의 손이 떨리는 걸 느꼈기 때문이다.

그는 다시 그녀를 보았고, 그녀는 그의 눈 속에서 슬픔을 보았다.

"로버트?"

"당신한테 거짓말을 할 수는 없어요, 트레이시." 헌터가 마침내 고르지 못한 음성으로 말했다.

"뭐라고요?" 그녀는 그에게 잡힌 팔을 빼냈다. "나한테 무슨 거짓말을 한다는 거예요, 로버트? 무슨 말이에요?"

헌터는 이 모든 일이 자기 잘못임을 알았기 때문에 심장이 조여오는 걸 감내할 수밖에 없었다. 루시엔이 탈옥한 후 헌터는 그녀와 단 한 번 만났을 뿐인데도, 루시엔은 그와 트레이시가 만나고 있다는 사실을 어떻게든 알아냈다.

"누군가를 실제로 죽이지 않으면서 어떻게 죽일 수 있을까?" 루시엔이 그에게 했던 질문이었다. "그건 쉬워, 메뚜기. 그들의 영혼을 비운 다음, 오로지 고통으로만 그 빈 곳을 다시 채우는 거야……. 그들이 가장 사랑하는 것을 빼앗는 거지."

루시엔은 정확히 그대로 하고 있었다. 그는 헌터가 가장 사랑하는 것뿐만 아니라 트레이시가 가장 사랑하는 것을 빼앗고 있었다. 그들의 영혼을 비우고 그곳을 고통으로 다시금 채우고 있었다. 절대 끝나지 않을 고통을.

일단 모든 게 드러나면, 헌터는 그녀에게 거짓말을 할 수 없을 것이기에 사실은 밝혀지고 말 것이다. 그러면 그녀는 부모님이 목숨을 잃은 단 하나의 이유를 알게 될 것이다……. 그들이 잔혹하게 살해 당한—헌터는 그들이 잔혹하게 살해됐으리라는 것을 알았다—이 유는 당신들 잘못이 아니라 그들의 딸, 트레이시가 헌터와 '데이트' 를 했기 때문이라는 것을.

그게 다였다. 그것이 그들의 목숨에 치명적인 요소로 작용했다. 그 들의 딸이 헌터를 만나고…… 그와 사랑에 빠지고…… 그와 데이트 하는 것.

트레이시가 그 진실을 알게 되면 온 힘을 다해 헌터를 미워할 것 이다. 헌터는 절대적으로 확신했다.

헌터는 물 잔으로 손을 뻗었을 때에야 자신이 손을 떨고 있다는 사실을 깨달았다. 아무리 끔찍하게 힘들다고 해도, 그는 그녀의 눈 을 똑바로 바라봐야만 했다.

"루시엔은 진짜예요." 그는 목소리를 잃지 않도록 최선을 다하며 그녀에게 말했다.

"루시엔이 진짜라고요?" 트레이시가 물었다. 헌터와 반대로 그녀 의 목소리는 커져 있었는데, 공포가 깃든 채였다. "대체 그게 무슨 뜻이에요, 로버트?"

헌터는 빤히 그녀를 응시했다. "밖으로 나갈 수 있을까요? 제발."

"아뇨, 로버트. 안 나가요." 복합적인 감정이 묻어나던 트레이시의 어조에 이제는 약간의 분노가 끼어 있었다. "대체 당신이 무슨 말을 하는 건지 알고 싶어요, 지금요." 그녀의 두 눈에 눈물이 고였다. "재 미없어요, 알죠?"

"나하고 밖으로 나가요, 제발." 헌터는 애원하며 다시 그녀의 손을 잡으려 했지만 트레이시는 이번에도 팔을 뒤로 뺐다.

"아뇨." 그녀는 거의 혐오에 가까운 표정으로 그를 바라보았다.

"무슨 뜻인지 말해줘요."

트레이시의 목소리가 주변 테이블에 닿았고, 그들 오른편에 앉아 있던 연인이 헌터를 못마땅하게 보았다. 그들은 그와 트레이시 사이에 일어나고 있는 일이 전적으로 그의 탓이라고 추측한 듯싶었다.

헌터는 가야 했다. 더는 지체할 수 없었다. 그녀에게 말해야 했다.

"지금 우리가 쫓는 사람." 그가 이야기를 시작했다. "그리고 일주일 전에 위스키애서니엄을 폭파했던 사람. 그의 이름이 루시엔 폴터예요. 그는 실재하는 사람이에요."

그제야 트레이시의 안에서 모든 것이 분명해졌다.

헌터는 폭파 사건이 있기 전부터 그녀를 만나지 못했다. 물론 전화로는 이야기를 나눴지만, 헌터는 사건과 관련이 없는 사람에게는 수사에 관한 이야기를 하지 않았다. 상대가 트레이시라 할지라도. 하지만 그녀는 위스키애서니엄 폭파 사건 후 TV에서 그를 봤다. 그녀는 뉴스를 보았고 신문을 읽었다. 텔레비전으로 중계된 기자회견에서 헌터 옆에 서 있던 FBI 요원이 해당 사건은 테러리스트 조직의 소행이 아니라 단 한 사람의 소행이라고 밝히며 로스앤젤레스 시민들을 안심시켰던 것이 기억났다.

테러리스트가 아니라 몇 주 전에 탈옥해서 복수극을 벌이기로 한 탈주범. FBI 요원은 그가 누구인지도, 그의 복수극이 무엇에 대한 것인지도 언급하지 않았다. 다만 탈주범의 이름만은 공개했었다. **루시엔 폴터.** 트레이시는 자신이 받은 전화에 너무 화가 난 나머지 지금까지 그 사실들을 연결하지 못했다.

"뭐라고요?" 마침내 트레이시의 눈에서 눈물이 터지면서 분노가 완전한 슬픔으로 변했다. "…… 농담이죠?"

헌터는 트레이시가 거의 알아차릴 수 없을 만큼 고개를 저었다.

"루시엔은 농담하지 않아요."

"그래서 뭐라는 거예요, 로버트?" 그녀는 숨을 들이마셨지만 산소가 폐까지 도달하지 못하는 듯했다. 그녀의 목소리가 흔들렸다. "우리 부모님이 정말로 집에서 막 살해됐고, 그 살인범이 내게 전화를 했다고요? 그저 재미로?"

다른 테이블에서도 그들을 주목하기 시작했다.

헌터는 이제 자신의 몸 전체가 떨리는 걸 느낄 수 있었다. 트레이시의 그런 모습을 보니 가슴이 산산조각 나는 듯했고, 그가 할 수 있는 일은 아무것도 없었다. 그러나 그중에서도 최악은, 그것이 그녀에게 고통의 시작에 불과하다는 것이었다. 상황은 더 나빠질 것이다. 훨씬 더 나빠질 것이다.

"왜죠?" 트레이시가 물었다. "지난주에 술집을 폭파한 이 미치광이가 왜 우리 부모님을 찾아간 거죠? 왜 부모님을 죽인 거예요? 전혀 말이 안 되잖아요, 로버트."

헌터는 잠시 눈길을 돌렸다. 그리고 그의 두 눈이 다시 트레이시의 얼굴을 향했을 때, 그 안에 든 흰자는 옅은 붉은색으로 변해 있었다. 그는 실제로 자신의 영혼이 자기 안에서 죽어가고 있음을 느낄 수 있었다.

"나 때문이에요." 그 말이 소리가 되어 밖으로 나오고 나자 헌터의 목은 사막처럼 말라버렸다.

트레이시는 헌터에게 계속 주의를 기울이고 있었다. 하지만 그는 트레이시의 뇌가 그 말에 실린 실제 의미를 이해하기 위해 아직도 힘겨운 싸움을 벌이는 중이라는 걸 그녀의 눈을 통해 알 수 있었다. 그러다 갑자기 그 눈 속에서 투쟁의 기운이 사그라졌다.

"복수." 그녀가 입을 열었다. 이제는 눈물이 그녀의 얼굴로 흘러내리고 있었다. "기자회견에서…… 일주일 전에 TV에서 방송한 기자회견 말이에요. 당신과 일하는 FBI 요원이, 루시엔이라는 인물이 술집을 날려버리고 무고한 생명을 앗아 간 이유가 복수 때문이라고 했어요. 그런데 누구에 대한 복수인지, 무엇에 대한 복수인지는 언급하지 않았죠." 그녀는 다시 말을 잇기 전에 잠시 멈추고 눈물을 삼켜야 했다. "그 복수 대상이…… 당신이었어요?"

헌터는 눈을 깜박였다. 그의 목구멍에 응어리진 멍울이 목을 더 조여왔다. 그는 트레이시를 향해 고개를 끄덕였다. "맞아요."

"그러니까 지금 당신 말은, 우리 부모님이 돌아가신 이유가…… 누군가가 당신에게 갖고 있는 어리석은 원한 때문이라는 거예요?"

상황이 그래요. 헌터는 생각했다.

그녀의 목소리에 담긴 분노. 그녀의 눈에 서린 증오. 그의 영혼의 처형.

"하지만…… 어째서?" 트레이시는 초점이 맞지 않는 눈으로, 답을 찾으려는 양 주위를 두리번거렸다. "당신한테 복수하는 거라면 왜 우리 부모님을 찾아간 거예요?"

헌터는 설명하려면 할 수 있었다. 하지만 그래봤자 소용없는 일이었다.

"아니에요." 트레이시가 고개를 저으며 말했다. 현실이라기에는 너무나 터무니없었다. "아니…… 아니…… 아니에요. 이런 일은 있을 수 없어요. 이건 바보 같은 농담이고, 내 학생 중 한 명이 배후인 게 틀림없어요. 지금까지 나랑 여기 있었으면서 당신이 어떻게 이런 걸 확인할 수 있어요? 당신이 그렇게 확신할 수는 없어요, 로버트." 얼굴을 타고 흘러내리던 눈물에 그녀의 목소리가 잠기고 말았다. "당신은 그럴 수 없어요. 원한다면 계속 진행해요. 경찰차를 부모님 집에 보내면 알게 될 테니까." 그녀는 다시 전화기를 집었다. "부모님한테 전화해서 당신이 틀렸다는 걸 증명할 거예요. 이건 정말 재미없어요, 로버트. 당신이 나한테 이러고 있다는 걸 믿을 수가 없어요."

트레이시는 전화기를 들고 화면에 뜬 다이얼에 번호를 하나씩 입력했다.

이번에 헌터는 그녀에게 맞서지 않았다.

73

트레이시의 부모님 집에 놓여 있는 전화기가 울렸다. 한 번, 두 번, 세 번……. 그 후에도 계속 울렸다. 연결음의 횟수가 늘어갈수록 트레이시가 흘리는 눈물도 늘어갔다. 그녀는 열두 번째 벨이 울린 후에야 포기했다.

"엄마 핸드폰으로 해봐야겠어요." 트레이시는 슬픔만큼이나 두려움에 찬 목소리로 말했다. 그녀는 헌터를 보지 않았다.

헌터는 재빨리 가르시아에게서 온 메시지가 있는지 휴대전화 화면을 확인했다. 없었다. 그가 할 수 있는 일은 루시엔이 트레이시 부모님의 전화를 받지 않기를 바라는 것뿐이었다.

트레이시는 전화기를 귀에 대고 기다렸다. 연결 중임을 알리는 신호가 다섯 번 간 후에 음성사서함 서비스로 넘어갔다.

"엄마? 저예요. 이 메시지 받으면 제발 저한테 전화해주세요, 알겠죠? 사랑해요." 그녀는 전화를 끊었다. "아빠한테 전화해봐야겠어."

헌터는 기다렸다. 그의 마음은 한 번에 한 조각씩 죽어가고 있었다.

트레이시는 아버지의 휴대전화 번호를 누르고 그가 받기를 기다렸다. 아버지는 받지 않았다. 어머니의 전화와 똑같이 신호가 다섯 번 간 뒤에 음성 사서함 서비스로 넘어갔다.

"아빠, 엄마랑 어디 계신 거예요?" 눈물 때문에 말이 나오지 않았다. "이 메시지 받으면 바로 전화주세요, 제발. 알겠죠? 그냥 엄마랑 아빠가 괜찮으신지 알고 싶어요. 제발 전화해주세요. 사랑해요."

"트레이시." 헌터가 목소리를 낮게 유지하며 말했다. 그는 정말로 그녀의 손을 잡고 싶었다. 그녀를 안아주고 싶었다. 위로해주고 싶었다. 하지만 감히 시도할 수 없었다. "가야 해요."

"뭐라고요? 간다고요? 어디로?" 그녀는 주변을 둘러보기 시작했다. 혼란과 부정은 충격의 첫 번째 단계 중 하나였다. 트레이시는 그 단계에 빠르게 도달하고 있었다.

헌터는 '범죄 현장'이라는 용어를 쓰고 싶지 않았다.

"당신 부모님 집에." 그가 대답했다. "가야 해요." 그는 주머니에서 돈을 꺼내 음료값으로 지불하기에 충분한 액수를 테이블에 올려놓았다.

"우리 부모님이 어디에 사시는지 모르면서 어떻게 가요?" 트레이시가 물었다.

확실히 혼란이 자리 잡고 있었다.

"당신이 간다면……." 트레이시가 일어서며 말했다. "나도 가요."

헌터는 범죄 현장 오염 방지에 관한 경찰의 규정을 트레이시에게 굳이 설명할 필요는 없었지만, 그녀의 부모님 집이 공식적으로 범죄 현장이 되기 전까지는 그녀가 그곳에 가는 것을 막을 방법이 없었다. 결국은 그녀의 부모님 집이었으므로.

"좋아요." 그가 동의했다. "나하고 같이 가요."

"아뇨." 그녀가 대답했다. 그녀의 목소리는 슬프게 들렸지만, 그 속에는 분노 또한 분명히 존재했다. "내 차로 갈 거예요. 차를 가져왔어요."

"트레이시, 당신은 지금 운전하기 어려운 상태예요. 나랑 같이 가요, 제발."

"아뇨, 난 괜찮아요. 운전할 수 있어요." 그녀는 핸드백을 움켜잡고 쏜살같이 식당을 나갔다.

주위의 테이블에서 쏟아지는 비난의 시선을 한 몸에 받으며, 헌터는 그녀를 뒤따랐다.

74

브라이언 스톤 경관과 페드로 라모스 경관은 다우니의 파이어스톤 대로에 있는 심야 커피숍 옆에 경찰차를 댄 채 갓 내린 진한 커피를 껴안듯이 들고 앉아 있었다.

"가서 도넛을 사 올까 하는데." 라모스가 숱 많은 말발굽 모양의 콧수염을 손으로 쓰다듬으며 말했다. "하나 먹을래?"

"아니, 난 됐어." 스톤은 자신의 배를 내려다보며 말했다. "어제 데브라랑 아이들하고 피코리베라에 있는 달라에서 점심을 먹었어. 음식을 다 먹고 내가 물었지. '좋아, 그럼 아이스크림 먹고 싶은 사람?' 하고." 그는 말을 잠시 멈추고 못마땅한 표정으로 파트너를 응시했다.

"데브라가 그 '죽은 듯한' 눈빛으로 날 보더니 이러는 거야. '당신은 아니야, 여보. 아마 몇 달은 계속 과일을 먹어야겠어.' 그러고는 내 배를 툭툭 치는 거야."

라모스는 온몸으로 웃음을 터뜨렸다. "그건 당신 마누라 말이 맞는 것 같아, 풍선맨!"

"엿 먹어, 이 빌리지 피플 따라쟁이가⋯⋯. *Y, M, C, A!*" 스톤은 팔로 글자를 만들면서 그 유명한 노래를 부르기 시작했다(〈YMCA〉를 부른 그룹 빌리지 피플은 독특한 복장을 하고 노래를 불렀는데, 주로 남자답다고 알려진 직업의 복장을 착용했고 그중 하나가 경찰관 복장이었다—옮긴이).

"그래, 그럼 네 도넛은 사 오지 않을게." 라모스가 조수석 문을 열며 말했다. "뭐, 바나나라도 사다 줘?"

스톤이 대답할 기회도 없이 경찰 무전이 들어왔다.

"마블애비뉴의 알비아가 부근에 있는 모든 순찰차에 알린다. 187 이중 살인의 가능성이 있는 신고가 접수됐다. OOCI, 코드2. 최우선 순위다."

'OOCI'는 '차량 밖 수사'를 의미했다.

"이중 살인?" 라모스는 차 문을 도로 닫으며 말했다. 그의 눈이 빛났다. "마블애비뉴면 여기서 겨우 몇 블록 거린데."

"우리가 가자." 스톤은 재빨리 커피 잔을 컵 홀더에 고정하고 시동을 걸면서 말했다.

주차장에서 차가 후진하는 동안, 라모스는 무전기에 대고 말했다. "여기는 B7602, 우리는 마블애비뉴에서 약 3분 거리에 있다. 전체 주소 알려주기 바란다."

상황실에서 재빨리 응답했다.

"10-4('알았다'는 뜻의 경찰 코드—옮긴이)." 라모스가 확인했다. "가는 중이다. 가해자에 대한 정보는? 아직 집 안에 있을 가능성이 있나?"

"그 정보에 관해서는 부정적이다. 현재로서는 그 이상 알려진 게 없으니 극도로 주의하기 바란다."

"물론이다."

'코드2 최우선 순위'는 경광등이나 사이렌을 켜지 않는 것이어서

라모스는 계기반에 무전기를 돌려놓고 버클을 채웠다.

스톤은 가는 도중에 마주친 두 번의 빨간불에 서지 않고 그대로 통과하기 위해, 그때만 경광등과 사이렌을 켰다. 그들이 전달받은 주소지에 도착하기까지 정확히 2분 21초가 걸렸다.

"저 집이야." 라모스가 짧은 진입로는 있지만 차고는 없는 단층 건물을 가리키며 말했다. 정면에서는 불빛이 보이지 않았다.

"가자." 스톤이 일찌감치 총을 뽑아 들고 차에서 내리며 말했다.

라모스도 똑같이 뒤를 따랐다.

두 경찰관은 그들이 할 수 있는 한 조심스럽고 조용하게 움직여 현관에 접근했다.

"젠장!" 현관에서 불과 몇십 센티미터 떨어진 곳에 도착했을 때, 라모스가 숨죽여 속삭였다. 문은 1.5센티미터 정도 열려 있었다.

그들은 각각 문의 좌우 벽에 등을 기대고 엄폐 자세를 취했다. 라모스가 왼쪽, 스톤이 오른쪽이었다.

라모스는 말없이 파트너에게, 자신이 문을 열겠다고 신호했다.

스톤은 고개를 끄덕여 신호를 알아들었음을 알렸다.

라모스는 오른손에 무기를 들고 왼팔을 뻗어, 천천히 문을 밀어 활짝 열었다. 그리고 몸을 충분히 숙이면서 안을 들여다봤지만 어두워서 아무것도 보이지 않았다. 그는 스톤을 보며 고개를 저었다.

안에서 끔찍한, 거의 방향 감각을 잃게 할 만큼 심한 냄새가 풍겨와 그들의 후각을 덮쳤다.

두 경관은 뺨이라도 맞은 듯 즉각 얼굴을 뒤로 뺐다.

라모스는 기침을 멈추기 위해 입에 손을 갖다 대야 했다.

둘 다 그 끔찍한 냄새가 무엇인지 전혀 몰랐지만, 그게 무엇이든 간에 좋은 상황이 아니라는 것만은 분명했다.

스톤은 자기가 집에 먼저 들어가겠다고 신호를 보낸 뒤 손가락으로 카운트다운을 시작했다. 3…… 2…… 1.

'0'이 됨과 동시에 그는 몸을 오른쪽으로 180도 틀었다. 총을 쥔 양팔을 앞으로 뻗고 잠시 문 앞에 서서 눈으로 표적을 정신없이 탐색했다.

현재 서 있는 방의 맨 끝, 역시나 열려 있는 또 다른 문 뒤편에서 새어 나오는 것으로 보이는 희미한 빛을 제외하고 스톤은 아무것도 보지 못했다.

라모스는 오른쪽이 아닌 왼쪽으로 몸을 돌린 것 말고는 파트너의 동작을 똑같이 반복하며 움직였다. 그렇게 그는 스톤의 바로 뒤편에 위치했다. 그 역시 어둑한 방 안에서 움직임은 전혀 감지하지 못했다.

스톤이 머뭇거리며 한 걸음 앞으로 나아갔다. 그들의 존재를 알릴 시간이었다.

"경찰입니다!" 스톤이 단호한 목소리로 외쳤다. "안에 누구 있습니까?"

반응이 없었다.

"벽에 전등 스위치 보여?" 스톤은 라모스를 돌아보지 않고 물었다.

"어." 라모스가 대답하고 스위치를 찾아 불을 켰다.

방은 여전히 어두웠다.

라모스는 스위치를 두어 번 껐다가 다시 켰다.

"안 돼." 그가 말했다. "불이 안 들어와." 그는 총을 오른손에 든 채 왼손으로 벨트에서 손전등을 뺐다.

스톤도 똑같이 했다.

"이 상황이 마음에 안 들어." 라모스가 속삭였다. "하나도 마음에 안 들어. 그리고 이 냄새 때문에 토할 지경이야."

그들이 자기들 앞의 공간을 살피기 위해 손전등을 움직이자 두 개의 불빛이 여러 차례 교차했다.

그곳은 원목 바닥이 반짝이는, 멋지게 꾸며진 거실처럼 보였다.

"로스앤젤레스 경찰입니다!" 스톤이 다시 외쳤다. "누군가 있다면, 우리가 볼 수 있는 곳으로 나오세요. 머리 위로 손 들고 아주 천천히 나오세요, 당장!"

무응답. 어디에도 움직임은 없었다.

"다시 경고합니다." 스톤이 계속했다. "모습을 보이지 않으면 발포할 수도 있습니다."

두 경관은 손전등을 방 안 여기저기로 움직이며 기다렸다.

기척은 없었다.

"반대쪽 끝에 불빛이 있어." 라모스가 말했다.

"그래." 스톤이 대답했다. "보여, 가자."

앞으로 걸음을 내딛을 때마다 그들의 손전등 불빛과 시선, 그리고 총의 조준기가 오른쪽에서 왼쪽으로, 방의 양옆과 앞뒤로 움직였다. 두 경관은 그렇게 스물세 걸음을 걸어 방 끝으로 갔다.

문틈으로 흘러나오는 불빛이 일정치 않게 깜박이는 걸 보고 그들은 불빛의 광원이 촛불임을 알았다. 방에 가까이 갈수록 역겨운 냄새가 점점 더 강해졌다.

스톤과 라모스는 현관에서 경계하며 서 있을 때의 대형을 그대로 유지했다. 문의 왼쪽에 라모스, 오른쪽에는 스톤. 라모스는 이번에도 자기가 문을 열고 안을 살피겠다는 신호를 보냈다. 스톤은 고개를 한 번 끄덕였다.

라모스는 조금 전과 같은 순서로 동작을 취했지만, 몸을 숙여 안을 살짝 들여다볼 수 있게 됐을 때 그만 멈칫하고 말았다. 구역질에 대한 반사 반응으로 입안에 침이 가득 고였다.

문지방을 넘어 방으로 들어갈 채비를 하던 파트너에게서 시선을 떼지 않고 있던 스톤은, 라모스의 두 눈이 도넛 크기로 커지면서 입이 딱 벌어지는 것을 보았다.

"무슨 일이야?" 그가 물었다.

라모스는 총을 양손으로 쥐고 있다가, 오른손을 풀어 가슴에 성호를 그었다. 두 번.

"성모마리아님." 자기도 모르게 입에서 그 말이 흘러나왔다. 그와 동시에 그는 자기 배 속에서 무언가가 이탈하는 것 같은 느낌을 받았다.

스톤은 다시 한번 몸을 돌려 이제는 열려 있는 문의 중앙, 라모스 앞에 자리를 잡았다. 그 순간 그가 지은 표정은, 파트너의 표정을 거울로 보는 듯했다.

"젠장!" 스톤은 완전히 공포에 질린 눈으로 방 안을 이리저리 보았다. 목소리가 심하게 떨렸다. "대체 누가 이런 짓을……."

"악마." 라모스 역시 불안정한 목소리로 말했다. "이건 악마가 아니면 할 수 없는 짓이야."

 토끼굴 라운지와 식당 밖에서 헌터는 마지막으로 트레이시를 설득하려 했다.

 "트레이시, 제발 차를 여기에 두고 나랑 같이 가요. 아니면 택시라도 부르게 해줘요. 제발 운전하지 말아요. 지금 당신 상태로는 안 돼요."

 하지만 트레이시는 듣고 있지 않았다. 그녀는 바람같이 그를 지나쳐 길을 건넌 뒤 자신의 차에 올라탔다.

 트레이시가 지금의 감정 상태로 운전대를 잡으면 그녀 자신은 물론 다른 사람들까지도 위험에 빠뜨릴 게 분명했다. 그녀는 온몸을 떨고 있었고, 시야는 눈물로 흐려져 있었다. 그녀의 주의가 도로나 운전 따위에 있지 않으리라는 건 심리학 전문가가 아니라도 알 수 있었다. 그렇기에 헌터는, 서둘러 범죄 현장에 도착해야 하는 상황임에도 자신이 할 수 있는 유일한 일을 했다. 그녀에게서 눈을 떼지 않는 것. 그는 자기 차에 올라타 트레이시의 뒤를 쫓았다.

 길 건너편, 트레이시의 차로부터 그리 멀지 않은 곳에서 루시엔은 입술에 기이한 미소를 띠고 그 광경을 지켜보았다.

"저런, 로버트." 트레이시와 헌터가 차를 몰고 떠나는 모습을 보면서 그는 혼잣말을 뇌까렸다. "그녀가 너한테 몹시 화가 난 것 같아. 그녀는 여생 동안 널 미워하게 될까? 부모님의 죽음에 대해 널 탓할 수 있을까? 너희 둘이 만났던 날을 영원히 저주하게 될까?" 그는 호탕한 웃음을 터뜨렸다. "그래, 메뚜기. 내 생각엔 **충분히** 가능할 것 같아." 그는 자기 밴에 올라탔다.

루시엔은 헌터와 트레이시가 그녀의 부모님 집에 도착한 뒤에 일어날 일을 정말이지 무척이나 보고 싶었다. 그들에게 남긴 그의 예술 작품에 그들이 어떤 반응을 보일지 너무나 지켜보고 싶었다. 하지만 그렇다고 해서 그들을 따라가, 틀림없이 경찰 통제선에 몰려들 구경꾼들에 섞여서 현장을 지켜보는 일은 몹시 위험할 것이다.

"아니야." 루시엔은 차에 시동을 걸며 말했다. "내 일은 여기서 끝이야." 그의 시선이 조수석 위에 놓인 물건으로 옮겨지자 얼굴에서 미소가 흘렀다. "지금은."

76

저녁 시간대에 알람브라에서 다우니까지 가는 데는 보통 25분 정
도, 어쩌면 교통 상황에 따라 그보다 조금 더 걸릴 터였다. 하지만 트
레이시의 멍한 정신 상태로 인해 고속도로를 잘못 택한 것을 포함하
여 그들은 길을 총 세 번 잘못 들었다. 트레이시의 변덕스러운 운전
탓에 그들의 여정에 소요 시간이 최소 18분 더 추가됐지만, 헌터의
입장에서는 전혀 나쁜 일이 아니었다.

헌터는 트레이시가 부모님 집으로 뛰어드는 것을 막는 사람이 되
고 싶지 않았다. 그러나 그들이 너무 빨리, 즉 범죄 현장으로서 경찰
이 통제선을 치기 전에 그곳에 도착한다면 그때는 자신이 그 역할을
해야 할 것이다.

비록 이미 가해자의 신원을 알고 있다고 해도, 형사로서 헌터는
범죄 현장이 오염되는 것을 지켜볼 수 없었다.

헌터는 루시엔이 무슨 짓을 할 수 있는지 알고 있었고, 그의 가장
끔찍한 직감은 루시엔이 이번에 도를 넘었다고 말해주고 있었다. 루
시엔에게 이 게임은 더 이상 '연구'가 아니었다. 이것은 복수였다. 루

시엔은 헌터에게 교훈을 주고 싶어 했다.

정신적으로 돌이킬 수 없는 상처를 남기고, 심리적으로 완전히 파괴하고, 남은 생애 동안 극심한 괴로움에 빠뜨릴 게 뻔한 가장 기괴하고 악몽 같은 장면 속으로 트레이시가 걸어 들어가는 것을 막기 위해서라면, 헌터는 온 힘을 다해 그녀를 막을 것이다. 비록 그 일로 그녀가 그를 영원히 미워하게 된다 할지라도.

트레이시의 부모님 집에 가까워질 즈음 헌터는 가르시아에게 전화했다.

"카를로스." 가르시아가 전화를 받자 헌터가 말했다. "도착했어?"

"5분 정도면 도착해." 가르시아가 대답했다. "내가 노스할리우드에 사는 거 기억해?" 그리고 생각에 잠긴 짧은 침묵이 흘렀다. "잠깐, 나보고 도착했냐고? 그럼 넌 현장에 있는 게 아니야?"

"응, 나도 비슷하게 도착할 거야. 어쩌면 좀 빠를 수도 있고."

"알람브라 어딘가에서 트레이시하고 저녁을 먹고 있다고 생각했는데."

"그랬지."

"그런데 전화는 40분 전쯤에 왔었어." 가르시아의 음성에 혼란스러움이 묻어났다. "알람브라에서 다우니까지면…… 나보다 훨씬 먼저 도착했어야지. 무슨 일이야?"

헌터는 심호흡을 한 후 말하기 시작했다. 그의 말문을 막는 멍울이 어느새 다시 목구멍에 돌아와 있었다. "피해자들……." 그가 말했다. "트레이시 부모님이야."

"피해자들이 누구라고?" 불확실성이 순수한 충격으로 바뀌었다.

"트레이시의 부모님." 목소리가 떨리지 않도록 애쓰면서 그가 되풀이했다. "루시엔은 나를 잡으려고 거기 찾아간 거야."

"나는……." 가르시아는 적당한 말을 찾기 위해 애썼다. "확실해?"

"루시엔이 트레이시에게 전화했어. 우리가 식당에 있을 때. 방금 종합상황실에서, 트레이시 부모님의 주소지에서 시신 두 구를 찾았다고 확인받았어."

"루시엔이 트레이시에게 전화를? 대체 어떻게?" 가르시아는 질문을 하려다 생각을 바꾸었다. "제길! 그녀와 함께 있어?"

"아니, 트레이시는 앞차에 타고 있어. 그래서 아직 도착하지 못한 거야. 이야기가 길어. 웨스트와 홀브룩은 어때? 현장에 있어?"

"잘 모르겠지만, 아마도. 아직 연락을 받지 못했어."

"좋아, 잘 들어. 무슨 일이 있어도 트레이시가 집에 들어가게 하면 안 돼. 루시엔이 무슨 짓을 했는지 모르겠지만……."

헌터는 차마 말을 맺을 수 없었다.

"그래, 두말하면 잔소리지." 가르시아가 동의했다. "나는 3분 뒤면 도착할 거야."

"우리가 여기서 길을 더 잘못 들지 않는다면, 거의 동시에 도착할 것 같아."

그들은 전화를 끊었다.

77

마침내 마블애비뉴로 우회전했을 때, 헌터는 무리 지어 모인 집들 뒤편을 파랗고 빨갛게 물들이는 불빛을 알아차렸다. 트레이시의 부모님이 사는 거리가 왼쪽에서 첫 번째 거리였고, 헌터는 도로 입구에 이미 설치된 경찰 통제선을 보고 안도했다. 트레이시가 그쪽으로 방향을 꺾자, 제복을 입은 경관이 그녀를 멈춰 세웠다. 헌터는 그녀바로 뒤에 차를 세웠다.

"일행입니다." 그는 창문 밖으로 머리를 내밀고 형사 배지를 보여주며 말했다.

경관은 헌터의 신분증에 손전등을 비춰본 뒤 고개를 끄덕였다. 그런 다음 동료 경관에게 신호해서 헌터와 트레이시의 차량을 통과시켰다.

경찰차 세 대가 부모님 집의 진입로를 봉쇄한 탓에 트레이시는 급히 도로와 인도에 반씩 차를 걸쳐 주차했다.

헌터는 도로에 차를 세우며, 가르시아의 혼다 시빅이 바로 뒤이어 통제선을 통과하는 것을 보았다.

트레이시는 마치 불이라도 난 것처럼 차에서 급히 뛰어내려 부모님 집 방향으로 달려갔다.

헌터는 그녀를 쫓아갔다.

트레이시가 집 앞의 잔디밭까지 갔을 때 LAPD 경찰관 두 명이 그녀를 막아섰다.

"죄송합니다, 부인." 둘 중 키가 큰 쪽이 '정지' 신호로 손을 들어올리며 말했다. "들어가실 수 없습니다. 여긴 범죄 현장입니다."

"제 부모님 집이에요." 그녀가 흐느끼며 말했다. 내내 울어서 부은 두 눈이 체리처럼 빨갰다.

두 경관은 걱정스러운 눈빛을 빠르게 교환했다.

"이해합니다." 둘 중 키가 큰 쪽이 대답했다. "정말 죄송하지만, 들어가시게 할 수 없습니다."

"내 부모님의 집이라고요!" 트레이시가 소리치며 강제로 지나가려고 했다.

그러나 통하지 않았다.

"죄송합니다." 두 경관 모두 그녀를 저지하며 말했다.

트레이시는 몸을 돌려 헌터를 찾았다. 그는 바로 몇 걸음 뒤에 있었다. 그녀는 애원하는 눈으로 그의 두 눈을 맞바라보며, 눈물에 젖은 목소리로 애걸했다.

"제발…… 날 들여보내라고 저 사람들한테 말해줘요. 제발……."

"트레이시, 그럴 수 없어요." 헌터가 대답했다. 매우 고통스러운 듯한 어조였다. "지금은 안 돼요."

"제발……." 그녀는 한 번 더 애원했다. 그녀의 온몸이 다시 떨리기 시작했다. "봐야 해요. 부모님을 봐야 한다고요."

가르시아가 잔디밭에서 그들과 합류했다.

"카를로스, 제발 도와줘요. 부모님을 봐야 해요."

가르시아는 헌터의 반응을 살피고는 트레이시에게 다가갔다.

"트레이시, 그럴 수 없어요." 그가 말했다. "그럴 수 없다는 거 당신도 알잖아요. 저긴 범죄 현장이고, 당신도 우리만큼 규칙을 잘 알잖아요."

"우리가 먼저 들어가게 해줘요, 트레이시." 헌터가 말했다. "그러면 다시 나와서 당신을 데려갈게요."

"부모님을 봐야 해요." 트레이시의 흐느낌이 더 심해졌다. "난 부모님을 봐야 해요."

바로 그 순간, 헌터와 가르시아는 현관에서 나오는 피터 홀브룩 요원을 보았다. 그는 흰색 신발 커버와 라텍스 장갑을 착용하고 머리에는 연푸른색 수술용 망을 쓰고 있었다. 문 바로 앞에 멈춰 선 홀브룩은 머리에서 망을 벗겨 이마의 땀을 닦는 데 사용했다. 그의 눈빛은 공허했으며, 생각이 딴 데 가 있는 듯했고, 신념은 결여된 것처럼 보였다. 그가 두 경찰관과 함께 서 있는 헌터와 가르시아를 알아보는 데는 몇 초가 걸렸다. 그가 머리망으로 입술 주위에 맺힌 땀을 톡톡 두드리며 두 형사에게 다가왔다.

"젠장!" 그가 말했다. "당신들 안……." 그때 가르시아가 눈짓으로 트레이시를 가리키며 그를 향해 살짝 고개를 저어 신호를 보냈다.

홀브룩은 말을 멈췄다.

눈물로 가득 찬 트레이시의 두 눈이 그에게 머물렀다. "제 부모님 집이에요." 그녀의 목소리가 쇠약해지고 있었다. "안에 들어가야 해요. 부모님을 보러 가야 해요. 제발 도와주세요."

홀브룩은 헌터의 얼굴에서 슬픔을 보았다. 그는 몸을 돌려 트레이시에게 이야기했다.

"FBI 특수요원 피터 홀브룩입니다." 그는 자신을 소개했다. "죄송하지만, 안타깝게도 안에 들어가실 수 없습니다, 애덤스 씨. 지금은 안 됩니다. 현재 부모님 집은 공식적으로 범죄 현장이고, 따라야 할 절차가 있습니다."

"망할 절차." 트레이시가 반박했다. "그래도 여기는 우리 부모님 집이에요. 당신들은 나한테 이럴 수 없어. 나는 부모님을 봐야 한다고요." 그녀는 다시 헌터를 쳐다봤다. "제발 도와줘요, 로버트. 제발 나한테 이러지 말아요. 부탁할게요."

이번에 공포에 질린 눈으로 헌터와 가르시아를 옭아매며 고개를 저은 쪽은 홀브룩이었다. 그의 입술이 소리 없이 움직였다. '무슨 일이 있어도 그녀를 들여보내선 안 돼요.'

법의학팀이 쓰는 흰색 밴이 도로 위쪽에서 경찰 통제선을 통과해 들어왔다.

"애덤스 씨." 다시 홀브룩이었다. "저랑 같이 가시죠." 그는 그녀의 어깨에 조심스럽게 손을 얹었다. "잠깐 앉아 계세요." 그는 도로에 주차된 경찰차 한 대를 가리켰다.

트레이시는 그의 손을 떨쳐냈다. "앉지 않아도 돼요. 나한테 필요한 건 부모님을 보러 가는 거예요."

"제발, 트레이시." 헌터가 애원했다. "다시 나오겠다고 약속해요. 하지만 나한테 5분을 줘야 해요. 내가 원한다고 해도 당장은 당신을 통과시켜줄 수 없어요. 이건 공식적으로 연방보안청과 FBI의 수사니까요. 5분만 주면 데리러 나올게요. 약속해요."

홀브룩의 당혹스러운 시선이 헌터에게서 가르시아에게, 그리고 다시 헌터에게로 휙휙 움직였다. 두 형사는 그 행동의 의미를 읽었다.

저 안의 광경을 그녀에게 보이고 싶지 않을 겁니다.

트레이시는 마침내 굴복하고 홀브룩을 따라 경찰차로 갔다.

"내가 그녀와 함께 있죠." 홀브룩이 말했다.

헌터와 가르시아는 트레이시를 홀브룩과 남겨두고 재빨리 집 안으로 들어갔다.

"만난 적 있어?" 가르시아가 물었다. "트레이시의 부모님 말이야."

"아니, 없어." 헌터가 대답했다.

그들은 출입을 막기 위해 현관에 쳐놓은 범죄 현장 표시 테이프 아래쪽을 통과해 어두운 거실로 들어섰다. 그리고 배 속을 휘젓는 냄새와 즉각 맞닥뜨렸다. 마치 그들 앞으로 벽이 달려든 것처럼.

"이런!" 가르시아는 황급히 왼손으로 코와 입을 막았다.

헌터는 그렇게 하면 코를 톡 쏘는 냄새를 없앨 수 있다는 듯이 잠시 동안 눈을 감았다.

"살이 부패하는 냄새는 아니야." 가르시아가 말했다.

헌터는 고개를 천천히 움직여 동의했다. 그 냄새가 무엇인지 그는 정확히 알고 있었다.

그들은 잠자코 방을 가로질러 불이 켜져 있는 맞은편의 열린 문을 향해 갔다. 문까지 스물세 걸음이었다.

코와 입을 막고 있던 가르시아의 손이 아래로 떨어졌다. 그는 자기 앞에 펼쳐진 광경을 조금이나마 이해하려고 애쓰면서 방 구석구석을 정신없이 눈으로 훑었다.

"젠장…… 대체 이게…… 뭐야?"

78

문 앞에 서 있던 헌터는 온몸의 힘이 빠져나간 것을 느꼈다.

식당 안은 피해자가 둘뿐이라는 게 믿기지 않을 정도로 유혈이 낭자했다. 하지만 바닥 대부분과 벽, 가구, 커튼, 심지어 천장까지 뒤덮은 믿을 수 없는 양의 피는 그들 앞에 펼쳐진 참사의 일부에 불과할 따름이었다.

방의 중앙에는 6인용 식탁이 있었는데 의자는 식탁의 양 끝에 하나씩, 양옆에 두 개씩 놓여 있었다. 트레이시의 부모는 양 끝에 놓인 두 의자를 하나씩 차지했다. 루시엔은 흡사 마지막 만찬과 같은 장면을 연출해놓았다. 붉은 실크 드레스를 입은 어머니는 북쪽의 식탁 끝에, 짙은 줄무늬 정장을 입은 아버지는 아내의 바로 맞은편에 앉혀놓았다.

처음에는 그들의 복장이, 누가 어디에 앉아 있는지를 식별하는 데 도움이 되었다. 두 시신 모두 얼굴뿐만 아니라 머리가 없었기 때문이다.

조지 애덤스와 패멀라 애덤스는 둘 다 몹시 거칠게 참수되어 근육

조직은 물론 동맥, 정맥, 절단된 척수가 그대로 노출된 상태였다. 몸통 상단은 마치 기괴하게 잘린 그루터기 같았다.

그들의 피부는 산화가 일어나면서 짙은 갈색을 띠기 시작했지만 여전히 약간 촉촉한 것으로 보아, 상처는 지난 여섯 시간 사이에 생겼다고 추정할 수 있었다.

사방에 튄 피의 양, 특히 천장에 튄 혈흔으로 헌터와 가르시아는 트레이시의 부모님이 그 방에서 참수되었을 뿐만 아니라 그 잔혹한 행위가 그들이 아직 살아 있는 동안 자행되었음을 알았다.

"이건 너무……." 가르시아는 적절한 어휘를 찾으려 했지만 실패했다.

머리가 없는 각 몸통의 앞에는 접시와 와인 잔이 놓여 있었는데, 가히 병적인 면과 악마적인 면이 충돌한 광경이라 할 만했다. 루시엔은 부부의 머리를 서로의 식사로 차려놓았다.

애덤스 부인 앞에 있는 접시에서는 피가 넘쳐흘렀고, 그 한가운데에 완전히 알아볼 수 없게 변한 남편의 머리가 놓여 있었다. 머리카락은 탄 채였고, 온통 물집이 잡힌 피부는 숯 색깔을 띠었는데 바삭한 질감으로 구워져 원래 형태를 알 수 없었다. 이것으로 집을 점령한 역겨운 냄새가 설명되었다. 그 냄새는 며칠 전 헌터와 가르시아가 폭발 현장에서 맡았던 냄새와 똑같았다. 인간의 살이 타는 냄새.

애덤스의 안구는 둘 다 눈구멍 안에서 터져서, 한때 파란 눈이 있던 자리에는 불길한 모양의 어두운 분화구가 생겼다.

애덤스의 몸통 바로 앞의 접시에는 아내의 머리가 그의 몸통을 향해 놓여 있었는데, 그와 달리 그녀의 머리카락은 타지 않았다.

딸의 것처럼 붉은색을 띤 애덤스 부인의 머리카락은 뒤로 빗겨진 채 피에 흠뻑 젖은 접시 주위에 널브러져 있었다. 한때 아름다웠을

초록색 눈은 희부옇게 변해 두개골 속으로 깊이 가라앉기 시작했지만, 그럼에도 활짝 뜨인 상태로 생명이 없는 남편의 몸통을 똑바로 응시하고 있었다.

그녀의 두 눈은 마지막 호흡의 순간을 찍은 스냅사진 속 장면같이 순수한 두려움과 공포로 얼어붙은 빛을 띠고 있었다. 그러나 충격을 가하려는 루시엔의 결심은 부부에게 서로의 머리를 접대하는 것만으로 끝나지 않았다. 그는 목이 잘린 두 시신의 왼손에는 포크를, 오른손에는 나이프를 쥐어놓았다. 포크는 그들 각각의 앞에 놓인 머리 왼쪽에 깊이 박혀 있었다. 반면에, 칼은 두 머리의 입에 아무렇게나 쑤셔 넣어져 있었다. 헌터와 가르시아가 서 있는 문에서 보면 꼭 몸통뿐인 시체들이 자기 짝의 머리를 막 자르려는 듯한 모습이었다.

"루시엔이 머리를 구운 거야?" 가르시아가 물었다. 목소리는 속삭임에 불과했고, 확신이 없는 어조였다. "왜 그런 건데?"

헌터는 대답하지 않았다. 아니, 목소리가 나오지 않았다. 속이 텅 빈 것 같았다. 지금 그가 할 수 있는 일은 눈앞의 끔찍한 장면을 응시하는 것뿐이었다. 그리고 머릿속에 든 유일한 생각은…… 트레이시.

"피터가 맞아서." 가르시아는 밖에서 홀브룩 요원이 그들에게 전하려고 했던 말을 입에 올렸다. "트레이시를 들어오게 할 순 없어, 로버트. 그녀가 마지막으로 보는 부모님의 모습이 이래선 안 돼. 그녀를 파괴하고 말 거야."

"자, 여기 뭐가 있나 볼까?"

두 형사 모두 뒤에서 들려오는 질문이 누구의 것인지, 익숙한 목소리를 통해 정확히 알았다. 캘리포니아 최고의 법의학자 중 한 명인 수전 슬레이터 박사였다. 헌터와 가르시아는 과거에 그녀와 몇몇 사건을 함께했었다.

"냄새만 가지고 보면……." 그녀가 계속 말했다. "누군가 탔어. 아주 심하게."

헌터는 몸을 돌려 박사와 마주했다. 그들의 눈이 마주쳤을 때 그녀가 목격한 황량함은, 적어도 헌터에게서는 한 번도 본 적이 없는 것이었다.

"로버트, 괜찮아요?"

"수전." 그는 시선을 그녀의 서류 가방으로 옮기며 말했다. "부탁이 있어요."

79

헌터는 트레이시와 약속했던 대로 정확히 5분 후에 집에서 나와 그녀가 앉아 있는 경찰차 쪽으로 걸어왔다.

"트레이시." 그가 물컵을 그녀에게 건네며 말했다. "마셔요. 설탕물이에요."

트레이시는 유리잔을 쳐내려 했지만, 헌터가 제때 피했다.

"설탕물 따윈 필요 없어요, 로버트." 그녀의 목소리는 여전히 불안정했지만, 어조에는 다시금 분노가 실렸다. "나한테 필요한 건 부모님 집에 들어가는 거예요." 그녀는 다시 일어섰다. "5분 달라고 했죠. 자, 그 5분이 끝났어요. 당신, 약속했어요. 나는 들어갈 거예요." 그녀는 그를 지나쳐 가려 했지만, 헌터는 버텼다.

"5분 달라고 부탁한 거 알아요." 헌터의 목소리는 슬픔으로 가득했다. "하지만 시간이 조금 더 필요해요." 그는 집 쪽을 흘깃 보았다. "법의학팀이 막 도착했고, 당신도 나만큼이나 이 일을 잘 알잖아요. 현장을 봉쇄하고, 조명을 설치하고, 증거를 수집하고, 모든 것이 그대로인 상태로 사진을 찍어야 해요. 뭔가가 오염되거나 옮겨지면 안 돼요."

"로버트 말이 맞습니다." 홀브룩이 그를 돕고자 했다.

"제발, 트레이시." 헌터가 고집했다. "이거 마시고, 나한테 몇 분만 더 줘요." 그는 홀브룩을 보며 고개를 끄덕였다. 이번에는 FBI 요원이 의미를 읽을 차례였다.

그는 그렇게 했다.

"법의학팀이 사진 촬영을 마치면 제가 직접 안내해드리겠습니다. 어때요?" 홀브룩이 트레이시에게 말했다.

눈물이 다시 그녀의 뺨을 타고 흘러내리기 시작했다.

헌터는 그 모습에 가슴이 찢어지는 것 같았고 이제부터 자기가 하려는 일을 트레이시가 절대 용서하지 않으리라는 것을 알았지만, 루시엔의 바람대로 그녀가 그 광경을 보게 하느니 차라리 그 편이 나았다.

"제발." 그는 그녀에게 유리컵을 한 번 더 내밀었다. "그냥 설탕물이에요."

트레이시는 마침내 굴복하여 유리잔을 받아 들고 안에 든 것을 조금씩 나누어 전부 마셨다.

슬레이터 박사가 설탕물에 섞은 강력한 진정제가 효과를 발휘하는 데는 3분밖에 걸리지 않았다. 열 시간 후, 트레이시는 웨스트할리우드에 있는 자기 아파트에서 눈을 떴다. 헌터는 아침에 그녀가 깨어날 때까지 내내 곁을 지켰다.

트레이시는 진정제의 여파로 인한 몽롱함을 쫓기 위해 평소보다 훨씬 오랫동안 눈을 깜빡여야 했다. 그녀가 주변 환경을 알아보는 데는 몇 분이 걸렸다. 그제야 그녀는 자신이 침대에 있다는 사실을 깨달았다.

헌터는 침대 옆 탁자에 두었던 우유 한 잔과 샌드위치를 그녀에게
가져다주었다.

헌터의 도움을 받아 트레이시가 비로소 일어나 앉기까지 또다시
2분이 걸렸다. 잠에 취한 눈이 침실 안을 천천히 빙빙 돌면서, 그녀
의 기억을 감쌌던 안개가 마침내 걷히기 시작했다.

"내가 왜 여기 있는 거죠?" 그녀가 물었다. 목소리가 약했다. "왜
내 방에 있는 거예요?"

"진정제 때문이야." 헌터가 아니라 트레이시의 가장 친한 친구인
앰버 웹스터가 대답했다. 헌터는 전날 밤 그녀에게 전화해서 와달라
고 부탁했었다.

"앰버?" 트레이시는 그때까지 그 방에 자기 친구가 있다는 사실을
눈치채지 못했다. "뭐…… 너, 여기서 뭐 해?" 뒤늦게 깨달음이 강타
했고 그녀는 잠시 말을 멈추었다. 그때 헌터는 그녀의 눈 속에서 희
망이 사라지는 것을 보았다.

"꿈이 아니었어." 그녀의 목소리가 커졌다. "우리 부모님, 어디 계
셔?"

"넌 진정제를 먹었어." 앰버가 트레이시의 침대로 다가와 그녀의
어깨에 손을 얹으며 설명했다. "로버트가 널 집으로 데려왔어." 그러
고는 울기 시작했다. "정말 유감이야, 트레이시."

트레이시는 헌터를 힐끗 보았고, 이윽고 모든 기억이 눈사태처럼
그녀를 덮쳤다. 그녀의 눈에 가득 찬 눈물에는 분노가 섞여 있었다.

"당신…… 나한테 거짓말했어."

죄책감이 헌터를 휩쌌지만, 그는 시선을 돌리지 않았다.

"미안해요, 트레이시. 그럴 수밖에 없었어요." 그의 목소리는 약하

고 무력했다.

"왜 못 보게 했어요?"

"널 보호하려고 한 거야, 트레이시." 앰버가 헌터를 도우려 했다. 그러나 트레이시의 귀에는 들리지 않았다.

"부모님 집에 가야 해요." 그녀가 말했다. "가서 부모님을 봐야 해요." 트레이시는 일어나려다가 현기증에 다시 주저앉았다.

"부모님은 이제 거기 안 계셔, 트레이시." 앰버가 말했다.

"뭐? 왜? 어디에 계시는데?"

앰버가 헌터를 바라보았다.

"부모님은 검시소로 옮겨졌어요." 그가 설명했다.

트레이시는 울음을 터뜨렸다.

헌터가 그녀 쪽으로 한 발짝 다가가는데, 트레이시의 불신과 분노로 가득 찬 시선이 날아와 가슴에 꽂혔다. 그는 멈춰야 했다.

"다 당신 때문이에요?" 그녀가 물었다.

헌터는 다리에 힘이 풀리는 것을 느끼며 잠자코 있었다.

"엄마가 돌아가시고…… 아빠가 돌아가신 게…… 전부 당신 때문이라고? 멍청한 복수극 때문에?"

헌터는 할 수 있는 말이 아무것도 없었다.

트레이시는 시선을 돌렸다. "로버트, 그냥 가줘요." 그리고 떨리는 손으로 문을 가리켰다.

앰버는 다시 시도했다. "트레이시, 제발 들어봐……."

"아니, 듣고 싶지 않아." 순간 트레이시는 고통스러운 표정을 지었다. "그냥 가줘요, 로버트. 제발 그냥 가요, 알았죠? 그냥 가요."

"트레이시, 정말 미안해요." 헌터가 방을 나가기 위해 몸을 돌리며 말했다. "당신 부모님 대신 내 목숨을 바칠 수 있었다면 그렇게 했을 거예요." 그는 앰버를 바라보았다. "보살펴줘요." 그가 속삭였다. "그리고 필요한 게 있으면 알려주세요."

헌터가 방을 나서자, 트레이시가 거의 발작적으로 흐느끼는 소리가 들려왔다.

헌터는 그녀의 아파트에서 나와 차에 올라탔지만, 시동은 걸지 않았다. 그러는 대신 양 손바닥에 얼굴을 파묻었다.

누군가를 실제로 죽이지 않으면서 어떻게 죽일 수 있을까? 그건 쉬워, 메뚜기. 그들의 영혼을 비우고, 오로지 고통으로만 그 빈 곳을 다시 채우는 거야……. 그들이 가장 사랑하는 것을 빼앗는 거지.

80

"늦어서 죄송합니다." 헌터가 사과하며, 블레이크 반장의 사무실에서 열리고 있는 '작전본부' 회의에 합류했다.

지난밤의 범죄 현장 사진을 책상에 막 펼쳐놓은 반장은 시계를 확인했다. 늦은 시간이 5분을 넘지 않아 봐주기로 했다.

"마침내 참석하여 자리를 빛내주셔서 감사합니다, 전하." 그녀는 단호한 목소리였지만, 그 정도로 해두었다.

"여기 와도 괜찮아?" 헌터가 반장 옆자리의 웨스트 연방보안관과 홀브룩 요원 쪽에 합류했을 때, 가르시아가 속삭였다.

"어, 괜찮아."

"드디어 로버트 자네가 왔으니까……." 반장이 말했다. 이제는 화난 것보다 걱정스러운 투였다. "뭐 하나 물어보지. 이 미친 짓거리 중에 자네한테 특별한 의미를 갖는 게 있나?" 그러면서 그녀는 거북한 듯이 그의 시선을 사진으로 끌어왔다. "참수라든지, 머리를 하나는 태우고 하나는 태우지 않은 거? 저녁 식사시간 장면을 연출한 거? 목이 잘린 시체들이 서로의 머리를 먹고 있는 것 같은 장면? 이

중에 뭐라도 말이야."

헌터는 공허한 눈으로 반장을 보았다.

"이런 질문을 하는 이유는…… 우리로선 전혀 이해가 되지 않아서야. 블레이크 반장이 계속했다. 루시엔이 서른 명의 무고한 생명을 날려버리기 전에 자네한테 낸 터무니없는 수수께끼를 통해 우리가 알게 됐듯이, 그의 행동 대부분은 자네를 겨냥해 빈정대는 것으로 보여. 놈이 하고 싶어 하는 이 미친 복수 게임의 모든 부분이 말이야."

그녀는 헌터를 응시했다. "이 중에 그 범주에 들어가는 게 있어?"

헌터는 가르시아를 바라보았다. 무언의 질문을 이해한 가르시아는 아직 아무에게도 말하지 않았다는 의미로 고개를 아주 살짝 가로저었다.

헌터는 모두에게 피해자들이 누구였는지를 설명한 뒤 루시엔이 그와 트레이시에게 차례로 걸어온 전화에 관해 이야기해주었다.

"세상에!" 헌터의 설명이 끝나고 흐른 어색한 정적을 가장 먼저 깬 사람은 블레이크 반장이었다. "이건…… 광기의 차원이 다른데."

"한데 왜 그렇게 터무니없이 과장되게 자기 폭력성을 전시한 거죠?" 웨스트가 물었다. "정신 나간 영화에나 나올 법한 장면은 말할 것도 없고." 그는 헌터를 향해 한 손을 들었다. "당신이 한 말은 이해했어요. 루시엔의 목적은 트레이시, 당신이 사랑에 빠진 사람이죠. 그녀가 당신을 미워하게 하려는 것이라고요. 하지만 부모를 살해하고 그 책임이 당신에게 있다는 것만 이해시켜도 목적은 손쉽게 달성할 수 있었을 텐데요. 그들의 목을 베거나, 머리를 굽거나, 심지어 그런 소름 끼치는 장면을 연출할 필요도 없었어요. 이 모든 행위 뒤에 숨겨진 의미 같은 게 없다고 확신해요? 어쩌면 대학 시절로 거슬러 올라가는 뭔가가 있는 건 아닙니까?"

"아뇨, 없습니다. 확실해요." 헌터가 확인해주었다.

"그럼 루시엔이 단지 그들을 난도질하기 위해 그랬다고?" 블레이크 반장이 물었다.

"아뇨." 헌터가 대답했다. "트레이시에게 의미가 있어서 그런 겁니다. 우리가 아니라요."

의혹을 품은 침묵이 방 안에 무겁게 흘렀다.

헌터는 설명했다.

"트레이시와 제가 어젯밤에 저녁을 같이 먹기로 한 걸 루시엔이 어떻게 알고 있었는지는 모르겠습니다. 늦은 오후에 운 좋게 취소된 건이 있어서 트레이시가 간신히 예약에 성공할 수 있었거든요. 누구라도, 설사 그게 루시엔이라 해도 그 모든 걸 해낼 시간이 충분하지 않습니다."

"그러면 루시엔의 계획은 뭐였죠?" 웨스트가 재촉했다.

"아주 간단한 거죠." 헌터가 대답했다. "아주 공포스러운 방법으로 트레이시의 부모님을 살해하는 것……. 그가 아는 한 정신적으로, 심리적으로 그녀를 완전히 파괴할 방법을 써서요. 그 일을 끝내고 전화를 걸 최적의 순간을 기다리며 트레이시를 스토킹했을 겁니다." 헌터는 잠시 말을 멈추고 신중히 생각할 시간을 모두에게 주었다.

"그러면 당신 생각에 루시엔이 그녀를 식당까지 따라갔다고 봅니까?" 홀브룩이 물었다.

"틀림없이 그럴 겁니다." 헌터가 대답했다. "사실, 그가 그녀를 따라 안으로 들어왔을 거라고 확신합니다. 그녀가 저와 함께 앉아 있는 모습을 보았을 때 루시엔은 그냥…… 저항할 수 없었던 겁니다. 그가 느낄 만족감을 상상해보세요. 트레이시에게 전화를 걸어 부모님을 살해했다고 알리고, 그녀로 하여금 바로 그 순간 자기 앞에 앉아 있는, 자신이 사랑한다고 믿는 사람이 이 모든 비극의 원인이라고 생각하게 만들었을 때 그가 맛볼 만족감을요."

"젠장!" 웨스트는 머릿속에 그 장면을 그리며 말했다. "루시엔이 전화했을 때 놈은 아마도 당신 둘을 지켜보며 식당 안에 있었을 겁니다."

"어쩌면요." 헌터가 동의했다. "하지만 저는 그가 트레이시에게 전화해서 기쁩니다."

다시 한번 의구심 어린 침묵이 사무실 안에 감돌았다.

"생각해보세요." 헌터가 물었다. "예를 들어 루시엔의 전화를 받았을 때 트레이시가 집에 혼자 있었다면요?"

마침내 모두가 이해했다.

"트레이시는 부모님에게 전화했겠죠." 홀브룩이 말했다. "전화 연결이 안 되면, 부모님 집으로 곧장 갔을 겁니다."

"경찰 보고서 읽어보셨습니까?" 다시 헌터가 말했다. "루시엔은 현관문을 잠그지 않았어요. 트레이시에게 부모님 집의 열쇠가 있을지 확신할 수 없었겠죠. 그는 그녀가 현장으로 걸어 들어가기를 원했습니다. 자신이 그녀의 부모에게 한 짓을 그녀가 보기를 바랐죠."

순간 모두의 관심이 범죄 현장 사진으로 쏠렸다.

"루시엔은 아주 다양한 방식으로 현장을 연출할 수 있었어요." 헌터가 계속 말했다. "트레이시의 마음을 부술 만큼 충격을 줄 수 있다면야 어떤 방식이든 상관없었죠. 루시엔은 사람의 정신을 파괴하는 데 필요한 것을 정확히 알아요. 그래서 시각과 후각이라는 두 가지 감각으로 접근한 겁니다. 그녀가 그 장면으로부터 결코 벗어나지 못하게 하려고……. 그녀의 무의식에서 '타는 냄새'를 부모님에게 일어났던 일과 영원히 연결시키려고."

가르시아가 범죄 현장에서 그랬던 것처럼 손으로 코와 입을 본능적으로 감싸는 것을 헌터는 보았다.

"트레이시는 부모님의 죽음에 대해 물론 저를 탓할 수도 있습니다." 헌터는 인정했다. "루시엔의 1차 목표대로 여생 동안 절 미워할 수도 있겠죠. 하지만 그녀는 그의 바람대로 그 이미지에 시달리지는 않을 테고, 집에 남아 있던 냄새 때문에 괴로워하지도 않을 겁니다." 헌터는 고개를 가로저었다. "마음이 부서지지 않았고, 정신도 파괴되지 않았죠. 저는 그거면 됐습니다."

"그렇다면, 조금은 이상한 방식으로 생각한다면……." 웨스트가 결론을 지으려 했다. "트레이시가 범죄 현장에 들어가지 못하게 막은 것은 결국 루시엔에 대한 승리인 셈이군요."

헌터라면 그것을 두고 '승리'라고 칭하지는 않았겠지만, 어쨌든 그는 최선을 다해 밝은 목소리로 말했다. "그렇겠죠."

"그럼 이제 어떻게 하지?" 블레이크 반장이 물었다.

다시 루시엔의 전화를 기다리는 것 외에는 할 수 있는 일이 아무것도 없다는 걸 모두가 알았지만, 감히 그 사실을 입 밖에 내는 사람은 없었다.

루시엔에게서 다시 전화가 걸려오면, 헌터를 제외한 모두가 뼛속까지 겁에 질릴 것이다. 헌터는 그 반대가 될까 봐 두려웠다. 루시엔이 다시는 전화하지 않을까 봐.

루시엔 폴터는 단 하나의 목적으로 로스앤젤레스에 왔다. 헌터를 향한 복수. 그리고 헌터가 스스로에게 솔직하자면, 루시엔의 임무는 이미 끝났다. 헌터는 패배감을 느꼈고, 공허하고 무너진 기분이었다. 루시엔은 승리를 거뒀다. 그에겐 더 이상 치러야 할 전투가 없었고,

전투가 없으니 LA에 머물 이유도 없었다.

　루시엔이 사라지기로 작정한다면 아무도 그의 소식을 다시는 듣지 못할 것임을 알기에, 헌터는 두려웠다.

81

트레이시의 부모님이 살해당한 뒤 나흘이 흘렀고, 루시엔의 행방에 관해서는 조금도 알아낸 것이 없었다. 수색작전본부가 거둔 유일한 성공은, 언론에 비밀을 유지한 것이었다. 다우니에서 일어난 두 건의 살인 사건이 할리우드의 위스키애서니엄을 폭파시킨 자와 동일한 인물에 의해 자행되었다는 사실은 절대 세간에 알려지지 않았는데, 그들의 상대가 세계에서 가장 오지랖 넓고 **지략** 넘치는 미국 언론임을 감안하면 엄청난 성과라 할 수 있었다.

검시관은 트레이시의 부모가 살아 있는 동안에 목이 절단된 것을 확인했다. 사용된 도구는 고기를 자르는 식칼로, 주방에서 찾아낸 것이었고 그 집의 물건이었다. 부검 결과 참수 작업이 매끄럽게 이루어지지 않았음이 밝혀졌다. 루시엔은 그들의 목을 각각 서너 번씩 반복해 난도질했다. 이로써 범죄 현장에서 발견된 엄청난 양의 피와 동맥혈 분사가 설명되었다.

헌터는 트레이시에게서 부검 보고서의 상세한 내용을 숨기기 위해 검시관에게 몇 가지 부탁을 해야 했는데, 특히 참수가 사후가 아닌 생존해 있는 동안 일어났다는 사실을 가리고자 했다. 그런 종류의 사실은 알아봤자 도움이 되기보다는 정신을 파괴할 뿐이라는 걸 헌터는 알고 있었다. 트레이시의 고통을 줄일 수 있다면 그는 무슨 짓이든 할 터였다. 수사의 진척은 예상했던 대로 매우 더뎠다.

헌터는 자기를 다시는 보지도 않고 이야기도 하지 않겠다는 그녀의 결정을 존중하면서도, 트레이시의 가장 친한 친구인 앰버에게 매일 연락을 하고 있었다. 그녀는 트레이시가 깨어 있는 시간의 대부분을 울거나, 무기력하게 창밖을 응시하거나, 부모님의 사진을 보면서 지낸다고 말해주었다. 때때로 울다 다시 잠들고, 어떨 때는 발작 상태가 되어서 트레이시를 다시 진정시키려면 진정제를 주는 수밖에 없다고도 했다.

그들은 사무실로 돌아왔다. 책상에 앉아 있던 헌터의 배에서 요란한 꼬르륵 소리가 났을 때, 가르시아는 이메일을 막 다 쓴 참이었다.

"젠장, 이봐." 가르시아는 놀라서 휘둥그레진 눈으로 말했다. "그거, 배 속에서 난 소리야?"

헌터는 침묵했다.

"지진이 또 난 줄 알았네. 좀 과장하면 건물이 흔들렸어, 로버트. 마지막으로 뭘 먹은 게 언제야? 온종일 이 사무실에 틀어박혀 있었으니 오늘 점심을 아직 먹지 않았다는 건 알아."

"아침을 거하게 먹었어."

"그랬겠지. 뭐, 기막히게 훌륭한 단백질 셰이크?"

헌터는 웃지 않았다.

가르시아는 자리에서 일어났다. "나도 꽤 출출하네. 네 배 속에 든 공룡이 우릴 둘 다 잡아먹기 전에 뭐 좀 먹으러 가는 게 어때?"

헌터는 재미없다는 얼굴로 파트너를 다시 보았다.

"음, 괜찮은 농담이었는데." 가르시아는 이내 다시 심각해졌다. "진심이야, 로버트." 그리고 시계를 확인했다. "지금 오후 5시가 지났는데 계속 굶고 있잖아. 배 속에서 화를 내는 것도 당연하지. 가자."

가르시아는 머리로 문을 가리켰다. "오늘은 이 정도로 하고 가서 뭐 좀 먹자. 우린 둘 다 배가 고프고, 나는 온종일 모니터 화면만 들여다보다가 질렸어. 나흘 동안 이래왔는데 솔직히 한 번쯤은 9시 전에 집에 가도 괜찮잖아. 자, 준비하고 나가자. 내가 살게."

헌터는 의자에 기대앉았다. "어디 가고 싶은데?"

"네가 골라." 가르시아가 대답했다. "알잖아. 난 아무거나 잘 먹는 거. 원한다면 동네로 가도 돼, 블루큐브, 시뇨르피시, 레드버드……."

헌터가 망설였다.

"그럼 파이브스타 바 어때." 가르시아가 제의했다. "거기 좋아하잖아, 안 그래? 좋은 음악이 있고 햄버거와 샌드위치도 나쁘지 않고."

실제로 헌터는 파이브스타 바의 분위기를 좋아했다.

"정말이야, 로버트. 가자." 가르시아가 몰아붙였다. "지금 할 일이 그렇게 많지도 않잖아. 우린 지금 나흘 동안 궁둥이 붙이고 앉아만 있었어. 그런데 좌절 말고는 얻은 게 없지. 게다가 너는 일주일 동안 굶은 사람처럼 보여. 길에서 샌드위치와 커피를 건네며 '여기 있네, 친구. 긍정적으로 생각하게'라고 말해준 사람이 한 명도 없었다는 게 놀라울 지경이야."

가르시아는 기다렸지만, 이번에도 헌터는 반응이 없었다.

"이젠 웃는 척도 안 하네."

"재미없었는데?"

"재밌지 않았다면 그게 사실이기 때문이야, 로버트. 이제 잡담 그

만하고, 가서 뭐 좀 먹자. 네가 아무것도 안 먹는다고 애나한테 전화
해서 널 바꿔주게 만들지 마."

헌터는 마침내 재킷으로 손을 뻗으며 미소 지었다.

"그 모든 농담 중에 내 아내에 관한 농담이 널 웃게 한 거야?" 가르
시아가 말했다.

헌터는 어깨를 으쓱했다. "재미있었어."

82

파이브스타 바는 본청 건물에서 불과 한 블록 떨어진 사우스메인가 267번지에 있었다. 사람들이 다가올 주말을 준비하며 퇴근하기 시작하는 5시 30분쯤에 헌터와 가르시아는 그곳에 도착했는데, 손님들이 막 들어차기 시작할 무렵이었다. 키가 크고 까만 머리에, 코와 입술에는 피어싱을 한 여자 종업원이 무대에서 세 테이블 떨어진 뒤쪽 자리에 그들을 앉혔다.

"혹시 이따가 밴드를 보러 오실 건가요?" 그녀가 메뉴판을 건네며 물었다.

"오늘 밤은 누가 연주합니까?" 헌터가 물었다.

종업원은 마치 누군가 엿들을까 걱정된다는 듯이 왼쪽, 오른쪽을 차례로 둘러보았다. 그러다 다시 입을 열었을 때는 목소리가 매우 낮아져 있었다. "디모셔널이라는 그룹의 비밀 공연이에요."

헌터의 눈썹이 올라갔다. "스웨덴 그룹?"

종업원은 헌터가 데스메탈을 들을 사람처럼은 보이지 않는지 놀라움을 감추지 않았다.

"들어보셨어요?"

"물론이죠." 헌터가 대답했다. "앨범도 두어 장 갖고 있는걸요." 그는 종업원의 표정을 알아차리고 설명했다. "구식이라서요. 가능하다면 CD보다는 레코드판을, 디지털 음원보다는 CD를 더 좋아해요."

종업원은 미소 지었다. "저도요."

"그러니까 디모셔널이 오늘 여기서 비밀 공연을 한다고요?" 헌터가 아담한 크기의 무대를 고개로 가리키며 물었다.

"네." 종업원은 매우 신난 목소리였다. "10시에 올라와요." 그러더니 새로운 미소가 입가에 떠올랐다. "손님은 오셔야 해요. 아까 음향 확인하는 걸 들었는데, 지붕이 날아갈 정도던데요. 전 정말 기대돼요. 메뉴를 보고 계시겠어요? 몇 분 후에 다시 올게요."

"디…… 모셔널?" 종업원이 떠나자 가르시아가 물었다.

"맞아." 헌터가 고개를 끄덕였다. "스웨덴의 데스메탈 그룹이야. 정말 훌륭하지."

"데스메탈? 그거…… '라이프 메탈'하고는 많이 다른 거야?"

헌터는 웃지 않았다.

"내 농담이 낭비되는군." 가르시아가 말했다. "좋아, 그래서 뭐 마실 거야?"

"물을 마실까 해."

메뉴판을 내려놓은 가르시아가 도끼눈을 뜨고 헌터를 보았다. "물? 장난해? 지옥 같은 한 주를 보내고 금요일 밤이야, 로버트. 넌 음식만큼이나 술 한잔이 절실하다고. 스카치 어때?" 헌터가 맥주를 좋아하지 않는다는 것을 아는 그가 제안했다. "여기 괜찮은 게 있어."

"스카치는 사실 햄버거와 그다지 어울리지 않아." 헌터가 말했다.

"그럴 수 있겠네." 가르시아는 인정했다. "그럼 다른 걸 골라봐. 네가 좀 느긋해질 수 있는 걸로."

"좋아." 헌터는 굴복했다. "나는 그럼…… 와인 한 잔 마실게."

"좀 낫군." 가르시아가 말했다. "레드? 아니면 화이트?"

"레드."

"레드로."

종업원이 테이블로 돌아왔다. "결정하셨어요?"

"나는 맥주 한 잔." 가르시아가 대답했다. "아무 맥주나 상관없지만, 저 친구는 레드와인을 생각하고 있는 것 같군요."

"좋은 선택이에요." 그녀가 헌터 쪽을 향해 다시 미소 지으며 말했다. "선호하는 게 있으세요? 말벡, 진판델, 카베르네소비뇽 등 나파 밸리 와인 중에서 고르시면 괜찮을 거예요. 하지만 저는 지난달에 막 들어온 피노누아를 좋아해요. 가벼우면서도 풍미가 좋고 굉장히 부드럽죠."

"그걸로 하죠." 헌터가 말했다.

종업원은 음식 주문도 받았다. 가르시아는 치즈버거와 감자튀김을, 헌터는 치즈버거만 시켰다.

"트레이시가 어떻게 지내는지는 알아?" 가르시아가 과감하게 질문을 던졌다.

헌터는 순간 시선을 돌렸다.

"예상했던 대로야." 그가 대답했다. "심리적으로 치유되려면 시간이 좀 걸릴 거야. 그녀는 부모님, 특히 어머니와 아주 가까웠거든. 하지만 치유될 거야. 아주 강한 여자니까. 단지 시간이 걸릴 뿐이지. 그나마 좋은 소식은, 악몽 속에서 시달리게 될 이미지 없이 치유될 거라는 거야."

"다행이야."

헌터는 고개를 끄덕여 그 말에 동의했다.

종업원이 음료를 가지고 돌아왔다. 그녀가 떠나고, 가르시아가 맥주를 한 모금 마시는 동안 헌터는 와인 잔을 보기만 했다.

"로버트." 가르시아가 파트너의 눈 속에서 슬픔을 읽어내고 말했다. "전에도 말했지만, 아니 천 번이라도 계속 말할 거야. 이 중 어떤 것도 네 잘못이 아니야, 알지?"

"그래, 알아." 헌터는 대답한 후 와인을 한 모금 마셨다. "설사 루시엔의 행동을 예측했다 하더라도 분명 승자는, 나와 가까운 사람…… 그러니까 내가 마음을 쓰는 사람을 쫓는 루시엔이었을 거야. 내 최선의 답은 트레이시였겠지. 그녀의 부모가 아니라……. 전에 말했듯이, 나는 그들을 한 번도 만난 적이 없어. 나는 이 문제에 그들이 포함될 거라고는 생각하지 못했을 거야. 그리고 만에 하나 그의 행동을 정확히 예측했다 하더라도, 루시엔은 내게 접근할 다른 방법을 결국 찾았을 거야."

"트레이시는 그냥 강한 여자가 아니야, 로버트." 가르시아가 말했다. "그녀는 아주 지적이기도 하고 뛰어난 판단력을 가지고 있어. 물론 지금은 마음이 아프겠지만, 그건 이해할 만해. 곧 정신을 차릴 테고, 너를 탓하지는 않을 거야. 그러기에는 너무 똑똑하니까. 그냥 그녀한테 시간을 줘."

검은 머리의 키 큰 종업원이 한 아프리카계 미국인 신사를 옆 테이블로 안내한 뒤 헌터를 향해 몸을 돌렸다. "와인은 어떠신가요?"

"훌륭해요." 헌터가 대답했다. "추천해줘서 고마워요."

"음식 나왔습니다." 주방에서 외치는 소리가 들렸다.

"두 분 음식일 것 같네요." 종업원이 말했다. "곧 가져올게요."

그녀는 30초도 되지 않아 돌아왔다. "여기 있습니다. 치즈버거와 감자튀김, 그리고 치즈버거 하나 더."

"오늘 밤에 우리하고 같이 어울리는 게 어때?" 음식을 먹으며 가르시아가 물었다. "아마 그냥 영화 같은 거나 보게 되겠지만, 혼자 있는 것보다야 낫지."

"다음에." 헌터는 고작 두 입 베어 먹은 햄버거를 내려놓으며 말했다. "다시 공연을 보러 올지도 몰라."

가르시아는 고개를 끄덕였다. "디모셔널 맞지? 데스메탈?"

"맞아. 공연을 라이브로 본 적은 없는데, 훌륭한 그룹이야. 게다가, 이미 말했듯이 그들은 스웨덴에서 왔고 미국에서 그렇게 자주 투어를 하지는 않거든. 아주 좋은 기회야. 사무실로 돌아가거나, 아니면 총알같이 집으로 튀어 가야겠어. 공연은 10시가 되어야 할 테니까." 그는 시계를 확인했다. "네 시간 조금 넘게 남았는데. 그냥 기다리기엔 시간이 너무 많이 남았어."

"무슨 말인지 알겠어." 가르시아가 동의했다. "공연을 보는 건 정말 좋은 생각인 것 같아."

식사를 끝낸 그들은 말없이 LAPD 본청 건물로 걸어갔다.

"뭐 좀 물어보자." 그들이 주차장에 도착했을 때 가르시아가 말했다. "루시엔이 지금도 트레이시를 쫓고 있을 수 있다고 생각해?"

헌터는 하늘을 올려다보았다. 해가 사라질 준비를 하며 지평선에 접근하고 있었다.

"루시엔에 대해 말할 수 있는 건 없어." 헌터가 대답했다. "하지만 난 그렇게 생각하지 않아. 고작 며칠 후에 트레이시를 죽일 거라면, 트레이시가 자기 부모님의 죽음에 대해 나를 탓하게 하고 그녀를 완전히 무너뜨리기 위해 온갖 위험을 무릅쓰면서까지 갖은 수고를 마다하지 않은 것에 의미가 있을까?"

가르시아는 잠시 생각에 잠겼다가 고개를 끄덕이며 헌터의 추리를 인정했다.

"말이 되네." 그는 차 문을 열고 벨트에서 수갑과 손전등을 풀어 뒷좌석에 던졌다. "하지만 난 널 알아. 어쨌든 그녀한테 감시를 붙여 놨겠지?"

"부탁을 좀 해놨지." 헌터가 시인했다.

가르시아는 운전석에 앉으며 미소 지었다. "내일 아침에 봐. '데스메탈' 공연 재밌게 보고."

헌터는 미소로 답했다. "그게 어떤 스타일인지 사실 모르지?"

"그래, 하지만 집에 가자마자 구글에 검색해볼 거야. 디모셔널도."

"와서 직접 확인해봐도 돼." 헌터가 제안했다. "애나를 데려와. 좋아할지도 몰라."

가르시아는 헌터를 보며 얼굴을 찌푸렸다. "데스메탈? 그래, 분명히 좋아할 거야." 그는 킥킥거렸다. "애나가 어렸을 때 가장 좋아한 밴드는 엔 싱크(미국의 5인조 보이 밴드―옮긴이)였어. 장난 아니야. 데스메탈은 '취향 저격'일 거야, 확실해."

가르시아가 차를 몰고 떠나자 헌터는 그대로 멈춰 서서 집에 가야할지, 아니면 몇 시간 동안 사무실에 있을지 고민했다. 파이브스타바에 공연을 보러 가고 싶었지만, 결정을 내리기 전에 헌터는 앰버에게 전화를 걸어 트레이시의 상태가 어떤지 확인하고 싶었다. 그가 휴대전화를 집는데 재킷 왼쪽의 바깥 주머니에서 전화 벨 소리가 들렸고, 그 소리에 그는 미간을 찡그렸다.

여기에는 두 가지 문제가 있었다.

첫째, 헌터는 늘 휴대전화를 재킷의 바깥 주머니가 아닌 안주머니에 넣고 다닌다는 점.

둘째, 그의 전화기에서 나는 벨 소리가 아니라는 점.

83

어리둥절한 헌터는 즉시 왼쪽으로 눈을 돌려 혹시 주차장에 떨어진 전화기가 있는지 바닥을 확인했다. 아무것도 없었다.

다시 전화 벨이, 헌터의 의심에 종지부를 찍으면서 울렸다.

소리는 분명히 그가 입은 재킷 왼쪽 주머니에서 울리고 있었다.

헌터는 그 안으로 손을 집어넣었고, 놀랍게도 손에 잡힌 것은 노키아 5160이었다.

"이게 뭐지?" 헌터는 파이브스타 바를 떠날 때 혹 다른 사람의 재킷을 들고 온 건 아닌지 대수롭지 않은 걱정을 하며 옷을 내려다보았다. 물론 충분히 그런 일이 일어날 수 있을 만큼 정신이 없기는 했지만, 그가 입고 있는 재킷은 분명 그의 것이었다.

전화기가 그의 손에서 한 번 더 울렸다. 화면에 표시된 것은 '발신번호 표시 제한'이었다.

그때 헌터의 머릿속에서 무언가가 명확해졌다.

"그럴 리가……."

그는 걱정스러운 시선으로 주위를 살폈다. 본청을 오가는 경찰관과 민간인들이 보였다. 헌터는 그들의 얼굴을 살피려 했지만, 모두가 바쁘게 움직이고 있었다.

정문 밖에서 한 여자가 담배를 피우며 전화 통화를 하고 있는 게 보였다. 하지만 루시엔이라기에는 키가 너무 작았다.

전화기가 다시 울렸다. 그리고 다시…… 또다시.

헌터는 자신이 서 있는 곳에서 눈에 보이는 얼굴들을 계속 탐색하면서, '통화' 버튼을 누르고 전화기를 귀에 갖다 댔다.

"안녕, 메뚜기." 루시엔이 말했다. 이번에도 그는 진짜 목소리를 사용했다. "주머니 속에서 전화기가 나타나는 마술에 놀랐어?"

주차장을 가로지른 곳의 순찰차 옆에 서 있는 경관 한 명이 손에 전화기를 들고 있었지만, 그는 통화를 하는 게 아니라 문자메시지를 입력하고 있었다.

"고대 유물 같은 전화기인 건 정말 미안해." 루시엔이 말했다. "기억나? 네 손에 들고 있는 그 모델이 1998년에 나왔잖아." 그는 무신경하게 킥킥 웃었다. "당시 노키아는 휴대전화 제조사 중 세계 제일이었지. 분명 엄청났었어. 그런 그들에게 무슨 일이 있었던 걸까?"

루시엔은 헌터에게 마치 두 사람이 여전히 좋은 친구인 것처럼, 그들 사이에 아무 일도 없었던 것처럼 정중하게 말했다. 상대를 극도로 화나게 할 수 있는 오래된 심리적 속임수였지만, 헌터는 이미 그보다 훨씬 많은 것을 알고 있었다.

"무슨 일이 있었는지 알려주지." 루시엔이 계속 말했다. "더 똑똑하고 강한 상대에게 패배한 거야. 상대에게는 더 나은 아이디어와 훨씬 더 강력한 계획이 있었지. 생각나는 거 없어, 메뚜기?"

헌터는 입을 굳게 다문 채, 여전히 시선을 주변에 있는 얼굴에서 얼굴로 계속해서 옮기고 있었다.

그러나 찾지 못했다.

그는 천천히 본청 주차장을 빠져나와 웨스트 1번가로 향하기 시작했고, 머릿속으로 모든 가능성을 재빨리 훑었다. 선택지는 많지 않았다.

"네가 옳아, 루시엔." 더 이상 계속할 의미가 없다고 생각한 헌터가 전의를 상실한 목소리로 말했다.

"네가 이기고, 내가 졌어. 뾰족한 수가 없어. 그러니 마지막 한판으로 끝내는 게 어때? 이젠 네가 나한테서 달리 가져갈 게 없으니까."

루시엔은 잠시 생각에 잠겼다.

"좋아, 계속해봐. 생각해둔 게 뭐야?"

"너와 나." 헌터가 대답했다. "직접 만나. 다른 사람 없이. 연방보안관도 없고 FBI요원도 없고 아무도 없이. 네 복수 대상은 나인데, 넌 무고한 너무 사람들을 많이 해쳤어. 그걸 계속할 필요는 없어. 얼른 해치우고 끝내버리자, 루시엔. 너와 나. 네가 장소와 시간을 정하면 내가 갈게…… 혼자서. 그 점에 대해선 내가 약속할게."

루시엔은 웃었다. "내가 네 말을 믿어야 할까?"

"그게 내게 남은 전부니까, 루시엔." 웨스트 1번가에 도착한 헌터는 본청 주차장 입구 바로 밖에서 잠시 멈춰 섰다.

그는 왼쪽과 오른쪽을 번갈아 보고는 고개를 저었다.

길을 오가는 사람들이 너무 많았다. 루시엔이 있다 해도 찾아내는 것은 불가능해 보였다.

루시엔은 헌터가 가진 선택지를 가늠해보고 있다는 듯 다시 한번 침묵했다.

그러는 동안에도 헌터는 거리를 살펴보았다.

"시간과 장소를 내가?" 루시엔이 물었다.

"그래."

"좋아." 루시엔이 동의했다. "하자. 지금 당장."

84

가르시아는 노스브로드웨이를 빠져나와 북서쪽으로 향하는 할리
우드 고속도로로 진입해 계기반의 시계를 확인했다. 오후 6시 12분.
로스앤젤레스의 금요일 저녁 시간 교통은 예상대로 혼잡했다. 이 속
도라면 아마 6시 40분에서 6시 55분쯤 집에 도착할 것이다. 평소와
비교하면 성공적이었다.

그의 생각은 헌터에 관한 것으로 되돌아갔다. 파트너로서 지낸 모
든 세월 동안 가르시아는 그렇게 상처받은 헌터의 모습을 본 적이
없었다. 다시 말해, 가르시아는 루시엔 폴터 같은 악마를 본 적이 없
었다. 어쩌면 악마조차 루시엔을 무서워할지도 모른다는 생각이 들
었다.

생각이 헌터에서 트레이시로 옮겨 가면서 가르시아는 목덜미에
오싹한 한기를 느꼈고 문득 애나를 떠올렸다. 그러자 심장이 조여드
는 것 같았다. 그의 안에서 무언가가 아내의 안전을 확인해야 한다
고, 그것도 지금 당장 해야 한다고 말하고 있었다.

가르시아가 막 재킷 안에 손을 넣어 휴대전화를 잡으려 하는데, 삐

소리가 나기 시작했다. 경보음처럼 들렸지만 완전히 같지는 않았다.

"뭐지, 이게?"

그는 휴대전화에 알람을 설정해놓지 않았을뿐더러 고음으로 두 차례, 저음으로 한 차례 울리는 이런 삐 소리를 자신의 전화기에서 한 번도 들어본 적이 없었다. 소리는 진동과 함께 계속해서 반복되었다.

가르시아는 마침내 휴대전화를 움켜쥐었다. 속도는 느렸지만 운전 중이었던 그는 재빨리 전화기의 화면을 힐끗 본 다음 주의를 다시 앞의 트럭으로 옮겼다. 애플리케이션 메시지에 다음과 같이 적혀 있었다. 연방 추 작.

"이게 뭐지?" 가르시아가 이마 전체를 구기며 소리쳤다. 잠금을 해제하기 위해 검지를 액정 화면 위에 올려놓고 다시 확인했다.

연방보안청 추적기 작동.

가르시아의 뇌 속 뉴런들이 재배치되는 데 꼬박 1초가 걸렸다. 그가 본 것은 타일러 웨스트 연방보안관이 모두의 휴대전화에 설치한 추적 애플리케이션이었다. 루시엔이 헌터를 노릴 때를 대비해 웨스트가 헌터에게 건넨 장치를 추적하는 프로그램이었다. 헌터가 추적 장치를 눌러서 작동시켰을 때만 활성화되도록 설정되어 있었다.

"뭐야?" 가르시아는 계기반의 시계를 다시 확인했다. 헌터를 본청 주차장에 두고 온 지 10분도 되지 않았다.

루시엔이 그곳에서 헌터를 납치할 방법은 없었다. 헌터가 실수로 추적 장치 버튼을 누른 게 틀림없었다.

가르시아는 즉시 헌터의 번호로 전화를 걸었다. 통화 연결음이 들렸다. 한 번…… 두 번…… 세 번. 다섯 번 울린 후 음성사서함으로 연결됐다.

"젠장, 무슨 일이야?" 가르시아는 전화를 끊은 뒤 경광등을 켜고 고속도로의 갓길로 넘어가려 했다. 그런데 그러기 전에 휴대전화가 울렸다.

웨스트 연방보안관에게서 걸려온 전화였다. 그와 홀브룩 요원은 휴대전화에 같은 애플리케이션을 설치했었다.

"타일러." 가르시아가 갓길에 차를 세우며 전화를 받았다.

"카를로스, 로버트와 함께 있어요? 전화를 받지 않네요."

"알아요. 저도 방금 전화해봤어요. 아뇨. 따로 있어요, 지금은. 하지만 10분 전쯤엔 같이 있었죠."

"그러면 추적기가 실제로 작동하는 겁니까?"

"모르겠어요."

"제길! 움직이고 있어." 웨스트가 소리쳤다. "추적기가 움직이고 있어요."

가르시아는 자신의 휴대전화 화면을 확인했다. 추적 애플리케이션 화면은 지도, 그리고 빨간 점과 파란 점으로 구성되어 있었다. 빨간 점은 헌터의 주머니 속에 든 추적기를 나타냈다. 파란 점은 애플리케이션이 실행 중인 전화기의 위치를 보여주었는데, 이 경우에는 가르시아의 휴대전화였다. 화면의 빨간 점은 웨스트 1번가에서 노스브로드웨이로 막 방향을 꺾었다.

"이런 세상에!" 가르시아가 속삭였다.

"이건 실제 상황이고, 로버트가 루시엔에게 잡혀 있다고 가정해야 해요. 불과 10분 전까지 같이 있었다고 했죠. 지금 어딥니까?"

"북서쪽으로 향하는 할리우드 고속도로예요. 5A 출구로 접근하고 있어요."

침묵이 흘렀다.

"좋아요. 잠깐 그대로 있어요. 그가 노스브로드웨이 쪽 출구를 선택해 할리우드 고속도로로 갈 가능성이 있어요. 만약 그렇다면, 당신 쪽으로 갈 겁니다."

"당신은 어때요, 타일러?" 가르시아가 물었다. "어디 있어요?"

"그게 문제예요." 웨스트가 대답했다. "샌타바버라예요."

"샌타바버라? 아니, 왜요?"

"법정에 있었어요." 타일러가 설명했다. "이전 사건 증언하러요. 어쨌든, 지금 가는 중이지만 LA에 가는 데만 두 시간 넘게 걸릴 거요."

가르시아의 전화기에서, 다른 전화가 왔음을 알리는 신호가 울렸다. 홀브룩 요원이었다.

"타일러, 잠깐만요." 가르시아가 말했다. "피터가 전화했어요. 단체 통화로 전환하죠."

2초 후.

"카를로스, 대체 무슨 일입니까?" 홀브룩이 물었다.

"이건 실제 상황이요, 피터." 웨스트의 대답이었다. "로버트가 전화를 받지 않고 이동 중이에요. 루시엔에게 잡혀 있다고 추정해야 해요."

"알겠어요." 홀브룩이 대답했다.

가르시아는 홀브룩에게 그가 어디 있는지 알려주었다.

"젠장!" 홀브룩이 대답했다. "나는 거기서 45분 거리에 있어요. 지금 가는 중입니다."

"끊지 말아요." 가르시아가 모두에게 말했다. "이동하면서 조정할 수 있어요."

"그럽시다." 웨스트와 홀브룩이 동시에 말했다.

85

"좋아, 하자. 지금 당장." 루시엔이 말했다.

헌터가 예상한 대답은 아니었다. 그가 떠올렸던 답은 고작해야 '내가 다시 전화하지' 같은 것이었다.

"지금?" 헌터가 물었다.

"왜? 너무 빠른가?"

헌터는 숨을 들이마셨다. "아니, 괜찮아."

헌터는 본청 주차장에서 웨스트 1번가로 이동하면서 무심히 왼손을 왼쪽 바지 주머니에 넣었다. 그리고 주머니 안쪽에서 추적 장치의 스위치를 눌렀다.

"로버트. 만약 이걸 한다면, 내 규칙대로 하는 거야. 네가 하나라도 어기면 통화는 끝나고 내 소식을 다시는 듣지 못할 거야. 하지만 내가 이 도시에서 한 일은, 로스앤젤레스를 떠나기 전에 계획해둔 것에 비하면 어린애 장난 같을걸. 알아들었어?"

헌터는 자신에게 선택권이 없다는 것을 알았다.

"네가 제안한 거야, 로버트."

"그래, 알아들었어." 헌터가 동의했다. "네 규칙대로."

"좋아." 루시엔은 몇 초간 심사숙고한 끝에 말했다. "그럼 잘 들어. 규칙 1, 어떤 이유로든 이 전화를 끊지 마. 우리가 만날 때까지 전화기를 계속 귀에 대고 있어. 예외는 없어."

"배터리가 괜찮을까?" 헌터가 물었다.

루시엔은 웃었다. "1998년 전화기야, 로버트. 그때 전화기는 배터리가 일주일은 갔어, 기억해? 배터리는 괜찮을 거야, 날 믿어. 규칙 2, 나는 말하고, 너는 그대로 하는 거야. 질문은 안 돼. 논쟁도 안 되고. 규칙 3, 네가 꼬리를 달고 온다는 의심이 들면 통화는 그대로 끝이야. 그러면 어떻게 될 줄 알지?"

헌터는 거리 끝에서 통화하는 열여섯 살 정도 되어 보이는 아이 하나를 발견했지만, 저 애가 루시엔일 리는 없었다.

"그래, 알아." 헌터가 대답했다.

"좋아, 준비됐어?"

사실 헌터는 준비되지 않았지만, 다른 선택지가 없었다.

"완벽해."

"그렇다면 시작하자, 메뚜기. 형사 배지는?" 루시엔이 물었다. "벨트에 달려 있어?"

헌터는 허리를 내려다보았다. "그래."

"배지를 떼서 재킷 주머니에 넣어, 지금."

헌터는 지시를 따랐다.

"지갑은?"

헌터는 전화기를 보며 미간을 찡그렸다. "주머니 속에."

"바지? 아니면 재킷?"

"재킷."

"왼손으로 아주 천천히 꺼내……. 맞아, 로버트. 나는 너를 볼 수 있어. 검정 재킷, 블랙 진, 진한 푸른색 셔츠. 넌 지금 웨스트 1번가에 서 있지. LAPD 본청 입구 바로 앞에. 나를 찾아낼 수 있을지 거리를 살피면서 말이야."

헌터는 침을 꿀꺽 삼켰다. 자기도 모르게 눈이 한 번 더 거리를 탐색했다. 전화기에서 루시엔의 웃음소리가 들려왔다.

"어이, 메뚜기. 포기해. 네가 날 찾아내는 건 내가 그러기를 바랄 때뿐이야, 알잖아."

그의 말대로, 헌터는 아주 잘 알고 있었다.

"지갑, 로버트. 아주 천천히 꺼내."

헌터는 재킷 주머니에서 지갑을 꺼내 머리 위로 들었다.

"지갑을 열어서 현금을 다 꺼내. 그게 필요할 거야. 하지만 지폐만 이야. 동전은 안 돼. 머니 클립도 안 되고. 지폐를 꺼내서 위로 들고 있어."

헌터는 루시엔의 지시를 듣고 눈살을 찌푸렸지만, 어쨌든 그의 말에 따랐다. 총 97달러가 있었다.

"그 돈을 바지 주머니에 넣어."

"이게 무슨 일이지, 루시엔?" 헌터가 다시 루시엔의 지시를 따르면서 물었다. "돈 떨어졌어? 돈 빌려줘?"

"알게 될 거야. 이제 지갑은 재킷에 다시 넣어."

헌터는 그렇게 했다.

"전화기는 어디에 있지?"

"재킷."

"엄지와 검지로 잡아서 내게 보여줘. 이번에도 아주 천천히."

헌터는 주머니에 손을 넣어 휴대전화를 꺼내 머리 위로 들었다.

"좋아, 다시 주머니에 넣어."

한 번 더, 헌터는 루시엔의 지시를 따랐다.

"이제 전부 제거해야지? 재킷, 전화기, 총." 루시엔이 지시했다. "재킷 아래 권총집을 찬 것 같은데, 맞지? 그것도 벗어."

헌터는 재킷과 권총집을 벗기 위해 전화기를 든 손을 바꿔야 했다.

"보조화기도." 루시엔이 말했다.

"없어."

"그 말을 믿으라고?"

"없어." 헌터는 두 팔을 머리 위로 들어 올린 채 천천히 몸을 돌려 잘록한 허리 부분을 보여주었다.

여덟 살짜리 딸을 안고 있는 여자가, 길거리에서 두 손을 들고 천천히 돌고 있는 미친 남자를 향해 눈살을 찌푸렸다. 그녀는 헌터 옆을 지나치지 않으려고 멀찍이 돌아 길을 건넜다.

"발목에는?" 루시엔이 물었다.

헌터는 바지 자락을 들어 올려 양쪽 발목을 보여주었다. 무기는 없었다.

"보조 무기가 없는 형사라니." 루시엔이 말했다. "내가 알기로는 넌 적어도 바보는 아니니 자신만만하다는 뜻이겠지, 메뚜기."

헌터는 루시엔이 저런 말을 한다는 사실이 어처구니없었다.

"좋아." 루시엔은 만족한 듯했다. "재킷과 권총집은 두고 가야지. 바닥에 떨어뜨려."

헌터는 고개를 가로저었다. "총을 길거리에 두고 갈 순 없어."

"들은 대로 하는 게 나을 거야. 안 그러면 이 통화는 끝이야, 로버트."

"거리에 말고, 루시엔. 아이가 발견할 수도 있어." 헌터는 뒤를 돌아보았다. "내 뒤쪽에 있는 본청 주차장 입구 근처에 순찰차가 한 대 있어. 지붕에 두게 해줘. 그렇게 하면 경찰이 찾을 거야, 민간인이 아니라."

침묵.

"제발, 루시엔. 이건 속임수가 아니야."

"좋아." 루시엔이 동의했다. "없애기나 해."

헌터는 재킷으로 권총집을 싸서 본청 주차장으로 걸어간 다음 순찰차 지붕에 그걸 올려놓았다. "이제 뭘 하면 되지?"

"이제 이동할 거지만, 네 차로 가지는 않을 거야. 택시를 잡아."

현금이 왜 필요한지 헌터는 비로소 이해했다.

웨스트 1번가에서 택시는 단 몇 초 만에 잡혔다. 노란색 토요타 캠리 차량이었다.

"좋아." 헌터가 말했다. "그럼 어디로 가지?"

40대 중반의 자메이카계 미국인 택시 운전사가 백미러로 헌터를 힐끗 보았다.

"쏜님, 저한테 무러요?"

헌터는 귀에 대고 있는 휴대전화를 가리켰다.

"하, 쏜님." 택시 운전사는 헌터의 휴대전화를 보고 웃었다. "저엉말 옌날 거네요."

헌터는 그 말에 반응하지 않았다.

"루시엔, 어디로?"

"음, 어디 보자……." 루시엔이 대답했다. "여기 어때…… 에코파크. 거기가 마음에 드는군."

에코파크는 같은 이름의 호수를 한가운데 둔, 인구 밀도가 높은 지역이었다. 로스앤젤레스 시내의 북쪽에 위치해 있었다.

헌터는 고개를 끄덕인 후 운전사에게 목적지를 알려주었다.

"구체적인 장소 같은 거 있어요?"

루시엔이 그 질문을 들었다.

"거기 아무 데나 대면 돼. 도착하면 새로운 지령을 주지."

운전사는 노스브로드웨이에서 우회전했다.

차는 1킬로미터도 가지 않아 다시 우회전해 북서쪽으로 향하는 할리우드 고속도로로 진입했다. 가르시아가 있는 방향으로.

86

헌터의 택시에서 2.5킬로미터 떨어진 할리우드 고속도로의 갓길에 정차한 가르시아는 기대감에 차서, 휴대전화 화면의 지도에서 움직이는 빨간 점을 지켜보았다.

"이쪽으로 오고 있어요." 가르시아가 전화기에 대고 말했다.

"그대로 있어요." 웨스트가 대답했다. "당신이 있는 곳까지 오면 그냥 지나가게 해요. 가까이 따라갈 필요는 없어요. 추적 앱이 있으니 놓치지 않을 거요. 당신을 지나치면 다른 차량 열다섯 대에서 스무 대 정도를 사이에 두고 따라가요. 루시엔이 추적당하고 있다는 걸 절대 알면 안 됩니다. 하지만 눈을 떼지 말아야 합니다. 그들이 탄 차를 알아볼 수 있을지 봐요."

"해보죠." 가르시아가 말했다. "피터, 얼마나 남았습니까?" 웨스트는 너무 멀리 있었기에 그는 홀브룩에게 물었다.

"아직 35분 넘게 가야 해요." 홀브룩이 말했다.

가르시아는 자리에 기대앉아 심호흡하고 휴대전화 화면을 주시했다. 추적 애플리케이션은 빨간 점과 파란 점 사이의 실제 거리도 표시해주었다. *1.9킬로미터.*

그는 좌석에서 몸을 돌려 뒤를 돌아보았다. 저녁 시간대 할리우드 고속도로의 교통체증은 여느 때와 같았지만, 그들이 처한 상황을 고려했을 때는 나쁘지 않은 편이었다. 그는 다시 전화기 화면에 시선을 고정했다. 빨간 점은 그에게서 1.6킬로미터 떨어진 거리에 있었다.

가르시아의 심장이 더 빠르게 뛰기 시작했고, 손은 축축해졌다.

"눈을 떼지 마요, 카를로스." 웨스트가 다시 말했다. "그 차를 찾아봐요."

"알았어요." 가르시아가 대답했다. "안 까먹었어요."

1.3킬로미터.

"내가 잡았어, 로버트." 가르시아는 작게 중얼거렸다. "내가 잡았다고."

바로 그때, 빨간 점이 오른쪽으로 방향을 바꿔 4A 출구로 나가더니, 에코파크와 할리우드를 향해 북쪽으로 움직이기 시작했다.

"제길!" 가르시아가 소리쳤다.

"그쪽으로 가기 전이었나요?" 로스앤젤레스 거리가 그리 익숙하지 않은 홀브룩이 물었다.

"네." 가르시아는 휴대전화를 센터페시아의 거치대에 끼우며 대답했다. "800미터 이상 떨어져 있어요. 고속도로라서 되돌아갈 수는 없지만 바로 앞에 있는 5A 출구로 나갈 수는 있어요. 그러면 노스램파트 대로로 갈 수 있죠. 거기서 이스트할리우드 방향으로 갈 수 있습니다. 거기서부터 그들을 따라가죠."

가르시아는 사이렌을 울리며 할리우드 고속도로에 다시 진입했다. 2분도 되지 않아 5A 출구에 도착했다. 휴대전화 화면의 빨간 점은 에코파크애비뉴에서 계속 북쪽으로 이동하여 선셋 대로에 도달했다. 점은 선셋 대로에서 왼쪽으로 휙 방향을 바꿨다.

"젠장! 어디로 가는 거야, 이 미친놈이?" 가르시아는 이를 악물고 중얼거렸다. "대체 어디야?"

87

헌터를 태운 택시가 차들로 꽉 막힌, 4차선의 할리우드 고속도로로 들어섰을 때, 해는 결국 지평선 뒤로 떨어졌다.

"죄송합니다, 쏜님." 택시 운전사가 재빨리 어깨를 으쓱하며 말했다. "노스보드애비뉴로 갔어야 했는데. 이 시간에 고속도로는 아주 끔찍하죠. 급하세요?"

"급해?" 헌터의 질문은 루시엔을 향한 것이었다.

"아니, 별로." 루시엔이 말했다. "운전사한테 괜찮다고 해. 어차피 돈은 네가 내는 거니까."

"아뇨, 급하지 않습니다." 헌터가 대답했다.

"4A 출구가 바로 앞에 있어요, 쏜님." 운전사가 말했다. "곧 이 지옥에서 빠져나가요."

"좋군요." 헌터는 받아들였다.

"그렇게 조용히 있지 마, 메뚜기." 루시엔이 말했다 "계속 떠들어. 네가 딴짓하는 게 아니라는 걸 알 수 있게."

"내가 뭘 할 수 있지, 루시엔? 택시 뒷자리에서…… 전화기도, 총도 없고……. 내가 어떤 시도를 할 수 있지?"

운전사는 '총'이라는 말을 듣고 재빨리 어깨 너머로 뒷자리 승객을 훔쳐보았다.

"넌 항상 똑똑하고 지략이 뛰어났었어, 메뚜기. 나는 어떤 것도 운에 맡기지 않아."

"내가 약속했을 텐데, 안 그래?"

"내가 완전히 납득되지 못한 걸 용서해, 메뚜기."

"좋아." 헌터가 말했다. "그러면 무슨 말을 할까?"

"어디 보자……." 루시엔은 마치 생각을 해보겠다는 듯 잠시 말을 멈췄다. "아, 그래! 내 말을 따라 해봐. 자, 준비됐어?"

헌터는 기다렸다.

"너는 나의 불꽃."

"뭐?"

"날 따라 해, 메뚜기. 너는…… 나의…… 불꽃."

헌터는 고개를 저으며 루시엔을 따라 했다.

"나의 바람."

"나의 바람."

택시 운전사의 이상하다는 듯이 찌푸린 얼굴이 백미러 속에서 헌터를 보고 있었다.

"나를 믿어요, 내가 하는 말을."

"나를 믿어요……." 헌터는 잠시 멈추고 운전사보다 훨씬 더 심하게 얼굴을 찡그렸다. "백스트리트 보이즈?"

루시엔은 최고의 농담을 들었다는 듯 크게 웃었다. "너는 못 속이지! 그렇지, 메뚜기?"

택시 운전사는 고개를 젓고는 도로로 주의를 되돌렸다.

"고스트, 기억해?" 루시엔이 물었다. "지난번에 만났을 때 네 FBI 파트너를 쐈던 놈."

불시에 배를 가격당한 것처럼, 운명적인 그날의 기억들이 갑작스레 떠올랐다. 모든 장면이 슬로모션으로 헌터의 눈앞에 재생되었다.

"그래." 침통한 목소리로 그가 대답했다. "고스트, 기억해."

"그 자식이 가장 좋아하는 노래였어." 루시엔은 아직 웃고 있었다. "알면 불러도 돼. 어서, 메뚜기. 너도 끼워줄게."

"몰라." 헌터가 거부했다.

택시는 4A 출구를 빠져나갔다.

"좋아, 네가 할 수 있는 것 중에 내가 아는 게……." 루시엔이 몇 초의 침묵 후에 말을 이었다. "예전에 네가 얼마나 열정적으로 책을 읽었는지 기억나. 장담컨대, 전혀 변하지 않았을 거야. 그렇지, 메뚜기?"

"맞아, 지금도 읽어."

"그리고 네가 에드거 앨런 포의 시 대부분을 외웠던 것도 기억해."

"전부." 헌터가 대답했다. "포의 시는 다 외워."

"맞아, 이제 기억나는군. 어머니의 죽음에 자꾸 정신이 팔리는 것을 막으려고 포와 다른 사람들의 글을 읽기 시작했다고 했었지. 안 그래, 로버트?"

헌터는 대답하지 않았다. 그러는 대신 차창 밖의 차들에 시선을 맞췄다. 왼쪽 차에는 두 명이 타고 있었다. 30대 중반쯤 된 짧은 흑갈색 머리의 여자가 운전을 하고, 조수석에는 어린 소년이 앉아 있었다. 일고여덟 살 정도로 보이는 소년은 손에 든 휴대용 게임기에만 온 정신이 팔려 있는 듯싶었다.

"장담컨대 그 병적인 시들은 여자들한테 정말 잘 먹힐 테지." 루시엔이 다시 웃음을 터뜨렸다.

그들이 신호등에서 정차했을 때, 차에 탄 소년이 게임기에서 눈을 떼고 오른쪽으로 고개를 돌렸다. 아이는 헌터와 눈이 마주치자 천진난만한 미소를 지으며 수줍게 손을 흔들었다.

헌터도 손을 흔들어주었다.

"그럼 문제가 해결된 것 같군." 루시엔은 자기와의 대화로 헌터의 관심을 다시 끌어왔다. "노래를 부르고 싶지 않다면, 포의 시를 암송해줘. 〈갈까마귀〉로 시작하는 게 어때? 포의 가장 유명한 시지?"

헌터는 잠자코 있었다.

"시작해, 메뚜기. 들을 준비가 됐어."

헌터와 운전사의 눈이 백미러 속에서 다시 마주쳤다. 헌터의 씰룩거리는 눈썹은 꼭 '내가 뭘 할 수 있겠어요?'라고 말하는 듯했다. 1초 후, 그는 에드거 앨런 포의 〈갈까마귀〉를 암송하기 시작했다.

88

루시엔은 헌터가 탄 택시 뒤로 차량 열두 대를 사이에 둔 채 거리를 유지 중인 밴의 운전석에 앉아서, 택시 운전사가 에코파크와 할리우드를 향해 4A 출구로 고속도로를 빠져나가는 걸 지켜보았다. 그것으로 시간이 적어도 10분은 지체될 터라, 루시엔은 헌터를 압박해볼까도 생각했다. 하지만 불필요하게 자신의 위치를 드러낼 필요가 없다는 생각에 그만두었다. 그는 급하지 않았다. 사소한 몇 가지 요소의 조정 외에는 모든 것이 이미 준비되어 있었고, 그저 시작하기만 하면 되었다. 최종 목적지에 좀 늦게 도착한다고 해서 변하는 건 없을 것이다.

트레이시의 부모님을 살해한 후, 루시엔은 자기가 세운 치밀한 계획의 모든 세부 사항을 살피고 가능한 한 순조롭게 일이 진행될 수 있도록 준비하면서 지난 나흘을 보냈다. 모든 과정을 여러 번 시험하고 또 시험했고, 완전히 만족스러운 결과를 얻고 나서야 비로소 실행을 할 때가 되었다고 결심했다.

"모든 건 언젠가는 끝나, 루시엔." 최종 계획이 머릿속에서 구체화되었을 때 그는 스스로에게 말했다. "모든 게…… 아무리 좋아 보이거나 중요해 보이는 것이라도. 넌 항상 알았지. 연구를 시작하던 날부터…… 이 길을 가겠다고 결심했던 날부터…… 언젠가는 마지막이 오리라는 것을 알았어."

루시엔은 완벽히 준비되어 있었다. 그는 자신의 계획이 어떻게 전개될지 수많은 시나리오와 가능성을 고려했고, 지금까지 모든 것이 계획대로 진행되고 있었다.

루시엔은 며칠 전 헌터에게 전화를 걸어 수수께끼의 답을 물었을 때 그가 C-4를 사용하지 말라고 간청하면서 직접 만나 이 모든 것을 끝내자고 제안했던 것을 기억했다.

내게 복수하고 싶은 거잖아. 헌터는 말했었다. *하자……. 너와 나…… 그 외에는 아무도 끌어들일 필요 없어. 장소와 시간을 알려주면 내가 갈게. 지원군 없이. 속임수 없이. 약속해.*

루시엔은 헌터가 다시 그 제안으로 돌아오리라는 것을 알았다. 완전히 종지부를 찍을 수 있도록, 헌터가 다시금 솔직하게 말하리라는 것을 그는 알았다.

루시엔은 살아오며 어떤 것도, 어떤 사람도 만만하게 여기지 않았다. 하물며 로버트 헌터 같은 사람에게는 더 그랬다. 스탠퍼드 대학교에 다니던 4년 동안 헌터와 루시엔은 가장 친했고 사실상 뗄 수 없는 사이였다. 비록 대학 시절로부터 많은 세월이 흘렀지만 루시엔은 친구의 본성을 잘 알고 있었다. 헌터의 원칙을 이해했고 그가 무엇을 지지하는지도 알았다.

그런 것들은 시간이 흘러도 변하지 않는 성격적 특성들이기 때문에 루시엔은 헌터가 다시 한번 제안해주기를 기대하고 있었다.

그리고 헌터는 실망시키지 않았다. 하지만 그가 만나자고 제안했을 때의 어조에는 다른 무언가가 있었다. 마음속 깊은 곳에서 우러나오는 듯한 진정한 슬픔. 헌터가 싸움을 포기하고 자신의 운명을 받아들이리라는 것을 시사하는 슬픔.

모든 건 언젠가, 정말로 끝이 난다.

"운전사에게 에코파크를 지나가라고 해." 루시엔은 헌터의 시 암송을 중단시키며 말했다. "바로 앞 선셋 대로에 도착할 때까지."

헌터의 목덜미에서 털이 곤두섰다. 왼쪽을 돌아본 그는 차가 공원을 옆에 끼고 달리고 있다는 사실을 깨달았다. 즉시 몸을 돌려 뒤를 보았다. 루시엔은 뒤에서 따라오고 있어야 했다. 그의 위치를 그토록 정확하게 알 방법은 그것밖에 없었다.

하지만 헛수고였다. 그들 뒤로 차들이 빽빽하게 한 줄로 늘어서 있었다. 헌터는 바로 뒤차의 운전자만을 볼 수 있을 따름이었다. 60대 중반으로 보이는 노부인이 메르세데스 벤츠를 운전하고 있었다. 본능적으로 헌터는 뒷좌석에 앉은 채 왼쪽으로, 그리고 오른쪽으로 자리를 급히 옮겨 메르세데스 벤츠 너머를 보려고 했다.

소용없었다.

"괜찮으세요, 쏜님?" 헌터의 동요를 눈치챈 운전사가 물었다.

"네, 괜찮아요." 헌터가 다시 앞을 보며 대답했다. "선셋 대로까지 가주시겠습니까?"

가르시아가 마침내 5A 출구로 방향을 틀었을 무렵, 휴대전화 화면의 빨간 점은 에코파크를 지나 선셋 대로에서 좌회전했다. 사이렌과 번쩍이는 불빛에도 불구하고 바깥 차선의 고장 난 트럭 때문에 차는 상당히 느리게 나아갔다.

"피터, 어떻게 되고 있어요?" 그는 자신의 상황을 모두에게 알린 후 홀브룩에게 질문했다.

"따라잡고 있어요." 홀브룩이 대답했다. "그런데 너무 더뎌요. 아마 이제 30분 거리일 겁니다."

핸들을 너무 꽉 잡은 탓에 가르시아의 손가락 관절이 하얗게 변하기 시작했다.

그가 헌터와 가장 가까운 곳에 있었지만, 설령 도로가 비어 있다고 하더라도 여전히 최소 18분에서 20분 거리였다. 헌터의 목숨이 그를 향해 달려가는 그들에게 달려 있다면—가르시아는 그렇다고 확신했다—아직 만족스러울 만큼 가까운 거리는 아니었다.

"순찰차를 몇 대 보내 막게 할까요?" 그가 물었다. "우린 아직 너무 멀리 있고, 왠지 느낌이 좋지 않아요."

"아니, 그럴 수 없어요." 웨스트가 먼저 대답했다.

"왜 안 되죠?" 가르시아는 경적을 울려 자기 차의 번쩍이는 파란색과 빨간색 불빛을 영 알아채지 못하는 듯한 노란색 머스탱의 주의를 끌면서 물었다. 머스탱이 마침내 한쪽으로 비켜 갔다.

"현재 로버트와 루시엔이 같이 있는지 확인되지 않았어요." 웨스트가 대답했다. "둘이 한 차에 있는 게 아닐 수도 있어요, 카를로스."

가르시아는 눈을 가늘게 뜨고 그 말의 의미를 생각했다.

"루시엔이 전화나 다른 방법으로 지시하고 있다면?" 웨스트가 계속했다. "로버트가 탄 게 자기 차인지 아닌지는 알고 있습니까?"

가르시아는 헌터의 추적기가 작동한 뒤 몹시 놀랐고, 파트너에 대한 걱정으로 미처 그 점을 생각하지 못했었다.

"아뇨." 그가 대답했다. "하지만 알아낼 방법이……."

가르시아는 또다시 걸려오는 전화 때문에 말을 끝맺지 못했다. 이번에는 블레이크 반장이었다.

"잠깐만요." 그가 말했다. "반장님이에요." 그는 전화를 받았다.

"카를로스, 대체 무슨 일이야?" 화가 났다기보다는 걱정하는 목소리였다. "로버트하고 같이 있어? 한 경관이 방금 로버트의 휴대전화가 들어 있는 재킷과 차 키, 지갑, 배지, 권총을 주차장에 있는 순찰차 지붕에서 찾았어. 대체 무슨 일이야?"

그것은 헌터가 자신의 차를 직접 운전하고 있는가 하는 질문에 대한 명확한 답이 되었다.

가르시아는 무슨 일이 있었는지 재빨리 설명한 후 블레이크 반장을 '전화 회의'에 추가시켰다.

그녀 역시 즉시 빨간 점이 가리키는 위치로 경찰차를 몇 대 보내

경로를 막자고 제의했다. 웨스트는 그녀에게 가르시아에게 주었던 답을 그대로 반복했다.

"이제 로버트가 자기 차를 운전하고 있지 않는다는 걸 알게 됐군요." 반장이 대답했다. "루시엔이 그를 잡고 있는 게 틀림없어요."

"꼭 그렇지는 않습니다." 웨스트가 반박했다. "루시엔이 로버트에게 차량을 징발해서 자기 지시에 따르라고 강요하는 걸 수도 있어요." 그가 설명했다. "택시나, 어쩌면 경찰차를 타게 했을 수도 있고요. LAPD 소속 차량의 소재를 모두 확인했습니까?"

블레이크 반장의 침묵이 웨스트의 질문에 대한 답이 되었다.

"또 루시엔은 제삼자에게 도움을 요청했을 수도 있어요." 웨스트가 계속했다. "차량을 보내 로버트를 태워 오라고 말입니다. 택시나 대리운전…… 그게 뭔지는 몰라도 루시엔과 로버트를 각기 다른 차량에, 다른 장소에서 따로 태우는 방법 등 가능성은 아주 많아요. 우리는 그 위험을 감수할 수 없어요. 지금은 안 됩니다."

웨스트는 잠시 말을 멈추고 숨을 몰아쉬었다.

"이봐요, 반장." 그는 공감하는 어조로 계속 말했다. "당신과 카를로스는, 피터와 나보다는 로버트와 훨씬 더 개인적인 관계를 맺고 있어요. 그 점도 이해하고, 당신 걱정도 이해합니다. 그래요, 당신한테 거짓말하지는 않겠어요. 그의 목숨이 아주 위험한 상황이에요. 하지만 로버트는 LAPD 특수강력범죄수사대 책임자입니다. 매일 침대에서 나와 출근하면서부터 생명의 위협을 느끼죠. 우리 모두 그렇듯이요. 그게 우리 일의 본질이고, 그럼에도 우리는 모두를 보호하고 모두에게 봉사할 것을 맹세했습니다."

가르시아도 블레이크 반장도 웨스트의 말에 반박할 수 없었다.

"18일 전, 루시엔이 탈출한 이후로……." 웨스트가 덧붙였다. "우리는 이 순간을 위해 일해왔어요. 어떻게든 그에게 가까이 접근할 수 있는 순간. 왜냐하면 로버트가 전에 말했듯이, 루시엔 **보이는 유령**에 가까운 존재니까요. 만약 그가 애당초 로버트에게 연락하지 않기로 했었다면…… 복수하러 오지 않겠다고 결정했었다면, 그를 다시 잡을 기회가 우리에게 있었을 것 같지는 않습니다. 이번이 우리에게 주어진 유일한 기회예요. 이걸 날린다면…… 영원히 기회가 없을 거라는 생각이 드는군요."

노란색 머스탱이 사라지자 가르시아는 드디어 속도를 내기 시작했지만, 그래도 여전히 12분 정도 거리에 있었다.

휴대전화 화면의 빨간 점은 선셋 대로에서 좌회전한 후 르모인가에서 또다시 좌회전했다. 르모인가와 파크애비뉴가 만난 곳에서 점의 움직임이 멈췄다.

"멈췄어요." 가르시아가 알렸다. "추적기가 움직이지 않아요."

"어디에서?" 블레이크 반장이 물었다. 그녀의 휴대전화에만 추적 애플리케이션이 설치되어 있지 않았다. "어디에서 멈췄어?"

"에코파크의 북문." 가르시아가 대답했다. "에코파크 호수 옆이에요. 주차장에 있어요."

일순간 모두가 침묵에 빠졌다.

"잠깐." 홀브룩이 말했다. "다시 움직이고 있어요……. 풀이 무성한 지역으로. 걷고 있군요."

역사상 가장 빠른 공방이 펼쳐지는 테니스 경기를 관람하는 것처럼 가르시아는 전방 도로에서 휴대전화 화면으로 시선을 획 돌렸다.

"피터 말이 맞아요." 그가 말했다. "풀밭을 가로질러 호수 방향으로 움직이고 있어요."

가르시아는 다시 도로로 눈을 돌렸다. 그리고 오토바이를 추월하여 방향을 급선회한 뒤, 있는 힘을 다해 가속페달을 밟았다.

이제 약 10분 거리에 있었다.

91

"운전사에게 왼쪽으로 돌아서 르모인가로 가라고 해." 루시엔이
또 다른 시를 막 암송하기 시작한 헌터에게 지시했다. 선셋 대로에
서 두 블록을 이동한 참이었다.

헌터는 시키는 대로 하면서 다시 뒤쪽으로 몸을 돌려 어딘가에 있
을 루시엔을 찾으려 했다. 그러나 여전히 너무 많은 차들이 한 줄로
따라오고 있었다.

"르모인가 끝." 루시엔이 계속했다. "파크애비뉴 건너편에 에코파
크 북쪽 주차장 입구가 있어. 거기서 내려달라고 해."

1분도 되지 않아 노란 택시는 주차장으로 들어갔다.

"이제 운전사한테 요금을 내고 내려." 루시엔이 지시했고, 헌터는
따랐다.

"공원에서 만날 건가?" 헌터가 물었다.

"알게 될 거야." 루시엔이 대답했다.

헌터는 택시에서 내리면서 주차장 입구를 향해 몸을 돌려 눈으로
사방을 뒤졌지만, 그들을 따라 안으로 들어오는 다른 차량은 없었

다. 밖의 도로를 살펴보기에는 거리가 너무 멀고 어두웠다.

지나가는 차를 볼 수는 있었지만, 그 안에 탄 운전자를 식별할 방법은 없었다.

"주차장에서 호수 쪽으로 걸어. 거기서 보여. 네 왼쪽에 있을 거야." 루시엔이 지시했다.

헌터는 주차장에서 남동쪽으로 방향을 틀어 잔디밭으로 갔다.

"나는 이 공원을 잘 알아, 루시엔." 그는 개를 산책시키는 노인을 지나치며 말했다. "그냥 내가 가길 원하는 장소를 말해도 돼. 그러면 거기로 갈 테니까. 네가 안내할 필요는 없어."

"왜? 내 목소리가 지겨워지고 있어? 벌써? 네 취향이 아니라면 너를 위해 목소리를 바꿔줄 수도 있어. 이건 어때?"

갑자기 루시엔의 목소리가 바뀌었다. 순식간에 실제 목소리보다 음이 반 옥타브 정도 올라가고, 러시아 억양이 심해졌다.

"좀 나아?"

헌터는 걸으면서 어깨를 으쓱했다. "네 마음대로 해, 루시엔."

루시엔의 목소리가 실제 음성으로 되돌아갔다. "남동쪽으로 계속 걸어가면 몇 초 안에 에코파크 호수의 북동쪽 끝에 다다를 거야. 호수에서 유일하게 섬이 있는 곳이지."

"좋아, 그리고⋯⋯?"

"그 섬에 나무가 몇 그루 있어."

"알아." 헌터가 대답했다. 바로 앞쪽에 그것들이 보였다. 그는 다섯 걸음 더 나아가 루시엔이 말한 작은 센트럴섬을 마주 보고 호숫가에 섰다.

"저 나무들 중 한 그루 뒤에 네가 숨어 있다는 말은 아니지?"

루시엔은 다시 웃었다.

"내가 그랬다면 정말 대단한 일이 됐을 거야, 안 그래?"

"정말 그랬겠지."

헌터는 주위를 둘러보았다. 밤이었는데도 공원은 여전히 개방돼 있었고 주위에 사람도 몇 명 있었다. 조깅하는 사람, 개를 산책시키는 사람, 그저 나무와 푸른 들판에 둘러싸여 쾌적한 로스앤젤레스의 저녁을 즐기는 사람……. 루시엔의 흔적은 없었다.

"그래, 센트럴섬이 왜?" 헌터가 물었다.

"거기에 선물을 남겨놨어." 루시엔이 대답했다. "어떤 나무 뒤에."

헌터에게는 '선물'이라는 말이 너무도 불길하게 들렸다.

"'선물'이라니, 무슨 말이야?"

"알게 될 거야. 네가 가서 가져와야 할 텐데, 재밌는 게 그거야. 아마 눈치챘겠지만, 방문객들이 섬에 갈 수 있게 해주는 보행자용 다리가 지금은 막혀 있거든."

헌터가 오른쪽을 보니, 작은 다리의 출입문이 그의 말대로 막혀 있었다. '일하는 사람'이 그려진 검정색과 노란색의 표지판에 다음과 같이 적혀 있었다. *위험. 골조 공사로 폐쇄 중. 건너지 마시오.* 헌터는 물을 내려다보았다. 센트럴섬까지의 거리는 10미터 정도였고, 그가 서 있는 지점에서 호수의 수심은 적어도 2미터는 돼 보였다.

"헤엄쳐서 가라는 거야?"

"그래, 바로 그거야. 그런데 말이지, 물속에 들어가기 전에 옷을 벗어."

"뭐라고?"

"**내 규칙대로**, 기억해?" 루시엔이 상기시켰다. "난 네가 센트럴섬에 가기를 원하지만 옷은 두고 가야 해. 나는 널 볼 수 있지만 넌 나를 볼 수 없다는 점을 잊지 마. 네가 예상치 못한 움직임을 보이면, 그대로 끝나는 거야."

헌터는 루시엔이 왜 옷을 벗고 물속으로 들어가라고 하는지 정확히 알고 있었다. 헌터에게 전자장치가 있는지 확인하려는 것이었다. 마이크, 카메라, 추적기 같은 것들.

헌터는 다시 주변을 둘러보았다. 호수 근처에는 사람들이 꽤 있었다. 그가 옷을 벗으면 그들의 눈에 띌 것이었다.

"발가벗고 물속에 뛰어들라고?" 그가 물었다.

"그게 문제가 돼?" 루시엔이 물었다. "걱정하지 마, 메뚜기. 볼 것도 별로 없잖아."

"그랬다가는 체포될 거야." 헌터가 다시 주위를 돌아보며 말했다.

"널 위해서라도 그러지 않기를 바라자고. 이제 옷을 벗어서 전부 호수에 던져. 셔츠, 바지, 속옷, 신발, 양말…… 깡그리. 물가에 아무것도 남기지 마. 내 말 알아들었어?"

"전화기는?" 헌터가 물었다.

"물속에."

놀라움이 그의 얼굴을 점령했다. "연락은 어떻게 해? 루시엔?"

"나를 믿어, 메뚜기. 이제 전화기, 옷…… 모든 걸 호수에 던져서 가라앉혀. 그리고 30초 안에 센트럴섬에 도착해서 내가 남긴 상자를 찾아. 그러지 못하면 전부 끝이야. 이해했어?"

"정신 나간 짓이지만…… 그래, 이해했어."

"당장 해."

바로 그곳, 물가에서, 그리고 경악하는 여러 쌍의 눈동자 앞에서 헌터는 완전히 옷을 벗은 뒤 자신이 사용했던 전화기를 싼 옷 뭉치와 신발을 가지고 물로 뛰어들었다. 그는 에코파크 호수의 바닥으로 그것들이 전부 가라앉는 것을 확인하고 센트럴섬으로 헤엄쳐 갔다.

92

가르시아는 실버레이크를 통과해 동쪽의 에코파크로 향했다. 휴대전화 화면 속 빨간 점의 움직임이 달팽이처럼 느려진 덕분에 겨우 따라붙을 수 있었지만, 아직도 그렇게 빠른 속도로 접근하고 있다고는 할 수 없었다.

"다시 멈췄어요." 홀브룩이 알렸다. "에코파크 호수의 북동쪽 가장 자리 바로 옆이에요."

가르시아는 휴대전화를 힐끗 보았다. "대체 뭐 하는 거야?"

"경치를 보고 있거나……." 웨스트가 대답했다. "아니면 누군가와 이야기 중이거나."

"루시엔?" 블레이크 반장이 물었다.

"그럴 수도." 웨스트가 대답했다. "하지만 만약 그렇다면, 루시엔은 로버트를 만나는 장소로 정말이지 굉장한 공공장소를 골랐군요. 카를로스, 얼마나 걸립니까?"

"7분…… 어쩌면 좀 덜 걸릴 수도 있어요."

"코드2 최우선 순위예요, 카를로스." 홀브룩이 그에게 경고했다.

"사이렌도, 경광등도 안 돼요. 극도로 조심스럽게 접근해요. 로버트의 위치가 추적되고 있다는 걸 놈한테 알려서는 안 됩니다. 추적 장치는 아직 같은 장소에 있지만, 로버트가 뭘 하고 있는지 우린 몰라요. 타일러의 말대로 그냥 서서 무언가를 기다리고 있을 수도 있고, 누군가와 이야기를 나누고 있을 수도 있어요. 우린 모릅니다. 실행 계획을 결정하기 전에 눈으로 직접 확인해야 해요."

나를 초짜로 생각하는 거야? 가르시아는 그렇게 생각했지만 속으로 삼켰다. "알겠습니다."

글렌데일 대로로 들어가자마자 가르시아는 경광등을 껐다. 15초 후에는 파크애비뉴로 방향을 틀었다. 5초 후, 그는 택시가 헌터를 내려주었던 주차장으로 들어가고 있었다.

"도착했어요." 그는 주차한 후 휴대전화를 들고 차에서 내리며 모두에게 알렸다.

"로버트의 움직임은 아직 없어요." 웨스트가 알렸다. "아직 물가에 있어요."

"네, 보입니다." 가르시아가 전화기를 확인하며 대답했다.

그는 심호흡해 가슴을 진정시킨 뒤 공원에서 한가롭게 밤 산책을 하는 여느 시민들처럼 차분하게 호수를 향해 나아가기 시작했다. 그렇게 열다섯 걸음쯤 걷고 나서, 벤치에 앉아 마리화나를 피우는 젊은 커플 옆에서 잠시 멈춰 섰다.

"어떻게 되고 있어, 카를로스?" 블레이크 반장이 물었다.

"로버트가 보이지 않아요." 가르시아는 바로 앞을 응시하며 말했다. 전화기 화면 속 빨간 점은 여전히 바로 몇 미터 앞에서 깜박이고 있었다. 그는 왼쪽, 오른쪽을 차례로 보았다. 헌터의 흔적은 없었다.

"무슨 소립니까? 그를 볼 수 없다니?" 웨스트가 물었다. "앞에 나무나 뭐 그런 게 가리고 있는 거요?"

"아뇨, 나무는 없어요. 장애물은 전혀 없습니다. 추적기 위치는 명확해요. 훤히 보이는 물속이에요. 아무도 없어요." 가르시아는 호수를 향해 몇 걸음을 더 내디뎠다.

"카를로스, 무슨 일이야?" 블레이크 반장이 급박한 목소리로 재차 물었다.

"잠깐만요." 가르시아는 재빨리 벤치의 마리화나 커플 쪽으로 다시 이동하며 말했다.

"죄송합니다." 그가 둘 사이에 끼어들어 말했다. "혹시 조금 전에 호숫가에 서 있던 키가 큰 사람 못 봤습니까?"

"알몸의 마약중독자요?" 여자가 미소를 지으며 대답했다. 목소리는 환각제의 영향으로 한껏 늘어져 있었다.

"네, 그 사람은 저기서 완전히 발가벗었어요." 그녀는 헌터가 있던 자리를 가리켰다. "그런 다음 물로 뛰어들더니 섬으로 막 헤엄쳐 갔어요."

"나체로 물로 뛰어들어서 섬 쪽으로 헤엄쳐 갔다고요?"

가르시아의 얼굴에 놀라움이 가득 찼다.

"맞아요, 아저씨." 여자가 확인해주었다. "발을 헛디뎠을 수도 있지만…… 젠장, 약에 취했나? 피울래요?" 그녀는 가르시아에게 자기 마리화나를 내밀었다. "괜찮은 거예요."

"사양하죠. 괜찮습니다. 그가 섬에서 다시 헤엄쳐 왔어요?"

"우리가 본 바로는, 아뇨."

가르시아는 그들에게 고맙다고 인사하고 다시 전화기를 들었다.

"로버트가 벌거벗더니 물로 뛰어들어 센트럴섬까지 헤엄쳐 갔답니다." 그가 모두에게 말했다.

"뭘 어쨌다고?" 블레이크 반장이 물었다. 홀브룩 요원, 웨스트 연방보안관도 거의 동시에 같은 질문을 탄식처럼 내뱉었다.

"방금 호수 쪽을 보면서 벤치에 앉아 있던 사람들과 얘기했어요." 가르시아가 설명했다. "그들이 말하기를, 헌터의 인상착의에 맞는 남자를 봤는데 그가 완전히 나체가 되어서 물로 뛰어들었답니다. 그리고 여러분 모두 지도에서 볼 수 있는 센트럴섬으로 헤엄쳐 갔다는군요."

"섬으로 수영을?" 반장이 물었다. "보행자 다리를 왜 이용하지 않았지?"

"막혔어요." 가르시아가 다리 쪽을 돌아보며 대답했다. "골조 공사 중이에요."

"그다음에는 어떻게?" 웨스트가 물었다. "다시 헤엄쳐 왔습니까? 아니면 다른 쪽으로 헤엄쳐 갔어요? 아직 섬에 있어요? 뭘 한 겁니까?"

"모릅니다." 가르시아는 호숫가로 달렸다. "그 사람들 말로는, 다시 헤엄쳐 오는 건 못 봤답니다."

그는 물가를 따라 섬을 한 바퀴 돌기 시작했다. 섬은 너비 20미터, 길이 40미터 정도의 크기였다. 어둠과 나무들로 가려져 있긴 했지만, 가르시아는 어디에서도 헌터의 흔적을 찾을 수 없었다.

"사라졌어요." 가르시아가 낙담하며 말했다. "로버트는 사라졌어요. 방금 섬 전체를 한 바퀴 돌았어요. 전부 찾아봤어요. 보이지 않는군요."

"확실해?" 블레이크 반장이 몰아붙였다. "물속이 아니라 땅 위나, 어쩌면 나무 뒤에. 의식을 잃었을 수도 있고 아니면……." 그녀는 더 나쁜 생각을 했지만 입 밖으로 내지는 않았다.

"반장님." 가르시아는 다시 단언했다. "로버트는 여기 없습니다."
목이 메어 말문이 막힐 지경이었다. "로버트는 여기 없어요. 그를 잃
었어요. 게임은 끝났어요."

93

헌터가 물가에서 에코파크 호수 북동쪽 끝에 있는 작은 섬까지 헤엄쳐 가는 데는 몇 초밖에 걸리지 않았다. 물은 엄청나게 차가웠고, 밤이 되자 강한 바람까지 불어왔다. 나무와 관목이 빽빽한 볼품없는 땅 위로 몸을 끌어 올린 헌터는 뼛속까지 한기가 파고드는 것을 느꼈다. 그는 머리부터 발끝까지 덜덜 떨면서 루시엔이 남겨둔 게 무엇인지 미친 듯이 주위를 두리번거리며 찾기 시작했다.

"대체 뭘 찾으라는 거야?" 그는 나무들에 대고 물었고, 그러자 우습게도 대답이 들려왔다.

헌터가 키 큰 관목 뒤를 보려고 섬 안쪽으로 몇 걸음 들어갔을 때 전화벨 소리가 들린 것이었다. 그는 즉시 동작을 멈추고 왔던 방향을 돌아보았다. 벨 소리는 물가 반대편에서 나는 것 같았다.

벨 소리가 또 울렸다. 생각했던 쪽은 아니었지만 오른쪽 어딘가에서였다. 그는 가만히 서서 사방을 훑어보며 기다렸다. 벨 소리가 다시 울렸는데, 한 시간쯤 전 그의 주머니에서 울리던 벨 소리와 똑같았다. 이번에는 키가 작고 잎이 무성한 나무 뒤에서 나고 있었다.

헌터는 그쪽으로 이동했다.

벨 소리가 한 번 더 울렸다.

어둠 때문에 한 걸음을 옮기기도 쉽지 않았지만, 다음 벨 소리가 울렸을 때 헌터는 마침내 보았다. 나무 뒤에 또 다른 휴대전화가, 이번에는 2001년 삼성 SCH-N300이 매우 튼튼한 비닐봉지 위에 놓여 있는 것을.

헌터는 전화기를 집었다.

"루시엔." 그는 떨리는 목소리로 전화를 받았다.

"날 실망시키지 않을 줄 알았어, 메뚜기. 물은 어때?" 그가 웃었다.

헌터는 왼팔로 몸을 감싸고 열을 내기 위해 손으로 피부를 문지르기 시작했다.

"자." 루시엔이 계속했다. "우리의 만남을 위한 2단계로 넘어갈까? 추적기도 없고, 마이크도 없고, 카메라도 없고, 그 외에 네게 있었을지 모를 모든 게 사라진 단계 말이야."

헌터는 기다렸다.

"비닐봉지 안에 낡은 운동복이 있을 거야."

헌터는 몸을 숙여 봉지를 집어 올렸다. 분홍색 운동복이었다.

"슬리퍼도 있을 거야. 네 마음에 쏙 들 거라고 확신해. 다 잘 맞을 거야."

너무 추워서 마음이 급해진 헌터가 옷이 든 봉지를 찢으려 하자 루시엔이 막았다.

"이제 다시 호숫가로 헤엄쳐 가야 해." 루시엔이 말했다. "그러니 나라면, 아직은 그걸 입지 않을 거야."

바람이 강해졌고, 헌터는 얼어붙은 숨을 내쉬었다.

"옷이 젖지 않을 만큼 튼튼한 비닐이야." 루시엔이 설명했다. "봉지 안에 모든 것을 넣고 물속으로 다시 뛰어들 작정이라면 말이야. 아니면 호수 건너편으로 그냥 던져도 되고. 하지만 조심할 게 있어. 방금 왔던 서쪽으로 돌아가지 않고 동쪽으로 이동하는 거야. 섬의 반대편 물로 뛰어드는 거지. 이해했어?"

"그래, 이해했어."

"옷을 넣은 봉지를 가져가든 던지든 네가 결정해. 하지만 건너가는 데 주어지는 시간은 20초, 그리고 시간은 지금부터…… 시작."

헌터는 손에 봉지를 들고 재빨리 나무들과 관목들을 지나쳐 작은 섬의 동쪽에 도착했다. 섬에서 동쪽의 호숫가까지 가로지르는 거리는 약 10미터로, 서쪽과 아주 비슷했다. 헌터에게는 봉지를 던지고 물속으로 다시 뛰어드는 편이 훨씬 쉬웠지만, 걱정되는 건 전화기였다. 호수 건너편으로 던지면 전화기가 부서질 가능성이 있었다. 봉지 안 분홍색 운동복 속에 넣는다고 해도 땅에 부딪혔을 때 부서지지 않는다는 보장은 없었다.

헌터는 그런 위험을 감수하지 않기로 했다. 섬의 가장자리에 도착한 그는 오른손으로 운동복과 슬리퍼를 반대쪽으로 던졌다. 그리고 그것들이 날아가 물가에서 5미터 정도 떨어진 곳에 무사히 떨어지는 것을 지켜보았다.

이제 그가 해야 할 일은 휴대전화가 젖지 않도록 조심하며 헤엄치는 것뿐이었다.

식은 죽 먹기지. 그는 생각했다.

헌터가 있는 곳에서 호수의 수심은 2미터 정도일 것이다. 그의 키가 183센티미터이므로 오른손에 전화기를 들고 머리 위로 높이 뻗으면 전화기를 젖게 하지 않고 물에 들어갈 수 있을 터다. 나머지는 쉬웠다.

그는 그렇게 했고, 9초 만에 반대편에 도착했다.

물 밖으로 나왔을 때 그는 자전거를 타고 지나가는 20대 초반의 여자 두 명과 충돌할 뻔했다.

"젠장!" 그들 중 하나가 말했다. "물속에서 치펜데일쇼(남성 스트리 퍼들이 공연하는 쇼—옮긴이)를 하는 줄은 몰랐네. 몇 년 전에 저기다 소원 동전도 던졌는데 이제야!"

"자기야, 추우면……." 다른 여성이 소리쳤다. "내가 따뜻하게 해줄 수 있어요."

여자들이 웃었다.

"좋아." 헌터는 비닐봉지를 찢으며 전화기에 대고 말했다. "이제 어 떻게 해?"

"이제 옷을 입으라고 제안하겠어." 루시엔이 대답했다.

"바지 주머니에 현금이 좀 있을 거야. 가능한 한 빨리 에코파크애 비뉴로 가서 택시를 잡아. 그때 새 지령을 내려주지."

94

헌터는 네 번의 시도 끝에 택시 한 대를 잡았다. 로스앤젤레스 같은 도시에서는 누구도 낡은 분홍색 운동복을 입은 이에게 호의를 보이지 않는 법이다. 사이즈가 작고 발가락 끈에 커다란 분홍색 장미 장식물이 붙어 있는 슬리퍼 역시 마찬가지다.

"어디로 갈까요?" 택시 운전사는 30대로 보이는 아프리카계 미국인 여자였다. 그녀는 몸을 돌리고 헌터를 약간 흥미롭게 쳐다보면서 물었다.

헌터는 기다렸다. 루시엔 역시 운전사의 말을 들었기 때문이다.

"앨터디너 방향으로 가라고 말해."

헌터가 그녀에게 목적지를 말했다.

"파티 같은 데 가시나 봐요?" 운전사가 헌터에게 시선을 고정한 채로 물었다.

"아뇨, 그런 건 아닙니다."

운전사는 고개를 끄덕였다. "그러면, 오늘 저녁에 진지하게 고른 옷이 정말 그거인 거예요? 왜냐하면⋯⋯ 아이고." 그녀는 고개

를 세차게 가로저었다. "그 운동복 진짜 끔찍해요. 그리고 그 슬리
퍼는…… 음, 음." 그녀는 계속해서 고개를 가로저었다. "제 말은 어,
음."

"오늘 밤 선택할 수 있는 게 많지 않았어요." 헌터가 대답했다.

"그녀가 마음에 드는군." 루시엔이 말했다. "재밌어."

에코파크를 떠나 모든 조치를 끝낸 뒤, 루시엔은 더 이상 택시를
따라가지 않아도 헌터의 정확한 위치를 알 수 있었다. 비록 찾아내
는 데 며칠이나 걸렸지만, 헌터가 지금 사용하고 있는 전화기, 즉 삼
성 SCH-N300은 GPS 시스템이 탑재된 최초의 상업용 휴대전화였
다. 루시엔은 이제 자신의 휴대전화 화면에 뜬 지도에서 헌터의 위
치를 확인할 수 있었는데, 이는 커다란 이점이었다. 그는 헌터보다
최소한 10분 먼저 창고에 도착해야 했기 때문이다.

"좋아, 이제 어떤 시로 할까?"

"시?"

"그래, 메뚜기. 포의 시, 기억해? 난 정말 좋았어. 낭송할 시는 아직
도 많이 남았잖아?"

대안이 없는 헌터는 자리에 앉아 다시 시를 읊기 시작했다.

운전사는 글래셀파크와 패서디나를 통과해 마침내 앨터디너 방향
으로 향하는 노스레이크애비뉴로 들어섰다.

"오싹한 세레나데를 방해해서 죄송해요." 운전사가 말했다. "그런
데 곧 앨터디너에 도착할 거라서요. 어디에 내려드릴까요?"

루시엔은 헌터에게 지시했고, 헌터는 운전사에게 그대로 전했다.
5분 후, 택시 운전사는 매우 안도하며 앨터디너 북쪽의 외딴 비주거
지역에 헌터를 내려주었다.

루시엔은 아무것도 운에 맡기지 않고 계속 통화하면서 헌터를

5분 더 걷게 해 **정확한** 장소로 그를 유도했다.

"도로 맨 끝, 왼쪽에 있는 마지막 건물이야." 루시엔이 말했다. "격납고처럼 생긴 건물이지. 정문에서 몇 미터 떨어진 곳의 울타리가 뚫려 있어. 거기로 들어오면 돼."

사위가 어두웠지만, 헌터는 바깥에서 건물을 자세히 살폈다. 불경기로 타격을 받은 사업체의 건물 같았다. 로스앤젤레스 전역에 수두룩하게 버려진 건물들 중 하나를 루시엔이 사용하기로 했다는 사실은 전혀 놀랍지 않았다.

헌터는 루시엔의 지시에 따라 울타리를 통과해 안으로 들어갔다. 그리고 한때 방문객들을 창고 정문으로 이끌었을 갈라지고 뒤틀린 콘크리트판을 따라갔다.

"창고 문은 열려 있어." 루시엔이 헌터에게 일렀다. "손잡이에 헤드 랜턴이 걸려 있어. 그걸 사용하는 걸 추천하지. 정말 어둡거든."

헌터는 문에서 헤드 랜턴을 찾은 뒤 다시 한번 루시엔의 지시에 따랐다.

창고 안에서는 나무와 살균 세정제 냄새, 꽃향기 그리고 퀴퀴한 악취가 뒤섞인 냄새가 났다.

헌터는 몇 걸음 걸어 들어가 멈춰 서서 주위를 둘러보았다. 창문도 없고 인공적인 빛도 전혀 없는 내부는 헌터의 이마에서 뿜어져 나오는, 고작 3미터 앞까지밖에 비추지 못하는 약한 빛줄기를 제외하면 절대적인 어둠에 묻혀 있었다.

바닥에 깨진 유리가 어지럽게 널려 있었다.

"발 조심해, 메뚜기. 아직은 피 흘릴 때가 아니니까."

헌터는 천천히, 조심스럽게 발을 내디뎠다.

"그래, 계속 앞으로 가. 곧 2층짜리 구조물에 도착할 거야. 사무실로 쓰던 곳이지. 오른쪽에 2층으로 통하는 나선계단이 있을 거야. 거기로 올라가. 문은 열려 있어."

계단을 발견한 헌터는 2층으로 올라갔다. 계단 끝에서 손잡이를 밀어 문을 열었다.

더 캄캄한 어둠.

더 이상한 냄새.

이번에는 정말로 신경 쓰이는 냄새를 포착했다. 연료 냄새.

헌터는 잠시 문 밖에 서서 사방을 둘러보았다. 아래층처럼, 사무실 안 바닥에는 깨진 유리가 널려 있었다.

"아직 멈추지 마, 메뚜기."

헌터는 창고 입구를 돌아보았다. *루시엔이 여전히 나를 주시하고 있다……?*

"어떻게……."

그때 비로소 상황이 이해되기 시작했다.

본청 주차장에서 이 모든 시련이 시작된 이후 헌터는 아무것도 생각할 시간이 없었다. 루시엔은 헌터에게 시를 읊게 하고, 장소를 급히 옮기게 하면서 생각할 틈을 주지 않았다. 전화를 끊지 않기, 끊임없이 말하기 등등. 하지만 루시엔의 은신처에서, 비로소 헌터는 생각할 시간을 가질 수 있었다.

둘이 만날 것을…… 둘이서 이 모든 걸 끝낼 것을 제안했던 쪽은 헌터였지만, 모두 루시엔의 계획이었다. 그래서 헌터의 재킷 주머니에 전화기를 넣어놓고 전화를 걸어왔던 것이다.

헌터가 만나자고 하지 않았다면, 아마 루시엔이 직접 제안했을 것이다. 그러지 않고서야 어떻게 이 모든 것을 미리 준비했겠는가? 두 번째 휴대전화, 비닐봉지 안의 옷들, 에코파크 호수의 섬, 오래된 창고의 문에 걸린 헤드 랜턴…… 이 모든 것을.

루시엔은 전화를 걸었을 때 분명 헌터를 지켜보고 있었다. 헌터가 그 순간에 혼자 있다는 사실을 그는 정확히 알고 있었다. 루시엔은 즉시 이동할 것을 강요했고, 헌터가 누군가에게 상황을 알릴 수 있는 시간을 주지 않았다.

나는 내내 놀아났던 거야. 헌터는 자신이 얼마나 어리석었는지 생각하며 스스로에게 욕을 퍼부었다.

"뭘 기다려, 메뚜기?" 루시엔은 생각에 빠진 헌터를 다시금 현실로 불러왔다. "지금 무르기에는 너무 늦었다고 생각하지 않아?"

헌터는 마침내 방 안으로 들어섰다. 발을 내딛을 때마다, 발밑에서 깨진 유리가 바스러지는 소리가 들렸다.

"좋아, 충분히 왔어." 여덟 걸음쯤 걸었을 때 루시엔이 말했다.

헌터는 걸음을 멈췄다.

"이제 슬리퍼를 벗어서 왼쪽으로 던져."

헌터는 지시를 따르기 전에, 유리 조각을 밟지 않기 위해 바닥을 내려다보았다.

"전화기도 더는 필요 없을 거야." 이번 루시엔의 음성은 헌터가 들고 있는 전화기에서 나온 것이 아니었다. 그의 바로 앞 어딘가에서 들려왔다.

헌터는 목소리가 들리는 쪽을 보았다.

헤드 랜턴의 불빛 끝에서, 불길해 보이는 사람의 형상이 천천히 형태를 갖추기 시작했다.

헌터는 초점을 맞추기 위해 눈을 가늘게 떴다. 그 형상이 마침내 어둠에서 벗어나 헤드 랜턴의 약한 불빛 안으로 들어와 섰을 때, 그는 곧바로 어떤 의혹에 사로잡혔다.

"안녕, 메뚜기." 루시엔이 헌터를 맞이했다. 오른손에는 전화기 대신 권총을 들고 있었다.

목소리는 루시엔이었지만 헌터 앞에 서 있는 사람은 전혀 다른 사람이었다. 하지만 믿을 수 없이 소름끼치는 사실은, 그가 전에 본 적이 있는 사람이라는 것이었다.

헌터가 그를 본 지 두 시간도 채 지나지 않았다.

95

어둠 때문에 세세하게 보기는 힘들었지만, 루시엔의 놀라운 변신에 매료되지 않았다면 그건 거짓말일 것이다. 그의 머리, 피부, 코, 눈, 입술, 손, 얼굴형…… 모든 게 달라 보였다. 마치 다른 사람의 몸뿐만 아니라 인격까지 차지한 것 같았다. 헌터 앞에 서 있는 사람은 식당에서 그의 바로 옆에 앉아 있었을 수도 있었다. 만약 그랬다 해도 헌터는 알아보지 못했을 터였다.

하지만 실제로 일어난 일이었다.

헌터가 눈앞의 얼굴을 기억과 맞추는 데는 3초도 걸리지 않았다. 그는 거의 숨이 막힐 뻔했다. 그의 앞에 서 있는 사람은 파이브스타 바에서 옆 테이블에 앉았던 아프리카계 미국인 신사였다.

루시엔은 헌터의 얼굴에 떠오른 표정을 눈치채고 자랑스러운 미소를 지었다.

"이게 어떻게 '감을 잃는' 거겠어, 로버트?" 그는 헌터가 자신의 솜씨에 감탄할 수 있게끔 얼굴을 왼쪽, 오른쪽으로 돌렸다. "기술로 할 수 있는 일이란 정말 매혹적이지?"

목소리는 제쳐두고, 헌터는 앞에 있는 얼굴을 계속 탐색하며 진짜 루시엔의 흔적을 찾았지만 끝내 실패했다.

"그래." 루시엔은 몸을 왼쪽으로 조금 기울이고 나무 상자 위에 놓인 작은 테이블 램프를 켜서, 그 얼굴이 자신임을 확인해주었다. "진짜 나야, 오랜 친구. 바에서 옆 테이블에 앉아 있었지."

루시엔은 왼손으로 가발을 벗어 바닥에 떨어뜨리고 삭발한 머리통을 드러냈다. 그런 다음 가짜 코의 콧대를 잡고 그걸 얼굴에서 뜯어냈다. 이어서 입술, 귀, 턱, 이마도 똑같이 했다.

"맙소사." 그는 마지막 라텍스 조각을 얼굴에서 떼어내며 말했다. "이거…… 몇 시간만 지나도 정말 불편해진다고. 알아?" 그는 입을 두어 번 벌렸다가 다물며 턱 근육을 늘렸다.

그렇게 앞의 남자가 천천히 루시엔으로 돌아오는 모습을 헌터는 지켜보았다.

"허튼 생각을 하기 전에, 우리가 열 걸음 정도 떨어져 있다는 사실을 상기시켜줘도 될까?" 루시엔이 말했다. "우리 사이에는 발바닥을 완전히 찢어버릴 만큼 깨진 유리가 널려 있어. 내가 너라면 거기 그대로 서 있을 거야."

헌터는 다시 바닥을 내려다보았다. 그는 정말로 수백 개의 깨진 유리 조각들에 완전히 둘러싸여 있었다.

루시엔을 향해 돌진하는 것은 불가능했다.

루시엔은 자신의 오랜 동창을 찬찬히 살폈다. 그러다 그가 다시 입을 열었을 때, 목소리에는 더 이상 장난기가 묻어 있지 않았다.

"로버트, 지난 3년 반 동안 나는 매일, 매시간, 매분, 매초 이 순간을 갈망했어. 너와 내가 다시 얼굴을 마주하고 설 순간을 말이야."

"웃기는군." 헌터가 대답했다. "나는 네 생각을 전혀 안 했는데."

루시엔은 어깨를 으쓱했다. "기대하지도 않았어."

그는 코트 주머니에서 클렌징티슈를 꺼내 짙은 얼굴 분장을 닦아내기 시작했다.

"그건 그렇고, 네가 만나고 있는 사랑스러운 아가씨는 어때? 지난 며칠 동안 얘기는 많이 했어? 아직 널 미워하나?"

헌터는 흔들림 없는 얼굴을 유지했다. 루시엔에게 만족감을 주지 않기 위해서.

"솔직히 터놓고 말할게, 로버트." 루시엔이 계속 말했다. "원래 그녀의 부모는 계획에 없었어. 찬장만 한 크기의 감방에 갇혀서 너에 대한 복수극을 꾸미기 시작했을 때, 네가 누구를 만나고 있는지 같은 건 몰랐거든. 알고 싶었지만 기대하지는 않았어, 전혀. 내가 제시카와 너의 태어나지 않은 아이를 빼앗은 이후로 너는 정말로 중요한 관계는 맺지 않고 있었잖아?"

헌터는 제시카의 이름을 듣고도 아무런 감정을 드러내지 않기 위해 온 힘을 다해야 했다.

"그래서 여자친구가 있을 거라고 기대하지 않았어. 그래, 내 계획은 인생에서 누군가를 한 번 더 빼앗는 거였어." 루시엔은 설명했다. "네가 마음을 쓰는 사람. 경찰 파트너일 수도 있고…… 어쩌면 좋은 친구일 수도 있고……. 누가 될지는 정말 몰랐어. 내가 LA에 도착해서야 알게 될 세부적인 요소였지. 이 도시에서 보낸 첫날 밤에 트레이시를 보고 내가 얼마나 놀랐을지 상상이 가?"

루시엔은 잠시 말을 멈추고 두 장째로 뽑은 클렌징티슈로 계속해서 얼굴을 닦았다.

"전화번호로 네' 집 주소를 알아내기는 그리 어렵지 않았어." 그가 설명했다. "그래, 도움을 받았지. 하지만 이 도시에서 그런 종류의 도움은 쉽게 찾을 수 있거든. 너도 알잖아, 안 그래?"

헌터도 물론 그것을 알았다.

"그래서 그날 밤……." 루시엔이 이어 말했다. "LA에서의 첫날 밤 말이야. 사실, 네 주소지를 확인했어. 그냥 머릿속으로 몇 가지 생각을 따져보며 서 있는데, 집으로 오는 너를 봤어. 몇 분 후에는 창가에 서 있는 널 봤고. 네게서 누구를 빼앗아야 할지 알아내려면 얼마나 더 따라다녀야 할까 궁금해지던 참에, 어디선가 나타나 가로등 아래 멈춰 선 빨간 머리의 미인을 봤지." 루시엔은 낄낄 웃었다. "그녀가 너와 관련이 있으리라고는 꿈에도 생각지 못했어. 처음에 그녀가 내 관심을 끈 건 너무나 아름다워서였거든." 루시엔은 고개를 끄덕였다. "로버트, 넌 알아줘야 해. 그녀는 정말 굉장하더군."

헌터는 입안이 마르는 것을 느꼈지만, 포커페이스를 유지했다.

"그때 그녀가 휴대전화를 꺼내는 거야. 전화하면서 시선이, 네가 있는 건물로 가더라고. 그 시선을 따라갔더니…… 짠! 너희 집 창문인 거야. 네가 전화를 받는 게 보였어." 루시엔은 만족스러운 웃음을 터뜨렸다. "그 뒤는 상상할 수 있겠지? 그렇지?"

헌터는 할 수 있는 말이 아무것도 없었다.

"불현듯 그녀를 빼앗을 방법이 머릿속에 떠올랐어." 그렇게 말한 루시엔은 결국 인정했다. "하지만 그건 오래전에 제시카를 앗아 가면서 이미 한 거잖아. 내 연구의 전제 중 하나가 언제나 다른 접근법, 다른 방법을 시도하는 건데 말이야." 루시엔은 또 한 번 무심하게 어깨를 으쓱했다. "물론 이 일은 연구에 속하는 건 아니었지. 순수하고 단순한 복수극일 뿐이었지만, 생각해보니 복수와 연구를 함께하지 못할 이유가 없더라고."

루시엔은 마침내 얼굴을 전부 닦았다.

"내 계획은 네 삶과 항상 함께할 '죄책감'을 네 안에 불어넣는 거였어, 로버트. 내면에서부터 너를 집어삼킬 죄책감. 네가 절대 없앨 수 없고 죽는 날까지 짊어지고 가야 할 죄책감. 그래서 나는 이틀 정도, 밤에 트레이시를 따라다녔지. 그중 하룻밤 동안 그녀는 다우니에 있는 부모님을 방문했는데, 그때 아이디어가 떠올랐어. 그 뒤에는 계획을 세우고 실행하면 되는 거였지."

루시엔은 왼손을 들어 올려 반쯤 항복한다는 자세를 취했다.

"그녀가 그날 밤 너와 저녁을 먹는다는 사실을 몰랐던 건 인정해. 그건 그냥 보너스였지."

헌터의 시선이 루시엔의 손에 들린 총으로 옮겨 갔다. 루시엔은 상당히 무심하게 그것을 들고 있는 것 같았다.

"너한테 기회가 있었다면 어땠을 것 같아?" 루시엔이 물었다. "그들 대신 네 목숨을 내놨겠지?"

헌터는 대답하지 않았다. 그럴 필요도 없었다.

"물론 그랬을 거야." 루시엔이 인정했다. "로버트, 너는 늘 마음이 따뜻했지. 한데 따뜻한 마음이란 것의 문제는 말이야, 결국은 더 산산이 부서질 뿐이라는 거야. 지금쯤이면 알 때도 되지 않았어?"

밤이었음에도 2층 사무실 내부의 온도는 25도로 후텁지근했다. 헌터는 루시엔이 왜 그렇게 두꺼운 코트를 입고 있는지 궁금했다.

"이제 뭐 좀 물어볼게." 루시엔이 계속했다. "너한테 나를 막을 방법이 있다고 치자. 이 모든 것에 정말로 종지부를 찍을 방법……. 하지만 문제는, 그러려면 네 목숨을 내놓아야 한다는 거야. 그렇게 할 거야, 로버트? 단지 나를 막기 위해 기꺼이 죽을 거야?"

"그래." 헌터는 주저하지 않고 확신에 차서 대답했다.

"정말?" 루시엔은 고개를 끄덕이며 반문했다. "정말 날 막고 싶어서야, 아니면 그날 밤 술집에 있던 사람들을 구하지 못했다는 죄책감을 안고 살고 싶지 않기 때문이야? 트레이시의 부모가 너 때문에 죽었다는 죄책감도 영향이 있을까?"

헌터는 알았다. 루시엔이 스스로 벌인 짓을 통해 자신의 정신을 숨 막히는 죄책감으로 가득 채웠다고, 진심으로 믿고 있다는 것을. 루시엔의 믿음을 부정할 이유가 없었다. 헌터는 대답하기 전에 슬픔이 의도적으로 자기 눈에 스며들게 했다.

"둘 다." 그는 거짓말했다.

루시엔은 헌터의 대답을 몇 초간 숙고했다.

"흥미롭군." 그가 말했다. "어쩌면 오늘이 네게는 행운의 날일지도 모르겠어, 로버트. 내가 널 위해 선물을 준비했거든."

루시엔은 잠시 긴장감을 유지하려는 듯 침묵하다가 말했다.

"보고 어떤지 네 생각을 말해줘."

96

헌터의 몸에서 모든 근육이 긴장해 경련이 일어날 것만 같았다. 루시엔에게 계획이 있으리라는 것을 알았고 무언가 반전이 있는 계획일 거라고도 예상했지만, 이런 것일 줄은 상상도 하지 못했다.

루시엔은 권총을 바닥에 내려놓고 매끄러운 동작으로, 자기가 입고 있는 두꺼운 코트를 열어 헌터에게 '선물'을 보여주었다.

루시엔은 코트 속에 **자살 조끼**를 입고 있었다.

헌터는 믿을 수 없다는 듯이 눈을 깜박였다.

조끼는 대략 가슴 높이에 임시로 만든 주머니 다섯 개가 붙어 있는 것으로, 각 주머니에 작은 원통형의 플라스틱 폭약 덩어리가 들어 있었다. 각기 다른 색깔의 전선들이 폭약들을 서로 연결해주고 있는 구조였다. 여섯 번째 주머니는 다섯 개의 주머니 바로 아래쪽에 꿰매어져 있었는데, 그 안에는 휴대전화가 들어 있었다. 폭약 다섯 덩어리를 연결한 전선은 여섯 번째 주머니까지 차례로 이어졌고, 전화기가 루시엔표 폭탄의 화룡점정이 되었다.

루시엔은 헌터의 얼굴에서 핏기가 가시는 것을 보았다.

"이런, 로버트." 그는 헌터를 향해 빈정대는 미소를 지으며 말했다. "정말로 그 1킬로그램의 C-4가 전부라고 생각했던 거야?" 그러고는 장난꾸러기 아이와 대화를 나누는 듯한 표정을 지었다. "순진하기는."

헌터는 계속해서 루시엔이 입고 있는 조끼를 살폈다.

"이게 진짜인지 궁금해?" 루시엔이 말했다. "날 믿어. 할리우드에서 사용한 것만큼 강력하지만 훨씬 더 치명적이지. 구경해볼래?"

헌터는 가만히 서 있었다.

"자, 자." 루시엔이 고집했다. "구경해봐."

헌터는 마침내 고개를 돌려 먼저 오른쪽을, 그다음에는 왼쪽을 바라보았다. 헤드 랜턴이 만들어내는 좁다란 빛줄기가 천천히 사무실 여기저기를 비췄고, 헌터는 마침내 루시엔의 말을 이해했다. 바닥에는 적어도 열다섯 개는 되어 보이는 5리터들이 플라스틱 용기가 벽쪽에 붙어 놓여 있었다. 모두 안이 꽉 차 있었다. 헌터가 방에 들어오면서 맡았던 연료 냄새의 정체는 바로 그것들이었다. 하지만 그게 전부가 아니었다. 방 곳곳에 수많은 나무판자와 판지가 흩어져 있었다. 루시엔의 자살 조끼가 폭발할 경우, 사무실 전체가 눈 깜짝할 사이에 하나의 거대한 불덩이로 화해 활활 타오를 것이다. 아무것도, 아무도 무사하지 못할 터였다.

헌터는 무언의 질문을 눈에 담은 채 루시엔을 돌아보았다.

루시엔은 그것을 정확히 읽어냈다.

"내가 실행할 각오가 됐는지 궁금해?" 그가 물었다. "로버트, 왜 이렇게 순진한 거야? 나이가 들었나?" 그는 웃음을 터뜨렸다. "내가 신을 믿지 않는다는 거 알지?" 루시엔이 설명했다. "나는 사후 세계라든지 천국 또는 운명, 혹은 우리 모두가 어리석기 짝이 없는 거대한 계획의 일부라는, 수 세기 동안 인류에게 자양분이 되어왔던 그딴 개소리는 믿지 않아." 그는 헌터를 가리켰다.

"로버트. 나는 우리가 살아야 할 이유, 우리 삶을 가치 있게 만들 각자의 이유를 찾아야 한다고 믿어. 그게 뭐가 됐든 우리를 앞으로 나아가게 하는 것 말이야. 우리가 살아가는 이 망할 세상에 용감하게 맞서고 싶게 만드는 것. 우리의 정신에 영감을 주고, 우리의 영혼을 먹여 살리는 것. 내가 믿는 건 그런 거야, 로버트……. 그리고 그게 내가 하는 일이지. 난 내 삶에 목적을 주고 날 온통 흥분으로 채우는 것을 찾았어. 연구는 곧 내 삶이야."

루시엔은 잠시 말을 멈추고 주위를 둘러보았다.

"괜찮아." 그가 괘념치 않고 말을 이었다. "대부분의 사람들 눈에는 더러운 일로 보이겠지만…… 장난해, 로버트? 이 세상은 더럽고 역겨운 일들로 가득해. 너도 알잖아. 정부, 사법기관, 대기업, 제약업계가 하는 일들……. 전부 탐욕이 끝이 없지. 거대한 과대망상증 환자와 사이코패스, 소시오패스들이 운영하는 소수의 단체가 이 세상을 세뇌하고 독점하고 있는데, 넌 나를 더럽다는 듯이 쳐다보고 있잖아." 루시엔은 고개를 가로저으며 낄낄댔다. "로버트, 그들에 비하면 나는 우주의 티끌이지. 그래, 나는 내 선택을 따랐어. 아마 3년 반 전에 네가 나타나지 않았더라면, 나는 지금도 계속하고 있었겠지."

헌터는 루시엔의 눈 속에서 번쩍이는 불꽃을 보았다.

그는 설명했다. "당시엔 아무도, 내가 존재한다는 사실조차 몰랐어. 나는 모든 실험을 다른 각도에서 접근했지. 범행 방법, 시그너처, 가학성의 수준, 장소……. 어떤 수사기관도 내가 한 일들 중 두 가지를 동일범의 것으로 연결한 적이 없어. 나는 누군가의 감시를 받은 적이 단 한 번도 없어. 내 연구가 완벽하다는 것을 알기 때문에 안전하게 거리를 활보할 수 있었지. 하지만 이제는 그렇지 않아. 지금 나는 수배범이자 탈주범 신세야. 어디를 가더라도 걱정 없이 다닐 수 없겠지. 모퉁이에서 신문을 읽고 있는 사람이 정부 요원은 아닐까 늘 불안해할 거야. 아무리 능숙하게 다른 사람으로 변장한다 해도 마음의 평화를 절대 가질 수 없어. 그건 사는 게 아니야, 로버트. 난 내 남은 인생을 도망 다니는 데 허비하기를 거부하겠어. 그 역겨운 뚱보, 에이드리언 케네디에게 우리에 갇힌 실험실 쥐 취급을 받는 것 역시 마찬가지야."

루시엔이 내뱉은 한마디 한마디에서 결의가 배어났다.

"연구는 끝났어, 로버트." 루시엔이 시인했다. "여기저기서 시도해 보고 싶었던 몇 가지 일들이 아직 있지만, 뭐 괜찮아. 나는 이루려 했던 목적을 달성했어. 난 이제껏 무슨 일이 있더라도 내 마음대로 살아왔어. 이 세상에 그렇다고 말할 수 있는 사람이 얼마나 되겠어?" 루시엔은 턱으로 헌터를 가리켰다. "너는 그렇다고 할 수 있어?"

헌터가 대답을 하기도 전에 그의 헤드 랜턴이 불안정하게 깜박이다가 꺼졌다. 방은 더욱 캄캄해졌다. 루시엔의 왼쪽에 있는 테이블 램프가 발하는 약한 빛이 이제 사무실 안에 있는 유일한 빛이었다.

"모든 건 언젠가 끝나, 친구." 루시엔이 말했다. 헌터는 처음으로, 그 목소리에서 순수한 슬픔을 감지했다. "모든 것, 너와 나를 포함해서."

또다시 긴장감 가득한 침묵이 흘렀다.

"그러니 네가 묻고 싶은 질문에 대한 답을 주자면…… 그래, 나는 각오가 됐어. 바로 여기서, 바로 지금 죽을 각오가 됐어. 너는?"

헌터는 시간을 끌어야 했다. 계획의 성패는 시간에 달려 있었다.

"그래." 그가 대답했다.

"정말? 좋았어!"

헌터가 주의 깊게 지켜보는 가운데 루시엔은 나무 상자 위의 테이블 램프 옆에다 총을 내려놓고 왼쪽 재킷 주머니에서 또 다른 휴대전화를 꺼냈다. 재빨리 번호 하나를 누르고 '통화' 버튼은 누르지 않은 채 전화기를 헌터에게 던졌다.

"여기, 받아."

헌터는 날아오는 전화기를 잡아챘다.

루시엔은 다시 권총을 집었다.

"**호스트 전화기**의 번호야." 루시엔은 자살 조끼의 휴대전화를 가리키며 헌터에게 알렸다. "'통화' 버튼을 누르기만 하면 돼, 로버트. 그것뿐이야."

헌터의 시선이 전화기로 옮겨 갔다.

"내가 하지 않는다면?" 그가 물었다.

루시엔은 웃음을 터뜨렸다. "벌써 생각이 바뀐 거야? 불과 1초 전의 네 결정이 확신에 차 있다고 나는 생각했는데. 네가 준비가 됐다고 생각했어."

시간을 계속 끌어야 해. 헌터는 생각했다. *시간을 끌어.*

"널 알아, 루시엔." 그가 대답했다. 목소리는 여전히 차분했다. "네게 두 번째 계획이 없을 리가 없어. 내가 조끼를 폭발시키지 않을 가능성을 분명히 고려했을 거야. 그러면 어떻게 되지?"

루시엔은 다시 웃었다. "그래서 네가 마음에 들어, 로버트. 넌 항상 똑똑하게 네 걸 챙겼지. 물론이야. 그 가능성을 고려했어."

"그랬겠지. 내가 어떤 선택을 할 수 있지?"

"빨간 버튼을 누르면 통화를 취소할 수 있어."

"그러면 어떻게 되는데?"

"'빅뱅'은 없을 거야." 루시엔이 설명했다. "불꽃놀이는 없고, 우린 둘 다 살아서 여기서 걸어 나갈 수 있겠지만, 내 탈출 경로는 빠르고, 너는 보다시피……."

루시엔은 그의 발을 가리켰다. "내가 신은 부츠는 아주 튼튼해. 하지만 너는 칠흑 같은 어둠 속에서 맨발로, 깨진 유리 사이로 출구를 찾아야 할 거야." 그리고 헌터를 보며 어깨를 으쓱했다. "뭐, 대안으로 아주 비싼 건 아니지?" 그는 건방진 미소를 지었다. "하지만 그렇게 쉽게 빠져나갈 수는 없을 거야, 오랜 친구."

어떤 식으로든 반전이 있으리라는 것을 헌터는 알고 있었다.

"날 막을 수 있는 단 한 번의 기회를 주는 거야." 루시엔은 계속했다. "네가 폭탄을 터뜨리지 않는 쪽을 선택한다면, 너는 내가 멈추기를 바라는 게 아니라는 것이 논리적으로 내릴 수 있는 유일한 결론이겠지……. 그러니 나는 멈추지 않을 거야." 루시엔은 그 말들이 잠시 허공에 떠돌게 놔두었다. "로버트, 내가 여기서 나가게 되면 넌 다시는 날 볼 수 없을 거야. 절대……. 하지만 내 소식은 분명히 다시 듣게 될 거야. 그건 약속할 수 있어."

헌터는 그말이 무슨 뜻인지 루시엔이 굳이 부연하지 않아도 알았다. 그러나 루시엔은 그것을 설명해야만 직성이 풀리는 사람이었다.

"내가 앞으로 들르게 될 크고 작은 모든 도시와 마을에서 누군가의 목숨을 앗아 갈 거야." 루시엔은 또다시, 무심하게 으쓱거렸다. "한 명 이상일 수도 있지. 누가 알겠어? 그리고 그때마다 그들이 죽은 이유가, 네가 너무 겁이 많아서 '통화' 버튼을 누르지 못했기 때문이라는 걸 확실히 알게 해줄게. 어때, 새로운 종류의 죄책감을 체험하고 싶지 않아? 멈추지 않고 느끼게 해줄 자신이 있어."

"넌 모든 경우의 수를 따져봤겠지." 헌터는 여전히 시간을 끌려고 노력하고 있었다.

"오, 맞아." 루시엔이 대답했다. "그건 사실이야, 친구. 이제 진실의 순간이 온 것 같아. 결정을 내려야 할 시간이야. 5초 줄게."

헌터의 눈이 마지막으로 방을 훑었다. 그리고 절망에 빠졌다. 그가 할 수 있는 일이 없었다.

루시엔은 열 걸음 앞에서 총을 들고 서 있었다. 만약 헌터가 신발을 신고 있고 사방에 깨진 유리가 널려 있지 않았더라도, 그 거리를 5초 안에 이동하는 것은 불가능했다. 루시엔이 도중에 그를 쏴 죽일 것이다.

"5……." 루시엔이 카운트다운을 시작했다.

헌터는 오른손에 쥔 전화기를 보았고, 엄지는 두 개의 버튼 위를 맴돌았다. 그의 계획은 효과가 없었다. 아무도 오지 않았다.

"4……."

헌터의 온몸이 떨렸다.

"3……."

그는 루시엔을 보며 휴대전화를 쥔 손에 힘을 주었다.

"2……."

모든 건 언젠가 끝이 난다. 모든 게…….

"1……."

루시엔에게 달려든다면 헌터는 죽을 것이다……. '통화' 버튼을 누르는 것도 마찬가지였다. 차이가 있다면 혼자 죽느냐, 대의를 위해 죽느냐였다.

"0……. 시간 다 됐어, 로버트."

헌터는 가르시아에게 작별 인사를 하고 싶었다.

트레이시에게 작별 인사를 하고 싶었다.

루시엔이 다시는 살인을 저지르지 못할 것이라는 사실만이 그에게 유일한 위안이 되었다.

헌터는 자신의 오랜 친구와 마지막으로 눈을 맞추고, 심호흡했다.

"지옥에서 만나자, 루시엔."

97

폭발음은 인근 거리 전체에 울려 퍼졌다. 정확히 말하자면 500미터를 조금 넘는 거리까지. 늘 그랬듯 루시엔은 모든 변수를 정확하게 분석하고 계산했다. 필요한 플라스틱 폭약과 연료의 양, 헌터와의 거리, 연료가 타는 속도, 충격파의 속도…… 모든 것을.

루시엔은 폭발 즉시 그곳이 화염에 휩싸이되 그 범위는 창고와 내부의 사무실에 국한되기를 원했다. 엄청난 구경거리를 만들 필요는 없었다. 이는 헌터와 루시엔 간의 일이었고 그 외에는 아무것도, 아무도 중요하지 않았다. 적어도 루시엔에게는 그랬다.

자살 조끼의 호스트 휴대전화가 작동되면, 조끼에 달린 플라스틱 폭약에 내장된 기폭장치에 전기신호를 보내는 데는 0.2초밖에 걸리지 않았다. 전기신호는 기폭장치를 점화시키고, 기폭장치는 플라스틱 폭약의 온도를 화합물을 폭발시키는 데 필요한 온도로 끌어 올리기에 충분한 열을 발생시켰다.

모두 루시엔이 계획했던 대로였다. **폭발.**

루시엔이 낡은 창문 위에 못을 박아 고정해놓았던 원목 판자들은 벽에서 완전히 뜯겨 나가 창고를 가로질러 반대쪽 끝으로 날아갔다. 폭발이 시작된 지점의 위쪽 지붕은 공중으로 높이 튀어 올랐다가 활활 타오르는 타일과 금속 파편들을 거느린 채 바깥으로 쏟아지면서 주변의 초목에 불을 지르는 불쏘시개 역할을 했다. 하지만 루시엔의 정확한 계산과 탁월한 사악함이 확연히 드러난 곳은, 헌터와 루시엔이 서 있는 사무실 안의 공간이었다.

폭약과 연료 사이가 가까웠던 탓에 충격파로 인해 생성된 열은 플라스틱 용기를 즉시 녹였고, 총알보다 더 빨리 용기 내부의 액체연료에 도달했다. 그 결과 위층 사무실 전체가 강철을 녹일 정도로 뜨겁고 거대한 하나의 불덩이에 휩싸였다.

헌터가 옳았다. 살아 있는 그 어떤 것도 그곳에서 탈출할 수 없었을 것이다.

98

루시엔은 주도면밀하게, 헌터가 제안을 수락하는 대신 통화를 취소할 가능성을 고려했었다. 이 경우를 위한 비상 계획을 세워놓기도 했다.

루시엔은 헌터를 잘 알았고, 오랜 동창이 자신의 살인 통치를 끝내기 위해 '통화' 버튼을 눌러 숭고한 선택을 하리라고 확신했다. 하지만 동시에 헌터 역시 자신처럼 예측할 수 없는 존재임을 그는 알고 있었다.

어쩌면 헌터에게도 계획이 있었을 것이다. 루시엔이 예상하지 못했던 것. 그래서 그는 헌터에게 거짓말을 했다.

루시엔은 헌터가 통화를 취소할 경우 '빅뱅'은 없을 거라고, 불꽃놀이는 없을 거라고 말했다.

그러나 그건 사실이 아니었다.

루시엔은 창고가 폭파되기를 원했다.

그는 불꽃놀이를 원했다.

그는 헌터에게 준 전화기를 미리 조작해놓았다. 빨간 버튼과 녹색 버튼이 똑같은 기능을 수행하도록 말이다.

헌터가 어떤 버튼을 누르든 상관없었다. 전화는 무조건 자살 조끼의 호스트 휴대전화에 연결될 것이다. 창고는 무슨 일이 있어도 폭파될 것이고, 루시엔에게 최고의 기쁨을 선사해줄 것이었다.

모든 것이 결실을 보았다. 긴 리허설, 끝없는 계산, 세심한 계획, 그 모든 것이. 하지만 진정한 천재성이 드러나는 부분은 폭발의 순간이었다.

루시엔은 끊임없는 연습 끝에, 자기가 세운 계획의 과정을 한 단계도 빠뜨리지 않고 거꾸로 실행할 수 있을 정도가 되었다. 하지만 폭발만큼은 미리 연습할 수도, 실행할 수도, 시험할 수도 없었다.

창고에서 살아 나가기 위해서는 아주 사소한 계산까지도 정확하게 해야만 했다.

그리고 그는 해냈다.

99

자살 조끼 아이디어는 3년 전쯤, 루시엔이 연방교도소를 탈출하는 것이 불가능하지는 않다는 걸 깨닫고 난 뒤부터 그의 머릿속에서 형태를 갖추기 시작했다. 그때부터 여러 가지 시나리오를 그려보며 구체적인 계획을 세웠다.

계획 자체는 그렇게 복잡하지 않았다. 먼저, 헌터를 소도시의 외곽이나 그 근방 어딘가에 마련된 고립되고 어두운 방에 혼자 있게 해야 했다. 계획을 성공시키려면 필수적으로 방의 빛을 차단해야 했다. 그러고 나면 연설이 이어진다. 루시엔의 눈빛과 태도, 그리고 연설의 내용은 그가 당장이라도 죽을 각오가 되어 있고, 자기가 이룬 일들에 만족해하며, 남은 인생을 도망으로 허비하지 않을 것이고, 다시는 감방으로 돌아가지 않을 것이라고 헌터를 믿게 할 만큼 충분한 설득력을 가져야 했다. 루시엔은 자신의 말이 설득력 있게 들리게 하는 데는 자신이 있었다.

가장 중요한 부분은 물론 '마지막 폭발'이었다. 루시엔 자신이 다치지 않기 위해서는 충격파의 속도, 강도, 이동 거리를 가능한 한 정확하게 계산해야 했는데, 그것은 전적으로 그와 폭약 사이의 거리에 달려 있었다.

폭약은 루시엔의 몸에 둘러져 있지 않았다. 그것은 가짜 자살 조끼였다. 조끼에 달린 전화기는 진짜였지만, 폭약 덩어리들은 점토로 만든 것이었다. 진짜 자살 조끼는 헌터로부터 다섯 걸음 뒤에, 루시엔이 서 있는 자리에서는 맞은편으로 열다섯 걸음쯤 떨어진 곳에 있었다. 루시엔이 며칠 전 길거리에서 데려온 누군가의 몸에. 이 신원 미상의 인물은 루시엔과 키, 몸무게, 체형, 나이, 인종이 같았지만 사실 이런 건 중요하지 않았다. 사무실 내부에서 일어날 불길이 얼마나 뜨거울지, 얼마나 오랫동안 타오를지 루시엔이 정확하게 계산한 이상 폭발 현장에서 설사 뼛조각이 발견된다 해도, 어떤 현장감식팀도 그곳에서 DNA를 추출할 수는 없을 것이다. 루시엔은 그렇게 확신했다.

충격파와 함께 연료로 인한 강한 열과 더불어, 폭발은 이 신원 미상의 인물이 가진 모든 연조직을 깡그리 없앨 것이다. 피부, 근육, 살, 회백질…… 전부 다. 폭약이 신체에 닿아 있기 때문에 경조직인 뼈와 치아의 파편은 남겠지만, 루시엔은 이미 그의 이를 모두 뽑아 놓았다.

불에 탄 뼛조각에서 추출한 DNA가 얼마나 온전하느냐는 전적으로 화재의 파괴력에 달려 있었다. 화재로 인한 경조직의 손상에는 다섯 단계가 있다. 잘 보존된 단계, 반연소 단계, 검은 화상, 청회색 화상, 청회백색 화상. 마지막 두 단계인 청회색 화상과 청회백색 화상의 경우 유전자 식별은 실질적으로 불가능했다. 뼛조각들은 대부분의 특성을 잃고 이미 오염된 상태일 것이다.

루시엔이 해야 할 일은 신원 미상의 인물에게서 나온 뼛조각들이 청회색 화상 또는 청회백색 화상으로 분류될 수 있게끔 고온에서 충분히 오랫동안 구워지게 하는 것뿐이었다. 이를 위해 그는 많은 양의 연료를 방 안에 뿌려놓았다.

하지만 루시엔에게 마지막으로 남은 문제가 하나 있었다. 어떻게 그 방에서 살아서 나갈 것인가? 2층 사무실이 불길로 휩싸인 뒤 어떻게 탈출할 수 있을 것인가?

그 질문의 답은 단순한 전제에 있었다. 바로, 그 방에서 나가는 사람이 **루시엔**이라는 것이었다. **헌터**가 아니라. 그러기 위해선 위치 선정이 아주 중요했다. 그래서 루시엔은 사무실을 어둠에 잠기게 두었고, 헌터를 자신이 원하는 정확한 위치에 서게 했다.

루시엔이 있는 곳에서 여섯 걸음 정도 떨어진 뒤편에, 골판지 상자 몇 개에 가려진 비상구가 있었다. 일부러 만든 게 아니었다. 정부의 안전 규정에 따라 비상구는 이미 그곳에 있었다. 창고 안 깊숙한 곳에 2층짜리 사무실을 두었다면, 안전 규정이 충족되어야만 운영이 가능했을 터였다.

루시엔 뒤에 있는 금속으로 된 외부 방화문은 창고 뒤쪽의 화재 대피 계단으로 이어졌다. '방화율 30', 즉 30분 동안 큰 화재에 견딜 수 있도록 만들어진 문이었다. 루시엔은 폭발의 충격파가 진원지에서 스물한 걸음 떨어진 방화문에 도달할 즈음 대부분의 동력을 잃게끔 폭약의 양과 폭발의 방향을 치밀하게 계산했다.

방화문의 반대편에 있기만 한다면, 폭발이 일어날 때 루시엔은 다치지 않을 것이다. 하지만 헌터와 마주하고 있고 그가 폭파 버튼까지 손에 쥐고 있는데, 어떻게 루시엔이 그 문까지 갈 수 있을까?

이번에도 답은 그리 어렵지 않았다. '통화' 버튼을 누르자마자 자살 조끼가 곧바로 폭발할 필요는 없었다.

5초. 루시엔이 몸을 돌려 방화문까지 이동하고 밖으로 나가 문을 닫는 데는 5초면 충분했다. 수차례의 반복 연습으로 알아낸 시간이었다.

자살 조끼에 있는 호스트 휴대전화가 울리고 폭발을 개시하기까지 시간이 지연되도록 프로그램을 세팅하는 것은 어려운 일이 아니었다.

모든 것이 지극히 간단했다. 헌터는 통화 버튼을 누를 것이고, 그 순간에 폭발은 없을 것이다. 루시엔은 즉시 몸을 돌려 문으로 달릴 것이다. 5초 후, 그는 안전한 위치에 서 있을 것이다.

쾅!

나머지는 더 이상 루시엔이 걱정할 일이 아니었다.

100

그 상황이 또 다른 연습이 아닌 실제 상황이라는 사실이 루시엔에게 심장이 멎을 정도의 흥분을 불러일으켰고, 몸 전체의 근육에 아드레날린을 폭발시켜 초인적인 힘과 속도를 낼 수 있게 해주었다. 진짜 자살 조끼가 폭발했을 무렵, 루시엔은 이미 방화문을 지나 문을 닫았을 뿐만 아니라 화재 대피용 계단도 거의 통과하는 중이었다.

정확한 계산에도 불구하고, 강력한 폭발로 인해 건물의 골조 전체가 덜컹거렸다. 작은 규모의 지진에 가까운 수준으로 창고에 인접한 지면이 흔들린 탓에 루시엔은 계단 맨 아래쪽의 난간을 온 힘을 다해 잡아야 했다.

"젠장!" 그는 위를 올려다보며 헐떡거렸다.

헌터와 자신이 방금까지 있었던 사무실 공간은 그의 등 뒤에서 광폭하고 무자비한 화염에 완전히 삼켜졌고, 화마는 폭발로 생긴 지붕의 커다란 구멍으로 밤하늘을 향해 추악한 혀를 날름거렸다.

잠시 동안 루시엔은 자신이 방금 전 거둔 성취에 경탄했다. 스스로 완전무결하게 해냈다는 것을 믿을 수 없었다.

이제는 사라질 시간이었다.

루시엔은 창고 뒤편에 있는 덤불숲 너머에 밴을 숨겨두었다. 경찰은 건물 부지 안에서 타이어 자국을 발견할 테고, 적당한 시점에 발견된 밴은 그의 계획에 타당성을 더할 것이다. 만약 타이어 자국만 있고 밴은 없다면 의심을 살 터였다. 그건 결코 좋은 일이 아니었다.

밴은 바로 그 자리에 있을 것이다. 하지만 루시엔은 그 낡은 밴만 산 게 아니었다. 창고 뒤쪽으로 조금 떨어진 곳에 있는, 로스앤젤레스 국유림 근처에 세워둔 낡은 모페드도 구입했다. 루시엔은 일찌감치 시간을 재두었다. 뛰어서 그곳까지 가는 데 필요한 시간은 3분 30초. 그 뒤 루시엔 폴터는 존재를 감추리라.

영원히 사라지기 전에, 루시엔은 마지막으로 창고를 바라보았다.

"안녕, 로버트." 그는 일순 우울한 감정에 사로잡혔고, 그 사실에 스스로 놀라며 창고를 향해 말을 건넸다. "우습게 들릴지 모르겠지만, 네가 그리울 거야. 정말로."

루시엔이 몸을 돌려 자유를 향해 달려가려 할 때, 뒤통수에서 불과 몇 센티도 떨어지지 않은 곳에서 9밀리 권총의 공이치기를 당기는 소리가 났다.

"움직일 생각만 해봐." 성난 목소리가 말했다. "맹세코 네놈 머리통을 날려버리고 머리 없는 시체 옆에서 춤을 출 거니까."

101

한 시간 전, 로스앤젤레스 에코파크.

"르모인가 끝." 루시엔이 헌터에게 말했다. "파크애비뉴 건너편에 에코파크 북쪽 주차장 입구가 있어. 거기서 내려달라고 해."

1분도 되지 않아 노란 택시는 주차장으로 들어섰다.

"이제 운전사한테 요금을 내고 내려." 루시엔은 헌터에게 지시했고, 헌터의 머릿속에서는 즉시 경고의 사이렌이 울렸다.

이건 잘못됐어. 그는 생각했다. 루시엔이 개방된 공공장소에서 나를 만날 리가 없어. 너무 위험해. 이건 주의를 딴 데로 돌리려는 시도거나, 아니면 루시엔이 준비한 또 다른 예방책이야.

루시엔이 헌터의 택시를 지켜보고 있을지도 몰랐지만, 택시 안은 아니었다. 헌터는 확신했다. 빨리 행동해야 했다.

운전사에게 요금을 지불하기 전에, 헌터는 재빨리 바지 주머니 안쪽에 고정해두었던 작은 추적기를 꺼내 전화기와 오른 손바닥 사이에 감췄다.

"이제 옷을 벗어서……." 헌터가 에코파크 호수에 도착한 뒤 루시엔이 말했다. "전부 호수에 던져. 셔츠, 바지, 속옷, 신발, 양말…… 깡그리. 물가에 아무것도 남기지 마. 내 말 알아들었어?"

"전화기는?" 헌터가 물었다.

"물속에."

"연락은 어떻게 해, 루시엔?"

"나를 믿어, 메뚜기. 이제 전화기, 옷…… 모든 걸 호수에 던져서 가라앉혀."

헌터는 순발력을 발휘해야 했다. 아마도 추적기가 물에 젖으면…… 가망이 없을 것이다.

옷을 벗으면서 헌터는 오른손에 추적기를 들고 있다가, 물속으로 뛰어들기 직전에 코를 잡는 척하며 얼굴로 손을 가져왔다. 헌터는 신속하고 교묘한 손동작으로, 추적기를 손바닥에서 입으로 옮겼다. 물에 손상시키지 않고 추적기를 보호할 수 있는 유일한 장소.

헌터는 혀로 추적기를 치아와 왼쪽 뺨 안쪽 사이에 끼우고 에코파크 호수로 뛰어들었다. 그는 몸이 수면에 부딪히는 것을 느끼며 이 방법이 어떻게든 통하기를 기도했다.

102

가르시아는 헌터가 두 번째 택시에 오른 지 정확히 6분 47초 만에 에코파크 북쪽 끝에 있는 주차장으로 차를 몰았다.

"사라졌어요." 가르시아가 전화기에 대고 말했다. "로버트는 사라졌어요. 방금 섬 전체를 한 바퀴 돌았어요. 전부 찾아봤어요. 보이지 않는군요."

"확실해?" 블레이크 반장이 몰아붙였다. "물속이 아니라 땅 위나, 어쩌면 나무 뒤에. 의식을 잃었을 수도 있고 아니면……"

"반장님." 가르시아는 다시 단언했다. "로버트는 여기에 없습니다." 목이 메어 말이 잘 나오지 않았다. "로버트는 여기에 없어요. 우린 그를 잃은 겁니다."

"제길!" 반장이 소리쳤다. "차를 보내서 막았어야 해. 루시엔은 놓쳤더라도, 로버트는 구할 수 있었을 거야. 우린 이제 아무……"

"잠깐만요." 가르시아가 다시 그녀의 말을 막더니 휴대전화 화면을 응시하며 떨리는 목소리로 말했다. "다시 움직이고 있어요. 추적기가 다시 움직이고 있어요."

"뭐?" 블레이크 반장이 물었다. "무슨 말이야, 움직이고 있다니? 어디로?"

"그 말이 맞아요." 웨스트가 놀라 뒤집힌 목소리로 말했다. "추적기가 다시 작동하고 있습니다. 그런데 에코파크에서 갑자기 몬태나로…… 아니, 잠깐…… 지금은 노스글렌데일 대로에 있어요."

"대체 무슨 일이야?" 반장이 물었다. "로버트일까? 아니면 함정?"

"모릅니다." 가르시아가 대답했다.

"잠깐." 웨스트가 다시 말했다. "로버트가 물에 뛰어들었다고 했죠?" 그는 가르시아에게 물었다.

"그랬죠."

"추적기가 물에 젖거나 해서 오작동을 일으켰을 수 있도 있어요. 한데 어찌 된 일인지 계속 수신이 되고 있군요."

"가능해요." 홀브룩이 말했다. "그러면 한 장소에서 다른 장소로 미친 듯이 이동한 것도 설명되겠죠."

"뭐든 간에……." 가르시아는 벌써 자기 차로 달려가고 있었다. "이것밖에 없으니 전 쫓아가겠습니다."

"다시 이동했어요." 웨스트가 알렸다. "이제 글렌데일 고속도로 위에 있습니다."

"빌어먹을." 차에 도착한 가르시아가 전화기 화면을 확인하며 말했다. "그러면 다시 15분 정도 앞서 있어요."

"피터, 어디에 있죠?" 웨스트가 물었다.

"골든스테이트 고속도로예요." 홀브룩이 대답했다. "22분 정도 남았습니다."

"순찰차를 보내 막으라고 하죠." 블레이크 반장이 말했다. "다시는 이런 위험을 감수하지 않겠어요."

"안 됩니다!" 웨스트가 소리쳤다. "아무것도 달라진 게 없어요, 반장. 아직 로버트나 루시엔의 모습을 확인하지 못했으니 여전히 우리는 눈을 가린 상태나 마찬가지입니다. 루시엔이 '연방 탈주범'이라는 걸 상기시키지는 않아도 되겠죠. 무엇보다도 이건 LAPD가 아니라, 연방보안청 소관이요." 그는 잠시 말을 멈추고 숨을 골랐다. "제발 내가 계급장을 들이대지 않게 해줘요, 반장. 이 쇼를 운영하는 건 '나'예요. 내 허가가 있을 때까지는 아무도 빨간 점을 막아서지 못합니다."

가르시아는 추적기를 따라 이글록, 패서디나, 앨터디너를 통과하며 빨간 점을 부지런히 따라붙어서 지도상 간격을 단 5분 거리로 줄였다. 워싱턴파크를 지났을 때쯤 빨간 점은 속도가 급격히 감소하더니 이윽고 완전히 멈춘 것처럼 보였다. 그러다 15초 후 다시 움직이기 시작했는데, 이전보다 훨씬 느려져 있었다.

"다시 걷고 있어요." 가르시아는 느리게 움직이는 빨간 점을 눈으로 쫓으며 말했다.

"대체 어디로 가고 있는 거죠?" 홀브룩이 물었다. "제발 근처에 호수 공원이 또 있다는 말은 하지 말아요."

"아닙니다." 가르시아가 대답했다. "그 주변에 호수는 없지만, 제가 알기로는 대형 창고와 격납고가 상당히 많아요. 사용되지 않는 것들이 많죠. 그중 하나일 수 있어요."

"아니면 국유림으로 갈 수도 있지." 블레이크 반장이 덧붙였다. "걸어서 갈 수 있는 거리에 있잖아."

가르시아는 가속페달을 밟았다. 4분 후, 빨간 점은 왼쪽으로 돌아 막다른 길로 천천히 올라갔다.

"저기가 분명해요." 가르시아가 도로 한쪽에 차를 세우며 말했다.

"한 블록도 안 남았지만 여기서부턴 걸어서 가야겠어요. 이 주변에 는 차량이 없을 거예요. 차를 몰고 더 가까이 가면 분명히 발각될 겁 니다."

"텅 빈 거리를 조심해, 카를로스." 블레이크 반장이 말했다. "전부 속임수일 수 있어."

"네, 압니다." 가르시아가 동의했다. "피터, 어딥니까?"

"점점 가까워지고 있어요. 그래도 아직 10분 정도 남았어요."

가르시아는 휴대전화 화면을 다시 확인했다. 빨간 점은 도로의 맨 윗부분에 막 도착한 참이었다. "미안하지만, 기다리지 않을 겁니다."

"걱정하지 말아요." 홀브룩이 대꾸했다. "따라가죠."

헌터가 조금 전에 걸었던 막다른 골목에 가르시아가 도착하는 데 는 1분도 걸리지 않았다. 그가 골목 끝에 이르렀을 때, 빨간 점은 왼 편 마지막 건물로 들어갔다. 가르시아는 불과 몇 초 차이로 그것을 놓쳤다.

"거기가 분명해." 블레이크 반장이 말했다. "더 이상 갈 데가 없어."

"틀림없어요." 홀브룩이 동의했다.

"카를로스, 지금 당장 지원을 보낼 거야." 블레이크 반장이 자기 형 사에게 알렸다.

"아직 안 됩니다, 반장." 웨스트가 다시 그녀를 제지했다. "다시 말 하죠. 눈으로 확인하기 전까지는 안 됩니다." 그는 걱정스럽다는 듯 이 깊게 숨을 들이마셨다. "좋아요, 대기시켜요. 그렇게 해서 당신 기 분이 나아진다면요. 하지만 내가 말하기 전까지는 절대 그 장소에 접근해서는 안 됩니다."

웨스트와 블레이크 반장이 논쟁을 벌이는 동안, 가르시아는 할 수 있는 한 빠르고 은밀하게 도로 위쪽으로 올라갔다. 왼편 마지막 건물에 도착한 그는 헌터가 지나간 바깥 울타리의 구멍을 발견했고, 그곳을 통과해서 최대한 조심스럽게 낡은 창고에 접근했다.

그가 문 앞에 다다랐을 때, 희미한 방향등 불빛이 계단통으로 추측되는 곳의 맨 위쪽 부근에서 나타났다가 사라지는 게 보였다.

"안으로 들어가겠습니다." 가르시아가 전화로 전체 상황을 설명한 후에 말했다.

"빌어먹을, 안 돼요." 웨스트가 쏘아붙였다. "미쳤어요? 방금 한 치 앞도 볼 수 없다면서요, 카를로스. 거기 구조도 전혀 모르는데 어둠 속에서 어떻게 길을 찾을 겁니까? 실수로 뭐라도 발로 차서 소리를 내면, 당신은 잡혀요. 성냥불을 밝힌다든지, 벽이나 상자 같은 것에 부딪혀도 잡힐 거요."

가르시아는 잠자코 들었다.

"만약 루시엔이 정말로 그곳에 로버트와 함께 있다면 말입니다." 웨스트는 목소리를 최대한 침착하게 유지하며 말을 이었다. "헌터가 추적당하고 있다는 걸 알게 됐을 때, 그가 어떻게 하겠습니까?" 그는 대답을 기다리지 않았다. "내가 알려주죠, 카를로스. 그는 즉시 로버트를 죽이거나, 아니면 협상 카드로 사용한 다음 죽일 겁니다."

"그럼 내가 어떻게 하길 바랍니까? 가만있으라고요?" 가르시아가 속삭였다.

"8분 안에 경찰특공대 한 팀을 보낼 수 있어요." 블레이크 반장이 웨스트에게 재빨리 말했다. "지금 다른 전화로 연결 중이고 지시를 기다리고 있어요. 필요한 건 허가뿐이죠."

모두 연방보안관의 결정을 기다리며 침묵했다. 그가 결정을 내리는 데는 1초면 충분했다.

홀브룩은 아직 5분 거리에 있었다.

"좋아요, 반장." 웨스트가 마침내 동의했다. "움직이라고 해요."

가르시아는 시계를 확인했다. 8분이라는 시간이 꼭 영원처럼 느껴졌고, 그는 거기서 마냥 기다릴 수가 없었다.

"어딘가에 뒷문이 있는지 확인해보겠습니다." 그가 말했다.

웨스트는 가르시아를 막지 못하리라는 것을 알았다.

"조심해." 블레이크 반장이 말했다.

"네."

2분 후, 그곳은 폭파되었다.

103

뒤통수에 권총이 조준된 루시엔은 꼼짝도 하지 않고 서 있었다. 불이 창고를 집어삼키는 시끄러운 소리 때문에 그는 누군가가 뒤에서 다가오는 소리를 듣지 못했다.

"내가 볼 수 있게 손을 들어, 이 개자식아." 가르시아가 명령했다.

어떻게? 루시엔은 언제, 어디서 자기가 실수했는지 돌이켜보려고 애썼다. 계획은 완벽했다. 그는 그것을 확신했다. *어떻게 온 거지? 로버트가 어떻게 귀띔해줬지? 추적기가 있었다고 해도 피부 속에 심은 게 아닌 이상 에코파크 호수에 뛰어들었을 때 작동을 멈췄어야 하는데.*

"두 번 말 안 해." 가르시아의 목소리는 결의에 차 있었다. "양손을 머리 위로 올려. 안 그러면 네놈 머리통을 날려주지."

"여기서 이러고 있을 텐가?" 루시엔이 천천히 명령을 따르며 물었다. 그날 저녁 일찍, 파이브스타 바에서 가르시아의 목소리를 들었었다. "아니면 저 안으로 들어가 네 파트너, 로버트를 살릴 건가?"

조금 전 가르시아는 덤불 뒤에 숨겨진 루시엔의 밴을 발견했다.

그 밴을 막 조사하고 있을 때 창고 뒤쪽에 있는 철제 계단 꼭대기의 방화문에서 루시엔이 발을 내놓는 것을 보았다. 그가 계단을 통과하자마자 창고가 폭발했다.

전화기를 떨어뜨린 가르시아는 일순간 심장이 멎는 듯했다. 그는 지붕 일부가 공중으로 높이 날아오르며 화염이 창고의 윗부분을 집어삼키는 광경을 바라보았다.

헌터가 방화문을 통과하지 않았다는 사실을 깨달은 그는 하마터면 소리를 지를 뻔했다. 폭발과 불길 전체가 헌터 한 사람을 노린 것이고, 만약 그가 안에 있었다면……. 내장이 쪼그라드는 것 같았다. 거기서 살아서 나올 사람은 없었다.

아니면 저 안으로 들어가 네 파트너, 로브트를 살릴 건가? 루시엔의 말이 계속해서 가르시아의 귀에 맴돌았지만, 그는 그것이 거짓임을 알았다. 그래야 했다.

보지 않고서도 루시엔은 가르시아가 머뭇거리는 것을 포착했다. "그는 죽지 않았어, 알지?" 그가 머리 위로 손을 든 채 말했다.

강력계 형사로서 온갖 일을 겪어온 가르시아가 총 든 손을 떨고 있었다. 루시엔이 두려워서가 아니라, 헌터가 죽었다는 걸 믿을 수 없었기 때문이다.

"진실을 말하자면, 로버트는 죽지 않았어." 루시엔이 몰아붙였다. "아직은……. 하지만 네가 돕지 않으면 머지않아 그렇게 되겠지." 그리고 짧은 침묵이 있었다. "사람이 연기에 질식하는 데는 2분에서 10분 정도 걸려." 루시엔이 설명했다. "연기의 밀도와 열에 따라 달라지지. 자, 네 앞에 보이는 광경은 내가 만든 것이니 확실히 보장할 수 있어. 저 연기는 밀도가 꽤 높고…… 꽤 뜨거워."

가르시아는 반사적으로 시선을 획획 옮겨 루시엔과 불타는 창고를 번갈아 보았고, 다시 루시엔을 보았다.

"거짓말이야." 그가 말했다. 그는 그렇게 믿고 싶었지만, 자신의 두 눈을 믿어야 했다. "로버트가 올라가는 걸 봤어. 그가 2층 저 어딘가에 너와 함께 있었다면, 아까의 폭발로 죽었을 거야."

"그게 내 계획의 정수라 할 수 있지." 루시엔이 으스댔다. "폭탄이 터졌을 때 로버트는 2층에 있지 않았어."

루시엔의 말은 거짓이 아니었다. 헌터는 진짜 자살 조끼가 폭발했을 때 2층에 있지 않았다.

루시엔의 초기 계획은 확실했다. 헌터를 날려버리고 영원히 사라지는 것. 하지만 그가 처음 창고에 들어가서 안쪽 깊숙이 자리한 2층짜리 사무실을 보았을 때, 완전히 새로운 생각이 사악한 머릿속에서 형태를 갖추기 시작했다. *왜 헌터를 죽여야 하는가?*

루시엔은 사무실의 구조를 확인하고 모든 행동을 계산한 끝에 자신의 광기—그야말로 그건 광기였다—가 목적한 것을 달성할 수 있다는 결론에 도달했다. 그때부터 그곳을 새롭게 단장하고, 계획에서 수정이 필요한 부분을 고치기 시작했다.

루시엔은 모든 것을 원하는 대로 정확히 세팅하기까지 스무 시간가량을 꼬박 투자해야 했지만, 그것을 마쳤을 때는 이보다 더 자랑스러울 수가 없었다.

"천재의 작품이야." 그는 전체 과정을 수차례 반복 시험하면서 중얼거렸다. 빠진 것은 로버트 헌터뿐이었다.

"호스트 전화기의 번호를 입력해놨어." 루시엔은 자살 조끼의 휴대전화를 가리키며 헌터에게 일렀다. "'통화' 버튼을 누르기만 하면 돼, 로버트. 그것뿐이야. 이 모든 걸 끝내고 싶다고 했지. 지금이 기회야, 오랜 친구."

"지옥에서 만나자, 루시엔."

헌터는 루시엔과 시선을 마주한 채 깊은숨을 한 번 들이쉰 후, '통화' 버튼을 눌렀다.

빅뱅은 없었다.

폭발은 없었다.

폭탄은 터지지 않았다.

헌터가 들고 있던 전화기는 다른 전화기와 신호가 연결되었지만, 신원 미상의 인물이 걸친 자살 조끼에 있던 것은 아니었다.

루시엔이 바닥에 만들어 숨겨둔 '함정 문'의 개폐장치와 연결된 휴대전화였다. 헌터는 정확히 그 위에 서 있었다.

그리고 모든 것이 눈 깜짝할 사이에 일어났다.

헌터가 엄지로 '통화' 버튼을 누르는 순간, 발밑 바닥이 사라지며 그는 아래로 떨어졌다. 순식간에 헌터는 함정 밑으로 사라졌고 3미터 아래로 추락해 바닥에 세게 부딪혔다. 발이 시멘트 바닥과 부딪는 순간 왼쪽 발목이 이상한 모양으로 꺾이며 극심한 고통을 느꼈다.

루시엔은 여유롭게 걸어와 바닥에 난 커다란 구멍 아래로 헌터를 내려다보았다.

"너의 결의에 감명받았어, 로버트. 내 살인을 멈추기 위해 너는 기꺼이 네 목숨을 끊었을 거야, 그렇지?" 루시엔은 방금 일어난 일에 대해 곰곰이 생각하는 것처럼 보였다. "내가 정말 네가 죽기를 바라는 줄 알았어?"

헌터는 왼쪽 발목을 살펴보았다. 고통이 너무 심해서 몸이 떨려올 정도였다.

"아니, 로버트." 루시엔은 자신의 질문에 스스로 답했다. "나는 네가 죽기를 바라지 않아. 살기를 바라지. 내가 준 선물, 서른 명의 무고한 사람들을 죽게 한 죄책감과 함께 사랑하는 여자의 증오를 안고 살아가기를 바라. 그것들을 가슴속에 품고, 너의 영혼이 조금씩…… 하루하루 갉아먹히길 바라. 그게 널 집어삼킬 때까지."

또다시 숙고하는 듯한 침묵이 흘렀다.

"하지만 우리가 한때 좋은 친구였다는 건 인정해, 로버트." 루시엔은 시인했다. "사실 넌 내 유일한 진짜 친구였어. 그 오랜 날들에 대한 존중의 표시로 다시 한번 선택의 기회를 주겠지만, 이번에는 그저 버튼을 누르는 것보다는 조금 더 어려울 거야."

헌터는 주위를 둘러보았다. 칠흑 같은 어둠이 그를 완전히 둘러싸고 있었다.

"자살 조끼는 진짜야." 루시엔이 계속했다. "그리고 네 위쪽에 있는 연료통들도 마찬가지고. 조끼는 이제 1분도 안 돼서 터질 거야. 충격파를 정확하게 계산했어. 그것 때문에 거기 있는 네가 죽지는 않을 거야."

루시엔은 미심쩍은 표정을 지었다. "하지만 나라면 안전을 위해 저쪽으로 몇 미터 굴러가겠어." 그는 헌터의 오른편을 가리켰다. "이미 말했듯이 폭발이 널 죽이지는 않겠지만, 연기와 화재는 틀림없이 그럴 거야." 루시엔은 스트레칭하듯 목을 좌우로 돌렸다. "그러니 선택은 네 몫이야, 메뚜기. 살고 싶으면 연기와 불, 깨진 유리에 용감하게 맞서서 여기서 나가기만 하면 돼. 다만, 창고의 이쪽 편은 아주 뜨거워질 테니 먼 쪽으로 가야 할 거야."

헌터는 추락으로 다친 왼쪽 발목의 상태가 심각하다는 것을 알았다. 더군다나 그는 맨발이었다. 바닥에 그득한 깨진 유리, 그리고 불과 연기의 바다는 그의 탈출 가능성을 더욱 희박하게 했다.

"하지만 네가 정말로 죽기를 원한다면……." 루시엔이 이어 말했다. "그러면 그냥 똑바로 누워서 기다려. 머지않아 차오를 연기를 기다렸다가 몇 번 깊이 들이마시기만 하면 돼." 그는 미소 지었다. "네가 어느 쪽을 택하든 나는 여기서 나갈 거야. 다시는 우리가 가는 길이 겹칠 일은 없을 거야, 메뚜기."

루시엔은 헌터를 향해 눈을 찡긋했다. "누가 알아? 어쩌면 언젠가 지옥에서 만나게 될지. 너를 알아서 정말 기뻤어, 내 친구. 네가 올바른 선택을 하길 바라."

루시엔의 얼굴이 천장의 구멍에서 사라졌다.

몇 초 후, 2층 전체가 폭발했다.

106

불타는 창고 뒤편에서, 루시엔은 가르시아의 동요와 불안을 감지
할 수 있었다. 루시엔은 그 점을 이용해야 한다는 것을 알았다.

"로버트는 2층에 있지 않았어." 그가 단언했다.

"헛소리."

"사실이야. 생각해봐." 루시엔이 말했다. "고작 며칠 후에 로버트를
죽일 생각이었다면, 왜 로버트의 인생에 그토록 많은 고통과 죄책감
을 안겨주기 위해 온갖 수고와 위험을 감수했겠어? 그게 말이 돼?"

"말이 되든 안 되든, 로버트가 어떻게 여기서 살아남을 수 있어?"
가르시아가 말했다.

"왜냐하면, 내가 그걸 원했으니까." 루시엔은 대답과 함께 그가 만
든 함정에 대해 재빨리 설명했다.

가르시아의 속이 죄어들었다. 그의 말을 어떻게 받아들여야 할지
혼란스러웠다.

"너는 지금 시간을 허비하고 있어." 루시엔이 말했다. "저 안은 연
기가 점점 짙어지고 있고, 불은……." 그러다 그는 낄낄댔다. "저걸

봐. 로버트는 추락할 때 발목이 접질리거나 부러졌어. 내 눈으로 똑똑히 봤지. 그 발목으로 저기서 빠져나오기는 힘들 거야."

가르시아는 루시엔이 거짓말을 하고 있다고 확신했지만, 그렇다고 해서 헌터를 살릴 가능성을 내던지게 될지도 모를 위험을 감수해야 할지 혼란스러웠다.

그들은 다름 아닌 로버트에 대해 이야기하고 있었다. 10년 동안 가장 친한 친구이자 파트너였고 자기와 애나의 목숨을 한 번 이상 구해준 사람.

루시엔의 말이 맞았다. 시간은 빠르게 흘러가고 있었다.

"로버트는 저 안에서 죽어가고 있어." 루시엔이 침착한 목소리로 다시 몰아붙였다.

집어치워. 가르시아는 수갑을 꺼내려고 허리 뒤로 손을 가져갔다.

그때, 가슴이 덜컹했다. LAPD 본청 주차장에서 차에 타면서, 퇴근할 때 늘 하던 대로 벨트에서 수갑과 손전등을 풀어 뒷좌석에 던져 놨던 것이다.

"젠장!"

"로버트를 구하러 가지 않는 것도 괜찮아." 루시엔이 말했다. "그가 죽으면 네가 그 일을 이어받을 수 있잖아, 안 그래? LAPD의 특수강력범죄수사대 책임자. 대단한 영예 아닌가? 들어봐. 파트너를 구하려는 시도조차 하지 않았다는 사실을 네가 비밀로 하고 싶다면, 나도 말하지 않겠다고 약속하지."

체포된 자를 홀로 내버려두는 것은 경찰이 지켜야 할 철칙에 완전히 어긋나는 일이었다. 그 대상이 누구든, 상황이 어떻든 간에……. 하지만 가르시아는, 엄밀히 말해 루시엔을 **체포한 적이 없었다.** 루시엔에게 움직임을 멈추고 손을 올리라고는 말했지만, 공식적으로 체포한 적은 없었다. 따라서 루시엔이 체포되지 않았다면, 가르시아는 규정을 어기는 게 아닐 것이다.

루시엔은 여전히 두 팔을 머리 위로 높이 들고 불타오르는 창고를 지켜보는 중이었다. 가르시아는 세 걸음 뒤에 있었고, 권총으로 그의 뒤통수를 겨냥한 채였다.

헌터와 달리 가르시아는 심리학 학위가 없었지만, 학위 없이도 심리적인 협박과 조작이 어떻게 작용하는지는 경험으로 알았다. 조금 전 루시엔이 시도했던 것들 말이다. 문제는 지금 그에게 수갑이 없다는 것이었다. 그는 루시엔을 구속할 수 있는 어떤 도구도 가지고 있지 않았다.

하지만 도구가 필요하다고 누가 그러던가?

"닥쳐." 그가 큰 소리로 윽박질렀다. 잠시 후, 그는 부츠 밑바닥으로 루시엔의 오른쪽 무릎 뒤쪽을 최대한 힘껏 밟았다.

루시엔은 무릎이 부러지는 것을 느꼈다. 다리가 꺾였고, 그는 체중을 못 이겨 절뚝거리다가 땅바닥에 쓰러졌다. 그가 내지른 고통스러운 비명은 죽은 사람도 깨울 수 있을 정도였다.

고통에 몸을 떨며 땅바닥에 엎드린 그가 마침내 가르시아를 마주 보았다.

"비열한 새끼!" 그는 고함을 지르며 두 손으로 오른쪽 무릎을 잡았다. 입술에서 분노의 말이 흘러나오며 침이 사방으로 튀었다. "젠장, 다리가 부러졌잖아!"

가르시아는 고개를 저었다. "아니, 아니지. 네가 지금 좀 헷갈린 거 같네. 네가 탈출 시도를 하다가 넘어지면서 무릎을 찧는 것 같던데." 그는 잠시 말을 멈추고 미소 지었다. "아 맞다, 머리도 부딪혔지."

가르시아는 아주 빠르고 강력한 동작으로, 9밀리미터 권총 손잡이로 루시엔의 뒤통수를 후려쳤다.

모든 것이 캄캄해졌다.

107

가르시아가 창고의 정문까지 가는 데는 12초가 걸렸다. 조금 전까지만 해도 짙은 어둠의 망토에 가려졌던 건물 내부는 이제 모든 것을 빠르게 집어삼키며 지나가는 불길로 완전히 밝아졌다.

양쪽으로 열리는 커다란 문 앞에서 가르시아는 믿을 수 없이 흉포하게 덤벼드는 열과 빛을 마주하고 오른손으로 눈과 얼굴을 가려야 했다. 왼손으로는 본능적으로 재빠르게 코와 입을 덮었지만 연기가 너무 셌다. 그는 미친 듯이 기침을 할 수밖에 없었다.

매운 연기 때문에 눈물이 쉴 새 없이 흘렀고, 열기와 빛 때문에 그는 실눈을 떠야 했다.

가르시아는 몇 걸음 뒤로 물러나 양 손바닥으로 눈을 문질러 닦았다. 그리고 연기를 막기 위해 셔츠의 깃을 얼굴 위로 끌어 올린 다음 콧대에 걸어 임시 마스크를 만들었다. 그리고 다시 창고 안을 들여다보려 했다. 사방이 온통 화염과 연기투성이였지만, 기어이 내부를 볼 수 있었다.

가르시아가 가장 먼저 알아본 것은 지면에서 이글대는 기이한 빛의 불꽃이었다. 마치 바닥에 크기가 제각각인 다이아몬드가 흩어져 있는 듯한 모습이었다.

두 눈이 다시 가늘어졌다.

그는 2초가 지나서야 자신이 보고 있는 것이, 화염에서 나오는 빛을 반사하는 깨진 유리라는 걸 알게 되었다. 유리 조각들이 카펫처럼 바닥 전체를 뒤덮고 있었다.

왼쪽에서 오른쪽으로 시선을 옮기며 뒤쪽 사무실 구역으로 가는 가장 안전한 길을 찾기 위해 노력했지만 헛수고였다. 사무실에 접근하는 것은 자살행위처럼 느껴졌다.

가르시아의 눈에서 다시 눈물이 흘렀지만, 이번에는 열기나 연기 때문이 아니었다. 순수하게 감정으로부터 비롯된 것이었다.

"제에엔장! 제에에엔장!"

불길은 그의 성난 외침까지도 집어삼키는 듯했다.

가르시아는 완전히 절망하여 두 손으로 머리를 감쌌다. 그가 할 수 있는 일이 아무것도 없었다.

뒤쪽에서 불타던 지붕의 커다란 파편이 땅에 떨어지며 불꽃놀이처럼 공중에 새로운 불씨를 날려 가르시아의 주의를 끌었다.

그때 비로소 그를 보았다.

헌터는 가르시아의 오른편, 약 14미터 앞쪽의 바닥에 얼굴을 대고 쓰러져 있었다. 팔은 아무렇게나 널브러져 있었고, 다리는 꼭 생명이 깃들지 않은 물건 같았다.

가르시아는 연기 사이로 자신이 본 것을 다시 확인하려고 눈을 깜빡였다.

그때 헌터가 움직이는 것이 보였다. 대단한 움직임은 아니었다. 머리를 아주 살짝 들어 올렸을 뿐이었다.

가르시아는 자기 영혼의 중심부가 떨려오며 흡사 발사된 로켓처럼 추진력이 생기는 것을 느꼈다. 그는 주저 없이 불과 연기 속으로 곧장 뛰어들어 헌터를 향해 달렸다. 4초 후, 그는 파트너의 머리 쪽에 서 있었다.

연기 때문에 다시 기침이 터져 나왔지만, 임시 마스크로 조치한 덕분에 다행히 어지럽거나 균형을 잃지는 않았다.

가르시아의 투쟁-도피 반응(긴급 상황 시 나타나는 생리적 각성 상태—옮긴이)은 놀라운 호르몬의 화학반응을 일으켜 심장을 빨리 뛰게 하고 근육을 조임으로써 절망적인 상황을 헤쳐 나가는 연료로 작용했다.

가르시아는 허리를 굽혀, 헌터가 자신의 몸집과 몸무게의 반밖에 안 된다는 듯 단 한 번의 매끄러운 동작으로 그를 안아 들었다.

"견뎌, 로버트." 그는 파트너를 오른쪽 어깨에 들쳐 메며 말했다. "내가 왔어, 친구. 내가 왔다고."

가르시아는 연기를 들이마시지 않기 위해 숨을 참으며 헌터를 데리고 불타는 창고에서 빠져나왔다.

이번에는 8초 만에 이동했다.

108

지옥 같던 창고에서 몇십 센티미터 떨어지자, 가르시아는 의식을 잃은 헌터를 풀밭 위에 내려놓았다. 파트너의 몰골은 처참했다.

헌터의 상체는 맨몸이었다. 수많은 유리 조각들로부터 두 발을 보호하기 위해, 입고 있던 옷을 찢어 신발 대신 발을 감싼 까닭이었다.

그는 탈출하려다 몇 번이나 발을 헛디뎌 넘어지면서 다양한 크기의 유리 파편에 손, 팔, 가슴, 어깨, 등, 무릎, 다리가 찢겼다. 몸은 상처에 박혀 있는 유리 조각들과 피로 엉망이 되어 있었다. 임시로 만든 신발은 어느 정도 효과가 있었지만, 큰 파편 몇 개가 헌터의 오른발을 감은 천을 뚫고 들어가 살 속 깊숙이 파고들어 있었다. 왼쪽 발목은 자몽만 한 크기로 부어올랐다. 팔다리와 등, 가슴은 무자비한 불에 심하게 그을어 있었다.

"숨을 쉬는 게 좋을 거야, 로버트." 가르시아가 흔들리는 목소리로 말했다. "너한테 인공호흡을 하고 싶지는 않거든."

헌터는 미동도 없었다.

"로버트?" 가르시아의 목소리에 힘이 실렸다.

반응이 없었다.

"로버트?"

대답도, 움직임도 없었다.

"젠장할!"

가르시아는 헌터의 흉골 바로 위에 오른 손날을 올려놓았다. 그런 다음 왼손을 오른손 위에 놓고 가슴 압박을 시작했다.

"하나…… 둘…… 셋…… 넷…… 다섯…… 제발…… 로버트, 이러지 마. 숨 쉬어, 친구. 숨 좀 쉬어봐. 열둘…… 열셋…… 열넷…… 열다섯…….

가르시아는 압박을 멈추고 헌터의 머리를 아주 살짝 뒤로 젖혔다가 턱을 들었다. 기도를 열기 위해 목구멍 뒤쪽에서 혀를 들어 올리는 동작이었다. 가르시아는 헌터의 코를 잡고 인공호흡을 하려고 몸을 숙였다.

헌터가 미소 지었다. "알았어." 그 목소리는 속삭임에 불과했다.

뭐라 대꾸할 수 없을 정도로 충격을 받은 가르시아는 잠시 말을 멈추고 온몸을 떨며 눈을 부릅뜬 채 자기 파트너를 내려다보았다. 헌터가 필사적으로 기침을 하며 몸을 벌떡 일으켰다. 일산화탄소, 시안화물, 그리고 불길 속에서 들이마셨던 다른 연소생성물들을 모두 씻어내려고 그의 폐가 최선을 다하는 것처럼 보였다.

불타는 건물을 들락날락하게끔 만들었던 폭발적인 아드레날린이 몸에서 사라지자 가르시아는 모든 에너지를 잃었다. 끈이 떨어진 꼭두각시 인형처럼 그는 헌터 옆에 쓰러졌고, 이례적인 활동으로 인한 근육통이 뒤늦게 몰려오는 걸 느꼈다.

몇 초 후, 가르시아는 머리를 돌려 마침내 헌터를 볼 수 있었다. 그들의 숨소리는 거칠었고, 얼굴은 검댕투성이였다.

"세상에, 맙소사!" 가르시아의 말에는 심호흡과 기침이 뒤섞여 있었다. "나한테 다시는 이러지 마."

새빨갛게 충혈된 헌터의 눈이 가르시아의 눈을 마주했다. 헌터는 남은 힘을 모두 짜내 피투성이가 된 오른손을 가르시아 쪽으로 뻗었다.

가르시아는 헌터가 팔을 완전히 뻗기 전에 그의 손을 마주 잡았다.

"고마워." 헌터가 힘없는 목소리로 말했다. "고마워."

가르시아는 고개를 끄덕이고 미소 지었다. "하지만 안 물어볼 수가 없는데……. 대체 뭘 입고 있는 거야, 로버트?" 그의 시선이 헌터의 분홍색 운동복 바지로 옮겨 갔다.

"빌어먹을, 무슨 일이 있었던 겁니까?" 마침내 창고에 도착한 홀브룩이 물었다. 그의 눈은 충격으로 휘둥그레졌고, 숨은 쉬지 않고 달려온 탓에 거칠었다.

가르시아는 헌터를 보며 어깨를 으쓱했다.

사이렌 소리가 멀리서 들려왔다.

"루시엔은……." 헌터가 심한 기침과 함께 말을 토해냈다. "…… 자살 조끼를 입고 있었어요."

"뭐라고요?" 홀브룩의 시선이 가르시아에게, 그다음엔 창고로, 그러고는 다시 땅바닥의 두 형사에게로 옮겨 갔다. "루시엔이 자폭했어요?"

가르시아는 한쪽으로 푹 떨궜던 고개를 천천히 돌려 홀브룩을 바라보았다.

"그렇지는 않아요." 그가 대답했다. "하지만 그렇게 보이길 원했던 것 같군요. 자살로요."

홀브룩은 잠시 주변을 둘러보았다. 루시엔을 찾는 듯싶었다.

"그래서, 도망갔어요?" 홀브룩이 무거운 어조로 물었다. "또?"

이번에 기침한 쪽은 가르시아였다.

사이렌 소리가 더 가까워지고 있었다.

"그렇지는 않아요." 그는 미소 지으며 고갯짓을 했다. "뒤에 있어요. 아무 데도 가지 못할 겁니다."

109

"그래서 루시엔은 자기가 자폭했다고…… 자네가 믿게 만들려 했다는 건가?" 에이드리언 케네디가 모든 이야기를 들은 후에 헌터에게 물었다.

"아뇨." 헌터가 병원 침대에서 설명했다. "창고를 날려버리기 전에, 루시엔은 그곳에서 빠져나가 영원히 사라져버리겠다고 했어요. 제가 아니라 다른 모든 사람이 그렇게 생각하도록 만들 계획이었죠."

아침 일찍 워싱턴에서 날아온 케네디는 웨스트우드의 UCLA 캠퍼스에 자리한 그 유명한 '로널드 레이건 의료 센터' 2층에 있는 회복실에서 가르시아와 홀브룩, 웨스트, 블레이크 반장과 합류했다.

헌터는 각도 조절이 가능한 침대에 누워 있었는데, 50도로 세워진 침대 상부에 붕대를 감은 상체가 받쳐져 있었다. 두 발과 양팔, 양손에도 붕대가 감겨 있었다. 총 37개의 자상을 입기는 했지만, 그래도 헌터는 운이 좋았다. 화재의 강도에도 불구하고 팔, 다리, 등에 입은 화상은 모두 1도 혹은 2도에 불과했다.

"법의학팀이 현장을 샅샅이 조사하면, 심각하게 탄 경조직 조각들을 발견할 겁니다." 헌터가 말했다.

"누구의?" 블레이크 반장이 물었다.

"불운했던 영혼이요. 아마도 루시엔이 살해하고 창고에 감춰뒀겠죠." 헌터가 명확히 설명했다.

"알겠어." 반장이 받아들였다. "하지만 화재 현장에서 발견된 어떤 유해든, 특히 경조직이라면 DNA 검사를 하리라는 걸 몰랐을 리 없을 텐데. 계획은 통하지 않았을 거야."

"물론 루시엔은 알고 있습니다." 헌터는 동의했다. "하지만 창고 안에서 발견될 모든 뼛조각에서, 관련이 있는 DNA를 전혀 추출하지 못할 것도 알고 있죠."

"뭐요?" 웨스트는 얼굴을 찡그렸다. "왜 그렇죠?"

헌터는 불에 의한 손상 단계에 따라 달라지는 뼈와 뼛조각에 대한 DNA 검사의 정확성에 대해 빠르게 설명했다.

웨스트는 헌터를 곁눈질했다.

몸의 통증 때문에 어깨를 으쓱이는 대신 헌터는 그냥 고개를 끄덕였다. "책을 많이 읽습니다."

"하지만 그 자식은 거기서 살아서 나가겠다고 너한테 말했어." 가르시아가 끼어들었다. "영원히 사라지겠다고 했지. 사실상 자살 조끼와 관련된 모든 게 사기라고 자백한 셈이야. 네가 거기서 죽을 거라고 확신했던 거야. 목격자도 없고 자백도 없이 사건은 종결됐겠지."

"어쩌면." 헌터는 동의했다. "하지만 루시엔은 내 탈출 가능 여부와는 관계없이 자백하는 데 거리낌이 없었어. 구체적인 증거가 없으니까. 결국 우리한테는 자살 조끼로 폭파된 장소, 정말 운 좋게 폭발 현장에서 탈출한 형사, 폭발과 화재로 심하게 파괴된 뼛조각밖에 남지 않을 테니까. 뼛조각의 DNA 검사에서 양성반응이 나오지 않으면 우리에게 남는 건 하나뿐이야."

"추정." 케네디는 헌터가 무엇을 말하는지 깨닫고 이어나갔다. "우리는 창고에서 발견된 뼛조각들이 루시엔의 것이라고 추정해야 할 거야. 모두 아는 바로는 폭발 당시 그 장소 안에 오직 두 명만 있었으니까. 로버트나 우리가 루시엔이 아직 살아 있다고 믿든 안 믿든 법무 장관에게는 아무런 차이가 없을 테지. 그에게 로버트는 외상후 스트레스장애로 고통받는 형사에 불과할 거야. 뼛조각이 현장에서 발견되었고 DNA 검사에서 결정적인 결과가 나오지 않았으니, 법무 장관은 새로운 수색 작업을 위해 예산을 편성할 근거가 전혀 없다고 보겠지. 루시엔과 이 사건을 영원히 끝낼 수 있어서 오히려 반길 거야."

"그러고는 바로……." 웨스트가 끼어들었다. "루시엔은 다시 태어났겠죠. 다른 곳에서 완전히 자유롭게 새로운 삶을 시작할 수 있었을 겁니다. 이제 아무도 그를 쫓지 않을 테니 불안해할 필요도 없고요."

"루시엔은 어떻게 해야 하는지 정확히 알고 있었죠." 헌터가 말했다. "연방보안청, FBI, NSA, ATF, 국토안보부…… 그리고 전국의 거의 모든 사법기관이 누군가를 찾고 있다면 그들은 절대 포기하지 않으리라는 걸 그도 알 겁니다."

"그 사람이 이미 죽었다고 믿지 않는 한 말이죠." 홀브룩이 헌터의 말을 받아 결론지으며 말했다.

"인정해야겠어." 케네디가 다시 넘겨받았다. "훌륭한 계획이었고, 거의 완벽하게 실행됐어." 그는 헌터에게 이야기했다. "만약 자네가 에코파크에 도착했을 때 루시엔에게 꿍꿍이가 있다는 걸 눈치채지 못하고 추적기를 입에 물지 않았다면, 놈의 계획은 성공했을 거야.

자네는 아마 죽었을 테고, 우리는 루시엔도 함께 죽었다고 믿었겠지."

"그건 그렇고 어떻게 됐던 거야?" 가르시아가 물었다. "추적기 말이야."

"아마 피터의 추측이 정확할 거요." 웨스트가 대답했다. "일종의 송신 오류. 입에 넣었을 때 침이 들어가서 신호 송신이 중단됐지만, 완전히 중단시킬 정도는 아니었던 거죠."

"아마도요." 헌터가 수긍했다. "추적기가 작동해서 기쁠 따름이죠."

"잘했어." 블레이크 반장은 헌터가 기특하다는 듯이 말했다. "아주 잘했어."

110

"케네디 센터장님." 헌터를 쉬게 하고 모두 병실에서 나왔을 때, 블레이크 반장이 케네디를 불렀다. "잠깐 시간 좀 내주시겠어요?"

"물론이죠." 케네디가 대답했다.

가르시아와 홀브룩, 웨스트는 커피머신이 있는 복도 끝으로 이동했다.

"의견을 듣고 싶은 사안이 있습니다." 반장이 말했다.

"무슨 일이죠?"

"로버트를 잘 아신다고 알고 있습니다." 블레이크 반장이 이야기하기 시작했다. "로버트는 내일 여기서 나가겠죠. 의사가 제지해도 말이에요. 아시죠?"

케네디는 킥킥 웃었다. "그래요."

"나가는 즉시 UVC 수사대와 그의 책상으로 돌아갈 거란 것도 아실 거예요. 바로 업무에 복귀하겠죠."

"그게 걱정이시군요." 그는 그것을 질문으로 표현하지 않았다.

"걱정이 안 되세요?" 반장이 대답했다. "무슨 일이 있었는지 아시잖아요?"

"로버트가 만나던 여자를 말하는 겁니까?"

"네."

케네디는 벽에 어깨를 기댔다.

"반장의 걱정은 이해합니다." 그가 이야기를 시작했다. "하지만 내가 절대적으로 확신할 수 있는 건, 정신적으로나 심리적으로 로버트는 내가 만나본 사람 중에 가장 강한 사람이라는 겁니다. 물론 로버트도 우리처럼 인간이죠. 상처도 받아요. 때때로 혼란을 겪지만, 로버트는 우리보다 심리적 고통과 스트레스를 더 잘 다룰 줄 압니다."

"로버트에게 2주 정도 시간을 주는 게 좋지 않을까 해서요. 로버트 혼자서…… 일도 하지 않고, 아무것도 안 하고…… 심리적으로나 육체적으로 온전한 치유의 시간을 가질 수 있게요."

케네디는 블레이크 반장에게 공감하는 미소를 지었다.

"뇌는 우리가 알다시피 가장 복잡한 기관입니다, 반장." 그는 설명했다. "뇌는 생각, 꿈, 심지어 불가사의한 것들 따위로 늘 바쁘지만 항상 작동하죠, 항상. 우리가 뇌에 일거리를 주지 않으면 스스로 찾아내요. 극도의 정신적 외상을 입은 상황에서 로버트나 나 같은 사람은, 그리고 확신하건대 당신 역시 이성적으로 뇌를 바쁘게 만들려고 노력할 겁니다. 충격적인 기억으로 돌아가지 않도록요. 보통은 우리의 기분을 좋게 해주는 것, 우리에게 가치를 주는 것으로 머릿속을 채우려고 노력하죠. 로버트에게는 그게 '일'이에요. 그가 잘하는 것이고 사랑하는 것이니까요. 범죄를 해결하고 나쁜 사람들을 철창에 가두는 것. 가장 필요할 때 그것을 빼앗는다면 그의 뇌는 결국 무엇으로 채워질 것 같습니까?"

"충격적인 기억들." 블레이크 반장은 인정해야 했다.

"맞아요." 케네디가 또다시 미소 지었다. "로버트가 제일 잘하는 것을 하게 해요, 반장. 그는 괜찮을 겁니다."

"하지만 로버트는 '통화' 버튼을 눌렀어요." 블레이크 반장이 말했다. "자살 조끼가 터지지 않는다는 걸 몰랐죠. 혹자는 그걸…… 자살 시도로 볼 수도 있어요. 만약 수사관이 자살 충동을 느끼면……." 그녀는 케네디를 향해 눈썹을 치켜올렸다. "규정, 아시잖아요."

"로버트는 자살하고 싶어 한 게 아닙니다." 케네디가 확신에 찬 투로 말했다. "그는 자신을 죽이기 위해 버튼을 누른 게 아니었어요, 반장. 사이코패스가 다시 살인하는 것을 막기 위해 누른 겁니다. 그리고 그건 일반적인 사이코패스가 아닙니다. FBI를 비롯해 우리가 아는 한 가장 위험한 사이코패스죠. 로버트는 루시엔이 다시는 아무도 죽일 수 없게 하려고 목숨을 바친 거였어요. 정직을 당할 이유가 없어요, 반장. 훈장을 받아야 마땅하죠."

반장은 고개를 끄덕인 후 케네디에게 미소를 지어 보였다. "고맙습니다." 바로 그때 가르시아와 홀브룩, 웨스트가 블레이크 반장과 케네디가 있는 곳으로 돌아왔다.

"음." 웨스트가 커피를 한 모금 길게 들이켜고 케네디 센터장에게 말했다. "여기서 좋은 소식은, 상스럽게 말해서 미안합니다만, 루시엔은 이제 좆됐다는 겁니다. 이번에 그 자식은 캘리포니아주에서 체포됐어요. 사형제도가 활발히 시행되는 곳이죠. 나한테 결정권이 있다면 내일 당장 놈을 전기의자에 앉힐 겁니다. 사건 종결."

그 말을 듣자, 가르시아는 불타버린 창고에서 마침내 루시엔을 체포하던 순간이 떠올랐다.

루시엔은 경찰차의 뒷좌석에 앉아 가르시아를 잠시 바라보았다.

"내가 전기의자에 앉게 되기를 바라는 게 좋을 거야, 형사." 루시엔이 말했다. 벌건 두 눈이 번뜩였다. "왜냐하면, 만약 그렇게 되지 않을 경우, 약속할 수 있어. 언젠가 나는 다시 나올 거고, 그때⋯⋯." 그는 금방이라도 가르시아의 목을 조를 것 같은 눈빛으로 윙크했다. "너와 네가 사랑하는 모든 사람을 찾아갈 거야. 내기해도 좋아."

"그렇다면⋯⋯." 가르시아는 루시엔에게 윙크를 되돌려주었다. "기다리고 있을 테니 안심해. 내기해도 좋아."

작가의 말

《악의 사냥》은 '로버트 헌터' 시리즈의 열 번째 이야기다. 또한 내가 처음 쓴 '속편'이기도 하다. 이 이야기는 시리즈의 여섯 번째 작품인 《악의 심장》의 속편이다. 로버트 헌터 시리즈는 한 작품의 줄거리가 이전 작품에 의존하지 않으므로 전부 개별적으로 읽을 수 있지만, 《악의 사냥》은 조금 다를 수도 있다. 헌터와 루시엔 사이의 '역사'를 완전히 이해하려면, 어느 시점에서는 《악의 심장》을 읽어보기를 추천한다.

나는 모든 작품에서 로스앤젤레스와 그 인근, 뿐만 아니라 이야기 속에서 헌터와 가르시아가 갈 수 있는 곳이라면 어디든 실제 장소를 실제에 가깝게 최선을 다해 묘사하여 배경으로 사용해왔다. 그렇기에 이 자리를 빌려 사과해야 할 것 같다. 이번 《악의 사냥》에서는 이야기에 맞추어, 실례를 무릅쓰고 미국 내에 가상의 시설과 지역을 몇 군데 만들었다.

또한 《악의 사냥》의 한 장면을 바꾼 것에 대해서도 모두에게 사과의 말씀을 드리고 싶다. 나는 이전 작품의 결말 부분에, 다음 작품에 나올 내용을 미리 독자분들께 제공하고 있다.《망자의 갤러리Gallery of the Dead》의 경우도《악의 사냥》의 첫 챕터로 끝난다. 그런데《악의 사냥》을 쓰기 시작하면서, 해당 장을 수정하고 첫 장면에 충격과 긴장 감을 더하기로 결심했다. 그래서 이 소설의 첫 챕터는 인물의 이름을 비롯해《망자의 갤러리》의 마지막 챕터와 약간 달라진 부분이 존재한다. 그 점을 부디 용서해주기 바란다.

아주 오랜 시간 동안, 믿기지 않을 정도의 지지를 보내준 전 세계 독자들에게 이 책을 바친다. 진심으로 모두에게 감사한다.

《 십자가형 살인자 THE CRUCIFIX KILLER 》

'십자가형 살인자'로 알려진 사이코패스의 시그너처,
기이한 모양의 이중십자가가 목에 새겨진 시체가 발견된다.
하지만 로버트 헌터 형사는 그것이 불가능하다는 걸 알고 있다.
십자가형 살인자는 2년 전에 체포되었으므로.

《 사형집행인 THE EXECUTIONER 》

로스앤젤레스의 한 성당 안에서 피에 흠뻑 젖은 채로 발견된 사제의 시신.
그의 가슴에는 숫자 '3'이 피로 휘갈겨져 있다.
로버트 헌터는 그것이 의식이나 제례와 관련된 살인이라고 생각했지만,
시신들이 더 나타나자 수사의 방향을 재고한다.

《 심야의 스토커 THE NIGHT STALKER 》

버려진 정육점의 작업대에서 신원 불명, 사인 불명의 시체가 발견된다.
몸에 상처를 입지는 않았지만, 두 입술이 실로 세심하게 꿰매져 있는

끔찍한 모습이다. 시신에 대한 부검이 이루어지고,
로버트 헌터는 진정한 공포를 경험하는데…….

《 죽음의 조각가 THE DEATH SCULPTOR 》

한 간호사 실습생이, 환자인 데릭 니콜슨 검사가
병상에서 잔인하게 살해된 것을 발견하고 충격에 빠진다.
하지만 로버트 헌터 형사를 진짜 충격에 빠뜨린 것은,
살인자가 남겨둔 한 장의 명함이었다.

《 원 바이 원 ONE BY ONE 》

비공개 실시간 인터넷 방송을 하는 특정 웹사이트에 들어가보라는
익명의 전화를 받은 로버트 헌터. 그가 방송에 접속하자,
그를 위해 고안된 끔찍한 '죽음의 쇼'가 시작된다.

《 악의 심장 AN EVIL MIND 》 (서효령 옮김)

우연한 사고로 한 사내가 체포된다.
그를 조사하는 과정에서 경악스러운 사실이 드러난다.
그가 최소 25년 동안 미국 전역에서 피해자를 납치하고
고문하며 훼손한 희대의 연쇄살인범이었던 것.
남자는 로버트 헌터에게만 이야기하겠다며 그를 불러달라고 하는데…….

《 나는 죽음이다 I AM DEATH 》

20대 여성이 납치된 지 7일 만에 주검으로 발견된다.
로버트 헌터 형사가 사건 담당 수사관으로 배정된 뒤
곧바로 두 번째 시체가 나타난다.
헌터는 자신이 '괴물'을 좇고 있다는 사실을 깨닫는다.

옮긴이 서효령

이화여자대학교 과학교육과를 졸업하고 3년간 교직 생활을 한 뒤 외국계 기업에서 오랫동안 근무했다. 어렸을 때부터 관심이 있었던 번역에 뜻을 두고 글밥아카데미를 수료한 후 현재 바른번역 소속 전문 번역가로 일하고 있다. 옮긴 책으로 '아르네 앤 카를로스' 시리즈와《약혼 살인》,《페닉스》,《올터니트 스티치 사전 200》,《열세 번째 배심원》,《식물 예찬》,《플라워 룸 모티브 뜨기》,《52주의 뜨개 양말》,《위험한 유산》,《악의 심장》 등이 있다.

악의 사냥

초판 1쇄 인쇄 2023년 8월 7일
초판 1쇄 발행 2023년 8월 11일

지은이 크리스 카터
옮긴이 서효령
펴낸이 신경렬

상무 강용구
책임편집 최장욱
기획편집부 송규인
마케팅 신동우
디자인 박현경
경영지원 김정숙 김윤하
제작 유수경

펴낸곳 ㈜더난콘텐츠그룹
출판등록 2011년 6월 2일 제2011-000158호
주소 04043 서울시 마포구 양화로 12길 16, 7층(서교동, 더난빌딩)
전화 (02)325-2525 | **팩스** (02)325-9007
이메일 longest@thenanbiz.com | **홈페이지** www.thenanbiz.com

ISBN 979-11-5879-206-0 03840